박완서
소설전집
결정판
016

미망 ❷

세계사

| 차례 |

| 1권 | 기획의 글 | ⋯ 005 |
| | 작가의 말 | ⋯ 008 |

	1 전씨가의 사람들	⋯ 015
	2 동해랑의 낙조	⋯ 103
	3 묵은 것과 새로운 것	⋯ 251

2권	4 풍운 속의 화촉	⋯ 007
	5 어머니의 아들	⋯ 245
	6 풍진세상	⋯ 356

3권	7 적선정 나으리 댁 사람들	⋯ 007
	8 아들딸의 시대	⋯ 154
	9 인삼장의 연회	⋯ 283
	종장	⋯ 410

| | 해설 | ⋯ 431 |
| | 작가 연보 | ⋯ 449 |

4

풍운 속의 화촉

천명이의 무덤은 처음부터 아총처럼 작고 초라했다. 거두는 사람 없이 여섯 해의 풍상을 견디는 사이에 초동에서 짓밟히기도 무수히 하였을 테고, 더러는 사태도 만났으리라. 근방의 땅 모양이 바뀌고 봉분이 마멸되어 한동안 여기던가 저기던가 발끝, 손끝으로 풀섶을 더듬어야만 했다. 그 자리에 묘를 쓸 때도 그랬지만 잘해야 1년에 한 번 그곳을 찾을 때도 남의 눈을 꺼렸기 때문에 사초를 하거나 봉분을 가다듬는 일은 엄두도 못 냈다. 다만 관도 수의도 없이 매장한 시신을 산짐승이 범하지나 않았나, 사태로 백골이 드러나지나 않았나 살피는 게 고작이었다.

작년까지만 해도 억새풀이 무성하던 둔덕이 밭이 되어 누런 조 이삭이 바람에 건들대고 함부로 벌목을 해 피폐해진 산마루를 억새풀이 극성맞게 기어오르며 번성해 더군다나 어디가 어딘지 분간을 할 수가 없었다. 마침내 못 찾게 될지도 모른다는 예감이 으스스한 찬바람처럼 종상이의 마음을 서글프게 했다. 그는 그렇게 됐을 때의 상실감을 두려워하면서도 바라고 있는지도 몰랐다. 그는 천명이의 죽음에 얽매여 있는 자신의 심약함이 한심했기 때문에 그렇게라도 해서 놓여나고 편안해지고 싶었다.

천명이가 죽은 후 5년의 세월이 흐른 1899년 가을이었다. 5년 전 개성부 내에 있었던 민란은 오랜 세월 정치나 권세를 멀리하고 독자적인 번영과 질서와 평안을 유지해온 고도로서는 처음으로 부딪힌 시대의 격랑이었다. 이조의 조정과는 담을 쌓고 살 수 있어도 동족의 민심이 깨어나는 힘과 무관하게 살 수 없다는 걸 비로소 깨닫게 되었다.

그 이듬해 전국을 휩쓴 동학란을 대안의 불로 보지 않고, 세상이 빠르게 달라지고 있고, 그들의 고장 역시 달라지는 세상 속의 한 조각에 지나지 않는다는 동질감과 위기의식을 느낀 것도 민란 끝에 얻은 소득이라면 소득이었다. 이런 심리적 소득 말고 실질적인 소득은 보잘 것이 없었다. 부민들이 이를 갈고, 미워하던 유수는 변복 차림으로 도망을 쳐서 난민들의 사사로운 앙갚음을 면할 수가 있었고 나중에 붙들려 그의 끝없는 탐학에 대한 문초를 받았다고는 하나 귀양을 가는 걸로 그쳤고, 그가 가렴주구한 재물이 백성들한테로 돌아올 리는 만무했다. 그에 비해 난을 일으킨 쪽의 피해는 막심했다. 그날 밤, 문졸이나 포졸과 맞붙어 매를 맞고 목숨을 잃거나 병신이 된 수효도 적지 않지만 그 후에도 난에 가담한 혐의로 붙들렸다 하면 그 징벌이 벼슬아치에 비해 가혹했다.

그러나 이젠 다 지난 일이었다. 백성의 반항이란 어차피 되로 주고 말로 받게 돼 있었다. 그 이전에도 그랬고 그 후에도 그랬다. 그때 상놈 차림으로 도망가 귀양 갔던 유수가 벌써 풀려났단 소식이나 다시 벼슬길에 올랐단 소문이 아프지도 가렵지도 않을 만큼 그 사건은 한번 꿈틀 용틀임해본 기억처럼 잊혀져갔다. 항차 그 민란의 불씨가 왜놈들의 인삼 도채와 맞서 싸우다가 억울하게 당한 종상이에 대한 의리 있는 친구들의 의분이었다는 걸 아는 사람이 있을 리 없었다. 그래 놓으니 종상이의 우유부단으로 주도권을 빼앗기고 겨우 부자들 집에 불이나 지르다가 부잣집 종한테 맞아 죽은 천명이의 죽음은 마땅히 개죽음이었다. 애통할 식구는 처음부터 없었거니와 쫓기는 몸이 된 친구들도 재빨리 타관으로 뿔뿔이 흩어졌다. 하필 천명이가 죽다니. 처음에 종상이는 자신이 마지막 고비에서 발을 뺀 벌을 천명이가 받은 것처럼 여겼지만 그뿐이 아니었다. 되레 천명이의 죽음이 두고두고 그의 비열을 벌주려 들었다. 천명이의 시신은 묻었지만 천명이의 죽음은 좀처럼 망각 속에 묻을 수가 없었다. 종상이가 천명이의 무덤을 찾는 건 1년에 한 번이 될까 말까 했지만 천명이의 죽음은 늘 그를 따라다니며 밀쳤다가 당겼다가 했다.

천명이 자네 어디 숨었는 게야? 빨리 나오지 못해. 종상이는 숨바꼭질하다 진력이 난 술래처럼 이렇게 중얼거리다 말고 돌부리에 걸려 비틀댔다. 돌이라기보다는 작은 바위였다. 그는 길길이 자란 억새풀 속에 숨은 바위를 손으로 더듬었다. 틀림없이 거북이 모양을 하고 있었다. 거기다 천명이를 묻고 나서 훗날 표적으로 삼으려고 비석 대신 갖다 놓은 돌이었다. 등이 둥글납작하고 펑퍼짐하고 삐죽하게 혹 같은 게 달려 있어 거북이가 엎드려 있는 것 같은 바위를 발견하고 거기까지 옮겨오느라 혼자서 비지땀을 흘렸었다. 그때는 지금보다도 더 젊은 기운에다 진한 비통과 울분이 합쳐져서 그런 기운을 낼 수가 있었지 지금 같으면 어림도 없었다. 종상이는 후련하기도 하고 낭패한 것 같기도 한 얼굴로 근방을 휘둘러보고 나서 길길이 자란 억새풀을 대강대강 발로 짓밟아 눕혔다. 어렴풋이 봉긋한 봉분의 모습이 드러났다.

녀석 빙충맞게스리……. 그는 쓰디쓰게 중얼대고 나서 엎드려서 손으로 조심스럽게 봉분의 억새풀을 제거했다. 마치 울고 들어온 아이의 헝클어진 머리칼을 이마로 끌어올려 주듯이 그의 얼굴에 자상스러운 연민이 어렸다. 그는 두루마기 주머니로 손을 넣어 허리춤에 차고 온 술병과 북어를 꺼내 거북이 등에 놓았다. 초라한 제물을 위한 상석으로는 안성맞춤이었다. 그리고 표주박에다 노리끼리한 약주를 따랐다.

한양서부터 줄창 차고 온 약주는 부글부글 거품이 나면서 시척지근한 냄새를 풍겼다. 그는 음복은 하는 둥 마는 둥 봉분과 풀섶에다 술을 넉넉히 뿌리고 나서 북어를 찢어 씹기 시작했다. 거북이처럼 생긴 바위는 걸터앉기에도 알맞았다. 강릉골로부터 한참 떨어진 해주댁의 외딴집이 산모롱이에 가려서 보일락 말락했다. 천명이를 묻고 나서 바라볼 때도 그랬었다. 그것도 거북바위와 함께 중요한 표적이었다. 천명이가 묻힌 야산만 해도 해주댁의 소유였고 그런 연줄로 천명이에게 누울 자리나마 마련해줄 수가 있었던 것이다. 하필 천명이가 죽을 게 뭐였을까. 그 착하디착한 천명이가. 종상이는 천명이가 남달리 선량했다는 것보다도 누구보다도 자기를 따르고 거의 숭앙했다는 게 마음에 걸렸다. 마치 천진한 그를 꾀서 사지에 보내고 자기가 대신 살아난 것처럼 살아 있는 게 미안하고 땅속에서 그의 원성이 들리는 듯했다. 그가 천명이의 무덤을 찾은 것은 성묘가 아니라 일종의 자학이었다.

이윽고 거북바위에서 일어난 종상이는 쓰러지거나 뽑힌 억새풀을 다시 봉분이 드러나지 않게 아물리고는 빈 술병과 표주박도 챙겼다. 빈 술병은 그가 몸담고 있는 의사이며 선교사인 닥터 스톤네서 얻은 양주병이어서 모양이 진귀하고 아름다워 해주댁한테 좋은 선물이 될 듯했다. 그러나 표주박하곤 암만해도 안 어울렸다. 안 어울리긴 종상이의 행색도 마찬가지였다. 그는 짙은 회색 바지에 검정 두루마기를 입고 있었고 짧게 깎은 머리에는 배재학당의 검정 교모를 쓰고 있었다. 바지 밑엔 행전 대신 대님만 매고 버선을 신고 검정 구두를 신고 있었다. 그는 검정 교복도 갖고 있었지만 이번 귀향은 여러 모로 체모 차려야 할 일이 많겠기에 제 딴엔 고심해서 차려입은 거였다.

해주댁이 후성이하고 살고 있는 집은 가까이 갈수록 퇴락해 보여 종상이는 가슴이 두근대기 시작했다. 성묘는 해를 거른 적이 없었음에도 불구하고 그가 적지 않은 세월 몸담고 있던 주인집을 찾기는 6년 만이었다. 그것도 야밤에 시체를 그 집 산에다 떠메다 놓고 연장을 빌리러 가서 자초지종을 대강 얘기하는 둥 마는 둥 억박지르듯이 생떼를 쓰고 혼을 빼다시피 해서 승낙을 얻어낸 후 처음이니 예가 아니었다. 해주댁이 꽃 가꾸기를 좋아해 겨울철 빼고는 늘 색색가지 꽃으로 둘러싸여 있었다. 가을이 깊어 꽃과 잎이 바래서 집이 더 퇴락해 보였는지도 모른다. 홀로 붉은 접시꽃이 청승맞아 보였다.

나무를 한 짐 잔뜩 해 진 소년이 이쪽으로 가까이 오고 있었다. 어른 찜 쪄 먹게 다부지게 해 진 갈잎나무에 짓눌려 소년의 모습은 지겟작대기하고 양회색 바지밖에 안 보였다. 욕심껏 단단히 쟁인 갈잎나무에 비스듬히 꽂힌 갈퀴를 보자 종상이는 진한 향수를 느꼈다.

"너 혹시 후성이 아니냐?"

후성이가 그동안 어른 몫을 할 만큼 자랐다고는 생각지 않았으나 소년에 대한 뭉클한 친애감이 그런 실없는 말을 붙이게 했다. 땅만 보고 있던 소년이 힘겹게 허리를 펴고 흘긋 종상이를 쳐다보더니 비명을 지르며 들입다 뛰기 시작했다. 종상이도 소년의 얼굴에 급작스럽게 어린 공포의 빛에 질려서 그가 후성인지 아닌지 미처 확인해볼 새도 없었다. 갈잎이라고는 하나 그 많은 짐을 지고 어찌 그리 잘 뛰는지 종상이는 어안이 벙벙했다. 소년이 뛰어 들어간 집은 해주댁네가 틀림없으니 소년은 후성인지도 몰랐다. 종상이는 소년이 그다지도 두려워한 까닭을 모르는 채 뒤미처 해주댁네 사립문을 들어섰다.

 소년은 지게를 작대기에 버텨놓을 경황도 없었던지 그냥 내동댕이를 치고 다급하게 어머니를 부르고 있었다. 막대기로 멍석에 널어놓은 콩깍지를 두드리고 있던 해주댁이 영문을 모르는 채 우선 놀란 소년을 품 안에 감싸며 왜 그러느냐고 물었다. 소년이 뒷손질로 문밖을 가리켰다.

 그때 벌써 종상이는 사립문 안으로 들어서고 있었다. 종상이를 본 해주댁의 얼굴에도 소년 못지않게 두려운 빛이 어렸다.

 "뉘시우? 도대체 댁은 뉘시우?"

 해주댁이 가위눌린 것처럼 들뜬 소리로 고함을 질렀다.

 "마님, 접니다. 종상이올시다. 왜들 이러시니까? 종상이를 몰라보시다니요."

 "자네가 종상이라구? 그렇구면, 종상이가 분명이구먼. 후성아, 종상이 성을 우리가 몰라봤구나."

 그렇게 말하면서도 모자의 얼굴엔 좀처럼 반가워하는 기색이 떠오르지 않았다. 종상이는 그들의 경계하는 마음을 다소라도 누그러뜨리려고 모자를 벗고 그 자리에서 넙죽 절을 했다. 그리고 후성이한테 붙임성 있게 말을 시켰다.

 "후성이 그동안에 몰라보게 컸구나. 성이 무등 태워주면 아버지만큼 크다고 좋아하더니 이젠 무동 안 타고도 아버지만 하겠는데. 대견하시겠어요, 마님. 어느새 어른 몫을 하게 됐으니……."

이렇게 옛날을 회고하는 소리를 해도 모자의 굳은 표정은 풀리지 않았다. 종상이는 그 까닭은 차차 알기로 하고 우선 두루마기 자락을 걷어 올리면서 툇마루에 걸터앉았다. 옆구리에 찬 빈 술병도 거추장스러워 풀어놓았다.

"바지저고리를 입은 걸 보니 일본 순검이 된 건 아닌가 보네그려."

"일본 순검이라뇨?"

"자넬 처음 보았을 때 일본 순검인 줄 알았다네."

"이런 촌구석까지 왜놈 순검들이 다녔시니까?"

"아닐세, 본 적은 없지만 말로 듣던 왜놈 순검 복장하고 똑같지 않은가? 자네 행색이……."

"제 행색이오?"

"머리를 짧게 깎고 까만 모자를 쓰고 옷도 아래위를 새까맣게 차려 입고 옆구리엔 칼을 차고 다닌다더군."

"아, 그래서 아까 후성이가 저를 보고 그렇게 질겁을 했구먼요."

"그럼 누가 질겁을 안 하겠나? 여기가 외딴집이기 망정이지 그러구 마을로 들어갔다간 한바탕 소동이 났을 걸세. 왜놈이 아니란 게 밝혀졌다고 해도 구경꾼이 백절 치듯 모여들었을걸."

"마님 보시기에도 제 꼴이 그렇게 우습시니까? 학교 제복을 입고 오지 않길 잘했군요. 그야말로 아래위가 새까만 순검 복장허구 비슷하니까요. 이건 검정물을 들여서 그렇지 두루막인데도 그렇게 놀라셨으니……, 원."

"두루막은 행세할 때 입는 도포거늘 어드렇게 검정물을 들이나? 참으로 망측허구먼."

해주댁의 두려워하던 기색은 어느 틈에 경멸하는 빛으로 바뀌어져 있었다. 후성이도 겁 없이 가까이 와 빈 양주병을 신기한 듯 만지작거리고 있었다.

"바지저고리보다는 서양식 의복이 일을 허거나 몸을 휘딱휘딱 쓰는 데 편합지요. 그래서 한양에선 왜놈 아니라도 개화한 양반도 더러 입고, 일제히 같은 모양의 양복을 만들어서 입기를 권하는 신식 학교도 있는걸요. 양복 아니라도 우리 옷에다가 양복처럼 검정물만 들여도 얼마나 편하다구요. 첫째로 더럼이 안 타니까 자주 빨 필요가 읎으니 부녀자들의 일손을 크게 덜어줘서 좋고, 다음은 외국 사람들한테 흉을 안 잡혀 좋고요. 외국 사람은 우리가 더러운 게 질색이거던요. 실상 흰옷을 외국 사람들 보기에 깨끗이 입기란 어렵지 않겠시니까. 선비면 모르지만 하루 벌어 하루 먹는 일꾼이나 장사꾼이 때가 덕지덕지 묻은 흰옷을 입는 걸 그 사람들은 이해를 못 합지요. 그 사람들 정한 건 말도 못하니까요."

"난 자네 말귀를 도무지 못 알아듣겠네. 때가 안 보이라고 미리 검정물을 들여서 입는 게 때탄 것보다 깨끗하다니 참말로 해괴한 소리가 아닌가. 그런 못된 걸 가르쳐준 외국 사람들이 말도 못하게 정하다는 것도 믿기지가 않고……."

"마님 그게 아니라요."

"내 말 안 끝났네. 부녀자들 일손을 덜어주게 돼서 좋단 소리도 그렇네. 길쌈하고 마전하고 바느질하고 더러워지면 빨아서 다시 바느질하는 게 여염여자들 일의 근본인데 그걸 안 시키면 그 여편네 뭐가 되게. 노류장화가 아닌 다음에야 여염집 여자는 그저 바빠야 쓰네. 손이 심심하면 달밤에 삿갓 쓰고 도리질이나 하게 돼. 나도 더러 풍문으로 개화 소리를 듣기는 했지만 개화라는 게 고작 그런 건 줄을 몰랐네그려. 때 안 보이게 검정물을 들여 입어라, 하는 게 신식 학교에서 배우는 공부라는 건가?"

 해주댁은 종상이의 대답은 들을 것도 없다는 듯이 다시 막대기로 멍석 위의 콩깍지를 사매질하기 시작했다. 종상이는 해주댁의 이런 푸대접이 섭섭하지 않고 쾌감 비슷한 걸 느꼈다. 몇 년 동안 닥터 스톤이 종상이에게 주입한 합리주의는 그가 다시 남에게 풍기기엔 아직 뿌리가 얕았다. 처음에 허둥지둥 신선한 경이로 받아들인 데 비해 날이 갈수록 구역질이 나는 것도 그놈의 합리주의와 사랑이라는 거였다. 닥터 스톤과 미세스 스톤이 이 땅의 병든 사람을 찾아다니며 치료해주고 어려움을 함께 나누고 우물과 부엌과 뒷간을 청결하게 관리하는 법을 가르치는 모습은 의심할 여지없이 헌신적이었고 이 땅의 누구도 같은 핏줄을 위해 엄두도 못 내본 일이었다.

 남보다 먼저 일찍이 서양 의술의 혜택을 받아본 종상인지라 그들의 치료법과 약효를 전적으로 신뢰했을 뿐 아니라 그들의 봉사하는 생활에 순수하게 감동할 수가 있었다. 한때 힘을 모아 직접 권세를 깨부술 것을 선동하고 획책했던 적도 있었기에 부당하게 압제받고 빼앗기어 지지리 못사는 층에 대한 연민 또한 남다른 종상이였다.

그들이 이 땅의 맨 밑바닥 백성들에게 하는 걸 볼수록 아, 내가 할 것이 바로 이거였구나 하고 깨치는 바가 적지 않았다. 압제하는 세력을 깨부수는 일보다 압제받는 층을 깨우치고 힘을 얻게 하는 게 훨씬 보람 있고 아름답게 여겨졌다. 그러다 보니 한식구나 한민족이 아닌 생판 이질적인 딴 나라의 맨 밑바닥 인간들을 위해서 자신을 희생하고 가장 어렵고 필요한 일을 하게 하는 그들의 하나님 예수 그리스도에게도 자연히 심취하게 되었다. 하나님 앞에는 빈부귀천 없이 만민이 평등하고 존엄하다는 가르침도 종상이를 처음부터 그리도 황홀하게 한, 문벌에 상관없이 인민은 평등한 권리를 갖는다는 개화사상과 일치하는 것이었다. 종상이는 그게 신기했고 예수교와 쉬 친해질 수가 있었다.

이런 순진한 숭배자를 가졌다는 건 닥터 스톤을 위해서도 종상이를 위해서도 좋은 일이었다. 푸른 눈과 노랑머리의 의술에 갖가지 억측과 의심을 품고 있는 조선 사람들과 가까워지고 치료를 하는 데 있어서 종상이는 조수 이상의 구실을 해주었고, 그 대가로 종상이는 원하던 신학문을 할 수가 있었다.

그러나 뜻과 장소를 함께 얻은 것 같은 기쁨과 보람은 오래가지 않았다. 닥터 스톤 부부가 하는 일을 볼 때마다 아, 바로 이거였구나 하고 감탄하고 닮고자 애쓴 것도 잠시, 이게 아니구나라는 새로운 의심이 싹트기 시작했다. 스톤 부부와 한집에서 살며 잔심부름을 하다가 병자들을 설득하고 병자들의 미묘한 호소를 전달하는 일까지 하게 되고, 반은 눈치로 때려잡은 거긴 하지만 그들의 말까지 알아듣게 됐을 때부터였다. 종상이가 스톤 부부를 처음 만났을 적에 그들은 조선에 온 지 1년도 안 됐다고 하는데도 조선말을 의사소통에 불편함이 없을 정도로 잘했다. 천부적으로 뛰어난 언어 감각을 타고났음에도 불구하고 욕심도 많아 더욱 완전한 조선말을 하려고 종상이에게 끊임없이 배웠고 그럴 때마다 종상이에게 영어를 한두 마디씩 가르쳐주었다. 그 덕에 그들이 저희들끼리 있을 때나 조석기도할 때 쓰는 영어를 조금씩 알아듣게 되고 눈치도 늘어갔다. 마음으로나 몸으로나 어려운 일이 있을 때 그들의 조석기도가 한결 길고 간절해지는 건 이해할 만했다. 말귀를 조금씩 알아듣게 되자 그들이 기도할 때 얼마나 정직해지나도 알게 되었다.

 주여, 당신이 행한 것같이 이 세상에서 가장 미천하고 가장 고통받는 이들을 위해 살고자 뜻을 세우고, 그런 사람들을 지구 끝에서 만나기는 하였사온데 그들의 아픔을 고쳐주고 그들의 걱정을 덜어주고 그들의 무지를 깨우쳐주기엔 너무 힘이 모자랍니다. 사랑이 모자랍니다. 오 주여, 주여, 우리에게 주의 뜨거운 사랑을 부어주소서. 하루에도 몇 번씩 그들을 미워하고 그들을 버리고 싶은 마음을 용서하여주소서.

 스톤 부부는 번갈아가며 맛있는 음식이 다 식어갈 때까지 이런 뜻의 기도를 했다. 눈에서 눈물까지 흘리며 그들의 하나님에게 애걸하는 걸 보면 그들이 이 땅에서 베푸는 사랑이 결코 저절로 우러난 게 아니란 걸 알 수가 있었다. 저절로 우러난 거야말로 혐오와 경멸인지도 몰랐다. 혐오와 경멸을 극기하고 사랑의 미소를 띠기 위해 그들은 틈만 나면 그들의 하나님을 부르고 매달리고 아부했다.

팔은 안으로 굽는다고, 차차 그들이 베푸는 사랑이 아니꼽게 느껴졌다. 누가 사랑해달랬나? 사랑이 흥청망청 흔해서 조선 땅까지 와서 뿌리는 줄 알았지 그렇게 어렵게 짜낸 것일 줄이야. 그들이 극기하여 거둔 게 위선으로 보일수록 고마운 생각도 엷어졌다.

고맙기는커녕 적의까지 품게 된 것은 스톤 부부가 아들을 잃고 나서였다. 그들은 이미 두 딸이 있었고 조선에서 첫아들을 보았으나 작년에 고열과 토사곽란이 아이들 사이에 돌면서 많은 아이들이 목숨을 잃었는데 그 아이도 그때 죽었다. 더욱 비극적인 건 닥터 스톤은 한 아이라도 더 살리려고 침식을 잊고 거의 집에도 올 새 없이 치료에 동분서주하는 동안 그 아이가 그만 같은 병에 붙들려 손쓸 겨를 없이 죽어간 것이었다. 제아무리 냉소적인 종상이도 그때만은 스톤 부부가 치른 값비싼 희생에 옷깃을 여미었고 그들이 이 땅을 떠날지도 모른다는 가정까지 했다. 막상 그런 최악의 가정까지 해보니 그들이 이 땅에서 얼마나 필요한 사람이었던가가 마음 깊이 사무쳐 어떡하든 그들을 만류해보리라는 각오까지 하고 있었다. 미세스 스톤은 종상이가 예상한 것처럼 그렇게 심하게 애통해하지 않았다. 서양 사람의 장례를 처음 보는 종상이 눈에는 좀 너무하다 싶을 정도로 남에게 눈물 한 방울 보이지 않았다.

그러나 밤새 흐느끼며 하는 그녀의 기도는 정직하고도 처절했다. 그건 기도가 아니라 항의요, 추궁이었다. 왜 이 무지몽매하고 배은망덕하고 불결하고 미개하기가 짐승과 다름없는 야만한 민족을 위해 내 아들을 바치라 하십니까? 왜요? 왜요? 밤새 스톤 부인은 이렇게 미친 듯이 항의하고 있었다. 그들의 하나님이 과연 어떤 대답을 했는지 알 길은 없었으나 그 다음 날 스톤 부인은 완전히 평온을 되찾아 고되고 고된 일상의 업무를 차질 없이 수행했다.

참 무서운 하나님이었다. 종상이는 그들이 믿는 하나님의 뜻을 헤아릴 수는 없었지만 그 사건을 계기로 한층 명료해진 그들 외국인의 조선 사람에 대한 생각은 문득문득 그의 앙심을 북돋았다.

그보다 더욱 역겹고 견디기 어려운 것은 자기들의 생활 방식은 다 옳고, 자기들과 다른 조선 사람 식은 다 틀렸다는 그들의 교만한 편견이었다. 그들과 숙식을 함께한 지가 오래될수록 그들이 조선 사람보다 청결하게 산다는 것은 종상이도 인정했다. 그들과 함께 한양의 꼬불꼬불한 뒷골목을 걸을 때면 그 더러움이 창피해 몸둘 바를 모를 때가 한두 번이 아니었다. 골목은 그대로 시궁창이었고 음식 썩는 냄새와 지린내가 코를 싸매게 했다. 닥터 스톤이 병원으로 쓰고 있는 집도 새로 지은 집이 아니라 어떤 부자가 소실에게 사주었던 조선 기와집을 빌린 거였다. 빌리자마자 시궁창을 없애고 구정물이 당장 빠질 수 있는 하수구를 만들고, 뒤란의 우물을 파, 그 물줄기를 부엌으로 끌어들이고, 부엌과 뒷간을 깨끗하고 냄새 안 나게 고치니까 딴 세상처럼 살기가 편하고 즐거워지는 것이었다. 그것만은 누구든지 와보고 본받기를 권할 만했다. 그러나 안 그런 것도 얼마든지 있었다. 그들과 다른 풍속일 뿐 그들보다 못한 게 아닌 것도 당장 고쳐야 할 악습처럼 눈살을 찌푸리곤 했다. 풍습이란 당대에 생긴 것도 아니거니와 잘잘못을 따질 수 있는 성질의 것도 아니건만 그들은 그들의 것에 대한 절대적인 가치를 두고 척도로 삼으려 들었다. 아들을 잃은 후 미세스 스톤이 특히 심했다. 하다못해 조선 사람이면 누구나 잘하는 트림조차도 그들의 눈엔 야만의 징후로 보이는 모양이었다. 트림할 때 나는 냄새 때문에 얼마나 비위가 상했나, 그걸 웃는 얼굴로 참기가 얼마나 고통스러웠나, 하는 게 그들의 날마다의 무용담이었다. 그러나 그들의 체취가 웬만한 조선 사람이라면 코를 싸쥐게 진하고 고약한 노래기 냄새라는 걸 그들은 헤아릴 척도 안 했다.

중요한 고비에 가서 걷잡을 수 없는 회의에 휘말리는 건 종상이의 고질적인 병통이었다. 백성의 고혈을 빨아 사복을 채우기가 끝 간 데 없는 오리汚吏를 응징할 모의를 치밀하게 주도하다가도 못된 개인을 응징해봤댔자 못된 제도는 끄떡없이 존재하리라는 회의가 다 된 밥에 재 뿌리듯이 동무들의 열정을 무색케 했었다. 그렇다고 그 일에서 아주 발을 뺄 주제도 못돼 맨 끄트머리 졸개로 끌려 들어가면서도 집단의 힘이 무고한 개인을 다치게 할지도 모른다는 의심으로 벌벌 떨었었다.

그런저런 핑계로 행동에서 홀로 빠지고 나니 동무들의 행동이 얼마나 아름답게 보였던가. 행동이 빠지고 지나친 생각만 남은 자신의 꼴이 비천하고 창피해서 꺼지고 싶었다. 생각의 지나침이란 결국 비열에 지나지 않는다는 또 다른 혐의를 못 면했다. 그는 자신의 속셈이 수상할 적마다 기갈 들린 것처럼 신식 공부를 하고 싶다고 생각했고 신통하게도 태임이까지 그의 이런 소망을 말하기 전에 알아차리고 동의해주었다. 태임이가 대주겠다는 학비는 비록 거절했지만 그녀의 동의는 종상이에게 항상 힘이 돼주었다. 그러나 새로운 지식이 그를 고질적으로 괴롭혀온 생각과 행동과의 갈등을 해소할 열쇠가 될 수 있으리라는 가망은 점차 희박해지고 있었다. 설사 그렇게 될 수 있다고 해도 그건 먼 훗날의 일일 테고 종상이는 그때까지 공부만 하며 기다릴 수 있을 것 같지가 않았다.

그는 스물여섯 살이었다. 동급생 중 그보다 나이 많은 사람이 없는 건 아니었지만 스무 살이 넘고도 장가를 안 간 학생은 없었다. 열대여섯 살에 애아범이 된 친구도 있었다. 우리 풍습이 나이보다는 장가를 들고 안 들고로 어른 아이를 정하는지라 코흘리개도 그를 넘보고 벗하려 들었다. 태임이 나이를 생각하면 민망하기가 한결 더했다. 그녀 나이 스물두 살이었다. 과년함이 지나 남들의 고약한 소문과 구구한 억측에 오르내리기에 충분했다. 소문난 박색이거나 금침을 꾸밀 형편도 못 되는 적빈한 가세가 아니면 있을 수 없는 처녀 나이였다. 그와는 정반대의 처지이기에 더욱 남의 입초시에 오르내릴 것은 뻔했다. 앰한 가족까지 욕을 먹고 있으리라. 그렇다고 두 사람이 남몰래 굳은 언약을 하고 그런 술수를 쓰고 있는 것도 아니었다. 서로가 멀리서 때로는 가까이서 서로의 속절없이 먹어가는 나이를 헤며 남의 일 같지 않게 마음 아파하는 게 그들 나름의 교감이었고 또한 희망이었을 뿐이었다.

해가 뉘엿뉘엿해지면서 햇살이 살얼음판처럼 어설퍼졌다. 깊은 가을이었다. 구미구미 땔감을 쟁여놓은 마루 밑에서 벌레 우는 소리가 나다 말다 한다. 해주댁의 얼굴에는 주름이 깊었고 기름기 없이 바스러진 머리칼도 반백을 훨씬 넘었다. 후성이가 손자라면 알맞게 폭삭 늙은 해주댁을 바라보면서 종상이의 감회는 자못 착잡했다. 머릿방 아씨가 남기고 간 부정의 씨에 대해선 그토록 애틋하고 간절한 당부를 남기고 간 전처만 영감이 세상이 다 아는 자신의 서출에 대해선 어찌 그리 박절했을까. 해주댁이 에구…… 가냘프게 신음하며 허리를 펴고 일어섰다.

"예서 드새고 가려나?"

저녁을 지으려는 듯 이렇게 물었다.

"왜 과객 취급하듯 하시니까? 며칠 묵어가면 안 되겠시니까?"

"가뜩이나 외롭고 서러운 사람 놀리지나 말게나."

"그동안 제가 도리가 아니었습죠."

"그게 내 팔자라네. 무슨 복에 인복인들 타고났겠나."

"원 무슨 말씀을……"

"그 후엔 참 뒤탈이나 읎었나?"

천명이를 야밤에 갖다 묻은 일을 말하는 것 같았다.

"예, 뒤탈 날 만한 일도 아니었구요."

"하긴 세상이 하 뒤숭숭하니까 살인을 한들 누구라 뭐래겠나."

"설마 제가 살인을 했다고 여기시는 건 아니겠죠?"

"아이고 아닐세. 꿈에도 그런 생각은 안 했네."

양주병을 가지고 우물로 갔던 후성이가 말끔히 닦아가지고 오는 걸 보자 해주댁은 깜짝 놀라며 빼앗으려고 했다.

"아서라 깨뜨릴라. 보아하니 귀한 물건인데."

"귀한 물건은요, 빈 병인걸요. 놔두세요, 가지고 놀게요."

"가지고 놀다니. 우리를 아주 주려나?"

"드리고 말고가 뭐 있시니까. 서양 사람들이 버린 빈 병이라니까요. 제가 있는 집엔 쌔고 쌘걸입쇼."

"그래도 그렇지 저리도 공교롭게 생긴 병은 내 생전에 처음 보네. 이리 내라. 됐다 요긴하게 쓰게."

해주댁은 병을 빼앗으려고 하고 후성이는 막무가내 안 놓으려 하고 모자가 맞붙어 실랑이질하는 걸 보면서 종상이는 속으로 묘한 우월감을 느꼈다. 우월감은 그의 혀를 매끄럽게 했다. 해주댁이 들락날락 저녁을 짓는 동안 그는 넓은 세상에서 보고 들은 것과 경험한 것 배운 것을 재미있게 꾸며서 늘어놓기 시작했다. 서양 사람들이 얼마나 청결하고 편리하고 문명 되게 사나를 얘기할 때 그는 마치 자기가 서양 사람이 된 것처럼 으쓱했다. 그의 말에 홀려서 해주댁은 행주치마 귀퉁이를 태우는 실수를 했고, 후성이는 줄창 헤벌린 입을 다물 줄을 몰랐다. 불과 한 식경 사이에 그는 자기도 모르게 그의 어정쩡한 귀향을 금의환향으로 바꾸어놓았다.

저녁상은 후성이와 겸상이었다. 겉절이와 호박잎 찐 게 별미였다.

"천천히 들게나, 체하겠네. 듣자 하니 배 주리고 살진 않았겠는데 어찌 그리 걸귀처럼 구나?"

"괴기 반찬만 약비나게 먹다 보니 푸성귀가 어찌나 먹고 싶던지."

그는 파 마늘 고춧가루 양념이 짙은 음식이 얼마나 먹고 싶었나 하는 얘기를 이렇게 둘러댔다. 양념 냄새를 수치스러워해야 하는 굴욕감은 생각하기도 싫었고 입에 담기는 더욱 싫었다. 저녁상을 물리자 해주댁이 가까이 무릎을 맞대면서 의논성스럽게 나왔다.

"자네가 크게 성공해서 반갑네. 시운과 인복도 잘 탔지만 자네 사람됨이 남의 꾐은 받게 생겼드라니."

"성공이라니 당치도 않습니다요. 이 나이가 되도록 아직 배우는 학생의 몸인걸입쇼."

"아무리 촌구석에서 땅이나 파지만 나도 알 건 다 아네. 앞으로 벼슬길에 나가는 것보다 신학문하는 게 성공하는 길이라네. 그래 말인데 우리 후성이 말일세."

해주댁이 한숨을 길게 내쉬고 한동안 뜸을 들였다.

"서당엔 보내셨겠죠?"

"언문도 깨치고 천자문도 떼었다네. 까막눈만 겨우 면하고 나서 이제나저제나 어찌 기다리는 마음이 읎었겠나?"

"네? 무슨 말씀이신지요?"

"남들은 돌아가신 영감님이 나에게 박절하게 군 게 정이 읎어서인 줄 알지만 그게 아니었다네. 영감님은 나의 욕심 읎는 걸 좋아하셨고 나 역시 그 비위를 맞추자니 자연히 부자의 소실답지 않게 궁색하게 살 수밖에 읎었지. 영감님 살아생전에 우리 멋에 그렇게 살았거니와 막상 돌아가시니 그렇게 허망할 수가 읎네그려. 허망하고 약한 마음에 어찌 이제나저제나 큰댁 하회를 기다리는 마음이 읎었겠나. 내 비록 소실 노릇을 했다고 하나 영감님을 현혹시킨 화초첩도 아니겠다. 늘 마음속으로 큰댁을 공경하고 두려워하고 그 어른 소생까지 두었으니 바라지 못할 욕심도 아니잖는가."

"제사 참례 말씀이오니까?"

"그것도 그렇구, 다 자란 그 댁 핏줄을 어찌 저리 내버려두는지 참말로 야속하네그려. 마님 살아 계실 때는 못 그랬다손 치더라도 이젠 마님도 돌아가셨겠다. 생판 남도 데려다 거두고 닦달질해 제 식구 만들어 일생 의리를 지키는 게 개성 상인이라는데, 세상에 두 아드님이 다 크게 장사들을 하면서 하나 있는 어린 이복동생을 마냥 모르는 척하실 작정이니 내가 어찌 서럽지를 않겠나?"

"그 문제라면 제가 기회 봐서 말씀드려볼 수도 있겠시다. 이성이 형님은 그동안 한양 장사로 쏠쏠히 재미를 봤는데 그때마다 제가 크게 도움이 됐거들랑요."

"자네가? 어드렇게?"

"외국 사람들하고 물건을 사고팔려면 중간에 양쪽 말을 다 할 줄 아는 통역이 들어야 하니까요."

"자네가 그런 일꺼정? 자네 정말 크게 성공했네그려."

"글쎄, 그건 성공이 아니라니까요."

종상이는 잠깐 성깔 있게 굴다가 곧 평정을 회복했다.

"그 사람 제 버릇 개 못 준다더니."

"네?"

"이성인가 하는 그 사람 말일세. 왜놈들하고 인삼 뒷거래해서 욕 많이 먹던 사람 아닌가?"

"네, 맞아요. 샛골에 본집이 있는……."

"자네도 그렇지, 왜놈이라면 어지간히 한이 맺혔을 텐데 언제 그 사람 편이 돼서 왜놈들 거간 노릇까지 하게 됐나?"

"외국 사람이라고 왜놈만 있는 건 아니지요. 서양 사람도 있구, 서양도 한 나라가 아니라 워낙 여러 나라라 다 말이 통하는 것도 아니구요. 세상 많이 달라졌어요. 한양엔 별의별 나라 사람이 다 와 있으니까요. 그중에는 왜놈이 젤 꼴사나운 건 사실이지만 미울수록 장삿속에서 저들에게 속지 않고 우리 이익을 늘리도록 힘써야지 않겠시니까. 통역이 중간에서 하는 일이 바로 그런 것이지요."

"자네 말을 듣고 보니 딴은 그렇겠구먼."

"후성이가 올해 몇 살이죠?"

"점방에서 일 배울 나인 되고도 남지. 그렇지만 이제 와서 구차스럽게 자네를 중간에 넣고 우리 애를 집어넣을 생각은 읎네. 핏줄이 캥겨 절로 찾지 않는 걸 억지로 들여보내 봤댔자 눈엣가시 노릇이나 하기 십상일 테니 말일세."

"귀한 자식일수록 고생을 사서라도 시키라는 말도 있잖습니까?"

"이왕 사서 할 고생이라면 될성부른 데서 시키는 것도 에미 노릇 아니겠나. 그래 말인데 그쪽보다는 한양에 연줄을 대줄 수 읎겠나. 이왕이면 대처에서 부대끼게 하고 싶네. 장삿길을 트던가 자네처럼 학교 공부를 하던가. 그건 나중에 정하더라도 이 고장을 뜨고 싶네, 하루빨리."

"아직 어린 후성이를 믿고 어드렇게 전답이 있는 고향을 뜨시겠다고 이러시니까. 마님 고정하십시다요."

종상이는 마음으로부터 우러나 진국스럽게 말했다.

"모르는 소리 말게. 여기가 어째서 내 고향인가. 영감님 한 분 믿고 타관살이하다가 영감 돌아가시니 내 신세가 끈 떨어진 뒤웅박만도 못하다네. 그래도 저 자식한테는 큰형 작은형뻘 되는 이들이 행세깨나 하고 사는 고장이거니 마음이라도 정 붙이고 의지하려 했건만 그쪽 박대가 자심하니 차라리 읎는 것만 못하다 해도 누가 나를 나무라겠나."

"박대라니요. 그러실 분들이 아니옵니다요."

"멀쩡하게 살아 있는 사람을 읎는 것처럼 아는 척을 안 하니 게서 더한 박대가 어디메 있겠나."

"아까도 말씀드렸지만 그 일은 염려 마시라니까요. 설사 그 댁 점방에 못 들여보낸다 해도 후성이 하나 써줄 전이야 읎겠시니까?"

종상이는 거듭 장담을 하며 해주댁을 달래려 들었다.

종상이의 간곡한 위로에도 해주댁은 조금도 솔깃해하는 기색이 없었다.

"우리 애가 그 댁 서출이라는 건 그 댁에서만 모르는 척하시지 송도바닥이 다 아는 사실인데 즐비한 그 댁 점방 제쳐놓고 딴 데서 고용살이를 해보게. 우리 앤 우리 애대로 업신여김당하고 남의 말하기 좋아하는 사람들 입초시에 오르내려봤댔자 우리 애헌테 이로울 것도 읎거니와 그 댁 체모는 또 뭐가 되겠나. 자네가 연줄을 안 대줘도 한양으로 가고 말 걸세. 한양 인심이 제아무리 고약하대두 설마 송도 인심 같을라구."

비록 드러내놓고 이를 갈진 않았지만 속으로 얼마나 절치부심하고 있다는 걸 남이 느낄 만큼 해주댁은 몸서리를 쳤다.

"참, 내 정신 좀 보게나. 먼길 온 사람 얼른 쉬게 헐 생각은 안 허구 신세 타령에 밤새는 줄 모를 뻔했네."

해주댁이 걸레를 들고 부스스 일어섰다. 아직도 미진한 것 같았으나 엄격한 전처만 영감한테 길들여진 체통 같은 게 남아 있어 그쯤 절도를 지킬 수 있는 듯했다.

"아, 아닙니다. 아직 초저녁인걸요."

"머릿방에 자리를 봐줄 테니 후성이허구 같이 자게나. 대처에서 보고 들은 신기한 얘기도 좀 해주고."

걸레를 들고 머릿방으로 건너갔던 해주댁이 다시 건너와서 난처한 듯 말했다.

"오래 비워놨더니 눅눅해서 어쩐다지? 날도 차고 하니 군불을 좀 지펴야 할까 보다. 후성아, 나무 한 삼태기만 머릿방 아궁이에다 파다 놔주겠는?"

해주댁 말이 떨어지자마자 예, 하고 일어서는 후성이를 따라서 종상이도 일어섰다.

"마님은 쉬세요. 군불은 우리덜이 때도 되니깐요."

"그래주겠나. 손님 대접을 이렇게 막해도 되나 모르겠구먼."

"마님도 손님은요. 머슴 살던 종상일 벌써 잊으셨시니까?"

종상이는 짐짓 너스레를 떨면서 후성이의 어깨를 감싸 안아 같이 밖으로 나갔다. 사립문 밖 바깥뜰에 비켜서 있는 갈잎가리가 얼추 집채만했다.

"이게 다 우리 후성이 수고로구나. 녀석, 벌써 어른 한몫을 톡톡히 하네그려."

종상이는 그 애가 얼마나 다부지게 지게를 진다는 걸 직접 목격한지라 이렇게 칭찬 겸 감탄을 했다. 마당엔 갈잎나무가 집채만 하고 마루 밑에는 빈틈없이 참나무 장작이 쟁여 있으니 과부 살림 그만하면 과히 궁색할 것도 없다 싶었다. 단단하게 쟁여놓은 갈잎가리를 밑에서 한 삼태기 파내니 아궁이처럼 뚫린 자국을 후성이가 능숙하게 아물렸다.

"벌써 겨울 날 채비를 이만큼 해놓은 집은 너네 집밖에 읎겠다, 그치?"

이렇게 거듭 대견해하는 종상이에게 후성이는 뜻밖에도 퉁명스럽게 대꾸했다.

"몰라, 남덜이 어드렇게 사는지 알아야 말이지."

이 한마디가 해주댁의 수많은 말보다 한결 심각하게 그들의 고립의 어려움을 호소하는 것 같아 종상이는 마음이 아팠다. 쇠죽 솥이 걸린 머릿방 아궁이에다 종상이는 불을 지피고 후성이는 물을 길어다 솥에 부었다. 영감님이 돌아가신 후엔 머슴도 안 두고 소도 안 치는 게 건사하기가 힘에 부치는 까닭도 있었지만 본가집 식구들을 의식한 엄살도 있음 직했다.

갈잎은 금세 활활 타고 아궁이 앞에 쭈그리고 앉아 그 열과 빛을 받은 두 사람의 마음도 쉽사리 훈훈해졌다. 종상이는 나란히 앉은 소년을 팔 안으로 끌어당겼다. 소년은 순순히 그에게 기댔지만, 눈은 골똘히 불만 보고 있었다. 너울대는 불꽃에 따라 얼굴에 뚜렷하게 빛과 그늘이 지면서, 눈빛이 소년답지 않게 형형하고 볼이 여위어 보였다. 풍성하던 볼이 그늘진 대신 코가 두드러지니 어쩌면 그렇게 전처만 영감을 빼닮았는지. 종상이는 그의 간담을 얼어붙게 하던 전처만 영감과의 최초의 만남이 생각나서 오싹 전율했다. 그때 전처만이 종상이에게서 본 게 그 옛날의 이 생원이듯 지금 종상이가 곁눈질로 보고 있는 것도 후성이가 아니라 전처만이었다. 사람마다 죽어도 아주 죽기가 싫어서 자식을 바람인가. 자식을 남기고 죽으면 죽어도 아주 죽는 게 아니라는 말은 맞는 말이었다. 그렇다면 전 영감이 판에 박은 듯 자식을 닮은 어린것을 남기고 죽으면서 뒷일을 부탁하는 유언 한마디, 못 잊어하는 내색 한 번 없었다는 건 도무지 이해할 수가 없었다. 범강장달이 같은 적출의 아들이 둘씩이나 있다고는 하나 그럴수록 어린 서출의 장래가 애달플 건 인지상정이었다. 워낙 괴팍하고 사리에 어긋난 걸 못 참는 성미라 자기 핏줄이라도 서출은 그만큼 하대해 마땅하다고 여겼다고 짐작할 수도 없는 게, 청상이 된 며느리가 정조를 지키지 못하고 낳아놓고 간 뒤 핏줄인 줄도 모르는 천한 것한테는 어찌 그리 미리미리 용의주도한 부탁을 할 수 있었단 말인가. 살아서도 전처만 영감은 종상이에게 어려운 수수께끼였지만 죽어서도 별로 달라진 게 없었다.

전처만 영감이 태임이에게 물려준 건 그 아이에 대한 책임뿐 아니라 이치로는 도무지 설명할 수 없는 집착까지라는 게 종상이를 쓸쓸하고 암담하게 했다. 그 생각을 할 때마다 종상이는 쓸쓸하고 암담해졌다. 그의 나이 스물여섯, 태임의 나이 스물둘이었다. 서로가 첫눈에 서로를 운명처럼 느낀 지도 10년은 되었을 터였다. 불꽃 같은 갈망도 꽃 같은 사모도 세월의 속절없음에 한물가 아릿한 연민과 우울하고도 절망적인 정열이 되어 남아 있을 뿐이었다.

상전과 하인, 부자와 가난뱅이라는 신분의 차는 이제 아무것도 아니었다. 처녀 나이 스물둘에다, 천애의 고아에다, 갖다 대는 혼처마다 퇴박을 놓는 소문난 교만은 종상이의 흠보다 더하면 더했지 결코 덜한 흠이 아니었다. 게다가 한양 출입이 잦은 이성이가 종상이를 앞으로 개화된 세상에선 한몫 단단히 하리라 내다보고 집안 내에 그렇게 풍긴 것도 덕이 되어 이제 전씨 집에선 그 골칫거리의 연분은 종상이밖에 없다고까지 은근히 바라기에 이르렀다. 다만 그쪽에서 먼저 고개 숙이고 청혼을 하기엔 과거 상전으로서의 체통이 걸치적거릴 뿐이었다. 이제 종상이에게 태임인 결코 오르지 못할 나무가 아니었다. 그럼에도 불구하고 종상이는 서로 애달프게 바라다만 보는 거리를 좁힐 엄두가 나질 않았다.

그들 사이엔 늘 머릿방 아씨가 남기고 간, 그리고 전처만 영감이 부탁하고 간 불륜의 씨가 가로막고 있었다. 전 영감은 그 아이의 뒷일만 태임이에게 부탁하고 간 게 아니라 그 아이에 대한 그의 비정상적인 집착까지 그대로 물려주고 간 것 같았다. 그 아이에 대한 태임이의 집착 역시 상식으로는 도저히 이해할 수 없는 거였다. "그 아이는 관옥 같다네." 태임이는 그 아이를 꼭 그렇게 말했고, 그렇게 말할 때 태임이는 딴사람처럼 부드럽고 따사로워졌고, 강한 눈길도 꿈꾸듯이 풀어졌다. 어머니 쪽 핏줄로 아무리 하나밖에 없는 동생이 된다지만 그럴 수는 없는 일이었다. 그렇게 그 애를 극진히 생각하면서도 그 애의 존재는 아무에게도 알리고 싶어하지 않는 것은 불쌍한 망모의 명예를 지키기 위함이라 이해할 수도 있었지만, 그 애를 제 자식처럼 거두고 사랑해줄 사람한테라야 시집을 가겠다는 태임의 고집은 꺾을 수도 이해할 수도 없었다. 태임이를 대신해서 몇 번 가본 그 아이는 과연 관옥 같았지만 좋아할 수는 없었다. 그 아이를 사이에 낀 혼인 같은 거, 생전 총각귀신을 못 면한대도 안 하겠다는 오기가 치민 적이 한두 번이 아니었다.

후성이가 어디서 밤을 한 움큼 갖다가 창칼로 흠집을 내더니 사위어가는 불 속에 묻었다. 달은 휘영청하고 마루 밑에서 벌레 우는 소리는 처량하고 구슬펐다. 재 속에서 펑펑 소리가 나면서 밤 익는 냄새가 구수했다. 후성이가 부지깽이로 아직도 이글거리는 잿더미를 쑤셔서 군밤을 찾아냈다. 군밤을 나누어 갖고 손바닥이 뜨거워 연방 호호 불며 방으로 들어간 두 사람을 해주댁이 따라 들어와 등잔불을 켰다. 비워두었던 방치고는 정결했다.

"서울선 해가 지면 천장에서 해보다 더 밝은 불이 저절로 들어온다면서."

"예, 전기로 들어오는 불이죠."

"전기가 뭔지 석유불보다 몇 곱절이나 밝다니 값도 그만큼 비쌀 테지?"

"석유처럼 집집마다 조금씩 사다 쓰는 게 아니고 불빛을 내는 힘을 한꺼번에 일으켜서 집으로 보내니까 되레 석유보다 싸게 먹히죠."

"난 그게 무슨 소린지 도무지 못 알아듣겠네만 그 불이 밝기는 해도 여간 위험하지 않다네. 촌사람이 서울 가서 그 불이 하도 신기해서 한참 쳐다보았더니 당장 눈이 뽀얗게 멀었다지 뭔가?"

"그럴 리가 있겠시니까?"

"증말이야, 내 말 허투루 듣지 말고 자네도 조심하게. 서울서 눈 멀어 가지고 온 사람을 구경허구 와서 온통 법석들을 떠는 걸 봤으니까 하는 소릴세."

"눈먼 사람만 안 보셨으면 됐시다."

"내 말 안 믿는군. 그럼 잘 자게."

해주댁이 이부자리를 깔아놓고 건너가자 종상이는 느닷없이 후성이를 들어서 메다꽂고 다시 일으켜서 딴죽을 걸고 치고받았다. 그가 머슴 살 때 곧잘 후성이를 상대로 하던 거친 장난이었다. 처음엔 영문을 몰라 당하기만 하던 후성이도 곧 지난날의 유쾌하고 기운 넘치는 장난이 생각난 모양이다. 머리보다 몸뚱이의 기억력이 더 빨라 곧 왕년의 장난꾸러기 몸짓 그대로 겁 없이 탄력 있게 저항해왔다. 구들장이 쾅쾅 울리게 두 사람은 치고 받고 엎치락뒤치락했다. 무슨 일인가 싶어 말리러 가려던 해주댁도 그들의 기왕의 버릇이 생각나 마음을 놓으며 자리에 누웠다. 후성이한테도 저런 형이나 삼촌이 있었으면 좀 좋을까 싶은 부질없는 욕심으로 해주댁의 잠자리도 편치가 못했다.

한동안을 그렇게 치고받다가 종상이가 먼저 두 손을 들며 졌다는 시늉을 했다. 그것도 기왕에 하던 버릇이었지만 그때만 해도 일부러 져주었는데 이번엔 그게 아니었다. 제법 맞붙어 상대할 만하게 후성이는 나이보다 씩씩했다. 허우대만 숙성한 게 아니라 뼈가 굳세고 힘살이 단단할 뿐 아니라 전체적으로 날렵하고 지칠 줄 모르는 투지를 갖고 있었다. 기운이 쭉 빠져버린 종상이에 비해 후성이는 아직도 싸울 기운이 많이 남았다는 듯이 여유 있게 빙긋대고 있었다.

기운을 떠보려고 싸움을 건 건 아니었지만 종상이는 이런 후성이가 대견하고도 마음에 썩 들었다. 서먹했던 사이가 씨름 한 판으로 그동안의 세월을 뛰어넘어 한식구로 지내던 예전의 친하고 흉허물 없는 사이로 돌아갈 수가 있었다. 종상이는 처음으로 아늑하고 정겨운 귀향의 기분을 즐기며 군밤을 까기 시작했다.

"후성아, 너처럼 씩씩한 대장부가 아까는 왜 그렇게 못나게 굴었는? 그까짓 왜놈이 뭐가 무섭다고."

"왜놈은 안 무서울지 몰라도 왜놈 순검은 무섭잖아. 검은 옷 밑에다 큰 칼을 차고 다닌다던데."

"그래도 그렇지, 제까짓 것들이 칼로 우리를 못살게 굴면 우린 총으로 그것들을 물리칠 궁리를 해야지 숨고 도망가는 건 바보 멍텅구리나 하는 짓이란다."

"성은 총 있어?"

"아니, 아직."

"그럼 만들 줄은 알아?"

"총은 혼자서 집에서 만들 수 있는 게 아니란다."

"에잇, 그럼 없는 것과 마찬가지잖아. 없는 총으로 싸우느니 나 같으면 식칼을 갈겠다."

"그래그래 네 말이 맞다. 성이 졌다. 씨름에도 지고……."

종상이는 기분 좋게 피곤한 몸을 쭉 뻗으며 이불자락을 들쳤다. 후성이도 나란히 누우며 도란도란 말을 시켰다.

"성, 난 전기로 켜는 불이 너무 밝아 눈이 멀었단 소리는 안 믿어. 불이 천장에 거꾸로 매달려 있으면 얼마나 좋을까. 등잔 밑이 어둡지도 않고. 근데 전기는 어드렇게 쏟아지지 않고 천장에 거꾸로 매달려 있을 수가 있지?"

"녀석……."

종상이는 실없는 소년의 머리에 알밤을 한 대 먹이고 나서 전기가 석유나 피마자기름, 들기름 따위하고 어떻게 다른가를 가르쳐주려고 끙끙거렸다. 그러나 곧 소년의 고른 숨소리가 들렸다.

강릉골 외딴집에 가을밤이 깊어갔다. 겉보기에 퇴락해 보였던 것은 그럴싸하게 보아서 그랬었나 보다. 해주댁은 영감님 생전과 다름없이 부지런히 일하고 욕심 적게 부리고, 검소하고, 정결하게 그러나 광과 시렁에다 구미구미 알토란같이 여퉈놓고 살고 있음이 종상이 보기엔 매우 흐뭇했다. 문제는 후성이 장래에 대한 걱정인데 어떡하든지 힘이 돼줄 작정이었다.

어찌 그 아이만 관옥 같으랴. 종상이는 후성이의 됨됨이에 까닭 모를 강한 애착을 느꼈다. 실상 그런 느낌은 돌연한 변덕 같은 거였는데도 그는 오래 전부터 그랬던 것처럼 느꼈다. 해주댁이 후성이하고 같이 봐준 이부자리는 상객용인 듯 깔끔하고도 매끄러웠다. 해주댁은 생전 손님이 올 가망이 없다 해도 손님용 이부자리는 갖춰놓고 살 그런 여자였다. 침상에서 낡은 담요만 휘감고 자버릇해서인지 풀과 다듬잇살이 잘 선 홑청이 뒤척일 때마다 성깔을 부리며 와석거리는 게 신경에 거슬려 밤이 깊을수록 눈이 말똥말똥해졌다. 호청뿐 아니라 이불 거죽도 비단은 아니지만 남색에다 꼭두서니빛 깃을 댄 당목은 물감이 곱게 들고 다듬이질이 잘돼 속되게 흔히 말하듯이 파리가 미끄럼을 탈 만했다. 왜 우리 조선의 청결은 이렇게 청승맞은 것일까. 부녀자들의 진을 뺀 결과이기 때문일까. 종상이는 닥터 스톤 부부가 골치를 썩이고 넌더리를 내면서 혐오해 마지않는 이 나라의 불결에 동의할 마음은 추호도 없었지만, 그 반증처럼 와 닿는 청결함에도 반가움보다는 이질감 먼저 느꼈다. 새로 바른 지 얼마 안 되는 듯 넉넉하고 싱싱한 문풍지가 푸르르 떨었다. 구들목은 꽤 굼떠 이제부터 슬슬 더워오기 시작하건만도 종상이는 문풍지 소리를 덩달아서 몸을 웅숭그렸다. 그리고 첫서리가 내리려나, 하고 중얼거렸다.

아직 들은 비어 있지 않았다. 논두렁에 누워 있는 벼도 있고 논에서 물결치고 있는 벼도 있었다. 밭곡식도 마찬가지였다. 땔감이 되어 밭두렁에 아무렇게나 쓰러져 있는 깍짓동이 있는가 하면 수수 이삭은 아직도 껑충하니 건들대면서 얼마 남지 않은 가을을 아쉬워하고 있었다. 그러나 땅에서 왕성하게 빨아올리던 목숨의 진액이 다해 바람이 닿을 때마다 와삭와삭 가랑잎처럼 메마른 소리를 내는 것은 아직도 땅에 뿌리박고 있는 수숫대나 산자락에서 길길이 자란 억새풀이나 이미 낫질당한 벼 포기나 마찬가지였다. 지금 이 외딴집 문풍지를 흔들기까지 바람이 거쳐온 쓸쓸한 가을 들판을 떠올리며, 아울러 자신이 지금 누워 있기까지 겪어온 마을 사람과 사건과 변화의 의미를 생각하느라 종상이는 잠을 이룰 수가 없었다.

 오래간만에 포식한 양념 짙은 반찬과 잡곡밥이 속에서 한참 부대끼는 듯하더니 꺼얼꺽 하고 진한 트림이 났다. 속이 한결 개운해졌다. 그는 일부러 트림을 몇 번 더 했다. 그러나 아무의 눈치도 볼 것 없이 트림을 마음껏 할 수 있는 행복감도 잠깐이었다. 세상모르고 자던 후성이가 몸을 뒤채면서 줄방귀를 뀌기 시작했다. 자리 밑에서 나는 흙냄새는 구수해서 참을 만했으나 트림 냄새에 방귀 냄새까지 섞이니까 당장 속이 메스껍고 골치가 띵해졌다. 드디어 그는 코를 싸쥐고 중얼거렸다. 조선 사람은 왜 이 모양 이 꼴이란 말인가. 한참만에야 자신이 꼭 닥터 스톤 같은 얼굴로 조선 사람을 경멸하고 한심해하고 있다는 걸 깨달았다. 닥터 스톤을 닮다니. 그럴 작정은 아니었다. 종상이도 자기가 많이 달라졌다는 건 알고 있었다. 부지런하고 진국스럽게 머슴살이할 때의 그도 아니었고, 젊은 혈기 하나로 감당 못할 모의를 꾸밀 때의 그도 아니었다. 그의 나이 스물여섯이고 배재학당의 학생이었다. 신학문을 익혔을 뿐 아니라 은연중 기독교적인 인생관 세계관 생활 방식에 영향받고 있었다. 그러나 그가 정말 심취한 건 그런 것들보다는 〈독립신문〉이었다. 〈독립신문〉을 손쉽게 사볼 수 있다는 걸로 그는 한양에 오길 참 잘했다고 수없이 생각했고, 이로움보다는 의로움을 위해 정열을 바칠 각오를 새롭게 한 것도 신학문보다는 〈독립신문〉의 덕이 크다고 여기고 있었다. 자신이 할 수 있는 의로운 일이 과연 뭘까에 생각이 미치면 해야 할 일과 하고 싶은 일이 너무 많아 다소 혼란에 빠지기도 했지만, 그건 결코 닥터 스톤식의 아니꼬운 우월감과 선민의식하고 같은 것일 수가 없었다. 〈독립신문〉이 그에게 불어넣은 것은 우리가 더 이상 남의 나라의 업수이여김을 받아서는 안 된다는 민족적 자존심이었다. 그것은 그가 고향에서 수없이 몸부림치며 깨달은 것, 한양에서 신학문하면서 눈뜬 것, 닥터 스톤네서 고용살이한 덕으로 남보다 한 발 앞서 맛본 문명된 생활 방식에 대한 찬탄 등을 합친 것보다 더 황홀한 각성이었다.

그러나 이제 보니 한양에서 확실하게 얻어 가진 건 트림 냄새, 방귀 냄새를 참을 수 없다는 것뿐이 아닌가. 그것을 트집 잡아 조선 사람과 조선의 풍속을 야만으로 경멸하면서 자기만은 조선 사람 아닌 것처럼 구는 아니꼬운 착각뿐이 아닌가.

그는 분명한 입장을 취해야 할 때일수록 꼭 양다리를 걸쳐온 자신의 지난날을 돌이켜보면서 문득 생전 고칠 도리가 없는 병이 든 것처럼 느꼈다. 너는 도대체 뭐냐? 그는 낯선 괴물단지에 질문을 던지

듯이 자신에게 물으면서 자리를 박찼다. 그렇게라도 자신의 우스꽝스러운 개화의 모습은 힐책을 당해야 할 것 같았다. 헝클어진 생각을 가다듬기 위해서, 실은 트림 냄새 방귀 냄새를 정말 못 참겠어서 그는 소리를 죽여 문을 열고 밖으로 나왔다. 깊은 가을의 야기가 서릿발처럼 차가웠다. 집집의 문풍지를 울리던 바람이 어디선가 함께 모여서 불온한 모의를 하고 있는 것처럼 흉흉하게 웅성대는 소리가 멀리서 들렸다. 천명이 무덤가의 억새풀들이 그렇게 바람을 모아들였다 내쳤다 하는지도 몰랐다. 편히 잠들게나, 이 사람아, 바람이 기껏 문풍지밖에 더 울리겠나. 문풍지 소리에 깨어 일어날 귀 밝은 사람은 아무도 없다네.

다음 날 아침, 해주댁이 일어났을 때 종상이는 벌써 안팎 마당을 정갈하게 빗질해놓고 양치질을 하고 있었다. 해주댁은 다만 젊어서 좋다고 생각했다. 그 먼길을 온 다음 날 거뜬하게 일찍 일어날 수 있는 젊은 기운이 부럽고도 대견했던 것이다. 종상이는 고봉으로 담은 밥그릇을 우물우물 천천히 비우면서 묻지도 않는데 후성이 장래는 더 생각해봐 가며 좋은 방향으로 정할 테니 너무 걱정 말라고 했다. 제가 무슨 맏형이나 집안 어른쯤 되는 것 같은 주제넘은 말투가 왠지 해주댁 귀에 거슬리지가 않았다. 그렇다고 자네만 믿겠네, 하고 맞받진 않았지만 절로 솔깃했다. 그동안 너무 외로웠기 때문이다. 본댁 식구들의 무관심 때문에 맺힌 한이 예전 머슴의 흰소리에 풀어질 만큼 해주댁은 약해져 있기도 했다.

"언제나 또 들르려나?"

"앞으론 자주 찾아뵙지요."

해마다 이맘때면 동구 밖 천명이 산소까지만 왔다가 들르지 않았다는 소리는 안 했다. 그러나 듣기 좋은 인사치레로만 앞으로 자주 들르겠다고 한 건 아니었다. 어젯밤 잠 못 이루고 한 많은 생각 중엔 후성이를 어떻게 돌볼 수 있을 것인가 하는 문제도 포함돼 있었다. 그는 샘말로 가지 않고 곧장 송도로 향했다. 방학 때가 아닌 때 사나흘을 내기는 쉽지 않았다. 학교는 공일날을 끼도록 해서 결석을 줄일 수 있었으나 닥터 스톤에겐 여간 눈치 보이는 일이 아니었다. 그래서 1년에 한 번 성묘도 기일을 지키지 못하고 가까스로 기일이 낀 달을 지키는 정도였다. 성묘 때마다 또다른 의무처럼 샘말에 들러 배 서방에게 맡겨진 태남이 자라는 모습을 보고 새롭게 당부도 해야 하는 것도 고역스러운 일이었다. 그러나 태남이가 어떻게 커가고 있나를 보고할 겸 태임이를 만날 수 있다는 게 그 총총한 여정의 꽃이었다. 샘말에 들르지 않고 강릉골에서 묵었다는 것은 처음 해본 엉뚱한 일탈이었다. 스스로도 뜻밖의 돌연한 일탈이었음에도 불구하고 그는 마치 오랫동안 벼르고 꾸민 일을 성취한 것처럼 만족스러웠고 상쾌한 해방감까지 느끼고 있었다.

어머니와 조부모를 연달아 여의고도 둘이나 되는 숙부네 의탁하기를 마다하고 동해랑의 그 큰 집을 혼자서 지키고 아랫것들을 거느리며 깍듯이 상전 노릇을 하는 태임이에 대해 일가친척 사이에선 억측이 구구했다. 그 집엔 구들장이 내려앉게 큰 돈궤 말고도 또 그만한 은이 땅속에 묻혀 있다는 등 주로 재물과 관계있는 추측이었다. 그러나 혼기를 놓치고 늙어가자 동정심 때문에 재물에 대한 시기가 덜해지고, 시기심이 덜해지니 소문의 상상력도 열없어질 수밖에 없었다. 그러나 이성이 부성이 두 삼촌은 태임이 때문에 남들 앞에서 얼굴을 못 들고 주눅 들기는 이때나 그때나 마찬가지였다.

언년네가 먼저 종상이를 보자 반색을 하더니 곤두박질을 치며 안으로 들어가 이 서방 왔다고 고했다. 마루 끝까지 마중 나와 말없이 우뚝 선 태임이에게 종상이는 허리를 굽혀 인사를 하고 나서 똑바로 쳐다보았다. 약간 튀어나온 듯 동그스름하고도 반듯한 이마에 구름의 그림자처럼 서린 그늘은 수심인가, 덧없는 세월인가. 그리운 이의 아리따운 우수가 종상이의 가슴에 고통스럽게 사무쳤다.

"올라오시게나."

아랫것들 듣는 자리에서의 '허게'는 변함이 없었지만 언제부터인가 둘이만 있을 땐 깍듯한 존대를 했다. 그 대신 한 번도 문지방을 가운데 두지 않고 둘이서만 면대해본 적이 없었다. 안방은 송도의 민가에 내려오는 격식대로 아래윗방으로 나누어져 있었고 그 사이엔 장지문 미닫이가 달려 있었다. 태임이는 으레 아랫방 아랫목에 정좌하고, 종상이는 큰 마루로 해서 머릿방과 마주 보고 있는 윗방으로 들어가 열어놓은 장지문지방 밖에 앉게 되어 있었다.

"아기씨도 수를 다 놓으시니까?"

종상이는 백통 장식이 장중한 수장궤에 비스듬히 기대놓은 수틀을 바라보며 이렇게 말했다. 단둘이 되었을 때 처음엔 태임이 얼굴을 마주 보기가 눈부셔 어쩔 줄을 모르고 딴청이나 부리는 것 또한 종상이의 버릇이었다.

"태남이는 잘 있더이까? 그동안 많이 컸지요?"

"예예, 관옥 같더이다. 총명하고 하나를 가르쳐주면 열을 알고……."

"대답을 어찌 그리 수월하게 하시니까? 비꼬는 투로 들립니다."

태임이가 상큼한 눈썹을 추스르며 종상이를 똑바로 봤다. 부끄럼을 안 타는 당돌한 눈길이 그녀를 나이보다 훨씬 어려 보이게 했다. 그러나 때로는 어린아이의 눈길이 더 가슴을 찌를 때가 있는 법이다. 종상이는 괜히 움찔하면서 쉽게 실토를 했다.

"실은 샘말에서 오는 길이 아닙니다. 아직 그 애를 못 봤습죠."

"왜요. 그 집에서 그 애를 업수이여기면 어드럭허라구요?"

"그럴 사람들이 아니라고 누누이 말씀드렸을 텐데요."

"그래도 그렇죠. 천자문을 읽히라고 했으면 얼마나 걸려서 떼었나, 책거리나 제대로 해주었나 궁금하지도 않아요?"

"진정하세요. 나는 그보다 더 급하고 중요한 일이 있다고 생각했기 때문에 이리로 먼저 온 거예요."

"그보다 더 급하고 중요한 일이 어디메 있다고 그래요. 읎어요."

"있어요."

"그게 뭔데요."

"이번에 청혼을 하기로 마음을 굳혔어요."

"청혼을요? 누구한테요?"

"셋째 어른한테 하는 게 낫겠죠. 둘째 어른도 나를 싫어하시진 않지만 암만해도 셋째 어른만큼은 나를 알지 못하실 테니까."

"그동안 그 삼촌한테 얼마나 신용을 얻어놓았길래 그렇게 자신 있는 소리를 하시니까? 하긴 지금의 내 신세가 더운밥 찬밥 가릴 만하지도 않지만요."

"벼르고 벼른 청혼입니다. 찬밥 대접은 섭섭하군요."

"삼촌들 보기에 그렇다는 얘기죠."

"그럼 됐어요."

"되긴 뭐가 돼요? 나도 이 서방을 더운밥이라곤 안 했시다. 너무 오랫동안 벼르기만 했다고 생각하지 않아요?"

태임이의 볼이 살짝 상기하면서 눈에 애틋한 원망이 서렸다. 처음 대하는 태임이의 이런 교태에 종상이는 입안이 타고 가슴이 울렁거렸다.

"그렇게 됐다면 사과하리다."

"처음 우리가 만났을 때 생각나요? 큰삼촌네 점방에서였죠."

"그때 일은 생각하기도 싫어요."

"나도 그때 생각을 하면 지금도 가슴이 떨려요. 할아버지가 그렇게 무서워 보이긴 처음이었거들랑요. 그렇지만 그때는 몰랐어도 나중에 생각해보니, 나는 그때 벌써 이 서방한테 시집가리라고 마음먹었던 것 같아요."

"설마."

"정말이라니까요. 그러니 얼마나 오래 기다린 셈입니까?"

"점점 더 면목이 읎어지네요."

종상이가 짐짓 고개를 조아리는 시늉을 했다. 마냥 흐물흐물해진 종상이에게 태임이의 다음 목소리가 톡 쏘듯이 날카로웠다.

"아무리 그래도 따질 건 따지고 넘어가야겠시다."

"새삼스럽게 뭘 또 따질 게……."

"왜 내가 파파할머니가 될 때까지 벼르기만 할 것이지 청혼할 마음이 생겼시니까? 이날 이때를 잡아 마음을 굳힌 까닭이 있을 텐데."

성질이 고약한 어린애의 눈처럼 영롱하고도 앙큼한 눈이 종상이를 빤히 쳐다보면서 물었다.

"물론 지금 별안간 그럴 생각이 든 게 아니라 오랫동안 생각한 바이고 또 졸업을 내년 봄으로 앞두었으니 일신상의 문제도 분명한 아퀴를 지어놓아야지 않겠시니까?"

"내가 묻고 싶은 것도 바로 그겁니다. 얼마 전까지만 해도 학문을 더 할 뜻이 있는 걸로 짐작하고 있었는데, 아닌가요?"

"나보다도 지금까지 내 뒤를 봐준 서양 의사 부부가 그렇게 바라고 있지요. 서양 의학 공부를 하기를요. 한양에도 서양 의술을 배울 만한 학교가 생겼지만 내가 원한다면 일본이나 미국에라도 보내줄 눈치예요. 또 의학 말고 딴 공부를 하겠대도 마다할 것 같지 않구요. 나에겐 그 사람들이 귀인이죠."

"왜 그런 좋은 기회를 안 잡으려고 그래요? 남의 나라의 업수이여김을 당하지 않고 떳떳한 독립국 행세를 하려면 나라 백성이 많이 배우는 게 수라는 것쯤 나도 알아요. 나 때문인가요? 여적지도 기다렸는데 더 기다릴 수 있어요. 혼인하고 나서 더 공부하겠대도 안 말릴게요. 쪽만 찔 수 있으면 독수공방쯤 아무것도 아닐 것 같아요. 제발 나 때문에 공부 더 하고 싶은 거 참지 말아요."

"아녜요. 정말이지 조금도 그런 걱정일랑 말아요. 그 문제는 아기씨 사정을 염두에 두지 않고 순전히 내가 옳다고 믿는 바대로 정한 거니까. 시급하게 할 일이 있어요."

종상이는 어제 밤새도록 잠을 못 자고 생각을 거듭한 끝에 내린 결단인지라 한결 떳떳하고 늠름하게 말했다.

"그게 뭔데요?"

"내가 할 일은 장사라고 뜻을 세웠어요."

"겨우 장사를요? 장사를 하는 데 뜻까지 세우고 말 게 뭐 있어요."

태임이가 역력히 실망의 빛을 나타냈다.

"못 배워서만 업수이여김을 당하는 게 아니잖아요. 돈이 읎어서 당하는 업수이여김은 더 서럽답니다. 개인도 그렇거늘 나라끼리는 더하겠죠."

"남들한테 업신여김당하지 않을 만한 재물은 새로 벌지 않아도 내가 갖고 있대두요."

"밑천 걱정은 그래서 안 해요. 장사의 방법이 달라져야 돼요. 큰돈은 송도 상인들이 다 벌던 때는 지나가고 있어요. 돈벌이될 만한 것치고 일본 사람, 서양 사람들이 참견 안 하는 게 읎다니까요. 그들은 왜 알토란같이 벌어가고 우린 왜 잘해야 고물이나 얻어먹고, 까딱 잘못하단 빚이나 지고 자빠지냐 하면, 그들보다 우리 밑천이 말도 못하게 영세하기 때문이오. 가뜩이나 작은 밑천끼리도 단결 못하고 서로 베껴먹기 때문이고, 신식 기계를 이용해서 상품의 질을 높이는 데 힘을 쓰지 않기 때문이에요. 그 밖에도 외국 사람들한테 배울 발달한 장사 방법은 새록새록 하다니까요."

"내게 그럴 만한 큰 밑천이 있다고 생각하나요?"

"아뇨. 외국 자본에 대항하려면 어떤 부자도 개인의 힘으론 안 돼요. 자본을 가진 사람끼리 모여서 회사를 만들어야 해요. 자본도 모으고 뜻이나 계략도 모아 장사를 같이 하고 이문도 나누고 하는 식으로 해야 돼요. 우선 밑천이 딸리지를 않아야 내 물건을 싸게 팔고 저들 물건은 외상으로 비싸게 사는 망조 들린 장사를 안 할 수가 있는 거죠."

"서울 가서 공부할 돈을 대겠다고 할 적에 한사코 마다더니 그런 꿍심이 있었군요."

"겨우 장사를 하겠다고 해서 실망하지 말길 바래요. 내 딴엔 그 일이 딴 어떤 일로 성공을 하고 이름을 날리는 것보다 보람이 있다고 생각하니까요. 또 이 나라 형편으로 봐서도 화급을 다투는 일이구요."

"나로부터 밑천을 끌어내는 것은 나하고 혼인을 하면 쉽게 이루어질 수 있다고 칩시다."

"그런 식으로 말하지 말아요. 마치 그걸 목적으로 혼인하려는 것처럼 들리니까요."

"하여튼 그건 그렇다치고 무슨 수로 딴 사람들의 밑천까지 끌어들여 회사를 만들겠다는 거죠?"

"이 댁 셋째 어른이 우선 힘이 돼주시리라 믿어요. 셋째 어른만 설득하고 나면 그 연줄로 큰 장사꾼들 몇 사람 모으기는 어렵지 않으리라고 봐요."

"이 서방이 그 숙부님에 대해 어느 만큼이나 아는지 모르지만 돌아가신 할아버님 눈 밖에 났던 건 알고 있죠?"

"아다마다요. 첫밭에 왜놈과 짜고 감쪽같이 큰 흥정을 해치운 걸 아시고 노발대발하셨죠. 그때 미워하신 걸 아마 돌아가실 때까지도 못 푸셨을걸요. 난 또 그 반대로 막판에 왜놈 나막신짝과 내 목숨을 바꿀 뻔한 미련스러움 때문에 영감님 눈에 들었구요. 셋째 어른이 좀 그런 데가 있어요. 이익을 위해선 번갯불에 콩 구워 먹게 빠르기도 하거니와 도대체 가리는 게 없는 양반이죠. 그렇지만 이익을 냄새 맡는 감각이 그 어른만큼 뛰어난 양반도 드물걸요. 회사란 밑천만 모으는 게 아니라 제각기의 장기도 모아 개인이 못 할 일을 하는 거니까요."

"송도엔 예로부터 도가가 발달됐잖아요. 그것만 있으면 안 되나요."

"도가를 현대화시키자는 거죠. 도가 나름의 폐단도 많았으니까요."

"장사야말로 해볼 만한 일이라고 정했으면 소신껏 하길 바래요."

"고맙소."

"우리가 혼인을 한 연후엔 샘말에 맡겨놓은 내 동생을 데려오는 일을 한시도 지체할 수 없다는 것도 알고 있죠?"

"그만한 각오 없이 청혼한 건 아녜요."

"그 각오를 하느라 그렇게 오랫동안 벼른 건 아닌가요?"

"그렇게 꼭 따져야겠소? 아니라곤 못 하리다."

"왜 아이를 그렇게 꺼려요? 내가 좋아하는 아이를 같이 좋아해 줄 순 없나요."

"싫고 좋고의 문제가 아녜요. 돌아가신 어머님을 새롭게 욕보이지 않고는 그 아이가 아기씨의 동생 노릇을 할 수가 없어요. 그 생각을 왜 못 해요. 그렇다고 우리 자식을 만들 수도 없고……. 데려온다고 다가 아니잖아요. 어떻게 한식구를 만들 수 있냐가 걱정이죠. 아기씨가 그럴 마음만 먹는다면 지금이라도 외가댁을 통해 수소문해보면 그 아이의 아버지를 찾을 수 있을지도 모르잖아요. 그 아이를 위해서 한 번쯤 염두에 둘 만한 문제 아녜요?"

"그만하지 못해요? 태남이에게 아버지 같은 건 없어요. 그 아이는 내 아이란 말예요. 내 거예요. 내 거. 할아버지가 나한테 주셨단 말예요. 설사 정승 판서가 그 아이 아버지라고 나서도 내가 줄 줄 알아요? 싫어요. 안 줘요. 그 아인 내 거란 말예요."

태임이가 눈에 파란 불을 켜고 길길이 뛰었다. 다소곳할 때보다 한결 처염했다. 종상이는 힘으로 그 안하무인의 광분을 꺾고 싶다고 생각했다. 그걸 참으려니 속에서 뭔가가 폭발할 것 같았다. 어쩌면 그것은 정욕인지도 몰랐다.

"알았어요. 알았으니 제발 고정해요. 내가 그 아이를 맡기가 싫어서 이런다고 생각하진 말아요. 다만 어드렇게 우리 식구를 만들 수 있냐가 하도 난감해서 그래본 것뿐이니까."

종상이는 맥빠진 소리로 이렇게 변명을 했다.

"그건 나중에 차차 의논해도 되잖아요. 우리 애가 태어나도 층하하지 않고 똑같이 사랑할 채비만 있으면 된단 말예요."

종상이는 그게 쉬운 줄 아냐고 한마디 하고 싶은 걸 꿀꺽 참고 딴소리를 했다.

"우리가 혼인하고 나면 돌봐줘야 할 애가 또 하나 있어요. 내 소청도 좀 들어줘야겠어요."

"뭐라구요? 이 서방이 그동안에 어데서 소생을 봤단 말이군요? 그러구 나한테 청혼을 하다니. 나를 이렇게 능멸해도 되는 거예요? 못된 사람 같으니라구."

태임이가 단박 사색이 되었다. 그대로 놔두었다간 기함이라도 할 것 같았다. 종상이는 묘한 쾌감을 느끼면서 여유 있게 눙쳐주었다.

"정말 오늘 왜 이래요. 아기씨답지 않게. 강릉골의 후성이 얘기를 할 참이었어요. 아기씨 서삼촌 말예요. 그쪽 집을 지금처럼 내버려둔다는 건 전씨 댁 체통을 봐서라도 말이 안 되는 것 같아요. 여자의 원한은 오뉴월에도 서리를 내리게 한다는데 이번에 거기서 하룻밤 묵었는데 작은마님 원망이 대단하더군요. 원망 들어 싸구요. 우리라도 그 애를 돌봅시다. 전에 든 정이 있어서 그런지 애가 아주 될성불러 보여요. 내가 그 애를 좋아하는 것도 막지 말아요."

"우리가 인심이 사나워 그 애를 모르는 척한 건 아니잖아요. 매사에 빈틈이 없으셨던 할아버지가 어련히 예비를 해주셨을 테지 하고 무심했던 것뿐이죠."

"작은마님이 워낙 부지런하셔서 모자가 겨우겨우 먹고사는 데 부족하진 않아요. 그게 아니라 내 얘긴 우리라도 앞으로 후성이한테 관심을 좀 갖자는 얘기죠. 본인이 원한다면 신학문도 시켜봄 직하잖아요?"

"알았어요. 이 서방 뜻대로 해요. 그러구 보니 우리는 혼인도 하기 전에 벌써 아들 형제를 두었군요. 복인지 환지는 모르지만……."

"아들이라니 당치도 않아요. 항렬을 하나씩 둘씩 막 끌어내리는 법은 없으니까요."

언년네가 헤프게 웃으며 다과상을 들여왔다. 전에 없던 파격의 대우였다. 두 사람은 황망히 데면데면한 얼굴을 꾸몄다.

종상이는 다과상만 받고 이내 일어섰다. 태임이는 대청마루까지만 나와서 배웅했다. 부엌 앞 긴돌에서 푸성귀를 다듬고 있던 그만이가 호들갑스럽게 놀라면서 종상이를 만류했다.

"김심이 다 돼가는데 가시면 어드럭허니까? 아기씨, 더운 김심 지으라고 하실 땐 언제고……."

"듣기 싫다. 김심이 대수냐, 해 안에 볼일이 많단다."

뒤로 슬쩍 점심을 지으라고 일러놓고 아닌 척 시치미를 떼면서 어색해하는 태임이 모습에 종상이는 처음으로 친밀감을 느꼈다. 오랫동안 연모해왔지만 그런 느낌은 처음이었다. 처음 만났을 때 태임이는 방구리만 한 계집애였건만 그때도 그녀는 만만치가 않았고, 자랄수록 어여뻐졌지만 도도하고 범접 못할 기품 또한 나이와 함께 더해 늘 종상이보다 한층 높은 곳에 머물러 있는 것처럼 보였다. 여북해야 아무리 춘정을 걷잡을 수 없을 때도 마음속으로라도 태임이를 농해보지 못한 종상이었다. 현실의 그녀에게 손이 닿을 수 없다는 것보다 마음속의 시렁으로부터 그녀를 끌어내릴 수 없다는 게 더 종상이를 참담하게 했고 조바심나게 했었다. 이제 청혼까지 하고 당사자의 승낙을 받은 거나 마찬가지건만 마음이 만든 그런 관계까지 청산된 건 아니었다.

"에그머니, 내 정신 좀 봐."

그만이가 밥 짓는 내가 구수하게 나는 부엌으로 뛰어 들어갔다. 뒤통수에서 솜씨 없이 찐 쪽이 수통 맞게 흔들렸다. 언제 서방을 맞았는지 처음 보는 쪽이었다. 태임이의 치렁치렁한 머리꼬랑이가 한결 청승맞아 보였다. 동갑내기라 으레 자기가 시집갈 때 가마 앞에 거느리고 가려니 한 계집종을 먼저 시집보낸 태임이의 도량이 돋보이면서도 안쓰러웠다.

"이참에 작은 숙부댁에도 들렀다 내려가실 테지요?"

그만이가 부엌에 들어간 사이 이렇게 묻는 태임이의 목소리는 나직하고도 날카로웠다. 쇠뿔도 단김에 빼라는 얘기쯤으로 들을 수도 있었으나, 그 쇠뿔이 말하는 규수 자신의 혼담이고 보니 절박하고 민망하게 들렸다.

대답 대신 종상이는 댓돌 밑에서 허리 굽혀 인사하고 동해랑 집을 물러났다. 굳게 닫힌 사랑대문 너머로 쇠잔해가는 목백일홍의 연지빛이 구슬프고, 고가의 담을 넘어온 한 점 가을바람이 옷깃에 스산했다.

샛골엔 농토만 남겨놓고 송도로 솔가해서 이사한 이성이네 집은 숫전골이었다. 선대 전처만이 자수성가해서 지은 동해랑 집보다 훨씬 클 뿐 아니라 한양 출입이 잦은 이성이의 새로운 안목이 가미돼 사치스럽기로도 소문이 나 있었다. 해는 아직 중천에 있었고 숫전골은 엎어지면 코 닿을 데였다. 이성이네 큰사랑은 아침부터 한나절 겨워까지 환거간들의 출입이 번다할 것을 생각해서 종상이는 길에서 잠시 망설였다. 어디서 시간을 지체할까는 차차 생각하기로 하고 우선 나깟줄小川을 낀 길로 나섰다. 자하동 채하동 깊은 골짜기로부터 시작된 나깟줄은 은빛 모래땅만 골라 흘러 맑기가 구슬 같았고, 빨래를 눈처럼 희게 했다. 물가에 너른 바위마다 피륙째 마전해 넌 무명이 눈부셨다.

상업도시라고 하지만 웬만큼 사는 집에선 주변 농촌에 1년 계량할 만한 농토를 가지고 있고, 혼사도 농사짓는 집과 이루어지는 경우가 많아서 그런지, 농촌처럼 추수가 끝난 초겨울에 혼인들을 많이 했다. 유난히 마전 빨래가 많이 눈에 띄는 것도 혼인철을 앞둔 특이한 풍경만 같아 종상이는 슬그머니 입술이 벌어졌다. 그러나 아직도 자신이 장가를 들고 색시를 맞는다는 실감은 나지 않는다. 닥터 스톤으로부터 들어서 혼인은 당사자들끼리 우선 사랑해야 하고, 청혼도 직접 당사자에게 먼저 하고 나서 부모의 승낙은 그 다음이라는 서양 풍습에 대해선 일찍부터 알고 있었다. 그런 풍습을 매우 망측하게 여겨 행여 우리네 미풍양속을 해칠까 우려하는 사람들이 대부분이었지만 종상이는 본뜰 만하다고 여겼을 뿐 아니라 언제고 자신도 한번 해보기를 소망해 마지않던 꽃답고 가슴 설레는 꿈이었다. 그 꿈을 이룩했건만 그는 기쁘고 뿌듯하기는커녕 다만 허전했다. 오랜 순정을 바쳐 사랑한 걸 마침내 얻었다는 성취감보다는 패배감에 가까운 이 허전한 느낌은 도대체 어디서부터 비롯되는 것일까. 그는 아까부터 줄창 자신을 차지하고 있는 이 뜻밖의 느낌을 자근자근 씹으며 나깟줄을 낀 길을 오르락내리락했다. 청혼을 받고 나서 태임이도 털어놓았듯이 처음 만났을 때부터 둘의 만남엔 운명적인 게 있었다. 그 후 두 사람이 제각기 걸어온 길은 기박한 길이었음에도 불구하고 당초에는 가당치도 않던 두 사람 사이를 줄기차게 좁혀주어 왔었다. 두 사람이 설사 미워했더라도 만나 함께가 되지 않고는 못 배겼을 것 같은 계획적이고도 집요한 운명의 촉수를 늘 느껴왔기에, 사랑을 이룩했다는 승리감보다는 팔자 도망은 못 친다는 패배감 먼저 느껴야 했는지도 모른다. 중요한 일을 결정해야 할 때마다 두 개의 상반된 의견이나 감정이 똑같은 타당성을 가지고 그를 괴롭혀 결국은 그를 어정쩡하게, 때로는 비열하게 만들었기 때문에 이제 그는 그 나름으로 그런 일을 체념하고 있었다. 그거야말로 그의 팔자였다. 아무리 그렇더라도 태임이하고 혼인을 하는 기쁨에까지 딴생각이 섞여 흐려놓을 게 뭔가? 그는 다름 아닌 자신이 싫증나서 우울한 건지도 몰랐다.

울적한 마음에 가주물다리를 건너 자남산으로 단풍 구경이나 갈까 하다가 한증을 하고 싶은 생각이 문득 났다. 닥터 스톤네 집엔 헛간을 개조해서 만든 일본식 목욕탕이 있어서 목욕은 자주 할 수가 있었다. 일본서 특별히 주문해 배를 타고 건너와 달구지로 며칠을 걸려 실려 온 목욕통은 무쇠 가마솥보다 훨씬 크고 깊어 사람 하나가 들어앉아 때를 불리고 밀 만했다. 그러나 밑에서 장작을 때서 물을 덥히는 건 가마솥과 다르지 않아서 우물에선 다섯 지게나 되는 물을 길어다 붓고 뒤란으로 난 아궁이에 불을 때는 일은 종상이의 소임이었다. 닥터 스톤 부부는 거의 매일 목욕을 하려 했고, 덕분에 종상이도 일생에 처음으로 그렇게 자주 목욕을 해보건만도 매일 안 한다고 주의를 여러 번 들었었다.

그러나 한증탕에 생각이 미치자 몇 달은 때를 안 씻어본 것처럼 몸이 근질거리기 시작했다. 마침 한증탕이 하루 중 가장 뜨거울 시간이었다. 아침부터 청솔가지를 때기 시작하면 한낮에 첫탕을 할 때쯤은 머리털 타는 냄새가 바지직바지직 난다고 일컬어질 만큼 둥근 천장을 한 한증막 속이 살인적으로 달아올랐다. 늙은이들은 그때를 피하지만 젊은이에겐 그때야말로 한증을 할 맛이 나는 때였다. 또 한증하는 맛 중에는 때를 씻고 시난고난 찌뿌드드한 가벼운 몸살과 고단증을 개운하게 가시게 해주는 실질적인 효험 말고도 세상 소문을 얻어듣기도 하고 풍기는 재미 또한 빼놓을 수가 없었다. 그럴 만하게 죽이 맞으려면 역시 또래끼리 어울리는 게 수였다. 그는 잘하면 마음속에서 군실거리는 감정의 찌끼 같은 것까지 씻어낼 수도 있을 듯싶어 생각난 김에 북부에 있는 한증탕 쪽으로 걸음을 재촉했다.

짐작한 대로 첫탕을 하기에 맞춤한 시간이었다. 옷을 훨훨 벗고 물에 적신 부대를 뒤집어쓰고 작은 문으로 기어들어갔다. 김과 청솔가지 내음이 가득한 가운데 벌써 관암(한증을 하면서 얼마나 오래 견디나 알아보기 위해 수를 세는 것)을 부르는 소리가 들려오고 있었다. 아직도 백 관암을 넘기지 못한 것으로 봐서 첫 욕객도 들어온 지가 오래되지 않는다는 걸 알 수 있었다. 종상이는 한때 천 관암까지 센 적도 있었지만 근래엔 7백 관암이 고작이었다. 그도 곧 관암을 불러대기 시작했다. 몇 관암까지 세었다는 걸로 한증을 얼마나 오래 했나를 알아보고 또 남에게 자랑도 할 수 있었지만, 당장은 더위를 조금이라도 이길 수 있는 방법이기도 했다. 자욱한 수증기가 만들어내는 더위는 극심했다. 그럴수록 더위와 싸우는 고통스러운 쾌감도 고조됐다. 그의 타고난 미성이 창 가락을 타면서 남의 관암 소리를 압도했다. 그렇잖아도 남의 관암 소리에 귀 기울이는 건 금물이었다. 헷갈리기 시작하면 더위를 참는 힘도 그만큼 줄었다. 종상이는 당초에 작정한 대로 7백 관암을 채우고 한증막을 기어나왔다. 바닥에 나무판자를 깔아놓은 넓은 목욕간으로 나와 흠빡 불은 때를 밀고 목간통의 물을 퍼 헹구고 나니 날아갈 듯했다.

그는 거기서 벗은 채 수건만 덮고 깊은 단잠을 잤다. 짧은 시간이었지만 자고 깨니 개운함에다 기운까지 샘솟는 듯했다. 그는 자신의 정결하고 건강하고 아름다운 몸을 만족스럽게 살펴보며 남에게 말하듯이 말했다. 넌 곧 태임이한테 장가든다. 비로소 그의 몸 깊은 곳으로부터 기쁨이 용솟음쳤다. 그는 한바탕 소리 내어 웃고 싶었지만 미친놈 소리를 들을까 봐 참고 그 대신 용수철처럼 힘차게 튕겨 일어나 옷을 주워 입었다.

때를 밀면서 젊은이들이 주고받는 말들이 한두 마디 귀에 들어왔으나 참견할 마음이 나지 않았다. 기차니 전깃불이니 하는 새로운 문물에 대한 소문은 강릉골에서 듣던 바와 얼마 다르지 않게 터무니없는 것들뿐이었고, 다시 일어났다는 동학군들에 대한 억측은 더욱 촌스럽고 미망되어 조금도 귀담아들을 만하지가 못했다. 종상이는 자기네들의 사는 방법이 조선 팔도에서 으뜸가는 줄만 아는 이 보수적인 고장에 문득 답답증 비슷한 걸 느꼈다. 장국밥 한 그릇으로 늦은 점심을 때우고 솟전골 전이성이네 큰사랑에 당도했을 때는 짧은 가을해가 벌써 설핏했다. 그러나 그때까지도 이성이네 큰사랑은 성시를 이루고 있었다.

일본인들이 인삼 도채에 맛을 들인 첫밭에 크게 한 번 재미를 보고 난 이성이는 그 후 삼포를 처분하고 그걸 자본으로 한양에서 주로 서양과 일본에서 들어온 황홀하고 요사한 비단, 신기하고 정확해서 누구나 탐내는 시계 등을 원화주한테 도거리로 흥정해서 비싼 값으로 파는 되넘기장사로 돈을 눈덩이처럼 불렸다. 그런 호황도 불과 몇 년 안 가 외국의 물건값은 터무니없이 비싸지고 따라서 이문은 줄고, 그 장사에 침을 흘리는 장사꾼만 오뉴월 쉬파리처럼 한양으로 꾀어들게 되었다.

그렇게 된 까닭은 본바닥의 물건값이 별안간 올라서가 아니라 외국 상인이 그동안 그만큼 이악하고 간사해진 데 반해 우리 쪽 상인은 작은 이익에만 치사해서 그들 외인의 욕심을 되레 부추기기에 급급했던 때문이니 뜻있는 이가 아무리 개탄해본들 소용이 없었다. 이성이는 천성적으로 이익이 흐르는 길이 손금처럼 빤히 보이는지라 그 장사는 일단 손을 떼고 관망하는 중이었다. 그 대신 돈장사가 할 만했다. 돈을 한시라도 놀려둘 이성이가 아니었다. 삼포가 그의 성미에 안 맞았던 것도 6년이라는 자금의 더딘 회전 속도 때문이었다. 세상의 불안과 개화 바람은 양반 출신까지도 부끄럼 없이 장사를 하게 했고 장사꾼의 범람은 우리 물산의 근원적인 빈곤과는 상관없이 상업에 비정상적인 활기를 불어넣고 있었다. 게다가 통화의 남발로 가치가 떨어지면서 이자가 다달이 오름세였다. 송도에서는 돈을 가진 이가 돈이 필요한 상인에게 돌려주어 일정한 이자를 받아 자본을 증식하는 것을 시변市邊이라 해서 일찍부터 이런 민간 금융제도가 발달해왔다. 돈 가진 이, 즉 자본주가 돈을 타인에게 빌려줄 때 직접 거래는 거의 없고 환거간換居間이라는 중개인에게 돈의 공급 의사를 전하면 그 정보를 모아 환거간은 수요자에게 전하게 되는데 거래는 돈 쓸 사람으로부터 증서를 받아 돈 주인에게 전달하는 동시에 해당액을 알선하는 것으로 끝났다. 증서 외엔 따로 담보물 제도가 없었음에도 꾼 돈을 갚지 않는 일은 전혀 없었다. 물론 환거간은 이런 신용 제도를 책임진 대가로 구문口文을 먹었다. 환거간은 자금을 알선하는 중간 역할뿐 아니라 그때그때의 금리의 시가를 정하는 기능까지도 겸했다. 변리의 시가는 다달이뿐 아니라 나날이 바뀔 때도 있어. 환거간들은 변동이 심할 때는 한 달에 6회에 걸쳐 금리를 점차 내리게도 하고 점차 올라가게도 했다. 올라가는 걸 가변加邊이라 했는데 요새는 계속해서 가변 중이었다.

안석에 기대앉은 이성이의 윤기 있는 수염은 아래위로 휘감은 명주옷과 잘 어울렸고 양쪽에 거느린 서사書士도 신수가 훤했다. 무명 두루마기지만 의관이 깔끔하고 눈빛이 영악해 보이는 손님 두 사람이 종상이가 들어서는 걸 반가워하지 않는 것 같아 종상이는 절만 하고 나서 눈으로 물러가 있을 뜻을 비쳤다. 이성이도 웃음기 없는 얼굴로 가볍게 턱짓만 했다. 작은사랑에 가 있으라는 뜻이었다. 두 손님이 환거간 같아 종상이는 고까워하는 마음 없이 얼른 작은사랑으로 물러갔다. 환거간들은 그날그날의 시변조차 말로 하는 일 없이 일정한 손짓으로 할 만큼 그 세계의 비밀에 철저했고 따라서 누가 누구한테 돈을 얼마나 빌렸다는 걸 절대로 누설하는 법이 없었다. 낯선 사람을 꺼리는 건 당연했다. 종상이의 검정 두루막과 검정 교모와 상투를 틀지 않은 더벅머리도 보수적 기질이 강한 그들에게 경원감보다는 혐오감을 일으킬 만했다.

이윽고 이성이가 하루의 피곤을 과장하면서 작은사랑으로 들어왔다.

"부르시지 않구요."

종상이는 일어서서 맞으며 황공해했다.

"몸뚱이도 좀 움직일 겸……. 나이가 나이인지라 앉아서 보는 일도 배긴다네. 긴히 할 얘기도 좀 있고."

큰사랑에서 점잔 뺄 때와는 달리, 몸을 푸는 시늉으로 허리도 좀 꽈보고 모가지도 돌려보면서 아랫목에 비스듬히 앉았다.
"하실 말씀이라 하옵시면……."
"이것저것 한양 일이 궁금하던 차에 잘 올라왔네. 돈장사가 편하고 실속 있다고덜 하나 돈 가치가 하루가 다르게 읊어지는 마당엔 말짱 헛수고가 아닌가. 시변이 너무 오르는 게 수상해서 좀이 쑤시는 참이라네. 진득허니 쟁여놓을 만한 물건 가진 화주를 자네가 물색해보게나."
"실은 저도 그런 장사에 관해 제 나름으로 생각한 걸 한번 여쭤볼 참이었시다."
"그래? 자네가 한양에서 늘 내 오른팔 노릇을 해준 거 잊지 않고 있네. 자네도 알지? 송상들은 부리는 사람 덕으로 이익 본 걸 그 자리에서 조막만큼 떼어주는 좀스러운 짓 따위는 안 하는 거. 그 대신 언제고 자네가 독립할 때 내가 힘이 되어주리라는 거 잊지 말게."
"그보다 먼저 소청이 있시다. 꼭 들어주십시오."
"들어주고말고."
이성이가 제 손으로 자기 어깨를 꾹꾹 주무르며 선선히 말했다.
"실은 지금 큰댁에 들러 큰댁 아기씨헌테 청혼하고 오는 길입니다."
"우리 태임이에게 청혼을?"
이성이의 안색이 변했다. 그러나 각오한 것처럼 한바탕 소동이 일어날 것 같진 않았다.

"네, 허락해주십시오."

"자네가 감히 우리 전씨가의 사위가 돼보겠다고?"

"가문으로 치자면 제가 되레 낙혼을 하는 셈이올시다."

"저런 고얀 놈이 있나. 너희 집 지체라는 게 고작 벼슬한 일가붙이의 세도를 업고 양민의 볼깃살을 구워먹은 지체라는 걸 누가 모를 줄 아느냐? 그 벌로 이미 오래전에 낙백한 양반이 이제 와서 지체를 들먹여? 꼴 보기 싫다, 썩 물러가지 못할까. 배은망덕한 것 같으니라구."

"그럼 물러가리다."

종상이가 짐짓 불손하게 말하면서 벌떡 일어났다.

"아니, 이런 버르장머리 읎는 게 있나. 그런 야단도 안 맞고 우리 집 맏사위가 될 줄 알았더냐."

이성이가 급한 김에 종상이의 검정 두루마기 자락을 잡으며 호통을 쳤지만 입가엔 벌써 열적은 웃음이 번지고 있었다. 종상이는 그쯤해서 벌써 체면치레의 벼락이 지나간 걸 느꼈으나 결코 개운치는 않았다. 태임이가 그동안 삼촌들에게 얼마나 거추장스럽고 창피스러운 짐 노릇을 해왔나가 여실히 보여 가슴이 찐하니 아팠다. 앓던 이 빠진 것처럼 시원할 생각으로 염치없이 비죽대는 웃음을 감추려고 근엄한 얼굴을 꾸미는 이성이가 민망해서 종상이는 슬그머니 외면을 하면서 다시 앉았다.

"태임이에게 먼저 청혼을 했다고 했겠다?"

"예."

"망측한지고. 고작 그런 데다 써먹으려고 한양 가서 신학문했는? 못된 송아지 엉덩이에서 뿔 난다더니. 쯧쯧."

끝까지 체면은 세워보기로 작정한 듯 다시 눈을 곱지 않게 뜨고 흘겨봤다. 종상이는 대꾸하지 않았다.

"뭐라던?"

"먼저 승낙을 받았기에 감히 여쭙는 겁니다."

"흥, 어디까지나 그년 승낙만 받으면 다 된 거나 마찬가지다. 이게 자네 배짱이로구먼."

"집안내에서 혼처를 갖다 대는 족족 아기씨가 다 물리쳤다는 걸 송도에서 모르는 사람이 읎지 않시니까. 그걸 알고서야 더군다나 저처럼 수모를 각오한 청혼을 뭣하러 어르신네께 먼저 하겠시니까?"

"딴은 그렇겠구먼 그래. 그러고 보니 그년이 그 좋은 혼처 다 마다하고 스무 살이 넘도록 머리꼬랭이를 늘어뜨리고 다닌 것은 자네 때문이렷다. 생각할수록 해괴하고 분한 심정을 누를 길이 읎네그려. 그래 둘이 눈이 맞은 게 언제부텀인가?"

종상이는 대답 대신 불쾌한 빛을 역력히 드러냈다. 한마디만 더 수틀리게 나오면 박차고 일어설 오기도 만만찮아 보였다. 이런 종상이를 곁눈질해 보면서 이성이는 어느 때쯤에서 화를 푸는 게 가장 체면을 세울 수 있는 길인가를 물건을 흥정할 때처럼 면밀하게 계산하고 있었다.

"왜 말이 말 같지 않은가?"

"제가 어떤 수모도 감수하고라도 이 댁으로 장가들고 싶어한다고 생각하진 마십시오. 어느 정도까지는 각오하고 있었지만 그 이상은 못 참습니다."

한증 끝이라 홀라당 때가 벗고 매끄러워진 볼에 핏기가 오르니까 남자도 반할 만하게 아름다운 얼굴이 되었다. 이성이는 자기도 모르게 마음을 누그러뜨릴 때를 앞당겼다.

"원 사람도. 자네하고 나하고 사이가 아닌가. 안 될 일을 되게는 못 꾸며줄망정 다 된 일에 설마 내가 재를 뿌릴 사람 같은가. 내 조카딸이 사람 하나는 제대로 봤다고 아까부터 속으로는 감탄하고 있었다네. 그렇지만 혼인은 인륜대사고 그 아이는 돌아가신 선친께서 편애하심이 각별하던 아이고 또 큰형님이 남긴 유일한 혈육이고 보니 나 혼자서 당장 승낙하기는 암만해도 벅찬 일이라는 걸 알아주게나. 작은형님하고 상의해서 성사시켜주도록 할 테니 그리 알게나. 우리 집안에서 그 조카딸이 어떤 조카딸인데 자네 같은 천애고아 혈혈단신이 그만한 수모도 안 겪고 차지할 줄 알았다면 배포가 너무 유해. 안 그런가?"

"글쎄올시다. 사위는 예로부터 딸 도둑이라 하지 않시니까? 이왕 도둑놈 소리 들을 바엔 좀도둑 소리 듣기는 싫어서요."

종상이가 그렇게 둘러대자 이성이도 한바탕 파안대소를 하고 단시일 내에 혼약을 맺고 택일을 할 수 있도록 애써보겠다는 약조까지 해주었다. 좀 꾸민 듯이 과장된 큰 웃음에도 그간 쓸데없는 말씨름으로 응어리진 걸 깨끗이 흘려버리려는 의도가 느껴져 싫지가 않

있다. 종상이는 그쯤 해두고 이성이네를 물러났다. 이성이도 더는 붙들지 않았다.
　종상이가 간 다음에도 이성이는 저절로 굴러들어온 태임이의 혼처를 매우 만족스럽게 생각했다. 전처만 생존시만 같아도 종상이 처지가 감히 태임이를 넘보기에는 너무도 미천했지만 지금은 아니었고 태임이 처지가 반대로 한 해 한 해 보잘것없어지고 있었다. 애비는 부족증으로 죽고 에미는 우물에 빠져 죽은 천애고아가 흉가가 된 큰 집을 외눈 하나 까딱 안 하고 혼자서 지키고서 산다면 그 기구하고 드센 팔자에 혼인줄이 벌써 막혔어야 했다. 그래도 가진 재산과 행세하는 삼촌들 덕으로 혼처가 심심찮게 들어오는 걸 감지덕지하기는커녕 일언지하에 거절만 하다가 속절없이 스무 살 고개를 넘기니 생전 처녀로 늙힐 것만 같아 자다가도 가슴이 내려앉고 출입할 때는 누가 뒤에서 손가락질하며 욕하는 것만 같아 주눅이 들곤 했었다. 조카딸이 아니라 애물이었다. 코찔찔이나 애 딸린 홀아비라도 저만 좋다면 내줄 판인데 종상이라니. 태임이를 위해서뿐 아니라 자신을 위해서도 호박이 덩굴째 굴러 들어온 것만치나 과람한 복이었다. 이성이는 생각할수록 돼가는 일이 대견해서 혼자서도 입을 못 다물고 회심의 미소를 지었다. 한때는 있지도 않은 딸을 가상해가며 사위 삼고 싶어했을 만큼 탐이 나던 종상이 아닌가.
　이성이는 세상이 아무리 달라져도 그 변화를 수용하지 않고 방어해가며 독자적인 안정과 번영을 누릴 수 있다고 생각하는 개성 상인하곤 세상 보는 눈이 좀 달랐다. 그가 한양을 오르락내리락하며 보고 듣고 감지한 변화는 어느 한 지역이나 집단이 방어할 수 있는 변화가 아니었다. 나랏님도 그걸 방어하지 못하고 흔들리고 망조가 든 것이 명료하게 보이는 듯했다. 그렇다고 나라의 운명을 걱정하는 마음은 당초부터 없었다. 엄청난 변화의 소용돌이엔 반드시 엄청난 횡재가 떠다닐 거라는 게 이성이가 시국을 보는 안목의 한계였다. 문제는 어떻게 변화라는 신식 조류를 요령 있게 타 횡재에 접근하느냐였다. 종상이의 신학문, 일본 사람이나 서양 사람과도 의사소통이 자유로울 만큼 하는 영어, 일본어 실력이야말로 그가 신식 조류를 타는 데 꼭 필요한 탐나는 것들이었다. 종상이가 조카사위가 되다니. 그것 자체가 이미 횡재와 다를 바 없었다.

다음 날 점심때를 맞추어 그는 형 부성이를 청포전으로 찾아갔다. 아침부터 저녁때까지 꼬박 점방을 지키면서 어린 사환들에게 산가지 놓는 법, 치부하는 법, 피륙의 양쪽을 칼로 벤 듯이 반듯하게 감는 법 등을 가르치고 연습시키느라 입이 닳는 형이 이성이 보기엔 따분하게만 보였다. 가게 꼴도 늘어나는 것 같지 않고 조금씩 오므라들고 있는 것처럼 보였다. 겨우 마주 앉은 형에게 이성이는 핀잔부터 주었다.

"형님도 참. 언제까지 그까짓 조무래기들이나 데리고 씨름을 하실 작정이시니까?"

"그까짓 조무래기들이라니? 다 헌다허는 댁 귀한 자제들이란다. 내 자식이 그 댁에서 같은 신세를 지며 고된 수업을 하고 있는데 내가 어드렇게 그 댁 자제 일 가르치는 걸 대강대강 할 수가 있겠느냐?"

송도에서는 아무리 잘사는 집 자제라도 열서너 살만 되면 남의 가게 사환으로 내보내 장차 장사꾼이 될 고된 수업을 받게 하는 게 예사로운 일이었다. 때로는 믿을 만한 상인끼리 서로 자식을 바꾸어서 가르치기도 했다. 글공부도 그렇지만 장사 수업도 제 자식을 가르치려면 암만해도 사를 두게 된다 하여 그렇게 하였다.

"세상은 하루가 다르게 달라지는데 장사 수업은 고리타분한 예전 식으로 해서 어디에 써먹게요."

"장사도 장사 나름 아니겠는? 너처럼 이익만 취하는 장사도 있지만 가업으로서의 장사에는 대를 이어 지켜 내려온 도리라는 게 있지 않겠는? 웬일이야. 대낮에 우리 집엘 다 오고."

"형수님 음식 솜씨 생각이 나서요. 점심이나 좀 해주시구려."

"그러자구나. 형제끼리 겸상해서 김심 먹어본 지가 언젠지 모르겠구나. 그나저나 느이 형수 솜씨 역시 고리타분한 예전 식이니 네 입맛에 맞으려나 모르겠다."

"형님도 당장에 오금을 박으실 건 또 뭐요."

"점잖지 못하게 됐구나."

부성이가 아녀석을 안으로 들여보내 점심을 지으라고 이르고 난 지 얼마 안 돼 안으로 들라는 전갈이 왔다. 안으로 든 이성이는 형수 뵙고 나서 일일이 조카의 안부를 묻고는 형님과 긴히 상의할 일이 있어 왔노라고 말했다. 엽렵하고도 눈치 빠른 형수는 형제끼리만 있고 싶어한다는 걸 얼른 알아차리고 정결한 뒷방에다 겸상을 해 들여보내고 아무도 얼씬거리지 못하게 했다.

"형님, 태임이를 어드럭하실 셈이시니까? 저대로 늙히실 작정이신지, 아니면."

이성이가 알맞게 익은 나박지 국물을 뜨면서 넌지시 운을 떼었다.

"그걸 왜 나한테 묻는? 다 아는 일을 가지고 왜 새삼스럽게 내 속을 뒤집는? 가뜩이나 그 애 생각만 하면 억장이 무너지는데 내 탓까지 하면 날더러 어드럭허란 말이냐. 스무 살이 넘도록 시집 못 보낸 조실부모한 조카딸을 놔두고 내 딸을 먼저 시집보낼 때 내 마음인들 오죽했겠는? 지금까지도 그래서 더욱 내가 송도 바닥에서 얼굴을 제대로 못 들고 다니지 않는. 사방에서 손가락질하는 것 같아서……."

부성이 눈이 벌써 그렁해졌다. 그의 딸을 시집보내는 날은 태임이가 걸려서 대성통곡을 한 부성이었다. 그 후에도 줄창 그 일로 괴로워했을 마음 약한 부성이가 이성이는 딱하다 못해 측은하다.

"형님 왜 이러세요. 제가 아무려면 영희 먼저 시집간 걸 형님한테 탓하러 왔겠수? 그건 백번 잘하신 일이에요. 그 일로 형님 손가락질할 사람 하나도 읎으니 제발 어깨 펴고 다니세요."

"아무리 그래도 소용 읎어야. 차라리 영희란 년도 그냥 늙힐 걸 그랬다고 얼마나 후회가 되는 줄 아는?"

"남의 식구 돼 애까지 가진 애를 놓고 별 흉한 말씀도 다 하시우. 형님, 형님이 이럴 줄 알구 제가 형님 근심을 싹 덜어드리려고 이렇게 오지 않았겠수?"

이성이는 짐짓 한잔한 것처럼 거나하니 유쾌한 말투를 꾸미면서 이렇게 너스레를 떨었다.

"네가 무슨 수로 내 근심을 덜어. 내 마음은 아무도 모른다. 같은 형제라도 너는 딸이 읎으니 나처럼 죄지을 일도 읎을 테고."

"형님 그래도 두고 보슈. 이만한 아우 읎을 테니. 이 아우가요, 우리 형님 울화병 나 제 명에 못 돌아가실까 봐 태임이 신랑을 구했어요. 코찡찡이 홀아비도 과람한 그년헌테 헌헌장부 빼어난 신랑을요."

이성이는 그 효과를 극대화시키려고 마냥 뜸을 들였다가 한껏 익살스럽게 그 기쁜 소식을 알렸건만도 부성이의 대답은 시들했다.

"얘는 실읎기는. 언제는 태임이가 신랑감이 읎어서 시집을 못 갔는?"

"아 참, 이런 정신 봤나. 워낙 큰 희소식이라 그만 먼저 할 말을 빼먹었네그려. 형님 이 신랑감은요 애저녁에 태임이 승낙 먼저 얻어 가지고 왔더라 이 말씀이에요. 참말로 고얀 놈 아닙니까? 태임이 년 신랑감이니까 그냥 놔뒀지 딴 색시한테 그런 식으로 장가를 들렸다간 장가는커녕 다릿마댕이 먼저 물러나고 말았을걸요, 아마."

부성이는 한참 멀뚱멀뚱 말귀를 못 알아듣고 있다가 "너 지금 뭐랬는?" 하고 물었다. 같은 소리를 되풀이하자 먹살이라도 잡을 듯이 우악스럽게 그게 정말이냐고 다그쳤다. 그동안 형이 겉으로 내색한 거보다 훨씬 더 많이 속으로 노심하고 괴로워했다는 걸 알고 난 이성이는 차근차근 정답게 청혼해온 내력을 이야기했다.

"굴러들어온 복이로구나. 조상님이 도우심이로다."

"형님, 종상이가 인사하러 오더라도 그렇게 너무 허겁지겁만 하지 마세요. 그렇잖아도 암사돈은 한풀 꺾이게 되는 법인데, 큰 죄라도 진 것처럼 미리 굽 잽히면 나중에 태임이까지도 고단한 시집살이 되게 십상이에요."

"종상이만 하면 허겁지겁할 만한 신랑감 아니냐? 인물로 보나 학식으로 보나 가문으로 보나."

"가문이라구요? 아니 예전에 망한 집인데 가문이랄 게 있겠시니까."

"그래도 우리보담은 양반의 핏줄이니라."

"형님도, 지금이 어느 때라고 개 팔아 두 냥 반만도 못한, 어쩌다 생원 한 번 한 양반을 다 들춰내고 그러세요. 그런 건 모른 척 덮어두는 게 수예요. 우리가 아는 종상이의 근본은 형님댁 사환으로 들어왔다가 쫓겨나서 강릉골 작은집에서 머슴살이한 게 전부니까요. 같은 머슴살이라도 첩의 집 머슴살이는 좀 더 지체가 낮은 거 아니니까?"

"얘가 무슨 말을 그렇게 허는? 아버님이 아끼고 사랑허던 분인데 그렇잖아도 우리가 그분 대우를 너무 박절하게 허는 게 아닌가 싶어 너허구 한번 의논허려던 참이었다."

"아이고 우리 형님 걱정도 팔자신 건 알아줘야겠네. 이왕 걱정하는 김에 급한 걱정 먼첨 합시다."

"해보려무나. 난 태임이만 시집보내고 나면 세상에 걱정이라곤 읎을 것 같다만."

족두리 쓰고 시집가는 걸 봐야만 아주 마음을 놓으려는지 아직도 부성이는 반신반의하는 눈치였다.

"형님, 큰형님 내외분을 외손봉사시킬 순 읎잖아요."

이성이가 갑자기 정색을 했다. 말 나온 김에 해보는 말이 아니라 오랫동안 생각하고 벼르던 이야기인 듯싶었다.

"낸들 그 일이 어째 걸리지가 않았겠는? 너나 내가 아들이 읎는 것도 아닌데 큰댁을 절손시킨다는 게 말이 안 된다만 태임이가 저렇게 버티고 있고 아버님께서도 생전에 태임이를 위한 예비만 넘치도록 하셨지 그 문제는 단 한 번도 내비친 적이 읎으시다가 돌아가셨으니 내가 그 일을 거론하기가 심히 민망하지 않겠는?"

"그 문제를 내비치신 적이 읎다고 해서 아버님이 설마 외손봉사를 바라셨겠시니까?"

"나는 네 생각하곤 좀 다르다. 그 어른과 태임이 사이라면 능히 그럴 수 있다고 생각한다."

"형님, 손녀가 애비 읎이 자라는 게 뼈에 사무쳐 각별히 애지중지 허구 장래를 걱정하신 걸 그렇게까지 생각하는 건 억지예요. 아버님이 양자 문제를 내비치지도 않으셨던 것은 물론 태임이를 극진히 사랑하신 때문도 있었지만 당신의 사후에라도 자식들이 어련히 알아서 해주랴 믿는 마음에서였을 거예요. 그게 당연한 절차니까요. 집안 내가 고적하면 십촌이 넘는 먼 친척한테서라도 양자를 해 들여 손을 잇게 하는 법인데, 둘씩 되는 아우한테서 자손이 번성한데 큰형님을 절손시키다니 말이나 되는 얘깁니까? 태임이를 처녀로 늙혀 죽이는 것보다 더 남에게 손가락질당할 일이죠."

"네 말도 맞다."

착하기만 하고 우유부단한 부성이는 진정을 못 하고 이랬다저랬다 했다. 그럴수록 이성이는 경우 밝고 자신만만해졌다.

"형님은 아들이 하나밖에 읎으니까 그닥잖을지 몰라도 저는 아들만 셋 아닙니까. 큰댁이 절손되는 걸 모른 척하면 사람덜이 절 뭐래겠시니까? 영희를 태임이보다 먼첨 시집보내고 나서도 얼굴을 못 들고 다닌 형님이니까 아마 제 심정 모른다곤 못 하실 테죠."

"듣고 보니 능히 그렇겠구나."

"제가 우리 분열芬烈이를 내놓겠어요. 큰형님 몫으로요."

"분열이라면 막내아이구나. 제일 잘생기고 영특한 놈 아니냐?"

"즈이 아이들이 다 될성부르지만 그놈이 그중에도 출중해서 저희 내외가 큰 낙으로 삼았습죠."

"그런 자식을 내놓겠다니 이런 고마울 데가 있나. 아버님과 형님도 지하에서 흡족하실라. 사람덜은 네가 한양에서 외국 사람과 교역을 하더니 양풍이 들어 어른도 몰라보고 행동거지가 경박해졌다고 수군대나 보더라만 나도 미처 생각 못 한 우리의 미풍양속에 생각이 미쳐 지하의 조상님들의 넋을 기쁘고 편안케 해드리게 됐으니 내가 되려 면목이 읎구 부끄럽기만 하다."

"형님도 참, 섭섭하게스리 꼭 남남끼리 같은 인사치레를 다하고 이러시니까. 그보다는 태임이 혼인절차 의논하는 길에 아주 그 일의 매듭을 지어놓도록 하십시다."

"어드렇게 매듭을 지으면 좋겠는?"

"어차피 태임이는 출가외인 된 김에 새로 집을 한 채 마련해서 내보내도록 해야죠. 들어갈 시집이 있는 것도 아닌, 가진 거라곤 달랑 불알 두 쪽밖에 없는 신랑이니 어쩌겠시니까?"

"야, 그런 소리 말아. 그만하면 태임한테는 과람한 자리야. 태임이 승낙을 얻어낸 것만 봐도 그놈이 보통놈은 아닐 테니 두고 보렴. 연대가 맞기도 했고."

부성이는 누가 엿듣기라도 한다는 듯이 황망히 종상이 역성을 들었다.

"형님도, 우리끼리니까 얘기죠. 어떻든 남덜의 이목도 있고 하니 과히 숭없지 않은 집칸이나 하나 마련해주면 신랑 똑똑하겠다, 가진 거 오붓하겠다, 앞으로 살아가는 건 문제가 없을 거 아닙니까. 집 허구 전답이야 봉제사할 자손 몫이 되는 게 당연하구요."

"그 정도야 태임이도 마다하진 못할 게다. 문서 있는 재산에 대해선 아버님도 태임이 거라는 명토를 박지는 않으셨시니까."

"문서 있는 재산이라야 얼마 되기나 해야죠. 태임이를 위해서 모조리 은자로 바꾸어 여퉈놓으셨으니까."

"문서 있는 재산은 미리미리 우리 형제 앞으로 분재를 해주셨지 않는?"

"태임이가 가진 것에 비하면 약소한 거 아닙니까?"

"애야 그런 말 말아라. 그 어른이 들으셨다간 벽력같은 호령을 면치 못할라."

"돌아가신 분이 뭘 듣는다고 그러세요. 형님은 어려서부터 아버님 앞에선 죽으라면 죽는 시늉까지 하던 버릇을 어쩌면 돌아가신 후까지도 못 버리시니까."

"그 어른은 늘 옳았으니까. 당장은 옳지 않아 보이던 것도 종당엔 그 어른이 옳았었다는 게 판명되곤 했지. 거의 실수가 읎는 어른이셨지."

"실수 읎는 사람은 읎는 거예요. 겉으로 그렇게 보였다 뿐이지."

"하긴 그분도 한 가지 실수는 하셨어."

부성이가 느닷없이 감상이 깃들인 심란한 소리로 말했다.

"너를 농사꾼으로 지목하고 나를 장사꾼으로 지목하고 끝끝내 그렇게 키우신 거 말이다. 자식처럼 마음대로 안 되는 건 읎다더니 결국 그분의 뜻을 어기고 너는 장사꾼이 되고 나 역시……."

"형님도 그럼……."

"그래 나는 농사꾼이 되고 싶다. 장사는 나한테 안 맞아. 어쩌다 그 어른이 그런 실수를 하셨나 모르겠다."

"형님은 왜 형님 실수를 자꾸만 돌아가신 어른 실수로 돌리려구 그래요. 저는 농사를 지어본 걸 조금도 후회 안 해요. 농사에서 재미도 볼 만큼 봤고. 형님이 장사에 재미를 못 붙인 건 장사를 제대로 못 했기 때문이고 그건 형님 실수니 그 어른 실수가 아녜요. 앞으로 농사를 짓게 되더라도 청포전 한 일이 아주 허사가 되는 것도 아닐 테구요."

"그 또한 그렇구나. 경열京烈이가 지금은 남의 점방에 가 있다만 크게 장사할 싹수가 보이는 녀석이지. 그쪽에서도 칭찬이 자자하구. 이 점방을 다 까먹고 그루터기만 남겨준다고 해도 능히 일으켜 세울 녀석이고말고."

"거 보세요."

"넌 참 아버님 많이 닮았다."

"아뇨. 아버님은 제가 꾀가 승하고 덕이 모자라는 걸 늘 마땅찮아하셨어요. 그럼 이걸로 종상이를 사위 삼는 일은 우리 집안의 허락이 떨어진 걸로 하겠어요. 형님은 분열이를 양자로 들이는 문제나 아퀴를 지어주세요."

"분열이가 몇 살이더라."

"내년이면 다섯 살이 되지요."

"아직은 한 집안의 주인이 되긴 이른 나이 아니겠는?"

"이참에 그렇게 분명히 몫을 지어놓아야 한다는 얘기지 그 애를 당장 큰댁 주인으로 들어앉히겠단 소리가 아니잖아요. 요는 때를 놓치면 안 된단 얘기예요."

이성이는 귀 어두운 사람한테 거듭 말할 때처럼 짜증스럽게 언성을 높였다.

부성이댁과 이성이댁은 의좋은 동서간은 아니었다. 부성이댁은 생긴 건 두루뭉술했지만 음식범백과 침선에 막힘이 없었고 어른 아이 알아볼 줄 알았고, 제 살림엔 맵고 짜다가도 없는 사람 사정 봐줄라치면 희떱게 굴 줄도 알았다. 손쓰는 거나 마음 쓰는 거나 아무리 눈여겨봐도 버릴 게 없어 결코 어수룩하달 수도 너그럽달 수도 없는 시부모한테도 한 번도 눈 밖에 나본 적 없이 큄까지 받았었다. 이성이댁은 전처만이 팔도에 거느린 차인만도 백 명이 넘는다고 알려진 한창 때, 그의 가세와 걸맞은 부상의 집에서 맞아들인 막내며느리였지만 처음부터 탐탁지 않아 했었다. 행여 잘사는 친정을 믿고 시집살이를 대강대강 해치울까 봐 각별히 까다롭게 다루려고 조목조목 벼르던 걸 다 써먹을 새도 없이 첫밮에 눈에 나고 말았는데 토시 때문이었다. 침선이 아직 서툴다는 사돈 마나님의 정중한 양해의 말과 함께 침모를 딸려 보냈을 때만 해도 모시나 삼팔 옷 꿰매는 게 아직 손에 익지 않았으려니 했는데 그게 아니었다. 토시 한 짝을 가지고 온종일 소경 애 낳아 주무르듯이 주무르기만 하길래 살펴보니 창구멍을 안 내고 솔기란 솔기를 다 꿰매놓아 뒤집지를 못하고 그러고 있는 거였다. 이에 실색을 한 홍씨 부인은 그 후 막내며느리라면 매사에 치지도외했고 살림을 낸 후에는 더군다나 집안의 대소사를 의논하는 일에서 일부러 따돌렸다. 전처만 영감은 소싯적부터 베갯머리송사에 귀 기울이는 사내를 가장 못나게 여겨왔음에도 불구하고 며느리들에 대한 평가만은 곧장 홍씨 부인의 의견을 따랐다.

그러나 시부모의 눈 밖에 난 걸로 의기소침해질 이성이댁이 아니었다. 이성이가 이재에 능할 뿐 아니라 절로 따르는 재운 또한 쏠쏠해서 똑같이 물려받은 재산을 부성이보다 몇 배로 불리자 그게 다 자기처럼 받을 복 있는 아내를 얻은 덕이라고 그 자세가 대단했다. 그런 자세는 부성이댁에 대한 간접적인 능멸도 겸하고 있었지만 부성이댁은 그걸 탓하지 않았다. 원래가 수긋하고 무던한 성미인 데다가 그 무서운 시어머니도 그 며느리 하는 짓이나 하는 소리는 모르는 척하는 걸 수로 알고 지내셨거늘 내가 건드려 이득 볼 게 있을 리 없다는 일종의 체념 때문이었다. 그렇다고 속으로 앙분한 마음까지 없는 건 아니었다.

이렇듯 서로 앙숙으로 지내던 동서간이 태임이 혼사를 계기로 들거니 놓거니 일마다 죽이 잘 맞았다. 마음이 화합하니 혼사 준비가 힘드는 줄 모르게 잘돼갔다. 부성이댁은 과년한 조카딸 젖혀놓고 제 딸 먼저 시집보낸 죄로 얼굴을 못 들고 다녔으니 그럴 만하다고 치고 이성이댁이 조카딸의 혼사를 기뻐하는 양은 오직 진국스러워 보였다. 태임이가 시집가면 분열이를 양자로 들여보내기로 돼 있다는 걸 부성이댁은 들은 바가 없기 때문에 내가 저 동서를 잘못 봤지 싶은 뉘우치는 마음까지 우러나고 있었다.

이성이댁이 앞장서서 인도한 사주쟁이집에서 본 궁합은 만날 내외가 만난 천생연분이라 했고 택일은 이듬해 삼월 초엿샛날로 났다. 가뜩이나 과년한 노총각 노처녀 한 살이라도 더 보태기 전에 예를 올려주고 싶었으나 이미 올해는 저물어가고 있었다. 섣달과 유월은 썩은 달이라고 해서 예로부터 길일을 받는 데서 따로 떼어놓게 되어 있었으니 천상 이듬해로 넘어갈 길밖에 없었다. 이듬해 삼월이라고 해도 장만해야 할 혼수 생각을 하면 바투 받은 날이지 조금도 넉넉하달 게 없었다.

부성이댁이 구미구미 여퉈놓은 피륙에다 이성이댁이 질세라 아낌없이 내놓은 비단 필까지 보태면 알토란 같은 포목전을 하나 새로 낼 만했다. 명주 삼필을 비롯해 공단, 수단, 모본단, 호박단, 양단, 자미사, 숙고사, 생고사, 은조사, 항라 등 중국과 일본의 금단錦緞, 사紗까지 없는 게 없었다. 평생 호사하고 살 만한 의복을 꿰매고도 남을 만한 피륙이었지만 구슬이 서 말이라도 꿰어야 보배라고 바느질을 하지 않고는 혼수라고 할 수가 없었다. 게다가 이부자리와 버선, 말기 등을 꾸밀 광목필은 깃것인 채로 있었다. 언년네를 비롯해서 이집 저집에서 재주는 없고 기운만 많은 드난꾼을 뽑아서 북산 기슭으로 마전을 내보냈지만 이미 섣달로 접어든 해는 감질이 나게 반지빠르기만 해서 백옥같이 희게 바래려면 여러 날 걸릴 듯했다. 또 솜씨가 없고 기운만 승한 아랫것들이란 입심 또한 왕성해 마전 빨래보다는 입방아 찧기에 더 세월 가는 줄 몰랐다. 빨래터처럼 소문이 빠른 데가 없는 데다 일찍부터 남의 입초시에 오르내리면서 궁금증을 돋우던 태임인지라 버선 한 짝 꿰매기도 전에 금침이 몇십 채라느니 단속곳만 몇 죽이라느니 하고 소문이 짝자그르했다. 그동안 전처만이 남긴 인덕도 사라져 좋은 소문보다는 흉한 소문에 더 많이 오르내렸음인지 혼수가 어마어마하다는 소문도 부러움 섞인 덕담을 듣기보다는 악담에 가까운 소리나 듣기 십상이었다. 혼수를 죽으로 세다 못해 바리로 헤아려야 할 만큼 해간들 반기고 대견할 시집 식구가 없으니 비단옷 입고 어둔 밤 가기와 무엇이 다르겠느냐는 비웃음부터 허리춤에 참빗 찌르고 시집간 색시가 더 잘살더라는 악담까지 가지각색이었다.

등잔 밑이 어둡다고 혼사 준비가 어떻게 돼가고 있는지 사람들이 신랑 색시에 대해서 어떻게 생각하고 있으며 뭐라고 수군대고 있는

지 까맣게 모르고 있는 건 당사자인 태임이밖에 없었다.

서리 오고 나서 동짓달까지도 그 고고하고 교만한 자태를 흐트러뜨리지 않던 만추국도, 모진 첫추위가 닥친 어느 날, 언 꽃잎을 분분히 흩날리며 땅바닥에 눕더니 날씨가 풀리고 나서도 일어나지 못했다. 마당이 하 지저분하여 언년 아범에게 치우라 일렀더니 썩썩 베어서 묶는데, 꽃 지기 전부터 이미 시든 줄기가 해묵은 익모초 다발처럼 와석거렸다. 뒤란이 앞뜰보다 겨울이 한 발 앞서 더욱 스산했다. 특히 머릿방 아씨가 빠져 죽은 우물을 메운 자리는 볕이 안 들어 화초도 안 되고 언제부터인지 부추가 자생해서 해마다 기승스럽게 자랐다. 가끔 언년네가 뜯어다가 장아찌를 해먹긴 해도 그대로 방치된 부추 덤불은 무릎이 넘게 자라다가 가을에 꽃피고 열매까지 맺고 나서야 얼어 죽었고 얼어 죽은 자리는 늪처럼 누추했다. 아무리 드난꾼들의 수효는 줄지 않았다고 하지만 태임이 혼자서 그 넓은 집의 주인 노릇을 한 지가 벌써 5년째였다. 하인들의 비질, 걸레질도 이루 구석구석 미칠 수 없었지만, 미칠 수 있었다고 해도 주인의 인기척이 고루 미치지 않은 집구석이란 멀쩡한 데도 퇴락해 보이게 마련이다.

태임이는 그동안 외면하고 산 집 구석구석에 괸 스산함과 흐트러지지 않은 채 잊혀진 것들을 곰곰이 눈여겨보았다. 너무 오래 외면하고 살았기 때문일까? 그것들은 아득하고도 낯설었다. 그녀는 스물이 넘었지만 머리꼬랭이를 늘어트리고 있는 한 서른이 넘었어도 계집애였다. 계집애가 제 에미가 우물에 빠져 죽은 드넓은 흉가에서 혼자 산다는 건 당대의 윤리 감각으로는 도저히 납득이 안 되는 일이었다. 여자란 누구에게든지 속하는 게 마땅했다. 고아가 됐다고는 하나 버젓하게 행사하면서 사는 삼촌이 둘씩이나 있었다. 속하기를 거부하고 사는 태임이의 생활 방식은 삼촌들 역시 이해했다기보다는 지치게 했고 남의 말하기 좋아하는 사람들의 상상력을 자극했다. 그래 봤댔자 그들의 상상력의 한계는 계집애는 무조건 어디에건 속하게 하는 거였다. 동해랑 집엔 돈궤 말고도 엄청난 은이 묻혀 있고 그걸 아는 건 태임이밖에 없다고도 했고, 우물에 빠져 죽은 머릿방 아씨의 혼백이 태임이를 붙잡고 놓아두지 않는다고도 했다. 그 제 명에 못 죽은 원혼은 태임이마저 제 명에 못 죽게 하리라는 끔찍한 예언을 하는 사람도 있었다. 어떤 소문도 태임이가 동해랑 집에 속한 걸 전제로 하고 있었다. 그건 어쩌면 사실이었다. 태임이는 묻힌 은에 대해서도 아는 바가 없었고 원귀를 본 일도 없었지만 그 집을 떠날 수가 없었다. 그 집에 자신이 속한 게 아니라, 그 집이 자신에게 속한 것처럼 느꼈기 때문에 그 집에 머물러 사는 게 그녀로서는 지극히 자연스러운 일이었다. 혼자 사는 외로움 역시 자연스러웠고 외로움에 다치지 않으려는 참담한 노력 역시 자연스러웠다. 그런 노력이 남 보기에 독종으로 보였어도 할 수 없었다. 남이 뭐라고 할까 같은 건 관심도 없었지만, 남들이 불쌍해할 만큼 청승을 떠느니 차라리 독종 소리를 듣는 게 훨씬 편안했다면, 그것 역시 꾸밈없는 그녀의 성품이었다.

이제야 비로소 그녀에게 속한 크나큰 집에 골고루 들어간 한겨울을 직시할 수 있게 된 것만 봐도 그녀는 보통의 약한 인간에 불과했다. 남들에게 독하게 보인 게 그녀에겐 참담한 노력의 결과였다. 다시는 혼자서 이 집에서 겨울을 나는 일이 없으리라. 이게 혼자 겪는 마지막 겨울이다,라고 생각할 수 있음으로써 무인지경으로 횡행하는 겨울의 한기와 적막을 여유 있게 바라보고 견딜 수가 있었다. 그렇게 잘 견디어왔음에도 불구하고 이게 혼자 사는 마지막 겨울이 아니라면 울어버릴 것처럼 그동안의 외로움은 생각만 해도 지긋지긋했다.

내년 봄엔 시집간다, 식구가 생긴다. 그렇게 생각하는 것만으로 가슴이 터질 듯이 부풀었고, 앞뒤뜰의 죽은 나무들이 떨치고 일어나 꽃과 잎을 터뜨리는 생명의 소리가 들리는 듯했다. 혼자 사는 건 사는 것도 아니었다. 태임이는 혼자서 산 동안을 돌이켜보며 죽어 있었던 것처럼 느꼈고 시집가는 걸 새롭게 태어나는 것처럼 경이롭게 여겼다. 3월엔 죽은 나무들이 물이 오르고 꽃망울을 터뜨릴 뿐 아니라 땅속의 풀뿌리와 미물들이 일제히 움트리라. 태임이는 또 종상이와 함께 바라보고 즐길 그 화창한 봄 경치 속에 태남이를 빠뜨리지 않았다.

전처만이 태임이에게 그 아이 얘기를 처음 했을 때, 긴말은 없었다. 비늘 모양으로 자른 증표와 함께 그 아이는 관옥 같더라가 전부였다. 고작 그 한마디가 태임이에게 그리도 깊이 사무쳤던 것은 그 한마디에 서린 진하고 복잡한 만감 때문이었고 그 할아버지와 그 손녀만의 특이한 교감 때문이었다. 전처만 영감은 그 아이를 무턱대고 사랑한 나머지 그 아이가 전씨 집 핏줄이 아니라 맏며느리의 수치스러운 부정의 씨라는 걸 깜빡 잊어버린 듯했다. 죽음이 가까워올수록 그런 증세는 더해 그 아이가 종손인 것처럼 착각하고 위로받았다는 걸 태임이는 알고 있었다. 태임이는 그런 할아버지의 환상까지 물려받은 양 그 아이를 무턱대고 사랑했고, 그 아이에 의해 대가 이어질 수 있는 것처럼 여기고 있었다. 그것이 도의적으로도 상식적으로도 가당치 않다는 건 알고 있었으나 꼭 무슨 수가 생겨 그 일이 이루어지고 말 것 같았다. 그럴 수 있는 구체적인 절차나 꾀를 궁리해본 바가 있는 것도 아니었다. 전처만 영감이 태임이에게 무턱대고 그 아이를 부탁했듯이 태임이 역시 무턱대고 꼭 그렇게 만들어줘야 할 것 같은 책임감을 느끼고 있었다.

그 아이를 위해서도 종상이와 혼인하는 일은 얼마나 잘된 일인가. 종상이는 태남이에 대해 그녀보다 더 많이 알고 있고 여태껏 쭉 두 사람 사이를 이어주는 역할을 도맡아 왔었다. 그녀의 가장 큰 비밀을 알고 하는 혼인이니 그 짐도 저절로 나누어 져주겠지. 벌써부터 그녀는 태남이를 떳떳하게 만들 수 있는 구체적인 방법까지 종상이에게 반쯤 떠맡긴 것처럼 느꼈다. 종상이라면 능히 할 수 있으리라. 그만큼 종상이는 그녀에게 믿음직스러운 신랑이었다. 그 아이로 하여금 장차 전씨가의 대를 잇게 하는 것은 쉬운 일이 아닐 테고 시간도 걸리겠지만 동해랑 집으로 데려다가 글을 읽히고 넓으나 넓은 앞뒤뜰을 마음껏 뛰놀게 하는 것쯤은 혼인만 하면 당장이라도 가능할 것 같았다. 태임이는 아직 한 번도 보지 못한 그 관옥 같다는 아이를 마음속에서 키웠듯이 요새는 마음속에서 뛰어 놀리고 있었다. 그 아이의 발길이 닿는 데마다 봄풀은 향기롭게 돋아날 테고 그 아이의 손길이 닿는 가지가지마다 꽃망울은 화사하게 피어날 테고, 사시장철 우중충한 부추밭은 그 아이의 건강한 체중에 짓밟혀 비로소 그 음습한 상처를 아물리리라.

아아, 어서 봄이 왔으면. 그 아이가 왔으면.

스물세 살이 되도록 머리꼬랭이를 늘이고도 시집가고 싶다면 누가 뭐랄까 봐 이렇게 정작 하고 싶은 건 뒷전으로 미루고 객쩍은 생각으로 마음을 부풀리곤 했다. 그게 얼마나 허황한 꿈이었다는 걸 안 건 정월 초하룻날이었다. 분열이가 처음으로 제주가 되어 조상에게 고축하는 차례는 엄숙하고도 경사스러웠다. 차례를 위해 장만한 제수도 그 가짓수에 있어서나 볼품에 있어서나 들인 정성이나 솜씨에 있어서나 전처만 영감의 생전 중에서도 전성시대를 방불하게 했다. 졸업식을 며칠 앞두고 설을 쇠로 온 종상이까지 처음 참여한 차례는 태임이의 놀라움은 아랑곳없이 곧 즐거운 설상으로 이어졌다. 분열이는 설 쇠고 겨우 다섯 살이었지만 효손 분열이 됨으로써 한결 의젓하고 믿음직스러워 보였고 부성이도 이성이도 오래 벼르기만 하던 자식 된 도리를 비로소 다한 양 개운하고 만족스러워 보였다. 맛좋은 음식과 무거운 짐을 벗었다는 홀가분함으로 두 집 식구들은 마냥 화락했고 앞으로 남은 태임이의 혼사 얘기는 그 화락함에 즐거움을 보탰다. 그 자리에서 처음으로 태임이는 혼인하고 나면 이내 이 집을 떠나야 된다는 것도 알게 되었다. 분열이가 제주가 됐다는 건 곧 이 집의 당주가 된 걸 의미했고, 실질적으로 이 집을 독차지할 수가 없는 나이라고 해도 비워주는 게 마땅하다는 공론에는 이론의 여지가 없었다. 그건 태임이와는 상관없이 벌써부터 정해진 일이고 신랑 색시가 신접살림할 집치장을 어떻게 할 것인가가 주된 화제였다. 그나마 무일푼으로 장가드는 종상이의 자격지심을 건드릴까 저어해서 곧 노총각 노처녀를 골탕 먹이는 악의 없는 농지거리로 변했다. 종상이는 서른이 다 된 노총각답게 처삼촌들의 이런 짓궂음에 유들유들했지만 태임이는 그 시끌시끌한 소리만 듣고도 모욕감을 느꼈다. 실상 태임이가 모욕당했다고 느낀 건 그런 농지거리가 아니라 전씨가의 중대한 일로부터 자기만 감쪽같이 소외됐다는 것과 삼촌들의 그런 처사에 조금도 하자가 없다는 거였다. 생각할수록 그럴 수는 없는 일이건만 삼촌들에겐 아무런 잘못이 없고 굳이 잘못이 있다면 그 일을 좀 더 일찍 하지 못한 거라는 새로운 사실에, 그녀는 심한 낯가림을 했고, 응석꾸러기 아기처럼 발버둥쳐 울고 싶었다.

설 쇠고 나서 졸업식을 하려고 부랴부랴 떠나는 종상이와 단둘이 만나는 것도 삼촌들에게 간곡한 부탁을 해서 잠깐 이루어졌다.

"분열이가 양자로 들어온답니다."

태임이는 다짜고짜 숨 가쁘게 그 얘기부터 했다.

"분열이는 될성부른 아이오. 튼튼하고 총기 있고……. 가문의 복이 아니겠소."

"그럼 이 일을 미리 알고 계셨시니까?"

"내가 그걸 어찌……. 설날 처음 알았시다."

"그럴 수는 읎는 일입니다. 어드렇게 우리한테 의논 한마디 읎이 그런 큰일이 결정될 수가 있단 말입니까?"

이마에도 표정이 있다는 건 신기한 일이었다. 태임이의 새하얗고 동그스름한 이마에 응석받이가 막무가내 고집을 피우려고 할 때처럼 파격적인 충동이 알른알른 내비치고 있었다. 종상이는 빙긋 웃음부터 흘렸다. 가슴속이 화끈 달아오르는 것도 같았고 간질간질 간지럼을 타는 것도 같았다. 태임이는 그러나 그런 눈치에는 맹문이었다.

"왜 웃기만 하시니까? 실읎이. 내 말이 말 같지 않시니까?"

"예, 좀. 아기씨는 곧 출가외인이 됩니다. 그런 일은 모르는 척해도 돼요."

"어드렇게 날더러 그 일을 모르는 척하라 하시니까? 내가 무엇 때문에 혼인을 하는데."

"무엇 때문에 혼인을 하다니요?"

종상이의 안색에서 간지러움을 참는 것 같은 객쩍은 웃음기가 싹 가시고 단호해졌다. 태임이가 오히려 움찔하면서 할 말을 더듬었다.

"나는 우리 사이라면, 그 애를, 태남이를 우리 식구 만드는 게 쉬울 줄 알았시다. 내가 잘못 짚었으면 그렇다고 말해줘요. 시방이라도……."

"그 얘기라면 접때 그러기로 약조한 일 아닌감요. 난 약조한 일을 지킵니다. 아기씨는 징표를 가지고 있으니까 그럴 자격도 있구요."

"징표 때문에 마지못해 그 아이를 데려오겠다는 건 싫어요. 그 애를 귀애해줘야 돼요. 할아버지가 그 애를 끔찍이 귀애하셨듯이."

"그 어른이 그 애를 귀애하셨다는 건 말도 안 돼요. 인생을 불쌍히 여기셨다면 또 모를까."

태남이에 대한 태임이의 비정상적인 집착을 누구보다도 잘 아는지라 종상이는 좀 모질다 싶은 소리를 거침없이 했다. 그러나 태임이는 상처받기보다도 터무니없이 자신만만해졌다.

"그 애가 내 동생인데두요? 할아버지는 그 애가 내 동생이라는 것만으로 그 애를 얼마나 귀애하셨는지 나는 알아요. 어머니가 나에게 동생을 낳아주셨기 때문에 어머니가 정절을 못 지킨 걸 조금도 노여워하지 않으신 할아버지신걸요."

"아기씨가 원한다면 그 애가 아기씨 동생이라는 걸 드러내놓고 키울 수도 있어요. 당장이야 뭣하겠지만 차차 눈치 봐가며……."

"내 소원이 고작 그건 줄 알았시니까? 난 그 애를 꼭 이 집에서 키우고 싶었단 말예요. 나는 종당엔 출가외인이 되겠지만 그 애는 이 집에 남아 주인 노릇하고 제사도 받들게 하고 싶었단 말예요. 우리가 서로 뜻이 맞으면 그 애를 그렇게 되도록 뒷바라지할 수 있다고 생각했단 말예요."

"언감생심, 어드렇게 그런 일을 감히 꿈이라도 꾼단 말이니까. 그건 하늘 무서운 짓이에요. 분열이가 양자로 들어오지 않는다고 해도 될 수 없는 일이구, 나하고 뜻이 맞을 리도 없는 일이야요."

"내가 막 떼를 써도?"

방구리만 할 때부터 어른이 무색하게 언행이 숙성하고 또박또박 경우 바르던 태임이었거늘 어쩌자고 태남이 일에 당해선 이렇게 법도 모르고 경우도 없는 것처럼 구는 것인지 종상이는 난감해서 눈살을 찌푸렸다.

"혼인하기 전에 미리 밝혀두는 게 좋겠시다. 아기씨가 나에게 과람한 건 사실이나 남의 가문에 그런 무서운 음해를 붙일 작정까지 하고 아기씨를 취하고자 하진 않았다는 걸 분명히 해두고 싶소. 아기씨는 어때요? 내가 고작 그런 음해나 붙이는 데 만만한 상대기 때문에 혼인을 승낙한 거요? 나를 지아비로 삼을 만해서 승낙한 거요? 지금 당장 대답하지 않아도 괜찮으니 잘 생각해봐요. 우리 혼약을 파약할 각오까지 하고 묻는 거니까."

종상이의 숱이 짙은 눈썹이 꿈틀 곤두섰다. 수려한 얼굴에 획을 긋듯이 뚜렷하게 과단성이 가해지는 걸 태임이는 싫지 않은 기분으로 눈여겨보았다.

"당장 대답해도 되겠시니까?"

"당장 대답하지 말라니까요."

종상이가 황망히 말렸다.

"당장 대답할 수 있어요. 그 일이라면."

"그 일을 그렇게 가볍게 여기지 말아요."

"가볍게 여겨서가 아니라 나 혼자서, 벌써 여러 번 생각해봤거들랑요. 태남이를 내 마음대로 키울 수 없게 됐다는 걸 알고 나서 쭈욱 나에게 묻고 또 물었죠. 태남이를 잘되게 하는 데 도움이 될 것 같아서 고른 신랑인가, 정말 시집이 가고 싶어서 고른 신랑인가 하고요."

"그랬더니 뭐랍디까?"

종상이는 그 자리에 없는 제삼자의 의견을 묻듯이 담담하게 말했다.

"그래도 시집은 가고 싶대요. 별꼴이죠?"

"아기씨도 보통 여자에 지나지 않는군요."

"나를 여장부라고 생각하지 말아요. 독하다고 여기는 건 더욱 싫구요. 사람들이 나에 대해 뭐라고 수군대는지 나도 알아요. 어머니가 우물에 빠져서 돌아간 이 큰 집에서 계집애가 혼자 산다고 별의별 억측들을 다 하는 모양이지만 귀신이 안 나오는 걸 어드럭하니까? 안 나오는 귀신을 어드렇게 보냐 말예요. 귀신이 안 나와도 나온다고 법석을 떠는 사람이 이상하지 귀신이 안 나오니까 못 보고 예사롭게 사는 사람이 뭐 이상하니까?"

태임이의 당돌한 눈길에 호소하는 듯한 슬픔이 어렸다. 종상이의 심신이 감미롭게 떨렸다.

"나도 귀신이 나오기도 전에 자지러지는 시늉부터 해야 여자답다고 생각하는 계집애는 질색이에요. 안 나오는 귀신은 못 보는 게 옳아요. 그것 때문에 상심하는 건 말도 안 돼요."

"아무리 나이를 먹어도 혼례를 치르지 않으면 왜 사람들한테 어른 대접을 못 받는지 알 것 같아요."

"난 모르겠는데요, 왜죠?"

"혼약만 하고도 내가 떼를 써도 안 되는 일도 있구나 하는 걸 깨달았으니까요."

"또 태남이 얘긴가요?"

"그만할게요. 어른은 눈치도 있어야 하겠죠."

"어른 되는 걸 그렇게 두려워하지만 말아요. 어른이 되길 참 잘했다고 생각하면서 살 수 있도록 금실 좋은 부부가 됩시다. 우리."

종상이도 졸업식이랑 그 밖의 일을 처리하기 위해 한양으로 떠나고 동해랑 집에선 본격적으로 혼수 바느질이 시작되었다. 전처만 대에 와서 자손도 가세만은 못하지만 그래도 번성한 편이지, 그 윗대의 형제들은 이산하고 절손하고 하여 대사를 거들 만한 친척이 없었다. 그래도 금침만은 사돈간까지 통틀어 오복을 갖춘 노인네를 모셔다가 손수 바늘 한 땀이라도 뜨게 하는 걸로 위안을 삼았을 뿐 그 밖의 바느질은 부성이대의 총지휘 아래 솜씨 좋은 침모를 부려야 했다. 당태솜이 바리로 들어오는가 하면 조급한 다듬이질 소리가 밤낮을 가리지 않고 콩 볶듯 오두방정을 떨었다. 해가 바뀌자마자 한꺼번에 밀어닥친 이런 부산하고 엄청난 혼수 바느질에 태임이는 부끄럼을 타기보다는 실색을 했지만 줄이거나 그만두게 할 수가 없었다. 일이 다급해질수록 삼촌댁들은 내 딸만 같아도 진작부터 구미구미 꿰매놓았을걸 하는 자격지심 때문에 더욱더 분량과 가짓수를 늘리려고만 했다.

태임이 외가에도 알리는 게 도리라느니 이왕 인연 끊은 거 지금 와서 다시 이어봤댔자 부질없지 싶다느니, 서로 엇갈린 의견이 조심스럽게 대두된 것도 그 무렵이었다. 태임이의 고적한 처지가 혼인 잔치에서 남 보기에 흉할 만큼 두드러질까 봐 인연 끊고 지내던 사돈 간을 다 아쉬워하는 듯했다. 며느리가 우물에 빠져 죽자 그 목숨보다도 집이 흉가가 된 것만을 아까워한 홍씨 부인이 온갖 악담을 퍼부으며 사돈의 문상까지를 거절한 후 끊긴 내왕은 전처만 영감에 뒤를 이어 홍씨 부인까지 망인이 된 후에도 회복되지 않은 채로 있었다. 그쪽 역시 딸의 죽음으로 가슴에 못 박힌 채 몸져누웠던 사돈 마님이 세상을 떴기 때문이다.

말이 난 김에 태임이는 외가에 한번 다녀오고 싶다고 큰삼촌에게 소청했고 좋도록 하라는 허락이 떨어졌다. 태임이는 삼촌들이 죽은 어머니에 대해 어느 만큼 알고 있을까가 궁금했지만 물어보진 않았다. 아마 세상에 떠도는 소문 이상은 알고 있지 못할 테고 더구나 태남이에 대해 알고 있는 건 이 집안에선 할아버지뿐이었다고 믿고 싶었다. 증거 없는 소문이란 죽은 사람한테까지 따라다닐 기력은 없는 법이다.

완연히 봄이었다. 먼 산엔 아직 눈이 조금 남아 있고, 버들피리도 아니 났지만 훈풍이 파란 보리밭을 빗질하듯, 쓰다듬듯 지나가는 게 보였다. 귀밑머리가 상긋하게 나부끼면서 기쁨인지 슬픔인지 분간할 수 없는 감정이 가슴속에서 잔물결을 일으켰다.

"머릿방 아씨 마지막 친정 나들이를 모시고 갔던 것도 꼭 이맘때였나 봐요."

이젠 첫아들까지 낳아 귀돌네가 된 그만이도 심란한 듯 먼 산을 바라보며 말했다.

"그때 자네가 모시고 갔던가?"

"예, 돌아가신 어르신네께서 일부러 저를 사랑으로 불러 부탁을 하셨어요. 뭔가 짚이시는 게 있으셨던지 어찌나 자상하게 타이르시는지 몸둘 바를 몰랐다니까요. 홍삼 한 동고리짝도 손수 챙겨주셨구요. 무슨 홍삼이 그렇게 무거운지 모가지가 빠질 뻔했드랬시다. 같은 한 그릇 밥도 눌러 푸는 것 다르고 날려 푸는 것 다르다고 이 어른이 며느리 생각을 이만큼 끔찍이 하시는구나 싶어 한편 흐뭇하더라굽쇼."

"아무렴. 그 어른 자애를 누가 따르겠는?"

"그래도 그때부텀 병색이 완연한 아씨를 걸려서 피접을 보낸 건 너무하지 않았시니까. 어찌나 쉬엄쉬엄, 가다가는 쉬고, 쉬고 나선 되돌아보곤 하시는지 반나절도 더 걸렸다니까요."

"그만해두게나."

하고 싶은 말의 중퉁을 끊긴 귀돌네가 뒤통수에다 수퉁 맞게 올려 찐 쪽을 좌우로 흔들면서 앞장섰다. 가냘픈 은비녀가 감당하기엔 너무 많은 숱이었다.

외삼촌 손태복은 장사일로 한양 가 있는 지 달포가 넘는다고 했다. 외삼촌댁은 그동안 몰라보게 늙어서 안방 차지하고 장죽을 물고 있었다. 근력이 줄어 보이니 수다스럽던 인상도 많이 가라앉아 보였다. 큰절을 올리고 나자마자 다짜고짜 옆으로 끌어당겨 어깨를 토닥거리며 울먹였다.

"올핸 시집간다며? 시상에 여적지 이 머리꼬랑지를 늘이고 다녔으니 제 속은 얼마나 탔으며 숙부님네들은 또 얼마나 우세스러웠을꼬."

"기별이 왔던가요?"

"기별은 무슨, 그 양반들이 기별할 양반들이라던? 우리도 기별 같은 건 바라지도 않고. 기별 안 해도 네 혼사 때는 우리 두 내외가 무작정 고개 숙이고 쳐들어갈 판이었다."

"그래도 괜찮을라나요?"

"죽여줍쇼 한구석에 수굿이 틀어박혔으면 설마 내쫓겠는? 그쪽에서 무슨 억하심정이 남아 있건 네 경사는 꼭 보고 싶은 걸 어드럭허는."

"고맙습니다. 죄송스럽기도 하구요. 어머니가 뭘 그렇게 큰 죄를 지었다고 외가댁까지 두고두고 수모를 당하는지 모르겠어요. 정말 못할 노릇은 우리 집에서 더 많이 한 걸 제가 뻔히 아는데."

"쉿, 그런 소리 하는 게 아니다. 여자의 실절은 그보다 더 큰 벌을 받아 마땅해, 알겠는? 행여 정절을 가벼이 여기는 소릴랑 입에 담지도 말고 생각도 말거라. 에미 닮았단 소리 듣지 않도록 처신하는 게 네가 할 수 있는 효도라는 걸 늘 명심해야 하느니."

어렸을 때 인상으로 말이 헤퍼서 으레 주책이거니 만만하게 대했던 외삼촌댁답지 않게 어렵게 굴었다. 나이 들고 며느리 보고 의식이 충족하고 두루 오복을 갖추니, 체통을 차려도 어색하지가 않았다.

"어머니가 너무 불쌍해서 그래요. 딸 시집보낸 쪽에서만 잘못을 다 뒤집어쓰는 것도 억울하구요."

"인지상정으로 느이 어머니 불쌍한 걸 왜 모르겠는? 네가 딸이라고 해도 아마 나만큼 애간장이 녹지는 않았을라. 그래도 우린 느이 집에 대한 원한 요만큼도 읎다. 왠줄 아냐? 우리가 남보담 착하거나 배알이 읎어서가 아냐. 느이 할아버님께서 생전에 인지상정으로 우리한테 진 빚은 다 갚아주고 돌아가셨기 때문이란다. 암 갚아주셨고말고. 법도로 잘못한 건 하나도 안 따지셨지."

외삼촌댁은 병색이 완연한 전처만 영감을 샘말 배 서방네까지 인도해서 태남이와 상면시키던 광경을 어제런 듯 떠올리며 콧날이 시큰했다. 그 양반이 태남이에게 보여주던 그 깊은 관심과 자애는 상식으로는 설명할 수 없는 거여서 그 당시엔 노망으로 돌렸고, 그 후에는 전씨가의 처사가 야속할 때마다 떠올려 위안을 삼았다. 그 사건은 외삼촌댁에게 있어서 하나의 기적이었다.

사촌올케가 점심상을 차려오고 그보다 앞서 점심 요기를 시킨 귀돌네를 돌려보내고 하느라 둘만의 비밀스러운 얘기는 흐지부지되고 말았다. 밤에 나란히 누운 잠자리에서 태임이는 불쑥 말했다.

"내일 태남이 좀 보러 가게 해주세요, 외숙모."

"뭐라구?"

외숙모가 잠자리에서 팅기듯이 벌떡 일어나 앉으면서 외마디 소리를 질렀다.

"얘가 큰일날 애네. 그 애는 뭣하러 찾아."

"하나밖에 읎는 내 동생이에요. 보고 싶은 건 당연하잖아요."

"아이고, 이 철없는 것아, 동생은 무슨 놈의 동생이고 보고 싶긴 뭐가 보고 싶어. 더군다나 내일모레면 시집갈 계집애가. 여자는 시집가면 낳아주고 길러준 부모님 보고 싶은 것도 주리 참듯 참아내야 시집살이를 온전히 한다는 소리도 못 들었느?"

"갠 내 거란 말예요."

"네 거라니, 넌 네 자식도 안 낳을 거야?"

"할아버지가 나한테 갤 주셨단 말예요."

태임이는 고집불통의 어린애처럼 체머리를 흔들며 제 소리만 했다.

"주셨다니? 걔가 무슨 물건인 줄 아는? 보물단진 줄 알아?"

외삼촌댁은 화를 참지 못하고 어둠 속에서 태임이 머리를 콩콩 쥐어박았다. 태임이가 잘 보이지도 않았거니와 하는 소리가 하도 철딱서니가 없으니 부지중에 쬐그만 계집앤 줄 착각을 하고 있는 듯했다.

"사람이 어드렇게 보물단지보다 못하겠시니까? 물려받은 재물은 대견해하고 잘 간수하길 바라면서 사람 물려받은 건 왜 버리려 하시니까?"

태임이가 주먹을 피해 이불을 뒤집어쓰면서 짓눌린 소리로 속삭였다. 외삼촌댁이 부시럭부시럭 머리맡을 더듬었다. 담뱃대를 화로에 쑤셔 박고 뻐금뻐금 불을 당기더니 몇 모금 빨고 나서 입을 열었다.

"너헌테는 말 안 하려 했다만 말이 난 김에 해둬야겠다. 태남이 애비도 눈이 시뻘게서 그 애를 찾는단다."

"태남이 애비라뇨? 그 애한테 애비 같은 거 읎어요."

"이것아 애비 읎이 어드렇게 사람이 생기는?"

"그래도 그 애는 달라요."

"오냐오냐. 다른 걸로 해두자. 그 애는 애비 에미 읎이 하늘에서 뚝 떨어진 애란다. 그렇게 생각하고 잊어버려라. 그게 피차의 신상에 이로울 게다."

"그 아인 제 거란 말예요. 그 애를 제가 가질 수 있는 징표를 주셨단 말예요, 할아버지께서."

"이런 답답이가 있나. 그 애를 네가 가져서 뭘 어쩌겠다는 게야? 그 어른도 그렇지, 돌아가실 날을 얼마 안 남겨놓고 노망이 나셨던가. 그 애를 보자고 하신 것만도 해괴하거늘 이 철딱서니 읎는 것한테 그애 얘기를 허실 건 또 뭐꼬, 징표까지 전허실 건 또 뭔가."

외삼촌댁이 한숨을 쉬면서 담뱃대로 두어 번 재떨이 모서리를 치고 나서 드러누웠다. 나란히 눕게 되자 태임이가 한결 가라앉은 소리로 물었다.

"태남이 아버지란 사람이 여기 왔었시니까?"

"오다마다. 상전한테 애까지 갖게 한 배짱이니 그 행패가 오죽했겠냐?"

"상전이라뇨? 그럼……."

"너도 본 적이 있을걸. 어렸을 땐 곧잘 그 넓적한 등에 업히곤 했지. 재득이라고……. 우리 집에서 머슴 살던. 짐승처럼 천한 무지랭이에다 느이 엄마보다 열 살도 더 손아래였느니라."

외삼촌댁의 목소리가 자근자근 매몰차졌다.

"그 사람한테 어머니가 당한 걸까요?"

"그랬으면 좋으련만 그 녀석 말로는 그런 것 같지도 않더라. 그런 녀석의 말이란 믿을 게 못 된다만……."

"뜻이 맞았으면 멀리멀리 야반도주라도 할 것이지……."

태임이가 씹어뱉듯이 말했다.

"저, 저 계집애 말버릇 좀 보게나. 내일모레면 시집갈 처녀가 어드렇게 그런 말을 입에 담는?"

그렇게 윽박지르고 나서 한결 숨죽은 소리로,

"그 녀석도 같은 소리를 허더라. 시방만 같아도 아씨를 데리고 야반도주를 하지 그런 못난 짓은 안 했을 텐데, 하면서 복장을 찧으며 통곡을 허더라. 녀석이 그동안 어디메서 뭘 하며 굴러다녔는지 아주 딴사람이 돼서 돌아왔어. 애물이 명은 질겨 가지고……."

"딴사람이 됐다면 돈을 많이 벌었다고 하던가요?"

"그렇기나 하면 좋게. 소문으로는 동학군이 됐다더니 제 말로는 철길을 까는 데서 막노동을 했다는데 행색이 거렁뱅이보다 좀 나을까 말까 하더라. 그 주제에 뭘 믿고 그러는지 도무지 겁나는 게 읎이 굴더라. 그때만 해도 법이 무서워서 혼자 도망을 쳤지만 지금 세상만 같아도 안 그랬을 거라는 게 무슨 소린지."

"세상이 달라졌단 소리겠죠."

"달라진 건 그 녀석 눈빛이더라. 상전을 바로 쳐다본 적이 읎는 순하디순한 눈빛이 어찌 그리 고약하게 변했는지. 그 핏발 선 눈을 똑바로 뜨고 제 자식이라고 내놓으라고 지랄을 하는데 내가 10년은 감수했을라."

"죄송합니다 외숙모. 또 그 사람이 그렇게 나와도 태남이 있는 곳을 말씀하시면 안 돼요, 아셨죠?"

"그건 장담 못 해. 내가 뭐 그 녀석이 무서워서 말 안 할 줄 아는. 그 아이 전정을 생각해서 말을 안 했는데 그 아이 땜에 네 팔자 망칠까 봐 차라리 그 녀석한테 내줄까도 싶다."

"외숙모."

"그 녀석한테 내주기 싫거든 넌 모르는 척해라. 시집가서 네 자식 놓고 사노라면 그 앤 저절로 그 집 자식 될 텐데 무슨 걱정이야. 여직껏도 그래왔지만 제 자식처럼 잘 기르고 있고, 그 아이 덕으로 먹고살 만해졌다는 은공 모를 사람들도 아냐. 아무려면 그 녀석이 철길 노동판으로 끌고 다니는 것만 못하겠는?"

"외숙모, 소원이에요. 그 아일 한 번만 보게 해줘요. 네, 외숙모."

"어쩌면 그 고집은 느이 할아버님 고집허구 똑같는? 그 아이는 또 뭐가 되려고 세상에 떨어질 때는 반겨주는 이는커녕 맨살을 가릴 헝겊 조각 하나 베푸는 이가 읎더니만, 뒤늦게 피붙이 행세하고 나서는 것들은 이리 많을꼬."

다음 날 두 사람은 죄지은 것도 없이 남의 눈을 피해 앞서거니 뒤서거니 동구 밖을 나서서 샘말로 행했다.

마침 태남이는 집에 없었다. 한참 장난이 심할 나이니 나가 노는 게 당연하련만 배 서방댁은 큰 잘못을 저지른 것처럼 두 손을 연방 부비며 버선볼을 대고 있던 큰딸년을 눈짓으로 내보냈다. 수인사를 나눌 동안도 안 돼 딸애는 팽이와 팽이채를 든 태남이를 데리고 들어왔다. 그 아이는 관옥 같지 않았다. 누런 코를 흘리고 있었다. 손등은 몹시 터 있었다. 태임이에게 있어서 관옥 같다는 건 가장 아름답고 가장 무구하고 가장 늠름한 남자아이의 추상이었다. 거기 탐닉해 구체적으로 그 아이의 모습을 그려볼 겨를이 없었다. 같이 따라 들어와 빙 둘러선 고 또래보다 잘생기지도 못생기지도 않은 그 아이의 손을 태임이는 억지로 끌어당겼다. 손등은 난도질해놓은 것처럼 터 있었고 손가락엔 칼로 베인 자국이 아직도 성성했다.

"팽이를 깎다가……. 성들이 깎아준대도 막무가내로 제가 깎더니만……."

배 서방댁이 더욱 몸둘 바를 모르며 이렇게 변명을 했다.

"아이들은 그래야 한다네. 몸 성한 애는 들어앉았지도 않으려니와 손을 잠시도 가만두지 않는다네."

외삼촌댁이 이렇게 배 서방댁과 태남이를 아울러 역성을 들었다.

태임이는 그 아이를 끌어안았다. 아이는 순순히 품 안으로 들어왔다. 아이는 관옥 같지 않았다. 그러나 숨결은 건강하고 몸은 실하고 따뜻하고, 냄새는 구수했다. 관옥 같은 것보다 그게 얼마나 좋은지 몰랐다.

그럴 작정은 아니었건만, 태임이는 속에서 새로운 집착이 꿈틀대는 걸 느꼈다. 아마 본인보다도 먼저 외삼촌댁이 그걸 눈치챈 듯했다.

"나가 놀아라 휘딱."

이렇게 눈을 부라려 아이를 떼어내고 나서 어서 가자고 태임이를 잡아 일으켰다.

"이렇게 가시면 어쩌자니까. 곧 더운 김심을 짓겠습니다요."

배 서방댁이 어쩔 줄을 몰랐다.

"김심은 무슨, 일읎네."

"그럼 따로 허실 말쏨이라도……."

"헐 말도 읎네."

외삼촌댁이 버럭 역정을 냈다.

왜 그렇게 화를 내는지 영문을 몰라 배 서방댁은 한층 우두망찰을 했지만 태임이는 그게 자신에 대한 간접적인 함구령이라는 걸 알아차렸다.

배 서방댁은 대문 밖까지 나와서도 연방 손을 부비고 고개를 조아려 죄인 시늉을 했다. 그러나 태임이를 곁눈질하는 눈길은 어수룩하지 않았다. 선녀가 하강한 것처럼 어여쁘고 향기롭고 귀티 나는 저 처녀는 어디 사는 누구이며, 태남이와는 어떻게 되는 사이이며 장차 자기한테 이가 될지 해가 될지를 한꺼번에 꿰뚫어보고 싶은 갈망으로 제법 날카롭기까지 했다.

외삼촌댁은 황급히 두 사람 사이를 막아서면서 태임이의 등을 밀었다.

"괜한 걸음 했나 보다. 저 음흉한 여편네가 무슨 눈치라도 채면 어드럭허는."

털어낼 수 있는 거라면 훨훨 털어내고 싶도록 배 서방댁의 눈길이 싫어서 외삼촌댁은 도망치듯 걸음을 재촉했다. 겨울 들판은 쓸쓸하고 바람이 찼다. 태임이는 장옷 깃을 코 밑에서 움켜잡고 눈만 내놓았다. 그러나 그녀의 눈은 호기심과 겁 없음과 열정과 욕망을 적나라하게 드러내고 있어서 벌거벗은 것처럼 분방해 보였다. 세상에, 망측해라! 외삼촌댁도 흘긋 태임이를 돌아보고 나서 놀란 듯이 이렇게 중얼거렸지만 벌거벗은 눈빛을 가릴 만한 의복이 있을 것 같지 않아서 괜히 가슴만 두방망이질을 했다.

한 손에 썰매를 든 아이가 울면서 마을 쪽으로 가고 있었다. 바짓가랑이가 흠뻑 젖어 있었다. 논의 얼음판이 깨져 물에 빠진 듯했다. 그러나 딴 아이들은 신나게 썰매를 타고 있었고 얼음판은 매끄럽고 단단해 보였다.

"빙판에도 숨구멍이 있느니라. 저 아이도 필시 숨구멍에 빠졌을 게다. 재수가 나쁘면 한겨울에도 숨구멍에 빠진다지만 입춘도 지났으니 지금쯤은 아마 숨구멍이 맷방석만큼 자라서 성난 황소처럼 더운 김을 뿜을라."

외삼촌댁이 엉덩이까지 젖은 아이를 돌아보며 말했다. 논의 숨구멍은 그렇다치고 밭의 숨구멍은 어떻게 생겼는지 겨우내 내린 눈이 고랑에만 남고, 기름진 검은 둔덕은 드러나서 멀리서 보면 큰 집의 기왓골처럼 보였다. 가슴 설레게 따뜻한 풍경이었다. 봄엔 시집간다. 식구가 생긴다. 태임이의 지난겨울을 그토록 찬란하게 했던 봄에의 예감은 이제 현실이었다.

성난 듯이 혼자서 앞서가던 외삼촌댁이 샛골을 거진 다 와서 딴

길로 접어들었다. 길을 잘못 알았을 리도 없거니와 그 뒷모습에 나타난 성깔이 심상치 않아서 태임이는 감히 그 연유도 묻지 못하고 뒤따랐다. 외딴길은 오랫동안 사람이 안 다닌 듯 겨우 흔적만 남아 있었고 그 흔적조차 갈수록 희미해졌다. 그러나 외삼촌댁의 걸음걸이엔 망설임이 없었다. 저만치 삼태기처럼 산에 안긴 작은 평지와 거기 다 쓰러져가는 외딴집이 보였다. 사람이 살고 있을 것 같지 않은 그 집으로 곧장 가고 있다는 게 태임이를 긴장시켰다. 가까워질수록 폐가가 된 지 오래라는 게 나타났다. 사립문도 남아 있지 않았지만 외삼촌댁은 빗장 걸린 솟을대문이라도 만난 것처럼 잠시 주눅든 시늉을 했다.
"여기가 어드메니까?"
태임이가 떨리는 소리로 물었다.
"느이 에미 몸 푼 데다."
외삼촌댁이 휙 돌아서면서 앙칼지게 말했다. 외삼촌댁은 목소리뿐 아니라 얼굴도 딴사람이 되어 있었다. 독한 결심이 흔들릴세라 다져먹은 마음 때문에 모질게 굳어 있었다.
"옛?"
태임이가 두어 걸음 물러서면서 외마디 소리를 질렀다.
외삼촌댁은 마른풀을 헤치고 기우뚱 처진 추녀 끝으로 들어섰다. 그러나 봉당 쪽으로 아궁이처럼 음산하게 뚫린 방문을 통해 그 안을 살펴보는 외삼촌댁의 뒷모습엔 두려워하는 티가 역력했다. 되레 태임이가 언제 놀랐더냐 싶게 침착하고 당찬 얼굴로 외삼촌댁의 어깨 너머로 방 안을 들여다보았다. 애초부터 반자 없이 서까래가 드러난 천장은 군데군데 내려앉아 하늘이 보이고, 네 기둥이 온전히 서 있는 구석마다 층층이 쳐놓은 거미줄은 어찌나 두텁고 새까만지 무수한 박쥐들이 나래를 펴고 있는 것처럼 보였다. 외딴집이건만 쓸 만한 건 구재까지 퍼간 듯 내려앉은 구들장을 드러낸 자국이 여우굴처럼 괴기스러웠다.

"그때만 해도 이닥지는 않더니만 그동안에 더 흉해졌구나."

외삼촌댁은 제풀에 몸서리를 치면서 태임이가 놀랄까 봐 이렇게 위로하고 눙쳐주려고 했지만 장옷을 잠깐 벗은 태임이의 표정은 담담했다. 해맑고 반듯하여 걸핏하면 우수가 어리기도 잘하던 이마도 다만 닦아놓은 것처럼 매끄럽고 정결할 뿐이었다. 외삼촌댁은 불현듯 모질게 먹은 마음을 돌이키면서 냉랭하게 말했다.

"게 앉거라, 잠깐 쉬었다 가자꾸나."

부엌 앞에 받침대 없이 뒹구는 긴돌 위에 외삼촌댁이 먼저 엉덩이를 붙였지만 태임이는 왼손에 장옷을 접어 걸친 채 도도하게 서 있었다. 뺨이 파리끼한 게 그녀의 도도함을 한층 서슬 푸르게 했다.

"여기가 바로 느이 에미 몸 푼 집이다. 지금보다는 덜 퇴락했다 해도 구들장이 성하게 붙어 있고 하늘이 안 보였다 뿐 흉흉하긴 마찬가지였느니라. 여자가 애를 비릇을 때 어드렇다는 건 너도 겪어보진 못했지만 듣기는 했을라. 여북해야 휘어잡은 문지방이 물렁물렁해지고 하늘이 돈짝만 해져야 애가 에미 몸을 빠져나온다지 않던? 종년도 몸을 풀 눈치가 보이면 산바라지할 만한 이를 딸려서 단

사흘이라도 말미를 주는 게 인지상정인데 느이 에미는 샛골서 여기까지 줄창 걸어오면서 애를 비릇었으니 그 고초가 어드랬겠는? 사람도 아니었다. 짐승이었지. 짐승처럼 흙을 우벼 파며 그 태남인지 뭔지 하는 애물을 쏟아놓았단다. 알아듣겠는? 내가 왜 이렇게 모진 푸념을 하는지. 그 자석은 태어날 때부터 애물이었어. 곧 즈이 에미를 잡아먹은 걸 보고도 그걸 모르겠는? 느이 에미가 그 녀석을 쏟아놓고 먹은 첫국밥이 뭔 줄 아는? 이 집에 남아 있던 구정물만도 못한 간장을 맹물에 타서 겨우 입안과 창자를 축였어, 이것아. 짐승만도 못하고 짐승보다 모진 목숨이었지. 그렇게 낳은 제 자식을 젖 한 번 못 물려보고 진자리에서 떼어버린 느이 에미 속이 오죽했겠는? 그러구두 전씨 집 맏며느리 자리를 지키려 했지만 그게 어디 될 뻔이나 한 소리냐? 여자가 정조를 잃으면 죽을 길밖에 읎는 게야. 느이 에미가 기어코 그렇게 된 걸 보고도 이년, 어쩌자고 그 애물을 이제 와서 아는 척을 하고 나서는? 나서길. 입이 과히 무겁다고 할 수 읎는 이 외숙모도 그 애물에 대해서만은 여직껏 누구한테 단 한마디라도 발설한 적이 있는 줄 아는? 내 그 자식을 진자리에서 읎애지 못한 게 두고두고 후회가 돼서 그 자석 일을 죽자꾸나 입에 담지 않는 걸로 뒤늦게나마 그 자석을 읎이 하려 했거늘, 네년이, 내일모레면 시집갈 년이 무슨 못된 귀신이 붙었길래 난데읎이 그 자식 일을 이르집냐 이르집길. 나만 말전주 안 하면 그 자식은 이 세상에 읎는 거나 마찬가지려니 했는데, 그 늙은이가 망령이 들어도 더럽게 들었지, 어쩌자고 그 애물 일을 네년한테 발설을 하고 죽었더란 말이냐. 발설을 한 것도 망측한데 뭐 어드래? 신표를 전하고 앞날을 당부했다구? 네년도 네년이지, 그까짓 신표 찢어버리면 그 자식은 배서방네 자식이 돼서 무탈하게 자랄 테고 네년 팔자도 필 텐데, 왜 그걸 몰라. 이 답답한 년아."

외삼촌댁의 푸념은 봇물이 터진 것처럼 걸쩍하고 거침이 없었다. 불고 쓴 듯이 궁색한 집으로 시집와 고생고생 하다가 하나밖에 없는 시누이를 전처만네 맏며느리로 시집보내고 비로소 밥술이나 먹게 되고 계속해서 가세가 늘어났으니만큼 그 시누이와 전씨댁을 우러러 받드는 건 소싯적부터 그녀 몸에 배어 있었다. 아무리 조카딸이라고 해도 전씨댁 딸인 태임이한테 넌자를 놓는다는 건 상상도 못 해본 짓이었다. 할 때는 시원했지만 하고 나니 하극상이라도 한 것처럼 찜찜한 바가 없는 것도 아니었다. 태임이의 눈에 눈물이 가득 괴었다. 그걸 떨구지 않으려고 고개를 도도하게 세우고 가슴을 펴면서 중얼거렸다.

"가엾어라."

"누구라?"

"태남이지 누구겠시니까? 제 동생 말예요. 앞으론 아무도 그 애를 가엾어하지 못하게 기를 거예요."

"그 앤 지금도 잘 자라고 있어. 이것아, 지금 누구라 그 애를 불쌍해한다고 그러는?"

"할아버지는 그 애가 관옥 같다고 그러셨어요. 근데 그 아이는 관옥 같지 않았어요. 그 앤 제가 길러야 돼요. 두고 보세요. 관옥 같은 선비로 키울 테니."

"그 늙은이가 미쳤군. 노망도 아냐. 미친 게지. 그 늙은인 그 아이를 변변히 눈여겨본 적도 읎단다."

"거짓말 마세요, 외숙모. 할아버지께서는 분명히 말씀하셨어요. 그 아이는 관옥 같더라, 한눈에 될성부르더라. 네가 잘 거두고 가르쳐라 하고요."

외삼촌댁은 입맛 쫑긋대다 말았다. 기가 차서 말문이 막히기도 했지만 태임이의 훤출하고 자신만만한 태도에 압도되어서이기도 했다. 전처만 영감이 태남이를 변변히 눈여겨본 일이 없다는 건 사실이었다. 외삼촌댁은 전 영감과 태남이가 첫 대면하던 광경을 지금까지도 잊지 못했다. 저녁나절의 누추한 시골집 방구석은 겨우 어른 아이나 분별할 만큼 침침했건만 전 영감은 굳이 등잔불을 못 켜게 하고 아이를 보았다. 전 영감이 어떤 눈으로 그 아이를 보았는지 그녀는 상상도 할 수 없었고, 다만 그 심중을 헤아리는 것만으로도 가슴이 떨렸다.

앙화로다! 외삼촌댁은 속으로 이렇게 중얼거렸지만 태임이는 알아듣지 못했다

박승재朴勝才는 종상이 뒤를 쭐레쭐레 따라서 종로에서 배우개까지 오는 동안 심사가 편치 못했으나 용케 참아냈다. 승재는 종상이에 비해 성미가 너그럽지 못하고 보기보다 훨씬 교만한 마음을 가시처럼 품고 있었다. 나이도 종상이보다 한 살이 위였고 열다섯에 관

례와 혼례를 겸하여 취한 아내가 있었다. 그러나 겉보기에 두 사람은 매우 비슷했다. 사고무친하고 적빈하여 종상이는 닥터 스톤네서 일하며 학비와 숙식을 해결했고 승재는 연상의 아내의 바느질품팔이로 근근이 먹고살고 공부도 했다. 또 둘 다 그런 처지가 되레 빛나는 장래를 약속하는 것처럼 돋보일 만큼 공부를 썩 잘해 스승의 촉망과 친구들의 선망을 독차지했고 제아무리 남루를 걸쳐도 축낼 수 없는 훤칠한 몸매와 잘생긴 얼굴을 가지고 있었다. 이렇게 재주에 있어서나 외양에 있어서나 서로 팽팽한 맞수임에도 우의가 돈독하고 비록 한쪽이 없는 자리에서도 한쪽을 헐뜯거나 허투루 말하는 일이 서로 없었기 때문에 친구들은 더욱 그들의 사람됨을 칭송했다.

그런 사이니만큼 종상이가 긴히 부탁할 말이 있다고 청해서 끌고 다니면서 마냥 딴 볼일만 본다고 승재가 그렇게 탓할 입장이 못 됐다. 그러나 종상이에겐 따르는 친구가 많은 데 비해 승재에겐 종상이 외엔 마음을 주는 친구가 없듯이 겉보기보다 괴팍한 데가 많았다. 알게 모르게 종상이 쪽에서 져주기도 하고 손윗사람 대접에 깍듯한 걸 승재는 당연한 권리처럼 받아들이고 있었다.

종상이가 기웃대거나 들어갔다 나오는 데는 포목전이었다. 승재는 따라 들어가지 않고 밖에서 기다리기만 했고 종상이는 번번이 빈손으로 나왔다. 승재는 포목전 같은 데 생전 들어가본 일도, 기웃거려본 일도 없거니와 변변치 못한 거간꾼처럼 허튼수작에 헛걸음이나 치고 다니는 친구를 마냥 따라다녀야 한다는 게 심히 못마땅했고 자존심이 상했다. 이게 무슨 꼴이람. 그의 옹졸한 마음엔 이미 짚이는 자격지심이 있어서 더욱 부아가 났지만 그 짚이는 것 때문에 오도 가도 못하고 따라다니고 있었다.

배우개 쪽으로 갈수록 포목전은 수효가 줄고 규모도 작아졌다. 어느 허술한 포목전에서 오래 지체하더니 종상이가 마침내 홍보에 싼 걸 옆구리에 끼고 나왔다.

"목롯집 갈 돈 몇 푼 남기기가 이렇게 힘들구먼."

혼잣말처럼 이렇게 중얼거렸다.

"난 안 가겠네. 목롯집이고 할말이고 다 일없네."

승재가 버럭 역정을 내면서 발길을 돌리려고 했다. 긴히 할 말이 있으니 어디 목롯집에 가서 술이나 한잔씩 하자고 할 때만 해도 설마 술 살 돈이 없어서 남의 심부름을 해주고 거기서 몇 푼을 떼려고 할 줄은 짐작도 못 했었다. 술 아니라 밥을 몇 끼로 주렸기로서니 승재로선 차마 못할 짓이었다.

"아니 왜 그래 형, 내가 뭘 잘못했게."

"남의 물건 값을 속여서 떼먹은 돈으로 술을 사겠다고? 내가 그런 치사한 술을 넙죽넙죽 받아먹을 줄 알았던가?"

"원 형님도……."

종상이는 흥, 양반은 얼어 죽어도 곁불은 안 쬔다 이거지? 하는 소리가 목구멍까지 나오는 걸 참느라 짙은 눈썹이 꿈틀했다. 그는 애써 온화한 목소리로 그게 아니라고 말하고 휘적휘적 앞장섰다. 종상이의 진국스러운 태도에 끌려 꼼짝없이 뒤따르면서 승재는 자신의 조급하고 천박한 상상력에 열등감 같은 걸 느꼈다.

종상이는 청계천 쪽으로 꺾어 들어가 개천을 끼고 거슬러 올라가기 시작했다. 어디로 가는지 알 만했다. 개천가에 그의 단골 목롯집이 있다고 했다. 안주는 간편한 거 몇 가지밖에 없었으나 맛깔스럽고 술사발이 유난히 큰 집이었다. 늙도 젊도 않은 주모는 종상이만 보면 괜히 좋아서 얼레발을 치면서 여염집 어머니가 아들의 친구에게나 대접함 직한 찌개를 끓여주기도 하는 집이었다.

개천가 실버들 가지에 연둣빛이 연연하고 개천에서 아낙네들이 두드리는 빨랫방망이 소리가 방정맞고도 흥겨웠다. 이 단순하고 평화로운 풍경이 그들이 한양에서 같이 보고 들은 어떤 소요나 불안, 외세의 각축, 세도의 문란보다 더 이 나라가 장차 어찌되려나 하는 우국의 충정을 건드렸다. 그들은 둘 다 출중한 인물됨에 비해 가세는 빈한한 사람 특유의 과민한 자존심 때문에 겉보기보다는 편안한 사이가 못됐다. 만약 시국을 보는 눈이나 비분강개하는 마음이나마 서로 잘 맞지 않았다면 오래가기 어려운 사이였다. 그들은 거의 동시에 더운 한숨을 쉬면서 마주 보았다. 풍전등화와 같은 나라의 운명과 주체할 수 없는 자신의 야망에 대한 우울한 예감이 번득이며 서로 맞부딪쳤다.

"자네 정말 낙향할 건가?"

승재가 다급하게 물었다. 곧 헤어지게 된다는 이별의 아쉬움에 승재는 몸을 떨었다. 그에 비해 종상이는 한결 능청스러웠다.

"낙향은 무슨……. 내가 언제 적 서울 사람이었다구. 형, 이걸 보고도 못 믿겠수. 형은 참 눈치도 없수."

종상이는 홍보에 싼 걸 흔들어 보이면서 짐짓 수선을 떨었다. 승재가 미처 그의 말뜻을 알아듣기도 전에 그는 단골 목롯집으로 들어섰다. 목로는 비어 있었고 곧 주모가 방에서 짚신을 거꾸로 끌며 나왔다. 콧구멍을 벌름대며 수다를 떨고 싶어하는 주모에게 종상이는 얼른 술과 안주를 시키고 데면데면하게 굴었다. 머쓱해진 주모가 우선 막걸리를 큼지막한 사발에다 가득히 붓고 군내 나는 묵은 김치보시기를 갖다 놓고 나서 요란한 도마 소리를 냈다. 승재는 아직도 홍보에 대해선 무관심한 채 하고 싶은 얘기를 계속했다.

"우리가 어려운 처지를 무릅쓰고 신학문을 배워 세계에 대한 지식이 넓어짐에 따라 개화사상에 심취하고 더 많이 더 넓게 알고 싶어 몸부림친 건 내 한 몸 편히 살고저 해서가 아니잖는가. 이 나라를 뜯어고치고 이 나라를 넘보고 망치려는 힘과 싸우고저 함이 아니었나. 우리 힘으로 이 세상을 달라지게 해야 하네."

승재의 말이 차츰 비분강개 조로 유창해졌다. 그러나 종상이는 거기 휩쓸릴 뜻이 전혀 없는 듯 미적지근하게 말했다.

"서울만 이 세상인 건 아니잖우."

"낙향하는 걸 뭐라는 게 아니래두. 왜 그 좋은 기회를 놓쳤냐 말야. 1, 2등을 다투게 열심히 공부한 자네가 설마 그 기회를 잡아야겠다는 집념이 없었다고는 못할 텐데, 그 고생 끝에 목적을 달성하고 나서 어떻게 그렇게 호락호락 남 좋은 일을 할 수가 있느냐 말야. 그럴 수 있는 자네의 정작 심보는 뭐야? 내가 그것 좀 알면 안 되겠나?"

승재의 눈이 튀어나올 것처럼 종상이에게 육박했다. 승재가 그 일로 그렇게 부담을 느끼고 있다는 걸 드러낸 건 이번이 처음은 아니었다. 그 일이 응어리가 되어 두 사람 사이의 의사나 정의 소통이 예전처럼 부드럽지가 못한 건 벌써부터였지만 이번처럼 격렬하고 적나라하게 따진 적은 없었다. 인중이 길어 점잖고 속 깊어 보이는 얼굴이 분개하니까 인중이 파르르 떨며 위로 조금 말리면서 반지빠른 인상으로 변했다.

그 일이란 올해부터 수석 졸업생에게 일본 유학을 보내는 장학제도가 새로 생겨났는데 종상이가 그 1회 장학생으로 선발되는 영예를 안고도 별 미련 없이 그걸 거부해 차석인 승재 차지가 된 걸 말했다. 그건 졸업생들 사이에 한동안 분분한 화제가 될 만큼 큰 사건이었고, 두 사람 사이의 각별한 우애는 이미 널리 알려진 거라 곧 그럴듯한 미담으로 번졌다. 친구를 위해 종상이가 일부러 양보했으리라는 추측은 아퀴가 안 맞는 듯하면서도 미담으로는 안성맞춤이었다. 허나 두 사람 사이는 어색해지기 시작했다. 뜻하지 않게 종상이는 베푼 입장이 되고 승재는 염치없이 넙죽 받은 입장이 돼버렸기 때문이다. 특히 승재는 그 자리에 잔뜩 눈독을 들이고 면학에 전력을 다했으니만큼 차석밖에 못했을 때도 낙담이 컸지만 종상이의 양보로 구차스럽게 목적을 달성했다는 것도 여간 굴욕스러운 일이 아니었다. 여북해야 승재 또한 그렇게나 소원하던 일본 유학을 포기하려고까지 하였다. 선비는 얼어 죽어도 곁불은 안 쬔다는, 순전히 오기였다. 그때 종상이가 나서서 자신이 그 기회를 일부러 놓친 건 승재한테 양보하려는 마음에서가 아니라 닥터 스톤이 미국 유학을 보내주겠다고 했기 때문이라 말해 승재의 열등감을 무마하고 경쟁심을 북돋웠다. 결국 그 기회는 승재의 것이 되고, 미국 유학 건은 종상이가 처음부터 꾸며댄 말이었는지 또는 헛된 희망으로 끝난 것인지 졸업과 동시에 귀향 준비를 하고 있었다.

종상이는 승재의 부릅뜬 시선을 태연히 받아넘기며 말했다.

"형, 나는 남에게 좋은 일 좀 하면 안 되우? 그 남이 형이 아니었다고 해도 나는 그렇게 했을 테니 형은 거기에 대해서 조금이라도 신세진 것처럼 느낄 거 읎어요."

"그건 나도 마찬가지야. 이제 일본으로 떠날 날도 며칠 안 남았으니 그런 꺼림칙한 감정일랑 깨끗이 털어버리고 싶어. 그렇지만 나하고 상관없이 자네 일을 떼어놓고 생각할수록 자네란 사람이 알 수 없어지는 걸 어떡허나. 재주도 아깝지만 그 큰 뜻은 다 어쨌나. 큰일을 하려면 힘이 있어야 하고 배우는 게 힘이라고 밤을 꼬박 밝히고도 초롱초롱하던 자네 눈동자를 나는 아직 잊지 못하는데……."

"형이 일본 유학을 간다고 해서 누구나 다 그 정도는 배워야 뭘 할 수 있다고 생각하는 건 좀 우습잖우? 형의 일본 유학은 조선 사람 몇 백만 명 중의 하나에나 차례가 올까 말까 한 드문 기회잖우. 나도 우리 고장에선 처음 난 서울 유학생이라우. 돌아가서 할 일이 많아."

"자네 뜻이 고작 그 돈밖에 모르는 장사고장에 금의환향하는 거였나? 그럼."

승재의 길고 잘생긴 인중이 편안하게 가라앉으면서 잔물결 같은 조소가 번졌다. 종상이도 배알이 틀리는 걸 내색하지 않으려고 창백해졌다.

"돈밖에 모르는 고장에서 태어나서 자랐어도 이렇게 적수공권이니 돈밖에 모르는 사람들에 대해 뭘 안다고 하겠수. 그렇지만 돈밖에 모르는 사람이 욕을 먹는 건 돈을 쓸 데 쓸 줄 몰라서일 듯싶은데 지식도 마찬가지 아닐까? 제 욕심만 채우고 그것에 목말라하는 사람들에게 나눠줄 줄 모르면 인색한 부자와 뭐가 다르겠수. 나는 지금도 내 고향에 돌아가 할 일이 많고 또 그럴 힘도 충분하다고 생각하는데 형이 말하는 힘은 도대체 뭐유? 그거나 좀 압시다."

"그걸 몰라서 묻냐? 힘이란 권력이야, 지위야. 세상을 지배할 힘이 없이 어떻게 세상을 뜯어고칠 수가 있겠나?"

"그렇담 천하를 도모할 꿈을 안고 과거 보러 가는 선비의 심정으로 형은 유학길을 떠나겠네."

"아직 거기에도 못 미쳤지. 몇 년 한도를 정해놓고 서책을 걸머지고 세속을 떠나는 심정이라고나 할까."

"나는 형에게 그렇게 집요한 권력에의 의지가 있을 줄은 미처 몰랐어."

종상이는 정말 놀란 듯이 승재를 다시 보았.

"그럼 자네는 농공상에 종사하는 무리들도 이 세상을 달라지게 할 수 있다고 믿나?"

"그들이 달라지지 않고는 세상이 달라질 수 없는 게 형이나 내가 심취하고 신봉했던 개화사상 아니유?"

종상이는 뭔가 헷갈리는 얼굴로 어눌하게 물었다. 갑신년의 정변은 비록 실패하여 그 주역들이 죽임을 당하고 더러는 아직도 망명길에 있다지만 그들이 펼쳐 보인 새로운 세상에의 꿈, 그중에도 문벌을 폐지하고 인민은 평등한 권리를 가진다는 이상은 아직도 새로웠고 찬란했다. 쇠약한 왕조가 구차한 연명을 위해 조석으로 생각을 바꾸고 상전을 바꾸는 동안도 그걸 불씨로 한 개화사상은 열병처럼 젊은이들 가슴을 옮아 다니면서 뜨겁게 해왔다. 만일 종상이와 승재에게도 그 공통의 불씨가 없었다면 〈독립신문〉을 돌려가며 읽으면서 주고받은 공감과 비분강개가 그렇게 뜨겁지는 못했을 것이다. 같은 이상, 같은 분노를 확인하는 감동에 너무 도취했었기 때문일까, 그들은 서로의 차이점을 미처 알아보지 못했다. 종상이는 오늘따라 유난히 돋보이는 승재의 수려한 이마에 서린 광채를 눈부신 듯, 딱한 듯 바라보다가 슬그머니 눈을 내려깔았다.
 "아니, 난 한 번도 그런 생각해본 적 없네. 아무나 세상을 달라지게 할 수 있다는 위험한 생각이 바로 동학의 무리 같은 오합지중들로 하여금 세상을 시끄럽게 하는 난리나 일으키게 하지 않았는가. 이럴 때일수록 권세가 올바르고 튼튼해야 함은 물론이고 아무나 권세를 넘보지 말아야 하네."
 "그렇다면 형의 개화사상의 정체는 뭐유?"
 "자네 눈엔 내가 아직도 낡은 사상과 풍습에서 못 벗어난 걸로 보이나 본데 실은 자네보다는 내가 크게 깨어났다고 자부하고 있네. 천하를 도모할 수 있는 건 어디까지나 선비여야 하지만, 농공상도 자신의 사람됨이나 노력 여하에 따라서는 사士가 될 수도 있다는 생각이 바로 나의 개화사상이라네. 사로 태어나는 게 아니라 사로 길러주고 만들어질 수 있다는 생각은 얼마나 혁신적인가. 그뿐인 줄 아나. 나는 자네가 그 농공상과 사 사이의 벽을 허물고 신분을 스스로 상승시킬 수 있는 아주 그럴듯한 견본이 될 걸로 기대했었지. 아직도 농공상은 이 세상을 털끝 하나도 달라지게 할 수 없다는 내 생각에 하자가 있으면 기탄없이 말해보게나."

주모가 찌개 뚝배기와 부침개질한 걸 갖다 놓았다. 그 집의 명물인 암치찌개는 국물이 보얗고 배틀하고 고소한 냄새가 났다. 밀가루 부침개질 속에도 암치 껍질이 들어 있었다.

"목롯집 주제에 음식 한번 양반스럽네그려."

승재가 군입맛을 다시며 칭찬을 했다. 종상이도 굳은 표정을 애써 누그러뜨리며 화제를 바꾸려고 했다. 승재의 말에 논박할 여지가 없어서가 아니라 사람과 사람 사이의 다양한 착각의 미로에 빠져든 듯 심사가 어지러웠기 때문이다.

"단골집이라 주모는 내 얼굴만 보고는 내가 빈털터리인지 아닌지를 안다우."

"몇 년 동안을 자네하고 나하고 그렇게 절친하게 지냈는데도 나는 여기가 처음이야. 자넨 그게 이상하지 않은가?"

"그러구 보니 좀 이상하네. 하긴 학교생활 후엔 피차 생활이 너무 달랐으니까……."

"그래두 이상하구 또 좀 섭섭하기도 하다, 난……."

교실 안에서 공부에 지지 않으려고 암투한 것처럼 교실 밖에서의 그들의 사귐도 주로 지적 관심사에 대한 탐색 아니면 지적 허영심의 충족에만 급급했고 정이 부족했었다는 반성으로, 문득 종상이도 쓸쓸해졌다. 종상이는 스스로의 쓸쓸한 심정이 못마땅한지 짐짓 명랑하게 웃으며 화제를 바꾸었다.

"뭐니 뭐니 해도 나한테 형 만한 친구가 읎는 거 형도 알지? 형은 날 어떻게 생각하는지 몰라도 나는 형을 친형이나 다름읎이 믿고 의지하고 있다우."

그러고 나서 정색을 하고, 이번에 고향으로 돌아가서 즉시 장가를 들게 되어 있다는 얘기와, 고향이라곤 하지만 사고무친이긴 객지와 다를 바 없어 혼례를 치르러 처가에 갈 때 후행으로 따라가 줄 만한 먼 친척도 없다는 한탄과, 혼잣몸일 때는 몰랐는데 막상 혼인을 하려니 고적한 신세가 한미한 가세보다 더욱 처가 보기 민망할 듯하니 형이 후행 겸 벗들을 대표해서 참석해준다면 혼인도 빛날 뿐 아니라 한결 체면이 설 거라는 부탁을 했다. 종상이의 부탁은 하도 공손하고 진국스러워 여직껏 공연히 엇나가고 꼬였던 승재의 마음을 쉽사리 풀어놓았다.

"에끼 이 사람아, 그러면 그렇다고 진작 그럴 일이지. 여직껏 중언부언한 게 되레 무안하지 않은가. 아무튼 축하하네. 이런 기쁜 일이 어디 있겠나. 아무리 개명된 눈으로 봐도 자네의 만혼은 좀 너무했거던. 내가 워낙 조혼의 폐습에 절은 사람이라 자네가 부러울 때도 있었지만 때때로 자네가 혹시 말 못할 데를 못 쓰는 병신이 아닐까 싶은 객쩍은 생각인들 안 한 줄 아나."

승재는 너털웃음을 웃었다. 종상이의 경사보다는 그가 일본 유학을 거절한 정작 이유를 이제야 알아낸 것 같아 더욱 기쁘고 개운한 모양이었다.

"그럼 승낙해주는 거지, 형?"

"승낙하다마다. 자네의 혼인인데 후행 아니라 함진애비인들 마다 하겠나?"

"함진애비 얘기가 나왔으니 말인데 내 형편이 어찌나 가긍턴지 하마터면 납폐도 읎이 장가갈 뻔했지 뭐유."

"저런, 그렇게까지 자네 주위가 적막했던가? 눈치조차 못 챘으니 면목이 없네."

승재는 한껏 너그러워져서 사과까지 했다.

"형이 눈치챌 턱이 읎잖아. 그래두 궁하면 통한다고 닥터 스톤한테 작별 인사하면서 혼인한다는 얘기를 했더니 요긴하게 쓰라고 돈을 좀 줍디다. 그걸로 이렇게 청단 홍단 두 감을 끊고도 남아 술까지 먹으니 좀 좋수? 술값 떼먹으려고 아주 상품으로 끊진 못했어도 내 형편에 비단이 어디유? 실상 읎는 사람들 채단이야 옥양목에다 청홍의 물감 들인 게 제격 아뉴."

종상이는 홍보에 싼 것을 들어 보이면서 유쾌하게 웃었다.

"닥터 스톤이 참말 고맙구나."

"아니꼬울 적도 많았지만 나한테는 그래도 귀인이었는데 내가 받은 것만큼 보답을 못 한 것 같아. 미국 유학 보내주겠다는 거 마다하고부터 여간 섭섭해하는 눈치가 아니었거던."

"그럼 그게 정말이었구나? 도대체 어떻게 생긴 규순데 두 번씩이나 그 좋은 기회를 놓칠 만큼 푹 빠졌냐? 부럽기도 하고 나중에 후회 안 하려나 걱정도 되는걸."

"그쪽도 나처럼 불고 쓴 장으로 고독한 건 아니라 해도 조실부모하고 동기간도 읎는 외로운 처지라우. 게다가 시집은 두었다 가더라도 우선 쪽이라도 쩌보고 싶은 게 소원일 만큼 과년하니 금상첨화가 아니라 설상가상 격 아니겠수. 스무 살이 넘도록 댕기꼬랑이 늘이고 다니기가 오죽 민망했으면 그런 소리가 다 나왔겠수."

종상이는 벌써부터 아내 자랑이나 하는 어리석은 사람 노릇을 안 하려고만 신경을 쓴 나머지 지나치게 신부를 깎아내리고 있는 것도 모르고 있었다. 승재는 가세가 곤궁하고 인척과 연줄이 적막하여 혼기를 놓친 노총각 노처녀가 겨우 야합이나 면하려고 올리는 쓸쓸하고 구차한 혼례를 떠올리며 측은해 마지않았다.

"이건 내 생각이네만……."

이윽고 승재가 망설이며 입을 뗐다.

"지금이라도 그 비단을 무를 수만 있다면, 물러서 비단 말고 값싼 무명이나 반주로 여러 감을 장만하는 게 어떻겠나. 함에다 채단으로 청단 홍단 딱 두 감만 넣는 건 서울 반가의 풍습이고, 중인이나 상사람들은 사주단자에도 옷감을 얹어 보내거니와 함 속에는 더군다나 예물로 주는 옷감의 가짓수를 많이 넣어 보낼수록 좋아하고 시집 잘 가는 걸로 안다네. 서울에서는 행세하는 중인이 양반 행세가 하고 싶어 더러 양반 풍습을 따른다지만 개성이야 자고로 상민의 고장 아닌가. 내가 듣기로는 개성 사람들은 함 뚜껑이 열릴 만큼 잔뜩 옷감을 쟁여 보낸다고 하던데, 달랑 청단 홍단 두 감만 넣어 보내면 새색시 체면이 뭐가 되겠나. 고생을 시키기도 전에 고생문이 훤하단 소리 들을 건 없지 않은가. 후행 간 나까지 능멸을 당할까 걱정이 되네그려. 사실 상민의 혼사에 나 같은 화주현벌華胄顯閥이 후행을 간다는 건 세상이 개화됐으니까 말이지 아랑곳인가. 자네 처가가 그게 광영이라는 걸 알아볼 만한 식견이라도 있으려나 몰라."

종상이는 그에게 후행을 부탁한 걸 후회했다. 후행이 꼭 필요했다기보다는 이런 목롯집이 아닌 여염집에서 며칠 같이 유하면서 송도 특유의 맛깔스러운 음식과 집에서 담근 혀에 감기는 약주술로 송별을 겸해 회포를 풀 기회를 갖고 싶어서 청해본 거였다. 승재가 자신의 반남 박씨 가문을 보통 양반보다 높여 화주현벌이라 자칭한 게 이번이 처음은 아니었지만 이번처럼 역겹기는 처음이었다. 좀 전에 이미 승재의 인품과 개화의 한계를 보아버렸기 때문일까.

이번엔 어째 그 이름이 빠졌지만 승재가 화주현벌임을 자랑할 때마다 내세우는 인물이 있었다. 지금은 일본에서 망명 생활을 하는 금릉위 박영효가 그와 촌수로 십육촌이 되는 집안 내라는 얘기를 할 때마다 그의 표정은 복잡스러워졌다. 고귀한 피에 걸맞지 않은 천박한 생각 때문일까, 고귀한 피라는 게 미신에 불과하기 때문일까, 아무리 잘난 체를 해도 불쌍하고 허전해 보였다. 승재는 이렇듯 개화사상에 깊이 심취해 있는 것 같으면서도 자신이 손꼽히는 대벌의 핏줄이라는 걸 가장 큰 자랑으로 알았고 남이 그걸 알아주기 바랐다. 그건 또 박영효 일가가 갑신년 정변을 주모하여 죽임을 당하기도 하고 국외로 도망도 하여 그 집안이 처참하게 몰락하자, 먼 친척에까지 화가 미칠까 두렵기도 하고 또 친척 중에서 역적이 났다는 게 부끄럽기도 해서 영泳자 항렬자를 재빨리 승勝으로 고치기까지 한 수치심과도 모순되었다. 항렬자만 같아도 화가 미칠 것을 두려워했듯이 언젠가 그들 일족이 권토중래하면 항렬자만 같아도 그 영화의 부스러기에 참여하기를 꿈꾸는 거라면 양반이야말로 얼마나 천격스러운 족속인가. 종상이는 점잖지 못하게도 승재가 드러내놓고 능멸한 걸 이렇게 속으로 앙갚음하려 들었다.

실상 친구의 그 정도의 양반 자세도 못 참아줄 종상이가 아니었다. 여북해야 십촌이 넘는 친척의 왕년의 영화를 다 내세울까 싶어 그의 영락하고 고독한 처지를 동정할 수도 있었다. 그러나 종상이가 매우 아름답게 그리고 옳게 여겨 대견해 마지않는 평등이란 것을 승재는 꼭 양반이 위정자가 되어 변화시키고 양반이 시혜자가 되어 베풀어야 하는 것으로 여기는 사고방식만은 참을 수가 없었다. 크게 속은 것처럼 불쾌했다. 여직껏의 우의를 생각해서 이왕 부탁한 후행 일을 작파하지 않고 기분 좋게 술자리를 마무리지어야겠다는 일념으로 종상이는 그만 그의 처가가 승재가 얕잡고 동정할 만큼 궁색한 처지가 아니라는 말을 못 하고 말았다.

혼인날에 맞추어 송도까지 동행하는 동안에도 새삼스럽게 그런 얘기를 해야 할 까닭도 계기도 없었다. 당사자인 종상이에게도 그건 그닥 중요하지 않았다. 그는 태임이를 아내로 맞는 일만도 너무도 황홀한 호사여서 그 밖의 호사는 염두에도 없었다. 그는 또 태임이네서 얼마만큼 호사스러운 혼수와 잔치를 마련하고 있다는 것을 모르고 있기도 했다. 친한 친구란 본디 그런 것인지, 싸울 때가 있으면 화해할 때가 있고, 오해할 때가 있으면 이해할 때가 있으면서 뒤끝이 없이 깨끗하기가 조금도 어느 한쪽이 덜하거나 더하지 않았다. 전일의 일로 서먹서먹함이 없이 백여 리 길이 오히려 아쉬울 만큼 흥거운 동행이었다.

미리 연통이 돼 있었던 듯 언년 아범을 비롯해서 부성이네 점방 서기들이랑 이성이네 하인들이 주루니 야다리까지 마중을 나와 대령하고 있었다. 행여나 종상이가 동해랑의 처가로 먼저 들까 봐 새로 장만해놓은 그의 신접살림집으로 인도할 겸, 새사위 맞이를 융숭하고 근검하게 하려는 처가의 배려였다. 종상이를 깍듯이 서방님이라고 공대하면서 그들이 가진 보잘것없는 행담을 다투어 받아들고 앞장서는 하인들을 보고 승재는 어리둥절할밖에 없었다. 하인들은 하나같이 신수가 훤하고 기운차고 의복이 깨끗했다.

서대문 밖의 꼬불꼬불한 더러운 골목 안의 게딱지 같은 초가집에 사는 승재의 눈엔 널찍널찍 곧은 골목과 백옥 같은 땅과 조촐한 듯하면서도 드높은 집들도 놀랍고 신기하기만 했다. 하인들이 앞장서 인도한 집에 이르러서는 승재는 말문이 막혔다. 이어서 상이 들어왔다. 서울서 온 상객을 위해 정성껏 마련한 개성 음식의 진수는 우선 눈에 즐거웠다. 예쁘고 향기롭고 앙증스러운 꽃밭이었다. 수저를 들자 혀에서 녹으면서 마냥 식욕을 자극했다. 임금님의 수라상인들 이보다 더 정교하고 사치스러우랴 싶었다.

  승재는 영락없이 도깨비에게 홀린 기분이었다. 더구나 좋은 안주에 곁들여 부어주는 대로 마신 미주는 곧 그의 궁금중조차 마비시켰다.

동향의 사랑 미닫이로 아침 햇살이 꽂힐 때서야 승재는 깨어났다. 그는 얼굴을 찡그리며 손을 내저어 빛을 가리면서 돌아누웠다. 아내가 천장의 전등불을 켤 때마다 그가 하던 버릇이었다. 승재의 아내는 삯바느질감이 밀릴 때면 초저녁에만 잠시 눈을 붙이고는 자정이면 벌써 일어나 전등불을 켜고 화로와 인두판을 끌어당겼다. 그때마다 승재는 짜증을 부렸고 아내는 천장에서 내리쬐는 전등불빛을 면구스러워했다. 그러나 한번 맛을 들인 대낮 같은 전등불빛을 예전 등잔불로 돌이킬 순 없었다. 아내가 면구스러운 건 승재가 돌아누워 다시 잠들 동안 뿐이고 그녀는 바느질품팔이를 수월하게 해주는 그 신기한 문명의 불에 줄창 감지덕지하고 있었다.

  돌아누우면서 승재는 퀴퀴한 가난의 냄새 대신 새로 도배장판 한 방 특유의 은은한 풀 냄새와 콩댐 냄새를 맡았다. 승재는 그 낯선 냄새에 눈을 번쩍 떴다. 쨍 소리가 날 것처럼 팽팽히 당긴 보얀 창호지 위로 상투머리 그림자가 선명하게 떠올랐다. 승재가 밭은기침으로 인기척을 내자 그림자가 조급한 발자국 소리를 남기고 사라졌다. 안에서 기침을 했나 살피러 온 하인 같았다. 승재는 아직도 영문을 몰라 조금 윗몸을 일으켰다. 그의 눈이 연두에 다홍 깃을 단 혼란한 비단 이불에서 횃대로 옮겨가면서 비로소 그 전날 밤의 미식과 미주가 꿈이 아니었다는 현실감이 돌아왔다. 횃대엔 그의 두루막이 단정히 접혀 걸려 있었다. 누군가가 그걸 그렇게 접어 걸면서 온통 깁고 배접해서 간신히 엉구어놓은 안감도 보았을 게 아닌가. 그의 단 하나의 나들이옷인 명주 두루막은 너무 자주 빨아 만진 거여서 겉감도 조금만 만지면 바스라져 없어지고, 아내의 얌전한 솜씨와 지극한 정성만이 남아 청승맞게 반들댈 것처럼 다 삭은 거였다. 승재는 그의 초라한 의복을 새하얀 벽에 찍힌 오점처럼 창피해하면서 자신이 여기 온 것을 종상이의 악랄하고 용의주도한 계략에 걸려든 것처럼 느꼈다. 그는 종상이의 한양에서의 곤궁을 오늘날을 위한 간교한 위빈僞貧이라고 믿었기 때문에 단지 친구의 자존심을 상하게 하기 위해 그토록 오래 그토록 빈틈없이 가면을 쓰고 산 종상이가 가증스러워 치가 떨렸다.

종상이는 아직도 자고 있었다. 종상이가 자고 있다는 게 승재에겐 구원이 되었다. 승재는 그 자리에서 잔망스럽게 따지고 노하지 않을 만큼의 여유를 확보할 수가 있었다. 그 대신 당장 발산하지 못한 노여움과 불쾌감이 묵직한 앙심이 되어 가라앉는 걸 느꼈다.

그래, 어디 두고 보자. 네가 나를 한번 크게 망신 주기 위해 5년 동안이나 가면을 쓰고 살았다면 나 또한 너를 유린하고 능멸하기 위해 앞으로 10년 동안인들 칼을 갈고 지내지 못할까 보냐. 승재는 그의 속에 뜨겁고 육중하게 자리 잡은 앙심을 매우 대견스럽게 여겼다. 현재의 학력만 가지고도 당면한 가난을 떨칠 수 있는 길은 얼마든지 보장돼 있다는 유혹 때문에 망설여지고 또 아내의 눈치가 보이던 일본 유학이 갑자기 떳떳해졌다. 이제 일본 유학은 그에게 있어 선택할 수 있는 게 아니라 이미 운명지어진 거였다.

돈보다는 권세의 우위를 증명하고 말리라. 상것의 꿈이 부라면 양반의 영달은 마땅히 권세인 것을. 승재는 자신의 가능성으로 종상이가 이미 도달한 한계를 비웃어줄 수도 있다는 걸 깨달았다. 그의 내부에서 유학과 출세가 야무지게 손을 잡았다. 그때 종상이도 부스스 눈을 떴다. 그는 승재처럼 우선 미닫이로 쏟아져 들어오는 아침 햇살을 손으로 가렸지만 눈부심은 멎지 않았다. 창호지에 걸러진 햇빛보다는 곧바로 대하는 승재의 얼굴이 더 눈부셨다. 승재의 표정은 종상이가 도저히 이해할 수 없는 생동감에 넘치고 있었다.

"기침들 하셨시니까요?"

아까의 상투 그림자가 다시 문밖에 어른거리며 아뢰었다. 그리고 안의 대답을 기다리지 않고 조심스럽게 미닫이를 열었다. 그가 받쳐든 둥근 쟁반 위의 두 개의 젖빛 다기에선 김이 모락모락 오르고 있었다.

"평안히들 주무셨시니까요. 독삼탕이올시다. 식기 전에 드세요. 특별한 삼으로 달인 거니까요."

늙도 젊도 않은 하인이 눈꼬리로 웃으면서 말했다. 충직함과 간교함이 알맞게 조화된 게 초면에도 느껴지는 하인이었다. 독삼탕은 깊고 검은 자줏빛이었고 향기 역시 짙었다. 열린 미닫이문 사이로 싸리비 자국이 선명하게 난 사랑뜰과 담장 밑으로 마치 연지곤지를 흩뿌려놓은 것처럼 붉은 꽃몽우리가 한껏 부푼 이름 모를 꽃나무 무더기가 보였다.

"춘삼월 호시절이네그려."

"아무려문은, 이만저만한 아기씨가 시집가는 달이라얍죠."

승재의 혼잣말을 하인이 얼른 받고 나서 미닫이를 닫고 물러갔다.

"들어요 형, 정신이 한결 개운해질 테니……."

"특별한 삼이라는 게 뭔가?"

"글쎄……. 최상품의 삼을 기생삼이라고 하는데 아마 그런 게 아닐까."

"기생삼? 최상품의 이름이 왜 그리 요망한가?"

"삼을 인삼이라고도 하는 건 생긴 게 인체와 비슷하기 때문이라고 하잖우. 그중에는 여자의 몸을 연상할 만큼 예쁘게 잘생긴 삼을 기생삼이라고 해서 양기를 도웁는 효험이 특히 뛰어나다고 예로부터 쳐왔지만 그게 믿을 만한지 아닌지는 낸들 알겠수? 나도 생전 처음 먹어보는 게니까."

그것은 사실이었지만 승재는 믿지 않았다. 어제오늘의 호사를 금시발복처럼 꾸미기 위한 능청으로밖에 들리지 않았다. 승재는 종상이의 급변한 처지에 대해 종상이보다 더 능청스럽게 시침을 뗄 작정이었다. 모욕감을 최소한으로 줄이는 길은 그 길밖에 없었다.

"바로 저렇게 생긴 거겠네그려?"

승재는 대추와 인삼을 넣고 하룻밤을 달였음직한 그 진한 액체를 한 모금 마시고 나서 사방탁자 쪽을 가리키며 물었다. 사랑방의 가구들은 쓸모보다는 기품이 돋보이는 것들뿐이었으나 탁자 위의 신식 유리병은 눈에 거슬릴 만큼 전체적인 격을 깨뜨리고 있었다. 시골에선 귀할지 모르지만 한양에서 흔한, 일본 술병 가득한 맑은 액체 속에 잠겨 있는 인삼 한 뿌리는 영락없이 풍만한 여체였다.

"별걸 다 갖다 놓았구먼."

종상이도 그걸 처음 보는 것처럼 굴면서 역력하게 불쾌한 빛을 띠었다. 승재는 그런 친구를 면구스럽도록 빤히 쳐다보았다. 이윽고 그는 고개를 빳빳이 세우고 친구를 경멸했다. 종상이의 잘생긴 얼굴엔 이미 승재의 맞수로서의 총명과 야망 대신 화려한 편안에 발목까지 빠졌을 때의 멍청함이 군살처럼 밉게 달려 있었기 때문이다.

다시 상투 그림자가 부산히 오락가락하더니 세숫물 대령했다고 아뢰는 소리가 들렸다. 툇마루엔 장중하게 번들대는 방짜 놋대야가 나란히 두 개, 옹기종기 양치 기구를 거느리고 등대하고 있었다.

"명색이 선비가 이렇게 호강을 해도 되나 몰라 허허허……."

승재가 따뜻한 물에 손을 적시면서 말했다. 종상이는 힐끗 승재의 희고 건강한 이를 보고 불안한 생각이 들었다. 그러나 곧 내일이면 장가간다는 생각이 그 불안을 지웠다. 종상이는 태임이에게 장가든다는 사실이 너무도 황홀한 호사여서 딴 호사를 거의 호사로 느끼지도 못했거니와 딴 일에 관해선 지속적으로 생각을 잇지도 못했다.

화창한 봄날이었다. 담장 밑의 꽃몽우리들은 빨리 터지고 싶어

바람도 없는데 웅성웅성 작은 소요를 일으키고 있었고, 안채에선 지글지글 기름 타는 냄새가 고습게 풍겨왔다. 내일은 장가간다. 처음 보았을 때는 하늘의 별이더니 마침내 내 색시가 된다. 연모해온 지 10여 년 만이었다.

그 시절의 혼인 풍습도 지방마다 조금씩 달랐지만 신부의 족두리 낭자만은 지금의 면사포만큼이나 보편적이었다. 그러나 송도만은 좀 특이해서 족두리 대신 큰머리라고 해서 사각형의 큰 화환을 썼다. 큰머리는 긴 비녀를 꽂고 이를 바탕으로 사각형의 큰 테를 만들고 그 안에다 비단실로 오색찬란하게 잗다란 꽃과 잎을 만들어 빈틈없이 꽂도록 돼 있었다. 솜씨에 따라서는 꽃바구니처럼 보이기도 했고 꽃구름처럼 보이기도 했고, 요염해 보이기도 했고 은은해 보이기도 했다. 그 어느것이나 족두리보다 화려장중한 게 특색이었고, 큰머리를 꾸미는 데 특별한 솜씨가 있어 그걸 업으로 삼는 직업을 머리어멈이라고 해서 크게 번성했다. 이름난 머리어멈은 미리미리 예약을 해야만 그 솜씨를 빌릴 수가 있었다. 갓전골댁도 그런 소문난 머리어멈이어서 전씨댁의 들고나는 혼사마다 그녀의 손이 안 간 색시가 없는 오랜 단골이었다. 송도 바닥에는 갓전골댁의 솜씨를 따를 만한 머리어멈이 아직은 없다는 게 자타가 다 알아주는 그녀의 솜씨인지라 태임의 성적成赤과 큰머리도 으레 그녀 차지였다. 갓전골댁의 큰머리는 새것 말고 몇 번 쓰던 걸 빌려 쓰는 데도 딴 머리어멈이 새로 만든 것보다 더 비싼 값을 불렀다. 그만큼 뛰어난 콧대 높은 솜씨건만 태임이의 큰머리를 맡고 나선 좀처럼 신명이 나지 않았다. 부르는 게 값으로 큰돈을 받아낼 요량을 해도 신명이 안 나긴 마찬가지였다. 큰머리란 아무리 화려해도 새색시의 얼굴을 돋보이게 하는 것 이상이 되지는 못했다. 또 그렇게 되어서도 안 되었다. 시집갈 나이란 꽃도 부끄러워할 어여쁜 나이여서 큰머리를 장식한 꽃송이들이 아무리 오색찬란해봤댔자 만든 꽃이었다. 신부의 팽팽하게 살아 있는 아름다움을 넘볼 순 없었다. 간혹 신부가 소문난 박색일 때도 있었다. 그럴 때는 큰머리의 꽃판을 수수한 색깔로 죽여서 신부의 용모가 치이지 않도록 하는 것 또한 갓전골댁의 남다른 은밀하고 섬세한 마음씀이었고 장인다움이었다.

  갓전골댁이 태임이의 큰머리를 맡고 나서 신명이 안 나기는 비단에 손수 물을 들일 때부터였다. 비단엔 워낙 물이 곱게 들었다. 더구나 일본서 들여온 값비싼 물감은 선명한 제 빛깔을 냈다. 그렇건만도 갓전골댁은 실수에 실수를 거듭하면서 물감을 들이고 또 들였다. 남보기엔 곱게 든 것처럼 보이는 것도 그녀 마음엔 흡족하지 않았다. 빨강 물감을 들일 때는 빨강의 진수를 보려 했고 노랑 물감을 들일 때는 노랑의 진짜배기를, 파랑 물감을 들일 때는 파랑의 속고갱이를 보려 했기 때문이다. 갓전골댁은 태임이를 어려서부터 보아서 알고 있었다. 어여쁨도 그녀가 성적을 해준 어떤 색시보다 뛰어났지만 나이 또한 어떤 색시보다 많았다. 머리어멈 노릇이 스무 해가 넘건만 스물세 살이나 먹은 새색시는 처음이었다. 스물세 살의 농염이 되레 그녀의 상상력을 주눅들게 하고 있었다. 노숙한 장인이면 흔히 그렇듯이 그녀도 자기가 성적을 해줘야 할 색시를 한 번만 보면 어떤 큰머리가 어울릴지 단박 그 모습을 머릿속에 그릴 수가 있었다. 열대여섯 살을 전후한 색시들은 밉건 곱건 그 미숙함이 특징이었다. 채 무르익지 않은 걸 무르익은 것처럼 보이는 게 머리어멈이 할 일이었다. 그러니 더 보탤 것도 뺄 것도 없는 절정기의 미색엔 속수무책일 수밖에 없었다.

마침내 갓전골댁이 오랜 각고 끝에 신명이 난 것은 색시를 돋보이게 하고자 함이 아니라 색시의 아름다움과 한판 겨루고자 함이었다. 그녀는 그녀가 만든 큰머리가 태임이의 미모와 겨루어 이겨야 한다고 별렀다. 태임이보다 몇 배 아름다운 큰머리를 만들리라. 그녀는 빨강색 중에서도 가장 요요한 빨강색을 뽑아내려고 애썼고 노랑색 중에서도 가장 요요한 노랑색을 뽑아내려고 비싸고 귀한 물감을 몇 차례씩 허비했다. 그녀는 그녀가 여직껏 만든 어떤 큰머리보다도 판이 크고 공이 많이 들고 비할 데 없이 화려장중한 큰머리를 만들었다. 갓전골댁 보기에 태임이의 요요함이 어떠하든지 억눌러줘야 할 것으로 보였다고 해도 그것 또한 그녀의 장인다움이었다. 추호도 심술을 부리거나 시샘을 할 계제도 아니었거니와 그럴 까닭도 없었다. 그녀는 머리어멈에 지나지 않았다. 그러나 머리어멈의 계책은 들어맞지 않았다. 특별히 크게 만든 꽃판도 태임이의 훤칠한 키를 압도하지 못했고 빛깔뿐 아니라 혼까지 짜 넣어 만든 듯 생생하고 난만하게 어우러진 백 가지 꽃도 태임이의 요요한 아름다움과는 겨눌 만하지 못했다. 더욱 갓전골댁을 낭패스럽게 한 것은 태임이가 큰머리 외엔 한사코 머리어멈의 성적을 거부한 것이었다.

태임이는 그녀의 고운 살결을 백설기처럼 다만 희고 고르게 한꺼풀 입히는 재래식 성적을 거부하고 신식 화장품을 써 손수 살짝 화장을 했다. 머리어멈은 그 위에다 가까스로 연지곤지를 찍어줄 수 있을 뿐이었다. 그러니 제아무리 능란한 머리어멈인들 무슨 수로 새색시의 요요함을 눈가림할 수 있었겠는가.

양쪽 집 하인들과 품을 주고 임시로 부리는 드난꾼까지 수도 없는 사람을 거느리고 연일 잔치 준비에 눈코 뜰 새 없이 바쁘던 부성이댁 이성이댁도 마지막으로 전안상까지 봐놓고 나서 한숨 돌린 김에 색시 구경을 하러 안방으로 들어왔다. 아침저녁 얼굴을 대하던 식구건 한 이불 속에 끼고 자던 딸자식이건 일단 성적을 끝내고 큰머리를 하고 활옷을 입고 나면 구경거리였다. 동네 사람도 색시 구경 가자고 했고 혼인 잔치에 이웃을 가볍게 청하려도 색시 구경 오라고 했다. 그만큼 늘 보던 얼굴에서 낯설어져 있게 마련이었다. 부성이댁 이성이댁도 넋을 잃고 태임이를 구경했다. 얼이 빠져 머리어멈한테 수고했단 말도 잊어버렸지만 머리어멈은 그게 조금도 섭섭하거나 이상하지 않았다. 갓전골댁은 가장 많이 공을 들이고도 가장 아무것도 안 한 것 같은 이상한 낭패감 때문에 적이 주눅이 들어 있었다.

신랑이 떠났단 전갈이 왔다. 그날도 따습고 화창한 날이었다. 후원에선 자목련을 비롯한 온갖 꽃들이 다투어 피어나고 있었다. 좋은 때였다. 태임이와 종상이의 신접살림집은 서해랑이었다. 태임이가 낳아 자란 동해랑의 친정집과는 큰길 하나를 사이에 두고 나란히 있는 골목이었다. 엎어지면 코 닿을 거리였다. 그러나 소문난 혼인답게 고루 갖춘 격식과 준수한 신랑을 널리 자랑하고, 그 혼사 참 장하게 치렀다는 칭찬을 듣고 싶은 이성이 부성이는 신랑 행차가 곧장 길을 건너지 않고 남대문까지 내려갔다가 동해랑으로 돌아오도록 꾸몄다. 이성이하고 부성이 두 삼촌이 태임이를 위해 이렇게 잔다란 데까지 신경을 쓰는 것은 그들 자신이 낯이 나고 칭송받고 싶다는 속셈도 있었지만 양쪽이 다 조실부모한 고적한 처지를 한껏 호사스럽게 흥청거리는 잔치로 위로코자 하는 자애의 발로이기도 했다.

새신랑다운 화사한 빛깔의 비단 바지저고리 위에 사모관대하고 흑화를 신어 예장을 갖춘 신랑은 몹시 긴장해서 과년한 티가 거의 나타나지 않았다. 문밖에는 초롱을 든 하인이 흰 말의 고삐를 잡고 대령하고 있었고, 붉은 보자기에 기러기를 싸서 안은 안부가 그 뒤를 따르고 있었다. 작은 함을 진 하인도 있었는데 납폐는 전날 밤에 보냈으니 패물이 들어 있는 듯했다. 그 속에 무엇이 들어 있는지 모르기는 종상이도 승재와 다를 바 없었다. 승재는 매사를 유심히 보고 궁금해하고 종상이는 마침내 장가를 든다는 사실 외의 것에 관해선 하나도 관심이 없다는 것이 다르다면 달랐다.

구경꾼이 백절치듯 하는 가운데를 승재는 그 화려한 혼행을 거느리고 서해랑을 지나 남대문을 돌아 동해랑 처가에 당도했다. 색싯집에선 골목 밖까지 오복을 갖춘 듯 신수 좋고 의복이 호화로운 이가 마중을 나와 극진한 예로 접대했다. 혼행은 우선 색싯집에서 대문 밖에 마련한 임시 대기처에서 잠시 쉬었다. 식혜와 약과와 떡이 나왔다. 음식과 기명器皿이 조촐하면서도 볼품이 뛰어났다. 승재는 색싯집의 사는 모습과 법도의 으리으리함에 별로 놀라지 않았다. 배반감도 느끼지 않았다. 한 번 속지 두 번씩 속지 않을 각오를 단단히 하고 있었다. 조실부모하고 동기간도 없는 노처녀 노총각이 야합이나 면하려고 올리는 쓸쓸하고 구차한 혼인이겠거니 얕잡도록 만든 종상이에 대한 앙심은 이미 뱃속 깊이 챙긴 후였다.

이윽고 접대자가 신랑을 집 안으로 인도했다. 이때 홀기笏記를 부르는 이의 낭랑하고 장중한 목소리가 엄숙한 분위기를 더했다. 초례청을 멀리 가까이서 에워싸고 수군대고 킬킬대던 아녀자들도 물을 끼얹은 듯 조용해졌다.

신랑은 기러기아비로부터 기러기를 받아 목을 왼쪽으로 해서 받들고 초례청에 이르러 북향하고 무릎을 꿇고 앉아 차려놓은 전안상 위에 기러기를 놓고 두 번 절했다. 그동안 모든 손님은 숨을 죽이고 신랑의 일거수일투족에 시선을 모았고 홀을 부르는 이의 정중한 목소리만이 들렸다.

"포안抱雁." "치안어지置雁於地." "신랑흥新郎興." "신랑재배新郎再拜." "신랑소퇴新郎小退."

이로써 전안례는 끝나고, 초례는 그 다음이었다.

기러기는 태임이의 몸종이 제 치마로 받아서 안고 방으로 들어갔다. 그리고 나서 부채로 얼굴을 가린 신부가 머리어멈의 부축을 받으면서 방에서 나와 초례청에서 신랑과 마주섰다. 신랑은 서쪽을 향해 신부는 동쪽을 향해 섰다. 머리어멈은 그렇게 새색시를 부축하고 인도하는 동안이 가장 보람을 느끼고 자랑스러운 법인데 오늘은 좀 달랐다. 손님들의 숨죽인 탄성을 들으면서도 도무지 뽐낼 마음이 나지 않았다. 꺼림칙한 미완감이 머리어멈을 우울하게 했다. 그러나 아무도 머리어멈의 우울 따위를 눈치채거나 눈여겨보지 않았다. 오늘은 즐겁고 풍성한 잔칫날이었다.

홀기를 부르는 대로 신랑 신부는 꿇어앉아 손 씻고 수건으로 닦고 나서 같이 일어섰다. 그때 신부는 눈을 똑바로 뜨고 신랑을 바라다보았다. 태임이의 아름다움이 그때처럼 빛난 적은 없었다. 여북해야 신랑도 웃음을 함빡 머금고 시선을 비꼈다. 부축하던 머리어멈이나 이성이댁 부성이댁도 새색시는 눈을 내리까는 거라고 가르쳐주지 못했다. 가장 많이 꾸미고 가꾸었음에도 불구하고 태임이의 태도에는 조금도 꾸밈이 없었다. 태임이의 얼굴 중 제일 빼어난 부분인 매끄럽고 동그스름한 이마에 찍힌 한 점 곤지조차 찍은 게 아니라 돋아난 요요한 점처럼 보였고 머리어멈이 정성과 수공을 다한 화관도 절세의 미녀의 머리 위에 저절로 드리운 상서로운 꽃구름처럼 보였다.

신부의 재배에 답하여 일배하는 종상이는 가슴과 다리가 함께 떨렸다. 신부가 나타날 때부터 벌린 입을 못 다문 승재는 입속에 침이 말랐다. 신랑이 후들대며 절을 하는 동안 승재는 마치 굶주린 천한 짐승처럼 헐떡이며 입술을 핥았다. 그의 입술은 부스럼 딱지처럼 뜨겁게 갈라져 있었다.

교배례가 끝나고 손등에다 청실홍실을 드리운 머리어멈이 잔에

술을 따라 신랑 신부 사이를 세 번 교환했다. 다시 서로 절하고 혼례는 끝났다. 덩달아 잔뜩 긴장했던 손님들이 제각기 한마디씩 덕담을 했다. 날씨는 화창하고 따습고 바람 한 점 없었다. 부녀자들의 얇은 비단 옷자락만이 엉덩이짓에 부드럽게 휘날릴 듯 말 듯했다. 좋은 날씨를 풍파 없이 화락한 금실로 비유하고 바라는 것처럼 흔하고 듣기 좋은 덕담도 없었다. 이제부터 좋은 음식과 향기로운 술과 입심 좋은 덕담이 넘칠 차례였다.

홀로 승재만이 고약한 생각에 시달리고 있었다. 입신양명에 대한 사랑이 남녀간의 사랑보다 훨씬 못할지 모른다는, 여직껏 한 번도 생각해본 적이 없는 새로운 의구심이 그것이었다. 그건 도저히 위로받을 수 없는 열등감이었다. 같은 처지로 알고 동고동락하던 종상이가 하룻밤 새의 개성 부자 노릇을 하는 걸 보고 느낀 배반감과 열등감에 그렇게도 신효한 치료제가 돼주던 출세에의 집념이 이렇게 보잘것없어질 줄이야. 사람을 사랑하는 일에 비하면 그건 구질구질하고 징그러운 욕심에 불과했다. 잠시 전까지도 그의 체면을 유지시켜주고 그를 늠름하게 하던 출세욕에 대해 승재는 불현듯 절망적인 불안감을 느꼈다.

드넓은 집에 가득 찬 손님들은 방과 대청마루만 가지고는 어림도 없어 마당과 후원에도 차일을 치고 교자상을 놓았다. 소문을 듣고 모여든 거지들은 행랑 뜰에 자리를 깔고 따로 상을 봐주었지만 음식 층하는 하지 않았다. 부엌 가마솥과 뒤란에 임시로 건 솥에서는 장국이 설설 끓어 구수한 냄새와 김이 자욱했고 숙수방에선 숙수들이 아무리 날렵하게 음식을 담아내도 하인들이 나르는 속도를 당해내지 못했다. 그러나 음식은 없는 거 없이 고루 갖추었을 뿐 아니라 지천으로 풍성했다. 고기나 유과를 행주치마 밑에 감추어가지고 제집으로 나르는 동네 사람도 못 본 척했다. 왕년에는 손님마다 외상을 차려주고 남은 음식을 몽땅 싸주던 게 전처만네 잔치 인심이었다.

뭐니 뭐니 해도 색싯집 잔칫날의 상객은 신랑과 후행이었다. 사랑에 미리 봐놓은 신랑상은 약과와 다식과 호도, 잣 등 각종 진귀한 과일과 떡편 등을 자가 넘게 괴서 구경꾼들 눈엔 저편에 앉은 신랑의 얼굴이 안 보일 지경이었다.

"신랑 얼굴 구경 좀 하게 엉덩이 밑에 방석이라도 괴주려무나."

"아무려면 새신랑을 맨바닥에 앉혔을라구. 벌써 두둑한 수방석으로 괬다."

"그런데 왜 상투 끝도 안 보이냐? 신랑이 난쟁인가 부다."

"에끼놈, 개화경도 안 끼고 개화 신랑의 상투 끝을 어떻게 보는?"

젊은 패거리들이 사랑마루 끝에서 이렇게 농지거리를 하는 소리가 들렸다.

승재는 그런 소리를 흘려들으면서도 마음이 편해지지 않았다. 울긋불긋 색을 맞추어 높이 괸 신랑의 큰상은 그 지나친 호사스러움 때문에 썩 마음에 들지는 않았다. 그러나 후행 온 상객을 대접하기 위해 각별히 정성을 들여 꾸민 듯한 외상은 그 기명의 미려함에 있어서나, 음식 솜씨의 얌전함에 있어서나, 웃고명의 정교함에 있어서나 신랑 집에서 대접받은 것보다 더욱 격이 높은 것이었다. 저 여편네들 솜씨일까. 승재는 어디에서 비롯된 건지 모를 망연하고 우울한 심정으로 떡이니 식혜니 하는 것들을 목판에 받쳐 들고 부산하게 왔다 갔다 하는 드난꾼 여자들을 내다보면서 생각했다. 왔다 갔다 하면서 손님상에서 모자라는 음식을 더 갖다 놓기도 하고 새로운 상을 차려놓기도 하는 여자들은 다 치마를 오른쪽으로 여미고 있었다. 당연했다. 드난꾼들이니까. 그러나 승재는 아까 초례청에서 모든 절차를 지시하던 귀티나는 부인도, 스란치마를 잘잘 끌고 대청마루에 높이 선 어여쁜 새댁들도 다 오른쪽으로 치마를 여미고 있는 것을 보았다. 한양에선 기생이나 무당, 색주가, 행랑어멈 등 바닥 상것들이나 오른치마를 입었다. 송도에 와보기 전서부터 송도에선 부인네들이 다 오른치마를 입고 있다는 것쯤 들어서 알고 있었다. 그리고 과연 벼슬을 멀리한 상사람들의 고장답다고 생각했었다. 오죽 예절 없이 상스럽게 살까? 이렇게 업신여기기에 충분했다. 그러나 위엄을 제대로 갖춘 귀부인도, 범절이 몸에 밴 여염집 아낙도 많았고, 하인들까지도 염렴하고 정결했다. 그들이 일제히 오른치마를 입고 있다는 게 승재를 헷갈리게 했다.

 아까 본 황홀한 미색과 도도한 기품을 겸비한 오늘의 신부도 오른치마를 입고 있겠지. 별것도 아닌 추측이 인두질처럼 승재의 가슴을 뜨겁게 했다. 잔치가 파하고 신랑 신부가 호젓하게 맛볼 즐거움을 생각하면 더욱 가슴이 타는 듯했다. 거기 비하면 그가 여직껏 체험한 또 앞으로 체험할 기쁨이나 슬픔은 모래알처럼 무의미하고 삭막힌 게 되고 말았다. 타는 듯한 고통이 점점 더했다. 여자들이 치마를 외로 입든 바로 입든 통으로 입든 그게 무슨 상관이란 말인가. 타는 듯한 괴로움을 건드리지 않으려고 괜히 해본 쓸잘데없는 생각에 불과했다.

　흥겨운 잔치는 파하고 날이 어두워 손님들도 집안내만 남고 거의 돌아갔다. 신방을 차려야 할 시간이었다. 태임이는 신방에 들기 전에 실로 어처구니없는 부탁을 했다. 신방을 엿보지 말아달라는 거였다. 초례청에서 신랑을 똑바로 쳐다볼 때처럼 당돌하고 천진무구하게 그런 소리를 했다. 새색시가 감히 할 수 없는 소리여서 모두 망측하게 여겼으나 안 그렇게 할 엄두는 아무도 못 냈다. 태임이는 천성적으로 천진무구할 때 가장 위엄이 있었다. 신방을 엿보지 못하게 했다고 해서 신방 속에서 남다른 일이 일어난 건 아니었다. 태임이는 수줍어하며 신랑에게 기꺼이 순종했다. 신랑은 신부를 꾸민 것들을 하나하나 제거해갈수록 아름다움을 더해가는 신부에게 경탄하고 몰입했다. 그로부터 3일 동안 종상이의 사람 사는 재미는 오로지 태임이뿐이었다. 태임이의 사람 사는 재미 또한 종상이뿐이었다. 왜 진작 못 만났나 한하지 않았다. 만나기 전 시간은 없는 거나 마찬가지였다. 검은 머리 파뿌리 되도록 화락하자는 언약도 하지 않았다. 육체의 언어만이 가장 진실해 보이는 동안이었다.

　그동안에 승재는 총총히 한양으로 떠났고 종상이는 좀 더 유하기를 청했으나 입에 발린 인사치레에 지나지 않았다. 마음이 건성이었기 때문에 친구의 한결 거칠어진 표정과 타는 듯한 눈빛에 대해서도 달라졌다는 것조차 눈치채지 못했다.

 3일 잔치가 끝나고 신랑 신부는 마침내 서해랑의 신접살림집에 정식으로 들게 되었다. 짭짤한 묵은 살림처럼 장독대를 비롯해 마루 밑에 장작, 뒤주에 쌀, 광과 벽장에 오곡잡곡, 꿀 조청 단지까지 없는 거 없이 갖추었고 신부의 세간 바리도 먼저 떠났건만 폐백을 받을 시부모가 안 계시다는 게 문득 허전하게 느껴졌다. 생급스럽게 그게 허전해지자 승재 앞에선 마치 어려서부터 살아온 제집같이 굴던 서해랑 집의 규모가 부담스러워지기 시작했다. 주는 대로 넙죽 그 호화스러운 집의 주인 노릇을 한다는 건 남 보기에도 염치없어 보이려니와 본인도 편안할 턱이 없었다. 종상이가 원한 건 결코 그런 게 아니었다. 종상이는 뒤늦게 태임이에게 딸린 엄청난 덤에 불안감을 느꼈다. 그렇다고 서해랑 집으로 안 간달 수도 없었다. 지금 현재 그건 객쩍은 허세로 끝나게 돼 있었다. 허세 부리지 않고 정당한 실속과 결픱을 고루 취하고 싶었다. 안일에 깊이 빠지기 전에 그럴 수 있는 방법을 태임이와 의논하리라. 태임이의 총명이 그의 불안을 다소 덜어주었다.

 태임이가 시집으로 떠날 때, 비록 울며불며 배웅하는 친정 부모도 애틋하게 매달리는 동기간도 없었지만 많은 동네 사람이 나와서 친척들보다 더 애석해했다. 동네 사람들의 얼굴엔 슬픔보다 더 짙은 애수가 어렸다. 사람들은 곧 분열이가 양자로 들어와 대를 있게 돼 있다는 걸 알건만도 태임이의 출가로 한 융성하던 가계의 절손을 보는 것 같은 적막감을 느끼고 있었다. 가계와 혈통은 분열이에 이어질지 모르나, 송도 바닥의 전설적인 상인 전처만의 맥, 사람들이 경원하면서 기리던 돈의 도리와 사람의 도리를 몸소 일치시키고자 했던 전처만의 상혼은 아무나 이을 수 있는 게 아니었다. 그렇다고 태임이가 그걸 이을 수 있다고 여겼던 것도 아니다. 태임이의 외모가 전처만을 많이 닮아 사람들로 하여금 고인 생각을 나게 했느냐 하면 또한 아니었다. 태임이는 외탁을 해서 할아버지는 전혀 닮지 않았음에도 불구하고 사람들은 태임이를 가장 전처만의 핏줄답다고 여기고 싶어했다. 생전의 유난한 편애 때문인지, 또는 그가 남기고 간 고가에 대한 태임이의 소문난 집착 때문인지 사람들은 태임이를 전처만이라는 고목의 그루터기에 난 진기한 화초처럼 여기고 있었다. 그래서 시집가는 태임이를 배웅하는 동네 사람들의 표정은 애도에 가까웠다. 그들은 어쩌면 자신도 의식 못하는 가운데 개성 상인의 전성기가 저물어가는 걸 애석해하고 있는지도 몰랐다.

우수 어린 배웅객들과는 달리 방금 꽃망울을 터뜨리려는 장미꽃처럼 화사한 웃음을 함빡 머금고 아장아장 가마 앞으로 걸어가던 태임이가 주춤 걸음을 멈추더니 천천히 돌아섰다. 그리고 머릿방 모퉁이로 해서 뒤란 쪽으로 걸어갔다. 아무도 그녀를 말리지 못했다. 우울하면서도 섬세한 그늘이 이마에 어렸다. 우물이 있던 자리가 바라보이는 곳까지 와서 멈추어 섰다. 종상이는 빳빳이 긴장한 채 그런 태임이를 바라보면서 한 덩어리의 환희로 얽혔던 친밀감이 불가해한 거리로 멀어짐을 느꼈다.

저만치 양지쪽엔 온갖 꽃들이 생생하게 피어 있고 우물이 있던 음지만이 아직은 부추도 안 돋아나고 텅 비어 있었다. 봄꽃들은 너무도 밝고 생생해서 되레 비현실적으로 보이고 불모의 자리만이 발밑에 벌어진 동굴의 입구처럼 현실적이었다. 태임이는 어린 날 어머니의 시체가 떠오르길 기다리며 우물을 들여다보던 그 아득하고 골똘한 눈길로 그 어둑시근한 음지를 바라다보았다.

마침내 우물 하나 가득 남치마를 펼치고 어머니가 떠올랐다. 어머니는 남치마를 연기처럼 펄럭이며 꽃 속으로 함몰되어갔다. 안돼. 태임이는 이를 악물고 두레박을 끌어올리듯이 그 환영을 끌어당겼다. 젖은 남치맛자락이 맨살에 감기는 듯한 차가운 감촉으로 뺨이 파리하게 식으면서 소름이 돋았다. 태임이는 희미하게 웃었다. 숨을 죽이고 바라보던 배웅객들은 태임이가 갑자기 서먹서먹해져서 떠날 사람은 그렇게 정을 떼고 떠나나 보다고 생각했다. 그러나 같이 떠나는 종상이도 일순 태임이가 서먹서먹해지긴 마찬가지였다.

하인들한테 인도되어 서해랑 집에 처음 들었을 때만 해도 객사에 든 것처럼 자기 분수에 맞나를 염두에 두지 않았다. 그러나 으리으리한 집과 그 안에 기왕 갖추어놓은 구색에다 신부가 바리바리 실어온 혼수를 더한 세간살이를 막상 그의 소유로서 바라보게 되니 그 엄청남에 치일 듯한 낭패감에 휩싸였다. 그뿐이 아니었다. 태임이는 할아버지의 전 생애와 할머니의 적의와 어머니의 원한이 함께 서린 그 육중한 돈궤도 고스란히 그녀 것으로 하고 있었다.

"할아버지께서 나에게 주신 거예요. 이건 내 거란 말예요."

태임이는 태남이의 소유권을 주장할 때와 다름없이 고집스럽게 말했다. 종상이는 무거운 추를 달고 헤엄칠 때처럼 그 풍요로부터 헤어나려는 몸짓의 무익함을 이미 내다보고 있었다.

승재로부터 처음 편지가 온 것은 그해 가을이었다. 승재의 필적만 보고도 종상이의 안일은 민감하게 긴장했다. 겨울방학에 들르마고 했지만 어쩐 일인지 들르지 않고 그 겨울이 넘어갔고 편지도 없었다.

개통된 지 얼마 안 되는 경의선 열차는 자리가 많이 남아 있건만 흰옷 입은 사람들은 한군데 몰려 앉아 있었다. 흰옷 입은 사람은 얼마 안 되었다. 양인은 생긴 것만으로도 외국인이라는 게 분간이 됐지만 일본인과 청국 사람은 양복만 입으면 비슷해 보였다. 그건 조선 사람도 마찬가지였다. 어색한 대로 양복만 입고 있으면 외국인 취급을 당하기 일쑤였다. 양복쟁이란 말과 순사라는 말이 같은 뜻으로 쓰이는 시골도 있었다.

종상이도 양복을 입고 있었기 때문인지 누가 시킨 것도 아닌데 흰옷 입은 사람들과 어울리지 못하고 양복쟁이들 틈에 섞여 앉았다. 그러나 양복쟁이들은 흰옷 입은 사람들처럼 쉬 친해지지 못하고 은근히 서로 탐색을 하거나 눈감고 거드름을 피움으로써 무관심을 가장하기도 했다. 탐색하고자 하는 건 말할 것도 없이 국적이었다. 외국 사람이 조선 사람을 업신여기는 것 못지않게 조선 사람도 외국 사람을 두려워하면서 마음속 깊이 얕잡고 있었다. 옆의 사람을 곁눈질해 보면서도 "조놈이 왜놈일까? 되놈일까? 간사스럽게 생긴 걸 보니 왜놈 같은데 손톱 밑의 때가 새카만 걸 보면 되놈 같기도 하고⋯⋯" 이런 식이었다. 말을 해보면 단박 국적이 드러나련만 먼저 정체를 드러내는 건 약점을 잡히는 일 같아서 삼가고 있었다. 양복 입고 입 다물고 있으면 일단 왜놈으로 보이는 것도 거드름을 피우는 데 유리하다는 것쯤 누구나 알고 있다는 것도 문제였다.

일산을 지나고부터 차멀미를 해서 토하고 싸는 사람이 속출하기 시작한 것도 흰옷 입은 사람들 사이에서였다. 한바탕 토하고 얼굴이 새하얗게 질려서 숫제 바닥에 길게 눕는 사람도 있었다. 흰옷 입은 사람들은 멀미하는 사람 토악질 치다꺼리하고 걱정하는 게 마치 집안 식구나 한마을 사람처럼 꾸밈없이 진국스러웠지만 성한 사람들끼리는 천성의 쾌활함을 잃지 않고 계속해서 큰 소리로 떠들고 농지거리를 했다.

"멀미도 가지가집디다. 서울서 일전에 행세깨나 하는 친척댁에 갈 일이 있어서 벼르던 인력거를 한번 타봤지 뭡니까. 헌데 그놈의 인력거가 어찌나 요동을 하는지 오장육부가 뒤틀리면서 토하기 시작하는데 그날 먹은 건 말할 것도 없고 그 전날 먹어서 소화가 다 돼 버린 똥물까지 토하지 뭡니까. 행세 좀 하려다가 망신살이 뻗쳐도 유분수지, 엉금엉금 기어들어가서 한식경을 자리보전하고 누웠다가 깨니까 옷에서 냄새가 나는데⋯⋯. 볼일이고 뭐고 제쳐두고 줄행랑을 쳤다니까요. 근데 기차는 도무지 멀미가 안 나거든요. 썩 기분이 상쾌해요. 세상 끝까지라도 가겠어요."

"저 양반 저승도 기차 타고 가라면 얼씨구 가겠네."
"두고 보시구려. 머지않아 상여도 기계로 끄는 세상이 올 테니."
"노형 말씀을 듣고 나도 마음이 놓이는 게 하나 있어요. 자식놈이 글쎄 장가갈 때 나귀 멀미를 했다지 뭡니까. 처가가 멀기나 하면 또 몰라요. 등성이 하나만 넘으면 되는 5리 길인데 댁처럼 기고 싸고 했다니 새신랑 체면이 뭐가 되겠습니까. 청심환을 먹인다 옷을 지르잡는다 한바탕 난리를 치른 모양이에요. 그래도 며늘아기가 부창부수를 해줬기 망정이지, 사돈한테 크게 면목 없을 뻔했어요."
"며느님이 부창부수를 해줬다니요?"
"며늘아기가 시집오는 날 가마 멀미가 유난했으니까요. 가마에서 내리는데 얼굴은 백지장 같은데 걸음도 제대로 못 걷고 비틀대니까 색시 구경 온 손님들이 어디서 병추기를 하나 데려온다고 수군댈 밖에요. 사돈집에서 가마 속에다 요강을 대동하고 보냈기 망정이지 그렇지 않았으면 일생에 한 번 입는 옷이 뭐가 되겠습니까. 그리고 나선 은근히 걱정이 되지 뭡니까. 시집 장가야 평생에 한 번 가는 거니까 나귀 탈 일도 가마 탈 일도 없겠지만, 세상이 하루가 다르게 문명 되어 별의별 탈것이 다 생기는데 저 애들은 장차 그런 것들도 못 누리면 어쩌나 싶었는데 노형 얘기를 들으니 괜한 걱정을 했나 봅니다."
"원 걱정두 팔자시유. 저 양반 아들이 배 위에서 멀미할까 봐 며느리 방에도 안 들여보낼 양반 아닌가?"
사람들이 허리를 잡고 웃었다. 정작 걱정도 팔자인 당사자만 말

뜻을 못 알아듣고 멀뚱멀뚱하고 있었기 때문에 웃음판은 더욱 낭자해졌다.

"그래서 신방엔 요강이 꼭 있어야 하는 구색 아닌감요."

누군가가 이렇게 귀를 단 연후에야 비로소 알아들었는지 에끼 실없는 사람들 같으니라구, 하면서 눈을 흘기면서도 비죽비죽 웃었다. 이렇게 남의 멀미에 너도나도 동참해서 걱정하고 즐기기까지 하면서도 누구 하나 바닥에 흥건한 토사물을 치울 척도 안 했다. 옷 입은 거하며 말씨하며 밥술이나 먹는 서울 사람들 같은데도 두엄더미를 이웃하고 사는 시골 사람들 못지않게 무신경하고도 대범하게 그 앞에서 연시를 먹다가 씨를 뱉어내기도 했고 밤껍질을 버리기도 했다.

종상이의 앞자리에 앉았던 젊은이가 자리를 박차고 일어서더니,

"짓싸이 쇼오가나이 야쓰다찌다나(정말 처치곤란한 것들이로군)."

씹어뱉듯이 모멸에 찬 한마디를 남기고 쌩 바람을 일으키면서 딴 칸으로 나가버렸다. 서울서부터 종상이가 주목하던 청년이었다. 처음부터 줄창 시키子規의 시집을 펴들고 앉아 옆사람과 담을 쌓으려는 태도가 좀 아니꼽긴 했지만 짙은 눈썹과 넓은 미간과 두드러진 광대뼈는 조선 사람이려니 싶은 짐작을 어렵지 않게 했다. 옷도 일본 상인들이 흔히 입는 신사복도 아니고 순검이나 관리들이 입는 제복하고도 다른 목이 받고 깃이 없는 감색 세루 양복을 입고 있었다. 그러나 모자는 사각모가 아닌 동그란 모자였고 금빛 모표가 달려 있었지만 그게 무엇을 의미하는지 해독할 순 없었다. 생긴 것과

는 달리 가냘프고 깨끗한 손으로 시집의 장을 넘기는 게 매우 보기 좋았지만 어떻게든지 그가 조선 사람이라는 걸 폭로하고 싶은 충동을 일으킬 만큼 전체적으로 허세스러워 보였다. 청년이 딴 칸으로 가버리자 종상이는 나직하게 한숨을 쉬었다. 청년과 흉금을 털어놓고 할 얘기라도 있었던 것처럼 섭섭하고도 속이 답답했다. 그는 잠을 청하려고 뒤로 기대면서 눈을 감았다. 그러나 몇 안 되는 양복쟁이 중 유일하게 조선 사람으로 주목했던 청년이 사라졌기 때문인지 문풍지를 울리는 겨울바람 같은 외로움이 그를 잠 못 들게 했다.

기차가 임진강 철교를 건널 때 흰옷 입은 사람들은 우르르 창가로 모여서 감탄도 하고 손뼉과 고함을 치느라 한바탕 소란을 피웠다. 신기하고 무서워 정신이 혼미한 사이에 그만 오줌을 지렸노라고 실토해서 또 한바탕 웃음을 자아내는 노인도 있었다. 임진강을 건너자 시뻘겋던 황토흙이 점점 새하얀 모래흙으로 바뀌는 게 걸어서 다닐 때보다 곱절 선명하게 보이기 시작했다. 기차는 인삼 고장으로 들어서고 있었다. 그러나 무슨 까닭인지 장단역에서 정차한 기차는 떠날 줄을 몰랐다. 그가 서울 갈 때도 경험한 연착이었지만 이번엔 좀 오래 걸렸다. 밖에서 역무원들이 부산하게 왔다 갔다 하는 게 보였다. 기관차에서 칙 하고 연기를 내뿜으면서 기차가 뜰 듯하다가도 다시 잠잠해지곤 했다.

왜 못 떠나며, 앞으로 얼마나 더 걸릴 거라고 말해주는 사람은 아무도 없었다. 어디서 소문을 듣고 왔는지 차창 밖, 가을걷이가 끝난 들판에 하나둘 구경꾼이 모여들기 시작했다. 몇천 년을 갈고 씨 뿌리고 거두면서, 먹고 살기 위한 목적 외엔 동티가 두려워 감히 건드리지 못한 땅에 철길이 놓인 것만도 마을 사람들에겐 이변이었으리라. 그 위로 무시무시하게 큰 괴물이 가슴에 이글대는 불을 담고 화통으로는 소나기구름 같은 연기를 뿜으며 달린다는 걸 소문으로만 듣던 인근 마을 사람들이 그 문명의 동티를 직접 보고자 그렇게 모여들고 있었다. 행여나 그 구경을 놓치게 될까 봐 멀리서 악을 쓰며 달려오는 아이들도 있었다. 갓 쓰고 장죽을 문 노인도 있었고 방갓이나 삿갓을 쓴 젊은이도 있었고 머리를 땋아 늘인 아녀석도 있었다.

  그들은 기차의 위용에 놀라서인지 하나같이 입을 헤벌리고 있었고 감히 가까이 오지 못했다. 그러나 순식간에 구경꾼의 수효가 늘어나자 집단의 힘을 믿고 없어지는 듯 조금씩 조금씩 기차 가까이로 접근하기 시작했다. 세련되지 못한 순박함 때문에 호기심과 두려움과 놀라움이 따로따로 적나라하게 드러나 보이는 표정들이었다. 갓 쓴 노인들도 기관차 앞에선 근엄하기를 포기하고 아녀석과 다름없이 여차하면 뺑소니칠 기세로 살금살금 기차에 이끌리고 있었다. 기차에 가까워질수록 그들은 넋이 나가 마치 지남철에 이끌리는 쇠붙이처럼 자유의사를 상실한 사람들 같았다. 누가 시킨 것도 아닌데 머리꼬랑이를 늘인 소년들이 앞장서고 그 뒷줄로는 청장년, 맨 뒷줄엔 염소수염이 삐죽삐죽 난 갓 쓴 노인이 뒤따랐다. 한 소년의 손이 기차의 몸체에 닿을 만큼 가까워졌을 때 까만 제복을 입은 일본인 역무원이 독사눈을 뜨고 나타나서 쇳소리를 질렀다.

  "아부나잇 고노 바카야로(위험해 이 바보야)."

그는 순검도 아닌데 손에 회초리를 들고 있었고, 그걸로 어른 아이 가리지 않고 닥치는 대로 등허리를 후려쳤다. 모두 비명을 지르며 흩어지기 시작했다. 정통으로 회초리를 맞고 쓰러져서 우는 아이가 있는가 하면 짚신짝이 나뒹굴기도 했다. 평소엔 필시 갈지자 걸음으로 안팎을 돌보며 콧방귀 같은 소리로 젊은것들 버르장머리 없음을 시시콜콜 탄했을 노인도 걸음아 날 살려라 그 줄행랑에 앞장을 서고 있었다. 그러나 잠시 흩어졌던 구경꾼의 무리는 다시 모여서 한 떼를 이루고 다시 지남철에 이끌리는 쇠붙이가 되어 넋 나간 얼굴로 슬금슬금 기차에 이끌리고 있었다. 그들은 하나같이 때에 절은 더러운 옷을 입고 있었고 이빨은 누렇고 아녀석들은 누런 코를 훌쩍이고 있었다. 아이들 소매 끝이 마치 고약이 엉켜 붙은 것처럼 새카맣게 번들대는 것도 수시로 코를 닦아서 그런 듯했다. 머리를 긁적대는 아이도 있었다. 머리도 감지를 않아 가닥가닥 뭉쳐 있었다. 이가 들끓고 서캐가 하얗게 슬어 있을 게 보지 않아도 본 듯했다. 다시 바카야로 소리가 나고 채찍이 쌩 하며 번득였다. 종상이는 치를 떨며 눈을 감았다. 어떤 구박이나 경멸과 천시를 당해도 대항하거나 앙심을 먹을 것 같지 않게 착하디착하고 어리석다 못해 얼빠진 얼굴들을 바라보면서 "저 사람들과 그 사람들이 어찌 같은 민족이라 할 수 있단 말인가?" 하는 강한 의문에 휩싸였다. 그 사람들이란 작년(乙巳年, 1905년)에 서울에서 만난 사람들을 말했다. 그때만 해도 걸어서 서울에 갔었고 마침 보호조약이 조인된 무렵이었다. 이등박문(이토 히로부미)이 서울에 입성한 이래 나라의 운명이

풍전등화와 같다는 불안한 예감은 누구나 하고 있었지만 막상 그 내용이 천하에 공포되자 그래도 설마하던 민심에 청천벽력 같은 충격을 던졌다. 비분강개한 선비들의 상소는 물론이지만 가장 괄시받던 장사꾼도 가만히 있지 않았다. 돈 좀 벌어놓은 장사꾼뿐 아니라 하루 벌어 하루 먹는 영세상인까지도 일제히 철시를 하고 몇백 명 몇십 명씩 모여서 슬피 울었고, 학교도 문을 닫고 선생과 제자가 얼싸안고 소리 내어 통곡을 했다. 시골서 농사짓던 농부들도 흙 묻은 손 새끼 꼬던 손으로 달려와 대궐을 우러러 비분강개하다가 절통함을 이기지 못해 그 순간에 손에 흉기를 들고 조약 체결에 찬성한 대신집에 몰려가 파괴를 일삼거나 불을 지르기도 했다. 주권을 팔아먹은 매국노에 대한 분노는 비단 양민들뿐 아니라 노비에게까지 미쳤다. 주인아씨 교전비로 따라온 천한 계집종이 주인 대감이 보호조약에 찬성한 걸 알자 별안간 부엌에서 식칼을 들고 나와 미친 듯이 칼부림을 하다가 그 더러운 집 종살이를 다시 할까 보냐고 집을 뛰쳐나갔다는 소문이 종들의 자부심을 드높였다. 〈황성신문〉의「시일야방성대곡是日也放聲大哭」이란 사설이 나간 날은 성내가 온통 울음바다가 되고 선비들은 술을 퍼마시지 않고는 차마 그 굴욕을 못 견디어 했지만 그간의 술은 어떤 독주도 취하지 않는 게 특색이었다. 당장의 위협을 이기지 못해 혹은 일신의 보전에만 급급해 그 치욕적인 조약에 '가可'를 던진 대신들도 아마 이 땅의 저변에 그런 거대한 자각과 자존심이 잠재해 있었다는 건 미처 몰랐으리라. 비록 그 자리에 있지는 않았지만 국치의 책임을 통감하고 자결하는 고관과 벼슬아치들이 잇달았던 것도 미천한 줄로만 알았던 백성들의 비통하고 떳떳한 항쟁을 보고 부끄러움을 이기지 못해서가 아니었을까. 그런 댁의 종이나 소실들도 순국한 주인을 따라 목을 매기도 했고 물에 빠지기도 했다.

 종상이가 보호조약이 체결된 후의 한 달 가량을 서울에서 머물면서 보고 듣고 느낀 건, 가진 것도 없고 문벌도 없고 배운 것도 없는 사람들의 소용돌이치는 힘이었다. 그들이 목숨 걸고 저항하고자 한 건 간교한 외세뿐이 아니었다. 부패하고 무능한 조정과 일신의 안일과 영달에만 급급한 나머지 나라를 이 지경으로 만든 양반계급에 대해서 한층 극심하게 분노하고 있었다. 종상이도 혼인한 후 가장 마음 아프게 자신의 안일과 부유와 학식을 돌이켜보며 자괴를 금하지 못했다. 비록 벼슬해서 권세를 쥐고 있는 신분은 아니었지만 그는 이제 부유했고 신학문에 있어서도 개성에서는 으뜸가는 지식층이었다. 그는 누구에게 규탄 받은 바 없어도 나라 꼴이 그 지경까지 간 데 대해 책임을 느꼈다. 생전 처음 누려보는 호의호식과 정숙하고도 속속들이 요염하고 부드럽고 뜨거운 아내에게 푹 빠져 맛본 믿을 수 없을 만큼 아름다운 쾌락 때문에 세상이야 어찌 돌아가든 알려고도 안 했고, 알 까닭도 없었던 무관심이야말로 어찌 책임을 느껴야 할 잘못이 아닐까 보냐. 빈부귀천에 상관없이 누구나 한 가닥씩은 나라의 운명의 끈을 쥐고 있건만 쥐고 있다는 것조차 모르는 사이에 놓치고 만 것이다. 그 후 줄창 종상이는 마음이 편치 못했다. 막연한 죄책감과 금시발복에 대한 때늦은 회의 때문이었다.

그러나 지금 차창 밖에서 일인의 채찍에 얻어맞고 울고불고 도망 갔다가 다시 히이 웃고 모여드는 구경꾼과 1년 전 종상이의 잠자는 의식을 두들겨 깨운 그 노한 백성들과는 판이했다. 더럽고 남루한 외양은 똑같았지만 남루하여 오히려 더 정신의 서슬이 빛나 보이던 그들과 저 얼빠진 사람들이 어찌 같다고 할 수 있으랴. 그러나 같은 백성이었다. 그렇다면 이 나라 백성이 본래부터 지닌 양면성일까, 아니면 백성의 혼을 빼는 데 있어서 왜놈보다는 문명이 한수 위란 말인가. 종상이는 기차 구경에 얼빠진 사람들을 향해 일인 역무원과는 또 다른 채찍을 휘두르고 있는 자신을 돌이켜보며 아연해졌다.

 이번 서울 나들이는 1년 만이었다. 승재로부터 긴히 만나고 싶다는 연락을 받고 서둘러 상경할 때만 해도 쌓인 회포도 풀 겸 자신이 무엇부터 시작했으면 좋을까를 겸허하게 의논하고 싶다는 갈망으로 몹시 다급했고 또 한껏 부풀어 있었다. 그러나 두 사람은 사사건건 엇갈리기만 했다.

 빌어먹을……. 종상이는 또다시 기차를 향해 접근을 시도하는 구경꾼들을 바라보며 이렇게 소리 내어 중얼거렸다. 빌어먹을, 그놈의 양면성 때문이었어. 승재는 이 나라 백성을 모조리 저렇게 얼이 빠졌다고 생각하고, 나는 을사년에 목격한 노한 군중이야말로 참다운 이 나라 백성이라고 생각했으니 말이 통할 게 뭐람. 종상이는 쓸쓸하게 어깨를 움츠리고 조끼 주머니에서 회중시계를 꺼내 보았다. 기차가 장단역에 늘어붙은 지 벌써 두 시간을 경과하고 있었다.

 기관차가 마침내 우렁찬 기적을 울렸다. 이번에는 채찍 없이도 구경꾼들이 뒷걸음치기 시작했다. 칙칙폭폭, 장시간 길게 누워 있던 괴물이 거친 숨을 쉬며 움직이기 시작하자 구경꾼의 얼굴엔 두려움과 놀라움이 민망하도록 여실히 나타났다. 뒷걸음질치다가 엉덩방아를 찧는 사람도 있었고, 두려운 나머지 비명을 지르며 얼굴을 가리는 사람도 있었다. 그래도 아이들이 훨씬 대담해서 환성도 지르고 손뼉도 쳤다. 기차는 곧 그들에게 한 줌의 연기 그림자만 남겨놓고 빠르게 달렸다.

개성역에서 내린 종상이는 시키子規의 시집을 줄창 펴들고 있던 청년을 또 만났다. 청년은 마중 나온 사람들에게 둘러싸여 슬피 울고 있었다. 아이고 아이고 그가 땅을 치고 통곡하자 마중 나온 이들도 같이 곡을 시작하면서 넋두리를 했다.

"서방님이 하루만 일찍 오셨어도 종신을 하실걸. 세상에 그렇게 눈을 못 감으실걸 뭣하러 머나먼 일본 땅까지 보내가지고 외아들이 종신도 못 하는 한을 품게 하셨을꼬, 아이고 아이고."

종상이는 여럿이 어우러진 곡소리 중에서 청년의 곡을 쉽게 추려서 듣고는 희미하게 웃었다. 청년의 아이고는 조선 사람이라는 정직한 실토처럼 들렸기 때문이다. 종상이는 아이고 소리를 뒤로 하고 걸음을 재촉했다. 개성 땅을 밟자 세상 돌아가는 일보다는 식구들의 안부가 궁금했고 아직 삼칠일도 안 된 어린 딸의 모습이 눈앞에 삼삼했고 실물을 보듬어 안은 듯 가슴속에서 따습고 앙증맞게 꼼지락댔다. 그는 어둠이 깔리기 시작하는 길을 벌죽벌죽 웃으면서, 우쭐우쭐 으스대며 걸었다. 그러나 호기 있게 대문을 밀려다 말고 무엇에 놀란 듯 멈칫 걸음을 멈추었다. 해산하고 나서 사람 출입을 기하기 위해 대문에 써붙인 글이 그의 필체가 아니었기 때문이다. 개성 지방에서는 산가產家에 인줄을 걸지 않고 아들을 낳으면 유산경기부정이라고 써 붙이고, 딸을 낳으면 경자를 빼고 유산기부정이라고 써 붙이는 독특한 풍습이 있었다. 종상이는 분명히 유산기부정이라고 써붙였건만 종상이보다 훨씬 힘찬 달필로 유산경기부정이라고 나붙어 있었다. 아마 처음 것은 허술하게 붙어서 떨어져 나갔기 때문에 태임이가 직접 다시 써붙인 것 같았다. 혼인하고 햇수로 6년 만에 처음 얻은 딸이었다. 기다리고 기다리던 회임이었지만 서른 가까운 나이에 초산이라 그 산고가 길고도 차마 눈 뜨고 볼 수 없을 만큼 극심해서 자식을 바란 것을 후회할 지경이었다. 모자 중 어느 한쪽을 놓칠 것 같은 두려움에 떨다가 복 좋게도 둘 다 무사한데 무슨 염치로 딸이라고 섭섭해할 수 있으랴. 종상이 역시 관습에 따라 경사 경 자를 뺐을망정 딸의 극성스러운 울음소리가 넓은 집 안에 울려퍼질 때마다 서기가 뻗치는 듯한 기쁨을 느꼈었다. 태임이가 다시 쓰면서 경 자를 보탠 것에 종상이는 전적으로 동의하면서 그 너무나도 힘차고 당당한 달필에는 아릿한 열등감을 느꼈다.

"아이고, 서방님 이제 돌아오셨시니까."

귀돌네가 반색을 하더니 도랑치마를 흔들며 안으로 뛰어들어갔다. 부엌 앞 긴돌에선 귀돌네가 미역을 빨고 있었고, 빨랫줄 하나 가득 아기 기저귀가 펄럭이고 있었다. 귀가의 기쁨이 따뜻한 목욕

물에 고단한 몸을 담갔을 때처럼 그를 혼곤하고 쾌적하게 했다.

"여보, 다녀왔어요."

종상이는 귀돌네가 연통하기 전에 먼저 큰 소리로 외치면서 마루로 올랐다. 비릿하고 고소한 신생아 냄새가 그의 부성을 간지럽혔다. 아가야 아비가 돌아왔다. 그러고 싶은 걸 참느라 그는 바보처럼 웃으면서 안방으로 들어섰다. 산모는 젖을 먹이고 있었다. 워낙 난산이어서 아직까지도 얼굴이 푸석푸석했지만 머리는 기름 발라 단정히 쪽 찌고 옷매무새도 흐트러짐이 없었다.

"편안히 다녀오셨시니까? 글피쯤이나 돌아오시려니 했습니다."

"기차가 생겨 서울 나들이가 샘말 나들이처럼 수월해졌소."

"참 신기하군요. 우리 아이 클 때는 또 뭐가 생길까요?"

"그걸 예측할 수 없는 세상이구려."

종상이는 문득 심란해졌다.

"고단하신 듯한테 더운물 대령하라 이르리까?"

"그래주겠소. 갈아입을 옷도 내주구려. 그렇게 움직여도 되겠소? 왜 더 누워서 조리하잖구 벌써 자리를 거뒀소?"

"자리만 거뒀지 아직 바깥바람은 안 쐤시다. 염려 마세요."

아기가 꼴깍꼴깍 젖 넘기는 소리가 종상이한테까지 들렸다. 종상이는 부끄러운 듯 설레는 마음으로 모녀한테로 바싹 다가갔다. 아기는 믿을 수 없을 만큼 반짝이는 눈으로 즈이 에미를 빤히 쳐다보면서 힘차게 젖을 빨고 있었다. 젖은 한껏 불어 보름날의 달덩이만 했고 미처 다 넘기지 못한 보오얀 젖이 아기 입귀로 흐르고 있었다.

절로 뿌듯해지는 풍요하고 화평한 모습이었다.

"젖이 딸릴 듯하다더니 그동안 어찌 이렇게 늘었소."

"우리 애기가 식복을 타고난 듯합니다. 숙모님들도 족발을 과온다, 잉어를 과온다, 애들을 많이 쓰셨구요. 덕분에 하루가 다르게 젖이 늘어 이젠 먹고 넘쳐 짜 버리기까지 하는걸요."

"저런 고마울 데가 있나."

종상이는 조심조심 아기의 볼을 만져보았다. 첫날 만져보았을 땐 따뜻한 물 같더니 지금은 이 세상에서 가장 부드럽고 섬세한 깃털 같은 감촉이었다. 그 볼에 바늘로 콕 찍어놓은 것 같은 보조개를 만들며 아기가 방긋 웃었다.

"여보, 이 애기 벌써 나를 알아보고 웃지를 않소?"

"어느새 웃기는요? 그건 배냇짓이랍니다."

"아가야 너 어디에서 왔는? 왜 이제야 왔어, 응? 진작 좀 오지. 뭐 엄마 아빠를 닮아서 게으름을 피웠다구? 이 녀석 좀 보게. 에미 애비 약점을 콕 찌르잖아. 여보, 우리가 왜 좀 더 진작 부부가 되지 못했을까? 그럼 이 녀석도 벌써 왔을걸."

종상이가 어린애처럼 어리광을 부리고 있는데 더운물 대령했다고 아뢰는 소리가 들렸다. 씻고 들어와 옷 갈아입고 나서야 지나가는 말처럼 궁금한 걸 물었다.

"우리 아기 태어난 방을 당신이 다시 써붙였더구먼. 내가 너무 허술하게 붙였던가, 그동안 비바람이라도 쳤던가?"

"아닙니다. 허술하게 붙이시긴요. 고스란히 떼어내느라 애쓴걸요."

"그럼 일부러 떼어냈단 말요?"

"네에."

종상이의 발끈한 목소리에도 태임이는 조금도 주눅들지 않고 쾌활하게 언성을 높였다.

"내 글씨가 그렇게 남부끄러웠더란 말이오?"

그제서야 태임이도 심상치 않은 걸 느꼈는지 정색을 하고 조근조근한 목소리로 말했다.

"어찌 그리 당치도 않은 말씀을 하시니까? 저는 다만 경 자를 보태고 싶었을 뿐이옵니다. 부모가 아무리 층하를 안 하고 키운다고 해도 이 아이가 장차 여자이기 때문에 받는 억울함을 아주 안 당할 수야 있겠시니까? 그럴수록 내 딸이 이 세상에 나와서 처음 받는 대접서부터 층하하고 싶지가 않았습니다. 잎으로도 그렇게 할거구요. 당신도 그렇게 해주셔야 합니다."

말씨는 조근조근했지만 단호했다. 종상이는 불현듯 태임이를 처음 만났을 때 생각이 났다. 방구리만 한 계집애 적부터 태임이는 그렇게 당찬 데가 있었다. 누구나 그 앞에선 벌벌 떨게 돼 있는 전처만 영감한테도 하고 싶은 소리 다 하며 대들던 계집애 적의 태임이야말로 그가 사랑한 태임이의 원형이었다. 내 주장깨나 하려니 각오하고 있었건만 한 번도 그런 적이 없는 태임이기도 했다.

태임이의 당차고 담독하고 오만한 성품에 대해 누구보다도 잘 알고 있었을 뿐 아니라 그런 성깔까지를 포함해서 사랑한 종상이인지라 완벽하게 순종하는 태임이를 안고 있을 때마다 날카로운 발톱을 숨긴 고양이를 안고 있을 때처럼 이제나저제나 본색을 드러낼 때를 기다리는 긴장감을 맛보곤 했었다.

그러나 그것도 신혼 시절의 일이고 5, 6년을 그런 부덕에 길들여지고 나니, 남편의 권위가 못 뽑을 가시를 가진 여자는 없겠거니 싶은 우월감과 속은 것 같은 엷은 실망이 섞인 곰삭은 안정에 자연스럽게 안주해오던 차였다. 그러나 종상이는 태임이가 느닷없이 드러낸 본색이 밉지 않았을 뿐 아니라, 요 며칠 동안 그를 괴롭히던 석연치 않은 문제들을 그녀 앞에 털어놓고 의논해보고 싶은 충동까지 느꼈다. 그런 그의 속셈을 꿰뚫어본 것처럼 태임이가 은근한 소리로 물었다.

"한양에 가신 일은 어드렇게 됐시니까?"

"별일도 아니었소."

"좋지 않은 일은 읎었구요?"

"몇 년 만에 친구를 만났으면 그로써 족히 좋은 일이지 달리 나쁜 일이 뭐가 있겠소."

"그렇다면 마음이 놓입니다만……."

"왜 당신 보기에 내가 어디 언짢아 보이오?"

"아, 아니에요. 생각보다 너무 일찍 오셨기에."

"기차 덕이라지 않았소."

"그래도 그래요. 그저 몇 년 만에 얼굴이나 보자고 전보까지 친 건 아닌 듯해서요."

"좀 거창한 용건이 있긴 있었소. 내년이면 학업을 마치게 되나 본데 귀국해서 육영사업을 하고 싶다나. 나더러 자본을 대라는구먼. 우리가 그렇게 부자로 보였나 봐."

"가난하게 보인 것보다는 낫지 않아요? 박승재 씨라고 했지요? 명문의 자제라면서요? 당신은 돈이라도 있어야 서로 대등한 친구 관계가 유지되지 않겠어요?"

"당신이 아는 남자들 세계가 고작 그 정도요?"

"내가 뭘 알아야 말이죠. 듣기 싫으면 나도 뭘 좀 알게 해줘요."

"우리 혼인 때 후행으로 와주고 나서 처음 만났으니 6년은 되는데도 썩 유쾌한 만남은 못 되었소."

"그의 청을 거절하기가 박절했나 보죠."

"아니오, 그가 하고저 하는 일은 훌륭했지만 그의 사람됨이 거기 훨씬 미치지 못해 거절하기도 쉬웠소."

"왜 그분을 별안간 그렇게 나쁘게 말씀하시나요? 혹시 그때 일본 유학을 못 간 것 때문에 당신 마음 상한 거 아녜요?"

"천만에, 그 친구처럼 될 바엔 일본 유학을 안 가길 얼마나 잘했는지 모르겠다고까지 생각했는걸, 정말이오."

종상이는 그게 정말이란 걸 자신에게 다짐하려는 듯이 승재가 가장 아니꼽게 보였던 모습을 떠올렸다. 승재는 그가 다니는 경응의숙의 설립자라는 후쿠자와 유키치의 저서를 무슨 신성한 경전처럼 끼고 다니면서 말끝마다 후쿠자와 센세가 말하기를, 하면서 인용했고, 조선이 당면한 제반 문제에 후쿠자와 식의 계몽사상을 적용하려고 했다. 후쿠자와가 구미 각국의 사상을 흡수해서 일본 근대화에 막강한 영향을 끼친 걸 조선의 개화에 써먹을 수 있다는 승재의 주장이 처음부터 그렇게 아니꼬웠던 건 아니다. 후쿠자와에 대해서 아는것이 없는 종상이는 승재가 경도된 사상가라는 걸로 차후에라도 공부할 기회를 가졌으면 하는 정도의 관심만 가졌을 뿐 섣불리 아는 척하거나 대수롭지 않게 경시할 엄두를 내지 못했었다. 그러나 열찻간에서 시키子規의 시집을 펴들고 앉았던 청년을 아니꼽게 여기고부터 승재도 싸잡아 같잖게 여기고 있었다. 생면부지의 청년과 오랜 친구인 승재가 왜 그렇게 닮아 보였고 그까짓 한 권의 책이 어른 앞에 꼬나문 궐련처럼 정떨어져 보일 건 뭐였는지 아무리 태임한테라도 설명이 안 될 것 같았다. 일본 유학을 한 친구와 대화가 안 통하는 데서 오는 못난 느낌이라고 오해받기 십상일 듯했다. 아니나 다를까 태임이가 조금 쓸쓸한 얼굴로 말했다.

"역시 당신도 유학을 갈 걸 그랬나 봐요. 나 때문에 좋은 기회 놓친 걸 후회하고 살까 봐 걱정이에요."

"당치 않은 소리 말라니까."

"만일 당신에게 그런 자격지심이 읎었다면 박승재 씨 제안을 생각해볼 시간을 가질 수도 있었을 텐데요."

"우리가 학교를 세울 만큼 부자요? 그거나 좀 알고 지냅시다."

종상이의 목소리가 역정스러워졌다.

"당신이 돈에 대해서 알고 싶어하지 않아서 안 가르쳐드린 거지 감추고저 한 건 아닐시다. 지금도 그만큼 돈이 있어서 하는 소리가 아니라 그게 정말 뜻있고 해볼 만한 일이라면 얼마나 들면 할 수 있나 정도는 알아놓았어야 옳지 않겠시니까?"
"그게 아무리 탐나는 일이라고 해도 할 사람의 사람됨이 탐나지 않으니 뭣 때문에 뒤를 두는 말을 하겠소?"
"그의 사람됨이 어드렇게 달라졌기에 그렇게 심한 말을 하시니까?"
"일본 유학 5년 만에 왜놈 다 됐습디다. 일본 문물에 환장을 헌 사람 같더라구요. 조선 사람 하는 짓은 뭐든지 틀려먹고 구제불능이고 망조밖에 보이는 게 읎으니 살길은 오직 뜯어고치되 근본적으로 뜯어고치는 방법밖에 읎다면서, 일본서는 이러구저러구 일본 사람은 어쩌구저쩌구 일본의 모든 것을 배우고 본받아야 할 본으로 삼으라고 하니 살길은 일본놈 되는 길밖에 읎다는 소리하고 무엇이 다르겠소."
너무 자세히 고해바치면 좀스러워 보일 듯해서 그쯤 해서 입을 다물고 말았지만 실상 이번에 승재에게서 느낀 환멸은 되씹기도 싫을 만큼 고약했다. 우선 부산서 서울까지 타고 온 기차가 몇 시간씩 연착하더라는 것부터 한심해하기 시작해서 계집이 서방 받드는 방법까지 올올샅샅이 일본과 비교해가며 한심해하지 않는 게 없었다. 여북해야 조선 여자가 일본 여자에 비해 게으르고 무뚝뚝하고 헤프고 더럽고 뻔뻔스럽다는 대목에선 형수씨가 그러우? 하고 편잔을 주고 싶은 걸 간신히 참아야 했다.
"보호조약에 대해선 뭐라던가요?"

"조선은 어차피 강대국의 보호 밑에 들어야 한다는 거야. 독립국으로서 자격이 읎을 때 그렇게 되는 게 뭐 국제사회의 법도라나? 그도 통탄은 했지만 우리의 자격 읎음에 대해서지 일본의 간계에 대해서가 아니더군. 내가 친구를 나쁘게만 보는 건지는 몰라도, 보호조약으로 조선의 운명이야 어찌 되든 혹시나 그의 친척이 된다는 금릉위 박영효가 금의환향할지도 모른다는 기대에 부풀어 있는 것 같았소."

종상이는 승재가 모든 조선 사람을 매도하면서 박영효만은 금릉위께서 이러시구저러시구, 안색까지 바꿔가며 공대하던 생각을 하며 그렇게 말했다.

"그분과 일을 도모하지 않기를 참 잘하셨시다."

태임이는 짧게 말하고 아기를 들여다보았다.

"나도 그렇게 생각하건만 왜 이렇게 허전한지 모르겠소."

"우리 아기 이름은 더 생각해보셨시니까?"

"아직이오. 당신이 생각해놓은 거 있으면 말해봐요."

"내가 뭐 변변히 아는 게 있어야 말이지요."

"당신의 학식을 숨기지 않아도 돼요."

종상이는 대문에 붙은 태임이의 힘차고 당당한 달필을 생각하고 애무하듯이 부드럽게 말했다.

"당분간 간난이라고 부를까 봐요."

"안 돼요, 그건. 너무 흔하고 상스럽지 않소."

"그래서 당분간이라지 않았어요. 갓난아기한테 간난이, 좀 좋아요? 흔하고 상스러운 이름이 명이 길다고도 해요. 이런 이름 저런 이름 궁리하고 써보고 하다 보니 할아버지가 내 이름을 지으실 때 얼마나 정성을 들이셨을까를 알 것 같아서 언짢아지지 뭡니까."

"그 어른 생각을 자주 하오?"

"생각하는 것하곤 좀 달라요. 그 어른의 일부가 나한테 깃들어 있는 것처럼 느껴질 때가 종종 있어요. 분열이가 그 어른 대를 잇고 있는데도 그 애는 가짜고 내가 진짜다 싶을 때도 있구요. 그 얘긴 그만 해요. 내일모레면 우리 간난이 삼칠일인데 태남이를 데려와야지요."

"태남이를?"

"왜 그렇게 놀라시니까?"

태임이가 종상이를 빤히 쳐다보면서 물었다.

"아, 아니오 아무것도 아니오."

종상이는 우선 당황함을 감추기 위해 이렇게 얼버무렸다. 태남이를 데려다 키우겠다는 건 아무도 못 꺾을 태임이의 고집이요 집념이었다. 종상이가 그동안 겪은 바로는 물려받은 재산에 대한 소유욕도 태남이에 대한 소유욕에 대면 아무것도 아니었다. 무슨 명목으로 데려올 것이며 남들이 뭐라고 할 것인가에 대한 대비책도 전혀 없었다. 내 것 내가 갖는데 누가 뭐랄 것인가 하는 벽창호 같은 고집으로 일관했고 태남이도 이젠 어린애가 아니니 선택할 권리가 있다는 것조차 감안하려 들지 않았다.

지금까지 그 시기를 연기할 수 있었던 것은 우리 자식이 생긴 후에 데려오는 게 좋을 것 같다는 종상이의 간곡한 사정 때문이었다. 내 자식도 생기기 전에 아무리 동생이라지만 군식구를 자식처럼 거두고 가르치고 속 썩이는 일을 한다는 건 부부 금실에도 좋을 게 없거니와 장차 태어날 내 자식에게도 이로울 게 없지 않겠느냐 소리를 태임이가 솔깃하게 받아들였던 것은 그녀 역시 신혼살림에 군식구가 끼는 걸 원치 않았기 때문이었으리라. 또 과년하니 곧 아기가 들어지려니 하는 마음도 있었을 듯하다. 이렇게 임시로 한 연기가 6년이나 끌 줄은 종상이도 태임이도 예기치 못한 일이었다. 그러나 종상이가 당황한 건 언약한 걸 잊어버릴 만큼 오래돼서가 아니었다. 제 자식이 생기기까지 태남이를 데려오기를 꺼린 건 입 밖에 내서 말하기도 뭣한 여러 갈래의 복잡한 우려를 내포하고 있었기 때문에 제 자식이 반드시 아들일 것을 전제로 했다. 그러나 태임이는 딸을 낳아놓고도 언약의 이행을 촉구하고 있었다. 딸에겐 경 자가 한 자 덜한 차별도 못 참는 태임이에게 그 점을 환기시킬 용기가 종상이에겐 없었다.

"내가 여직껏 말은 안 했지만……"

"태남이에 대해서라면 알고 있어요."

태임이가 영악한 소리로 말했다.

"뭘 말이오?"

"그 애가 착하지만은 않다는 얘기를 하고 싶은 거 아닌가요?"

"그래요, 그 애는 거칠고 말을 안 듣고 못되게 굴어 망나니로 소문이 났다오."

"그래서요?"
"왜 그렇게 싸울 듯이 대드는 거요? 그래도 그 애를 데려와야겠소?"
"그럴수록 데려와야 하는 거 아닌가요?"
"그 애를 사람 만들 자신이 있소?"
"아뇨."
태임이가 너무 쉽게 부정을 해서 종상이는 잠깐 어리둥절했다.
"그럼 도대체 어쩌자는 거요?"
"당장 급한 건 그 애가 구박이나 괄시를 받지 않도록 해주는 거 아닌감요?"
태임이는 단호한 표정을 조금도 누그러뜨리지 않고 윗목의 놋쇠 장식이 달빛처럼 번들대는 수장궤 앞으로 다가갔다. 그리고 육중한 자물쇠에다 열쇠를 꽂았다. 무지개처럼 켜켜 색색가지 비단필이 쟁여진 맨 밑으로 손을 넣어 휘젓는 태임이의 얼굴은 단호함이 지나쳐 미련해 보일 지경이었다. 이윽고 찾아낸 노랗게 찌든 한지는 비늘 모양으로 잘려 있었고 '太男'이라는 먹글씨도 반쪽만 남아 있었다. 그러나 전처만의 지문만은 도처에 온전하게 찍혀 있는 것 같은 환상에 종상이는 전율했다.
"이게 태남이를 찾을 수 있는 신표예요. 그 애가 하루라도 더 구박받기 전에 데려오도록 합시다."
"그 애가 소문보다는 얌전한 아이면 좋으련만."
종상이가 신음하듯이 말했다.

"글쎄 말예요."

처음으로 태임이의 얼굴에 미안해하는 기색이 스쳤다. 그날 밤 종상이는 오만가지 생각이 오락가락하여 며칠 객지 잠을 잔 연후건만 편히 잠들지 못했다.

잠 못 이루기는 태임이도 마찬가지였다. 깊고 순결한 잠을 자고 있는 건 갓난아기뿐이었다. 간간이 문풍지가 울리고 뒤란의 나무들이 우수수 마지막 잎새를 떨구는 소리도 들렸다. 밖에선 가을이 깊어가고 있었지만 안방은 좀 답답할 정도로 후텁지근해서 마치 아카시아꽃 필 무렵의 아늑한 산골짜기 같았다. 아기의 달착지근한 젖비린내 때문에 더 그러한 듯했다. 콩꼬투리만 한 갓난아기 하나로 방 안은 충만돼 있었다. 아무리 좋고 귀한 거라도 게다가 더 보태면 군더더기가 되고 말 것 같은 오붓한 충만감이었다.

그 아이는 관옥 같지 않았어. 태임이는 처음이자 마지막으로 샘말로 태남이를 보러 갔을 적 생각을 하면서 몸을 뒤챘다. 제 자식을 낳고 보니 그동안 태남이를 생각한 게 사랑이 아니었다는 걸 알 것 같았다. 관옥 같지 않아서가 아니었다. 그 아이는 처음부터 관옥 같지 않았을지도 모른다. 할아버지가 그 아이를 안아본 것도 어둠 속에서라고 하지 않던가. 그 아이가 관옥 같다는 게 순전히 할아버지의 환상이었다면 오랫동안 태임이가 집착한 것도 태남이의 실체는 아니었다. 할아버지는 왜 그랬을까? 사물뿐 아니라 시간까지도 꿰뚫는 눈을 가진 분으로 알려진 할아버지였거늘.

태임이는 찬란하기가 관옥 같더라는 아이와 자신이 직접 확인한

구질구질하고 공부보다는 놀기를 즐기게 생긴 총명치 못한 보통아를 한 아이로 일치시킬 수 없는 안타까움 끝엔 으레 이렇게 할아버지 생각을 하곤 했다. 그녀는 그 아이에 대한 할아버지의 당부를 자기가 결코 저버릴 수 없다는 걸 알고 있었다. 그 정도가 태임이의 자신에 대한 믿음의 한계였다. 그러나 그 아이가 관옥 같다는 할아버지의 환상에 대한 매혹 없이 그 일을 하기가 얼마나 어렵다는 것도 모르지 않았다. 더구나 그 아이를 생면하고 난 후 6년 동안에 들려오는 그 아이에 대한 소문은 온통 정떨어지는 것들뿐이었다. 글방에 다니기 싫어한다는 건 그래도 약과였다. 길러준 부모와 형제들을 괄시하고 불공하게 굴 뿐 아니라 자랄수록 기운만 장사여서 아무도 잡도리할 엄두를 못 내는 걸 기화로 어른 아이 가리지 않고 못된 기운을 쓰는 게 날로 고약해진다고 했다. 농사짓는 집에서 기운이란 씨름판에서 황소를 타와야만 맛이 아니었다. 백방으로 보배로운 것이어늘 태남이의 기운 씀씀이는 지켜본 사람의 말에 따르면 일일이 망종의 짓이었다. 제 생일날 미역국을 고기꾸미 없이 소로 끓였다고 해서 대뜸 밥상을 박차고 절구통을 번쩍 쳐들고 씨암탉을 쫓는데, 빈 몸처럼 날래게 반 마장이나 뒤쫓아가 기어코 절구통으로 팔매질을 해서 그 씨암탉을 때려잡고 말았다니 열네 살짜리 기운치고는 혀를 내두를 기운이나 또한 앞날이 두려운 화근이라 아니 할 수 없었다. 겨우 열네 살이라니 앞으로 얼마든지 더 왕성해질 수 있다는 게 더욱 사람들 입초시에 오르내리게 했다.

　실상 태남이가 망종 소리까지 듣게 된 데는 배 서방 내외의 잘못도 많았다. 워낙 용해 빠지고 우직하기만 한 사람들이라 그 아이를 감히 제 자식처럼 마구 기르지 못하고 오냐오냐 위해 바쳐 기른 건 탓들을 만했다. 그러나 애초부터 그 아이를 지체 높은 양반이 멸족지화를 당해 몰래 빼돌린 귀한 혈손으로 짐작하고 황공해했을 뿐 아니라, 그 아이로 인해 지겨운 가난을 면하고 제 논밭 뙈기를 갖게 된 것을 은혜롭게 여겼으니, 제 자식은 보리밥 먹이고 그 아이만 쌀밥 골라 먹이고 제 자식은 윗목에 그 아이는 아랫목에 재우며 은근히 훗날을 기약했다고 해서 누가 나무랄 수 있겠는가.

종상이가 부시럭부시럭 잠 못 이루고 뒤채는 기척도 태임이의 심사에 거슬렸다. 태남이를 데려올 걱정으로 저리 잠을 못 이루는 걸까. 태임이는 이렇게 서운한 마음을 위로받고 싶었다. 무엇이든지 얘기가 하고 싶었다.

"무슨 생각을 하시니까?"

"생각은 무슨, 그냥 깊은 잠이 안 드는구려."

실상 두서 있는 생각을 하고 있었던 건 아니었다. 잠 못 이룰 때의 상념이 흔히 그렇듯이 낮에 받은 강한 인상이 비몽사몽 간으로 끊겼다 이어졌다 하고 있을 뿐이었다. 장단역에서 본, 연착한 기차 구경을 나와 일본인들한테 욕먹고 채찍질까지 당하면서 히히 웃던 더럽고 얼빠진 사람들과 보호조약 후 서울 거리로 쏟아져나와 떳떳하고 비통하게 행동하던 사람들이 어찌 같은 민족이라 할 수 있단 말인가? 똑같이 남루하고 비천한 백성이라고 하나 한쪽은 남루가 속속들이 남루하게 보이는 남루인 데 반해 다른 한쪽 남루는 정신의 서슬을 두렵도록 빛나게 하는 남루였거늘.

순간적으로 스치고 말면 그만인 그런 의문을 잠 못 이루면서까지 궁굴리고 있음은 그가 아직도 자신이 할 바를 질정 못 하고 있는 것과도 상관이 있었다. 학교를 졸업하자마자 혼인부터 하고 나서 만 5년이 넘도록 아주 놀고먹은 건 아니지만 신식 학교 교육이 그렇게 근대적인 국가관과 국민의 의무 권리 자존 등에 대해 불어넣으면서 기대한 지식인으로서의 사명은 철저하게 외면하고 살아왔대도 과언이 아니었다. 그걸 생각할 때마다 종상이는 초조하고 부끄러웠다.

"태남이 때문에 그러시죠? 다 알아요."

"아니오. 난 적어도 이놈의 세상이 장차 어떻게 돼가려나 그걸 걱정하고 있던 참이오."

종상이는 농을 하듯이 짐짓 가볍게 꾸며댔다.

"우리가 걱정한다고 달라질 세상이 아니잖시니까?"

"우리 아기가 살 미래요. 어째 걱정이 안 되겠소."

"우리 친정에서는 모두들 당신이 앞을 내다보는 눈을 가졌다고 하는데요."

"임자도 그렇게 생각하우?"

"점쟁이처럼 예사 사람과는 다른 신통력이 있어서 앞일을 맞췄다고 여기진 않시다. 신학문을 해서 시국을 보는 눈이 생긴 덕 아닌감요. 요샌 개성 바닥의 돈푼이나 있는 집마다 자식 하나쯤은 대처로 내놓아 신학문을 시킬 만하다고 벼르는 것도 당신이 그런 본보기가 됐기 때문이라고 여겨집니다만……."

"창피한 노릇이오."

종상이가 노기 띤 소리로 씹어뱉듯이 말했다.

"옛, 시방 뭐라고 하셨시니까?"

"아, 아니오. 아무것도 아니오."

태임이의 놀람을 이렇게 눙쳐주긴 했지만 그는 자신 속에 억제된 자존심이 예민하게 상처입은 걸 느꼈다. 속이 깊이 쑤셨다.

태임이하고 혼인하기까지는 태임이하고 부부가 된다는 것만으로도 너무도 눈부신 호사여서 그 밖의 덤으로 딸려올 호사에 대해선 전혀 염에 둔 바 없다는 게 사실이었다. 그러나 아내와 더불어 그동안 누린 금실이 호의호식의 안락함 없이 그다지도 아름다울 수가 있었을까. 이제 종상이에게 있어서 그 두 가지는 떼어놓고 생각할 수 없는 게 돼 있었다. 그럴수록 그는 그가 누리고 있는 안락에 대한 막연한 채무감에 시달렸다. 유복한 전씨가의 사위로서의 안락을 좀 더 떳떳하게 누리기 위한 그의 앞을 내다본 예측이나 참견은 꼬박꼬박 들어맞아 전씨가에 적지 않은 이익을 가져왔다.

혼인하고 난 이듬해였다. 처삼촌 이성이가 야다리 지나 봉동면에 가지고 있던 몇만 간의 삼포와 전답을 거저 내버리다시피 헐값으로 처분해야 할 억울한 지경에 몰려 몸져눕는 사건이 생겼다. 곧 철길이 지나갈 땅이니 그 값에라도 당장 처분하지 않으면 곧 나라에 거저 빼앗기게 된다는 얘기였다. 이미 경인철도가 개통된 뒤라 철길이 지나가려면 땅 가진 농사꾼만 부지기수로 억울한 손해를 당하게 돼 있다는 게 상식이었다. 새중간에서 농간을 부려 쏠쏠히 이익을 보는 왜놈도 있다고 했으나 그건 이미 빼앗긴 다음의 일이니 알 바가 아니었다. 경의선은 경인선보다 몇 곱절이나 긴 철도니 억울한 땅 주인이 더 많이 생겨날 것은 불문가지였으나 누가 당할지는 벼락이 어디메쯤 떨어질까를 점치는 것만치나 부질없는 노릇이었다. 길흉화복을 운수소관에 맡기는 데 익숙해진 버릇이 눈치껏 이치껏 대강의 위치를 짐작해보려는 노력조차 안 하게 했는지도 모른다. 그러나 이성이는 달랐다. 그 악명 높은 왜놈들의 인삼 도적질도 거꾸로 이용해서 이득을 취한 이성이었다. 2년만 더 있으면 캐게 돼 있는 삼포와 기름진 전답이 포함된 몇만 간의 땅에다 가상의 철길을 그어보지 않았을 리가 없다. 험한 산이나 물이 막히지 않은 바에야 일부러 멀리 돌아갈 철길이 있을 리도 없거니와 예로부터 나그네가 다니던 길이나 쉬어가던 역이 다 생길 만해서 생긴 이상 그리로부터 몇십 리씩 동떨어져서 철길이 생길 리도 없다는 예측은 매우 합리적이었다. 좌우로 몇십 리의 융통성을 두고 금을 그어봐도 안전하다 싶었지만, 양복 입은 거간꾼이 생전 처음 보는 지적도라는 걸 가지고 나타나서 그의 땅에 철길뿐 아니라 역이 들어서게 돼 있다고 동정 어린 투로 알려주니 청천벽력이었다. 그럴 리가 없다니까 거간꾼은 이걸 보고도 못 믿는 양반은 손해를 봐 싸다고 비웃었다. 거간꾼이 자신있게 가리키는 건 파란 바탕에 그은 빨간 금이었다. 운수 사납게 하필 몽땅 빨간 금 안에 들게 됐다는 그의 땅은 꼭 우표딱지만 했다. 이성이는 그의 광활한 땅을 우표딱지만 한 크기로 챙겨서 호주머니에 넣고 다니는 거간꾼에게 두려움을 느꼈고,

맹목의 두려움이 거간꾼의 말을 맹신케 했다. 일본 사람이 그 땅을 사겠다는 값은 터무니없는 헐값이었으나 장차 철도국한테 거저 빼앗기다시피 할 것을 생각하면 그 정도라면 미리 챙기는 게 약은 수라고 했다. 그 거간꾼은 자기의 주선으로 손해를 덜 본 약은 조선 사람들 이름을 열 명도 넘게 손꼽았다. 일본 사람이 하필이면 철도 부지만 골라서 사는 까닭도 철도국에서 토지를 수용할 때 일본인에게는 조선인보다 곱절을 넘게 후한 값을 쳐주기 때문이라는 실토까지 듣고 보니 의심할 건덕지가 없었다. 이성이가 며칠간 생각할 여유를 달라고 거간꾼을 따돌린 건 거간의 말을 조금이라도 못 믿어서가 아니라, 종상이하고 의논하면 거간 없이 일본인과 직접 거래할 수 있는 길이 생길 듯도 싶은 이성이다운 계산에서였다. 그렇게 하길 백번 잘한 것이 종상이는 단박 이성이가 간교한 일인의 농간에 걸려든 걸 알아차리고 즉시 서울의 철도국까지 가서 거간꾼의 말이 전혀 근거 없음을 속 시원히 알아봐다 주었다. 그때는 이미 서울 개성 간의 경의선 부설공사가 착수된 때여서 토지 수용도 끝난 연후건만 그런 사기를 치고 다니는 무리가 있었던 것이다.

  종상이가 전씨 집 사위가 되기 전서부터 그의 유창한 일본 말 실력과 시국을 내다보는 눈이 있는 걸 곧잘 장삿속으로 이용해 이득을 취하던 이성이는 그 일이 있은 후 더욱 종상이를 애지중지하고 굴러들어온 복뎅이라 칭하기까지 했다. 그 후에도 종상이가 복뎅이답게 군것은 한두 가지가 아니었다. 어떤 물건을 사놓으면 큰 이득을 올릴지 내다볼 줄 알았고, 화폐의 가치가 떨어질 것을 예견해 될 수 있는 대로 현물을 많이 가지고 있도록 권한 것도 적중했다. 특히 백통화를 일제히 정리하는 화폐개혁 때 개성 바닥에서 현금을 가장 많이 굴리는 걸로 알려진 이성이 부성이 형제가 한 푼도 손해를 입지 않은 것은 순전히 종상이 덕이었다. 조악한 백통화는 5리도 못 받고 폐기처분되리라는 정보를 서울서 흘려듣고 내려온 종상이가 악화를 골라내어 사전에 소비토록 했기 때문이다. 화폐개혁 뒤의 상계의 혼란은 막심했고 특히 거상이 많이 모여 있는 개성의 상계는 아직까지도 그 후유증에 시달리고 있는 중이었다. 홀로 화를 면한 전씨 집에서 종상이를 보배로워하는 건 당연했다. 종상이도 그쯤 했으면 태임이와의 혼인에서 덤으로 얻은 풍족한 생활에 대한 채무감을 벗어나도 무방했거늘 창피하다고까지 말한 것이었다. 그러나 종상이로서는 근래의 참담한 심경을 그저 조금 내비친 데 불과했다. 그가 원하기만 했으면 어렵지 않게 이룩할 수도 있었을 일본이나 미국 유학까지 포기하고 개성으로 돌아온 것은 태임이하고 혼인하고 싶어서뿐만은 아니었다. 승재한테 장담한 대로 농공상에 종사하는 밑바닥 무리들도 세상을 달라지게 하거나 적어도 세상의 흐름을 올바르게 하는 데 기여할 수 있음을 보여주려는 싱그러운 뜻 때문이었다. 그건 또한 드물게 신식 교육의 혜택을 받은 자로서의 최소한의 채무감이기도 했다. 그러나 결과적으로 그가 그동안 할 수 있었던 것은 전씨 집의 이익을 지켜주고 부를 보태준 것밖에 없었다. 안일에 대한 채무를 갚았을지 모르지만 배운 자로서의 채무는 그대로 있었다. 종상이는 그게 부끄러웠던 것이다.

종상이가 처음 계획한 사업은 은행이었다. 개성 상인끼리는 예로부터 다양하고도 합리적인 금융 제도를 자체 내에 가지고 있어서 같은 업자끼리 신용만 얻으면 자금의 어려움을 겪지 않아도 됐다. 환도중이라는 돈의 거간이 신용과 비밀을 보장하고 시변을 결정하고, 어음의 신용이 절대적인 건 거의 근대적인 은행을 방불케 했다. 또 제집에서 부리던 사환을 독립시키고 밑천을 대줄 때는 이자를 덜 받기는커녕 가오리라 해서 당시에 통용되는 이자보다 5리를 더 받음으로써 책임을 무겁게 하는 제도가 있는 반면 천재지변 등으로 불가피한 손해를 입었을 때는 의변이라 해서 이자를 안 받거나 탕감해주는 제도까지 있다는 건 은행도 할 수 없는 너무도 인간적인 신축성이었다.

그러나 이 번영하는 상업 도시를 한 발자국만 벗어나 농촌으로 가면 사정은 판이했다. 특히 자금의 회전이 느린 삼포는 심한 자금난을 겪고 있었다. 삼농사가 아무리 소득이 높다고 해도 6년을 기다려야 하기 때문에 여간한 자본 가지고는 견디어내기 힘든 농사였다. 든든한 송상이 뒤를 대는 삼포 아니면 이자 부담을 견디다 못해 6년을 채 못 참고 야반도주하는 일이 비일비재한 것은 종상이가 어려서부터 익히 보아온 바이나 근래엔 일본인 고리대금업자가 농촌의 돈줄까지 조종하고 있어 그 사정이 더욱 나빠지고 있었다. 종상이가 목숨 걸고 적발해낼 때만 해도 일본인들이 어수룩할 때였다. 지금은 미끼만 던질 뿐 미끼의 임자가 모습을 나타내는 일은 거의 없었다. 개성 지방의 인삼을 특히 탐욕하는 그들인지라 그 미끼도 날로 교묘해지고 있었다. 태임이와의 신접살림에 푹 빠져 있는 동안도 종상이는 샘말과 강릉골과의 왕래만은 빈번하다 할 만큼 유지해 왔고 그 고장을 통해 날로 피폐해져 가는 농촌 사정을 바로 짚어보려고 정신을 바짝 차렸다. 그리고 나서 그들에게 가장 시급하게 해줘야 할 게 일본인이 아닌 조선 사람의 돈줄을 대주는 일이라고 판단했고 실행에 옮길 자신도 서 있었다. 근대적인 은행을 설립한다는 게 한두 푼 가지고 될 일은 아니나 마침 몇 사람씩 합자해서 회사를 만드는 게 유행할 때였다. 철도 부지 사건으로 한 차례 종상이 덕을 크게 보고 난 이성이가 종상이가 사업만 벌이겠다면 무슨 사업이든지 무조건 도와줄 뜻을 비친 것도 용기가 되었다. 일단 마음을 굳힌 종상이는 서울서 책을 사다가 독학으로 상업을 공부하면서 일본에 가 있는 승재한테도 은행에 관한 책을 부쳐달래서 연구해가며 은행 설립의 계획을 착착 세워갔다. 그의 실력이 미치지 못하면 전문인을 맞아들일 생각까지 했지만 자본주는 이성이가 규합해주려니 믿어 의심치 않았다. 그러나 종상이가 은행 설립의 취지와 세부 계획을 탁상에서 완성시켜 이성이한테 펴보였을 때 왜 하필 은행이냐고 대뜸 실망부터 하는 것이었다. 이름이 은행이 아니다 뿐 가장 합리적인 금융 제도인 시변이 있는데 은행이 무슨 소용이냐는 것이었다. 자고로 신용 있는 개성 상인치고 돈 없어 장사 못 하는 사람 봤냐는 거였다. 또 돈 가지고 놀리지 못하는 개성 사람도, 놀리고 떼일까 봐 안달하는 개성 사람도 없다고 했다. 그만하면 보이지 않는 은행이었다. 그런 은행을 근교의 농촌 사람도 이용할 수 있게 하려면 누구나 찾을 수 있게 눈에 띄는 모습을 갖춰야 한다고 역설했더니 아니 시골 사람한테 뭘 믿고 돈을 빌려주냐고 펄쩍 뛰었다. 담보 없이 돈을 빌려주는 제도는 철저한 신용을 바탕으로 했고 신용이 통하는 그들끼리만의 배타적인 집단을 형성해왔던 것이다.

  종상이는 그 배타성을 뚫지 못했으므로 오랜 시간 치밀하게 공들인 계획을 포기하지 않으면 안 되었다. 그는 그때 비로소 개성 상인의 정체를 바로 인식한 것처럼 느꼈고 자신은 결코 순전한 개성 사람이 아니라는 것도 알아차렸다. 시간을 들인 것 외엔 손해난 게 없건만도 그는 은행 계획이 수포로 돌아가자 결정적인 타격을 입은 것처럼 느꼈고 자존심이 욱신거렸다.

  "또 은행 생각하시니까? 이제 그만 잊어버리서요. 난 처음부터 탐탁지 않았시다. 돈장사라는 것도 과히 좋은 장사 같지 않았지만 그 삼촌이 어드런 삼촌이라고 동업이 아랑곳이니까. 처삼촌 산소 벌초하듯이 한다는 옛말도 있듯이 아주 모르는 척만 안 하고 지내면 무방한 게 처삼촌인데 그동안 실상 너무 잘해드렸기에 야속한 대접도 받은 거려니 생각하서요. 은행보다는 학교가 어째 솔깃하네요."

  "아까는 그 친구와 일을 도모하지 않기를 잘했다고 하지 않았소?"

  "학교를 하는 게 좋을 것 같다고 했지 동업이 좋다고는 안 했시다."

  "임자는 학교가 무슨 장사인 줄 알우?"

  "돈 버는 일이 아닌 것쯤은 알고 있으니 염려 마서요. 그러니까 나라에서 하지 않으면 윤치호 어른 같은 큰부자나 할 수 있는 일이 아닌감요."

 그해에 윤치호가 설립한 한영서원을 두고 하는 얘기 같았다. 종상이는 문득 태임이의 재산이 얼마나 될까 하는 생각을 했다. 태임이의 재산에 대해 밖으로 난 소문 이상을 모르기는 혼인 전이나 마찬가지였다. 그건 태임이가 특별히 내숭스럽거나 부부됨을 단지 정과 몸을 섞는 데만 국한시키려들 만큼 이욕이 남달라서라기보다는 종상이가 일부러 무관심한 탓도 있었다. 태임이가 혼수와 함께 가져온 돈궤에 대해 물은 적이 있었다. 혼인하고 얼마 안 돼서였다.
 "저게 그 소문난 돈궤요?"
 "예."
 "소문대로요?"
 "예, 어머니가 저것 때문에 몸이 못 쓰게 되어 종당엔 우물에 빠지고 말았으니까요. 왜 언짢으시니까?"
 "뭐 언짢을 것까지야……."
 종상이는 이렇게 얼버무리고 말았지만 소문대로냐고 물은 뜻은 그게 아니라 그 안에 정말 은이 가득한가였다. 태임이 역시 딴청을 부릴래서가 아니라 그 돈궤가 쓸모로서보다는 가슴을 우비는 기억 때문에 더 소중하다고 말하려는 듯했다.
 종상이는 또 언젠가 돈궤 위에 걸터앉아 있는 아내를 본 적이 있었다. 아내가 입덧을 할 적이었으니 가장 최근의 일이 될 것이다. 입덧하는 아내가 신통해서 하루에도 몇 번씩 안에 들어와 볼 적이었다. 안방에 아내는 없었고 집안이 휑했다. 휑한 느낌 때문인지 남의 집을 엿보는 듯한 기분으로 열린 머릿방을 들여다보았더니 돈궤 위에 걸터앉아 발장구를 치고 있었다. 연분홍 치맛자락 밑으로 버선코가 앙증맞게 간들댔다. 철없는 계집애 같은 그런 몸짓과는 달리 안색은 충충하게 그늘져 보였다. 무엇엔가 몽땅 들려 있는 넋을 접하는 것 같아 얼른 내려오라고 외마디 소리를 지르고 말았다. 그때도 태임이는 딴청을 부렸다.

"방고래 빠질까 봐 그러시니까? 이 돈궤 때문에 방고래가 빠졌다는 얘기는 할아버지 한창때 사람들이 지어낸 얘길 거예요."

화폐개혁 때는 처삼촌들한테까지 큰 도움을 준 종상이었다. 태임이도 의당 의논을 해올 것을 기다렸으나 감감하길래 혹시 백동전 가진 거 없냐고 물어보기까지 했다.

"읎어요, 그런 건. 우리 건 다 청국 말굽은인걸요. 그것도 못 쓰게 되나요? 그것도 아주 조금밖에 읎지만."

"조금이라니 얼마나……."

그때 종상이는 조금이라는 아내의 변명에 불쾌한 배반감을 느꼈던 듯싶다. 아니면 아내의 조금은 그의 조금과는 단위가 다르리라는 거리감이든지. 아무튼 종상이의 목소리는 곱지 않았다.

"못 쓰게 돼도 아깝지 않을 만큼 쬐금."

아내는 멱살이라도 흔들어주고 싶게 서늘한 목소리로 대답했다. 그렇다고 종상이가 아내를 이재理財와는 무관한 여자거니 여기고 있는 건 아니었다. 다만 거기 대해 궁금해하길 한사코 자제하고 있었다. 언젠가 태임이는 이런 얘기를 한 적이 있었다.

"할아버지가 그러시는데 도깨비가 갖다 준 재물로는 얼른 땅을 사는 게 수래요."

"도깨비가 재물을 갖다 주기도 하나?"

"왜 있잖아요, 벼락부자들. 뭐 해서 벌었는지 애쓴 흔적 읎이 별안간 부자가 된 사람들의 재물은 도깨비가 갖다 준 것밖에 더 되남요. 도깨비란 놈은 본디 질정한 마음이란 게 읎는 괴물인지라 마음 내키는 대로 재물을 갖다 놓았다가 언제 찾으러 올지도 모른대요. 찾으러 왔다 하면 제 재물이 불어났든 줄어들었든 딴 걸로 바뀌었든 몽땅 도로 갖고 간대나 봐요. 그렇지만 땅을 사놓으면 네 귀퉁이에다 말뚝을 박아 새끼줄을 매고 밤새도록 끌다가 결국 네 말뚝만 가지고 간다니 우습죠?"

종상이는 그런 말도 우스갯소리로 듣지 않고 혹시 땅을 예다 제다 사 모았을지도 모른다는 짐작을 하곤 했다. 서해랑 집에는 태임이 외가쪽 식구들이 눈치 보지 않고 드나들고 있으니 얼마든지 가능한 일이었다. 또 가지고 있는 돈이 정말 조금밖에 안 된다면 학교 설립에 관심을 가질 리가 없는데, 하고 아내의 재산의 행방을 은근히 탐색하려는 마음과 그걸 치사하게 여기는 마음이 늘 갈등하고 있었다.

"서울엔 여자들만 다닐 수 있는 고등과가 여럿 생겼다면서요?"

또 학교 얘기였다.

"그렇소, 개화사상은 사람을 지체에 따라 귀천으로 구분하는 걸 부당하게 여기듯이 남자는 귀하고 여자는 천하게 여기는 것도 옳지 않게 여기니까 여자들에게도 똑같이 배울 기회를 주려는 거요."

"그래도 소문으로는 대감들의 소실이나 소실의 딸들이나 학교를 다닌다던데요."

"여편네를 대문 밖으로 내돌리면 큰일 나는 줄 아는 누습이 하루아침에 고쳐지기야 하겠소만 차차 달라질 게요."

"안 달라져도 우리 간난이는 학교에 보냅시다. 아주 높은 학교까지."

"아직 삼칠일도 안 된 애를 놓고 별소릴 다 하는구려."

"우리 아긴 나처럼 살게 하고 싶지 않아요."

"왜 임자가 어드래서?"

"저 사는 세상 돌아가는 이치나, 제 팔자에 제가 손끝 하나 까딱할 수 없다는 게 얼마나 서러운 건지 남자들이 알 까닭이 없죠. 아마 미물도 그렇진 않을걸요. 즈네들 세상에서 즈네들끼린 말예요. 만약 학교만 없었다면. 난 우리 아길 그런 불쌍한 조선 여편네를 만드느니 차라리 남복을 시켜 키웠을 거예요."

태임이는 그런 소리를 꿈꾸듯 몽롱한 소리로 속삭였기 때문에 종상이는 픽, 실소하고 말았다.

하늘은 살얼음판처럼 차갑게 흐려 있고 가을걷이가 끝난 들판은 텅 비어 있었다. 한두 집 김장을 미루고 있는 집 채마밭 배추 포기도 청청함을 잃고 누런 우거짓빛으로 남아 있었다. 때는 김장 때가 겨워 초겨울로 접어들고 있었다. 게딱지만 한 재환네 초가삼간에서 물동이를 인 새색시가 아장아장 걸어 나왔다. 엊그제 장가든 재환이댁이었다. 무채색으로 침침하게 가라앉은 풍경 속에 나타난 새색시의 다홍치마 노랑저고리는 생뚱스럽도록 당돌해 보였다. 태남이는 얼른 나뭇더미 뒤로 몸을 숨겼다. 배 서방이 가으내 긁어다 쟁여놓은 갈잎 나뭇더미는 집채만 했다. 몸을 숨기고 새색시를 지켜보는 태남이의 눈에선 야비한 충동이 파문처럼 일렁였다.

재환이는 태남이와 동갑내기였다. 그러나 유난히 잔망해 태남이 어깨 밑에서 알찐댔고 성품이 소심해서 태남이가 시키는 일이라면 입의 혀처럼 순종했다. 그러나 못된 짓에 마지못해 따를 때는 고양이 앞의 쥐처럼 겁을 먹고 허둥대서 태남이의 흥을 돋우기도 했다. 어려서부터 이웃에서 같이 자랐건만 자랄수록 덩치의 차이가 나, 친구라기보다는 만만한 수하처럼 넘보던 재환이가 먼저 장가를 간 것이다. 내가 아직 머리꼬랭이를 늘이고 있는데 저 녀석이 상투를 틀어. 태남이는 재환이의 상투를 생각만 해도 배알이 꼴렸다. 만나만 봐라. 상투째 느티나무 가장귀에 매달고 볼기를 칠까 숫제 싹뚝 상투를 잘라버릴까. 이렇게 벼르고 있던 차에 색시를 먼저 만난 것이다. 이름만 샘말이지 마을에 우물은 동구 밖에 하나밖에 없었다. 색시가 재환이보다 세 살이 위라던가. 키도 제법 훤칠하고 어깨가 나부죽해 옷 입은 태도 났다. 여자들은 임을 이면 엉덩이를 잘 휘둘렀다. 색시도 물동이를 여서 그런지 팡파짐한 엉덩이를 암팡지게 휘저으며 우물로 가는 걸 태남이는 숨을 죽이고 지켜보았다. 물 한 동이를 인 색시의 앞모습은 더욱 볼 만했다. 얼굴엔 분칠까지 해 제법 반반했고, 간간이 물동이에 맺혔다가 이마로 떠는 물방울을 뿌리치는 손은 섬섬옥수는 아니었지만 두둑하고 부드러워 보였다. 재환이한테 시집온 걸 보면 오죽한 집 딸일까마는 한참 나이라 그런지 다홍 옷고름을 휘날리는 모습이 군침이 돌 만큼 아리따웠다.
 그러나 태남이의 눈은 정확하게 조준한 총구처럼 잡념 없이 오로지 호시탐탐했다. 새색시의 아장걸음이 마침내 조준거리 안으로 들어오자 태남이는 잠깐 입가를 씰룩거리더니 쌩 하고 돌팔매를 날렸다. 에그머니나, 색시가 외마디 소리를 지르는 것과 동시에 물동이는 두 동강이 나고 색시는 흠빡 물벼락을 맞았다. 색시는 울상을 하고 발을 굴렀고 서툴게 찐 쪽에서 은비녀가 빠질 듯이 곤두섰다. 나뭇더미 뒤에서 쏜살같이 달려나온 태남이가 뒤에서 색시를 꽉 껴안았다. 아무도 보는 사람이 없었다. 태남이의 솥뚜껑 같은 두 손바닥을 달덩이처럼 부푼 색시의 젖무덤이 가득 채웠다. 그 망신을 누가 볼까 두려워진 색시는 소리 내지 않고 조용히 남자의 손등을 물어뜯었다. 태남이는 얼굴을 찡그리며 색시를 풀어주고 나서 쌍년, 느이 서방 ×이나 물어라, 욕을 하고 나서 침을 탁 뱉었다. 그리고 아무 일도 없었던 것처럼 휘적휘적 제집 쪽으로 돌아왔다. 그에겐 이미 한바탕 장난을 즐기고 난 망나니 티도 조숙한 정욕의 찌꺼기도 남아 있지 않았다. 세상의 쓴맛 단맛 다 본 늙은이처럼 삭막한 얼굴로 하늘 한 번 쳐다보고 집 뒤로 돌아 오줌독에다 오줌을 깔겼다. 바지춤을 여미고 나서도 태남이는 우두커니 오줌독에 비친 자신의 모습을 바라다보고 있었다.
 도대체 너는 누구냐? 태남이의 채워지지 않는 욕망은 사랑도 정욕도 아니었다. 나는 누굴까? 그 생각이 미치도록 그를 괴롭혔다. 그의 온갖 못된 짓은 그 물음이 일으킨 광풍이었고, 그 한바탕의 미친 바람이 잔 후에 남는 것도 회답이 아니라 같은 물음이었다. 그 물음에 사로잡힌 후부터는 글을 읽는 것도, 일을 거드는 것도 시답잖고 무의미해 시시때때 한바탕 지랄이라도 치지 않으면 못 견디었다. 그제서야 배 서방 내외는 태남이를 감쪽같이 자기 자식으로 기르지 못한 걸 후회해봤지만 이미 돌이킬 수 없는 일이었다. 배 서방 내외도 태남이가 누군지 모르기는 마찬가지였다. 복뎅이로 들어와 애물단지로 자라는 걸 속수무책으로 바라볼밖에 없었다. 여북해야 태남이 그 망종이 한바탕 미친 지랄 끝에 배 서방 내외더러 자기를 도련님이라고 부르라고 했을 때도 네에, 그럽죠, 하고 순순히 따랐겠는가. 태남이 쪽에서 곧 싫증을 내서 도련님이라는 호칭은 오래가진 않았지만 그런 지나친 오냐오냐는 결과적으로 태남이를 더욱 난폭하고 외롭게 만들었다. 태남이는 이렇게 백방으로 자기가 배 서방네 씨가 아니라는 것만 확인했을 뿐 그 밖의 무엇이라는 걸 알아내진 못했다. 미칠 노릇이었다. 오줌독을 들여다보던 태남이는 문득 손등에 아픔을 느꼈다. 손등은 점점이 이빨 자국을 드러내고 피 흘리고 있었다. 그는 짐승처럼 게걸스럽게 손등을 핥고 나서 육시랄 년, 신음했다.

배 서방댁은 태남이의 명주 두루마기를 고쳐 짓고 있었다. 옥색 물을 들여 반들반들 다듬잇살을 올린 태남이의 단벌 나들이옷은 지어놓은지는 몇 년 됐지만 한 번도 입지 않은 채 해마다 고쳐 짓지 않으면 안 되었다. 쑥쑥 자라는 태남이의 키 때문이었다. 이제는 더 낼 솔기도 남아 있지 않았다. 제발 이게 마지막이었으면 좋으련만. 아침에 까치 소리를 들었다 싶어 부랴부랴 단과 솔기를 얕얕이 내서 다시 꿰매면서 이렇게 비는 마음이었다. 해마다 한두 번씩 들르는 종상이가 곧 데려갈 뜻을 비치기만 한 지 몇 년째 되고 있었다. 옥색 명주두루마기는 떠나는 태남이에게 입혀 보내려고 장만해놓은 나들이옷이었다. 진솔인 채로 해마다 고쳐 짓는 게 일이었다.

"또 그 짓인 게야?"

마실에서 돌아온 배 서방이 인두 꽂힌 질화로에다 곰방대를 쑤셔 박으면서 볼멘소리를 했다.

"아침나절 까치 우는 소리도 못 들으셨시니까?"

"흥, 까치 울 때마다 데리러 왔으면 그따위 망종, 백을 길러도 모자랐겠네."

"들으면 어드럭헐려고 그래요. 그래도 그 아이 덕에 그동안 끼니 걱정 안 하고 여러 자식 길러낸 생각을 하시구려."

"임자나 그러구려. 선반에 모셔놓고 데련님이라고 하든지 마마님이라고 하든지. 그 복뎅이를 아까워서 어드렇게 내주려고 두루막은 꿰매누."

배 서방은 단단한 나무뿌리처럼 울퉁불퉁 못이 박인 커다란 주먹으로 괜히 삿대질을 하며 역정을 내다가 저절로 심란한 얼굴로 가라앉았다. 배 서방댁은 몇 년 동안에 폭삭 늙은 영감을 물끄러미 바라보면서 한숨을 안으로 들이마셨다.

태남이는 댓돌 밑에서 그런 소리를 다 엿들었지만 아무것도 못 들은 것처럼 멍한 얼굴로 제가 거처하는 뜰 아랫방으로 들어가 벌렁 나자빠졌다. 그리고 귀를 곤두세웠다. 멀리서 뚜벅뚜벅 신식 가죽신 소리가 들려오는 듯했다. 작년에 처음 본 종상이의 구두는 끝이 뾰족하고 얼굴이 비치게 반짝거리고 걸을 때마다 소리가 몹시 났다. 태남이는 가끔 꿈결에서도 그 가죽신 소리를 들었다. 뚜벅뚜벅 그 소리는 그의 존재가 그를 향해 다가오는 소리였다. 가슴만 바작바작 조이게 하고 사라져가던 그 환청이 오늘은 좀 달랐다. 실제의 소리처럼 확실해지더니 큰기침으로 변했다. 까치가 예고한 대로 반가운 손님이었다. 배 서방 내외는 버선발로 뛰어나와 종상이를 맞았다. 사랑채가 따로 없는 배 서방네인지라 종상이는 안방으로 들었다. 배 서방댁이 황망히 시침을 뜨던 두루마기를 윗방 장지문 밖으로 치우고 나서 걸레로 돗자리를 훔치고 종상이가 앉을 자리를 마련했다. 수인사 끝에 마침내 종상이는 배 서방 내외가 고대하던 기쁜 소식을 전했다.

"그동안 태남이를 거두어 길러주신 은혜 백골난망이외다. 기른 정이 낳은 정보다 더하다는 걸 모르진 않사오나 이제 때가 된 듯하여 그 애를 데려갈까 하오니 너무 박정하다 마옵시길 바랄 뿐이외다."

배 서방 내외가 기다리던 일이 마침내 일어났건만 그들은 얼빠진 얼굴로 서로 마주 볼 뿐이었다. 배운 사람다운 종상이의 정중하고 격식적인 인사치레가 되레 이 순박한 사람들의 기쁨을 반감시킨 모양이었다. 배 서방댁이 먼저 입을 열었다.

"그러니까 걜, 우리 태남일 데려가시겠단 말씀이시니까?"

"증말 데려가시려구요?"

배 서방도 곁에서 토를 달았다. 종상이는 억지로라도 기른 정에 매달리는 시늉을 할 것 같은 그들에게 미리 진저리를 내면서 차가운 얼굴로 호주머니에서 신표와 돈을 꺼냈다. 돈은 10원이나 되었다.

"옛시다. 이거면 되겠시니까?"

종상이는 물론 신표와 돈을 포함해서 묻고 있었다. 별안간 배 서방댁이 방바닥을 두드리며 통곡을 했다.

"아이고아이고, 그 아이를 보내고 어드렇게 살꼬. 남의 자식 길러 효도 받을 욕심은 애저녁에 안 부렸지만 이렇게 획 떠나면 눈에 밟혀 어이 살꼬."

배 서방댁의 검버섯 핀 뺨엔 정말 눈물이 번들댔다. 커다란 기쁨과 일말의 허망감이 감미로운 슬픔이 되어 풍성한 눈물을 자아내고 있었다. 배 서방은 어처구니없는 얼굴로 여편네를 바라보다가 그 역시 서글픈 얼굴로 신표를 간직한 반닫이 밑바닥을 뒤졌다. 그의 신표 역시 종상이가 가진 것과 같은 빛깔로 찌들어 있었다. 맞춰볼 것도 없는 걸 배 서방은 일부러 굼벵이처럼 느릿느릿 맞춰보고 나서 딱 들어맞네요,라고 열적게 감탄을 했다.

"한 가지 여쭤봐도 되겠시니까요. 젊은 나으리하고 태남이하고 어찌 되는 사이인지요?"

배 서방은 벼르고 벼르던 걸 묻고 나서 괜히 히히 웃었다. 배 서방댁도 울음을 뚝 그쳤다.

"간수하시지요. 전답이라도 조금 더 장만하실 수 있었으면 좋으련만……."

종상이는 그들의 호기심을 묵살하고 그들이 짐짓 모르는 체하고 있는 돈에 대해 주의를 환기시켰다.

"전답 말씀을 하시니까 여쭙습니다만……."

배 서방은 이렇게 어렵게 운을 뗐지만 그 다음에 나온 말은 작년에도 들은 소리였다. 재작년 겨울 태남이가 썰매를 타다가 동네 아이들하고 싸움이 붙어 썰매 막대기 꼬챙이로 한 아이 눈을 찔러 애꾸를 만들었는데 하필 삼대독자 외아들이라 그 부모의 비탄과 포악이 어찌나 심하던지 논을 몇 마지기 떼어주어 그 분을 가라앉힐 수밖에 없었다는 얘기였다.

"주시는 거니 고맙게 받겠습니다만 그만한 논이나 벌충할 수 있을라나 모르겠습니다."

종상이는 순박해서 더욱 민망하게 욕심이 드러나 보이는 그들을 외면하고 딴청을 부렸다.

"태남이가 안 보이는군요. 놀러 나갔시니까?"

"예 저, 거시키, 아마 집에 있을 거구먼요."

"글방엔 다니나요?"

"어디가요, 거기 안 다니는 지가 벌써 언젠데요. 요샌 잘 나가 놀지도 않아요. 심술이 잔뜩 났거던요."

"왜요?"

"제 또래들이 왠통 장가를 드는 걸 보고 심사가 뒤틀리나 봐요. 데려가시면 장가부터 들이세요. 그래야 개 맘잡습니다요."

어느새 배 서방댁이 싱글벙글 웃으면서 너스레를 떨었다.

"임자도 참, 대처의 가진 분들이 어드렇게 우리덜처럼 혼인을 떡 먹듯 쉽게 하남. 개가 머리꼬랭이가 남부끄러 안 나가 노는 모양이니까 우선 상투 먼저 틀어주셔요, 나으리."

배 서방의 말이었다.

"그 일이라면 걱정 마십시오. 단발을 시킬 작정이니까요."

바로 그때 태남이가 문을 박차고 들어왔다. 바깥의 찬바람이 온몸에 묻어 있어서 그런지 그 아이는 마치 광풍 같았다. 마침 두루마기를 꾸미느라 방 안에 나와 있던 반짇고리 속에서 그 아이는 커다란 무쇠 가위를 집어들었다. 미처 누가 뭐라거나 말릴 새 없이 가위로 자신의 머리꼬랑이를 쌍둥 잘랐다. 그리고 누런 이를 드러내고 히히 웃었다.

"에그머니나 망측해라. 애야 왜 이러는? 응? 이 노릇을 어드럭허는?"

배 서방댁은 어쩔 줄을 모르면서 얼뜬소리로 나무랐고 배 서방은 쓴 입맛을 다시며 외면을 했다. 그러건 말건 태남이는 머리꼬랑이를 잘라낸 상쾌함을 만끽하려는 듯 그 큰 두상을 설레설레 저었다. 오래 감지 않아 가닥가닥 엉겨붙은 머리칼이 곤두서니 그 모습이 여간 흉측하지 않았다.

"나으리 앞에서 그게 무슨 짓이냐?"

용해 빠진 배 서방이 겨우 한마디 하면서 자리를 고쳐 앉았다. 태남이의 난폭함에 대해선 이미 호소한 바 있으나 이토록 극심한 꼴을 보일 줄은 몰랐었다. 아무리 촌구석이라지만 단발에 대해서 처음 듣는 것도 아니었으며, 지금도 양복 입고 머리를 밑만 깎고 윗부분은 남겨서 기른 종상이하고 면대하고 앉았건만 태남이 하는 짓은 자해 행위처럼 끔찍하고 민망했다. 종상이가 혹시나 그 아이를 데려가려는 마음을 바꾸게 될지도 모른다는 우려 때문에 더욱 황망했는지도 모른다. 종상이도 그들의 속셈을 직감하고 너그럽게 말했다.

"괜찮시다. 놔두세요, 이왕 잘라버릴 머리칼인걸요. 또 아무 때 잘라도 자를 거구요."

종상이는 그 일을 대수롭지 않게 웃어넘기려 했지만 속으로는 섬뜩했다. 사건 자체가 놀라운 게 아니라 태남이의 인상에서 치명적인 피해의 예감 같은 걸 감지했기 때문이었다. 태남이를 처음 본 것도 아닌데 생급스럽게 그런 강렬하고 불길한 인상을 받은 것은 이제부터 남남이 아닌 한식구가 돼야 한다는 새로운 각오 때문이었으리라.

배 서방댁은 종상이가 태남이를 너그럽게 봐준 것에 감지덕지하면서 빨리 그 아이에게 새 옷을 입히려고 서둘렀다.

"휘딱 입성 갈아입자. 내가 이렇게 너 잘돼 가는 날 있을 줄 알고 철 바뀔 적마다 네 나들이옷만큼은 질 먼첨 꾸며놓고 했더니만 이제야 생색이 나는구나. 나들이옷뿐인감요. 쟤가 입성을 워낙 험하게 입어서 낯이 안 나서 그렇지, 쟤 입성만큼은 우리 형편에 과하게 거뒀시다. 증말이지 기운 옷 한 번 안 입히고 솜도 햇솜만 두어서 입혔시다. 우리가 아무리 나으리댁 은공에 이만큼 산다지만 쟤도 우리 공 모르면 사람도 아니야요."

배 서방댁이 태남이한테 하던 말머리를 종상이한테 돌리며 콧물을 훌쩍였다. 기른 정이 있는지라 막상 떠나보내려니 심란한 모양이었다. 윗방 장지문을 닫고 태남이가 옷을 갈아입는 동안 배 서방도 입속에서 웅얼대는 소리로 섭섭한 마음을 나타냈다.

"쟤가 울떡증이 좀 있어서 그렇지 심지는 착한 아입죠. 지 마암만 내키면 곧잘 일도 거들고, 거들었다 하면 장정 한몫을 너끈히 해냈으니까요. 일을 시킬래서가 아니라 지가 저절로 짓이 나면 아무도 못 말렸습죠."

"아따 저 양반 속도 읎나 뵈. 자아가 그 장사 기운을 옳게 쓴 게 몇 푼어치가 된다고 역성을 드니까. 자아 때문에 눈치 보며 맏자식을 며느리 보자마자 따로 내고 이 나이에 조석을 떠메고 사는 이내 신세는 어드럭허구요."

"저런 저런 여편네 소갈머리하고……. 핏뎅이를 맡아 14년이나 기른 공을 주둥아리 하나로 박살을 내네그려."

배 서방이 당장 제 마누라를 칠 듯이 눈을 부라렸다. 두 양주가 누가 더하고 덜하고 할 것 없이 엇비슷하게 태남이에게 넌더리를 내고 있으면서도 무슨 의무처럼 구질구질 미운 정을 되새김질하려 드는 꼴은 종상이 보기에 민망했으므로 넌지시 말머리를 돌렸다.

"글방에는 처음부터 다니기 싫어했시니까?"

"그런 건 아닙지요. 천자문 뗄 때꺼정만 해도 훈장님서껀 글 아는 어른들서껀 온통 총기 있다고덜 일컬은걸입죠. 언문은 아무도 가르친 사람이 읎는데도 깨쳤으니 신통하구요. 천자문 떼고부터 몹쓸 증이 생겨 가지고설라므네 지 마암 내키면 가고 안 내키면 안 가다가 흐지부지 글방을 그만두데요. 시방 생각하면 것도 우리덜 잘못입죠. 지가 고만큼만 배워도 우리네 까막눈 집안에선 문장이니 더 배울 마암이 읎어질 만도 합죠. 눈치 하나는 빠른 애니 장찬 구학문으로 벼슬할 시상도 아니란 것쯤 몰랐을 리도 읎구요."

"날 공자 왈 맹자 왈 시킬 생각은 말아요."

옷을 갈아입고 나서 장지문을 밀어붙인 태남이가 퉁명스럽게 말했다. 옷이 날개라고 한결 신수가 훤해 보였다. 어디서 났는지 흰 명주 수건으로 쑥대머리를 가뜬히 싸맨 것도 보기에 괜찮았다.

"어메 어쩌면 이렇게 옷이 꼭 맞는? 동정니하며 화장하며 그림 같네. 옷고름을 잘못 맸구나. 어쩐지 깃고대가 좀 울더라니."

배 서방댁이 이렇게 호들갑을 떨면서 두루마기 고름을 고쳐 매주었다. 태남이는 마다 않고 뻣뻣이 서 있었다. 종상이는 더 지체하고 싶지 않아 얼른 일어서며 말했다.

"이분들한테 하직 인사 올리게나."

태남이가 넙죽 절을 했다. 배 서방 내외는 그 절을 그냥 받기가 황공한지 엉거주춤하면서 눈물을 글썽거렸다. 그런 사소한 일을 통해서도 한 방 사람들이 제각기 딴 생각을 하고 있었다. 종상이는 저 녀석이 아주 망나니는 아니렷다, 사람됨을 넘겨짚어 보려 했고, 배 서방 내외는 그들이 기른 씨의 정체에 대한 궁금증이 그 어느 때보다 고조되어 잠자코 있기가 무척 괴로웠고, 태남이 역시 나는 누구이며 나더러 이 무지렁이 상것들한테 절을 시키는 저 자는 누구란 말인가 하는 강한 의혹에 휩싸였다.

그 누구도 궁금증을 풀지 못한 채 작별을 했다. 배 서방 내외와 딴살림을 나 한마을에 살고 있는 큰아들 내외가 기별을 듣고 달려와 작별을 아쉬워하며 오랫동안 배웅했지만 두 사람은 뒤도 안 돌아보고 마을을 벗어났다. 동지가 얼마 안 남은 초겨울 해는 달음질치듯 서산마루로 기울고 있었다. 태남이는 저만치 앞서가고 종상이는 그의 긴 그림자를 우울하게 뒤쫓으며 어깨를 웅숭그렸다. 태남이가 멈춰서면서 말을 시켰다.

"나으리, 내 돌팔매질 솜씨 볼쳐?"

"안 봐도 알고 있네."

"내 소문이 송도까지 다 퍼졌시니까?"

"송도 사람들이 다 자네를 알고 있는 게 아니니까 다 퍼졌다고 할 수야 있겠나. 우린 앞으로 한식구가 될 테니까 미리미리 자네에 대해 알고 싶어했다네."

종상이는 착잡한 감정을 억누르고 곰살궂게 말하려고 애를 썼다. 그러나 태남이의 눈엔 험상궂은 장난기가 번쩍였다.

"백 번 듣는 게 한 번 보는 것만 못하다는 소리는 아재도 못 들었수?"

그러면서 길바닥에서 주먹만 한 돌을 하나 집어들더니 허리통을 뒤로 쫬다. 무엇을 겨냥했나 짐작할 새도 없이 돌팔매는 잎 떨군 느티나무에 매달린 까치 둥지를 맞혔다. 둥지가 떨어지진 않았지만 놀란 까치들이 까욱대며 날아올랐다. 예로부터 이 나라 백성들이 기다리고 반기던 까치 소리건만 어슬어슬 땅거미질 무렵에 듣는 그 소리는 왠지 불길했다. 종상이는 그 아이가 그의 평안에 치명적인 피해를 입힐 것 같은 좀 전의 예감을 되풀이해 곱씹으며 으스스 몸을 떨었다. 태남이는 아무 일도 없었던 것처럼 우쭐우쭐 앞서갔다. 옥색 명주 두루마기는 솜을 너무 둔 듯 가뜩이나 큰 몸이 부대해 보였고 바느질 솜씨도 배 서방댁이 자화자찬한 것만치 썩 빼어나진 못해, 양쪽 무가 처진 게 우스꽝스러웠다. 태남이가 다시 걸음을 늦추면서 말을 시켰다.

"성, 성네는 부자니까?"

"으응, 글쎄, 밥걱정이나 안 할 만하다네."

"겨우?"

"겨우라니?"

"나도 여태꺼정 밥걱정 같은 거 안 했으니까."

"그건 그분들이 자네를 위해 받들었으니까 그렇지 밥걱정 안 하고 살기가 그리 쉬운 건 아니라네."

"앞으로 난 성네 식구가 되는 거니까?"

"왜 그게 탐탁치 않나?"

"성은 도대체 누구야?"

태남이가 눈을 똑바로 뜨고 야무지고 불손하게 물었다.

"누구라니? 몰라서 묻냐?"

"나으리래도 그만, 아재래도 그만, 성이래도 그만, 그중의 어떤 게 맞느냐 말야? 이 담엔 뭐라고 불러줄까? 할아버지? 조카놈?"

태남이가 아까부터 일관성 없는 호칭으로 그를 부르는 게 종상이 듣기에도 약간은 거슬렸지만 어린 녀석이 그런 숨은 뜻을 가지고 그를 시험하고 있으리라곤 미처 몰랐었다.

"자네 보기보다는 영특하구만."

"추켜세울 거 읎시다. 아무리 좋게 말해도 욕이라는 거 다 아니까."

"쯧쯧, 욕만 먹고 산 것 같군."

"성은 도대체 누구냐니까."

"이종상이라고 아룁니다요."

부리부리한 눈을 부릅뜨고 육박해오는 태남이의 기세에 종상이는 숨이 막힐 것 같아 짐짓 농조로 대꾸했다.

"그럼 나도 이간가?"

"그렇지 않아."

종상이가 허덕이며 부인했다.

"그럼 전가유?"

"천만에, 자넨 전가도 아냐."

"그럼 난 누구야? 성네도 우리 식구는 아니잖아? 식구도 아니면서 왜 날 데려가?"

"차차 알게 될 걸세. 영특한 사람이 왜 그렇게 성질이 급한가?"

"내가 성질이 급하다구? 내 이름을 지어주었다는 늙은이가 전 아무개라는 송도 부자일 거라는 걸 알아내는 데만 몇 년이 걸린 줄이나 알고 하는 소리유? 남은 태어나기 전부터 정해진 성을 나는 몇십 년이나 더 찾아 헤매야 성질이 안 급하겠수?"

"미안하게 됐네."

"그 영감태기 부자였다며 먹물이 모자랐나 이름만 써놓고 남의 성을 빼먹을 게 뭐람."

"말 삼가게. 그 어른은 예전에 돌아가셨다네."

"알아요. 죽었으니까 기냥 놔두지 살았으면 내가 기냥 놔둘 성싶어요? 주리를 틀어서라도 내가 누군지 불게 했을걸."

주리를 틀려야 할 사람은 그분이 아니라네. 그분도 자네만치나 괴로워한 죄밖에 없다네. 종상이는 입 밖에 내진 않고 속으로만 그렇게 부르짖었다. 그리고 쏘아보는 태남이의 눈길을 슬며시 피했건만 마치 그 아이의 궁금증이 옮아붙은 것처럼 강렬한 호기심에 사로잡혔다. 이 조숙하고 조악하고 영특하고 무서운 게 없는 녀석의 정체는 무엇일까. 그의 소년 시절 얼핏 보았을 뿐인데도 선명한 인상으로 남아 있는 머릿방 아씨는 사기그릇처럼 차갑고 교만해 보였다. 도대체 어떻게 생긴 사내가 그런 여자의 몸속에다 감히 불륜의 불을 지르고 저렇게 방자하고 싱싱한 씨를 뿌렸을까? 그런 느낌은 단순한 호기심만이 아니라 질투도 섞여 있음 직해서 종상이는 얼굴을 붉혔다.

"네놈은 누구냐? 대라. 대란 말야."

태남이가 느닷없이 짐승 같은 소리로 울부짖었다. 그리고 허공을 향해 무수한 돌팔매질을 했다. 아무렇게나 던진 것 같은 돌은 하나같이 저만치 텅 빈 논 귀퉁이에 동그랗게 고인 군우물에 가서 꽂혔다. 팔매질을 멎자 곧 파문이 가라앉고 군우물은 오랫동안 닦지 않은 거울처럼 고요하고 둔탁하게 빛났다. 이윽고 태남이는 어깨를 축 늘어뜨리고 앞장섰다. 어두워서야 서해랑 집에 당도했고 그동안 태남이는 먼저 말을 시키지 않았고 묻는 말에 대답도 온순하게 했다. 어둠 속에서 태남이의 두루마기 고름이 바람에 휘날릴 때마다 종상이는 연민을 느꼈다.

 예상한 대로 태남이를 불러들이고부터 서해랑 집은 하루도 편한 날이 없었다. 태임이와의 대면은 걱정했던 것보다 오히려 수월하게 넘어갔다. 태남이는 식구들을 어떻게 불러야 하는 것부터 물어보았으나 그 말씨가 공손했기 때문에 의당 짚고 넘어가야 할 것을 알고자 하는 태도로서 나무랄 데가 없었다. 태임이는 그들 내외를 누님과 형님으로 부르도록 하라고만 이르고 어떻게 촌수가 닿는 누님과 형님이 된다고는 말하지 않았다. 그건 얼핏 듣기엔 가장 친한 호칭 같았으나 남남끼리라는 소리와 다르지 않았다. 어떤 인척 관계로도 부부를 각각 누님과 형님으로 삼을 순 없기 때문이었다.
 그러나 태남이는 그걸 무심히 넘어가는 듯했고 태임이 역시 덩지만 컸지 소문보다는 유순해 뵈는 태남이에게 일단 마음을 놓았다. 비단옷과 고기반찬과 정결한 거처와 하인들의 융숭한 공대는 그 아이를 더욱 점잖게 길들일 수 있으리라 낙관까지 했다. 그러나 그 아이의 나는 누구일까?라는 의문은 그렇게 호락호락하지 않았다. 그 증은 지랄증처럼 예고 없이 도졌고, 도졌다 하면 물불을 가리지 않았다. 허공에다 대고 팔매질을 하는 대신 집안의 귀한 물건을 부수거나 하인한테 손찌검을 한바탕 해야만 나는 누구냐?는 포효가 가라앉곤 했다. 태남이의 난폭함이 배 서방네서보다 더하면 더했지 조금도 나아지지 않는 것은, 배 서방은 가르쳐주고 싶어도 몰라서 못 가르쳐주었지만 이 집 식구들은 빤히 알고 있으면서도 안 가르쳐준다는 걸 짐작하고 있기 때문이었다. 또 말 타면 경마 잡히고 싶다던가, 이 집에서 마음껏 호강을 하니까 자신의 출생을 이 집보다 훨씬 지체 높은 댁과 연관지어 꿈꾸기 시작한 허황한 상상력도 그 아이를 걷잡지 못하게 했다.

그 아이 까탈로 종상이는 태임이하고 자주 다투었다.

"내 뭐랬소? 아무런 마련 읎이 저 망나니를 집으로 들여서 꼬올 좋구려."

"아무 때 들여도 들일 아이였잖아요."

"생전 안 들여도 그 애는 잘 자랐을 거요. 배 서방네 사람됨은 그 정도는 믿어도 될 만했으니까."

"어쩌면 당신은 배 서방네 사람됨은 믿고 싶어하면서 내 사람됨은 아무래도 좋단 말씀이시니까? 내가 그 애를 게다 내버려두면 난 사람도 아닐시다. 당신만은 그 사정을 알아줘야 할 분이 증말 야속합니다요."

"알았어요. 내 말이 지나쳤나 보구려. 나도 홧김에 한 소리지 아주 안 데려오길 바란 건 아니었소. 그렇지만 그 아이한테 출생의 비밀을 털어놓을 각오도 서 있지 않은 채 데려오기부터 서둘렀다는 건 큰 실수였소. 장가갈 나이가 되도록 제 성도 모르면서 환장을 하지 않을 등신이 어디에 있겠소? 그 애가 행패 부려 싸요."

"아주 마련 없이 그 애를 데려온 줄 알아요? 그렇진 않다우. 다 애기해줄 작정이었어요. 할아버지가 보신 것처럼 그 아이가 관옥 같기만 했어도 난 벌써 그 아이의 궁금증을 풀어줬을걸요."

"건 또 무슨 해괴한 소리요?"

태임이의 실토를 종상이는 이해할 수가 없었다.

"나는 그 애가 내 어머니가 실절해서 낳은 내 이부제라는 걸 그 애에게뿐 아니라 집안 내에까지 감추지 않으려고 했어요. 그 애가 알면 어차피 아랫것들이 알게 되고, 흉한 소문이니 날개 돋친 듯 퍼질 건 빤하니 이쪽에서 먼저 드러내놓고 떳떳하게 키울 작정을 했었다구요. 그 애가 관옥 같기만 했어도 벌써 그렇게 했을 거예요."

"그 애가 망나니여서 임자의 이부제 자격이 없어졌단 애기요 뭐요?"

종상이가 비꼬는 투로 말했다.

"나 때문이 아니에요. 어머니 때문이지. 그 애가 남들이 부러워할 만한 헌헌장부로 자랐더라면 어머니의 실절이 쬐금이나마 덜 흉해질 수도 있었을 텐데……. 저까짓 망나니를 낳으려고 정절을 못 지킨 걸 세상 사람들이 알아보세요? 오죽 신이 나서 비웃고 짓밟겠어요. 그 망나니한테 마냥 당하는 게 낫지 어머니를 다시 욕보일 순 없어요. 이제서야 할아버님께서 왜 그 아이를 관옥같이 보셨는지 알 것 같군요. 정절을 못 지킨 며느리를 어떡허든 덮어주고 이해하려는 자애 때문이었어요."

진실을 은폐하려는 핑계가 타당하든 말든, 진실과는 상관없는 임시변통의 성이라도 성을 가져야 할 실제적인 필요성이 하나둘 생겨나기 시작했다. 태임이가 아무리 시집 쪽으론 어른도 친척도 없는 안주인이라고 해도 친정 쪽으론 전씨가가 번성한지라 이목 또한 번다해 새 식구를 간략하게라도 상면시켜야 할 경우가 많았다. 그때 얼떨결에 둘러댄다는 게 학교에서 신학문을 해볼 뜻을 두고 처음으로 대처에 나온 샛골 외가붙이라고 말한 게 빌미가 되어 전씨가에선 태남이를 부르기 좋고 무관하게 손 도령 손 도령 하게 됐다.

또 막상 학교에 보내는 문제에 있어서도 성은 있어야 했다. 몇 년 전까지만 해도 가끔 샛골 외가에 나타나 행패를 부리곤 했다는 태남이의 생부 재득이는 죽었는지 살았는지 소식을 끊은 지도 오래거니와 설사 거처를 안다 해도 내줄 의사가 있는 게 아니니 태남의 성은 어차피 만들어줄 수밖에 없었다. 손가는 태임이에게뿐 아니라 태남이에게도 어머니의 성이니까 아버지 성을 못 따를 바에야 다음으로 가장 따라 마땅한 성이기도 했다. 태임이는 태남이의 출생을 목격한 단 하나 남은 증인인 샛골 외삼촌댁한테 부탁해서 외가의 친척 중에서 태남이의 민적을 올려줄 만한 집을 물색했다. 그리하여 태남이는 손태남이가 됐다. 그러나 태남이는 자기가 손가라는 걸 믿지 않았기 때문에 가끔가다 부리는 지랄증도 가라앉지 않았다. 태남이를 민적에 올려 손태남이로 만들랴, 공부에 뜻이 없는 아이한테 신학문의 필요성을 설득하랴, 휘딱 1년 남짓 세월을 흘려보내고 나니 태남이는 그새 열여섯 살이 되어 있었다. 태남이 일이라면 처음부터 엇갈려 버릇해서인지 어떤 학교에 보낼 것인가를 놓고도 종상이와 태임이의 의견이 맞지 않았다. 당시 개성에는 북부에 새로 생긴 공립소학교와 윤치호가 설립한 사립학교가 있었다. 공립학교엔 주로 열 살 안팎의 아동들이 입학을 했고 수효가 적기는 해도 여자아이들도 다니고 있었다. 반면 사립학교는 주로 스무 살 안팎의 뜻있는 청년들이 다니고 있었다.

설립자가 일찍이 개화한 민족주의자요 기독교인인지라 설립 목적도 글을 깨우치고 지식을 가르치려는 것보다는 같은 뜻을 펼 인재를 양성하는 데 두고 있었다. 종상이는 태남이를 그 사립학교에 보내자고 했고 태임이는 공립학교에 보내고 싶어했다. 학부에서 인가하고 나라가 재정을 담당한 학교가 개인이 세운 학교보다 튼튼하고 앞으로 성공하는 데 유리할 거라는 게 태임이의 생각이었다.

"더 알아보고 말 것도 읎다니까요. 분열이를 공립학교에 넣은 것만 봐도 알 만하잖시니까? 그 작은숙부가 어드런 숙부며 분열이는 또 어드런 분열인지 아시잖아요? 앞뒤로 얼마나 재고 알아보고 나서 그리로 보냈겠시니까."

전처만의 대를 이어 어린 나이로 동해랑 집의 당주가 된 분열이에 대해 태임이는 아직도 경쟁의식 같은 걸 가지고 있었다. 처녀의 몸으로 아랫것들을 추상같이 거느리며 몇 년을 홀로 지키던 동해랑 집이었다. 죽는 날까지 그곳을 안 떠난다 해도 여자의 몸으로 대를 이을 수 있는 게 아니라는 걸 알면서도 그 집에 집착한 나머지 태남이가 그 집 주인이 될 수는 없을까 망령된 꿈까지 꾼 적도 있었다. 태임이도 이제 그게 이룰 수 없는 억지라는 걸 알 만큼은 철이 났으련만도 태남이를 매사에 분열이와 견주어 생각하려는 무분별한 경쟁의식은 여전했다. 그러나 분열이는 어려서부터 총명하고 착하기로 소문이 나 있었고 자랄수록 용모 또한 준수해짐으로써 종가의 당주로서의 지각과 체통을 갖추어갔고 그런 아들에게 쏟는 이성이의 기대와 정성도 여간이 아니었다. 타고난 자질에 있어서나 주위의 촉망에 있어서나 분열이는 태남이 따위와 견줄 바가 아니었다. 그러나 종상이는 아내가 매사에 똑 떨어지게 경우 바르다가도 가끔씩 이렇게 무턱대고 억지 쓰는 걸 속으로 은근히 귀엽게 여겼으므로 그 약점은 건드리지 않고 완곡하게 타일렀다.

"나도 태남이가 분열이 나이밖에 안 됐으면 공립학교로 보내자겠소. 분열이는 태남이보다 세 살이 아랜데 거긴 졸업할 때가 됐지 않소. 태남이는 나이도 나이려니와 그 큰 엄장하고 툭하면 도지는 울떡증을 생각해서라도 제발 아서요. 설사 공부에 취미가 붙는다 해도 동무덜하고 사귀는 재미 읎이 어드렇게 학교를 다니겠소. 또 임자는 학부만 철석같이 믿나 본데 일본통감부 밑에서 학부대신은 고사하고 상감마마도 허수아비야요."

"아유 안 그렇습디다. 분열이가 학부에서 인정한 유년 필독서 중에서 맨날 큰소리로 외면서 다니는 게 있는데 뭔 줄 알아요? 경계로

다 경계로다 우리 국민 저 대[竹]보소,로 시작되는 을사년에 자진한 민영환 대감댁에 돋아났다는 혈죽血竹을 노래한 글이던걸요. 분열이 녀석이 그 글을 좋아하고 늘상 외고 다니는 걸 보면 어찌나 신통한지 학교는 과연 보낼 만한 데로구나 싶더라구요."

"두고 보세요, 그게 그리 오래가진 못할 거요. 통감 정치가 나날이 그 시커먼 속셈을 드러내고 있으니……."

종상이의 안색이 비통해졌다. 안일과 풍요의 수렁에서 흐느적흐느적 무디어진 자신의 정신의 서슬을 문득 돌이켜보았기 때문이다. 그동안 집안에선 더없이 행복하고 걱정 근심 없이 지냈지만 밖에선 되는 노릇이라곤 없었다. 뜻은 컸지만 한 번도 펴보지 못하고 좌절의 연속이었다. 뜻을 뒷받침할 능력이 모자란 때문도 있었지만 그가 믿고 의지한 송도의 상혼이 번번이 그에게 등을 돌렸기 때문이기도 했다. 그는 대물림의 상인 출신이 아니기 때문에 더욱 송상들이 무의식적으로 지닌 상혼을 객관적으로 파악할 수가 있었고 그걸 기리고 사랑했었다.

그러나 그걸 믿고 막상 부딪쳤을 때 그가 사랑한 자주성 대신에 배타성과 폐쇄성이, 협동심 대신 이기심이 그를 완강히 밀어내곤 했었다. 개성 상인의 독특한 상혼의 뿌리가 되었던, 의롭지 못하게 세운 왕조에서 벼슬을 하느니 장사로 부를 쌓되 부의 도리를 지키기에 철저했던 특이한 기개조차 천박하고 옹졸한 금전 숭배로 타락해 있었다. 수월찮게 당하고서도 종상이는 아직도 이 고장 어딘가에 그 상혼의 불씨가 남아 있을 것으로 여기고 있었다. 당신이 도와줘야 돼, 종상이는 밑도 끝도 없이 가만히 그런 생각을 했다.

"그리고 사립학교 보내면 예수쟁이 될까 봐도 싫어요. 당신도 예수쟁이는 싫어하잖아요?"

"내가 그랬던가?"

"닥터 스톤이라나, 당신을 고용살이시킨 서양 사람들을 당신이 얼마나 싫어했다구요."

"내가 그랬다면 그야말로 배은망덕이군."

"그럼 당신이 안 그랬단 말씀이시니까."

"아니오, 안 그랬다곤 안 했소. 시방 생각하니 내가 싫어한 건 예수교가 아니라 예수쟁이였소. 닥터 스톤의 예수쟁이 노릇이 마음에 안 들었던 거요. 하나님 말씀이 모두 옳다는 걸 빙자해서 하나님 말씀을 먼저 믿고 그걸 전파하러 온 저들의 생활 방법까지 모두 옳고 이쪽의 것은 모두 그르다는 그들의 생각이 나는 참기가 힘들었던 거요. 그래서 그들이 전해주는 하나님 말씀도 귀담아듣지 않으려고 했건만, 지금까지도 내 생각에 영향을 미치고 있는 건 그때 듣기 싫어도 들어야 했던 하나님 말씀이 아닌가 싶을 때가 종종 있다우."

태남이를 기독교 계통의 사립학교에 보낼 수밖에 없는 계기는 저절로 왔다. 어느 날 귀돌네를 도와 심부름하는 입분이가 죽는 소리를 치며 안마당까지 데굴데굴 굴러들어왔다.

"아씨 큰일났습니다요. 시방 샛골 도련님이 귀돌 어멈을 쳐 죽이려 하고 있습니다요."

아랫것들은 태남이를 샛골 도련님이라고 부르고 있었다. 귀돌이가 아우를 봐 귀돌네는 만삭의 몸이었다. 태임이는 가슴이 떨리고 다리가 후들대는 걸 참고 가까스로 입분이하고 같이 구르다시피 행랑채로 나가보니 귀돌네는 이미 이마에 선혈이 낭자한 채 죽은 듯이 쓰러져 있고 태남이는 절굿공이를 높이 쳐들고 호령을 하고 있었다.

"네가 감히 뒤에서 나를 비웃고 수군대? 어디 내 손에 죽어봐라. 네까짓 상것들, 양반의 손에 골백번을 죽어도 살인도 안 난다는 걸 모르는? 내가 누군 줄 아는? 난 이런 중인의 집하곤 상관읎는 양반의 씨다. 양반을 비웃는 네 죄를 네가 알렷다."

부릅뜬 태남이의 눈엔 살기가 등등하고 높이 쳐든 절굿공이는 깍짓동처럼 부푼 귀돌네의 허리를 겨냥하고 있었다. 사태는 짐작할 만했다. 마침 태남이가 지날 때 계집종들이 수군대며 킬킬댄 모양이었다. 그 광경을 본 태임이는 억제된 분노가 마침내 발화점을 향해 뜨겁게 팽배하는 듯 온몸에 힘이 충만했다.

"네 이놈, 그 몽둥이 거기 놓지 못할까. 네놈이 양반이라구? 세상이 망하려니까 쌍놈의 양반 놀음도 못된 것부터 시작하는구나. 네놈이 누군가 내 시방 당장 가르쳐주리라."

그 녀석이 잠시 팔 힘을 늦춘 사이에 잽싸게 달겨들어 절굿공이를 빼앗아 던진 태임이는 숨 쉴 새도 없이 그 녀석 팔목을 낚아채 끌고 달음질을 치기 시작했다. 그녀 스스로도 믿을 수 없는 힘이 화통처럼 솟구쳐서 끌려오는 태남이가 오히려 숨이 차 허덕일 만큼 빨리 달렸다. 힘은 무진장 솟구쳤다. 제 힘만이 아니었다. 그녀의 힘은 그 옛날 양반에 대한 원한과 은화 몇 닢만을 지니고 농바위 고개를 넘던 전처만 영감의 힘에까지 뿌리가 닿아 있었다. 그녀는 제 발로 뛰는 거구의 태남이를 그녀에게 이끌리는 가볍고 하찮은 물체처럼 비웃으며 가끔가끔 욕을 퍼붓는 것도 잊지 않았다. 그렇게 단숨에 당도한 곳은 여우골 태남이가 태어난 외딴집이었다. 이제 그 빈집은 지붕이 완전히 내려앉고 썩은 기둥도 나동그라지고 성한 기둥 몇 개만 남아 일그러진 세모꼴을 하고 있었다. 음산하고 흉흉했다.
"넌 바로 여기서 태어났다. 똑똑히 봐두어라. 짐승만도 못하게 버러지처럼 천하게 태어났느니라. 느이 에민 수절하다 느이 아범한테 욕을 본 우리 엄마고, 느이 아범은 우리 외갓집 머슴놈이었다. 애비는 달라도 그래도 나한테는 이 세상에 하나밖에 읎는 동기간인지라 거두어 사람 만들려고 했더니 뭐 어드렇구 어드래? 왜? 양반이 아니어서 억울하는? 억울하면 저 두엄데미에 코를 처박고 실컷 곡을 하든지 죽어 읊어지든지 맘대로 하렴."
태임이는 그 녀석을 힘껏 지붕이 썩어 두엄 더미가 된 데로 밀쳤다. 그 녀석은 썩은 기둥처럼 힘없이 픽 쓰러지면서 그 한가운데다 정말 코를 박더니 끄륵끄륵 이상한 소리로 울기 시작했다. 그제서야 태임이도 기운이 빠져 아무 데나 주저앉았다. 탈진한 가운데도 마음은 날아갈 듯이 가벼웠다.
그 후 태남이는 딴사람처럼 얌전하게 굴었다. 여전히 아랫것들은 그의 발자국 소리만 듣고도 몸을 피했고, 부득이 마주쳐도 옷자락을 스치기조차 두려워했지만 그는 등신처럼 이래도 그만 저래도 그만이었다. 먹고 자고 입는 게 남보다 왕성하고 험한 건 달라지지 않았지만 하루가 다르게 쑥쑥 자라던 키는 더 자라기를 멈춘 듯했고 기운을 쓰지 않게 되자 그 우락부락하던 살집이 다 곱살해진 듯했다. 저렇게 자라다간 곧 9척에 이를 것이라고 수군대던 키였다. 아랫것들의 그런 수군댐엔 대견함보다는 두려운 호기심이 더 많이 섞여 있다는 건 말할 것도 없었다.

거의 계획된 바 없이 저지른 폭로가 태남이를 잡도리하는 데 성공을 거둔 후에도 태임이의 마음은 편치 않았다. 그 광풍 같은 힘이 아무런 흔적도 없이 사라졌다고는 믿어지지 않았다. 그 괴력과 울분과 헛된 욕망은 어디서 어떤 모양으로 잠자고 있는 것일까? 태임이는 태남이를 볼 때마다 그런 궁금증에 휩싸였고 그게 드러날까 봐 될 수 있는 대로 태남이를 가까이 마주 보려 들지 않았다.

처음에 간난이라 부르던 딸은 종상이가 몇 날 며칠 고심하여 여란이라 이름 지었다. 어미가 지은 간난이라는 이름에서 끝의 자를 살린 것은 우연이 아니었다. 종상이다운 자상한 배려였다. 태임이는 여란이라는 딸의 이름을 매우 어여쁘게 여겨 구슬을 굴리듯이 그 음률을 혀끝에서 굴리며 즐거워했다. 두 돌이 다 된 여란이의 재롱은 새록새록했고 총기 또한 유별나서 세상 재미가 다 이 집에만 모여서 옥시글대는 것 같았다.

하루는 태임이가 여란이를 무릎에 앉히고 머리를 빗겨 종종머리를 땋아주며 재롱을 즐기는데 묻는 말마다 돌아오는 대답이 영악하고 문리 또한 훤한지라 대견하고 신통하여 품에 안고 귀애해 마지않았다. 딸에 대한 자지러질 듯한 애정으로 태임은 자신의 시간을 사라져버린 유년기로 마냥 되짚어가며 그리운 소꿉노래를 떠올렸다.

앞산에는 빨간 꽃요
뒷산에는 노란 꽃요
빨간 꽃은 치마 짓고
노란 꽃은 저고리 지어
풀 꺾어 머리 허고
그이딱지 솥을 걸어
흙가루로 밥을 짓고
솔잎을랑 국수 말아
풀각시를 절시키세
풀각시가 절을 허면
망건을 쓴 신랑이랑
꼭지꼭지 흔들면서
밤주먹에 물 마시네

여란이가 고개를 까닥이며 따라했다. 모녀간의 화락함이 태임이로 하여금 나이를 잊게 했다. 그녀는 딸 또래의 계집애로 돌아가 혀 짧은 소리로 가락을 맞추고 있었다. 그때 문득 인기척을 느끼고 내다본 댓돌 아래 태남이가 우두커니 서 있었다. 볼일 보러 들어왔다 나가는 길에 잠시 멈춰선 것이련만 그 아득한 눈길 때문에 오래전부터 그러고 있었던 것처럼 보였다. 태임이와 눈이 마주친 후에도 그는 비켜서지 않았다. 태임이는 그가 그렇게 여리고 부드러운 표정을 하고 있는 걸 처음 보았다.

"무슨 볼일이 있는?"

태임이가 먼저 말을 시켰다.

"아, 예 아닐시다 누님."

비로소 태남이의 아득한 시선에 초점이 돌아왔다. 여직껏 그가 더듬고 있던 곳은 모녀의 화락이 아니라 그 자신의 사라진 시간일지도 모른다는 생각이 들었다. 설사 네가 네 시간을 모태에서 갓 떨어진 시기까지 되짚어갈 수 있다고 해도 육친의 자애의 흔적을 찾아낼 수는 없으리라는 생각이 태임이의 심정을 쓰라리게 했다. 처음 느껴보는 느낌이었다. 그녀는 오랫동안 무슨 보물단지처럼 태남이에 대한 환상을 독점하고 아껴왔을 뿐 실제의 태남이에게 연민조차 품어본 적이 없었다.

"여란이를 안아보겠는?"

태임이가 말했다. 왜 별안간 그런 생각이 들었는지 모를 일이었다. 그러나 전혀 마음에도 없는 거짓은 아니었다. 여우골에 다녀오고 나서 어떤 형태로든 한 번쯤은 마음을 풀 계기가 있어야만 했다. 댓돌까지 올라온 그에게 태임이가 여란이를 내주었다. 태남이는 어설프게 여란이를 잠깐만 안아보고 내려놓았다. 우락부락한 줄만 알았던 얼굴이 그동안 많이 상해 짙은 그늘을 드리우고 있었다. 그 그늘이 그를 몹시 나이 들어 보이게 했고, 육체적으로 숙성한 것과는 다르게 연민을 불러일으켰다.

"그동안 많이 상했구나. 밥은 잘 먹는?"

"예, 학교는 윤치호 어른이 세운 사립학교에 가고 싶습니다."

"형님하고 의논을 한 게로구나?"

"아뇨. 지가 좀 알아본 것도 있고 학교에서까지 외톨이가 되고 싶지 않아서요."

"네 생각이 그러하면 말리진 않겠다. 마음을 붙인 연후에 공부도 공부니까. 그래 그 학교엔 나이 먹은 학생도 더러 다닌다던?"

"거의 다 어른들이라던데요. 선생 중엔 서양 사람도 있구요."

"그건 나도 안다. 그 사람들은 우리한테 즈이들 문명을 가르치는 것보다 예수를 믿게 하는 데 더 열성신이 났다고들 하더라. 그 점은 너도 알고 들어가는 게 좋을 게다."

그렇게 해서 태남이는 산지현에 있는 인삼 제조실에서 개원한 지 얼마 안 되는 한영서원에 입학을 하게 되었다. 태남이가 미처 그 학교에 마음 붙일 겨를도 없이 호열자가 창궐을 했다. 송도보다 송도를 에워싼 시골이 더 심했다.

마을은 큰데 한우물을 먹는 샛골도 예외는 아니었다. 아랫말, 윗말, 건넛말 등 세 마을을 통틀어 샛골이라고 부르고 그 작지 않은 마을들이 각각 우물을 하나씩 가지고 있고 개울과 언덕으로 격해 있었지만, 세 마을의 비옥한 농지에 물을 대고 아이들이 미역 감고 아낙네가 빨래하고 남정네가 천렵하는 개울은 풍천내 하나였다. 풍천내는 흘러흘러가면서 작은 지류를 받아들여 더욱 풍요해지다가 저 또한 지류가 되는 큰 하천과 합쳐지게 되지만 샛골을 감싸고 흐를 때가 제일 물이 맑았다. 그 물의 발원지인 물내울칼봉과 가까웠기 때문이다. 물내울칼봉은 숲이 깊을 뿐만 아니라 바위가 희고 작은 폭포가 많아 여름만 되면 인근 마을은 물론 송도에서까지 물맞이들을 오는 산이었다. 거기서 흘러오는 물이기 때문에 마을 사람들은 우물물보다도 더 그 물맛을 믿고 아끼고 자랑했다. 여름엔 베잠방이 입은 채 풍덩 뛰어들기도 주저치 않았지만 목마르면 언제라도 두 손으로 길어서 꿀꺽꿀꺽 마시고 나면 약수라도 마신 것처럼 배 속까지 개운하곤 했다. 겨우내 신어 올이 안 보이게 더러운 버선을 들입다 방망이질해 부벼 빠는 바로 곁에서 방금 캐낸 냉이 달래를 씻으면서도 꺼림칙한 생각이 조금도 없는 마을 사람들이었다. 아까까지 지게로 두엄을 져나르던 구릿빛 젊은피가 픽 쓰러져 토사곽란을 시작했다 하면 며칠새에 온몸의 물기가 말라 눈꺼풀이 꺼지고 정신이 혼미해져 몸을 비틀며 죽어가는 괴질이 돌림병인 것까지는 마을 사람들도 다 알고 있었다. 그래서 뉘 집에서 뒷간 출입이 잦은 눈치만 있어도 그 앞을 지나가기조차 꺼렸지만 같은 우물 먹고 같은 냇물에 빨래하고 푸성귀 씻어 먹는 일은 여전했다. 토사곽란은 특히 빨랫거리를 많이 만들어냈고 식구들이 할 수 있는 병구완은 그걸 빨리빨리 빨아대는 일이 우선했다. 아무도 그걸 말릴 엄두를 못 냈고 설사 누가 그 일로 하여 더욱 그 괴질을 널리 퍼뜨리고 있다고 짐작했대도 하늘이 내린 물을 먹어라 말아라 한다는 것은 인간의 권한 밖의 일이었다. 사람의 발길이 끊긴 것도 서러운데 누가 무슨 권한으로 감히 물길을 끊는단 말인가. 병이 무서워 접근은 못 하면서도, 한 우물을 먹는 이웃 간의 정리가 이게 아니지 싶은 순박한 가책 때문에 사람들은 그 환난 중에도 한껏 관대해져 있었다.

 태임이의 외가인 손씨가는 그때까지도 샛골에 남아 있었고 샛골은 물론 그 면내에서도 제일가는 대농이었다. 허나 실속은 소문난 것처럼 알차지가 못했다. 자수성가했다기보다는 딸을 전처만의 맏며느리로 출가시킨 덕에 금시발복한 선대로부터 물려받은 재산을 현재의 당주이자 태임이의 외삼촌인 손태복은 잘 지키지 못했다. 샛골과 인근 마을에 산재한 수만 간의 삼포를 야금야금 처분해서 송도 한양 등지에서 상업으로 크게 성공한 사돈 이성이 흉내를 낸 게 잘못이었다. 안되려면 처음부터 안될 것이지 처음엔 보따리장사처럼 소규모로 손을 대본 서양 물건 되넘기기 장사가 엄청난 이문을 가져왔다. 얼굴에 바르는 크림, 머릿기름, 장신구 등 냄새가 10리를 가게 향기롭고 모양이 요상한 물건들을 서울의 세도하는 양반댁 아씨들이 한 번만 봤다 하면 황홀해서 탐내 마지않으니 부르는 게 값이었다. 곱절 장사는 손태복의 절제할 줄 모르는 성품에 기름을 붓듯이 욕심을 북돋았고 제딴엔 돈이 어떻게 새끼를 치고 어떻게 돌아가나 하는 이치가 불을 보듯이 환해지는가 싶었다. 그가 터득한 이치 중에 으뜸가는 이치는 돈을 놓아야 돈을 먹을 수 있다는 거였다. 처음엔 노모와 조강지처의 눈치가 보여 조금씩 팔아가던 땅을 겁 없이 뭉척뭉척 없애기 시작했다. 그러자니 돈 놓고 돈 먹는 이치에 따라 집에다가도 돈을 풍족하게 썼고 그의 아내에게도 그때 시골 여자로는 처음으로 일본 화장품을 얼굴이 보오얗게 처바르고 다닐 수 있는 호강을 시켰다. 그의 노모까지 손씨 집에 10년 대운이 내렸다고 좋아했다. 그러나 그에게 그런 요상한 물건을 대던 일본 상인한테 한번 큰돈을 떼이고서부터는 되는 일이 없었고 그와 비슷한 장사꾼들만 오뉴월 파리처럼 수도 없이 번성해 경쟁을 벌이는 바람에 이문만 박해졌다. 게다가 한창때 구색 삼아 서울에 두게 된 기생첩의 통 큰 씀씀이도 그의 몰락을 부채질했다. 그가 비로소 제 수완은 물론 양기의 한계까지 느껴 고향집과 조강지처의 품을 그리워할 무렵엔 이미 빈털터리가 되어 있었다. 돈이 없어지니 소실은 내쫓기 전에 떠나가고 머물러봤댔자 복구할 능력이 없다는 걸 알 만큼 그의 문리도 트였다. 아직은 빚쟁이에게 쫓길 일은 없다는 것만을 행으로 여기면서 그는 고향으로 내려왔고 그때는 이미 노모가 화병으로 죽은 후였다. 일찍이 죽은 아버지 역시 화병이었고 두 번 다 딸 때문이었으니 전씨가와 손씨가는 악연 깊은 사돈 간이랄 수밖에 없었다. 그러나 재물에서 비롯된 양가의 인연이 아주 끝난 건 아니었다. 그 무렵부터 시집간 태임이가 외삼촌 손태복에게 땅을 사줄 것을 부탁한 것이었다. 처음엔 송도의 부자들이 흔히 그렇게 하듯이 추수나 해다 먹을 정도의 전답을 장만하고 싶어하려니 했는데 그게 아니었다. 태임이의 땅 욕심은 한이 없었고, 마침내 이성이가 판 땅을 사들이고도 더 사 보탰다. 태임이에게 있어서 그 땅은 이성이 삼촌 땅이 아니라 할아버지의 땅이었다. 태임이는 이성이가 그 땅으로 농간을 부렸을 때 할아버지가 얼마나 분노했나를 잊지 않고 있었고, 비록 외삼촌과는 달리 그 삼촌은 그 돈을 밑천 삼아 지금도 손꼽히는 거부가 돼 있건만도 용서할 수가 없었다. 태임이는 그런 일을 남편과도 의논 없이 단독으로 처리했고, 꼭 비밀로 해달라는 당부는 없었지만 남이 알기를 바라지 않는 눈치길래 손태복도 구태여 그의 배후 인물을 밝히지 않았다. 워낙 허풍기가 좀 있어 한 푼 벌면 열 푼 번 것만큼 떠벌리기 좋아하는 위인인지라 남의 돈으로라도 땅 사고 주인 행세할 수 있는 재미에 빈털터리가 된 자신의 처지를 깜박깜박 잊곤 했다. 샛골은 물론 인근 마을에서까지 손태복을 이성이 후의 제일 큰 부자로 대접했지만 그의 실속은 마름에 지나지 않았다.

실속이야 있건 없건 남에게 대접받는 맛에 속 편하게 살던 손씨 집도 그해 가을엔 걱정이 태산 같았다. 하필 인삼을 캘 때 호열자가 창궐하여 민심이 흉흉하고 일꾼 구하기가 어려웠다. 벼농사는 소작을 주고 있었지만 6년 만에 수확할 수 있는 삼농사는 삼포에 따로 일꾼을 여러 명 붙박이로 두고 있었다. 그러나 삼을 채굴하려면 따로 품을 사야만 했다. 추수 때와 겹치는지라 마을에서 품을 사기보다는 삼포로만 떠돌아다니는 품을 사는 게 수월했는데 돌림병 때문에 타관 사람은커녕 이웃 간에도 발길들을 끊고 살았다. 핑계 없는 무덤은 없다고 이번 돌림병도 빌미는 거의 뉘 집 혼인 잔치, 아무개네 환갑 잔치 등 음식과 사람이 모여 흥청대는 것과 관계가 있었기 때문에 사람들은 스스로 잔치를 삼갔고 사람이 죽어도 손도 맞은 집구석처럼 식구끼리 격식도 없이 치르곤 했다. 돌림병 중에서도 앓는 모습이 더럽고 참혹할 뿐 아니라 뒤끝 또한 좋지 않아 한 집 건너로 죽음이 널렸으니 예를 갖춘 장례를 치르고 싶어도 될 수 없는 노릇이었다. 마을엔 인적이 괴괴하고 죽어서 한 번 호강하며 떠나던 혼령들도 몰래 달구지나 지게에 실려 앞산을 총총히 오르고 황금 물결치는 벌판에는 격양가 대신 살찐 참새 떼들의 지저귐만이 요란했다.

그러나 조석 때가 되면 살아남은 사람은 여전히 우물에서 물을 길었고, 호열자에 붙들린 집에선 아직 안 붙들린 식구가 열불 나게 풍천 냇가로 궂은 빨랫거리를 헹구러 다녔다.

손씨 집은 식구들뿐 아니라 삼포 안에서 따로 기거하는 일꾼들까지도 아직 한 명도 그 괴질에 걸려들지 않았지만 걱정은 그뿐이 아니었다. 품을 살 수 없는 데다가 인삼 수매가의 폭락이 예상되기 때문이었다. 6년근이라고는 하지만 묘삼 때까지 쳐서 그런 것이지 본포로 옮겨 심고 나서 5년 만이면 채굴할 수 있건만 그 5년 동안에도 인삼에 관한 법령은 종잡을 수 없이 변경이 잦았고, 관할하는 관청도 궁내부에서 탁지부로 바뀌었다. 하긴 나라의 실권이 일본 통감부로 넘어간 것도 그동안이었으니 인삼 행정의 실권도 그들의 장중에서 그들이 최대한의 이권을 취할 수 있게끔 변화해왔대도 과언이 아니었다. 통감 정치가 시작되기 전부터 일본의 큰 무역회사인 삼정물산은 자국의 욱일승천하는 국력을 업고 이미 한국 정부와 홍삼 위탁판매 계약을 체결하고 인삼 무역의 독점권을 획득하고 있었다. 통감부가 인삼 정책의 실권을 잡은 후 삼정이 가혹하게 정비되었을 뿐 아니라 위탁판매제도 불하제로 바뀌었지만 거의 매년 삼정물산으로 낙찰이 돼 막대한 이익을 취했다. 삼정물산이 취하는 이윤이 커질수록 인삼농가한테 사들이는 수매가는 헐해졌고, 밀삼에 대한 법령과 단속은 물샐틈도 없이 엄해졌다. 그 전까지만 해도 정치가 어지럽고 벼슬아치들이 부패한 틈을 타 홍삼 밀조가 성행했었다. 홍삼은 오막살이에서도 부뚜막과 가마솥과 시루와 그 밖에 몇 가지 간단한 기구만 있으면 제조가 가능했고, 물가 앙등이 심할 때 누구나 탐내는 현물 중에서도 금은 다음으로 부피에 비해 값어치가 높은 물산이었기 때문에 그 밀조는 도처에서 성행했었다. 적발돼도 이익을 나누는 걸로 아전 나부랭이쯤 쉽게 구워삶을 수가 있었다. 그러나 일본 순검은 달랐다. 적발하는 데도 귀신이었지만 벌칙은 적용에도 가차가 없었다. 그들이 정한 밀삼에 대한 벌칙이란 예상한 이문의 몇 곱절을 토해놓지 않으면 배겨날 수 없도록 가혹한 것이었다.

채굴하기 전까지는 송도의 태임이로부터 넉넉하게 영농비를 타다 썼기 때문에 별 어려움을 모르다가 막상 5년 동안 들인 공력의 낯을 내려는 마당에 품은 달리고 인심은 흉흉하고 수매가까지 더욱 떨어질 모양이니 낯을 내기는커녕 밑 빠진 가마솥에다 대고 물을 붓게 한 꼴이어서 의나 안 상하려나 모를 일이었다. 그러나 벌을 받든 상을 받든 그건 나중에 당할 일이고 시급한 건 햇수를 채운 인삼을 채굴하는 일이었다. 땅속에 둔다고 썩어 없어질 물건은 아니나 햇볕에 말리는 시기를 놓치지 않으려면 하루라도 해가 길 때 캐는 게 수였다. 이렇게 일손이 아쉬워 들판의 허수아비라도 부리고 싶을 적에 나타난 게 재득이었다. 재득이는 지나가던 바람처럼 나타났다. 해마다나, 길면 한 해 걸러 그렇게 나타나서 내 아들을 찾아내라고 한바탕 난리를 치던 재득이니 조금도 이상할 게 없었다. 이상하게 군 건 손태복이나 그의 마누라였다. 아이구 저 웬수가 왜 또 왔냐고 눈도 바로 뜨지 않던 그들이 얼굴에 화색을 띠고 그를 반겼기 때문이다. 그들은 그간에 당한 행패는 접어두고 한창때의 재득이 기운과 삼포 일에 능통한 일솜씨만이 군침이 돌 만큼 탐이 났기 때문이었다.

　재득이의 몰골은 그 어느 때보다도 말이 아니었다. 양복바지에다 동저고리 바람이었는데 벗어주어도 거지도 안 가져가게 헤지고 찌든 거였다. 고름이라기보다는 끄나풀 같은 걸로 돌띠를 맨 저고리 꼴도 말이 아니었지만 양복바지는 더욱 가관이었다. 우리의 바지에 비해 양복바지는 통이 좁아 넓적다리 엉덩이 생긴 꼴이 드러나 심히 민망하고 채신없는 의복이란 건 알고 있었지만 재득이가 입은 건 양복바지 중에서도 처음 보는 꼴사나운 거였다. 누렇게 뜬 배추 이파리 같은 빛깔의 바지가 무릎 밑은 넣고 꿰맨 것처럼 착 붙었다가 무릎 위서부터 날개를 편 것처럼 퍼진 게 괴상망측했다. 게다가 머리도 한때 빡빡 깎았던 듯 앞뒤 가릴 거 없이 한 치나 되게 자란 게 빳빳이 곤두서 가뜩이나 큰 두상이 더욱 커 보였다. 그런 흉측한 몰골을 하고도 예전의 상전 앞에서 눈 한 번 내려까는 법이 없었다. 저 주제 꼴에 뭘 믿고 저리 무도하게 구나 싶었지만 내색 않고 반색을 했다. 어떡하든 그를 구워삶아 부려먹을 수 있는 감언이설을 생각해내려고 조바심을 하느라 이쪽이 체통을 잃을수록 재득이가 되레 의젓하고 늠름해 보였다.

"또 자식 생각이 나서 온 게로구만. 사람도 이제 그만치 했으면 마암잡고 자리 잡고 처녀장가들어 여봐란듯이 아들딸 줄줄이 낳고 살 때도 됐잖은가."

우선 이렇게 슬쩍 운을 떠보았다.

"자리는 못 잡았을지 몰라도 마암은 진작 잡은걸입쇼."

"어드렇게?"

"죽기 전에 꼬옥 그 자식을 찾아내서 하고 싶은 말을 해야 한다굽쇼."

"저런 저런 황소고집, 달라진 게 아무것도 읎구만."

"천륜이 어드렇게 달라지니까."

"그래서? 그래서 천륜을 가로막는 우리들은 다 몹쓸 사람이고, 자넨 그렇게 도도한가? 이 세상엔 그래 천륜만 있고, 인륜은 아무래도 좋단 말인가?"

"글쎄올습니다요. 제 무식한 소견으론 인륜을 어긴 죄는 받을 만큼 받은 것 같은뎁쇼. 머릿방 아씨도 그렇구 저도 그렇구……."

"저런 뻔뻔한 사람 봤나. 감히 그 아씨를 자네가 어드렇게 함부로 입에 올리나?"

마나님이 마침내 참지 못하고 입술을 떨었다.

"마님, 전 그 아씨와 살을 섞었습니다요. 입에도 못 올리라면 지나치십니다요."

 재득이가 희미하게 웃으면서 말했다.

 여전히 눈빛은 진지하고 당당해 그의 남루한 몰골과 심하게 안 어울렸고 그런 기괴한 부조화가 마나님의 기를 꺾었다.

 "입 닥치게. 그 아씬 그 죄를 목숨으로 때웠어. 함부로 입초시에 오르내릴 일이 아닐세. 아씨는 자기 죄로 목숨까지 끊었는데 자네는 죄 받은 게 뭐가 있나. 이렇게 시퍼렇게 살아서 옛날 상전을 도끼눈을 뜨고 쳐다보면서 이치를 따질 만큼 개화까지 됐으니 생각하면 그 아씨만 불쌍하게 됐지."

 "옳습니다요. 그 아씨 불쌍한 거 생각허면 애간장이 다 녹습니다요. 원통헙니다요. 사람 나고 인륜 낫지, 인륜이 사람보담 먼첨 난 게 아닌 바에야 어드렇게 인륜을 어긴 죄로 목숨을 끊도록 내버려두니까? 이제사 깨달은 거긴 헙죠만 청상과부허구 멀쩡한 총각허구 눈이 맞은 게 인륜에 어긋날 게 뭐가 있시니까? 우리들 잘못헌 거 하나두 읎시다. 제 잘못이 있다면 단지 그걸 너무 늦게 안 게 쳅죠."

 재득이는 엄청난 소리를 하고 있었으나 행패를 부릴 때에 비해 온건하고 침착해 보였고 또 일꾼으로서의 열 사람을 당할 실력이 탐나기는 더욱 굴뚝같은지라 마나님 쪽에서 먼저 슬쩍 눙치고 들어갔다.

 "자네 생각이 그렇게까지 천방지축 겁 읎이 되었다면 중간에서 천륜을 가로막고 있는 우리들에 대한 원망인들 오죽하겠는가. 나 또한 척을 지고 살 생각은 읎으니 생각해보겠네."

"증말, 증말 마님, 그래주시겠시니까?"

재득의 눈에 금세 눈물이 그렁해졌다.

"시방 당장 자네 자식을 생면헐 수 있다는 건 아니고……. 자네도 생각해보게나. 자넨 그동안에 갤 누가 거둬 길렀는지도 모르고 있고, 또 알려고도 안 하는 눈치네만 기른 그쪽 생각도 해줘야지, 사람 거저 자라는 거 아닐세. 또 천륜 천륜 하겠지만 기른 정도 정이고 손씨네도 개하고 남이 아닌데, 비면한 데다 맡겼을 리 만무하다는 생각도 좀 해보았나? 여기서 며칠 묵으면서 개 전정을 생각해서 정하는 게 좋겠네. 내 말 틀렸는가?"

"옳은 말씀이올습니다요. 그 자식 전정을 생각해서 입때껏 참고 참은걸입쇼. 시방도 갤 차지헐 마음으로 이러는 건 아닐시다. 맹세코 아닐시다. 먼발치서 보기만 해도 원이 읎겠습니다요. 증말이에요 마님."

"물건도 봐야 욕심이 생기는 벱이네. 하물며 제 자식을 어떻게 보기만 하고 욕심을 안 낼 수가 있겠나. 시방 당장 이 자리에서도 자넨 벌써 한 입으로 두 말 허구 있어. 자식을 만나 꼭 허구 싶은 말이 있다더니, 또 먼발치로 보기만 하겠다구?"

"그럼 어드럭허면 좋겠시니까, 마님. 그 자식을 위해 막노동판에서 번 돈도 한 푼을 허투루 안 쓰고 모았습니다요. 저만 잘 있다면 그걸 못 전해줘도 그만이지만 혹시 어렵게 살고 있으면 긴허게 쓰게 허고픈 마암으로 뼛골이 부러지는 줄도 모르고 일을 했습죠. 한번만 지도 애비 노릇을 허게 해주십쇼, 마님."

"증말이지 큰일 날 사람이로군. 앉은자리에서 벌써 마암이 세 번째 변허는 걸 보고도 내가 자넬 믿을 수가 있겠나? 보아허니 자네가 돈이 읎거나 게을러서 그런 꼴을 허구 있는 건 아닌 듯허니 며칠 여기서 지내게나. 마침 삼 캘 때니 일은 지천으로 있구. 자네만 헌 일꾼이라면 품삯도 넉넉허게 처줄 테니까. 자식을 만나는 것도 그렇구, 소식을 듣는 것도 그렇구, 그래도 내 그늘에 있는 게 젤 손쉬울 걸세."

"그걸 지도 왜 모르겠시니까요. 마님이 웬수처럼 내치지만 않으신다면야 처분이 있으실 때꺼정 삼 좀 캐드리는 게 뭐가 어렵겠시니까."

"자알 생각했네. 자넬 부려먹으려고만 내 이러는 거 아닐세. 자네도 마암을 다잡고 가라앉힐 동안을 갖고 나서 다시 의논해보세나. 자네 자식 일 말일세."

재득이도 이쪽에서 고약한 짐승 대하듯 치를 떨 때는 행패밖에 부릴 줄 모르더니 쓸모가 있다고 여겨 슬슬 구슬리니 쉽게 고분고분해졌다. 그러나 손씨댁 마나님이 보기에 재득이는 지난날의 재득이가 아니었다. 힘만 장사일 뿐 위인이 용렬하여 그의 애를 밴 시누이까지 더럽다는 말 한마디로 타기하면 족했었는데, 지금의 재득이는 달랐다. 그들의 관계가 발정한 짐승 같은 야합만은 아닐지도 모른다는, 마나님으로서는 전혀 예기치 못한 새로운 의문이 얼핏 들 만큼 그는 달라 보였다. 그런 생각은 생가망가할 뿐 아니라 여간 기분이 나쁜 게 아니어서 재득이를 잡아둔 게 불현듯 뉘우쳐지기까지

했다.

재득이가 밥을 무대소처럼 한정 없이 먹는다고 했다. 오죽 주리고 지냈으면 그러랴 싶어 한 귀로 듣고 한 귀로 흘렸다. 실컷 먹어둬야 힘을 쓰지 싶기도 했고 곧 배 속이 이지고 나면 덜 먹으려니 싶기도 했다. 이제 배 속이 이질 때도 됐다 싶을 무렵 배탈이 났다고들 했다. 무섭게 먹더라니, 작작 먹지 하면서 아랫것들은 그의 배탈을 재미나하는 눈치였다. 아침나절만 해도 배탈이라고 하더니 점심때가 좀 겨워서부터 예서제서 술렁대면서 호열자라고 했다.

마나님은 그제서야 그렇게 노심초사 불러들인 게 품이 아니라 호열자였다는 걸 깨닫고 경악했다. 그날 밤 안으로 재득이는 마을 끝에 있는 빈집으로 옮겨졌다. 두 내외가 다 호열자로 죽어나간 집이었다. 비록 금줄은 안 쳤지만 아무도 그 집 근처에 얼씬도 안 했다. 산 목숨을 한데다 팽개칠 수는 없고 그만하면 가장 적절한 죽을 자리를 마련해준 셈이었다. 호열자에 걸린다고 다 죽는 건 아니었고 살아난 사람도 있건만 마나님을 위시해서 아무도 재득이가 회복할 수 있다고 믿지 않았다. 남다른 기운과 엄장, 유난스럽던 식탐 등으로 미루어 재득이가 남보다 몇 배 지독한 귀신에 붙들렸거니 지레 겁을 먹고 있었다. 며칠 기다려 안에서 기척이 없으면 아예 집째 불을 질러버리자는 의견도 나왔다. 옳소, 옳소, 아랫것들은 너도 나도 찬성을 하면서 불을 보며 사람 타는 냄새를 맡고 싶은 잔혹한 열망으로 얼굴들이 벌써부터 벌겋게 달아오르고 있었다. 그들은 그들의 무사하고 청정한 일터에 더럽고 끔찍한 악질의 화산 같은 사내를 불러들인 주인마님을 원망했고, 그 사내는 죽어도 이미 문 안에 든 악질은 남아 질탕하게 해코지를 해야만 물러날 것 같은 예감에 전전긍긍했다. 그들은 그들의 원망과 무서움증을 해소하기 위한 푸닥거리처럼 그 일을 원했다.

재득이를 외딴집으로 내친 지 이틀 만이었다. 마나님은 문득 일꾼들이 재득이가 죽기도 전에 불을 지르면 어쩌나 하는 생각이 들었다. 하늘 무서운 짓이었다. 겁에 질린 아우성과 핏발 선 눈동자들이 그 짓이 하고 싶은 조급한 갈망을 재득이가 죽을 때까지 참지 못하고 곧 미쳐 날뛸 것만 같았다. 어둠이 짙어지자 일꾼들이 드디어 일을 저지르는 소리가 들리는 듯하여 마나님은 점점 더 가슴이 벌렁대고 좌불안석을 했다. 재득이가 죽을 때까지 못 참겠는 게 일꾼들이 아니라 자기 자신일지도 모른다는 생각이 들었다. 마나님은 스스로 미친바람이 되어 흰 옷자락을 펄렁이며 마을 끝을 향해 달려갔다.

봉창으로 희미하게 불빛을 비쳤다. 아직도 살아 있음인가, 불을 켜놓은 채 숨을 거뒀음인가. 불빛 외엔 사람이 살아 있다는 걸 감지할 만한 기척이 없었다. 귀를 기울여봐도 신음 소리나 숨소리는 물론 그 병의 특징이라는 곽란 소리도 들리지 않았다. 마나님은 잠시 봉당에서 서성대다가 불빛이 비치는 아랫방 문을 열었다. 악취가 진동을 해서 우선 코를 싸쥐었다. 거적, 희끄무레한 홑이불 누더기, 그런 것들이 오물과 뒤범벅된 가운데 누워 있는 재득이는 꼼짝도 안 했다. 등잔불이 그늘을 과장해서 그런지 눈자위가 꺼져, 죽은 지 오래된 것처럼 보였고 솟은 코와 불거진 광대뼈 때문에 뺨은 이미 육탈이 시작된 것 같았다. 그 밖의 드러난 손등이며 정강이도 백지장 같았다. 마나님은 자신의 담대함을 스스로 대견해하며 큰기침으로 인기척을 대신했다. 그의 자식이 여우골 외딴집에서 태어나던 날 가랑이에서 불이 나게 동분서주하던 생각이 나서, 내 팔자야, 내가 재득이한테 전생에 신세를 졌어도 큰 신세를 졌는갑다 한탄하며 돌아서려는데 무슨 소리가 들리는 것 같았다. 사람의 목청을 울릴 때 나는 음색이 빠진 이상한 울림이어서 마나님은 간이 콩알만큼 오그라드는 것 같았다. 마나님은 돌아서면서 문지방에 감긴 파리한 손가락을 보았다. 이어서 다른 한 손이 마나님의 옷자락을 잡았다. 실성한 울림의 뜻을 마나님은 용케 알아듣고 고개를 끄덕였다. 재득이의 목을 울리고 있는 건 목청이 아니어서 귀로 알아들은 게 아니었다. 마나님은 머리칼이 곤두설 만큼 겁에 질려 있었다. 그 지독한 공포감이 마나님의 청각을 영검스럽게 했다. 고개를 끄덕여도 재득이는 옷자락을 놓아주지 않았다. 마나님은 큰 소리로 악을 썼다.

"나를 놓아주어야 자네 자식을 부르러 사람을 보낼 수 있지 않겠나? 내 시방 곧 발 빠른 사람을 보내 그 아이를 데려오도록 할 테니 나를 놓아주게."

마나님은 재득이의 손을 뿌리칠 수도 있었으나 순리로 하고 싶었다. 죽어가는 사람의 손이었다. 억지로 놓여났다가 생전 붙들려 살게 될지도 모르는 일이었다. 마나님의 옷자락이 풀렸다.

마나님은 곧장 일꾼들이 기거하는 집으로 가려다 말고 집으로 갔다. 일꾼에게 말로 전갈을 한다는 건 온동네에 나발을 부는 것과 마찬가지가 될 듯하여 망설여졌다.

"아직 안 주무시니까?"

사랑에 불이 켜져 있었다. 손태복은 목침을 높이 하고 이야기책을 읽고 있었다.

"팔자가 늘어졌구려. 호열자가 내 집꺼정 들이닥쳤는데 얘기책 읽을 마암이 나요, 나길?"

"뒤숭숭하니 잠이 안 와서 읽는 게지, 속이 편해서 읽는 줄 아남."

영감은 글씨가 잘고 겉장에 울긋불긋한 그림이 그려져 있는 이야기책을 덮으면서 말했다.

"편지 한 장 써줘야갔시다."

"편지? 아닌 밤중에 홍두깨도 유분수지, 불쑥 편지는 무슨 편지."

"재득이가 곧 숨넘어가게 생겼더라구요."

"임잔 그럼 시방 거길 갔었단 말야?"

"그럼 어드럭해요? 그것도 인명인데 죽었나 살았나 들여다도 못 보우?"

"예삿병 겉으면 그것도 인명인데 내쳤을까. 그건 그렇구 그래서 날더러 부고라도 쓰란 말요 뭐요?"

"죽기 전에 제 자식 한 번만 보게 해달래요."

"그래서?"

"누님 댁에 발 빠른 사람을 휘딱 보냅시다요. 죽기 전에 부자 상면 시켜주는 게 우리 도릴 것 같아요. 안 그러면 그 사람 원귀 되겠습디다. 아유 무서워."

그제서야 마나님은 으스스 진저리를 쳤다. 재득이의 질기고도 파리한 손길이 아직도 도처에 묻어 있는 것 같아서였다. 만약 재득이가 아들을 못 보고 죽게 된다면 그 손길로부터 생전 못 벗어날 듯싶었다. 마나님은 사랑의 구색으로 갖춰만 놓고 별로 쓸 일이 없었던 지필묵을 찾아내어 손수 먹을 갈며 서둘렀다. 영감이 뜨악한 얼굴로 선뜻 붓을 잡으려 들지 않자 마나님은 벌컥 화를 냈다.

"그것도 재주라고 애끼시니까? 하긴 저 영감태기가 나헌테 안 아낀 게 뭐 있나."

"아끼긴 뭘 아낀다고 앙알대. 편지란 쓰기 전에 먼첨 편지투를 생각해야 하는 거요, 알지도 못하고……."

"아이고 앓느니 죽지. 밤새도록 편지투 생각이나 허시구랴. 그동안 내가 휘딱 댕겨올 테니."

마나님이 치마에 바람을 일으키며 일어서자 영감은 마지못해 지필묵을 끌어당겼다.

"사람이 당장 숨넘어가고 있어요."

마나님은 뻣뻣이 선 채 이렇게 퉁명스럽게 재촉을 했다.

그렇게 서둘러서 젤 발 빠른 젊은 일꾼을 보냈건만도 그 편지가 서해랑 집에 당도한 것은 자정 무렵이었다. 태임이는 태남이가 제 출생에 대해 알고 나서 하도 사람이 변한지라 괜히 일러준 게 아닌가, 은근히 후회도 되고 한편 측은하기도 했던지라 그 전갈을 받고 먼저 알게 하길 참 잘했다는 생각부터 들었다.

"어쩔 뻔했어요? 미리 안 알렸더라면. 그때 내가 그렇게 하길 그래도 잘한 거죠?"

"시방 잘잘못 따지게 됐소? 태남이는 지금 호열자가 창궐하는 고장으로, 그것도 죽어가는 사람을 보러 가야 하는 거라우. 그게 예삿일인 줄 아우?"

종상이는 조심스럽게 이마를 찡그리고 말했다.

"그럼 보내지 말자는 말씀이니까?"

"어드렇게 그럴 수야 있겠소?"

태임이가 뜰 아랫방에 잠든 태남이를 깨워 간단히 자초지종을 말하고 당장 샛골로 떠날 준비를 하라고 일렀다. 태남이는 태임이가 빤히 지켜보는 앞에서 바짓가랑이를 잘못 꿰기도 하고 단추를 잘못 끼기도 하다가 무섭다고 말했고, 태임이는 무서워도 가야 한다고 말했다. 종상이가 떠나려는 태남이를 불러 세우고 물 한 모금도 끓여 먹고 끓이지 않은 건 아무것도 입에 대지 말라고 신신당부했다. 또 환자의 토사물이나 배설물이 묻은 건 조금도 아까워하지 말고 태우라고도 했다.

"건성으로 듣지 말고 명심하고 있다가 꼭 지켜야 하느니라. 그게 네 목숨을 부지하고 또 이웃에게 폐를 안 끼치는 비방이니라. 알겠는?"

태남이는 고개를 한 번 끄덕거리고 일꾼의 뒤를 따라 걸음을 재촉했다. 두 사람의 걸음은 곧 달음질로 변했다.

불 밝히고 기다리고 있던 마나님은 태남이가 당도하자 그 외딴집

문간까지만 데려다주고 왔다. 그때까지 재득이가 살아 있는지 살아 있다면 어떤 모습으로 생면을 했는지 보지 못했고 보고 싶지도 않았다.

 아들이 좋긴 좋아, 사람은 그저 무슨 짓을 해서든지 씨는 남기고 볼 거야.

 마나님은 재득이의 생사를 그의 아들에게 떠맡긴 홀가분함을 이렇게 중얼거리며 편한 잠자리에 들었다. 다음 날도 그 다음 날도 외딴집 굴뚝에선 온종일 연기가 났다. 웬 젊은이가 그 집으로 물을 길어들이는 걸 보았다는 사람도 있었다. 셋째 날엔 연기가 오르지 않았다. 젊은이가 거적에 만 걸 지게에 지고 앞산을 오르는 걸 보았다는 사람도 있었다. 그날 밤 마을 사람들은 그 외딴집에 불이 난 걸 먼 발치서 구경만 했다. 남보다 가까이 가서 불구경을 하고 온 사람이 이글대는 불꽃을 망연히 지켜보고 있는 젊은이를 보았다고 했다.

 다음 날 아침 한줌 잿더미로 내려앉은 외딴집을 보며 마을 사람들은 안도의 숨을 쉬었다. 호열자가 이 마을을 지나가 버렸을지도 모른다는 생각을 이심전심으로 하고 있었다. 젊은이는 보이지 않았다. 손씨 집에서도 태남이를 찾지 않았다.

 그때 태남이는 농바위고개 위에 있었다. 바짓가랑이가 온통 이슬에 젖어 덜덜 떨렸다. 그러나 그는 꼼짝하지 않고 발 아래 늙고 아름다운 고장이 겹겹이 의상을 벗듯이 미명에서 박명으로 박명에서 여명으로 밝아오는 걸 지켜보았다. 마침내 해가 불끈 솟으며 송도의 전모가 드러났다. 아름다운 고장이었다.

태남이는 농바위 사이에서 솟는 시린 샘물에 북북 세수를 했다. 물집 잡힌 손바닥이 아렸다. 간밤에 혼자서 아버지가 편히 잠들 수 있는 구덩이를 파던 생각이 났다. 조금도 외롭거나 무섭지 않았었다.
　지금도 슬픔보다는 아버지는 위대했다,라고 외치고 싶은 격한 환희가 가슴 깊이 용솟음치고 있었다.
　태남이가 그의 생부 재득이가 격리된 집에 당도했을 때는 새벽녘이었다. 아버지는 빈사 상태였고 등잔불은 자욱한 그을림을 피워올리면서 사위어가고 있었다. 방 안에 가득 고인 악취 때문에 석유가 다해 심지 타는 매캐한 냄새가 되레 숨을 돌리게 했다. 태남이는 우선 뒤터 쪽마루 밑에서 석유가 남아 있는 양철통을 찾아낼 수가 있었다. 등잔에다 석유를 붓고 심지를 돋우자 방 안의 사물이 한결 분명해졌다. 아버지가 살아 있다는 증거는 아직도 멎지 않은 토사곽란밖에 없었다. 뽀글뽀글 거품이 괴는 소리가 아래에서도 위에서도 났고 그럴 때마다 부우연 쌀뜨물 같은 걸 싸기도 하고 게우기도 했다. 그 소리가 안 나길 기다린다는 건 죽기를 기다린다는 것과 같다는 걸 알고 있었으나 마냥 그런 상태를 지켜봐야 한다는 건 견딜 수 없는 노릇이었다. 방 안에서 벌어지고 있는 일은 아무리 생각해도 이승의 풍경이 아니었다. 지옥이 아니면 고약한 꿈이었다. 오물을 치우기 위해 아버지를 들어올릴 때마다 아직도 목숨이 붙어 있다는 걸 믿을 수가 없었다. 태남이가 얼핏얼핏 얻어들은 바에 의하면 아버지는 기골이 장대하고 기운이 장사일 터였다. 태남이가 걸핏하면 못된 기운을 쓸 때마다 종상이 내외는 물론 아랫것들까지도 쯧쯧

부전자전이로군, 하는 눈치가 역력했더랬다. 직접 얻어들은 것과 이렇게 은연중 눈치챈 걸로 태남이는 어느 틈에 아버지상을 만들어 간직하고 있었는데 실제의 아버지는 그와는 얼토당토않았다. 몸에서 물기가 거의 다 빠져 뼈에 가죽만 남았고 가죽에도 탄력이라곤 없어 허깨비처럼 가볍건만도 쌀뜨물 같은 토사곽란은 멎지 않고 있었다. 학교에서 사람의 몸은 거의 다 물로 돼 있다고 배운 게 딱 들어맞는 게 태남이는 그 경황 중에도 신기했다.

그 외엔 그 죽어가는 호열자 환자한테 정은 물론, 막연히 기대한 천륜의 이끌림 같은 것도 우러나지 않았다. 그러나 그는 그 끔찍한 자리를 피하지도, 그 집을 뛰쳐나가지도 않았다. 그는 종상이가 가르쳐준 대로 뭐든지 끓여서 요기를 했고 가끔은 끓인 물로 죽어가는 사람 입속을 축여주기도 했고 집 안에 남아 있는 이부자리, 옷가지, 누더기 등을 잡히는 대로 모아다가 환자의 진자리를 자주자주 마른자리로 갈아주기도 했다. 환자의 남은 목숨이 경각에 달렸다는 건 태남이 눈에도 의심할 여지가 없었고 그동안을 못 참고 도망가버리면 생전 자식 도리 흉내 낼 기회도 없으리라는 감상도 있었지만, 아버지의 참혹한 정체를 똑똑히 봐두어야 한다는 자학 때문에도 그는 그 자리를 잘 견딜 수가 있었다. 태남이는 자기가 양반의 자식이거니 한 헛된 꿈에 대해 부끄러움과 함께 묘한 복수심 같은 걸 가지고 있었다.

그런 이틀 밤과 하루 낮을 넘기고 나자 환자의 몸에선 물기가 다했는지 뽀글거리는 소리가 멎었다. 환자의 몸은 회색빛이었고 숨결은 미물의 숨결처럼 미미했지만 숨을 거두기 전에 특이한 소강상태 때문에 편안해 보였다. 부패가 시작되는 것처럼 푹 꺼졌던 눈꺼풀이 경련을 치면서 열렸다. 아득하고 희미한 눈빛이 자기의 죽음을 지켜보고 있는 인기척을 찾고 있었다. 태남이가 가까이 가자 입이 열렸지만 음색이 없어서 가래를 휘젓는 탁한 바람 소리에 지나지 않았다. 태남이는 눈치로 그 말뜻을 알아차리고 목청껏 자기가 그의 아들임을 외치며 그의 손을 잡았다. 한때 울퉁불퉁 힘세었을 마디마저 구정물이 되어 녹아내린 듯 터무니없이 긴 손은 뼈만 남아 갈퀴나 쇠스랑 같은 농기구를 연상시켰다. 죽어가는 사람의 아득한 눈빛에 물기가 어리는 걸 태남이는 보았다. 쥐어짠 마지막 물기에 태남이의 마음도 쥐어짜는 듯 옥죄고 아팠다. 태남이는 생전 울어보지 못한 아이처럼 이를 악물고 신음했다. 재득이의 목이 경련을 하면서 온 힘으로 목에 걸린 가래를 흔드는 소리가 들렸다. 재득이의 음색은 죽을 때까지 돌아오지 않았지만 태남이는 귀를 바싹 갖다 대고 그가 말하려는 걸 명료하게 알아들었다.

애비는 반평생을 남이 나를 업수이 여겨도 분한 줄을 몰랐다. 태어날 때부터 나는 남이 업수이 여기고, 부려먹도록 태어난 줄 알았기 때문이다. 그러나 개명된 세상에선 사람 목숨은 똑같이 귀하다고 가르치더구나. 사람을 귀한 목숨, 천한 목숨, 보통 목숨으로 구별해서 서로 상종을 못하게 한 건 옳지 않으니 없애야 한다는 걸 알고부터는 세상 사는 맛이 다 달라지더구나. 애비가 그걸 진작만 알았어도 너나 느이 에미를 그렇게 만들지는 않았을걸. 용서해라. 그러나 하마터면 그걸 모르고 죽을 뻔했는데 알고 죽어서 얼마나 기쁜지 모른다. 애비가 그걸 알 수 있었던 건 샛골을 떠나 동학군, 노가다판, 예수당을 두루 거치면서 귀동냥으로 얻어들은 것도 있지만 그동안 언문을 깨쳐 글을 읽게 된 덕이 더 컸다. 뒤늦게 너를 찾은 것도 가르치고 싶어서였다. 업수이 여김을 안 당하려면 배워야 하느니라. 개명된 나라법은 양반과 상놈을 없앴다지만 못 배워 무지해서 업수이 여김을 당하는 것만은 아무도 못 말릴 테니 두고 보렴. 너를 가르치려고 애비는 거지꼴을 하고도 돈을 모았단다. 막벌이한 품삯이라 큰돈은 아니지만 네 처지에 따라 큰돈처럼 쓸 수도 있으리라. 혹시 네가 귀인을 만나 유복하게 지내고 있어도 아비의 유산이니 적더라도 크게 써주면 여한이 없겠다.

대강 그런 뜻의 말을 부자는 가슴으로 주고받았고 말을 마친 재득이는 후들후들 떨리는 팔짓으로 힘겹게 보꾹을 가리켰다. 천장 없이 드러난 보꾹의 들보는 장정 종아리만도 못한 가냘픈 것이 새까맣게 그을려 있었다. 그 한가운데 역시 버선 바닥처럼 찌들은 전대가 질끈 동여매져 있었다. 도리가 낮은 시골집이라 태남이는 약간의 발돋움만으로도 그걸 끄를 수가 있었다. 세모꼴로 터진 데로 손을 넣으니 역시 끈끈하게 찌들은 지전이 만져졌다. 태남이는 그걸 꺼내 세어보는 대신 아버지 보는 앞에서 바지춤을 걷어내리고 그걸 배에다 찼다. 오랫동안 때와 땀에 전 무명천의 끈끈한 감촉은 아비와 맨몸으로 얼싸안은 것처럼 태남이를 전율스럽게 했다.

거기까지 지켜본 재득이는 눈을 감았다. 그리고 다시는 눈을 뜨지 않았다. 태남이는 아비가 운명한 걸 확인하자 그 집에 남아 있는 옷 중에서 아껴두었던 걸로 갈아입혀 남의 눈에 안 띄는 시각에 앞산 양지바른 자리에 깊이 묻었다. 비록 거적에 말아 지게로 운구했을망정 호열자로 죽은 주검으로선 그만하면 호사한 셈이었다. 그리고 나서 초가를 불사르고 샛골을 떠난 것이었다.

 태남이는 허리에 찬 전대를 툭툭 쳐서 확인해보고 쏜살같이 농바위고개를 내려갔다.

 서해랑 집에 당도했을 때 일찌감치 바깥마당을 쓸고 있던 언년아범이 먼저 안으로 뛰어들어가 태남이가 온다고 연통을 한 모양이었다. 마루 끝까지 나와서 태남이를 맞은 태임이는 괴이쩍은 듯 물었다.

 "어드렇게 되었는?"

 "어저께 운명하셨시다."

 "그런데 네 얼굴에 왜 그렇게 희색이 만면하는? 억지로라도 슬픈 낯을 꾸밀 순 읎는? 아랫것들 보기 부끄럽지도 않아?"

 "뭣하러 억지로 꾸미니까? 아버지가 돌아가신 건 슬프지만 그분이 장한 분이란 걸 알게 되어 기쁜걸요."

 "네가 병구완에다 장사꺼정 혼자서 치르더니 어지간히 고단한 게로구나. 들어가 쉬려므나."

 그러나 종상이는 종상이대로 태남이가 쉴 틈도 주지 않고 닦달을 했다. 더운물로 씻고 양치질을 하고 옷을 홀라당 벗어 내놓으라고 하더니 내놓은 옷은 불사르게 했다. 단 한마디의 문상의 말도 없이 닦달질만 하는 게 야속했으나 찌든 전대를 아무도 모르게 간직하고 있다는 걸로 적이 위안이 되었고, 또 식구들의 비정에 앙갚음을 한 셈 칠 수도 있었다. 당할 대로 당하고 한숨 자려는데 한증을 다녀오라고 해서 또 하라는 대로 했다. 한증까지 하고 나니 몸이 날아갈 듯이 가벼워진 김에 그는 천장 반자지 한 모퉁이를 뚫고 전대를 그 안에 간직했다. 그리고 하룻밤 하룻낮을 죽은 것처럼 깊이 잠들었다. 꿈도 없이 완벽한 잠이었다. 잠에서 깨어난 그는 자신이 누군지 생각이 나지 않아 어리둥절했다. 자신 속에 있는 뜨겁고 광포한 걸 누가 부드럽게 쓰다듬고 있는 듯한 느낌 때문이었다. 그는 고개를 갸우뚱대며 이럴 리가 없다고 생각했다. 이럴 리가 없다고 자신을 못 미더워하는 느낌 때문에 그는 잠을 잔 게 아니라 죽었다가 딴 사람으로 태어난 게 아닌가 싶기도 했다. 천장에 난 흠집을 보고서야 그는 비로소 자신의 동강난 기억을 이을 수가 있었다. 버선 바닥처럼 찌든 전대와 가래 끓는 소리가 먼먼 옛날 일 같기도 하고 시방 그를 부드럽게 쓰다듬고 있는 것의 정체 같기도 했다. 밖에 인기척이 나자 그는 방문을 열고 자기가 얼마 동안이나 잤나부터 물어보았다. 입분이는 지레 겁먹은 얼굴로 하룻밤 하룻낮이라고 대답했다. 겨우? 태남이는 이렇게 반문하고 두둑한 손바닥으로 얼굴을 한 번 쓸어내렸다.

  만약 강릉골 후성이와의 만남이 없었던들 태남이는 난생처음 경험하는 쓰다듬을 좀 더 오래 즐기며 당했을 것이다. 그동안 후성이는 종상이의 연줄로 서울의 닥터 스톤네 병원에서 일하면서 배재학당에 다니고 있었다. 재작년에는 그의 어머니까지 강릉골의 토지를 정리하여 서울로 올라가 병원 근방에 조그만 집을 장만하고 병원에 붙은 살림집에 드나들며 일을 거들고 있었다. 종상이가 1년에 한두 번씩 상경할 때 일부러 짬을 내서 들르면 후성이도 만족하고 있을 뿐 아니라 닥터 스톤 내외의 신임도 날로 두터워지고 있다는 걸 알 수가 있었다. 종상이가 끝내 극복하지 못한 문명되고 부강한 나라 사람의 우월감과 의료봉사로 위장한 본디 목적인 예수교를 퍼뜨리는 일에 따른 그들의 독선과 위선을 후성이는 잘 견디고 있었다. 후성이가 잘 견딜 뿐 아니라 신임까지 얻으니 종상이도 낯이 났다. 닥터 스톤 내외는 종상이가 그들의 기대를 배반해서 섭섭해했던 일을 잊고, 종상이만 보면 예수쟁이다운 유연한 허풍으로 후성이처럼 총명하고 선량하고 될성부른 조선 청년을 만나게 해준 걸 감사해 마지않았다. 이렇게 되니 부성이 이성이 형제가 돌보지는 않았지만 늘 눈 위에 달린 혹처럼 거북하게 여기던 강릉골붙이들 문제는 일단락을 지은 셈이었다. 가까이 있을 때는 밭자위를 하면 지대길까 저어하여 제사 참례 한 번을 안 시킬 만큼 숫제 존재도 인정하지 않고 지냈지만, 모자가 다 멀리 떠나 스스로의 살길을 마련하니 그동안 너무한 거나 아닌가 절로 제 발이 저려올 무렵이었다. 종상이가 명절 때 처삼촌들이 모인 자리에서 후성이도 전씨 집 자식 대우를 해주는 게 마땅할 듯하다는 말을 처음으로 꺼냈다. 그 자신은 전씨가 아니면서, 후성이네와 꾸준히 인연을 맺고 돌보았고 서울로 이사 갈 수 있는 기틀까지 마련해주었다는 게 그런 말을 떳떳하게 꺼낼 수 있게 했다.

"올해부텀 막냇처숙을 할아버님 제사 참례만이라도 시키도록 하시는 게 도리가 아니겠시니까?"

부성이도 이성이도 종상이가 말하는 처숙이 누구인지 처음엔 못 알아들었다. 비록 안 듣는 데서지만 후성이를 그렇게 부르긴 종상이도 처음이었다. 촌수로는 처삼촌이 되나 장가들기 전에 한솥밥을 먹을 때의 친숙한 관계에서 비롯된 버릇과 서출에다 까마득한 손아래라는 얕봄 때문에 이름을 불렀고, 후성이 역시 오늘날까지 깍듯이 형 대접을 해왔건만 종상이는 속셈이 있는지라 그렇게 운을 떼고 눈치를 살폈다. 처음에 못 알아들을 때도 참 딱도 하다는 듯이 쳐다만 보고 알아들을 만한 암시를 주지 않았다.

"아, 강릉골 후성이 말인가?"

이성이보다 훨씬 마음이 여린 부성이가 먼저 아는 척을 했다.

"강릉골 집에 대한 우리 처사가 너무 박절허다고 자네도 여기나 보네만 생각해보게나. 돌아가신 어른이 어드런 분인가. 한창때는 1년 열두 달 거의 외방에서만 사셨으니 소실도 두셨음 직헌데 한 번도 후환을 남기신 적이 읎거늘, 말년에 그것도 지척에다 소실을 두시고 생산까지 해 어머님 가슴에 못을 박은 생각을 허면 오죽 요망한 여자일까 싶어 자식 된 도리로 어드렇게 꺼리고 미워하는 맘이 읎었겠나."

말발이 센 이성이가 곧 청산유수같이 변명을 했다.

"요망한 분은 아닙니다요. 아시다시피 제가 몇 년이나 모셨드랬잖시니까?"

"그건 한솥밥 먹는 것만 갖고 알 일이 아닐세. 여자가 남자 간을 대낮에 빼먹는다던가, 베갯머리에서 빼먹지."

"글쎄올시다, 딴건 몰라도 욕심은 없는 분이라는 건 장담헐 만해서 아뢰는 겁니다. 어르신네 돌아가신 후에도 모자가 극틈지 않으면 먹고 살 수 없을 만큼 얻어 가진 게 없었드랬으니까요. 서울 가서도 양놈 드난살이나 진배없는데도 이제야 팔자가 좀 피나 보다고 좋아헐 지경이니까요."

후성이 모가 얻어 가진 게 없다는 건 전씨가에서도 다들 인정하는 바였다. 실은 그것 때문에 그들 모자를 가까이하기를 꺼린지라 앞으로 짐이 될 걱정을 안 해도 될 듯한데도 구태여 박절하게 굴 게 없다 싶었던지 제사 참례의 승낙이 떨어졌다. 종상이는 부랴부랴 그 기쁜 소식을 편지로 알렸고 후성이가 때맞춰 내려왔다. 종상이네로 먼저 온 후성이는 하도 전처만 영감을 빼닮아, 할아버지에 대한 추모의 정이 애틋한 태임이는 보고 또 볼수록 신기하고 정이 갔다. 나이는 손아래나 항렬이 손위인 관계의 어색함도 잊고 막냇삼촌아, 막냇삼촌아 하면서 대견히 여기고 친숙하게 굴었다. 후성이의 눈은 전처만 영감의 눈빛 그대로 쏘는 듯이 강렬했지만 대처에서 부대끼면서 터득한 눈치로 자주 흔들리곤 했다. 특히 툭하면 곤두서던 풍성한 수염에 덮였던 빠른 하관에 파리끼한 면도 자국만 있으니까 예리하고 쌀쌀해 보였다. 다행히 후성이는 부친보다 붙임성이 있고 구변이 좋았다. 종상이는 그동안 더욱 유려해진 후성이의 언변이 은근히 못마땅했지만 태임이는 여간 즐거워하지 않았고 태남이는 홀린 듯이 넋을 잃고 바라다보았다. 이제 어른도 양복 입은 이가 신기할 만큼 드문 건 아니었다. 종상이만 해도 양복과 두루마기를 겨끔내기로 입었지만, 사람들은 양복쟁이라고 할 만큼 양복이 태가 났고 입을 줄도 알았지만, 후성이만은 못했다. 다리가 길고 태깔이 희고 몸매가 날씬하고도 강건하여 양인이 양복을 입은 것처럼 보기가 좋아 우직한 태남이가 보고 반할 만했다. 태남이가 더욱 탄복한 건 그날 밤 후성이가 일으킨 한바탕의 평지풍파였다. 으레 제사 참례하려고 내려온 줄 알았는데 후성이는 제사 참례도, 분열이가 당주로 있는 동해랑 집에 인사하러 가는 것도 한마디로 가볍게 거부했다.

"저는 예수교를 믿습니다. 세례까지 받은 몸이 한 분 하나님 외의 신줏단지나 제수 앞에 꿇어 엎드릴 수가 없습니다."

후성이는 마치 아버지의 신위가 잡귀라도 되는 것처럼 능멸하듯 말했다.

"아니, 뭐라고? 그럼 네가 송도까지 내려온 건 무슨 뜻이더냐?"

"시방 한 말을 하러 온 게지요. 그러니 성, 아니 질서姪壻, 너무 언짢게 생각하지 말게나."

후성이가 별안간 말을 놓으면서 점잖게 타일렀다.

"뭐라고? 이 녀석이."

"거봐요. 나를 그 집 신줏단지 앞에 꿇어 엎드리게 하면 우리 사이도 정식으로 처숙과 질서 사이가 돼야 하는데 그렇게 되면 성 처지가 좀 딱하우. 나도 형한테 윗사람 노릇 할 생각 추호도 없구. 우린 그동안 그런 거 안 따지고도 잘 지냈잖수. 그럼 됐지 뭐가 아쉬워서 이제 와서 그 감때사나운 전씨 집에 빌붙겠시니까. 그러다가 성님 잃을까 봐 겁나서도 난 싫수."

 후성이는 빈정대는 것 같으면서도 단호하여 종상이는 더는 설득할 엄두가 나지 않았다. 그는 아내가 딸을 데리고 미리 가 있는 동해랑 처가로 혼자서 뒤따라가면서 믿는 도끼에 발등을 찍힌 것처럼 괘씸하고 생각할수록 울화가 치밀었다. 누굴 놀리려고 내려왔단 말인가.

 전처만의 제사는 기제사도 보통 부자의 대소상 못지않게 제수 장만을 넉넉하고 화려하게 하기로 소문이 나 있었다. 갖은 진귀한 과실에 미리미리 준비한 다식 약과 갖은 편 경단 등을 자로 괴었고, 고기와 어물을 풍부히 쓰고, 탕을 큰 가마솥으로 하나를 끓여 다음 날 온 동네 잔치를 했다. 비록 맏자식이 후사 없이 요절해 분열이가 대를 이었다고는 하나, 딴 자식들은 그만하면 다 잘돼, 선대의 재산을 더 많이 불린 자식도 있고, 실수 없이 지니고 누리는 자식도 있건만 선대에 비하면 많이 허전했다. 장사꾼으로서는 최고의 존경을 받았던 전처만의 위엄은 당대에 쌓아올린 누만의 재산 때문만은 결코 아니었다. 그게 뭔지 꼭 집어 말할 수는 없는 채로 자손들은 그의 제사를 정성을 다해 성대히 차림으로써 그걸 기리고 아울러 자기들이 그의 후손이라는 걸 남들에게까지 상기시키고자 했다. 그런 자랑스러운 제사에 댓돌 밑에서라도 참례만 시켜주면 감지덕지할 줄 알았는데 층하하지 않고 자식 노릇을 시킬 작정이었는데도 마다한다는 건 뜻밖이었다. 그런 고얀 놈을 여럿의 위엄으로 다스리게 끌고 올 것이지 그냥 놔두었느냐는 둥, 차후라도 다시는 처가 일에 감 놔라 배 놔라 하지 말라는 둥 한마디씩 만만한 종상이에게 면박을 주었다.

"핑계겠지만서두 제사 지내는 건 지가 믿는 예수교의 교리에 어긋난다고 막무가내니 전들 어드럭허겠시니까?"

"에그머니나, 하마터면 큰일 날 뻔했네. 당신은 그것도 모르고……"

입이 싼 이성이댁이 호들갑을 떨자 이성이가 눈을 흘기며 말을 받았다.

"우린 그것도 모르구설라므네 내년에 분열이를 서울로 유학 보낼 때 후성이네다 거처를 정할까 해서 그 사람됨을 뜯어볼 좋은 기회다 싶었더니만……"

"아무튼 당신 김칫국부터 마시는 건 알아줘야 헌다구요. 사람을 보기 전부텀 칭찬을 얼마나 하셨시니까? 요새 적서가 어딨냐는 둥, 그 사람은 신학문에 앞장선 사람이니 세상이 어드렇게 변해도 출세는 떼어논 당상이라는 둥. 그뿐이유? 서모까지 보통 첩허군 다르다는 둥 반찬 솜씨허구 속 무던헌 건 소문난 분이라는 둥……"

"아무려면 남에다 댈까?"

두 내외의 의논은 꽤 구체적인 데까지 돼 있었던 양 이성이는 실망을 감추지 않았다.

"아니, 봉제사 헐 장손한테 예수교를 옮겨줘도 남보다 나아요?"

종상이는 두 내외가 옥신각신하는 소리를 들으며 사람이고 물건이고 상종하기 전에 즉각 이용 가치부터 요량해보는 이성이의 능력에 혐오감을 느꼈다. 그리곤 다시는 처갓집 일에 감 놔라 배 놔라 할 줄 아나 두고 보자지 하는 앙심 비슷한 걸 품고 그날의 제사에 참례했다.

한편 집에선 동경과 호기심으로 후성이의 일거수일투족을 살피던 태남이가 후성이를 독차지하게 된 기쁨에 어쩔 줄을 모르고 있었다. 태남이는 아직 열일곱의 소년이었지만 기운이 장사였고 몸기운 못지않은 기상이 깨어나고자 그의 내부에서 몸부림치고 있었다. 아버지가 죽어가면서 남긴 말에 그렇게 크나큰 감동을 받은 것도 그 말뜻이 새롭거나 대단해서가 아니라 그의 내부의 순수한 갈망의 호응 때문이었다. 아버지는 못 배운 한을 그가 풀어주길 바랐지만 그가 갈망하는 건 지식이 아니라 투신이었다. 팔매질하듯 온몸과 마음을 던질 대상이었다. 아버지가 잔뜩 움켜쥐고 있다가 그에게 넘겨준 자존(自尊)도 그런 황홀한 대상의 일부였을 뿐, 더 배우고 생각하고 발전시킬 여지가 있는 게 아니었다. 후성이의 수려한 용모와 자신 있는 태도와 유려한 언변은 태남이로 하여금 충동질을 당하고 싶어 안달이 나게 했다. 충동질의 소질이 있는 사람은 충동질을 당하고 싶은 순수한 미개지를 많이 가지고 있는 사람을 알아보게 돼 있나 보다. 후성이는 줄창 자기를 따라다니는 덩지 큰 소년의 우직하고도 순결한 눈길에서 그런 만남을 예감했다. 후성이는 고요한 물결에 돌을 던지듯이 툭 한마디 했다.

"흥, 저나 전가네 실컷 붙어먹지 왜 나까지 붙어먹으래?"

"성, 그거 누구한테 하는 소리니까."

"성이 뭐야. 촌수로 따지면 내가 위다 임마."

"내가 누군 줄 알구? 난 이 집허군 아무 상관도 읎는 사람일시다."

"그래도 이 집 주인한테 성님이라고 하는 처지면 나한테는 아제라고 해야 마땅해 임마. 난 이 집 주인의 처숙이니까."

"그럼 아재, 지금 헌 욕 누구라 들으라고 헌 욕이니까."

"누군 누구야. 이 집 주인한테 한 욕이지."

"제사 지내는 걸 왜 빌붙는다고 하시니까? 아재는 남도 아니고 전씨면서요."

"그들은 날 전씨 취급 안 했어, 아버지 장사 때 상제 노릇도 안 시킨 지독한 사람이야."

"나 보기엔 아재가 더 지독한 사람 같시다. 어드렇게 여기까지 먼 길을 와서 아버지 제사를 안 지내겠다고 헐 수가 있시니까?"

"내가 믿는 믿음 때문이라고 했잖아."

"내가 여기서 다니는 학교도 예수교 믿는 어른이 세운 학콘데도 그런 소리는 금시초문일시다. 제사나 장사에다 우리 조선 사람덜은 돈을 너무 많이 들이는데 그 폐습을 고쳐나가야 잘 살 수 있단 소린 들었어도……."

"예수교 믿는 사람이 세운 학교에 다니는 것하고 예수님 말고 딴 하나님을 안 섬기겠다고 세례받은 것하고 같냐? 임마."

"1년에 한 번 낳아준 아버지 생각도 못 허게 허면서 어드렇게 하나님 아버지는 섬기라고 하겠시니까? 말도 안 되지."

"녀석, 네 말이 맞다 그건. 내가 제사에 안 간 건 전씨 집 인간들을 실망시키고 싶어서였단다. 그들은 나한테 제사 참례시키는 걸 큰 적선이나 베푸는 것처럼 여기고 있는 눈치였거던. 여기 성님이 나한테 한 편지도 그런 투였구. 내가 제사가 지내고 싶어 허기가 졌냐? 그런 적선을 받게. 지금쯤 아마 갖은 억측들을 하면서 찧고 까불고 있을걸. 날 위해서가 아니라 즈네들이 내민 손이 부끄러워서……."

후성이가 장난꾸러기처럼 씩 웃었다. 태남이는 덩달아 속이 근질근질하면서 아니꼬운 것들을 곯려주는 일에 동참한 듯한 기쁨을 느꼈다.

"녀석, 웃긴 넌 뭘 알고나 웃냐?"

"나도 알 건 다 안단 말예요. 우리 아버진 불쌍하게 돌아가셨지만 돌아가실 때 아주 기막힌 유언을 하셨거들랑요. 사람은 남한테 업신여김을 당하는 걸 분하게 여길 줄 알아야 한다구요. 사람 층하가 제일 나쁘다구요."

"느이 아버지도 예수쟁이였구나."

"아녜요."

"녀석 펄쩍 뛰긴. 오오라, 의병이었구나."

"의병이 뭔데요?"

"이런 깜깜한 집구석 봤나? 느이 아버지 죽을 때 총이나 칼 맞아 죽지 않았어? 아니면 관가에 붙들려 가 처형을 당했던지."

"아녜요. 호열자 걸려서 돌아가셨시다."
"그럼 작은 이치만 가르쳤지 큰 이치는 못 가르쳤겠구나."
"큰 이치가 뭔데요?"
"사람끼리도 누가 업수이 여기면 분하게 여겨야 하는데 하물며 우리나라가 딴 나라에게 업수이 여김을 당하는 걸 백성들이 앉아서 보고만 있어야 되겠느냐? 그래서 삼천리 방방곡곡에 의병들이 벌떼처럼 일어나는 거란다. 너도 학교에 다닌다니 나라 형편이 시방 어느 지경에 가 있는지 대강 짐작은 하고 있겠지."
"예, 조금은요. 그렇지만 양반들이 잘못해서 그렇게 된 걸 백성들이 들고 일어난다고 무슨 수가 나겠시니까?"
"백성들 생각이 다 너 같다면야 업수이 여김을 당해도 싸고 도매금으로 팔려가도 싸지. 백성들이 시퍼렇게 살아 있는 한 아무도 그 나라를 팔지도 사지도 못한다는 걸 믿는 사람들이 있으니까 의병이 그치지 않는 거란다."
"의병들은 왜군들하고 싸우나요?"
"왜군들하고도 싸우고 나라 꼴을 이 지경으로 만든 못된 양반들이나 지방 수령들도 혼찌검을 내준단다."
"그럼 얼마나 신날까요."
"신나서 의병하는 게 아냐, 임마. 왜군이나 관군의 총칼에 초개같이 죽어가는 목숨이 부지기수요, 사로잡히는 수효 또한 적지 않건만 의병의 수는 날로 늘어만 가구 줄지는 않는다더라. 그뿐 아니라 아무리 외진 고을에도 의병이 안 일어나는 데가 없어 어느 도에선 군마다 수령들이 다 도망을 가 한때 의병장들이 정사를 대신하기도 했다더라. 그래서 의병이 안 일어나는 고장 백성들은 그게 부끄러워서 남 앞에 제 고을 이름 대기를 꺼리기까지 한단다."

"개성도 그런 고을이니까?"

"글쎄다. 실은 여기 성님이 의병장감인데 아깝게 됐지."

후성이가 혼잣말처럼 입속에서 어물쩡댔다.

"옛, 그게 무슨 말씀이니까?"

"의병을 먼 데서 찾을 게 없느니라. 이 댁 주인도 한때 의병을 일으킨 적이 있느니라."

후성이는 태남이가 자기 말에 흠빡 반한 걸 눈치채자 좀 더 극적인 충동질이 하고 싶어 그가 어렸을 때 얻어들은 얘기에 적당히 살을 붙여서 들려주기 시작했다.

"여기 성님이 너만 한 나이 때 우리 집에서 머슴살이한 적이 있다는 거 너 모르지? 알 턱이 없지, 사람이란 미천했던 때를 감추게 돼 있으니까. 네가 믿거나 말거나 그런 적이 있는 건 사실인데 그때 아주 큰일을 했단다. 왜놈 인삼 도적을 잡아서 관가에 고발을 했는데 그때 유수가 왜놈 편을 들어 성을 무고죄로 몰아, 죽지 않을 만큼 곤장을 쳐서 내쳤단다. 그때부터 성뿐 아니라 성을 따르던 젊은 일꾼들이 절치부심 그 분풀이를 하려고 오랫동안 모의를 하고 형을 주동자로 받들었다니 그게 의병이지 별거냐? 근데 그 다음이 도무지 허명무실 종잡을 수가 없어, 재미가 없단 말야. 거사는 성공을 해서 관아도 습격하고 왜상과 결탁해서 부정하게 돈을 번 간상들 집도 불태우는 민란이 한바탕 크게 일어났고 그 패들도 거의 다 다치거나 목숨을 잃었는데 여기 성은 감쪽같았거던. 서울로 피했다더니 공부하러 간 거였고 나중에 돌아와서 전씨 집 사위가 돼서 그럴 게 없이 사니 더욱 수상하지. 소문이야 어떻든 나 보기엔 이 고을 의병장감은 여기 성님밖에 없는데 안됐어, 참 안됐어."

누구나 부러워하는 종상이의 신분을 마음껏 능멸하니 더욱 후성이가 잘나 보였다.

"아재는 왜 그렇게 생각해? 나 보기엔 여기 성님은 왜놈은커녕 벌레 한 마리도 못 죽일 사람으로 보이는데."

"사람을 모아 거느리는 재주가 있으니까. 우리 집에 머슴 살 때도 근방의 머슴들이나 떠돌이 일꾼들을 다 모아들여 괴수 노릇 하면서도 할 일은 다해서 그것도 큰 재주라고 우리 어머니가 늘 칭찬하시는 소릴 들었거던."

"나처럼 어린 나이에도 의병 노릇 할 수 있을까."

태남이가 문득 정색을 하고 물었다.

"네 나이가 어리다고? 야, 나이는 찼는데 생각이 어려 징그럽다. 서울선 일전에 열다섯 살밖에 안 된 아이가 의병보다 더 큰일을 해서 세상 사람들을 놀라게 했단다. 이완용이 수레를 타고 종로통을 지나는데 글쎄 그 아이가 수레를 가로막고 야, 네가 매국노 이완용이렷다, 하고 호통을 치니 지나가던 사람들이 다 손뼉을 치고 이완용은 창피한 줄도 모르고 영을 내려 그 소년을 잡아 가두게 했단다."

후성이의 선동은 거기에 그치지 않고 이완용이가 을사년 보호조약 때 얼마나 비열하게 왜놈 편을 들었고, 그 대가로 지금 얼마나 호강을 하며 사생활은 천벌을 받게 문란하여 며느리를 첩으로 삼았다는 소문이 자자하다는 것까지 말하여 태남이의 피를 끓게 했다. 후성이는 스스로의 언변이 뛰어나서 자기보다 무게가 두 배는 나가게 생긴 소년의 마음을 자유자재로 조종할 수 있다고만 여겼지 그의 말 한 마디 한 마디가 태남이에겐 얼마나 새로운 자극인가를 이해하지 못했다. 여직껏 태남이의 관심사는 자기밖에 없었다. 자기는 누구일까라는 자신에 대한 궁금증 속에 꼭꼭 숨어 살았다. 자기 밖의 것에 대한 관심은 돌팔매질처럼 돌발적인 적의가 고작이었다. 자연히 자기가 누구인가를 알고 나서 그에게 연달아 밀어닥치는 바깥소식에 그는 어린애처럼 순진했고 까진 피부처럼 민감했다. 후성이가 태남이의 감동이 자신의 언변과는 상관없는 태남이만의 신기한 기질이란 걸 깨달은 건 못된 양반 얘기만 한 것 같아 이준 열사 얘기를 해주고 나서였다. 이준 열사 얘기는 당시 입에서 입으로 전해지면서 많은 사람의 심금을 울리고 의분을 끓게 했을 뿐 아니라 각자의 애국심과 상상력이 보태져 극적으로 비장 비통한 게 돼 있었다. 을사조약의 부당함을 세계 만방에 호소할 기회를 엿보던 고종은 헤이그에서 만국평화회의가 열린다는 소식을 듣고 비밀히 이준을 그 모임에 보낸다. 그러나 을사조약에 대한 자초지종을 모조리 들은 회의 참가자들은 한국인은 외교권이 없다 하여 믿으려 하지 않으매 이준은 분하고 억울함을 참지 못해 스스로 배를 갈라 제 손으로 제 창자와 제 피를 회의장에 뿌리며 이래도 믿지 못하겠느냐?고 반문하고 쓰러지

매 거기 모인 사람들이 크게 놀라 과연 애국자라고 칭송했다는 얘기를 다 듣고 난 태남이는 소리를 내어 통곡했다. 창자를 던졌다는 얘기는 후성이도 전적으로 믿고 한 얘기가 아니건만 태남이는 그걸 곧이곧대로 믿었고 그의 타고난 울분과 팔매질로 무턱대고 저항하던 게 비로소 곬을 찾은 듯한 흥분을 느꼈다.

스스로도 주체할 수 없었던 힘이 정당한 행동을 찾아 화려하게 분출할 수 있을 것 같은 꿈에 그는 황홀하게 도취했다. 아직 어린 태남이는 이준이 뿌린 창자의 처절하고 비통한 의미보다는 그 화려함만을 취하고자 했다. 그는 자기도 모르게 이준 열사가 피나 창자가 아닌 붉은 꽃잎을 배 속에서 무진장 꺼내 만방에 흩뿌렸다고 생각하고 있었다.

태남이의 경악과 감동이 기대한 것보다 극심한 걸 목격한 후성이는 막연하지만 눙쳐줘야 할 것 같은 책임감을 느꼈다.

"사람도 순진하긴, 나 같은 사람의 말에도 그렇게 감격하는 걸 보니 기독교청년회관에 한 번 데리고 가고 싶군. 거기 가면 애국지사들의 훌륭한 연설이나 세상 돌아가는 형편에 대한 해설을 얼마든지 들을 수 있다네. 학교보다 더 속성으로 무지한 사람들을 깨우쳐주는 곳이지."

그리고 나서 이태 전에 낙성을 본 기독교청년회관이 얼마나 크고 으리으리하단 자랑을 제집 자랑하듯 했다. 종현의 천주교당과 함께 사람의 손으로 만든 산처럼 크고 높고 요지부동한 집이라고 했다. 그러나 태남이의 관심을 끌지는 못했다. 태남이는 좀 더 오래 이준 열사가 뿌린 꽃 벼락을 맞고 싶은 눈치였다. 본디 후성이는 그의 언변이 듣는 이의 관심을 끌지 못하는 걸 참지 못하는 성미인지라 화제를 정반대로 바꾸었다.

"하긴 서울 구경이 그까짓 산 같은 집이 다래서야 무슨 재미겠나. 우리 같은 젊은이들에겐 뭐니 뭐니 해도 여학생처럼 재미가 진진한 구경거리도 없다네. 요샌 해마다 여학교가 한두 개씩 생겨나는데 장옷 대신 박쥐우산으로 얼굴을 가리고 다니는 꼴이 가관이라네. 칠칠한 머리꼬랑이가 걸을 때마다 출렁이는 것도 볼 만하지만 어디 그뿐인가. 요것들이 먼저 박쥐우산을 살짝 기울이고 눈을 맞추려 든다네. 넌지시 추파를 던지면 도끼눈을 뜨는 시늉만 하다가 더 진한 추파를 되돌려주는 계집도 있다니 사나이 대장부 밑져야 본전으로 한번 해봄 직한 노릇 아닌가. 아직도 상투를 자르느니 목을 자르겠다고 벼르는 고루한 유생이 판을 치고 있으니 여자가 엉덩이를 흔들면서 문밖 세상을 활개치는 걸 해괴하다 한탄하며 세상의 망조와 결부시키기도 하네만 나는 여자도 배워야 한다는 풍조에 찬성이라네. 자네 생각은 어드런가?"

여자 얘기에 이르러 후성이의 말씨는 한결 은근해지고 친구처럼 동격으로 대했지만 태남이의 관심을 끌진 못했다.

5

어머니의 아들

 동짓달이었다. 며칠 전 큰 눈이 한 번 오고 나서 푹한 날이 계속되고 있었다. 밤새 맺힌 고드름이 뚝뚝 낙숫물 떨어지는 소리를 내면서 녹아내리고 있었다. 그러나 간간이 심한 바람이 기왓골의 눈을 싸리빗자루처럼 날카롭게 쓸고 지나갈 때마다 우수수 마당으로 눈보라가 쳤다. 얼음장처럼 맑게 갠 하늘에서 치는 듯한 은빛 눈보라는 곧 심상치 않은 추위가 닥쳐올 조짐 같아 태임이는 어깨를 웅숭그렸다.
 지난번 손돌이추위도 혹독하더니만……. 태임이는 다음에 올 이름 붙은 추위를 속으로 가늠해보면서 아랫목에 깔아놓은 포대기 밑으로 파고들었다. 윗목의 놋화로 언저리는 아지랑이가 피어오를 만큼 달아 있고 포대기 밑에서도 후끈 단내가 올라오건만 태임이는 까닭 모를 추위를 느꼈다. 허전함이라고 해도 좋았다. 뭐가 빠져서 이런가? 태임이는 문득 허전해질 때의 버릇으로 자신이 가지고 있는 것들을 헤아려보았다. 땅문서와 돈과 은과 남편과 딸과 마지막으로 겨울나기 준비까지를.

겨울나기 준비에서 혹시 빠뜨린 게 없나를 헤아려보는 데 제일 오래 걸렸다. 나무광과 뒤터 추녀 밑, 마루 밑까지 장작이 빈틈없이 쟁여져 있고, 입동 무렵에 담가 김칫광에 독독이 묻은 김장 김치는 보쌈김치로부터 동치미, 석박지, 호박김치까지 대물림의 솜씨와 삼한사온 덕으로 혀를 톡 쏠 만큼 도전적으로 익어가는 중이고, 지난 사월 상달에 고사 지내고 나서 쑨 메주는 행랑방에 매달았으니 곧 고약한 냄새를 풍기며 뜰 테고, 광에선 추수해 들인 입쌀과 잡곡이 뒤주에서 독에서 넘치고 가마니째 길길이 쌓여 있었다. 그뿐이 아니었다. 서리 오기 전에 매화나무는 사랑에, 석류나무와 유도화는 안방에 들여놓았고, 나머지 추위 타는 나무와 화초 뿌리는 움에 갈무리해놓았으니 얼어 죽을 염려는 없었다. 모자란 것도 빠뜨린 것도 없었다. 풍요와 완벽한 준비성은 태임이에게 타고난 팔자여서 거역할 수도 의심할 여지도 없는 거였다. 그러나 가끔 답답한 것만은 어쩔 수가 없었다. 그런 답답증은 꽤 어렸을 때부터였다.

할머니 홍 씨는 내일 입고 먹을 것도 마련 없이 사는 사람들을 제일 못마땅해서 이렇게 비웃곤 했었다.

옛날 옛적에 불고 쓴 듯이 가난한 집구석의 서방 녀석이 마련 읎이 첫추위가 닥치니까 한다는 소리가 "소한 대한 들불어도 우리 마누라는 걱정 읎어, 검불낢이(검부나무) 석 짐에다 베 속곳이 한 죽이니 우리 마누란 걱정 읎네" 하며 춤을 췄다더니 저 사람이 바로 그 사람 짝이로구만.

태임이는 어렸을 때 할머니가 흉보는 그 옛날 옛적의 서방 녀석을 얼마나 좋아했던가. 지금도 그 낙천적인 서방 녀석의 자유를 생각하면 절로 웃음이 나면서 약간 숨통이 트이는 것 같았다.

어려서부터 이날 이때까지 줄곧 태임이의 호기심만 자극하고 손이 닿지 않던 것은 바로 물질적인 결핍이었다. 경험하지 못한 것, 경험할 가망이 없는 것이 흔히 그렇듯이 궁핍은 태임이에게 있어서 신비한 무엇이었다. 만약 할머니 홍 씨가 살아서 태임이의 이런 생각을 눈치챘다면 배에 발기름이 끼었다고 일소에 부칠 일이나 태임이로서는 제법 사실에 근거한 생각이었다.

만약 소년 시절의 종상이가 가난하고 미천하지 않았어도 그의 생긴 것과 그의 품은 생각이 그렇게 출중해 보일 수 있었을까. 그때 종상이가 가진 거 없이 미천하여 억울하게 천대받고 있지 않았어도 방구리만밖에 안 한 쬐그만 계집애가 그 무서운 할아버지의 노여움을 사면서까지 그의 역성을 들 수 있었을까. 청년 종상이가 더러운 행랑방에서 살이 썩어가는 고통을 겪고 있지 않았어도 그의 못다 편 뜻이 꽃다운 처녀의 넋을 단박 사로잡을 만큼 그렇게 빛나 보일 수 있었으며, 그 최초의 매혹이 댕기꼬랭이가 남부끄러울 만큼 과년할 때까지 변치 않는 연정으로 이어질 수가 있었을까?

드디어 종상이와 육례를 갖춘 부부 되어 오늘날까지 금실이 한결 같았으니 이 또한 재복 못지않은 큰 복이어늘 태임이는 요새 재복을 시들해하면서 덩달아서 자신과 종상이가 과연 행복한가를 의심하는 이상한 버릇이 생겼다. 서로의 몸을 사랑하는 즐거움이 다가 아니라면 지금의 종상이는 태임이를 매혹시켰을 때의 종상이와 많이 달랐다. 누더기와 살 썩는 냄새 속에서 오히려 더 빛나던 참으로 사람답던 기운은 호의호식의 때가 끼어 그녀도 겨우 알아볼 수 있을까 말까 한 미미한 흔적이 돼 있었다. 혼자 있는 그에게 서린 우수나, 같이 있을 때도 문득 말을 못 붙이게 만드는 데면데면한 거리감 따위를 태임이 나름으로 그 흔적이라고 여기고 있었다.

  가난과 역경만이 사람다운 기상을 그렇게 빛나는 것으로 연마할 수 있었을지도 모른다는 생각 때문에 그녀는 자신이 지닌 너무 많은 재력을 그에 대한 못할 노릇처럼 여길 적도 있었다.

  또 한편으로는 속은 듯한 배신감도 없지 않았다. 종상이는 얼마든지 아내의 재산을 탕진할 수도 있었는데 그러지 않았다. 뜻있는 일을 위해 쓰고자 했다면 더욱 좋았겠지만 단지 가난해질 목적으로 그걸 탕진하려고 했다 해도 태임이는 말릴 생각이 아니었건만 그가 그러지 않은 건 거기 안주하고 싶어서가 아니었을까.

  태임이는 지금 둘째 아이를 가지고 있었다. 겨우 한 달을 거른 뒤니 배가 부르기는커녕 긴가민가할 때이건만 너무도 뚜렷한 태몽 때문에 그녀는 태중의 아기가 아들이라는 것까지 확신하고 있었다.

  그녀의 꿈엔 동해랑 친정집 우물이 단골로 나왔다. 꿈에도 우물 둘레에는 음산한 귀기가 감돌았고, 꿈이라는 것까지도 알아 어서 깨어나려고 몸부림치면서도 우물가로 이끌렸고, 우물 속 하늘에 남치맛자락이나 산발한 머리채가 떠올라야만 비로소 괴롭게 신음하면서 깨어날 수가 있었다. 그러나 지난번 꿈은 처음부터 달랐다. 우물가는 우물간데 어머니가 빠져 죽기 전 우물가여서 무섭지 않았다. 물을 뜨려고 두레박을 찾는데 동그랗게 우물에 둘러싼 석축에 서리서리 늘어진 두레박 끈이 꿈틀꿈틀 움직이면서 동아줄 같은 구렁이로 변했다. 구렁이는 뒤따라오라는 시늉을 하면서 머리를 들고 집 안으로 들어갔다. 태임이가 따라 들어가니 구렁이는 대청마루 대들보를 휘감고 머리를 휘둘러 집 안의 여기저기를 살폈다. 능청스럽고도 순한 눈이었다. 같이 집 안을 살피던 태임이는 그 집이 친정집이 아니라 자기 집이라는 걸 깨달았고 형언할 수 없이 기쁜 마음으로 이게 바로 태몽이구나, 태몽 중에서도 아들 날 꿈이렷다, 하면서 서서히 잠에서 깨어났다. 생시에 생각해도 그게 태몽이란 생각엔 변함이 없었지만 꿈에서처럼 기쁘기만 한 건 아니었다.

그들 부부에게 부족한 게 있다면 단 하나 아들이 없는 거였기 때문에 도리어 태임이는 아들을 낳기가 그닥 내키지 않았는지도 모른다. 남 보기도 완벽하게 행복해 보일 거라는 게 까닭 없이 두렵고 싫었다. 남 보기에 가장 정숙한 여자의 부정, 가장 냉담한 여자의 열정, 가장 고상한 여자의 외설……. 태임이는 툭하면 그녀의 의식에 끼어들어 걸치적대는 어머니의 환영을 지우려고 도리머리를 흔들었다.

"동해랑 마님 납셨시다."

귀돌네의 연통을 듣고 태임이 의아해하면서 마루 끝까지 마중을 나갔다. 작은숙모(이성이댁)가 다녀간 지 사흘밖에 안 됐기 때문이다.

"웬일이시니까? 작은어머니, 길도 미끄러울 텐데……."

"아이고 신통한 것, 엎으러지면 코 닿을 텐데 매일은 못 올까."

사흘 전에도 아이고 신통한 것 소리부터 하면서 달려들었었다. 태임이가 태기 있다는 소리를 듣고 그렇게 거듭 신통해하는 거였다. 태임이는 수다스러운 작은숙모보다 무던한 큰숙모(부성이댁) 쪽을 더 좋아했지만, 아들 분열이를 큰집에 사후 양자로 들여보낸 세도로 태임이 어머니 노릇까지 하려 드는 데야 피할 도리가 없었다. 켯속을 따지면 그렇게 못할 것도 없었다.

아랫목에 정좌하자마자 계집종한테 들려온 보따리를 끌렀다. 감귤이었다.

"아니 이건 제주감귤 아니니까? 이 귀한 걸 어디메서 이렇게 많이……."

태임이는 절로 입에서 군침이 돌아 이렇게 탄성을 질렀다.

"아냐 야, 이만한 제주감귤이면 진상품인데 어드렇게 우리덜 차례가 오는? 돈 아냐 금을 가져도 어림도 읎어야. 이건 일본감귤이야. 느이 작은아버지가 일본 상인을 통해서 구해오셨다. 느이 작은 아버지도 어찌나 좋아하시는지. 이번엔 꼭 아들 낳아야 한다. 신 것 보담 괴기를 밝혀야 아들이라는데 왜 하필 제일 먼첨 먹고 싶은 게 추리(자두)냐?"

"제가 추리 먹고 싶어한단 소리는 또 어디메서 들으셨수?"

태임이는 기가 막혀서 약간 발끈했다.

"다 아는 수가 있지. 네가 추리 먹고 싶다니까 이 서방이 하늘에다 방망이를 매달라면 매달아도 동짓달에 추리는 못 구해오겠으니 제발 딴 걸로 분부를 내려달라고 능청을 떨었다며? 그 소리를 듣고 신 게 오죽 먹고 싶어 그랬을까 싶어 당장 추리 대신 감귤을 구해 왔잖나. 꿩 대신 닭이라 안됐다만."

"이게 어드렇게 꿩 대신 닭이 되우, 닭 대신 꿩이지."

　태임이는 느닷없이 동한 동물적인 식욕을 이기지 못해 허겁지겁 서너 개의 감귤을 먹어치우고 나서 비로소 불쾌한 생각이 들었다. 종상이와 그런 수작을 한 건 사실이나 바로 어젯밤 잠자리에서의 일이었다. 정말 추리가 먹고 싶어서가 아니라 종상이가 하도 뭐가 먹고 싶으냐고 졸라 묻기에 애교 삼아 일부러 해본 소리였다. 아무리 엎어지면 코 닿을 데라지만 규방의 교성이나 다름없는 소리가 그대로 전해졌다는 건 예삿일이 아니었다. 하긴 태기가 있다는 것도 미처 종상이한테도 알리기 전에 알고 달려온 득달같은 숙모였다. 그때만 해도 서답 빨래까지 아랫것들한테 시킨 게 잘못이었다고 제 탓으로 돌리고 말았는데 이번 경우는 그렇게 간단히 볼 문제가 아니었다. 입이 싼 양쪽 집 드난꾼들이 서로 열불이 나게 드나든다 했더니만 어느새 양쪽 집이 마주 뚫린 창구멍이 됐단 말인가.

"누구라 그런 소리까지 작은어머니 귀에 들어가게 했시니까? 덕택에 귀한 감귤을 잘 먹긴 했어도 짚고 넘어가야 할 것은 짚고 넘어가야지, 상전이 젊다고 넘볼라치면 버릇돼 못써요."

"아따 종년 몇 명 주리때 맞겠네. 온 김에 귀경허고 가야겠다."

"드난꾼 닦달허는 것도 구경이니까?"

"이 서방이 주리를 틀릴 테니 귀경났지."

"예?"

"그럼 누구라 네 베갯송사를 풍겼겠는? 이 서방이지, 이 서방이 너한테는 그래 놓고도 안됐던지 오늘 새벽겉이 언년 아범을 불러가지고설라므네 송도 바닥에 혹시 누구라 약에 쓰려고 추리 갈무리 해둔 집 읎을까 알아보라고 부탁을 했나 보더라. 언년 아범이 아무리 오지랖이 넓어봤댔자 우리 집 안 거치고 되는 일이 있는 줄 아는?"

"알았시다. 작은어머니, 알았으니 이제 그만해두십시다요."

"아이구 서슬이 퍼렇더니만 금세 주둥이가 광주리만 해지네그려. 이 서방도 이번엔 아들을 무척 기다리나 보더라. 안 그렇겄냐? 이 서방 나이를 생각해봐. 자식 농사가 늦었지, 늦었구말구. 일찍 장개 들었으면 손자도 볼 나이야. 태기 있단 소리 듣고 한편 반갑구 한편 걱정이 태산 겉다. 또 딸 낳으면 어드럭허나 하구. 친정이란 그저 이래도 걱정 저래도 걱정, 걱정만 떠맡게 돼 있으니깐 두루 딸을 꺼릴밖에."

숙모가 터놓고 친정어머니 행세를 하는 게 싫어서 태임이는 새침하니 잘라 말했다.

"괜한 걱정허지 마십시다요. 여란이 낳았을 때도 쬐금도 섭섭한 눈치 안 했더랬시다."

"이런 철부지 봤나. 첫딸이야 세간 밑천이란 소리도 있다만 여란이야 이만저만한 첫딸이냐. 시방이니까 애기다만 혼인허구 3년이 넘어 태기가 읎을 때야 누구라 널 돌계집인 줄 알지 않았겄는? 여란이는 네 아기집 돌문을 연 첫앤데 딸 아들 가릴 겨를이 어디메 있는? 몽둥이라도 고맙지. 그렇지만 이번엔 다르다, 너."
"다르긴 뭬가 다르다고 이러시니까?"
"허긴, 이번에도 여란이 아우 본 것만두 그저 고맙다. 여란이 아우가 늦길래 혹시 느이 어머니 내림헐까 봐 얼마나 마암을 조린 줄 아는?"
"엄마 내림을 허다뇨?"
태임이의 목소리가 딴사람처럼 갈라지면서 뺨에 핏기가 올랐다. 요염한 뺨에서 살쩍마저 떠는 듯하는 걸 바라보면서 이성이댁은 뜻하지 않게 그 옛날의 시아버지의 사자의 갈기털 같은 수염이 떠올라서 주눅이 들고 말았다.
"아냐, 아니다. 탄헐 거 읎다."
"말씀을 꺼내셨으면 끝을 맺으셔야죠."
"내가 뭐 틀린 말 헌 거 있는? 느이 어머니가 너 낳고 생산을 못헌 건 시상이 다 아는 일인데."
"그게 엄마 잘못이었시니까? 자식 볼 욕심으로 부족증에 걸려 오늘내일 허는 아버지를 장가들여 명 재촉을 허고, 어머니 팔자를 그렇게 맨든 것도 세상이 다 아는 사실인데."
"그래도 하여튼 널 낳지 않았는? 사람이 맏자식헌테 바라는 소망이란 독하고도 질긴 건지라, 어른덜 입장으루야 하나 낳았으니 둘도 낳길, 딸을 낳았으니 아들도 낳길 고대헌 건 당연하지."

"제가 아버지가 짜낸 마지막 기운이었는데두요?"

태임이는 몸서리를 치면서 아버지의 마지막 기운과 어머니의 남은 기운을 생각했고, 이치로는 설명할 수 없는 할아버지의 아들 손자에 대한 집념이 만들어낸 관옥 같은 꿈의 아이와, 어머니의 남은 기운이 만들어낸 힘이 괄한 현실의 아이 태남이를 생각했다. 태임이는 자신의 몸서리의 내용을 들키지 않기 위해 얼른 또 한 개의 감귤을 베어 물었다.

"애 좀 보게나, 신 것 밝히면 딸이래두."

이성이댁은 빗나간 화제에서 벗어나고 싶었던지 얼른 얼굴에 웃음을 띠고 얼레발을 쳤다.

"아들 딸은 벌써 정해졌을 텐데 왜 자꾸 이러시니까?"

태임이도 좋은 낯을 꾸몄다.

"아냐 야, 삼신할머니는 오장육부, 팔다리, 이목구비, 머리털꺼정 다 만들고 나서 당추는 맨 낭중에 엮는단다. 당추 엮기가 젤 손이 가고 까다롭다지 뭐냐? 그래서 성미가 너무 급허거나 너무 게으른 삼신할머니가 들어서면 딸을 만들기가 십상이란다. 당추 엮기가 귀찮아서 에라 모르겠다 허구 쭉 찢어논다는구나. 느이 작은아버지는 벌써부텀 걱정이 태산 겉으시단다. 이번엔 꼭 아들을 낳아야 이 서방 볼 낯이 있을 텐데, 허시면서 말이다. 뭐니 뭐니 해도 느이 작은아버지가 이 서방 신세를 좀 많이 졌냐? 봉동의 땅 뺏기지 않은 것도 이 서방 덕이지만 일본 상인허구 큰 흥정이 붙거나, 아퀴가 잘 안 맞을 적마다 이 서방이 나서서 해결을 지어주지 않았으면 우리가 시방처럼이야 됐겠니? 느이 작은아버지 그거 모르실 어른 아니다, 너."

"꼭 아들을 낳아야 헐 까닭이 점점 더 느네요?"

"종당엔 너 좋으라고 그러는 거지 우리 좋자구 그러는 거냐? 이번에 서울 가시면 약을 지어 오시겠다더라. 구리개에 용한 의원이 있는데 여태를 남태 만드는 비방을 써서 약을 지어주는데 백발백중이라고 소문이 자자하단다. 밑져야 본전이니 한번 써보자꾸나."

"증말 왜들 이러실까. 그러다 남태가 여태되면 어드럭허려구."

"에잇 사위스럽다. 어른 읎는 집안에 시집와서 제 살림만 하더니 도무지 조심성이 읎구나."

"요새도 작은아버지는 서울을 샛골 드나들듯 허시니까?"

"기차 타고 가셔설라므네 전차나 인력거만 타고 일 보러 다니신다니 샛골 나들이보담 호강이지 뭐."

"이 서방은 매일같이 조선 사람은 해먹을 거 읎는 세상이라고 한탄만 하는데 작은아버지는 재주도 좋으셔."

"그건 이 서방 말이 맞아. 작은아버지는 앞으로는 뭔 일이 제대로 안 될 것 같다고 하시더라. 이번 길엔 글쎄 공을 치셨다지 뭐냐. 느이 작은아버지가 비싼 노자 들이고 장사 나가 허탕친 건 아마 이번이 처음일 게다. 일본놈이 아무리 간사하고 교만하다고 해도 작은아버지는 잘 어르고 달래 실속을 차리시더니만 이번엔 배짱을 부리셨대. 글쎄 지난번에 약조금꺼정 치른 일을 생트집을 잡아가며 딴소리를 허드라지 뭐냐. 너도 알쟈? 올가을에 안중근인가 허는 사람이 하얼빈에서 이등박문 쫘죽인 거. 그 일이 있고부텀 왜놈들 인심이 어찌나 흉흉한지 쪼금만 수틀려도 약이 머리끝꺼정 올라서 팔짝팔짝 뛰는데 볼 만허단다."

"그래요? 작은어머니, 그런 구경이라면 저도 한번 해봤으면 좋겠시다."

"근데 제 놈들이 그럴수록 우리덜 조선 사람덜은 겁이 나기는커녕 속으로 고소허구 괜히 신이 나서 양보헐 마암이 손톱만큼도 읎더란다. 참 벨꼴이지. 그뿐인 줄 아는? 흥정이 깨졌는데도 섭섭허기는커녕 백년 묵은 체증이 떨어진 것처럼 시원허고. 장원 급제헌 것처럼 잘난 척이 허구 싶어 술도 잘 못허는 양반이 친구덜과 어울려 밤새 마셨다는구나. 나중엔 독립만세꺼정 불렀다지, 아마."

"홧술이 아니었군요?"

"아냐 야, 홧술 마신 걸 내가 모를라구. 횡재나 허구 온 양반처럼 오늘꺼정도 싱글벙글 기고만장이란다. 조선 사람 기가 살아 있다는 걸 이 시상에 널리 알리려고 목숨 내걸구 웬수를 쫘죽인 사람도 있는데 돈 몇 푼 더 벌려고 왜놈덜한테 굽실댈 수야 있나 싶어, 어엿허구 정대허게 권리 주장을 허구 나니까 그렇게 기분이 좋더래. 돈벌이보담 조선 사람 노릇이 더 헐 만허단 말이 느이 작은아버지 입에서 떨어지는 걸 보니 안중근이란 양반 참 큰일 허셨더라."

"그러게나 말예요. 조선 사람덜 마암이 다 작은아버지처럼 될 수만 있다면 안중근 어른은 한 사람을 죽이고 천만 명을 살린 셈이니 후세에 길이 빛날 영웅이지요."

안방에선 안중근이 때문에 두 여자의 마음이 서로 풀려 평소에 안 하던 이야기까지 의논성스럽게 나누었지만 사랑에선 사정이 달랐다. 사랑에선 종상이가 박승재와 마주 앉아 있었다. 일본 유학을 마치고 돌아온 승재는 일본통감부 기구의 하나인 농상공부 상공과에 근무하고 있었다. 조선 사람 중에선 가장 높은 관직이라고 했다.

종상이는 승재의 이런 처세를 출세라고까지는 생각하지 않았지만 이용 가치는 있다고 여겼다. 종상이는 혼자서 요모조모 연구해도 뜻대로 안 되는 직조기의 목록을 일본에서 구해다 줄 것을 승재에게 부탁한 바가 있었고 필요한 기계와 기술의 도입 방법도 그와 의논해서 도움을 청할 작정이었다. 어제 출장을 와서 볼일 보고 여관에서 잤다면서 승재가 들른 것은 아침결이었다.

승재가 구해온 직조기의 종류와 그 구조를 설명한 목록은 종상이가 예상했던 것보다 훨씬 더 복잡하고 다양하고 발달된 것이었다. 한마디로 기가 질리게 어마어마했다. 자신이 꿈꾸던 것이 얼마나 보잘것없이 초라한 것이었다는 것은 우울했지만 조선의 실정이 그 초라한 것에나마 미치지 못하고 있다는 건 더 우울한 노릇이었다. 종상이가 일으키길 꿈꾼 산업은 종래의 베틀을 놓고 집 안에서 짜던 명주보다 더 곱고 섬세한 실을 뽑아내어 무늬와 색깔이 고운 비단을 짤 수 있는 기계를 몇 대 들여다 흔한 유휴노동력을 이용해서 가르치고 길들이려는 가내공업 규모의 공장이었다. 종상이 나름의 생각으론 나라가 외세에 먹혀들어가고 있는 건 백성들의 얼이 외국 물건에게 먹혀들어가고 있기 때문이라고 여기고 있었다.

조금이라도 심지가 굳은 사람은 그런 생각을 안 할 수가 없게 밥술이나 먹는 사람들은 일본 물건 서양 물건을 귀하게 여기고 높이 받들고, 그런 걸 가지고 있는 걸 문벌처럼 자랑스럽게 여겼다. 특히 여자들은 중국과 일본 비단을 좋아했다. 중국 비단은 예로부터 궁중이나 높은 벼슬하는 집안의 부녀자가 즐겨 입었으나 새로운 일본 비단은 그 감촉이 안개나 깃털처럼 간사하고, 색깔이 꽃밭처럼 요사하여 부녀자들은 지체가 높고 낮고, 돈이 있고 없고에 상관없이 한 번만 보면 현혹돼 마지않았다. 삼포와 함께 뽕나무가 흔하고 집집마다 누에를 치는 걸 보고 자란 종상이는 비단만은 조금만 기술을 개량하면 남의 나라 물건에 넋을 안 빼앗길 줄 알았다. 그게 얼마나 안이하고 소박한 생각이었던지 목록만 보고도 기가 질렸다.

"아니, 학교를 한번 경영해보자고 할 때도 그런 자본이 어딨냐고 발을 빼던 자네가 비단공장을? 이런 기술과 기계를 끌어들이려면 학교 차릴 자본의 열 곱이 있어도 모자랄걸."

이렇게 그의 심정을 떠볼 겸 빈정대는 승재의 말도 종상이를 위축시켰다. 그가 그동안 얼마나 뭘 모르고 안락한 생활에 파묻혀 지냈나를 들킨 것 같은 기분이었다. 또 학교보다 훨씬 적은 돈으로 할 수 있다고 생각한 것도 사실이었다.

종상이가 위축되고 심란할수록 승재는 의기양양했다. 승재가 그 최신 기계의 목록을 수집한 건 종상이에게 어떤 도움을 주기 위해서가 아니라 일본의 국력을 과시하기 위해서가 아니었을까 싶을 만큼 그는 그걸 빙자해서 일본의 그 밖의 문명됨까지를 자랑스럽게 풍기기 시작했다. 마치 일본이 잘난 게 자신이 잘난 것처럼 혼동하고 있는 말투가 아니꼬워 종상이도 불쑥 한다는 소리가,

"안중근 열사가 이등박문을 쏴 죽인 건 참말로 장렬한 쾌거가 아니던가. 왜놈들도 아마 우릴 다시 봤을 걸세. 자네가 모시고 있는 일본 상전들 동향은 어드렇던가?"

종상이로선 한껏 비꼬아 말한 셈이었다.

"아무튼 조선 사람들 단순하고 감정적인 건 알아줘야 한다니까."

"자네 무슨 말을 그렇게 하나."

"아, 기분 상했으면 용서하게. 자네가 나를 일본놈의 졸개 취급을 하기에 나도 감정이 있는 놈이라 한마디 해본 걸세. 내가 이래 봬도 유학시절엔 유학생을 규합해서 일진회 규탄대회도 열고 일진회에게 보내는 경고문도 작성했다네. 그 경고문이 얼마나 명문이었는지는 지금도 알 만한 유학생들은 알고 있다네. 자네가 몰라서 그렇지 일본 유학생들 세계에선 내 이름은 애국 청년으로 알려져 있다네. 그래 말인데……."

종상이는 승재의 말을 듣기도 전에 이맛살을 깊게 찌푸렸다. 사랑에 그와 마주 앉은 지 한 식경밖에 안 되는 동안 그가 일본에서 일진회 규탄운동을 주도했단 소리를 벌써 몇 번째 듣는지 몰랐다. 일본 문물을 찬탄할 때나 일본 세력의 진출을 옹호하는 소리를 할 때마다 으레 그 말을 앞세웠다. 나도 한때는 일진회를 죽일 놈 살릴 놈

규탄하는 데 앞장서 애국 청년 소리를 들었지만, 어쩌구저쩌구 하는 식이었다.

"이등박문은 제 나라를 위해 이 땅에서 할 일을 다한 사람일세. 일본에선 가장 존경받는 거인이지. 이미 할 일 다한 사람 죽여서 우리에게 무슨 이득이 있다고 생각하나?"

승재가 입가에 야릇한 미소를 띠고 물었다.

"여보게 그 정떨어지는 소리 좀 그만하게. 밖으로는 조선 민족이 죽지 않고 펄펄 살아 있다는 걸 보여주고 안으로는 우리의 자존심을 재확인한 거사가 아닌가? 어드렇게 그런 일을 잇속으로 환산할 수가 있겠는가."

"그렇지만 그들이 그 거사로 입은 충격을 장차 무엇으로 갚을까를 생각 안 한다면 말이 안 되지. 잠시 기분 좋았던 것도 조선 사람이지만 두고두고 불이익을 받아야 할 사람도 우리들이니까. 뭐니 뭐니 해도 그들은 우리보다 강자거든. 두고 보게나."

"자네는 마치 나라 형편이 지금보다 더 나빠질 수도 있다는 말투군."

종상이는 분에 못 이겨 버럭 언성을 높였다. 몸으로 붙는 싸움이라도 한바탕해야 직성이 풀릴 것처럼 종상이는 승재에 대한 미움을 걷잡지 못했다. 그러나 승재는 가볍게 몸을 날리듯이 종상이의 이런 투지에서 비켜났다.

"그만해두세나. 친구 의 상하겠네. 우리처럼 자주 의견이 안 맞고도 우정이 변치 않는 친구도 드물걸. 같은 길을 가는 것도, 같은 이해를 좇는 것도 아니면서 늘 생각나고 보고 싶고 도와주고 싶으니 우리야말로 진짜 친구가 아닐까. 참 내가 이번엔 벼르고 별러 자네 부인과 따님한테 조그만 선물을 한 가지씩 준비했다네. 자네가 부탁한 이 책 아니더라도 그것 때문에 꼭 한번 오고 싶었다네."

그러면서 들고 들어온 트렁크를 끌어당겼다. 종상이는 허공을 찬 것처럼 흔들리면서 마지못해나마 미소를 띨 수밖에 없었다.

"선물은 무슨……"

"자네 혼인 때도 후행 온답시고 빈손이었잖은가. 아마 내 빈손이 덜 부끄러우라고 후행 노릇을 시켜준 거나 아니었나 몰라. 자네도 알다시피 그때 내가 좀 가난하게 살았나. 자네도 나처럼 가난뱅이인 줄만 알았더니 부잣집으로 장가가는 걸 보고 사실은 속이 좀 쓰렸다네. 그렇지만 내가 지금 이만큼 성공을 한 건 그때의 쓰린 마음과도 무관하지 않으니 용서하게나."

그러면서 승재는 잠깐 말을 끊었다. 그 자신은 성공했다고 생각하고 있고 앞으로 마냥 성공할 것 같은 예감도 있건만 여전히 속이 쓰렸기 때문이다. 승재가 질투하고 있는 건 종상이의 아내의 부가 아니라 그 요요한 미모였다. 그 화려무비한 혼인 잔치와 꽃구름 같던 화관을 무색하게 하던 이상한 아름다움이었다. 매끄럽고 동그스름한 이마에 찍힌 요요한 곤지와, 어린애처럼 당돌하고 꾸밈없는 눈빛을 어이 잊을까. 그는 그 질탕한 혼인 잔치와 요요한 색시를 생각할 때마다 자신을 굶주리고 천한 짐승처럼 비참하게 느꼈고 그건 그가 성공을 하고 돈을 벌었다고 달라질 수 있는 게 아니었다. 그는 혼인날 그랬던 것처럼 헐떡이며 입술을 핥았다. 지금 그의 입술은 유들유들 기름이 올라 있었음에도 그는 마치 갈라진 부스럼 딱지를 핥는 것처럼 느꼈다.

"뭘 자네답지 않게……."

종상이도 뜻 없는 말을 어물쩡댔다. 그는 승재보다도 자신의 감정 처리가 더 신경이 써졌다. 선물에 허겁지겁할 처지도 아니면서 남의 호의에 약한 자신에 괜히 맥이 빠졌다.

"그건 다 농담이고, 내 딴엔 마음먹고 장만한 선물이니 오랜만에 부인도 뵐 겸 따님도 생면할 겸 내 손으로 직접 전하면 안 되겠나?"

"자네가 직접?"

"왜 그렇게 놀라나. 난 자네 친구이기 전에 후행이야. 신랑 쪽 후행은 시댁의 후덕한 웃어른이 서는 거 아닌가. 시댁 어른이 사랑에 와 계시면 의당 뵙는 게 며느리 도리가 아닌가."

그렇게 너스레를 떨면서 호탕하게 웃었다.

"알겠네. 후행의 자격까지 들먹이지 않더라도 점심상 내올 때 나오도록 이르겠네. 나도 남녀의 내외가 지엄한 구습은 별로 좋아하지 않네. 서서히 타파해나가는 게 옳다고 봐."

"맞는 소릴세……."

그러면서 승재는 또 한바탕 일본 여자들이 남편 친구들과의 사교에 얼마나 적극적인가를 늘어놓았다. 일껏 너그러워졌던 종상이는 일본 풍습 예찬에 다시 굳어졌다.

"외간 여자 남자가 벌거벗고 한 목간통에 뒤섞여서 목간도 한다는 야만인들 풍습은 말해 뭣하나."

"1년에 한 번도 시원히 땟국물 한 번 못 씻고 사는 건 문명인이라던가?"

"그만두게, 또 싸우겠네."

종상이가 자리를 털고 일어나 안으로 난 여닫이문을 열고 언년이를 불렀다. 점심 준비를 시키면서 아씨 좀 잠깐 나오시라고 이르려는데 승재가 또 참견을 했다.

"그만두게, 내가 들어가 뵙지 뭐. 그 소문난 개성집 마당 치레도 구경할 겸 해서……. 안 되겠나?"

"안 될 거야 읎지만, 이 겨울에 무슨 볼 만한 마당 치레가 있을라구."

그러면서도 입분이에게 손님이 잠깐 안에 들 거라는 전갈을 하고 말았다. 동해랑 숙모가 다녀간 후, 여란이 저고리 색동이나 모아볼까 해서 헝겊 보따리와 반짇고리를 끌어당겨 요리조리 빛깔을 맞춰보고 있는데 사랑에서 손님이 드신다는 전갈이 왔다. 서울 손님이 와 있다는 걸 알고 더운 점심 해낼 채비를 시키고 있던 중이었지만, 안에까지 들다니 무슨 일일까 싶어 어떤 손님이더냐고 되물으려는데 마당에서 두런두런 인기척이 났다.

태임이는 잠깐 색경을 들여다보면서 옷매무새를 고치고 쪽을 만져보면서 마루로 나갔다. 안방까지 맞아들여야 되는지 마루에서 인사만 해야 되는지 눈으로 종상이에게 물을 새도 없이 먼저 승재의 끈끈한 시선에 붙들렸다. 왠지 정면으로 받기 민망한 눈길이어서 태임이는 마루 끝에서 약간 몸을 돌려 섰다. 그렇다고 부끄럼을 타는 것처럼 보이기는 더욱 싫어 어깨를 펴고 목을 오만하게 쳐들었다. 종상이가 서둘러 승재를 소개하자 승재는 일본 사람처럼 허리를 몇 번씩 꺾으면서 자기소개를 했다. 그동안도 태임이는 허리에 홍두깨를 동인 것처럼 뻣뻣이 서서 고개만 좀 숙였다. 아아, 그동안 늙고 미워져 있길, 보통 애어멈처럼 범속해져 있길 얼마나 바랐던가.

승재는 태임이의 혼삿날과는 또다른 도도한 미모에 질려 다리가 후들댔다. 신식으로 빗은 트레머리나 히사시까미가 구식 쪽보다 훨씬 보기 좋은 줄 알았는데 그게 아니었다. 가냘프고 빼어난 목 뒤에서 깃고대의 정결한 동정을 살짝 찍어누르듯이 늦추 찐 숱이 풍부한 쪽과 물린 붉은 댕기도 요염했고, 검소한 은비녀는 범접할 수 없을만큼 품위 있어 보였다.

"올라가세나."

종상이가 먼저 댓돌로 올랐으나 승재는 마치 미천한 하인처럼 마당에서 머리를 조아렸다.

승재는 선물 꾸러미를 전할 때도 꼭 심부름을 온 하인처럼 굴었다. 종상이는 갑자기 비굴해진 승재를 딱하게 여겼으나 이상하게 여기진 않았다. 그 장면에선 승재가 그럴 수밖에 없도록 태임이의 미모와 위엄은 시퍼렇게 날이 서 있었다. 개명한 풍속으로 여염의 부인도 남편의 친구와 대등하게 상면도 하고 할 말도 주고받는다는 걸 말로는 들어 알고 있었지만 직접 당하기는 처음이라 어떻게 처신할 줄을 몰라 그리되었으리라, 짐작은 하면서도 친구한테는 약간 면구스러웠다. 그래도 그렇게 기고만장 잘난 체가 몸에 밴 승재가 쩔쩔매는 것 또한 가관인지라 종상이는 올라가기를 더 이상 권하지 않았다.

종상이가 보기에도 면구스러울 정도로 승재가 비굴하게 굴었음에도 태임이는 그가 자신을 넘본 것처럼 느꼈다. 그 끈끈한 눈길 때문이었다. 도대체 나를 어찌 보았길래 외간 남자가 감히 그런 태도를 취할 수 있었을까 생각할수록 괘씸했다. 아슬아슬하게 피했다고 생각했지만 그래도 그의 끈적끈적한 시선이 진을 내며 자신의 몸 어디엔가 눌어붙어 있을 것 같아 꺼림칙하고 불쾌했다.

태임이가 손님이 전한 선물 보따리를 마루 끝에 방치해둔 채 들어가버리자 자초지종을 옆에서 지켜본 귀돌네는 안달이 나서 끌러볼깝쇼 아씨, 하면서 윗방으로 해서 안방을 기웃거렸다.

"게서 끌러보게."

어려서부터 같이 자란 흉허물 없는 사이인지라 같이 끌러보면서 시시덕대고 싶었던 귀돌네는 머쓱해서 중방을 넘지 못하고 윗방에서 비단 보자기를 끌렀다. 안에서 나온 상자곽은 은은한 분홍빛 양지로 싸고 붉은 끈으로 고리를 만들어 묶은 게 볼품이 신기했다.

"시상에 이 안에 뭐가 들었기에 이렇게 장하게 치장을 했을까요 아씨."

귀돌네는 차마 풀기가 아까운 듯 붉은 헝겊끈을 어루만졌다.

"보고 싶으면 후딱 끌러보고 부엌에 나가봐야 하지 않나. 손님 더운 김심 대접하라고 이르시지 않던가."

상자곽 속에도 또 몇 겹이나 부드러운 종이에 싼 걸 풀고 나서야 인형과 화장품이 나왔다. 일본 여자가 부채를 들고 있는 인형은 혼란하고 요망하고, 길다란 유리병에 든 물분은 마개를 비틀자마자 향내가 온 방 안에 진동을 했다. 찔레꽃과 수수꽃다리 내음과 암내를 뒤범벅해놓은 것처럼 혼미하고도 역한 냄새였다.

"어매매, 화류계덜이 일본 화장품이라면 사족을 못 쓴다더니 증말 그렇겠시다. 힘 안 들이고 난봉꾼덜 뼈마디를 녹여놓게 생겼시다그려."

귀돌네가 코를 씰룩대며 킬킬댔다.

"마개 꼭 막아서 두고 나가보게나. 골치가 아프구먼."

귀돌네는 움찔해서 상자곽이랑 포장지를 주섬주섬 챙겼다. 동해랑 집서부터 같이 자란 처지여서 상전답지 않게 곧잘 농도 받아주고 버릇없이 굴어도 탓하지 않았던지라 이번에도 신기한 물건을 보고 한바탕 찧고 까불고 싶어 미처 태임이의 심기가 편치 않은 건 눈치채지 못했던 것이다.

"이 고운 끈은 저 주시지 않겠시니까?"

귀돌네는 선물을 묶었던 붉은 헝겊이 버리기 아까운 듯 만지작대며 물었다.

"그건 뭣에다 쓰게?"

"우리 귀순이 종종머리 딸 때 쓰면 얼마나 곱겠시니까. 계집애가 한낮이 날 것입니다요."

"참 그렇겠네그려. 가져다 쓰게나."

"색깔도 곱지만 볼수록 신기한 헝겊 아니니까. 이런 좁은 오락지가 어드렇게 양쪽이 다 식서인지 증말 알다가도 모를 일입니다요."

귀돌네는 기어코 그거라도 얻어가지고 자리를 떴다. 귀순이는 귀돌이 다음으로 낳은 딸이었다. 태남이가 한창 못되게 굴 때 만삭의 귀돌네를 절굿공이로 내려쳐 하마터면 떨어질 뻔한 아이였다. 떨어지지 않고 충실하게 태어나 부숭부숭 잘 자라는 것도 신통한데 여란이하고는 서로 한시반시를 떨어지지 않고 붙어다니는 소꿉동무여서 태임이가 늘 눈여겨보면서 여란이하고 너무 층하지 않도록 거두고 다독거려왔었다.

태임이는 귀돌네를 내보내고 물끄러미 윗방에 놓인 요상한 선물을 바라보면서 승재가 자신을 넘봤단 생각을 떨어버리지 못했다. 제 따위가 감히……. 어떡허든 이 넘봄을 되돌려주고 싶었다. 그녀는 발딱 일어나 행주치마를 질끈 동여매고 부엌으로 나갔다. 귀돌네가 깜짝 놀라서 수선을 떨었다.

"그렇게 귀한 손님이니까? 진작 말씀을 허시죠. 점심이고 해서 있는 대로 대강 차려낼려고 했는데 이를 어드럭허니까."

태임이가 부엌에 내려오는 일은 거의 없었다. 게으르다고 할 순 없으나 진일을 즐겨하는 편이 아니었고 총찰도 심하게 하지 않았다. 귀돌네를 믿거라 맡겨놓고 있었다. 얼핏 보기엔 손끝 하나 까닥 안 하던 머릿방 아씨를 그대로 빼닮은 것처럼 보였다. 그러나 마음먹고 부엌에 내려서면 막히는 게 없었다. 더욱 신기한 것은 다 해놓은 밥도 태임이가 푸면 윤기가 잘잘 흘렀고 같은 보쌈김치도 태임이가 보시기에 담아놓으면 신기한 꽃송이처럼 화려해졌다. 어려서부터 그렇게 닦달질을 당했건만 그것만은 안 되던 동해랑 노마님 솜씨가 태임이 손끝에서는 그대로 살아나는 걸 보면서 귀돌네는 속으로 혀를 내둘렀다.

"별식 하려고 나온 게 아닐세. 있는 대로 차려내도 격식 갖춰 상이나 봐주려고."

"그 손님 꼭 일본 사람처럼 생긴 데다가 하도 굽실대길래 대강대강 차려내도 될 줄 알았는데."

"글쎄 귀한 손님이래서 나온 게 아니래두. 왜 미운 놈 떡 하나 더 준단 말도 있지 않은가."

"그렇습죠? 아씨, 그 손님이 밉게 보일 짓 한 줄 진즉 알았다니까요. 아니면 달갑잖은 청을 드리러 왔든."

귀돌네는 아까부터 여느 손님과 다르게 자꾸만 궁금증이 나게 하는 이상한 손님에 대해 마침내 단서를 잡았다는 듯이 반색을 했다.

"미운 놈이란 소리는 내 실수였네. 이를테면 그렇단 소리니 삭여 들게나."

태임이는 그 이상 참견하는 건 허락할 수 없다는 듯 딱 잘라 말하고 맑은 장국 간을 보고 찬광의 오밀조밀한 항아리의 곰삭은 갖가지 젓갈을 각각 거기 맞는 기명에다 모양내서 담고 김치와 동치미도 손수 꺼내왔다. 삽시간에 꽃밭처럼 어여쁜 점심상이 차려졌다. 술도 집에서 증류한 독한 소주에다 인삼을 담아 해를 묵힌 극상품으로 내갔다.

승재의 선물 중 일본 인형은 승재가 떠나기도 전에 망가졌다. 여란이에게 주었더니 귀순이와 한참 주무르더니 모가지를 빼놓고 말았다. 모가지 빠진 구멍에서 톱밥이 나오니까 여란이가 악을 쓰고 울었고 귀순이도 덩달아 울었다. 새까맣게 틀어올린 머리에 반짝이는 장식을 달고 새빨간 입술로 요염하게 웃는 대가리가 흉해서 톱밥과 홀쭉해진 몸체와 함께 쓸어모아 아궁이에 넣으라고 일렀다. 그리고 나서 태임이는 아이들한테 잘했다고 달랬다. 아이들은 인형이 아까워서가 아니라 야단을 맞을까 봐 울고 있었기 때문에 곧 울음을 그쳤다. 태임이도 꺼림칙하던 게 조금은 풀린 듯했다.

저녁에 승재를 떠나보내고 안으로 들어온 종상이는 실실 웃으면서 묻지도 않은 말을 했다.

"그 친구 아직도 남녀 간에 소생을 못 봤다는군."

"그래서요?"

"우리만 아들이 늦은 줄 알았더니 아직 배지도 않은 친구도 있더라 이 말이지 뭐."

"누구라 아들을 뱄다고 이러시니까?"

"당신이지 누군 누구겠소?"

태임이는 이번엔 아들을 낳을 자신이 있으면서도 종상이가 처음으로 내비친 아들 욕심에 순간적으로 반발심이 솟구치는 걸 느꼈다. 아들 아들……. 그녀의 처녀 시절 동해랑 집은 채워지지 않은, 앞으로도 채워질 가망 없는 아들 욕심이 어두운 구름처럼, 불길한 예감처럼 늘 음울하게 감돌고 있었다. 할아버지의 집요하고도 잔혹한 아들 욕심, 그 광적인 욕심에 젊음을 희생당하고 종당엔 스스로의 욕망이 만들어낸 혈통 외의 아들과 목숨을 바꾸어야 했던 어머니. 태임이는 그 어머니에게 사랑받은 기억이 없는 한풀이라도 하려는 듯이 어머니가 불쌍해서 미칠 것 같을 때가 있었다. 종상이는 남의 속도 모르고 아직도 헤프고 능글맞게 웃으면서 말했다.

"아직 애가 읎는 게 어느 쪽 잘못도 아니래. 그동안 쭈욱 아내를 소박해왔다는군."

"그게 어드렇게 어느 쪽 잘못도 아니니까?"

"그러니까 어디까지나 생리적인 뜻으로 말이지 뭐."

"그것도 자랑이라고 합디까?"

"그렇게 친하게 지냈건만 그런 가정사는 나도 금시초문이었소. 술김에 나온 진담이었지."

"그럼 딴살림이라도 차렸단 소리 아니니까?"

"기껏해야 기생이겠지. 기생들이 자기라면 사족을 못쓴다고 자랑하더군. 나헌테도 기생 오입은 한 번 꼭 시켜주고 말겠다던데. 당신한테는 좀 안된 소리지만 우리 집에서 극진한 대접받은 답례로 그러겠대."

"그러게 내 뭐랬시니까? 왜놈한테 알랑대서 나라 팔아먹는 일에 앞장선 걸 출세한 걸로 아는 것도 친구라고 상종했다간 큰코다칠 거라고 안 했시니까?"

"왜, 내가 기생 오입할까 봐?"

"고작 기생 오입 때문에 내가 당신 친구를 헐뜯는다고 여기시니까?"

"고작 기생 오입이라? 기생 오입 같은 건 안중에도 읎다는 말투구려. 하긴 워낙 잘나고 도도한 당신이니까 천한 기생한테 투기를 하다니 말도 안 되지. 또 기생 오입을 아무나 하나? 나처럼 빛 좋은 개살구가 할 수 있는 일이 아니구말구."

"아니, 그게 무슨 말씀이시니까."

"안 그렇소? 나는 돈 많은 여편네의 서방일 뿐 돈 많은 놈팽이는 아니잖소. 장가는 부랄 두 쪽만 가지고 들었어도 기생 오입을 어드렇게 그것만 있다고 헐 엄두를 내겠소? 더군다나 개성 상인 하면 기방에서도 돈 잘 쓰기로 소문이 났다는데. 기방에선 시퍼런 지전을 물 쓰듯 하다가도 인력거삯은 고린전 한 푼에 치를 떠는 건 영락없이 개성 상인이라는군. 여북해야 인력거꾼이 에잇 그깐 고린전 고려 사람 잡수, 하면서 침을 퉤 뱉는다나."

종상이가 점점 더 혀 꼬부라진 소리로 횡설수설했다.

"여보 당신, 시방 무슨 소리를 하고 싶은 거죠? 아무리 취한 척해도 이건 그냥 넘어갈 일이 아닐시다."

"그냥 넘어가잖으면? 취한 개란 소리도 못 들었소. 개 짖는 소리쯤으로 알고 들구려, 어부인. 이왕 짖은 김에 몇 마디 더 짖으리까? 승재 그 친구 장차 새장가들 꿈에 부풀어 있더군. 기생은 말고. 기생하곤 오입이나 하지 어드렇게 장가를 드나. 승재뿐 아니라 구식 결혼하고 신학문한 사람들은 거의 신여성과 자유연애해서 새장가들기가 소망이고 그런 풍습이 요새 크게 번지고 있다는구먼. 기생

보담 신여성은 나도 구미가 동하던데."

"신학문한 사람들이 퍼뜨린 게 겨우 고거래요? 그러니까 이 나라가 이렇게 망조가 들지."

태임이는 더는 참지 못하고 파르르 치를 떨었다.

"허어, 고정해요. 여자가 나라 걱정하는 건 투기하는 것보담 더 정 떨어지는 짓이라우. 객쩍은 소리는 객쩍은 소리로 웃어넘기는 아량도 좀 있어야지. 저런 소리는 술이 허는 소리지 우리 서방님이 헐 소리가 아니다라고 한 치만 눙쳐도 좀 속이 편해."

"홍, 취담에 온갖 진담이 다 든 건 어쩌구요."

"그러라고 그 아름답고 독한 술을 내논 거 아닌감? 정말 술맛 좋더구먼. 그 술이 아니었으면 그 친구허고 되게 서먹서먹하게 헤어질 뻔했어. 처음부터 의견이 엇갈리기만 했거던. 그 친구하곤 아무리 친한 척해도 결국은 빙탄이야. 술 아니면 어이 빙탄이 화합하리. 어 기분 조오타, 기분 좋은 김에 우리 아들 좀 만져봅시다."

종상이는 개개풀린 눈으로 이러면서 태임이의 가는 허리를 끌어안았다.

태임이는 몸에 밴 습관에 물처럼 순종하고 나서도 쉬 잠들지 못했다. 술만 취하면 심해지는 종상이의 코 고는 소리 때문만은 아니었다. 서로의 몸을 사랑하는 즐거움 끝에 엄습하는 그 못된 버릇이 또 도지는 걸 느꼈다. 현재 향유하고 있는 행복과 재물에 대한 회의는 실은 그녀 혼자 감당하기엔 벅찬 것이었다. 그러나 종상이가 그런 방법으로 도전해올 줄은 몰랐었다. 야비했다. 태임이는 돈을 움켜쥐고 싶어서 움켜쥐고 있는 것도 아니고, 불리고 싶어 불리는 것도 아니고, 종상이가 그 방면에 뜻이 없길래 어쩔 수 없이 그럴 뿐이라고 여기고 있었다.

아무리 생각해도 부족한 게 없는데 아쉽고 허전했다. 막연하던 사나이다운 기개 높은 뜻, 빛나는 정신에 대한 허기증이 점점 더 확실해졌다. 그를 호강시킨 게 그에 대한 못할 노릇이 됐을지도 모른다는 자책감도 들었다. 그는 호강에 길들여지면서 범속해지기 시작했다. 앞으로는 호강에 겨워 한심해질지도 모른다.

태임이는 고약한 냄새를 뿜으면서 천근의 무게로 뒤채는 종상이 곁을 살그머니 빠져나왔다. 바깥의 냉기가 헝클어진 생각으로 띵한 골치에 쾌적하게 와닿았다. 뜰 아랫방에서 불빛이 새어나오고 있었다. 태남이의 방이었다. 불을 안 끈 채 잠이 들었나 아직까지 책을 읽고 있나 궁금해서 내려가 방문 밖에서 인기척을 냈다.

"야심한데 누구냐?"

즉각 제법 점잖게 꾸짖는 소리가 났다.

"야심한데 불이 켜 있기에 내려왔다."

태임이가 웃음을 머금은 소리로 말했다. 태남이가 안에서 미닫이를 열었다. 옷을 단정하게 입은 채로 책상 위엔 보던 책이 펼쳐져 있었다. 아랫것들이 샛골 도련님이 달라졌다고 일러바치는 소리를 여러 번 들었고 내심 기특하게 여기긴 했지만 그렇게까지 달라진 줄 몰랐다.

"공부가 열심이구나, 방학도 했으니 쉬엄쉬엄 허잖구."

"공부책이 아닐시다."

"그럼 이야기책을 이렇게 야심한 시각까지 읽고 있었단 말이냐?"

"아니올시다. 몇 달 전까지도 공부책이었는데 내년부터는 검인정 교과서만 써야 한다니까 소용이 읎어진 책이지요."

"소용 없는 책을 뭣하러 밤을 새가며 읽어."

"이걸 가르치시던 선생님이 꼭 끝까지 읽어야 한다고 당부하시고 떠나가셨거던요."

"저런, 책이 못쓰게 되니까 그걸 가르치시던 선생님까지 필요가 읎어진 게로구나, 떠나셨다는 걸 보니."

태남이는 대답 대신 조금 웃었다. 그리고 곧 생각에 잠긴 얼굴을 했다. 대답하고 싶지 않은 것도 같고 꼬치꼬치 묻는 걸 귀찮아하는 것도 같았다. 태남이는 미닫이를 연 채 빛을 등지고 방 안에 서 있었고 태임이는 툇마루 밑에서 그를 쳐다보고 서 있었다. 그런데도 태임이는 낯익은 그의 우락부락한 이목구비 사이에 어렴풋이 낯선 얼굴이 어리는 걸 본 것처럼 느꼈다. 태임이는 그 어렴풋한 걸 확인하기 위해 좀 더 머무르고 싶었으나 구실이 없었다.

"그 책 이름이 뭐냐?"

"『월남망국사』라고……."

"왜 하필 망국사냐? 이왕이면 나라를 일으킨 이야기가 지금의 우리 시국에 합당하련만."

태남이는 또 대답 대신 조금 웃었다. 태임이는 할 수 없이 구들을 만져보면서 군불이나 잘 때주더냐고 묻고 불편한 거 있으면 망설이지 말고 말하라고 일렀다.

"예, 누님."

누님 소리를 좀처럼 안 하던 태남이었다. 밤중에 단둘이 마주 서서 듣는 누님 소리가 듣기 좋아 태임이는 숨죽여 웃었다. 안으로 들어가다 말고 태임이는 아아, 하는 탄성을 내뿜으며 잠시 걸음을 멈추었다. 가슴이 울렁거렸다. 그제서야 태남이의 얼굴에 어렴풋이 잠겼던 게 확실하게 떠올랐던 것이다. 그건 관옥 같은 얼굴이었다. 관옥 같다는 말이 상징하는 남자의 늠름한 아름다움이었다. 할아버지가 잘못 본 게 아니었다. 아아 관옥 같은 아이, 태임이가 기쁨에 넘쳐 뛰어든 안방에서 술지게미 냄새와 코 고는 소리가 둑을 터놓은 것처럼 한꺼번에 밀어닥쳤다.

태남이는 책을 좀 더 읽고 싶었으나 아껴 읽는 것도 나쁘지 않다고 생각하면서 불을 껐다. 어둠 속에서 책을 품에 안았다. 진동열 선생님에게 안겼던 생각이 났다. 안겼다기보다는 헤어지기를 아쉬워하는 그의 등을 토닥거려주고 마지막으로 잠깐 끌어당겼다 놓아줬을 뿐이었다. 평소 우러러 존경하던 어른이라 그런지 가까이서 단둘이 말을 할 수 있었던 것도 평생 잊을 수 없는 일인데 그 넓은 품에 안기기까지 할 수 있었다니. 그러나 진동열 선생님의 실제의 품은 태남이의 거구를 안을 만큼 크지 않았다. 대쪽 같다는 느낌은 선생님의 성품뿐 아니라 외적인 인상에도 그대로 들어맞는 말이었다. 그분의 인격에 대한 전적인 신뢰감이 그런 큰 느낌을 주었을까. 태남이는 그때의 감격을 되새김질하면서 그렇게 생각했다. 누구를 마음으로부터 따른 기억도, 따르는 사람과 따뜻하게 몸을 닿아본 기억도 없었기 때문이란 생각은 미처 못했다.

태남이가 다니는 한영학원이 소학과와 고등과로 분리되어 학부로부터 정식 인가를 얻은 건 금년 봄이었다. 태남이는 고등과 학생이 됐지만 소학과 4년을 수료했기 때문은 아니었다. 앞으로 입학하는 신입생은 소학과로부터 배우기를 권고하되 재학생은 나이가 많고 한글과 한문을 읽을 수 있다면 저절로 고등과가 되었다. 태남이도 고등과 학생이 되었다. 진동열 선생은 학원이 소학과와 고등과로 분리되고 나서 부임했으니까 태남이가 배운 지 예닐곱 달밖에 안 됐다. 선생님은 주로 국어를 가르치셨다. 당초에 선교사가 영어를 가르칠 목적으로 시작한 학교라 그 후 조선 사람이 원장이 된 후에도 교사는 몇 명의 선교사가 있을 뿐이었다. 다 외국인이라 조선말에 능통하다 해도 토씨의 '가'와 '이'도 구별해 쓰려고 하지 않았다. '사람이 간다' '개이 간다'고 할 때 개는 받침이 없으니까 이가 아닌 가를 붙여야 된다고 가르쳐주면 조선말은 불합리하다고 경멸하면서 따르지 않았다. 선교사들은 그와 유사한 한 가지 버릇씩은 다 가지고 있어서 기술을 가르치는 데 있어서나 예의범절이나 수신을 가르치는 데 있어서도 이 땅에 본디부터 있던 것은 모조리 쓸 만하지 못하고 그들이 들여온 것만 전적으로 옳다는 식이었다. 신식 공부가 아무리 좋고 긴요하다 하나 머리가 큰 학생일수록 거부감이 없을 수 없던 차에 진동열 선생의 나타남은 단비 같았다. 처음부터 선교사한테서만 배워서 선생은 으레 양복쟁이여야 하는 줄 알았는데 진동열 선생은 줄창 무명 두루마기에 삿갓을 쓰고 다녔다. 교실에 들어오면은 삿갓은 벗어놓고 가르쳤다. 그렇다고 완고한 고집쟁이는 아닌 게 상투를 틀고 있지는 않았다. 상투를 자른 사람은 두루마기을 입더라도 갓을 쓰지 않고 중절모를 쓰는 게 새롭게 널리 퍼진 의관의 법도였으므로 상제나 쓰는 삿갓은 기이해 보였다. 생도들이 의논 끝에 대표가 나서서 삿갓에 대해 물었더니 하늘 보기 부끄러워 쓰고 다닐 뿐이라는 대답이었다. 그때부터 진삿갓이라는 별명이 붙었다. 그러나 자기가 만든 기벽에 스스로 매이는 성품은 아닌 듯했다. 날이 추워지면서 검정 두루마기에 남바위를 쓰기 시작했다. 삿갓은 교실 안에선 벗었으나 남바위는 줄창 쓰고 있었다.

　진동열 선생이 구애받지 않는 건 옷차림뿐이 아니었다. 국어시간의 과제는 학부의 검인정 교과서인 유년필독서를 썼지만 국어보다는 조선의 역사, 지리를 가르치는 데 중점을 두고 조선 민족의 정통성 및 주체성을 확립하고 아울러 새로운 세계정세를 익혀 국제 경쟁에서 자립할 수 있는 자존심 있는 국민을 교육할 목적으로 편찬한 책이었다. 따라서 고등과에서 유년 자가 붙은 책을 읽는 게 어린 나이에 높은 한문책을 읽는 걸 자랑으로 알던 당시로써는 자존심 상하는 일이었으나 내용은 상당히 어려웠다.

一我大韓(일아대한)은 亞細亞東部(아세아동부)에 在(재)하니 支那北部(지나북부)로부터 日本海(일본해)와 黃海(황해)와 渤海間(발해간)에 突出(돌출)한 半島國(반도국)이라

一琉璃王(일유리왕)이라 在位三十六年(재위삼십육년)이라 癸卯(계묘)에 高溫祚一國(고온조일국)을 慰禮城(위례성)에 建(건)하고 國號(국호)를 百濟(백제)라 하고 自立(자립)하야 溫祚王(온조왕)이 되니 在位四十年(재위사십년)이라

 이런 식이니 적어도 서당에서 한문 공부를 2, 3년 이상 하지 않고는 고등과만 다닌다고 이해할 수 있는 책이 아니었다. 진동열 선생은 누가 잘 읽고 쓰나엔 그닥 관심을 두지 않았다. 그는 자유롭게 읽고 쓰기보다는 자유롭게 생각하는 법을 가르치려고 자주 교과서를 벗어났다. 특히 역사 이야기만 나오면 진동열 선생은 고금을 자유자재로 누비며 신들린 듯이 열정적으로 가르쳤다. 그럴 때 진동열 선생은 한없이 빛나 보였고 높은 이상을 가진 이가 후학에게 할 수 있는 가장 아름답고 감동적인 수업을 했다. 그는 생도들의 마음을 쥐어짜 고통스럽게 할 수도, 높은 곳을 향해 비상하는 듯한 기쁨을 줄 수도 있었다.
 진동열 선생은 자신의 이런 뛰어난 언변과 식견에 대해 충분히 자각하고 있었지만 자만하거나 절도를 잃는 법이 없었다. 되레 아주 낭패스러운 얼굴로 이렇게 변명처럼 한탄을 하기도 했다.
 "사람이란 누구나 마음속에 울적하게 맺힌 바가 있고 이를 시원하게 발산할 길이 막히게 되면 과거사를 서술해서 미래사를 생각하게 된다고 사마천도 말했느니. 나 또한 보호조약 이후 통분함을 우리의 역사를 새로 읽고 생각하는 일로 소일하고 달래다 보니 시발

점에서 터럭 하나만 한 과실만 있어도 결과는 천 리의 차이로 벌어진다는 옛말의 지당함이 뼈에 사무쳤느니라. 오늘날 우리가 당하는 수모와 망조도 하루아침에 당하게 된 봉변이나 불운이 아니라 오랜 세월을 두고 점차로 진행된 결과이니 누구를 탓하리오. 앞으로 제군이 탓 들을 조상이나 안 되도록 옛일을 미루어 앞으로 옳게 사는 방법을 생각하도록 하려 함이다."

진동열 선생은 또 옛일이 옛날에 끝나버린 일이 아니듯이 남의 나라가 당한 일도 남의 일로만 끝나는 게 아니니 거울삼도록 하라고 『월남망국사』를 부교재로 선택해서 선생님이 가진 걸 빌려주어 돌아가며 읽고 토론하도록 했다.

진동열 선생이 오고 나서 태남이는 비로소 수업받는 의미와 기쁨을 깨달았고 신학문을 하는 긍지도 느낄 수가 있었다. 엊그제는 2학기 마지막 수업 시간이었다. 긴긴 겨울방학으로 들어간다는 푸근함을 보태기라도 하려는 듯이 창밖에선 눈이 어지럽게 날리고 있었다. 교단에 오르자마자 진동열 선생은 우렁찬 목소리로 말했다.

"제군에게 오늘 두 가지 소식을 전하게 된 것을 한없이 기쁘게 그리고 슬프게 생각한다. 한 가지는 통쾌한 소식이고, 한 가지는 통분한 소식이기 때문이다. 제군도 들어 알고 있는 사람도 있겠지만······."

그는 잠시 말을 중단하고 남바위를 벗었다. 그리고 안중근 열사가 하얼빈 역에서 이등박문을 쏴 죽였다고 말했다.

"제군과 함께 조선독립만세를 부르고 싶은데 어떤가?"

생도들이 총 기립해서 만세를 불렀다. 유리창이 들들들 울렸다.

삼창으로는 모자라 삼 곱하기 삼창을 불렀고 터질 듯한 감동으로 발을 구르기도 했다. 진 선생의 볼에 눈물이 흘렀다.
"다음 통분할 소식은 내가 제군에게 가르치던 유년필독서가 금서가 된 것이다. 반일적이고 민족 정기를 고취하는 내용이라고 못 쓰게 한다니, 이 아니 통탄할 일이냐. 이런 수모를 당하고 어떻게 우리에게 주권이 남아 있다는 걸 믿을 수 있겠느냐. 아마 친일적인 교과서가 곧 나올 모양이다. 나는 앞으로 제군 앞에 설 자리를 잃었다. 이 시간이 나의 마지막 수업이 되고 말았구나."
생도들이 물을 끼얹듯이 조용해졌다. 태남이는 진동열 선생이 없는 학교는 이제 상상도 할 수 없었다. 빈껍데기나 다름없었다. 오랫동안 잠잠하던 울떡증이 도지는지 선생님 안 계신 학교 다니나 봐라, 하면서 주먹을 불끈 쥐었다. 진 선생의 마지막 수업은 자연히 안중근 의사였다. 그는 마지막 수업을 위해 미리 면밀하게 조사하고 준비한 듯 안 의사의 출생과 성장, 우국의 열정, 학문과 글씨의 뛰어남, 남아 중의 남아다운 기백과 용기 등으로 예의 신들린 수업을 했다. 그러나 태남이는 다시는 진동열 선생님의 수업을 들을 수 없다는 허전함을 주체할 수 없어 아무것도 들리지 않았다. 그가 귀가 솔깃하고 정신이 바짝 난 건 안 의사가 소년 시절 총을 메고 사냥을 일삼을 제, 산짐승이건 날짐승이건 그가 겨눈 것은 백발백중 놓치는 일이 없었다는 일화 하나였다.
수업을 마치고 작별 인사 끝에 진 선생은 동지들이 나가 있는 중국 땅으로 가 독립운동에 투신할 뜻을 얼핏 비쳤다. 안중근의 의거를 계기로 생각하는 지식인에서 행동하는 지식인으로 탈바꿈하려고 안간힘 쓰고 있다는 걸 눈치챌 수 있었다.

 태남이는 교문 밖에 지키고 있다가 진 선생의 뒤를 밟았다. 그동안 쌓인 눈도 신돌이를 훨씬 넘었는데 천지가 혼미하게 마냥 흩날리고 있었다. 진 선생은 학교에 남아 있는 소지품을 거두어가는 듯 보자기를 옆에 끼고 있었다. 눈 속에 표표히 휘날리는 두루마기 자락과 뾰죽하게 동정을 지나 깃을 덮은 남바위의 뒷모습을 태남이는 무한히 경애하는 마음으로 뒤쫓았다. 어디까지 뒤따라가 어떻게 하겠다는 마련 없이 그냥 따라간다는 데만 기쁨을 느꼈다. 선생님, 하면서 나서고도 싶고 붙들고도 싶었지만 여직껏 선생님이 알아줄 만한 훌륭한 생도가 못 되었다는 자격지심 때문에 그럴 용기가 나지 않았다. 병교다리 못미처까지 뒤따라왔을 때였다. 진 선생이 휘청하고 미끄러졌다. 폭설 때문인지 지나는 행인이 없었다. 태남이는 허둥지둥 뛰어가 진 선생을 부축해 일으켰다.

 "선생님, 접니다. 태남이올시다. 어디메 다치시지 않았시니까? 업히세요, 선생님. 제가 댁까지 업어다 드리겠시다."

 "아니야. 눈에서 미끄러진 걸 갖고 뭘 그러나. 아무튼 고맙구먼. 자넨 언제 보아도 믿음직스럽단 말야. 힘세고 씩씩한 게 부럽기도 하고."

 진 선생이 뜻밖에 친구처럼 흉허물 없이 굴면서 태남이 팔짱을 꼈다.

 "어느 복 많은 분이 자네 같은 아들을 두셨을까?"

진 선생이 정말 부러운 듯이 혼잣말을 했다. 교단 위에서는 하늘의 별처럼 아득하게 높은 데서 빛나던 눈이 너무 지척에서 무력하게 흔들리고 있었다.

"부모님은 두 분 다 일찍 돌아가셨습니다. 전 고아나 다름없는 신셉니다 선생님."

"그랬던가. 몰랐네. 아픈 데를 건드렸으면 용서하게나."

"아닙니다요, 선생님. 저를 써주십시오. 선생님의 힘이 돼드리고 싶습니다요."

태남이는 단숨에 말했다.

"별안간 그게 무슨 소린가. 지금 이렇게 힘이 돼주고 있지 않은가."

"정말은 학교로부터 쭉 선생님 뒤를 따라왔습니다. 선생님 가시는 곳이라면 어디메든지 따라가고 싶습니다. 독립운동하러 가시는데 절 꼭 데려가주십시오. 중국까지 가는 여비는 저도 마련할 수 있습니다요. 짐이 되지 않을 자신 있습니다요. 반드시 선생님에게 쓸모가 있을 것입니다요."

처음엔 놀란 듯이 걸음을 멈추었던 진 선생이 빙그레 웃으면서 다시 걷기 시작했다. 비웃는 것 같진 않았지만 당장 청을 들어줄 것 같지도 않았다.

"태남이 자넨 어떤 쓸모가 있다고 생각하나?"

진 선생이 지루하도록 아무 말이 없다가 물었다. 부드럽고 친절한 목소리였다. 그동안 기가 죽어 있던 태남이는 금세 생기가 나서 말했다.

"눈만 안 온다면 시방 당장 보여드릴 수도 있습니다요. 안중근 의사가 어려서부터 아무리 사냥을 잘했다 해도 아마 제 팔매질 솜씨만은 못할걸입쇼. 공중을 나는 참새도 맞힌 일이 있는걸요. 지금 이렇게 천지가 자욱하지만 않으면 10리 밖의 까치집도 팔매질 한 번으로 떨어뜨려 보여드릴 텐데……."

"너 올해 몇 살이냐?"

진 선생이 허게를 해라로 바꾸자 태남이도 지지 않고,

"내년이면 열여덟이올시다."

"공부는 때가 있느니. 만일 안중근 의사가 총 솜씨만으로 이등박문을 쏴 죽였다 하면 그건 살상이지 의거가 아닌 게야. 혈기나 솜씨만 가지고 독립운동이 되는 게 아냐. 폭동을 일으킬 수 있을지 몰라도. 아까 수업 시간에도 안중근 의사의 출중한 식견, 인격, 앞을 내다보는 역사적 안목 등을 누누이 가르쳤건만 너는 어째서 총 솜씨에 대해서만 귀담아들었느냐."

태남이는 수치감에 떨며 떠듬떠듬 말했다.

"전 워낙 공부 같은 거 취미 읎어요. 더군다나 선생님 안 계신 학교는 다니기 싫단 말예요. 소질 있는 걸 해야지 살맛도 나고 낯도 서고 할 게 아녜요. 전 용기도 있단 말예요."

"이런 동문서답이 있나. 웬 딴소리냐? 그래 고작 살맛 나고, 낯나라고 사람 죽이는 일을 하고 싶다는 게야? 인석아, 생각해봐라. 살상을 하고도 의거라고 주장하고 그 정당성을 당대나 후세 사람들이 믿게 하려면 얼마나 큰 인격의 뒷받침이 있어야 할지를."

"그럼 선생님은 저보다 훨씬 어린 나이에 의병이 되어 싸우다 죽기도 하고 죽이기도 한 젊은이들에 대해선 어떻게 생각하시니까? 그냥 쌈패라고 여기시니까?"

"네가 나를 제법 궁지에 모는구나. 나는 의병장이 아니고 아직은 네 스승이다. 스승의 도리는 제자를 사람 만드는 데 있고 사람다운 사람은 혈기에 치우쳐도, 문약에 치우쳐도 안 되겠기에 하는 소리다. 너는 혈기가 남달리 괄한 듯하니 남보다 몇 배 학문에 힘쓰길 바란 것 뿐이다. 세상엔 이상적인 사람이란 한 명도 없을지 모르지만 그래도 스승의 이상은 이상적인 사람을 만드는 게 아니겠느냐. 내가 오늘 너를 만난 게 매우 기쁘구나. 작별의 기념으로 뭘 하나 주고 싶은데 받아두렴."

진 선생은 보자기에 싼 것 중에서 『월남망국사』를 선물로 주면서 태남이의 등을 정답게 토닥거려주었다. 그리고 가끔 편지하겠다는 약속까지 해주었다.

노산이라고 걱정들을 한 것보다는 수월한 편이었지만 그건 순산하고 나서 남들이 하는 소리고 아기가 에미 몸을 찢으면서 가하는 아픔은 인체가 견딜 수 있는 고통의 극한이었다. 너 죽고 나 죽자! 마치 원수와 피투성이로 싸우듯이 이를 갈며 짐승처럼 으르렁거리고 나서야 아기는 에미로부터 분리되었다. 믿을 수 없을 만치 순식간에 편안해진 가운데 "당추다. 이춋집아 듣는? 아들이야, 떡두꺼비 같은······" 산바라지하는 할멈 곁에 줄창 지키고 있던 이성이댁이 악쓰는 소리가 들렸다.

"하필 산달에 애아범이 집을 비울 게 뭐 있누? 느이 아범 못됐다. 그치? 아이고 미운 것, 어드렇게 그렇게 애비만 빼닮았는?"

후산이 끝나지 않아 할멈은 탯줄을 붙든 채 엄숙한 긴장을 늦추지 않고 있는데 이성이댁은 그야말로 핏덩이에 지나지 않는 걸 들여다보며 너스레를 떨었다. 후성이댁도 함박꽃처럼 웃으며 자배기에 더운물을 퍼들였다. 애아범이 집을 비웠단 소리에 태임이는 또 울컥 설움이 복받쳐 눈귀에 주르르 눈물을 흘렸다. 산고 중에도 이성이댁은 자주 애아범을 들먹였다. 제아무리 안 나오던 아기도 산모가 애아범 상투 끝을 붙들고 용을 쓰면 나오게 돼 있는데 어디 가서 상투 끝을 빌려라도 오든지 해야지 애어멈 잡겠네, 하면서 호들갑을 떨기도 했고, 남편이 여편네를 변함없이 귀애하려면 애 낳는 건 안 보는 게 수니 섭섭해 말라고 위로를 하기도 했다. 그 어느 쪽이든지 종상이의 부재를 상기시키기는 마찬가지여서 야속하고 서러운 생각이 복받치게 했다. 혹독하고도 서러운 산고였다.

후산까지 시키고 나서야 노숙한 할멈은 입을 열었다.

"큰일 하셨습니다. 이 댁 가문에 경사 났습죠?"

할멈의 베적삼이 흠뻑 젖어 등골에 눌어붙고 치맛자락에 선혈이 낭자했다. 땀 냄새와 피비린내가 가뜩이나 무거운 산방을 더욱 숨막히게 했다. 마침 칠월 칠석날 신시申時였다. 견우직녀의 1년의 한 번의 만남을 기어코 훼방놓고야 말겠다는 듯이 하늘은 잔뜩 오만상을 찡그리고 벼르고 있었다. 그날 밤 은하수가 범람하도록 줄기차게 소나기가 퍼부었건만도 더위는 여전했다.

칠월이 산달인 걸 빤히 알면서도 종상이는 칠월 초승께 서울로 떠나면서 보름은 걸릴 거라고 했다. 그믐께나 낳았으면 했으나 초이렛날 순산을 했고 태임이는 3일 만에 손수 편지를 써서 기별을 했다. 보름 안에 돌아오겠거니 했는데 보름이 지나서 온 건 사람이 아니라 답장이었다. 애썼다는 인사말과 함께 한시바삐 아들을 보고 싶은 생각 굴뚝같으나 뜻하지 않게 평양까지 가봐야 할 긴한 볼일이 생겨 예정이 보름쯤 지체될 터이니 기다리지 말고 몸조리 잘하라는 편지였다.

그럭저럭 처서를 넘겼다고는 하나 늦더위가 복중보다 오히려 집요하고 짜증스러웠다. 아기도 산모도 땀띠투성이였다. 작은숙모 큰숙모가 번갈아가며 하루 한 번씩 들를 뿐 아니라 아랫것들한테까지 엄중하게 일러놓아 방문도 못 열어놓게 하는 것도 못 견딜 노릇인데 하루 한 번 군불까지 때주니 죽을 맛이었다.

이래저래 하루가 여삼추 같았다. 혼인한 지 10년 동안 비록 밑천을 들여 일정한 장소에서 사업을 경영한 적은 없었지만 늘 외방 출타가 잦은 종상이었다. 친구들과 어울려 금강산과 관동팔경을 두루 거쳐 온 적이 딱 한 번 있었을 뿐 잦은 서울 나들이는 거의 처숙들의 사업과 관계가 있는 것이었다. 이번처럼 처숙들도 전혀 짐작할 수 없는 용무로 집을 떠나 하루 이틀도 아니고 달포나 걸리는 일은 처음이었다.

이성이는 처음부터 종상이를 긴요하게 써먹었지만 부성이도 근래엔 종상이에게 대소사를 털어놓고 의논도 하고 의지하려 들었다. 이성이는 아직도 점방을 갖고 있지 않았다. 그러나 도가 창고에 쟁여놓은 현물은 송도 상인 중에서 제일간다고 알려질 정도의 거상이었고 가장 실력 있는 전주였다. 그의 상거래는 주로 그의 사랑에서 이루어졌기 때문에 그의 사랑엔 팔도 상인들의 발길이 연락부절이었다. 그는 수판을 튕기고 장부를 기입하는 서기와 전표를 보고 현물을 내주는 사환을 각각 두 명씩 거느리고 있었다. 그러나 그가 속으로 은근히 내 사람이라고 믿고 든든하게 여기고 아끼는 건 종상이었다. 부성이 역시 선대로부터 물려받은 남대문 안 점방을 잘 경영하고 있었다. 현상 유지에 급급한 부성이의 야심 없는 성품이 급변하는 세상을 용케 견디고 그만큼이라도 장사를 키운 건 종상이의 덕이 적지 않았다. 물건을 사 쟁일 때와 풀 때를 종상이와 의논하면 거의 틀림이 없었고 물건으로 가지고 있는 게 더 유리한 시기와 돈으로 가지고 있는 게 유리한 시기를 알아맞히는 데도 종상이는 영락이 없었다. 목화가 흉년이 들면 딴 목화 고장에서 면포를 사재기해놓으면 큰 이윤을 남기기는 땅 짚고 헤엄치기라는 소박한 상지식밖에 없는 부성이에게 종상이의 앞을 내다보는 눈은 신기하기 이를 데 없는 것이었다. 그러나 종상이로는 별로 어려울 게 없었고 신기한 재주를 부린다는 의식 같은 건 더군다나 없었다.

그가 관심 있게 뒤쫓는 건 돈이나 물산의 흐름이 아니라 세상 돌아가는 꼴이었고 나라의 운명이었다. 그렇다고 장사에 관한 그의 예언이 잘 들어맞는 게 우연은 아니었다. 장삿속에 국내 작황의 길흉만 가지고 좌우될 수 있는 시대는 이미 아니었다. 물산의 교류는 세계를 향해 활짝 열렸고 돈의 정체나 흐름, 고갈이나 과잉은 정치 외교와 밀접한 관계가 있었다. 장삿속이 결코 나라의 운명과 무관한 것일 수 없다는 그의 앞선 감각이 부성이에게 이용 가치가 있었던 것보다 훨씬 실속 있고 구체적으로 이성이는 종상이를 이용할 줄 알았다. 종상이의 썩 잘 어울리는 양복 차림과 능통한 일본 말, 의사소통엔 불편이 없을 정도의 영어 실력 등은 외국 사람과 굵직한 상거래가 있을 때마다 내세우기에 손색이 없었다. 중간에서 결코 농간이나 협잡을 부릴 사람이 아니라는 인품에 대한 신뢰감까지 있고 보니 금상첨화였다.

이성이가 남보다 먼저 외국에다 물건을 주문해서 들여다 파는 소위 무역이라 부를 만한 것에 눈을 뜬 것도 종상이의 덕이었다. 부성이도, 이성이도 남의 덕을 거저로 볼 만치 경우 없는 사람들이 아니었으므로 종상이에게 돌아오는 구전도 적은 액수가 아니었다. 하여 태임이가 종상이에 대해 허전하게 여기는 것도 자기 자신의 뜻에 맞는 일을 찾지 못하고 맨날 처가 쪽 좋은 일만 하는 것이지 아내에게 경제적으로 의존하고 산다고 생각해서는 아니었다.

종상이의 나이도 어언 서른보다는 마흔 쪽에 가까웠다. 마흔 안에 손자를 본 사람들도 적지 않은데 이제야 첫아들을 본 것이 하늘같이 대견하다가도 문득 신청부같아지는 걸 어쩔 수가 없었다. 그럴수록 남편을 보고 싶은 생각이 간절했다. 그도 아들을 본다면 이제부터라도 뜻을 물려줄 만한 일이든, 재산을 물려줄 만한 일이든 시작을 안 하고는 못 배기리라는 기대가 더욱 태임이를 조바심 나게 했다. 아들을 보기 전에 무슨 일을 벌인 게 아닐까 싶은 불안한 마음도 없지 않았다. 보나마나 허황한 일일 것 같았다. 태임이는 종상이가 처음 하고 싶어 한 사업이 은행이었다는 걸 잊지 않고 있었다. 은행인가 뭔가는 개성에 있는 장사꾼들의 돈을 다 긁어모아도 택도 없을 만큼 밑천이 많이 드는 장사라고 했다. 하고많은 장사 중에 하필 그런 장사를 해보겠다고 한때 날쳤을 뿐 아니라 날치기 전에 1, 2년에 걸쳐 세부적인 계획까지 세운 종상이를 태임이는 이해하려 들지 않았다. 도지지 않도록 덮어두어야 할 이상한 일면처럼 여기고 있을 뿐이었다.

부엌에도 마당에도 인기척이 없는 걸 기화로 태임이는 미닫이를 조심스럽게 열었다. 마당에 무성한 화초도 조금도 시원한 느낌을 주지 않았다. 잎은 검푸르고 맨드라미 백일홍은 뙤약볕이 당겨놓은 불꽃처럼 뜨겁게 타오르고 있었다. 화경 없이도 불을 당길 수 있을 만큼 노염은 꽃밭 가득 뜨겁게 지글대고 있었다. 아직도 여름이었다. 그리고 마냥 여름이었다. 기다려도 기다려도 종상이도 가을도 오지 않았다.

문득 잊었던 생각처럼 생급스럽게 그 무성한 여름 사이로 소슬한 가을 기운이 지나간 것처럼 느낄 적도 있었다. 그러나 기다리다 지친 눈의 환각인 양 자취도 없이 사라져버리고 여름은 마냥 무성하고도 완고했다.

　어느 날 아침, 갈아입으려고 할 때마다 끈끈히 눌어붙던 속적삼이 매끄럽게 흘러내리는 걸 느꼈다. 개운하고 상쾌한 느낌이었다. 태임이는 벗은 상체를 양손으로 어깨에서 팔목까지 쓸어내려보았다. 정성스러운 해산구완으로 풍만하게 살이 오른 상체가 차갑고 매끄러웠다. 아기의 이마의 땀띠도 푸릇한 자국을 남기고 스러져가고 있었다. 태임이는 거울 앞에 앉았다. 삼단 같은 머리를 참빗질해 쪽 찌고 나니 단단하고 동그스름한 이마가 수심조차 머무를 수 없을 만큼 정결하고 매끄러워 보였다. 아들을 낳았다는 만족감이 광채를 더해 약간 교만해 보이는 자신의 얼굴을 뚫어져라 바라보면서 그녀는 남편 그리움에 찔린 듯이 얼굴을 찌푸렸다. 그리움에 원망이 섞이니 사랑이 살의처럼 표독해졌다. 그녀는 진솔 남갑사 치마말기로 터질 듯 부푼 젖가슴을 동이고 역시 진솔 은조사 깨끼저고리를 받쳐 입었다. 아기가 먹고 남을 만치 풍요하게 부풀은 가슴 때문에 앞섶이 조금 들리는 것 외엔 물 찬 제비처럼 태가 나는 옷맵시는 여전했다. 아기 삼칠일도 지났겠다 그녀는 눈치볼 것 없이 미닫이를 활짝 열었다. 마당의 그 무성하던 여름은 한바탕 좀이 집고 지나간 것처럼 허룩하고 엉성해져 있었다. 그 사이로 상큼한 가을 기운이 물결처럼 일렁이고 있었다. 태임이는 마치 오랜 기다림 끝에 까치 소리를 들은 것처럼 반색을 하며 그가 오늘내일 돌아오려나 보다고 생각했다.

　해산하고 나서 버릇이 된 오후의 낮잠은 그 유혹이 도저히 거역할 수 없이 감미로운 데 비해 뒷맛은 진창에서 허위적대듯이 불쾌하고 번번이 눈가에 둔중한 더께를 남기더니 그날따라 잘 자고 깨어나니 날아갈 듯이 상쾌했다. 흡족하고 죄의식 없는 쾌락의 끝 같은 해방감이었다.

종상이가 돌아와 있었다. 그는 잠든 아기 발치에 무릎을 꿇고 엉덩이를 든 모습으로 아들을 들여다보고 있었다. 한 뼘쯤 상거한 부자의 이마를 번갈아 바라보면서 태임이는 숨죽여 웃었다. 몇 시쯤인지 방 속의 사위는 불을 들쑤셔놓은 것처럼 주황빛으로 밝았고 창호지 문이 커다란 거울처럼 번들대고 있었다. 해가 많이 짧아진 대신 안으로 들이비치고 있었다. 태임이가 깬 기척에 그는 고개를 들고 벽 쪽으로 기대앉았다. 검정 양복 때문인지 그는 몇 겹의 두터운 그림자처럼 보였다. 태임이는 반가움에 앞서 그의 양복쟁이 모습이 보기 싫다고 생각했다. 집 떠날 때도 그는 양복을 입고 있었건만 태임이의 상상 속에서 그는 흰 모시 두루막 자락에 샘물처럼 생긋한 바람을 묻히고 돌아오는 걸로 돼 있었다.

"아아, 고단하다."

태임이가 깼다는 걸 확인하고 싶은 듯 그가 큰 소리로 말하고 다리를 뻗었다. 창호지에 머물렀던 빛이 거짓말처럼 사라지고 방 안이 침침해졌다. 갑자기 이완시킨 그의 몸에서 어둠이 먹물처럼 우러나는 것 같았다. 그러자 그게 곧 우울이라는 걸 깨달았다. 태임이의 비몽사몽간으로 몽롱하던 의식이 순식간에 말똥말똥해졌다.

"무슨 근심이 있으시니까?"

태임이는 발딱 일어나 앉아 옷매무새를 가다듬으면서 물었다.

"아니오, 근심은 무슨. 바라던 아들까지 얻었는데. 당신 수고했소. 순산이어서 무엇보다 기쁘구려."

종상이는 근심을 조심스럽게 싸고 또 싸듯이 느릿느릿 여러 말을 했다.

"누구라 순산이라고 하더이까? 남의 말하기 좋아 순산이지 몇 번이나 죽을 뻔했는지 아시니까?"

태임이는 금방 눈물이 괸 눈을 흘기면서 말했다.

"당신의 편지로 순산했다는 걸 알았을 뿐이오."

종상이가 짧게 말했다. 태임이는 그의 냉담한 목소리가 섬뜩했다. 거절당한 응석이 목구멍에서 글겅거리는 걸 참느라 숨을 크게 들이마셨다. 종상이가 일어나서 양복을 벗었다. 태임이는 양복을 받아 옷걸이에 걸고 나서 고의적삼을 꺼내놓았다. 여란이 들어와 무릎에 앉으면서 손을 돌려 그의 목을 끌어안았다. 엄마를 빼앗긴 섭섭함을 풀어보려는 듯 어린것의 동작엔 전에 없는 절박함이 배어 있었다. 그가 어린 딸의 목덜미에 턱을 파묻자 아이는 몸을 비틀며 따갑다고 날카로운 교성을 질렀다. 팔을 어깨 위로 쳐들고 나비잠을 자던 갓난아기가 얼굴을 심하게 구기며 울기 시작했다. 태임이가 여봐란듯이 자랑스럽게 기저귀를 갈아주고 나서 돌아앉아 젖을 물렸다. 얼핏 본 젖이 백자 연적처럼 어여뻤다. 새로 태어난 식구의 존재에 압도되어 틈입자처럼 제자리를 못 찾던 종상이가 비로소 귀가를 실감했다.

"내 집이 좋긴 좋군."

그는 좀 들뜬 소리를 내면서 여란이를 끌어안은 팔에 힘을 주었다. 그에게서 먹물처럼 우러나던 것은 우울이 아니라 노독이었나? 태임이는 갈증처럼 조급하게 식구끼리의 오붓한 단란을 돌이키려고 서툴게 우스갯소리를 꾸며댔다.

"당신 상투는 얻다 떼어놓고 그 머리 모양이 뭐유?"

"상투? 난 장가들기 전부터 이런 머리였는데 무슨 소리요?"

종상이는 전혀 농으로 받지 않고 정색을 했다.

"애 비롯는 동안 작은숙모가 얼마나 상투 타령을 헌 줄 아시니까? 글쎄 애아버지 상투를 잡아야 순산을 헌대요. 순산허긴 틀렸나 보다 무섭고 서럽고, 낭중엔 당신 상투가 헛보입디다. 헛보이는 상투라도 죽자꾸나 틀어잡고 나니 이 아이가 나오지 뭡니까. 그리고 나서 여태 상투 튼 낭신민 생각하고 있었나 봅니다."

"난 또 나 읎는 동안 상투잡이하고 눈이 맞았나 했구려."

생전 안 하던 상스러운 농을 하도 재미없이 삭막하게 했으므로 태임이는 못 들은 척하기로 했다.

그러나 그날 밤 이슥해 잠든 남매를 나란히 눕히자 흐뭇하고 대견한 김에 아직 풀지 못한 억울하고 섭섭한 걸 그냥 삭일 순 없다고 생각했다. 그녀는 아들 낳은 공을 뽐내고 칭찬받고 싶었던 것이다.

"어드래요? 요 쪼그만 게 방 안을 그들먹하게 채우는 것 같지 않시니까?"

우선 이렇게 운을 떼었으나 돌아온 대답은 뜻밖이었다.

"기구헌 일이오. 여란이가 을사생이더니 이 아이는 경술생이니……."

"도대체 그게 무슨 말씀이시니까? 기구하다구요? 사위스럽습니다요."

태임이는 종상이의 슬픈 눈길에 소스라치며 물었다.

"지난 을사년은 역적들이 왜놈들한테 나라를 팔아먹은 천추에 씻지 못할 한을 남긴 해 아니오? 그래도 그때는 비록 왜놈의 속국으로나마 명색이 나라라는 게 남아 있더니만 그나마도 부지를 못하고 금년엔 기어코 합방조약을 맺었으니 이 아니 통분할 일이오. 나라가 아주 망해버렸으니 이 어린것들이 장차 어드렇게 나라 없는 백성의 설움을 받을 것인지 생각할수록 기가 막히고 치가 떨리는구려."

"언제 그렇게 됐시니까? 까맣게 모르고 있었시다."

"이 고장이야 예로부터 조정에서 하는 일에 짐짓 무관심한 데 아니오. 더군다나 여염집 안방까지 그 소식이 미치려면 한참 더 있어야 할 게요. 얼마 안 된 일이니까."

"서울 인심이 흉흉했겠습죠? 소요는 읎었시니까?"

"잘은 모르지만 왜 읎었겠소. 그러나 길손이 겉핥기로 본 걸로는 지난 을사년보다는 되레 조용합디다."

"사삿집도 처음 기우뚱할 때 한바탕 법석을 떨고 나면 아주 폭삭해도 놀랄 기력이 읎는 법이니까요."

"그런가 보오. 그래도 난 이번에 훨씬 끔찍한 꼴을 보았소. 생전 안 잊힐 것 같은……."

종상이에게서 막연히 감돌던 어둠이 갑옷처럼 두터워졌다.

"어드런 일인데요?"

태임이는 본능적으로 듣고 싶지 않다고 여기면서도 피할 수 없을 것 같아 물었다.

"서울 갈 때마다 묵는 어의동 숙소에서 하루는 자고 깨니까 온 동네가 수런거립디다. 낙산 마루턱 소나무에 늙은 선비가 목을 맸다고 구경들을 가는데 나도 무심결에 따라가보았더니 그 형상이 어찌나 참혹하던지……. 부릅뜬 눈이 꼭 나를 노려보는 것 같았소."

"무슨 말씀을 그렇게……. 객지 생활이 오래가다 보니 심신이 허해졌나 봅니다."

태임이는 그만 듣고 싶어서 곤히 자는 갓난것들을 보듬어 안으면서 말했다. 그러나 종상이는 상관하지 않고 하던 말을 계속했다.

"서울 가서 공부하는 동안 줄창 선교사 집에 있었던 것은 당신도 알잖소. 그 사람들이 십자가에 못 박혀 죽은 예수의 죽음을 가장 거룩하고 아름다운 걸로 찬미하는 걸 하도 들어놔서 나는 나무에 매달려 죽는 죽음에 대해도 환상을 가졌었지 않나 싶소. 더군다나 의롭게 죽었으니 그 죽음이 곱고 거룩해야 마땅하련만 전혀 그게 아니더군."

"그분도 의롭게 죽었다고 합디까?"

"품에서 유서가 나왔소. 절절한 망국의 한이 담긴……."

"나라가 망한다고 백성이 다 따라 죽으면 누구라 다시 나라를 일으키겠시니까?"

"그럴듯한 소리요. 그렇지만 굴욕 대신 죽음을 택한 그 늙은이의 자존심이 부러워서, 샘이 나서, 나는 골백번 죽어도 그렇게는 못할 게 뻔해서 속이 아리고 자꾸만 눈물이 납디다."

종상이는 그렇게 말하면서 다시 조용히 울고 있었다.

"당신, 정신 나갔어요? 당신은 지금 소년도 아니고 다 산 늙은이도 아니잖우. 이 갓난것의 아버지란 말예요. 부러워할 게 따로 있지."

"시방은 부러워서 우는 게 아니오. 무서워서 그래. 그 노인의 부릅뜬 눈과 늘어진 긴 혀가 무서워서……."

"그만해두지 못하겠어요."

"그때는 그 시신의 참혹함에도 불구하고 그 노인이 정말 부러웠더랬소. 내가 너무 못나 보였고 살아 있다는 게 부끄러워서 미칠 것 같았소. 그리고 이상한 건 그런 느낌이 처음이 아니라는 거였소. 생각나오? 이 고장에 큰 민란이 있었을 때 나는 명색이 주동자면서 막판에 발을 빼고 오로지 당신 집이 변을 당할까 봐만 걱정이 돼서 당신 곁을 지키고 있었던 일 말요. 그때는 그때 나름으로 동무들은 무모하고 내 생각이 옳다는 자신이 있어 그렇게 했건만도 동무들이 관가를 태우고 관군들과 싸우는 함성을 들으면서 얼마나 외롭고 부끄럽고 부러웠는 줄 아우? 노인의 죽음을 보면서 그때의 기억이 마치 어제런 듯 분명하게 떠올라서 심히 민망합디다."

"그 일과 이번 일은 조금도 상관없는 일일시다. 억지로 갖다 붙여서 자기를 들볶지 마십시다요."

"관계가 웂구말구. 털끝만큼도 서로 관계가 없는데도 관계를 시켜보고 싶은 걸 어드럭허남. 아냐, 내가 시키지 않아도 저희끼리 눈이 맞아 관계를 맺으려 하니 낸들 어쩌나."

종상이는 마치 바람난 아랫것들을 엣다 모르겠다 어울리도록 내버려둘 때처럼 관대함이랄까 무책임함을 과장했다.

"허해지셔서 걱정일시다. 최 주부한테 기별해서 보약을 한 제 짓도록 하겠으니 그리 아세요. 진즉 돌아오실 일이지 그리고 나서 또 평양까지 가셔서 여태 지체하실 건 또 뭡니까? 참으로 야속합니다요."

"이번엔 평양 가긴 참 잘했소. 이제야 겨우 나에게 맞는 내 일을 찾은 것 같소."

"그러면 앞으로 평양에서 무슨 일을 시작하시겠다는 말씀이오니까?"

"아니오. 그런 건 아니고 내가 하려는 일을 설명하기 전에 당신한테 한 가지 양해를 구할 일이 있는데 꼭 들어줘야겠소."

"밑천 말씀이니까?"

"밑천 안 드는 일이니 걱정 말구려."

"그렇게 딱 짜르시니 되레 제가 무안합니다요."

"당신한테 양해를 구하고 싶다는 건 다름 아닌 하인들 문제요. 당신이 시방 부리는 식솔의 수효가 정확하게 몇 명이나 되우?"

"절 시방 시험하시는 겁니까?"

"화내지 말길 바라오. 어디까지나 의논이니까."

"그걸 몰라서 물으시니까? 따져보면 금방 알 수 있는 일 아닌감요. 행랑에 언년 아범 어멈 내외에다 언년 오래비, 언년이 서방, 언년이까지 다섯 식구, 귀돌네가 귀돌 어멈 아범, 귀돌이, 귀순이까지 네 식구에다 애 보는 입분이가 또 있으니 도합 열 식구가 되는군요."
"우린 몇 식구요?"
"태남이까지 다섯 식구인 걸 몰라서 물으시니까? 별안간 좁쌀영감처럼 구시기로 작정한 게 겨우 당신이 하고저 하는 새 사업이니까?"
태임이가 발끈 화를 냈다. 종상이가 여직껏 그런 일에 대범했고 참견할 권리도 없다는 태도로 일관해온 건 사실이나 태임이의 반응은 지나치게 모욕적이었다. 태임이도 곧 그걸 느끼고 입을 다물었지만 말뜻 자체를 주워담을 생각이 조금이라도 있는 건 아니었다. 종상이는 처음부터 참을성 있게 설득하기로 작정을 한 듯 말꼬리를 잡고 늘어지거나 하지 않았다.
"입분이 하나만 남겨놓고 그 사람들을 풀어줍시다. 제풀에 살도록 합시다."
"마치 제가 그것들을 묶어놓은 것처럼 말씀하시지만 종 문서 읎어진 지가 벌써 언제니까. 종 문서 있을 적부터도 그것들은 문서 있는 종이 아니었시다. 모르면 좀 가만히나 계세요. 할아버지 적부터 부리던 종들이 자꾸 불어나는 걸 어드럭허니까? 그것들도 사람이니 시집 장가가 자식 낳는 건 정한 이치 아니니까? 모녀나 부자의 천륜을 끊고 자식만 나가랄 수도, 에미 애비만 나가랄 수도 읎거니와, 상전이 상전 노릇 넉넉히 할 만큼 천량이 해마다 늘어난다면 그것들이 타고난 먹을 복의 덕도 읎다 할 수 읎거니 하고 거두는 게 상전의 도리라구요. 더구나 우리 집 아랫것들은 귀돌네 빼고는 내가 데리고 오고 싶어 온 게 아니라 즈이들이 나 시집올 때 한사코 따라나서서 마지못해 데려온 식구들인 걸 생각해야죠. 즈이들 딴엔 내 그늘을 옛날 할아버지 그늘처럼 믿거라 하고 그 그늘을 벗어나면 못 살 것 같아 막무가내로 분열이네 남기를 싫어한 그 의리를 생각해야죠."

"그 의리를 생각해서라도 자립을 하도록 도와줘야지 무슨 수로 자꾸 불어나는 식솔을 다 먹여 살리겠다는 거요?"

"아랫것들만 불어나니까? 우리도 두 식구가 다섯 식구 된 건 왜 생각 못 하시니까? 여란이 시집보낼 때 딸려 보내고, 태남이 장가갈 때 떼어내주고 나면 오히려 모자라겠시다."

"그 사람들을 천량이나 마찬가지로 취급한다면 문서 있을 때와 뭐가 다른 거요?"

"다르죠. 갈 테면 가래도 안 가니까요. 왜 가겠어요? 꿈적꿈적 그저 움직이는 시늉만 해도 먹을 걱정, 입을 걱정을 안 해도 되는데."

"내 말이 바로 그 말이오. 이미 나이 든 하인은 헐 수 읎을지 모르지만 젊은이나 아이들까지 그런 식으로 길들인다는 건 죄악이에요."

"그럼 어드럭해요. 우리 그늘을 벗어나면 천상 빌어먹을 재주밖에 읎는 것들을. 난 그렇게 못 해요. 우리가 밥 먹고 사는 날까지는 같이 먹고살아야지."

"두고 보면 알겠지만 앞으론 세상이 점점 각박해질 거요. 있는 재산으로 많은 식솔을 먹여 살리는 게 불가능한 날이 곧 오고 말 거요. 그때가 오기 전에 그들도 스스로 먹고사는 힘을 길러야 돼요. 알아 듣겠소."

"도대체 그것들을 데리고 뭘 어째 보겠다고 이러시니까? 게으르고 남의 눈 속이는 재주밖에 읎는 것들을."

"드디어 실토를 하는구려. 그 사람들을 그렇게 길들인 건 바로 당신이에요. 당신의 그늘이란 말요."

"그늘도 할아버지로부터 물려받은 거예요. 한때는 당신 그늘에만 수백의 식솔을 거느리던 할아버지였단 말예요. 오죽한 사람이 그늘 하나 읎이 말쑥하게 살까?"

"나를 빗대놓고 하는 말 같소만은 나도 그 사람들의 그늘이 돼주려하오. 당신 같은 그늘 말고 그 사람들이 제대로 사람 노릇 하도록 도와줄 수 있는 그늘 말이오."

종상이는 태임이의 반발이나 능멸을 요령껏 다독거리면서 그가 하고자 하는 일의 이해를 구했다. 종상이가 처음엔 소문으로만 듣고도 솔깃하게 여겼던 건 다름 아닌 양말공장이었다. 해마다 늘어나는 학교 학생들 사이엔 요새 더럼이 덜 타고 활동에 편한 양복이 날로 인기를 더해가고 있었다. 양복엔 버선보다는 양말이 제격이었다. 구두나 가죽신에도 물론 양말이 잘 어울렸지만 짚신에도 양말이 버선보다 편했다. 그러나 짚신에 양말을 신으면 개발에 편자라 할 만큼 양말은 아직 귀물이었다. 그런 양말공업이 평양을 중심으로 성한다는 소리를 듣고 종상이는 직접 현장을 가보기로 했고 돌아보고는 이거야말로 발전성이 무궁할 뿐 아니라 그의 재력으로 수월하게 시작할 수 있다는 판단이 선 거였다. 손으로 조작해서 한 짝씩 짜는 단순한 기계였다. 그는 사날 걸려 짜는 기술과 기계 속까지를 익힌 연후에 기계를 몇 대 사가지고 오는 길이었다. 벌써 더 여러 대의 기계를 일본에다 주문했다고 한다. 일본에선 새로운 기계를 개발해서 이미 구식에 속한 손짜기계라 헐값이라고 했다. 그는 기계뿐 아니라 공장과 일꾼까지 점찍어놓고 있었다. 행랑채는 본디 저희 식구들끼리 따로 밥을 해먹으면서 제 살림을 하게 돼 있었고 안채의 위용과 걸맞게 불필요한 방과 헛간을 나열해서 겉모양만 그럴듯하고 구석구석이 빈 채 퇴락해 있었다. 그곳을 그냥 공장으로 쓰면서 빈둥거리는 식구들에게 양말 짜는 기술을 가르칠 계획이었다. 이성이도 부성이도 다 면사를 취급하고 있으니 원료 얻는 건 문제없는 일이고 종상이는 판매만 전담할 작정이었다. 물건은 평양에서 가장 많이 생산되는데 딸리는 형편이었으니 신용 있게 잘만 짜면 팔리는 건 문제없을 것 같았다. 판매보다 더 어려운 건, 얻어먹는 데 이골이 난 사람들을 어떻게 닦달질을 해 일을 시키고, 그 대가로 쌀 사먹는 데 보람을 느끼게 하는가였다.

앞니곱니 따지다가 아무것도 못하고 만 자신의 약점을 알 만큼 아는지라 이번엔 지딱지딱 일부터 벌이기 시작했다. 행랑채는 불과 한 달 사이에 양말공장으로 변했다. 동네 사람들이 구경을 와서 기웃대고, 행랑 식구들은 주인이 그들의 거처를 빼앗으려고 수를 쓴다고 불안해서 술렁거렸다. 언넌 아범은 기술을 가르쳐서 일본 공장에 팔아먹을 속셈이라고 엉뚱하게 넘겨짚으면서 아들딸이 일을 못 배우게 훼방을 놓기도 했다. 종상이 혼자 짜고 태임이가 꿰매야 할 적도 있었다. 단순한 기계라 뒤꿈치와 앞부리는 사람의 손으로 꿰매야만 했다. 외부에서 하나둘 일 배우러 오겠다는 사람들이 생기는 낌새를 보고서야 행랑 식구들도 덤벼들기 시작했다. 양말공장은 종상이가 당초에 예상한 것보다 더 잘됐다. 물건은 없어서 못 팔게 불티가 났고 이윤도 적절했다. 행랑채엔 '고려양말공장'이라는 간판이 붙었고 행랑식구들은 언제 행랑 아범 어멈이었더냐 싶게 월급쟁이로 행세하게 되었다. 처숙들은 언제고 종상이가 큰 밑천 잡을 줄 알았노라고 대견해하기도 하고 부러워하기도 했다. 통감부가 총독부가 되고 시골구석까지 식민지 통치가 강화되면서부터 처숙들의 장사는 예전 같지 않았다. 그걸 세상이 달라져서 그러려니 하지 않고 종상이가 제 일에만 골몰하고 그들에게 등한해서 그렇다고 여겨 가끔 섭섭한 소리도 했다. 그러나 종상이의 양말공장이 그만큼 자리 잡기는 3년이나 걸렸고 그동안 말 못할 고초를 얼마나 겪었는지 그들은 알지 못했고 알려고도 안 했다.

종상이 내외가 오로지 양말공장 때문에 근심하고 기뻐하고 이만하면 성공을 했다고 자족하는 동안 태남이는 늠름하고 불가해한 청년이 돼 있었다. 그는 이제 관옥 같다든가 망나니 같다든가 남이 함부로 찧고 까불 수 없는 그 자신의 표정을 획득하고 있었다.

태남이 나이 스물한 살이었다. 작년에 한영학원 고등과를 졸업하고 자청해서 양말공장 일을 거들고 있었다. 그의 졸업을 앞두고 태임이와 종상이는 그의 장래를 놓고 자주 의논했지만 의견이 맞지 않았다. 태임이는 그를 서울로 보내 전문학교를 다니게 하고 싶어했고 종상이는 장가를 들이는 게 급하다고 주장했다. 소년 시절 이미 종상이의 키를 능가했던 태남이는 지금 기골이 장대했고 과묵해서 실제의 나이보다도 훨씬 더 들어 보였다. 기운을 함부로 쓰지 않은 지 여러 해 되었지만 말을 극도로 아꼈기 때문에 자연히 주위 사람들이 그를 두려워하게 되었다. 종상이도 그가 기운을 함부로 써 망나니 소리를 들을 때보다 더 그의 존재가 신경에 거슬렸다. 그래도 나이도 그만큼 찼겠다 장가들여 살림 내 딴 식구를 만들고 싶었다. 그러나 태임이는 한때 태남이가 못되게 굴 때 포기해버린 줄 알았던 '관옥 같은 아이'에 대한 꿈과, 그 아이는 자기 거라는 집요한 소유욕을 회복한 지 오래였다.

"그 애는 대처에 나가 많이 배우고 크게 돼서 금의환향해야 돼요, 여봐란듯이."

태임이가 그렇게 말할 때는 마치 태남이와 한패가 돼서 온 세상을 다 깔보며 싸움이라도 걸듯이 적의에 충만해 있어서 종상이를 곤혹스럽게 했다. 그럴 때 태임이는 양말공장 같은 건 안중에도 없어 보였다. 아내와 더불어 어려운 고비와 잘돼가는 기쁨을 나눌 때는 그렇게도 대견스럽던 양말공장이 아내의 눈에 보잘것없이 비친다고 느껴지자 금방 초라해졌고 그런 자신에 대해 화가 났다. 그래서 안

하던 거친 말로 비꼬기가 일쑤였다.
"도대체 어떻게 되는 게 크게 되는 거요. 나라가 망해버린 판에 금의환향은 또 무슨 얼어죽을 금의환향이람. 집안에 칼 찬 양반 또 하나 나겠구만, 흥."
칼 찬 양반이란 이성이네 안잠자기 아들 장쇠를 두고 비꼬는 말이었다. 개천에서 용 났다고 일컬어질 만큼 생기기도 훤하고 뜻하는 바도 남달라 철나고부터 흰소리치며 객지로만 돌더니만 어느 날 칼 찬 순사가 돼서 돌아왔다. 안잠자기는 아들이 금의환향했다고 떠벌렸고 이성이댁은 뒤탈이 두려워 대강 장단을 맞춰주면서 잔치까지는 안 가도 모자가 흡족해할 만큼 극진한 상객 대접을 해서 보냈지만 속으로는 여간 꺼림칙한 게 아니었다. 결국은 자네처럼 성공한 아들 둔 사람을 손아랫사람으로 부리기가 심히 민망한 내 심중을 헤아려주게나, 하는 뜻의 좋은 말로 달래는 한편 사정사정해 그간의 품삯을 후하게 쳐서 내보내고서야 마음을 놓을 수가 있었다. 그 후 서울로 아들 따라간 안잠자기는 아들 곁에서 얼마 부지하지 못하고 이내 성공한 아들을 두었다는 것조차 숨기고 다시 남의 집 안잠자기가 되었다는 소문이 났다. 그 소문이 이성이네를 한바탕 즐겁게 했을 것은 말할 것도 없다.
하필이면 태임이가 태남이에게 거는 기대를 장쇠의 금의환향에 비긴 것은 좀 지나친 빈정거림이었다. 태남이의 이 집안에서의 위치도 장쇠 이상으로는 안 본다는 속셈까지 드러낸 셈이니 이중의 모욕이었다. 모욕감을 느꼈을 때 흥분하기보다는 차갑고 오만해지는 게 아내의 성품인지라 말다툼은 그 이상 번지지 않았다. 종상이는 일단은 통쾌하게 아내를 이겼다고 생각했다. 그러나 곧 아내의 매운 눈길 때문에 초조해지기 시작했고 며칠 초조해하다가 제풀에 기진맥진해서 내가 졌소, 내가 졌으니까 그만해둡시다, 이렇게 화해를 청했다. 아내는 이긴 척도 진 척도 안 하고 픽 웃기만 했다. 부부 싸움에 지고 이기고가 어딨어요? 정도의 말 정도는 해줄 법한데 그러지도 않았다.

"그 애 장래는 그 애가 정하도록 합시다. 정작 그 애 의견은 물어도 안 봤잖소."

그러나 태남이를 조용히 불러 그들이 각각 바라고 있는 걸 제시하며 택일하도록 했을 때 태남이는 일언지하에 둘 다 싫다고 했다. 별로 긴하지 않은 상품을 떠넘기려는 장사꾼에게 하듯이 과장된 혐오감을 잠깐 드러냈을 뿐이다.

"왜 싫어, 이것아. 사각모 쓴 전문학생이 부럽지도 않아? 실력이 딸릴 것 같아서 그러는 거라면 나도 생각이 있다. 서울에 공립고보에 편입을 해서 한두 해 더 배우고 가면 안 되겠냐?"

"당분간 양말공장 일을 하겠시다."

"널더러 누구라 공밥 먹는다고 뭐라든? 그런 눈치 볼 거 읎이 바른대로 대라. 니가 증말 원하는 게 뭐냐?"

"그건 매일같이 제가 저한테 묻는 물음이랍니다, 누님."

태남이는 제 목소리에 귀를 기울이는 것처럼 느릿느릿 말했다. 문득 진동열 선생님 생각이 났다. 그리고 그 어느 때보다도 분명하게 내가 정말 원하는 건 진동열 선생한테 이르는 길이다라고 생각했다. 태임이는 갑자기 생소해진 태남이를 지켜보면서 저런 녀석을 어머니에게 잉태시킨 자는 어떻게 생긴 사내일까? 불결감보다는 불륜에 대한 게걸스러운 호기심에 전율하며 생각했다. 순간적인 전율이 지나간 후에도 가슴이 울렁거리고 얼굴이 달아올랐다. 옆에서 종상이가 불쑥 한마디 거들었다.

"믿을 수가 읎네그려. 아무리 평안 감사도 제 싫으면 그만이라지만 있는 집 자식이건 읎는 집 자식이건 꿈에라도 한번 써보고 싶어하는 사각모를 마다하고 양말공장 일을 하겠다니."

"사람덜이란 어차피 믿고 싶은 것밖에 안 믿는 거 아니니까."

태남이는 늙은이처럼 가라앉은 소리로 말했다.

"여보 쟤 말하는 것 좀 봐요. 무슨 말투가 저러니까?"

줄창 제 것이라고 생각해온 태남이가 손톱도 안 들어가게 단단한 독자적인 생각을 갖고 있다는 데 경악하며 태임이는 얼뜬 소리를 질렀다.

대강 그 정도의 소동을 치르고 태남이는 양말공장의 착실한 일꾼이 되었다. 사농공상의 서열이 개성에선 예로부터 딴 고장과 달랐다. 서울이나 반향에서 자식이 벼슬길에 오르길 열망하여 어려서부터 글공부를 닦달질하는 것과 마찬가지로 이 고장에선 자식이 열 살만 넘으면 큰 상점에 들여보내 장사를 배우게 하고 장사로 치부한 상인을 기리고 본받게 하였다. 장사를 배우는 걸 훌륭한 스승에게 글공부하는 것처럼 중히 여겼기 때문에 부모는 자식을 어떤 상인에게 고용케 하느냐 또는 어떤 상인이 받아주느냐에 따라 자랑스러워하기도 하고 섭섭해하기도 했다.

이렇게 이 고장 독자적으로 상商을 사士와 같은 서열로 끌어올렸다고 해서 공工의 서열까지 덩달아 달라질 순 없었다. 되레 공을 최하위에 머물게 했는지도 모른다. 종상이가 남보다 먼저 공업에 눈을 떴고 그것이 의생활의 급변기를 만나 돈벌이에도 성공해서 남들의 부러움을 사기는 했으나 공장 일꾼들에 대한 일반적인 인식은 겨우 종이나 행랑것들보다는 낫다는 정도였다. 그건 아마 그가 최초로 길들인 공원이 자기 집의 종과 행랑채 식구들이었던 것과도 무관하지 않을 듯했다. 그 후에 불어난 공원들도 연줄연줄로 모여들었으니 비슷한 출신들이었다.

종상이 보기에 태남이가 전문학교를 마다한 건 학문에 뜻도 소질도 없는 자기 자신을 알고 한 거절이어서 기특하였으나, 장가들면 한 밑천 떼어줘서 내보낼 뜻을 충분히 비쳤음에도 마다하고 양말공장 일에 종사하겠다는 건 암만해도 믿어지지 않았다. 그렇다고 종상이에게 태남이의 도움이 긴치 않았던 건 아니다. 태남이는 한영학원을 졸업하기 전부터 양말공장의 일을 눈썰미 있게 익혔을 뿐 아니라 학교에서 배운 신식 기술 중 이용할 만한 걸 적절하게 도입할 줄도 알았다. 당시 한영학원은 일찍이 개화한 설립자가 뜻한 바 있어 학원과 실습장을 동시에 운영하고 있었다. 나라가 근대화되려면 산업이 근대화돼야 한다는 설립자의 뜻에 따라 실습장엔 일본으로부터 들여온 최신의 면직기를 갖추고 있었다. 뿐만 아니라 서양에서 수입한 염료를 써서 생산한 색색가지 면직물은 빨아도 물이 빠지지 않는 신기한 피륙으로 소문이 나 있었다. 학원에서 생도들에게 수업료를 따로 받지 않는 대신 실습장에서 일하는 게 의무로 돼 있었다. 태남이는 양말공장에서 면사를 염색하는 기술자 노릇을 자청했을 뿐 아니라 좋은 염료의 중요성과 염료에 돈을 아끼지 말 것을 강력하게 종상이에게 건의했고 그것이 받아들여진 게 고려양말공장의 빠른 발전을 가져온 것이었다. 학교를 졸업하고 공장에만 전념하게 되자 제일 먼저 눈에 띈 게 생산이 수요를 못 미친다는 거였다. 이제 서해랑 집 행랑채는 더 이상 확장할 수 없이 양말 수편기로 가득 차 있었고 직공에 대한 천시와 제 시간에 출근해서 쉴 새 없이 일하다가 또 시간 맞춰 퇴근한다는 생소한 규칙에 적응치 못하는 율도 높아 탐탁한 일손이 늘 딸리는 형편이었다. 그러나 종상이는 더 이상 공장 규모를 확장할 생각을 안 하고 물건이 딸리는 걸 기화로 높은 이윤 추구만 일삼는 것처럼 보였다. 참다못해 계속 그렇게 나갈 것인가 따져보았더니 종상이의 대답은,

"자네만 지금처럼 계속해서 내 오른팔이 돼준다면 나는 적당한 시기에 이 양말공장을 정리하고 면직물공장을 하고 싶다네. 비단도 짤 수 있으면 더 좋고 질기고도 빛깔 고운 면직물과 여자들이 탐내는 부드럽고 혼란한 비단을 우리 손으로 짜보고 싶은 건 내 오랜 꿈이었거던. 그러나 내가 손을 대기엔 자본도 엄청나게 들 것 같고 기술엔 더구나 맹문이인지라 엄두를 못 내고 있던 차에 자네를 만났으니 자네야말로 나에겐 귀인일세."

"마치 어제오늘 처음 만난 것처럼 말씀허시니까 어째 이상헙니다요."

"자네의 진가를 알아본 건 어제오늘이래도 과언이 아닐세. 사람은 누구나 알아주는 사람을 만나야 참다운 값어치가 나타난다고 허지만 시기도 잘 만나야 허느니. 자네의 진가가 나에게 더욱이 귀하게 보인 건 자네의 진가를 써먹을 만헌 시기가 무르익었기 때문이기도 헌 게야."

종상이의 말씨가 점점 더 곰상스러워졌다. 태남이는 까닭 없이 그 감겨오는 말씨를 뿌리쳐야 할 것처럼 느끼면서 데면데면하게 말했다.

"무슨 말씀이신지 통 못 알아듣겠시다."

"아까도 말했지 않나. 방직공장은 기술도 기술이지만 자본이 양말공장 정도의 소자본 가지고 섣불리 손댈 게 아니더라구. 허나 시방은 자네도 알다시피 사정이 달라졌지 않나. 나 돈 좀 벌었네 양말공장해서……. 보람도 컸구."

"제가 알기로는 누님이 큰부자라던데……."

태남이는 짐짓 딴 데를 보면서 망설이다가 빨리 말끝을 채웠다.

"주머닛돈이 쌈짓돈이라던데 형님의 경우는 그렇지도 못했나 보죠?"

"아냐 아냐, 그건 아니고, 그렇지 못했다기보다는 내게 그럴 생각이 읎었다네. 그 사람은 안전 위주거든. 워낙 개성 사람은 안전헌 거 좋아허구, 또 여자들은 더 그렇잖은가."

"그럼 소문대로 누님은 시방도 재산을 은으로 갖고 있시니까?"
"아냐 아냐, 그건 괜한 소문이고 샛골 쪽에 삼포가 수만 간 될걸. 누님은 자기가 뼛골 빠져 번 재산 아니면 유산이건 횡재건 언제고 도깨비가 감쪽같이 가져간다고 믿고 있다네. 꽤 쓸 만한 미신 아닌가. 단, 땅만은 제아무리 재주가 좋은 도깨비도 밤새도록 낑낑대고 용만 쓰다가 새벽에 그냥 간다지 뭔가. 그래서 유산이나 횡재로는 땅을 사놔야 밤잠을 제대로 잘 수 있다고 믿는 사람한테 땅을 팔아달라고 해보게. 우선 내 쪽에서 그런 밑천은 재수가 읎을 것 같아 싫고……."
"재미있군요."
다 듣고 난 태남이는 조금도 재미없는 얼굴로 퉁명스럽게 말했다.
"내가 지금 확보하고 있는 밑천은 뼛골 빠져 번 돈이니 도깨비가 집어갈 리도 읎지만 자네 몫도 있다는 게 무엇보다도 든든허다네. 무슨 소리인지 알겠나? 앞으로 자네하고 손잡고 싶다네. 동업자의 자격으로다 말일세."
그 꾐은 종상이가 마지막까지 아끼던 거였다. 될 수 있으면 안 써먹고도 태남이를 내 사람 만들었으면 싶었지만 자신도 이해할 수 없는 어떤 조바심이 그 아까운 비책을 드러나게 하고 말았다. 그러나 그의 꾐은 들어맞지 않았다. 태남이 역시 양말공장에 들인 자신의 기술과 정성을 인정받은 건 기뻤지만 동업자가 돼달라는 종상이의 꾐에 퍼뜩 마음을 도사려 먹으면서 솔깃해서는 안 된다고 생각했다. 태남이가 정말 바라는 건 진동열 선생한테 이르는 길이었다.

선생은 가끔 편지하겠다고 약속하고 떠났지만 한 번도 편지를 보내오지 않았다. 풍문으로도 알 길이 없었다. 그분은 어디 계신 걸까. 그분이 필요하다고 할 때 언제고 달려갈 준비를 하고 있어야 한다고 생각했다. 그분에게 필요한 사람이 되는 데 비하면 실상 양말공장 주인이란 얼마나 하찮은가. 그분의 인격에 비하면 종상이의 사람됨은 또 얼마나 옹졸한가. 폭설이 내리던 날, 한영학원에서 병교다리까지의 긴 길은 그의 의식 속에서 육지에 난 길이 아니라 시간 속에 난 길이 돼 있었다. 그의 기구하고 쓸쓸하고 외로운 20여 년의 생애 중에서 한영학원에서 병교다리까지 진동열 선생의 표표히 휘날리는 두루마기 자락과 뽀족하게 동정을 지나 깃을 덮은 남바위의 뒷모습을 강한 자석에 이끌리듯이 뒤쫓을 때처럼 찬란하고 충족된 시간은 없었다. 왜 사는지 왜 태어났는지 알 것 같은 시간이기도 했다. 그 시간이 있었으므로 그 전의 삶과 그 후의 삶도 비로소 의미를 얻을 수가 있었다. 한 인격에 대한 경애에의 눈뜸은 태남에게 그렇게 소중했다. 그는 지금 잠시 빛이 사라져 진동열 선생의 뒷모습을 잃었을 뿐 아직도 자신의 생애와 운명이 그 빛나는 시간의 연장선상에 있음을 의심치 않았고 그 선상에서 조금이라도 한눈팔고 싶지도 않았다.

종상이가 그를 신임하고 탐탁하게 여기고 있다는 게 기쁘지 않은 것은 아니었다. 동업에의 꿈이 암시하는 부자도 되고 사업가도 될 수 있는 길이 솔깃하지 않은 것도 아니었다. 그러나 그는 누구보다도 자기 자신에 대해서 잘 알고 있었다. 그에겐 남다른 건강한 몸과 용솟음치는 힘이 있었다. 그는 어려서부터 팔매질의 명수였고 때때로 폭력을 휘두르지 않으면 그 넘치는 힘을 다스릴 수가 없었다. 그러나 자신의 미천한 출생에 대해서 알고 나서는 여직껏 한 번도 망나니 소리를 들을 만한 짓을 하지 않았다. 용솟음치는 힘을 잠재울 수 있어서가 아니라 단지 폭력에의 충동이 웅비에의 꿈으로 바뀌었을 뿐이었다. 그는 양말공장에서 자신을 그렇게 우대하고 크게 쓰려는 게 자신의 극히 일부인 손끝과 눈썰미로 익힌 기술이라는 것 때문에 양말공장 전체를 깔보는 마음까지 우러나고 있었다. 그가 자신이 가지고 있는 것 중에서 가장 대견하게 여기는 건 기술이 아니라 힘이었다. 힘이야말로 그의 생명력 자체였고 진동열 선생만이 그의 생명력을 위대한 것을 향해 웅비케 할 수 있다고 생각했다. 위대한 것이 과연 무엇이냐에 대해선 무턱대고 정열만 앞설 뿐 꼭 집어 말할 능력이 없는 것도 더욱 진동열 선생을 갈망케 했다.
　태남이는 종상이의 제안을 감지덕지하지 않았을 뿐 아니라 예기치 않은 맹랑한 소리를 했다.
　"양말공장에서 손을 떼시겠다는 말씀은 거두십시다요. 형님이 그 공장을 맨들었다고 해서 숱한 사람덜의 밥줄이 된 이상 남의 밥줄을 끊을 권리꺼정 있는 건 아니잖시니까."
　"애당초 내 사업이라고 맘먹은 일 읎네. 하인들 자립을 우선으로 시작한 일인데 이제 와서 그들을 몰라라 헐 난 줄 아나. 다행히 양말 기계가 재봉틀만밖에 안 되니 제각기 집에 갖다 짤 수 있도록 빌려줄 작정이네. 우리 공장에선 면사를 염색해서 배달해주고 제품을 모아 검사하고 판매허는 일만 맡으면 훨씬 규모를 줄일 수 있지 않겠나."

태남이가 희색이 만면해지면서 반색을 했다.

"형님 증말 신기한 일입니다요. 지도 똑같은 생각을 요새 허고 있었다면 형님 믿겠시니까? 하지만 전 공장을 줄여먹으려고 그런 생각을 헌 게 아니라요 앞으로 더 많은 양말을 뽑아내려면 그 방법밖에 읎다고 여겼습죠."

"시방보담 더 많은 양말을?"

"예 형님, 공장을 안 허면 모를까 허는 한도까지는 물건이 딸리지 않게 수요에 맞추는 것도 공장 허는 사람의 도리 아니겠시니까? 일부러 물건을 딸릴 만큼 맨들어서 이익을 많이 보려고 헌다면 그건 구식 장사꾼의 못된 버릇이지 신식 사업 일으킬 재목은 애저녁부터 못 되는 거구요. 방직공장 차릴 돈으루다 양말 기계를 몇십 대 더 사십시다요. 그래서 돈벌이하고 싶은 사람덜이 제 집에 앉아서도 틈틈이 돈벌이할 수 있게 빌려주고 기술을 가르치면 양말공업이 크게 일어나지 않겠시니까?"

"몇십 대씩이나? 그 말두 안 되는 소리 말게. 우리 집에서 부리던 사람 연줄로는 허다못해 사돈의 팔촌까지두 제가 싫다면 모를까 허구만 싶다면 죄다 데려다 일을 가르쳐줬네. 게서 더 선심을 쓰라면 나더러 생판 모르는 사람덜한테까지 비싼 기계를 거저 주다시피 허란 말인가? 그렇게 못 허네."

종상이는 속으로 야, 요 맹랑한 놈 봐라, 태남이한테 혀를 내두르면서도 겉으로는 짐짓 일고의 가치도 없다는 듯이 뜨악하게 굴었다.
"그건 형님이 직공을 먹여 살린다는 생각만 고치면 헐 수 있게 됩니다요. 그들이 제각기 형님한테 돈을 벌어준다고 생각해보세요. 수효가 늘수록 대견허지 않겠시니까?"
"생판 모르는 사람덜이 왜 나한테 돈을 벌어주겠나. 이 인심 사나운 세상에. 그야 처음 며칠은 품삯 받고 일하겠지만 기술만 익히면 기계 한 대 가지고 제 공장 차리구 싶은 욕심이 생길 건 뻔한 이치지. 몇십 대 기계를 늘린다는 게 결국은 우리에게 해를 끼칠 몇십 개의 양말공장을 늘리는 셈밖에 안 될 걸세."
태남이도 그런 예상은 충분히 하고 있었던 듯했다. 감독하는 사람이 있는 공장에서도 어느 틈에 규격보다 성기게 짜서 몇 켤레 더 만들어 빼돌리는 건 흔히 있는 일이었다. 감독 없이 자유스러운 제 집구석에서야 그런 농간을 부릴 가능성이 더 높아질 뿐 아니라 유통 과정만 파악하고 나면 독립해서 오붓한 이익을 취할 욕심을 갖게 될 건 당연했다. 아무리 양말공장에서 손을 떼고 싶다고는 했지만 몇 년 동안 공들여 키워온 고려양말이 그런 식으로 신용을 잃어가다가 종당엔 흐지부지 소멸되는 꼴을 보고 싶지 않았다. 그러나 태남이는 염색 기술만은 기술도 기술이지만 수입해야 하는 비싼 염료 때문에 아무나 흉내 낼 수 없다는 점을 들어 영세업자들이 독립할 수 있는 가능성을 극히 희박하게 보고 있었다. 그 대신 늘여서 짤 가능성에 대한 대비책으로는 분업을 주장했다. 양말목은 몸체와는 달리 안뜨기 겉뜨기를 번갈아 짜야 하는 고무뜨기여서 시간이 많이 걸리고 보다 숙련된 기술을 요했다. 일일이 손 가지 않고 저절로 고무뜨기가 되는 신식 기계를 들여다가 공장에선 한몫으로 양말목만 생산해서 기계를 대여한 가정에다 면사와 함께 배달도 하고 그들로 하여금 손수 받아 가게도 하자는 거였다. 배달, 품질 관리, 기계 수리 등으로 기계 가진 집을 최소한도 하루 한 바퀴씩 도는 일은 자기가 맡겠다고도 했다. 염색은 매일 하지 않아도 되고 그런 종합적인 일을 해낼 사람은 태남이밖에 없다는 건 종상이도 동감이었다.

그러나 태남이가 제시한 새로운 방식에 당장 동의할 마음은 없었다. 방직공장에 미련이 있어서만은 아니었다. 양말공장에 대한 태남이의 새로운 구상이 흠잡을 데가 없을수록 종상이의 마음은 꽁하니 옹색해지고 있었다. 태남이한테 방직공장의 동업자가 돼달라고 애걸하다시피 한 것조차 얼마나 경솔한 짓이었던가 후회막심이었다. 그러나 얼마 안 돼 양말공장은 태남이가 하자고 한 방향으로 변화해가기 시작했다. 종상이도 자신의 힘으로 고생해 만든 업체에 애착이 없지 않은 이상 번연히 눈에 보이는 활로를 외면할 수가 없었다. 그동안 종상이가 고민한 건 과연 그 방법이 옳으냐 그르냐보다는 태남이가 하자는 대로 하기가 싫어서였다.

태남이를 처음 집으로 데려오던 때 생각이 났다. 온갖 못된 짓을 다 해 보이는 녀석을 바라보면서 그 아이가 자신의 평안에 치명적인 피해를 입힐 것 같은 불길한 예감에 사로잡혔던 일, 저 조숙하고 조악하고 영특하고 무서운 게 없는 녀석의 정체는 무엇일까, 그 싱싱한 생명력에 호기심과 함께 질투까지 느꼈던 일 등을 회상하면서 그 강렬한 이질감이 아직도 유효하다는 걸 마치 담즙을 입맛 다시듯이 쓰디쓰게 곱씹고 있었다. 예전에 그가 전씨가의 사환으로 들어와 전처만 영감을 처음 만났을 때 생각도 해보았다. 그때 그가 당한 모멸과 구박과 미움에다 대면 태남이한테는 너무 잘해주고 있다고 스스로 변명도 해보았다. 그러나 그에 대한 전처만 영감의 미움은 순전하지 못했었다. 지독한 미움 속에 얼마나 은근한 사랑과 신뢰감이 스며있다는 걸 알기 때문에 손톱만 한 가책도 없이 그 영감이 가장 아끼던 손녀와 혼인까지 할 수 있었던 게 아닌가.

10년 가까이 한솥밥을 먹고도 정을 준 일이 없는 자신의 마음에 종상이는 못내 아연했고 그러지 말자고 노력한다는 게 고작 공장일에 대한 간여를 억제하는 거였다. 그동안 태남이는 공장을 제 방식대로 움직였고, 제 방식대로 움직인 지 1년 만에 생산량을 배로 늘려 급증하는 수요를 충족시킬 만했고 품질 관리에도 소홀함이 없어 고려양말이란 상표로 얻은 당초의 신용을 잘 유지하고 있었다. 행랑채에 차린 처음 공장에선 염색과 양말목을 짜는 일만 하고 양말 몸체를 짜는 기계는 거의 다 가정집에 대여를 하고 각각의 집에서 각각의 솜씨로 짠 물건이 한결같도록 관리하려니 태남이의 수고가 이만저만이 아니었다.

당초 종상이가 양말공장을 일으킨 목적이 자기 집의 불필요한 하인인력을 자립시키자는 데 있었으니만치 그 후에 늘어난 직공들도 그 하인들의 연줄로 퍼진 국한된 사회였다. 비록 자립했다고는 하나 주인집의 연고지에서 끼리끼리 붙어 살았다. 그러던 게 기계를 대여하고부터는 여염집으로 퍼졌고 기계의 대수가 늘어남에 따라 지역도 광범위해져 근교의 농가에서까지 해보고 싶어하는 사람이 생겼다. 태남이는 자식 공부시키기 위해 돈벌이하려는 과부들한테는 특별히 친절해 기계도 우선적으로 대여해주고 여러 가지 편의를 봐주었다. 집에 가만히 앉아서 작업만 할 수 있도록 실과 양말목을 한몫에 배달해주고 완제품도 즉시 품삯과 맞바꾸어주었다. 원료와 제품의 배달은 단지 배달에만 그치는 게 아니라 자주 기계를 손봐주게 되고 품질을 떨어뜨리지 않도록 독려하는 일도 겸하게 되어 아무나 할 수 있는 일이 아니었다. 그래서 사람들은 태남이더러 동에 번쩍 서에 번쩍 한다고도 했고, 몸이 서너 개도 더 있어야 할 사람이라고도 했다. 방금까지 김이 무럭무럭 나는 큰 가마솥에서 물감을 끓이고 있던 사람이 어느 틈에 실과 양말목을 가득 실은 손수레를 손수 끌고 맨몸처럼 휭하니 나깟줄을 건너고 있기도 했다. 그렇게 분주하고 부지런한 그가 적어도 며칠에 한 번씩은 용수산에 올라 아무것도 안 하고 멍하니 시간 가는 줄 모르고 앉아 있다 내려온다는 걸 아는 사람은 아무도 없었다.

  태남이는 용수산이 좋았다. 태남이는 그에게 피를 나누어준 바 없이 다만 이름을 지어주었을 뿐인 전처만 영감도 소년 시절 그 산에서 온 세상을 향해 이를 갈았던 적이 있다는 걸 알 리가 없었다. 그에게 중요한 건 자신의 추억뿐이었다. 모든 사람으로부터 버림받은 생부의 호열자를 끝까지 지켜보고 그 주검을 혼자서 묻고 용수산 농바위 샘물에서 북북 세수를 하던 생각을 하면 저절로 그의 내부 깊숙한 곳에서 싱싱한 기운과 함께 위대한 것에 대한 사모의 정이 솟구치는 걸 느꼈다. 그때 그는 슬픔에 잠기는 대신 아버지는 위대했다고 외치고 싶어했지만 지금은 달랐다. 스스로 위대해지고 싶었다. 위대한 목적을 위해 헌신하고 싶었다. 너무도 참혹한 아버지의 죽음에 위대성을 부여한 건 그의 가장 안이하고 감상적인 그리고 마지막 아들 노릇이어서 돌이켜 생각해도 감미로운 자기만족에 젖을 수가 있었다. 그러나 스스로 위대해지고 싶다는 갈망은 외롭고 고통스럽고, 무작정 격정적이었다. 양말공장 기술자 노릇이 그가 몸바칠 일이 아니라는 것밖엔 아무것도 확실하게 알 수가 없었고 아무런 계획도 서 있지 않았었다. 양말공장이 날로 번창하고 기술자 겸 경영자로서의 그의 역할이 거기 없어선 안 되게끔 중요해질수록 이게 아니라고, 이건 내가 정말 하고 싶은 일이 아니라고 다짐할 수 있는 시간이 소중할 뿐이었다.

 태남이는 또 용수산에서 송도를 바라보는 걸 좋아했다. 생부를 묻고 오던 날 농바위 샘물에 북북 세수하고 본 새벽의 송도처럼 아름다운 고장은 이 세상 어디에도 없을 것 같았다. 지금은 그때하고 많이 달랐다. 땅이 은백색으로 빛나고 송악산 용수산을 수원지로 이 고장을 젖줄처럼 흐르는 나깟줄의 물이 맑고, 처마를 맞댄 민가의 규모가 조촐하고도 품위 있기는 그때나 이때나 다름없었으나 호수돈여숙의 4층집, 남성병원 등 근래에 새로 생긴 서양식 건물이 도처에서 고도의 유적과 어색하지 않은 조화를 이루고 있었다. 한영학원을 다녔기 때문에 서양 사람은 조금도 신기한 줄 몰랐지만, 그런 웅장하고 높고 견고하고 아름다운 건물을 보면 은성한 서양 문화에의 동경으로 가슴이 울렁거리기도 했다.

그러나 그가 정말 좋아하는 건 철길이었다. 멀리 북부로 보냈던 눈길을 천천히 거두어들이면 용수산자락 바로 밑에서 매혹적으로 빛나는 철길과 만났다. 그 철길은 남으로는 서울이 종착역이어서 청운의 뜻을 품은 소년이 아니더라도 남행 열차는 누구나 생전에 한 번은 타보고 싶은 꿈의 철길이었다. 그러나 태남이의 눈길은 북으로 달렸다. 개성 다음은 토성이었다. 이내 황해도 땅이었다. 그의 머릿속에 지도가 펼쳐지고 철길은 북으로 북으로 평안남북도를 지나 신의주에 다다르고 시퍼런 압록강을 건너 겁도 없이 대안의 안동 땅으로 들어섰다. 안동에서 다시 봉천으로 철길은 이어지고 봉천에서 그는 잠시 우두망찰을 했다. 상해, 간도, 연해주 등으로 그의 상상력은 지리멸렬했지만 종착역은 언제나 일정했다. 발아래 철길이야말로 진동열 선생에게 닿을 수 있는 유일한 구체적인 길이기에 언제 보아도 반갑고 며칠 안 보면 보고 싶었다.

"자네 혹시 진동열 선생이라고 아나?"

어느 날 종상이가 예사로운 목소리로 이렇게 물었을 때 태남이는 선뜻 대답을 못했다. 딴 사람이거니 싶었다. 그동안 태남이는 진동열 선생을 혼자 독점해서 신성시해왔기 때문에 종상이 같은 장사꾼이 지나가는 김가, 이가 부르듯이 예사롭게 입에 올릴 수 있는 사람과 동일시할 수가 없었다.

"한때 한영학원에서 가르친 일도 있다던데."

태남이가 몰라서 대답을 안 한다고 여긴 종상이가 미심쩍은 듯이 고개를 갸우뚱거렸다.
"예, 그 선생님한테 직접 배운 적도 있는걸요. 그렇지만 진동열 선생님은 벌써 몇 년 전에 국외로 망명을 하셔서 여기 안 계십니다."
태남이는 그제서야 목소리를 가다듬고 엄숙하게 말했다. 동명이 인일 거라는 생각이 퍼뜩 들면서 마음이 놓였다.
"그럼 그 사람이 틀림없네그려. 자네 그 댁에 좀 다녀와야겠네."
"그 어른은 여기 안 계시다니까요. 계시지도 않은 분을 형님이 어드렇게 안다고……."
"사모님허구 따님은 예다 두고 망명을 허셨다네. 아드님도 나중에 사람을 보내 데려가셨지 아마."
"그럼 증말 그 선생님 얘기란 말이니까, 형님."
"자네 왜 별안간 말귀를 못 알아듣고 쩔쩔매나?"
"아까 절더러 그 댁에 가보라고 허시잖었시니까? 뭘 하러요?"
"남아 있는 모녀가 생활이 곤란한가 봐. 그 댁을 잘 아는 사람이 나허구도 좀 안면이 있는데 일거리를 줬으면 허구 상의를 해왔더라구. 일거리 달래는 사람이야 쌔고 쌨지만 자세한 내막을 듣고 보니 꼭 우리가 도와줘야 헐 것 같아 자네한테 먼저 물어본 걸세."
진동열 선생댁은 남부 철길 건너 고남문 밖 빈촌에 있었다. 사랑채도 없이 겨우 안방, 머릿방, 마루, 부엌을 갖춘 ㄱ자집 봉당에 흐드러지게 핀 유도화가 인상적이었다.
사모님은 인두로 비단 저고리 도련을 누르고 있는 중이었다. 고려양말에서 나왔다는 전갈을 듣고도 하던 인두질을 찬찬히 끝까지 하고 나서 인두를 화로 깊숙이 꽂고 인두판 위에서 짓던 저고리를 얌전히 세 절로 접어 인두판과 함께 무릎 아래로 내려놓고 일어섰다. 일어서서도 태남이를 똑바로 보지 않고 희미하게 웃으면서 치마에서 실밥을 뜯어내고 있었다. 수줍음을 타는 태도 때문에 젊어 보였으나 기름기 없이 얌전히 빗은 머리가 희끗희끗하고 아기자기하게 생긴 작은 얼굴은 검버섯으로 얼룩져 있었다.

"사모님 절 받으세요."

태남이는 목이 메어오르는 걸 억지로 참고 짐짓 명랑하게 말하면서 마루로 올라섰다.

"총각은 그럼……. 양말공장에서 나왔다더니……."

사모님이 아까보다 더 수줍어하며 어쩔 줄을 몰랐다.

"둘 다 맞습니다. 시방은 양말공장 기술자로 있는 진 선생님 제자 손태남이올습니다요."

태남이는 사모님이 너무 수줍어하다가 슬퍼할 것만 같아 점점 더 활발해지면서 사모님의 앙상한 어깨를 눌러앉히고 넙죽 절을 했다. 그리고 골목 쪽으로 난 조그만 창 밑에다 양말 기계를 설치하고 실패에서 풀린 실이 위로 올라갔다 땡겨 내려오도록 들창 위에다 못을 박는 장치를 했다. 다음엔 기계의 구조에 대해 간단히 설명을 했지만 알아들은 것 같지가 않았다.

"나는 손에 익은 삯바느질이 나을 것 같은데……."

이런 망설임이 기계를 더욱 뜨악하게 하는 듯했다. 삯바느질보다 양말 짜는 일이 수입이 더 낫다고 여긴 사람은 따로 있고 사모님 뜻은 아니다 싶었다. 그래도 태남이는 성의껏 양말목의 코를 하나하나 코바늘로 잡아 기계에 거는 법을 해보이며 가르치려고 애썼다. 사모님이 잘 따라하지 못할 뿐 아니라 할 생각도 쉽게 동할 것 같지 않아 진땀이 났다.

"난 이 나이에 벌써 눈이 어둡다우. 딸애가 바늘귀를 꿰주지 않으면 바느질품도 못 팔아먹을 게야."

사모님은 누가 손을 잡아끌어 강제로 시킬 것도 아닌데 뒷짐을 지고 뒷걸음질을 치며 변명을 했다. 약간 겁에 질린 표정이 어린아이처럼 꾸밈이 없어 나잇값도 못하고 귀염성스러워 보이기까지 했다. 태남이는 사모님의 이 난데없는 표정에 맥이 빠져 픽 웃으면서 어깨를 늘어뜨렸다. 저런 아내를 혼자서 어찌 살라고 선생님은 떠나셨단 말인가. 태남이는 덮어놓고 존경하고 우러러 마지않던 선생님의 위대한 사업의 다른 한 면인 잔혹성을 엿본 것 같아 문득 도망치고 싶은 충동에 사로잡혔다.

그때였다. 검정 통치마에 책보를 낀 여학생이 사내처럼 씩씩하게 걸어 들어왔다.

"아, 양말 기계가 들어왔네. 아이 좋아라."

소녀가 눈을 빛내며 큰 소리로 말했다. 호수돈여숙 교표를 앞가슴에 달고 있었다. 계집애들이란 으레 남자 앞에서 눈을 내려깔거나 정 보고 싶으면 곁눈질로 살짝 보는 건 줄 알았는데 소녀는 그런 예절을 전혀 안 지켰다. 남녀가 유별하다는 걸 배운 바가 없는 것처럼 굴었다. 소녀는 태남이 쪽에서 면구스러워 얼굴을 돌려야 할 만큼 똑바로 바라보았고 묻고 싶은 걸 거침없이 물었다. 태남이는 다시 한 번 양말 기계의 구조와 뜨는 법을 설명해야만 했다. 소녀는 시키는 대로 양말목의 코를 기계에 걸었고 손잡이를 돌렸다. 돌리는 대로 짜가는 걸 보고 쉽다고 으스대기도 했다.

"이제야 맘이 놓입니다요. 전 기계 도루 지고 가게 될 줄 알았거던요. 사모님께서 도무지 허실 것 같지 않아서……."

"제가 해보려고 어머니한테 졸라서 기계 들여놓게 된 거예요."

"학교는 어드럭허구요?"

"다니면서도 실컷 할 수 있어요. 선교사 선생님 댁에서 드난살이 하면서 다니는 애도 있는데요 뭐."

소녀는 그 자리에서 발뒤꿈치와 앞꿈치 줄이고 늘리는 법까지 익혀서 순식간에 양말 한 짝을 짜냈다. 그걸 가르쳐주는 과정에서 더러 서로 손이 닿기도 하고 이마나 볼에 상대방의 입김이 끼치기도 했건만 소녀는 개의치 않았다. 참으로 이상한 소녀였다.

"어디메서 우리 공장 얘기는 들었시니까?"

"윗집外家 동네에서 직접 봤어요. 나도 해보고 싶다고 했더니 아무나 기계 빌려주지 않는다길래 아버질 좀 팔아보라고 했죠 뭐."

"아버지를 팔다니 그런 말버릇이 어디 있는?"

처음으로 사모님이 참견을 했다.

"엄마도, 그럼 어드럭해요. 다 팔아먹고 이제 아버지 성함밖에 안 남았는데."

그런 말투가 대드는 것 같지 않고 명랑쾌활해서 사모님도 태남이도 같이 웃었다.

"실은 저도 진동열 선생님 제잡니다."

태남이가 정색하고 통성명을 했다.

소녀의 이름은 달래姐來라고 했다.

성까지 합하면 진달래였다.

태남이는 얼굴을 붉히며 속으로 가만히 달래의 이름에다 성을 합해 '진달래'라고 불러보았다. 이상한 주문을 왼 것처럼 그 이름은 무수한 바늘 끝이 되어 그의 가슴을 찔렀다. 지독한 아픔은 뜨거운 불꽃이 되어 그의 가슴속 가득 화려하게 번졌다. 아아, 이를 어드룩하나, 그는 바싹 마른 입술을 끈끈한 혀로 핥으며 밑도 끝도 없이 그렇게 생각했다.

"우리 아버진 어드런 선생님이셨시니까?"

달래가 서글서글한 눈을 내리깔며 물었다. 진달래 철은 이미 지났건만 진달래꽃 그림자가 창호지에 어린 것처럼 희미하고 몽롱한 홍조가 달래의 얼굴을 스쳤다.

"별명이 진삿갓이었댔시다. 노상 삿갓을 쓰고 다니셨기 때문입죠. 겨울엔 잠깐 남바위를 쓰신 적도 있었습니다요."

태남이는 달래 쪽을 외면하고 사모님한테 더듬거리며 말했다. 태남이가 말하고 싶은 건 실은 그게 아니었다. 진동열 선생님이 생도들에게 가르치려고 애쓴 자유롭게 생각하는 법, 아름답고 감동적인 그분의 마지막 수업, 강한 자석처럼 이끌리던 그분의 전인격 등을 한꺼번에 말해야 한다는 강박관념 때문에 겨우 그 정도의 말밖에 못 찾아냈다. 진삿갓이라니……. 태남이는 자신의 말주변 없음이 창피하고 낭패스러워서 입으로만 더듬거린 게 아니라 온몸으로 허위적대고 있었다.

"우리 아버지 아주 인기 없는 선생님은 아니었나 봐요? 그죠? 별명이 다 있었던 걸 보면."

달래가 서글서글한 눈을 들어 그를 바로 보며 웃었다.

"저런 주리때 맞을 것들이 있나 원. 시상에, 그 어른이 왜 삿갓을 쓰고 다니셨는지 제깟것들이 뭘 안다고 놀림감을 삼다니……."

조신하고 소심해 보이던 사모님이 뒤늦게 화를 내며 끼어들었다.

"아닙니다요 사모님, 즈이가 감히 어떻게 선생님 털끝인들 놀림감을 삼을 수가 있었겠시니까?"

태남이는 모든 것을 처음부터 다시 말해야 된다고 생각했지만 조바심에 그치고 말았다. 그는 자신의 눌변에 몸둘 바를 몰랐다. 소중한 것들이 온통 뒤죽박죽이 돼버린 느낌이었다.

"이제 그만 가버리지 그러시니까?"

달래의 서글서글한 눈이 별안간 그를 밀어낼 것처럼 야박해졌다.

"아, 예 그럼 이만, 혹시 더 물어볼 거 읎시니까?"

"됐시다."

달래의 목소리가 더 짜증스러워졌다.

태남이는 언제 제품을 찾으러 와야 될지 기약하는 것도 잊고 쫓겨나듯이 달래네를 물러났다. 달래는 양말 기계 쪽으로 다가앉았지만 코를 걸어주기를 기다리며 직립한 날카로운 금속을 보자 방금 배운 기술이 하나도 생각나지 않았다. 기계에 대한 낯가림과 공포로 달래는 참담해졌다. 그녀는 기계에다 양말목을 거는 대신 손으로 깊숙이 머리칼을 움켜쥐었다.

"기집애가 남자를 그렇게 대하는 법이 어딨는? 아무리 우리 사는 꼴이 불고 쓴 장이 됐다지만 내외할 줄도 모르는 기집애란 소문꺼정 나봐라. 단박 혼인길 맥혀, 이것아."

"엄마 몇 번 말씀드려야 알아들으시겠수. 제가 내외를 안 하는 건 우리 집이 곤궁해서가 아니라 신식 교육을 받았기 때문이에요. 신식 교육에서 배운 게 옳다고 여기기 때문이라구요."

"쟤는 꼭 즈이 아버질 닮아서 신식 교육만 젤인 줄 안다니까. 아까 그 젊은이 봐라. 느이 아버지한테 배웠다니 한영학원을 졸업했으련만 뭐 잘된 거 있는?"

"엄만 그 사람에 대해 뭘 안다고 그렇게 말씀하실 수가 있시니까?"

달래가 어머니 쪽으로 돌아앉으면서 따졌다.

"내가 모르긴 뭘 모른다고 그러는? 그 사람이 글방 대신 핵교를 다닐 때는 남다른 생각이 있었겠지만 시방 고작 양말 기계 지고 다니는 신세밖에 더 됐는? 생기긴 헌헌장부드라만 열 손가락에 물감든 꼴 하고, 말이 좋아 기술자지 뭐 볼 게 있는? 핵교 못 댕겼기로서니 그만도 못 됐을라구."

"엄마, 엄마 맘대로 그 사람을 우습게 보지 마세요. 공업을 일으키고 될 수 있는 대로 생활을 편리하게 해야 조선 사람도 잘살게 된다는 건 아버지의 뜻이었고 또 그 학교의 설립 목적이기도 했다구요. 꼭 붓대 놀려 먹고 살아야만 잘 배운 게 아녜요. 뭘 해먹고 살든지 어드런 뜻을 가지고 그 일을 하느냐에 따라 제대로 배웠나 못 배웠나가 판가름 나는 거라구요.”

“얘 좀 보게. 넌 그 녀석을 언제 봤다고 그 녀석 속에 들어갔다 나온 것처럼 생각하는 것까지 다 아는 듯이 역성을 드냐 들길.”

“그 사람 역성을 드는 게 아니라 아버지 역성을 드는 거라우, 엄마.”

달래가 느닷없이 심란한 말투로 중얼거리고 양말 기계 쪽으로 돌아앉아 일을 시작했다. 양말목에서 코를 잡아 기계에 걸고 한 손으로는 실을 조정해가며 한 손으로는 손잡이를 돌렸다. 그러나 한참 짜고 보니 두 군데나 코가 빠져 줄이 가 있었다. 풀어서 다시 짜다가 보면 어느 틈에 또 코가 빠져 있곤 했다. 까다로운 기술을 요하는 건 아니나 딴생각을 안 하는 게 실수를 안 하는 요령이라는 건 알 만했다. 그러나 무슨 수로 딴생각을 안 할 것인가. 거듭되는 실수 끝에 달래는 드디어 훌쩍훌쩍 울기 시작했다. 아주 어렸을 때 말고는 딸이 소리내어 우는 것을 본 적이 없는 어머니는 깜짝 놀라 어쩔 줄을 몰랐.

“아이구머니나. 애야 왜 우는? 응, 어디메 다쳤는? 고약한 기계로다. 기집애가 겁도 없이 기계 속을 다 아는 것처럼 덤비더니만 거봐라. 아이고 이를 어드럭헐꼬.”

“아냐 엄마 아무 데도 안 다쳤어.”

"그럼 왜 우는? 기집애가 방정맞고 사위스럽게."
"무서워 엄마. 우리 두 식구 이러다가 굶어 죽는 게 아닌가 해서……."
달래는 엉뚱한 거짓말을 시키고 있었다. 왜 느닷없이 마음이 진정할 수 없이 흔들리면서 울음이 복받쳤는지 실은 스스로도 의아하고 부끄러워 그렇게 꾸며댄 것이었다.
"설마 산 입에 거미줄 치랴? 숭없다. 굶어 죽긴……."
아들보다 더 씩씩하고 활달하여 마음으로부터 크게 의지가 되던 딸이 심약한 소리를 하는 바람에 어머니는 딸이 다친 것보다 더 가슴이 내려앉아 절로 떨리는 소리로 간신히 그렇게 말했다.
"아버지가 망명하신 지 벌써 몇 해니까? 그동안 땅뙈기 한 뼘 안 남기고 다 팔아만 가시니 우리 모녀는 장차 어드렇게 살라니까?"
"자리 잡고 나서 기별하거든 건너오라고 하시지 않던?"
"어느 하세월에요?"
"그곳은 땅이 넓고 사람 살기 험하단 소리도 못 들었는? 게다가 날씨가 사나워서 겨울엔 밖에서 오줌도 못 눈대야. 오줌 줄기가 곧장 얼음 기둥이 돼버린다니 얼마나 추운지 짐작이나 헐 수가 있겠는? 그런 고장에 아녀자를 불러들이려면 고대광실은 아니더라도 웬만치는 살림기초가 잡혀야지 않겠는?"
어머니는 딸보다는 자신을 위로하고자 가만가만 속삭였다.
"아버지는 딸자식은 자식도 아닌가 봐. 오라버니는 이태도 안 돼 불러들이시고선 우리만 마냥 모르는 척하시니 야속해서라도 굶어 죽을까 봐."

달래는 얼토당토않게도 아버지에게 심통을 부리고 있었다. 더 얼토당토않은 건 굶어 죽을 걱정이었다. 그녀는 전에도 시방도 굶어 죽을 걱정 같은 걸 해본 적은 없었다. 그녀는 워낙 타고나길 낙천적으로 타고나서 가난을 심각하게 걱정하거나 불행해한 적이 없었음에도 불구하고 그렇게 말하고 있었다. 낙천적이기 때문에 생전 처음 느껴본 불안감과 절박감을 그런 극단적인 상황을 빌려 나타내고자 했는지도 모른다.

"아이고 이런 철부지가 있남. 딸자식은 이래저래 애물이라니까. 거긴 비적인가 마적인가 하는 흉악한 도적 떼들이 우글댄단 소리도 못 들었는? 아무리 독립운동이 중해도 그런 고장으로 다 큰 딸자식을 불러들이기를 꺼리시는 아버지 마암을 어쩌면 그렇게도 모르냐? 모르길. 느이 아버지 짐을 덜어드리려면 너를 예서 후딱 치워버려야 하는 건데 에미가 워낙 주변머리가 읎어서 혼자서 엄두를 못 내고 나이만 먹히는 게 양쪽에 두루 얼마나 미안한지 자다가도 그 생각만 나면 피가 마르는데 너한테 이런 복장 찔을 소리까지 들어야 하다니……."

달래는 어머니의 말문이 걷잡을 수 없이 열린 걸 기화로 입을 다물었다. 그리고 속으로 가만히 뇌까렸다.

나는 아무리 얼어붙은 땅에라도 쟁기를 꽂을 자신이 있어. 비적을 향해 총을 겨눌 자신도.

달래에게 그런 생각은 새로운 게 아니었다. 그러나 그런 생각을 할 때마다 새롭게 끓어오르던 피와 싱그러운 용기가 이번엔 미동도 안 했다. 까닭을 알 수 없는 허전함이 가슴속을 저미듯 우벼 파 공동을 만드는 것 같은 고약한 느낌에 저항하듯 그녀는 양팔로 젖가슴을 얼싸안으며 어깨를 한껏 오므렸다.

"시상에 배은망덕한 것들. 그 어른이 즈네들을 얼마나 지성껏 가르쳤는데 고작 별명밖에 생각나는 게 다니……."

어머니는 아직도 중얼거리고 있었다. 지아비에 대한 절절한 흠모가 어머니로 하여금 그분에 대한 온갖 몰이해를 통틀어 개탄하고 있다는 걸 알기 때문에 달래는 의무를 행하듯 어머니를 위로하기 시작했다.

"엄마, 별명은 아무나 다 들을 수 있는 줄 알우? 별명이 있었다는 건 학생들한테 그만큼 인기가 있었다는 증거예요. 우리 학교에 미스 해리스라는 선교사 선생님은 딴 선생님들이 별명으로 불리는 걸 노골적으로 샘을 내더니만 글쎄 어느 날은 자기의 어렸을 때 애칭이 뭐였는 줄 아냐는 수수께끼를 내는 거야. 그리고는 혼자서 싱글벙글 아무리 좋아해봤댔자 우리가 알게 뭐유. 스스로 답을 말하는데 뭐 아기 사슴이었다나. 허리통은 깍짓동만 하고 종아리가 꼭 보통사람 넓적다리만 한 여자가 그러니 좀 우스우? 한바탕들 허리를 잡고 웃었지. 그때 아마 해리스 선생은 이제 됐다 싶었을 거야. 그 정도로 강한 인상을 주었으니 어찌 아기 사슴을 잊어버릴까. 설사 아기 사슴이 너무했다 싶으면 아기 코끼리나 새끼 돼지라도 별명 하나 더 얻어 갖는 건 떼어놓은 당상이다 싶었겠지만 아니더라구요. 여전히 미스 해리스야. 아무리 인기 있는 선생님이 아니라 해도 그렇게 원하는 별명 못 지어줄 것도 없지만 해리스 선생님 대신 미스 해리스가 우리로선 이미 별명이라는 걸 못 알아주니 어드럭허우. 문화의 차이가 유죄지."

달래가 싱글대며 애써 어리광부리듯 말했다. 딸이 아직 철부지고 많이 배운 사람들도 못 배운 사람과 마찬가지로 별 시시한 걸 다 가지고 좋았다 말았다 한다는 게 적이 된 듯했다. 어머니는 남편을 흠모하는 것만큼 많이 배운 사람들에 대한 열등감을 가지고 있었기 때문이었다. 이내 바느질거리와 질화로를 끌어당겼다.

한편 달래네를 쫓기듯이 물러난 태남이는 허둥지둥 무턱대고 걸었다. 어느 만큼 걸었는지 저만치 높직하게 호수돈여숙의 새하얀 석조 건물이 보였다. 볼 적마다 서양의 은성한 문화를 동경하게 하던 그 4층짜리 미려장중한 건물이 달래네 학교다라는 한없는 친근감으로 다가왔다. 태남이는 가슴이 울렁거리고 그 질긴 살갗 밑으로 느닷없이 단물이 흐르는 것처럼 온몸이 달떠왔다. 책보를 끼고 검정 통치마를 입은 호수돈여숙 학생들이 두 명, 세 명씩 무리를 지어 비탈길을 내려오고 있었다. 양산을 쓴 학생도 있고 안 쓴 학생도 있었다. 머리를 치렁치렁 딴 학생도 있고 트레머리를 한 학생도 있었다. 태남이는 달래의 얼굴을 생각해내려고 했지만 떠오르지 않았다. 떠올리려고, 서글서글한 눈매라도 떠올리려고 조바심할수록 떼지어 내려오는 여학생들 중 아무하고도 안 닮았다는 것밖엔 생각나지 않았다. 그는 잃어버린 아이를 찾듯이 애타 하며 거리를 헤매고 또 헤맸다.

손바닥 들여다보듯 환하던 송도의 거리와 골목이 낯선 동네의 미로처럼 그를 맴돌리고 지치게 했다. 탈진해서 공장으로 돌아온 그에게 종상이는 이것저것 진동열 선생님댁 형편에 대해 물었다. 태남이는 며칠 더 다니면서 가르쳐봐야 그 댁 식구들이 양말 짜는 일을 익힐 수 있을지 없을지를 알 것 같다고만 말했다. 종상이는 그 정도의 기술도 단번에 못 익히는 선비의 가족에 대해 매우 딱하게 여기는 눈치였다.

그분들이 자존심만 상해 하지 않는다면 이까짓 공장품을 팔게 하지 않고도 도와줄 수 있으련만······. 이렇게 말끝을 흐렸다. 강직한 선비, 국외로 망명한 독립투사의 안식구란 으레 실생활에 서툴고, 자존심만 다락같이 높으리라는 종상이의 선입관에 대해서도 태남이는 아무 말 안 했다. 할 말도 없었다. 그게 맞는지 안 맞는지 생각해볼 것도 없었다. 그러면 어떻고 안 그러면 어떻단 말인가. 달래의 얼굴이 생각나지 않은 채 내일까지 기다려야 한다는 일만이 끔찍하게 여겨졌다. 달래의 모습뿐만이 아니라 봉당에 흐드러지게 핀 유도화, 도련을 인두질하던 옥색 비단 저고리, 사모님 얼굴의 검버섯, 그런 것들까지 정말 있었던 일답지 않게 비현실적인 몽롱함으로 희미해져갔다.

하여 다음 날 고남문 밖에 당도했을 때 저만치 달래네 오막살이가 어제의 모습 그대로 서 있는 것만 보고도 벅찬 희열을 느꼈다. 사모님은 여전히 삯바느질을 하고 있고 달래는 아직 학교에서 안 돌아왔다. 그는 툇마루에 걸터앉아 무리지어 핀 꽃의 무게에 겨워 부드럽게 흰 유도화 가지들을 바라보며 달래를 기다렸다. 기다림의 시간이 유도화 빛깔로 농염하게 부풀어 올랐다. 꿈꾸듯 행복한 환상의 시간 저편에서 달래가 나타났다. 검정 통치마에 흰 저고리를 받쳐 입고 한 손은 이마로 드리우는 꽃가지를 뿌리치는 시늉을 하며 걸어오는 달래를 태남이는 삼킬 듯이 바라보았다. 이번에야말로 그녀의 모습을 가슴 깊이 새겨 다시는 잊어버리는 실수를 하지 않으려고 했다. 그러나 그녀의 소박한 치마저고리에다 대니까 유도화 빛깔이 갑자기 헤프고 천격스러워지는 걸 신기해하는 사이에, 그 사이는 실상 눈 깜박할 사이여서 사이랄 것도 없는 동안에, 달래도 그를 알아보고 눈웃음을 쳤다. 갑작스러운 황홀과 전율을 견딜 수 없어 더는 그녀를 바로 보지 못했다. 옷고름, 책보, 발끝으로 눈길을 떨어뜨리며 이래선 안 되는데……, 침을 흘리듯 매가리 없는 웃음을 웃었다.

"이를 어쩌자니까? 아직 한 짝도 못 짜놨시다. 쉬운 줄 알았더니 막상 혼자 해보려니까 잘 안 되던걸요. 왜 그렇게 코가 잘 빠지는지 수도 읎이 짰다 풀었다만 하다 말았시다."

달래가 활발하게 말했다. 태남이는 그녀가 거침없이 굴수록 숙녹피처럼 노글노글해졌다. 그는 기술을 익히기까지는 누구나 다 그런 과정을 거친다고 위로했고 다시 시작해보자고 말했다. 그녀가 기계 앞에 걸터앉자 그는 뒤에 서서 자상한 잔소리를 하면서 지켜보았다. 그리고 그녀의 나긋한 등을 굽이쳐내리는 머리꼬랑이와 시설이 묻어날 듯 보오얀 귓바퀴와 정결한 깃고대 속으로 흘러내리는 유려한 목고개를 살짝 만져보고 싶다고 갈망했고, 그 갈망을 참는 쾌감을 즐겼다. 그의 참을성은 음흉했다. 마침내 참지 못하게 되었을 때의 쾌락을 위한 축적이었으므로.

  기계가 코를 빠뜨리고 건너뛰는 걸 즉시 손끝으로 느끼기 위해선 기계를 자꾸 돌려보는 수밖에 없었다. 손잡이를 통해 그 느낌만 감지하게 되면 기계는 더 이상 코를 건너뛰지 않게 된다. 그 두 가지는 거의 동시에 이루어지고 그 두 가지만 이루어지게 되면 비로소 기계를 내 기계로 길들이게 되는 것이다. 아무리 내로라하는 기술자도 기계를 바꾸면 그런 과정을 새롭게 겪어야만 했다.

  달래도 그 고비를 잘 넘기고 쫀쫀한 제품을 내놓을 수 있게 되었다. 그렇다고 태남이가 달래네 집을 드나들 구실이 없어진 건 아니었다. 원료를 공급하고 제품을 수집하러, 제품이 딸린다고 독촉하러, 품삯을 건네러, 근처까지 온 길에 그냥 지나칠 수 없어서라는 핑계로 뻔질나게 드나들었다. 이렇게 하루 한 번씩은 무슨 핑계로든지 달래를 볼 수 있게 되고부터 그는 진동열 선생님의 근황에 대해서도 이것저것 얻어 들을 수가 있게 되었다. 선생님은 비록 자주는 아니었지만 인편을 통해 꾸준히 식구들과 연락을 취하고 있었다. 부자는 아니었지만 1년 계량하고 잔돈푼도 보태쓸 만한 농토는 선대로부터 물려받았건만 그것까지 돈으로 바꿔 보내달라고 한 것도 인편을 통해서였고 아들을 먼저 데려간 것도 인편을 통해서였다. 텃밭과 사랑채와 후원이 딸린 대물림의 너른 집까지 팔아 돈을 만들어 보낸 것은 작년이라고 했다. 기개 높은 지사, 기상도 씩씩한 열사, 홀로 깨어 고뇌할 운명을 타고난 선각자 등 하늘의 별처럼 숭고하게 빛나는 애국자들이 모여서 국망의 치욕을 씻고 독립의 기틀을 다질 기지를 마련하고 있다는 북간도, 서간도, 연길, 용정, 해란강 등 낯선 땅과 강의 이름을 달래네서는 마치 산 너머 샛골, 샘골, 강릉골 부르듯이 예사롭고 친근하게 말했다.

진동열 선생님은 처음엔 용정에 머무르다가 연길이 더 가까운 곳에 황무지를 사서 개간하면서, 한편으로는 동지들과 뜻을 모아 무관학교를 설립해 독립군을 양성하는 일을 하고 있다는 것도 알게 되었다. 태남이는 무관학교란 소리만 듣고도 그의 속 깊숙한 곳에서 웅비의 꿈이 용틀임을 하는 걸 느꼈다. 그러나 철두철미한 선비일 뿐인 진동열 선생이 무관학교에서 뭘 할 수 있을지는 도무지 상상이 안되었다. 달래는 그런 그의 궁금증을 속시원히 풀어주었다. 무관학교는 문무가 겸전한 교육을 목표로 하기 때문에 진동열 선생은 직접 교편을 잡을 뿐 아니라 민족정신을 고취시킬 만한 교과서를 편찬하는 일까지 하고 있다는 것이었다. 그 아름답고 눈물겨운 진동열 선생의 마지막 수업 생각이 났다. 생도들이 다 함께 유리창이 들들 울리도록 조선독립만세를 부르고 나서 시작한 수업은 학부에서 나온 유년필독서가 금서가 되었다는 슬픈 소식과 함께 선생님의 감동적인 고별사로 끝을 맺었다. 새로 나올 친일적인 교과서로 수업을 하느니 학교를 그만두고 만 진동열 선생에게 교과서를 손수 만드는 일이란 얼마나 할 만한 일일까. 젊은 혈기에다 민족정기를 불어넣으려고 신들린 듯이 정신과 육체를 소모할 진동열 선생의 모습이 눈에 선했고, 앙모의 정이 뜨겁게 목줄기까지 차올랐다.

"선생님이 떠나시자 학교는 빈껍데기나 다름없었지요. 적어도 나에겐 말입니다. 그 후 학교를 몇 해 더 다녔건만 뭘 배웠는지 생각이 안 나요. 좋은 선생님도 많았건만 진동열 선생님이 하도 눈부셨기 때문에 웬만한 분은 빛도 못 보고 말았습죠. 그것도 나에게만 그랬는지도 모르지만……. 참, 선생님이 떠나신 후 배운 걸로 아직도 써먹는 게 있긴 있군요. 염색 기술 말입니다."

그는 물감이 밴 열 손가락을 내려다보며 쓸쓸하게 말했다. 그러나 진동열 선생에게 이르는 길을 애타게 찾아헤맬 때와는 달리 그 길이 비교적 구체적으로 드러난 지금 그 길이 그를 끌어당기는 힘은 숨어 있을 때보다 훨씬 못했다. 설사 부르심을 받는대도 그 길에 들어설 엄두가 날까 말까였다. 웅비의 꿈을 펴는 것보다 달래 모녀에게 필요한 사람 노릇을 하는 게 더 할 만했다.

달래 역시 태남이에게 비교적 소상히 어떤 대목에선 상상력을 가미시켜가면서 아버지의 근황을 알려주면서도 그들 모녀가 부르심을 기다리는 대기 상태라는 건 번번이 빼먹었다. 달래 역시 부르심이 영영 없기를 바라고 있는지도 몰랐다. 부르심을 그전처럼 애타게 기다리지 않는다는 것만은 확실했다.

고려양말의 품질이 지방뿐 아니라 서울, 수원, 인천, 대전 등 대처에까지 알려지고 판매망이 넓어지면서 종상이는 거의 공장에 붙어 있을 새가 없이 출장이 잦았다. 종상이가 하루는 무슨 생각에선지 줄잡아 일주일은 걸릴 지방 출장을 태남이더러 갔다 오라고 했다. 도합 수백 원에 달하는 전표를 가지고 지방을 돌며 수금을 해오는 중요한 업무였다.

태남이는 떠나기 전날 호수돈여숙 앞에서 달래를 기다렸다. 처음 해보는 짓이었지만 늘 속으로 벼르던 것이었다. 그만큼 친해졌건만 아직도 그는 눈 감고 달래의 얼굴을 온전하게 떠올릴 자신이 없었다. 그건 가슴속에 새겨질 만큼 실컷 바라다본 적이 없기 때문이라고 그 나름으로 생각하고 있었다. 단둘이 만난 적이 한 번도 없었기 때문이다. 늘 어머니가 곁에 있었고 어머니 몰래 눈을 맞추는 일은 늘 감질나게 마련이었다.

먼빛으로 그녀를 알아보고 지나가는 행인처럼 태연히 다가가 우연히 만난 것처럼 아는 척을 하자 달래 역시 천연덕스럽게 반가워하면서 친구들 사이에서 이탈해서 어깨를 나란히 해주었다. 태남이보다 달래가 훨씬 더 자연스러웠다. 남성병원 쪽으로 가자고 먼저 말한 것도 달래였다. 태남이는 얼굴이 벌겋게 상기해 고개만 끄덕였다. 남성병원 쪽은 길이 으슥하고 경치가 좋을 뿐 아니라 서양 사람들이 먼저 자리 잡은 동네여서 어딘지 이국적이었다. 특히 늦은 봄의 채화(유채)밭은 볼 만했다. 일본 유학 갔다 온 부잣집 자제들과 히사시까미로 머리를 빗은 신여성이 연애 걸러 다니는 길로도 소문이 나 있었다. 사춘의 남녀와 수많은 벌 나비를 불러들이던 화사한 채화꽃의 계절은 지났지만 병원과 사택 뜰에선 국화꽃, 과꽃, 키다리꽃이 노기처럼 한물간 요염을 겨루고 있었고, 텃밭에선 아기 주먹만큼씩 한 일년감이 다닥다닥 시든 잎 사이에서 홍보석처럼 선연한 빛깔로 익어가고 있었다.

달래가 먼저 텃밭머리 조락의 징후가 역력한 풀섶에 앉았다. 그리고 가벼운 턱짓으로 옆으로 앉으라는 시늉을 했다. 얼마나 기다리던 단둘이만의 기회가. 그러나 태남이는 단둘이 있을 때 그녀에게 해보고자 한 갈망과 그런 짓으로부터 그녀를 보호해야겠다는 엉뚱하고도 열렬한 사명감으로 분열된 의식 때문에 몹시 경직된 얼굴로 그녀가 턱짓한 데보다 더 멀리 떨어져 앉았다.

태남이는 계집애들이 얼마나 별것 아니고 보잘것없다는 걸 어려서부터 알고 있었다. 그가 자란 샘말에선 제집 자식이 남의 뒷간이나 땅에 오줌똥도 못 누게 어려서부터 길들이는 게 중요한 가정교육이었다. 귀한 거름을 왜 남의 땅에 보태느냐는 거였다. 그래서 계집애들은 서너 살만 돼도 남의 집 마당에서 소꿉장난을 하다가도 쪼르르 제집 텃밭머리까지 달려와서 오줌을 눌 줄 알았다. 그가 어려서부터 얼마든지 볼 수 있었던 그런 어린 계집애들의 미숙하고 적나라한 성기, 좀 더 커서도 같이 자란 배 서방네 칠칠치 못한 딸들의 치마말기 사이로 함부로 삐져나오는 은행알만 한 또는 털복숭아만 한 젖무덤, 주먹이나 몸으로 일부러 그곳을 가격했을 때 지르는 생경스럽고도 암내 나는 비명 등은 자신과는 다른 성에 대한 손톱만 한 신비감도 거치지 않고 오직 능멸감과 증오심만을 충동질했다. 육체적으로 조숙한 소년기에도 그를 엄습하는 성적 욕구는 채워지지 않은 가해에의 충동과 구별되지 않은 미숙한 것이었고 짐승의 본능에도 있음 직한 따뜻함이 결여된 것이었다. 자신의 근본을 알게 된 청년기의 그는 부도덕한 부모의 피에 대한 수치심 때문에 더더욱 건강한 성욕을 두려워했고, 사나이의 정열은 진동열 선생님처럼 오직 높은 이상을 위해서만 바쳐져야 한다고 외곬으로 믿으려 들었다.

단둘이서 처음 있게 된 그들은 어쩔 줄을 몰랐다. 태남이가 더 했다. 달래는 그가 장난삼아 골탕먹이고 만져본 어떤 계집애하고도 달랐다. 따라서 그런 경험을 근거로 하여 단둘이 있을 때 해보기를 갈망한 짓 중 써먹을 만한 건 아무것도 없었다. 그런 상상을 했다는 것만으로도 그녀를 크게 모독한 것 같은 자책감에 사로잡혔다. 단둘이 있게 되면 무슨 짓을 해야겠다고만 별렀지 왜 무슨 말을 해야겠다고 준비하진 못했던가? 별게 다 후회가 됐다.

쓸쓸한 가을 들판에 점점이 남아 있는 여름의 잔영은 청승맞도록 처연하고, 서산에 기우는 해는 달래의 귓바퀴의 솜털이 바람에 눕는 게 보일 만큼 마지막으로 한 번 강렬하게 이글댔다. 해가 지자 기다렸다는 듯이 땅거미가 피어오르고 말없이 깊은 생각에 잠긴 달래는 흡사 접근할 수 없는 갑옷을 입고 있는 것처럼 보였다. 태남이가 이성에 대해 처음 느껴본 신비감은 그렇게 두터웠다. 딴 연인들 사이라면 연애 감정의 동기가 됐을지도 모를 신비감이 태남이의 경우는 그 순서가 뒤바뀜으로써 그를 꼼짝 못 하게 구속하고 있었다.

"이런 덴 바람난 여자들이나 오는 데 아니니까?"

고작 한다는 소리가 그거였다. 태남이는 제 말주변 없음에 뒤늦게 진저리를 쳤다. 달래는 슬픔과 낭패감으로 비참하게 일그러진 얼굴로 먼 산을 보면서 입술을 물었다. 다행히 땅거미가 그녀의 참담한 표정을 부드럽게 흐려놓고 있었다. 바람난 여자 소리를 들어 싼지도 몰랐다. 서로 좋아하는 줄 알았는데 혼자 좋아했으니 바람난 여자인지도 몰랐다. 태남이를 좋아하는 자기 감정에 조금도 거리낌이 없는 달래는 태남이도 자기를 좋아하려니 덮어놓고 믿고 있었다. 좋아하는 사람끼리는 숨기는 게 없어야 했으므로 벌써 언제적부터 그녀의 단 하나의 비밀을 털어놓고 싶었는지 모른다. 내가 어느 날 감쪽같이 없어질지도 모른다는 소리를 들으면 그는 어떤 얼굴을 할까. 그들의 꿈결처럼 행복한 나날이 이별을 예비하고 있었다는 걸 그에게 알리는 순간을 상상하는 것처럼 짜릿하게 즐거운 일은 없었다. 그건 바로 그의 사랑을 확인해볼 수 있는 절호의 기회가 되겠기에였다. 안 돼 너는 절대로 내 곁을 못 떠나, 이렇게 씩씩하고 고집스럽게 나온다면 그의 곁에 남아 있을 각오도 돼 있었다. 네가 가는 곳이라면 천리만리라도 따라가겠다면 함께 갈 작정이었다. 아버지도 좋아할 것이다. 서로의 입장이 그만한 융통성은 있다는 걸 알기 때문에 헤어짐이 불가피한 경우는 아예 상상도 하지 않았다.

그걸 믿거라 하면서도 그가 어떻게 나오나 시험해보는 게 급했던 건 서로의 장래 문제를 빨리 결정해놓지 않으면 안 될 것 같아서였다. 그녀는 낙천적이고 사내 녀석처럼 늠름한 데가 있었지만 남달리 예리한 면도 있어서 만주 땅으로 가야 할 날이 임박하다는 걸 받아놓은 날처럼 정확하게 내다보고 있었다. 아버지가 사람을 시켜 마지막으로 남은 가산을 몽땅 정리해 가져갈 때 모녀의 연명을 위해 떨군 돈이 거의 바닥나가고 있었다. 절대로 처자식을 호강시킬 아버지도 아니었지만 굶어 죽든 말든 속 편할 아버지도 못 되었다. 만리타향에서도 내 집안의 뒤주 바닥 긁는 소리를 들을 분이라는 걸, 그게 그분의 어쩔 수 없는 한계, 지사는 될 수 있을지 몰라도 혁명가일 수는 없는 한계점이라는 걸 달래는 알고 있었다.

한동안 잊고 지냈던 아버지에 대한 그리움으로 가슴이 빠개지는 것 같았다. 아들과 딸을 층하하지 않고 똑같이 사랑하고 가르치고 촉망하던 아버지, 딸도 덮어놓고 순종하기보다는 늠름하길 바라던 아버지, 사리에 어긋나는 걸 못 참고 따지고 들 때마다 기집애가 저렇게 줏대가 세니 팔자 사나우면 어떡하나 한탄하는 어머니에게 옳게 사는 거야말로 팔자 좋은 거요,라고 되레 딸의 역성을 들어주던 아버지, 어른한테도 억울하게 야단맞으면 변명을 서슴지 않는 딸의 성미를 어머니가, 아니 계집애가 어른한테 한마디도 안 지고 저렇게 퐁당퐁당 말대답을 해서야 장차 시집살이를 어찌할꼬 근심하면, 놔두구려 시집살이 대신 변호사 노릇을 하면 될 게 아뇨?라고 눙쳐주던 아버지, 조금만 시중들어드려도 꼭 고맙다 힘이 나는구나,라고 말해주던 아버지……. 내가 잠시 눈에 뭐가 씌어도 분수가 있지 도대체 저 남자의 뭘 보고 저 남자 때문에 그런 아버지를 배반하려고 했던가.

달래는 자기도 모르게 태남이에 대한 증오로 아버지를 향한 애정을 뜨겁게 달구고자 했다. 오줌 줄기가 포물선을 그으며 얼어붙는다는 동토, 언제 어디서 비적이 출몰할지 몰라 여자도 총 쏘는 법 먼저 익혀야 하는 이국땅에 가기가 두려워서, 정든 고향에 그냥 머물러 있을 수 있는 가장 온당하고도 만인의 동의를 얻을 수 있는 그럴듯한 방법으로 시집이나 가려고 했던 게 아닐까. 그래 그뿐이었어. 시집가고 싶어 혼자 몸 달았으면 바람난 게지 바람난 여자가 별건가. 두고두고 창피해할 일이나 고작 그뿐이었어.

그동안 그들 사이에 있었던 게 고작 그런 것뿐이었다면 허전하고 쓸쓸해서 장차 어떻게 살까 싶은 생각 같은 건 안 하려고 달래는 명령하듯 말했다.

"먼저 가요."

처음 들어보는 달래의 가시 돋친 말투에 태남이는 어리둥절해서 물었다.

"예? 내가 뭐 잘못했시니까? 먼저 가라니요."

"태남 씨한테 바람났단 소리 한 번 들었으면 됐지 내가 바람난 걸 송도 바닥에 광고를 치란 말이니까?"

"응 난 또 뭐라고, 그까짓 소리에 토라져가지고 그래요, 달래답지 않게."

태남이는 먼저 가라는 소리를 단지 어깨를 나란히 하기 싫다는 소리쯤으로 알아들었다. 달래의 그런 수줍음과 토라짐이 태남이는 싫지 않았다. 귀엽다는 느낌이 그를 자유스럽게 했다. 그는 아주 자연스럽게 웅숭그리고 앉았는 그녀를 뒤에서 보듬어 안으려고 했다.

그러나 그는 곧 한 마리의 징그러운 털벌레처럼 떨려났다. 달래는 그의 손길이 잠시 닿았던 감촉조차 묻히기 싫다는 듯 뜨물 뒤집어 쓴 강아지처럼 과장되게 진저리를 쳐 보이고는 들입다 달음박질을 했다. 태남이는 한동안 망연히 서 있었다. 그렇게도 갈망하던 단둘이 있어보기는 엉망진창으로 끝나고 말았다. 왜 이렇게 된 것일까. 그는 천천히 걸으면서 처음부터 자초지종을 더듬어보았다. 뭔가 잘 안 되었다는 것밖엔 남녀 간의 미묘한 엇갈림을 되짚어 더듬기에는 그의 감정은 너무 투박했다. 내 잘못일 거야. 그렇게 생각하는 게 가장 속 편했다. 잘못했다는 걸 인정하면 화해도 쉬우리라는 자기 위안을 위해서 그는 순조로운 출장길에도 내 잘못이야, 내 잘못이야를 되풀이했다.

고남문밖 먼저 다녀와야겠네. 여드레 만에 돌아와 셈을 마치고 난 태남이에게 종상이는 쉴 틈도 주지 않고 그렇게 말했다. 말 안 해도 그럴 작정이었지만 괜히 뜨끔해서 왜요?라고 물었더니 별일도 아니었다.

"그쪽이 워낙 멀고 외져서 자네 없는 동안 신경을 못 써준 게 마음에 걸려서 그러네."

서둘러 고남문밖으로 걸음을 재촉하면서 그동안 달래네 집이 감쪽같이 없어졌을지도 모른다는 생각이 별안간 들었다. 그런 허황한 생각을 하기가 잘못이었다. 그런 생각 때문에 그는 점점 걸음을 빨리했고, 빠른 걸음 때문에 가빠오는 숨과 함께 그 생각도 걷잡을 수 없이 급박해졌다. 다행히 저만치 달래네 오막살이가 보였다. 아무리 불면 날아갈 듯 보잘것없는 집이라 해도 밤새 없어지는 일이란 현실적으로 있을 수 없는 일이었다. 그러나 사람만은 달랐다.
　불길한 생각과 가쁜 숨을 몰아쉬며 급히 당도한 집은 텅 비어 있었다. 사람이 산 흔적이라곤 숟가락몽댕이 하나 남아 있지 않았다. 워낙 최소한의 살림살이였지만 어찌 이럴 수가. 방구석에 정결한 보자기를 쓰고 남아 있는 양말 기계가 그의 허망감을 무참하게 비웃는 듯했다. 봉당의 키 큰 유도화도 그냥 있었다. 그러나 언제 꽃의 영화가 있었더냐 싶게 말라 비틀어져 있었다. 바삭 소리가 나게 오그라붙은 창칼 모양의 잎 뒤에는 빈대 같은 벌레가 무수히 달라붙어 있었다.
　그는 별안간 썩은 기둥처럼 무너져내렸다. 그리고 끄륵끄륵 이상한 소리로 울기 시작했지만 곧 조용해졌다. 그 울음소리도, 비참의 밑바닥에 다다른 듯한 절망감도 처음이 아니란 생각이 들었다. 그는 곰곰이 생각한 끝에 태임이에게 끌려갔던 그가 짐승만도 못하게 태어났다는 여우골의 흉흉한 폐가를 떠올렸다. 그때도 그렇게 울었단 생각이 그의 울음을 멈추게 했다.
　태남이는 벌써 며칠째 입분이한테 눈독을 들이고 있었다. 입분이는 종상이가 양말공장을 일으키고 나서도 기술을 가르쳐 자립시키지 않고 데리고 있는 단 하나의 이 집 드난꾼이었다. 일손이 여물고 인물도 반반하거니와 사고무친의 기박한 신세여서 나이 차면 참한 자리 골라 시집보내주는 게 자립시키는 것보다 나은 상전의 도리라고 여겼기 때문이다. 본인도 시집가기 전에 상전의 그늘을 벗어나는 건 또 한 번 고아가 되는 것과 진배없는 못할 노릇으로 여기고 있었다.

저녁나절 안채에 들어온 태남이는 잠시 안방의 인기척에 귀를 기울였다. 괴괴했다. 뒤터에서 첨벙 두레박질하는 소리가 들릴 뿐이었다. 태남이의 눈이 음험하게 빛났다. 그는 부엌 쪽으로 갔다. 막 두 동이들이 양철통으로 물을 하나 가득 길어가지고 오는 입분이의 모습이 부엌 뒷문 밖으로 보였다. 동이로 긷는 것보다 편하라고 원통 모양의 양철통에 나무 손잡이가 달린 물통을 만들어 쓰고 있었지만 물 긷는 모습은 볼썽사나웠다. 힘에 겨워 탁 놓고 허리를 펴는 서슬에 많은 물이 그녀의 옷과 얼굴에 튀었다. 질질 흘러내린 치마말기 사이로 봉긋하게 내민 연적 같은 젖무덤에도 이슬이 맺혔다. 그런 모습을 삼킬 듯이 쏘아보던 태남이는 성큼 부엌으로 들어가 높다란 뒷문지방 너머에서 양철통을 들어올려 독 속에 부어주었다. 언제부터 물을 길었는지 대독엔 언저리까지 물이 차올랐고 부엌바닥은 질척질척했다.

에그머니나, 가냘프게 비명을 지른 입분이는 돌아서서 황급히 옷매무새를 고치고 나서 겨드랑 밑으로 머리꼬랑이를 앞으로 끌어당겨 댕기를 만지작거렸다. 모양낸답시고 머리에다 얼마나 동백기름을 처발랐는지 흰 당목 저고리 뒷깃이 새까맣게 기름때로 찌들어 있었다. 눈독이란 무서운 거였다. 태남이의 눈길이 순수했을 때는 입분이도 더펄더펄 선머슴처럼 흉허물 없이 굴더니만 요새 별안간 부끄럼을 타는 걸 보니 지도 심상치 않은 걸 느낀 모양이었다. 태남이는 독침을 놓고 나서 잠시 그 효과를 즐기듯 잔혹한 쾌감을 느꼈다. 그러나 질척한 부엌 바닥이 마땅치 않아 애꿎은 냉수만 한 쪽박 벌컥벌컥 들이켜고는 부엌을 나왔다.

입분이도 이내 이남박을 옆구리에 끼고 부엌을 나왔다.

"누님은 어디메 가셨는?"

태남이는 안방에 볼일이 있어서 들어온 것처럼 물었다.

"동해랑 윗집에 가셨시다."

그 정도의 수작에도 입분이의 볼은 수수팥떡처럼 붉어졌다.

"여란이랑 경우도?"

"예."

입분이가 팡파짐한 엉덩이를 흔들면서 광으로 들어갔다. 그녀를 뒤쫓던 태남이의 눈이 야릇하게 빛났다. 그는 얼굴을 보기 싫어 찡그리면서 벌떡 일어났다. 광포하고 뜨거운 충동이 지글지글 끓어오르는 걸 느꼈다. 그는 자신 속에 들끓는 걸 성욕이라 생각했고 빨리 시험해보고 발산하고 놓여나고 싶었다. 그는 또 억지로라도 달래에 대한 미련과 원망도 채워지지 않은 성욕과 동일한 거라고 여기려 들었다. 계집은 다 마찬가지라는 생각만이 달래를 잃고 난 후 태남이의 유일한 구원의 방법이었다. 달래는 태남이에게 여자에게도 독자적인 생각이나 뜻이 있을지도 모른다고 여기게 한 최초의 맹랑한 계집애였지만 지금은 그런 생각에서 한시바삐 놓여나는 게 수였다.

계집은 다 마찬가지고말고. 억지로 나눈다면 양갓집 계집과 천한 종년쯤으로 나눌 수 있겠지만 그래봤댔자 계집은 계집이지 별건가.

양갓집 계집의 성은 순종을 위해 있고, 종의 성은 능욕당하기 위해 있는 것일진대 순종 못 시킨 분풀이로 능욕이라도 하지 않고는 어찌 견딜 것인가. 쓸쓸한 만추의 고요 속에서 태남이의 의식은 걷잡을 수 없이 헝클어졌다. 달래에 대한 적의가 그의 온몸을 사납게 발기시켰고 달래와 입분이를 분간 못 하게 했다.

그는 발소리도 죽이지 않고 거의 용맹하게 광으로 돌진해갔건만 쌀독에서 저녁쌀을 내던 입분이는 돌아보지 않았다. 그러나 포동포동한 어깨가 움찔 경직하는 게 벌거벗은 것처럼 빤히 드러났다. 그는 잔혹하게 웃으면서 그녀의 어깨를 거칠게 낚아챘다. 그녀의 몸이 그를 향해 발랑 뒤집히면서 힘없이 엉덩방아를 찧었다. 열린 채인 널쪽문으로 쏟아져 들어온 넘어가기 직전의 선지 같은 석양빛이 그녀의 모습을 선명한 명암으로 양분했다. 빛이 눈부셔서인지 부끄러워선지 그녀는 눈을 꼭 감고 가쁜 숨을 몰아쉬고 있었고, 미리 겁을 먹고 저고리 섶을 잔뜩 움켜쥐고 있어서 되레 젖무덤이 비적비적 삐져나오고 있었다. 모닥불을 쬐고 있는 것처럼 상기한 얼굴이 수수팥떡처럼 보기 흉했다. 달래는 좀처럼 부끄럼을 타지 않았지만 말끝에 흥분해서 얼굴을 붉힐 때도 창호지를 통해 꽃그늘이 비치듯이 보일락 말락 은은했었다. 너무도 당연한 그녀가 달래가 아니란 사실이 그를 낭패스럽게 했다. 기다리던 일이 안 일어나자 입분이는 눈을 가느스름히 뜨고 말했다.

"문 닫아요. 누구라 보면 어드럭허니까."

창이 없는 광이라 널쪽문만 닫으면 칠흑이었다. 그는 조금씩 뒷걸음질 쳤다. 문을 닫기 위해선지 도망치기 위해선지 그도 잘 모르고 하는 짓이었다. 그때 입분이가 희미하게 웃으면서 일어섰다. 그리고 벽에 걸린 수수빗자루랑 익모초 말려 엮은 다발이랑 주섬주섬 떼어내더니 광 구석배기에다 폭신한 자리를 마련하는 것이었다. 그때 그는 비로소 자신 안에 팽배해서 돌파구를 찾고 있는 게 결코 성욕이 아니라 분노라는 걸 깨달았다. 그가, 저 요망하고 음란한 년을 죽여 버릴라, 이를 갈며 광포해졌을 때 재잘거리는 아이들 소리가 중문 밖에서 들렸다. 여란이하고 경우 오누이가 엄마보다 앞서 달음박질해 중문을 넘고 있었다. 올해 네 살인 경우는 숙성하고 기운이 넘쳐 매사에 다섯 살이나 손위인 여란이와 맞먹으려 들었고 여란이보다 훨씬 태남이를 좋아하고 따랐다. 지금도 경주를 했는지 1등, 하고 외치면서 중문지방을 넘자마자 광에서 나오는 태남이를 보고 "아재" 하면서 두 팔을 벌리고 달려들었다. 번쩍 안아올려 무등을 태워주길 바라고 한 몸짓이었으나 태남이는 무뚝뚝한 얼굴로 본체만체 제 방으로 들어가버렸다.

  수치심은 잠깐이었다. 마침내 떠나야 한다는 생각이 그를 쉽게 수치심에서 벗어나게 했다. 마침내 떠나야 한다. 진동열 선생한테로, 달래를 볼 수 있는 고장으로.

  진동열 선생의 인격과 그의 큰 뜻에 대한 흠모로 그의 피는 뜨겁게 용솟음쳤다. 한때 진동열 선생한테로 이르는 길에 장애가 되었던 달래가 지금은 앞잡이가 되고 있었다. 그는 조급하게도 벌써 양말공장 기술자에서 독립군으로 변신한 자신의 모습을 떠올렸고, 그런 그에게 황홀한 눈길을 보내는 달래를 떠올렸다. 달래는 떠나야 했고 나도 마침내 떠나야 한다. 얼마나 기다리고 벼르던 떠남인가.

밤이 이슥할 때까지 잠 못 이루던 태남이는 문득 천장에 난 흠집을 발견했다. 워낙 장신이라 발판 없이도 그 흠집은 손이 닿았다. 그 안엔 생부로부터 물려받은 전대가 있을 터였다. ㄷ자로 난 칼자국을 안으로 밀고 손을 옆으로 집어넣으니 곧 전대의 한자락이 만져졌다. 해를 거듭하는 동안 먼지를 한 치는 뒤집어쓴 대신 그토록 두텁고 끈적끈적하게 배어 있던 아비의 기름때는 간데없이 허망하도록 부숭부숭해진 전대를 그는 떨리는 마음으로 끄집어냈다. 풀썩하고 먼지가 그의 코를 매캐하게 했다. 이게 과연 그 전대일까. 그것을 아비로부터 물려받은 즉시 아비가 보는 앞에서 맨살에 차던 생각이 났다. 오랫동안 아비의 때와 땀에 전 무명천의 끈끈한 감촉은 아비와 맨몸으로 얼싸안은 것처럼 그를 전율스럽게 했건만 지금은 그 집요한 체취의 온데간데없음에 으스스 몸을 떨었다. 될 수 있는 대로 먼지를 덜 일으키려고 조심조심 끄른 전대 속에서 나온 몇 장의 지폐 역시 손때가 말끔히 증발해버려 흡사 책겹에 오래 껴놓았던 낙엽처럼 바삭바삭했다. 이 세상에서 이미 몸의 물기가 다 말라서 죽은 아비는 지금 어떤 모습으로 땅속에 누워 있는 걸까. 아비의 유산에서 그 끈적한 손때가 가신 건 태남이를 위해 매우 다행한 일이었다. 그 돈으로 공부하기를 바란 아비의 소망을 저버리고 노자로 쓸 작정을 하고도 그닥 가책이 되지 않았다. 진동열 선생에게 다다르기 위한 노자가 아닌가. 아비의 철천지한은 남에게 업수이여김을 당하는 것이었기에 자식만은 업수이여김을 당하지 않도록 공부 많이 하기를 신신당부하고 죽었지만 자식의 관심사는 나 하나 업수이여김을 안 당하는 일이 아니라 내 나라 내 백성이 업수이여김을 안 당하는 일인 걸 어찌하랴. 태남이는 가책은커녕 아비 앞에 으스대고 싶은 심정이었다.

그동안 돈가치도 야금야금 떨어졌거니와 큰돈을 많이 만져봐서 그런지 아비의 유산은 그것을 물려받을 때의 비통한 상황에 비해 너무 약소한 액수였다. 아비가 그토록 싫어했던 업수이여기는 마음이 스멀대는 걸 느끼면서 태남이는 쓸쓸하게 웃었다. 돈만 간수하고 전대는 둘둘 뭉쳐 다시 천장에다 집어넣고 반자지 구멍을 아물리고 나서였다. 그의 방문이 소리 없이 열렸다. 입분이였다. 사르르 바람처럼 스며든 입분이는 버릇처럼 댕기꼬랑이를 치마 앞으로 끌어당기며 만지작거릴 뿐 말이 없었다. 왜 부끄럼 탈 때마다 옷고름 대신 댕기꼬랑이를 만지작거리는 걸까. 태남이는 뜻 없이 픽 웃었다. 입분이가 꿈틀 긴장하는 게 보였다.

"가 자거라. 이게 무슨 짓이냐? 계집애가 겁도 읎이……."

"아깐 잘못했시다."

"뭘 네가 잘못해 잘못허긴. 잘못헌 건 나야. 더 잘못허지 않은 게 천만다행이다. 그러니 그 일은 우리 잊어버리도록 허자. 응, 알았쟈."

입분이가 대답 대신 울상이 되었다.

"도련님, 샛골 도련님……."

입분이가 훌쩍거리며 말을 이었다.

"우리 도망가요. 네, 샛골 도련님. 도련님이 우리 아씨 외가 친척이라곤 허지만 이 댁에선 개밥의 도토리 신세라는 거 지가 모를 줄 알구요?"

"너 시방 무슨 소릴 허는?"

"도망가자구요, 우리."

"우리?"

"예. 지같이 미천한 게 감히 도련님헌테 맘을 둘 수 읎다는 거 알아요. 그 대신 지가 도련님헌테 단박 부자 되는 법을 가르쳐드리면 되잖아요. 돈만 있으면 우리도 대처에 나가 행세하고 살 수 읎으란 법 읎잖겠시니까? 예, 도련님."

"요런 맹랑한 것 봤나. 마치 도깨비방망이라도 가졌다는 말투로구나. 썩 물러가지 못할까."

황당하기 때문에 오히려 더 필사적으로 들리는 입분이의 말을 듣고 있다는 것만으로 망신스러워 태남이는 정색하고 꾸짖었다.

"그까짓 도깨비방망이에다 댈까요."

"허어 네가 나를 어찌 보았길래 그 간사한 입놀림을 닥치지 못허는."

화가 난 태남이는 계집의 어깨를 잡고 왁살스럽게 밖으로 밀어내려고 했다. 그래도 그녀는 침착하게 야죽댔다.

"머릿방에 있는 옛날 돈궤 있습죠? 그건 아씨가 시집올 때 친정에서 가져온 건데 그 안엔 은이 가득허다는 거 도련님 모르죠? 전 알아요. 예전엔 그 은의 무게 때문에 방고래가 내려앉은 적이 다 있다고 소문난 돈궤걸입쇼. 이 댁 머릿방을 그 돈궤가 차지하고 있은 지가 10년이 넘는데도 방고래가 온전한 걸 보면 이젠 그 돈궤가 비었을 거라고들 허지만 전 알아요. 그 궤 속에 아직도 은덩이가 많이 남아 있다는 걸."

"이런 발칙헌 게 있나. 네가 탐심이 있어 그 궤를 몰래 열어봤으렷다."

"도련님도 제가 무슨 장사라고 그 철옹성 같은 자물쇠를 맨손으로 여니까. 도련님 기운이라면 또 모를까."

입분이는 눈귀가 간사하게 꼬리를 쳤다.

"듣자 듣자 허니 못허는 소리가 읎구나. 너 나무래 뭐 허겠는? 내가 너한테 오죽 체신을 잃었으면 이런 꼬심을 당허겠는."

태남이는 난감하고도 우세스러워 어쩔 줄을 몰랐다. 그러나 입분이는 그의 위협이나 회유 자책 등에 무감각했다. 태남이를 드난살이에서 벗어날 수 있는 확실한 줄이라고 휘어잡은 이상 악착같이 감길 기세였다.

"아씨가 그 돈궤를 얼마나 위하는지 아마 저만 알걸요. 아씨가 부지런을 떠실 때는 아무도 못 따라가지만 게으를 때는 만사가 시들해서 화류장 장걸레랑 나으리 수발꺼정 지헌테 떠맡기면서도 그 돈궤는 아무도 못 건드리게 허구 손수 기름걸레질을 허신다니까요. 화류장이나 백통 장식이 번쩍번쩍허는 수장궤니 으리으리한 세간이 방방이 그득헌 집에서 그간 널쪽으로 만든 궤가 뭐 그리 대단허다구 모셔놓고 윤을 내시겠시니까? 그게 다 그 안에 보물 들었다는 증조 아닌감요. 그뿐인 줄 아시니까. 어떤 때는 밤중에도 머릿방에 건너가 그 궤를 쓰다듬고 있는 걸 본걸요. 이런 부잣집에서도 그저 재물은 요렇게 만져봐도 신통허구 조렇게 만져봐도 신통허구 재물처럼 싫증 안 나는 건 읎다니까요. 그눔의 돈궤 땜에 친정어머니가 그 몹쓸 짓을 당허구 제 명에 못 돌아간 생각을 허면 보통 사람 겉으면 정나미도 떨어지련만……."

"너 시방 무슨 소릴 허구 있는? 친정어머니라니 우리 누님 친정어머니 말이냐."

태남이는 가슴이 울렁거려 두어 걸음 물러서며 다그쳤다. 그는 태임이와 한 어머니 자식이라는 걸 알고 나서도 생모가 수절을 못 하고 자기를 가졌다는 것밖에는 실절한 과부가 마땅히 받았을 곤욕에 대해선 아는 바가 없었다.

알려고도 안 했지만 얻어들을 만한 연줄을 갖고 있지도 않았다. 한 집안의 그런 어두운 내력은 주로 계집종들 사이에서 구전되게 마련이었다. 아씨하고 태남이하고 어떻게 되는 사이라는 걸 알 리 없는 입분이는 태남이가 처음으로 자기 말에 나타낸 호기심에 힘입어 다분히 과장되고 괴기하게 꾸며진 돈궤에 얽힌 비밀을 털어놓았다. 한 입 두 입 건너는 사이에 말이란 으레 불어나게 돼 있고, 더군다나 대를 물려 전해오는 옛날얘기니 뼈대보다 군살이 더 많이 붙은 걸 감안하더라도 그 얘기는 충분히 엽기적이었다. 입분이가 예사롭게 쓰는 염불이 빠졌다는 말이 무슨 뜻인지 태남이는 못 알아들었지만, 노마님이 음란한 며느리가 다시는 그 짓을 못하게 일부러 염불이 빠지게 했다는 말투에서 대충 짐작할 수 있는 것만으로도 소름이 끼쳤다.

"입분아, 나 좀 혼자 있게 해다고."

태남이는 축 처진 소리로 간청했다.

"생각해보나 마나라니까요. 우리도 한번 남부럽지 않게 살아봐요. 그때 가서 내 공 잊어먹고 나 무식하다고 구박하면 난 몰라."

입분이는 마지막으로 응석인지 애교까지 부리고 나갔다. 그러나 다음 날 태남이 방은 비어 있었다. 한눈에 예사 출타가 아니란 걸 눈치채고 장롱까지 열어보고 나서 아씨에게 전갈한 건 물론 입분이었다. 그녀는 배신감에 이를 갈며 이제나 저제나 돈궤가 털렸다고 야단법석이 나기를 기다렸다. 그러나 안팎에서 야단법석이 나긴 났으되 사람이 아쉽고 허전하고 걱정돼서일 뿐 아무리 눈치에 이골이 난 입분이의 짐작으로도 그 밖의 손해를 본 것 같진 않았다. 아무런 낌새도 챌 수 없자 안달이 난 입분이는 넌지시 아씨에게 이렇게 운을 떼보았다.

"아씨, 이왕지사 집 나간 사람 생각은 이제 그만허시고, 손탄 건 얼마나 되나 살펴보셔야지 않겠시니까?"

"차라리 손탄 게 있었으면 얼마나 좋겠는. 내 속이 훨씬 덜 쓰리련만. 여적지 공장에서 그 고생을 허고설라므네 빈손으로 어디메로 가버렸으니 앞으로 고생인들 얼마나 될 것이며 우리 면목은 또 뭐란 말이냐. 서울로 유학을 가래도 마다, 혼인해 세간을 내주매도 마다니더 하필이면 야밤에 도망을 쳐 집을 나갈 건 또 뭘꼬."

 아씨보다 더 허망한 건 입분이여서 머릿방 돈궤의 철옹성 같은 자물쇠가 이상 없음까지 몰래 확인해보고 나서 '병신 내가 눈이 멀어도 분수가 있지' 하면서 이를 갈아붙였다. 그건 어쩌면 그녀의 일생에 한 번 있을까 말까 한 화려한 꿈과 소망에 대한 고별사였는지도 모른다.

6

풍진세상

샛골에서 사람이 왔단 소리에 아씨는 가슴부터 내려앉았다. 몇 번째 샛골에서 오는 사람치고 좋은 소식을 가져오는 사람이 없었다. 어떻게 된 게 외삼촌 손태복 씨가 관리하는 수만 간의 삼포는 해마다 밑지지 않으면 돌림병이었다. 삼포가 만 간이 넘는다면 큰 부자 소리를 들을 만하지만 삼포처럼 까다롭고 세월이 많이 걸리는 농사도 없었다. 자그마치 6년을 무탈하게 키워야 수확을 할 수 있을 뿐 아니라 연작을 기忌하므로 한 번 수확한 땅은 적어도 10년 이상을 조나 보리, 콩 등 인삼 외의 작물을 심어야 했다. 인삼이 얼마나 땅 정기에 민감하고 게걸스럽다는 것은 인삼을 수확한 지 10년이 채 안 된 땅에다 인삼을 심어보면 단박 안다. 아무리 깊이 갈고 거름을 잘해도 휴한한 지 10년이 못 된 땅에선 세삼細蔘이 고작이었다.

또 인삼 재배를 1, 2년 앞두고는 잡곡도 못 심고 완전한 휴식을 줘야만 한다. 거름만으로는 안 되는 땅 정기의 충분한 축적이 있어야만 비로소 좋은 인삼을 수확할 수가 있기 때문이다.

아씨의 삼포가 수만 간이라 하나 해마다 수확할 수 있도록 연차적으로 심었고 또 이미 수확하고 노는 땅도 적지 않은지라 1년에 수확할 수 있는 땅은 많아야 몇천 간에 불과했다. 그나마 흉작 아니면 병충해였고 평년작은 됐나 싶어 한숨 돌리면 수매가가 형편없이 싸 그동안 든 품삯과 비룟값을 셈하고 나면 남는 게 없었다. 종상이가 말없이 손해를 벌충해주지 않았으면 땅 팔아 댈 수밖에 없었을 것이다.

댓돌 밑에 서 있는 건 산식이었다. 딴 일꾼보다 반가웠다. 지지난해에 하필 수확 직전의 6년근이 적부병에 걸려서 전멸했을 때 일이다. 근처 삼포로 번지는 걸 방지하기 위해 불을 지를 적에 아씨가 우는 걸 보고 산식이도 따라 목멘 소리로 울었었다. 아씨는 그게 잊혀지지 않아 들를 때마다 밥 한 끼라도 따뜻이 해먹여 보내곤 했다. 산식이라면 별다른 소식이나 전갈 없이도 그냥 들렀을 것이다. 이쪽에서 믿거라 정을 주니 저도 송도에 볼일 보러 오면 그냥 지나치지 못하고 꼭 들러가곤 했다.

"그간 평안하셨시니까?"

"고맙네. 별일 읎네. 샛골 어른들도 두루 편안하신가?"

"웬걸입쇼."

"아니, 누구라 편찮으시길래?"

"주인어른께서 좀…….”

그리고 보니 산식이가 한쪽 손에 감추듯이 들고 있는 게 첩약인가 싶었다. 한지에 싸 노끈으로 묶은 게 목침만 했다.

"설마 위중하신 건 아니겠지?”

"그러문입쇼.”

"어디메서 지었나? 전엔 최 주부 약이 참 영했는데 아까운 양반 돌아가셨어. 우리는 그분 돌아가시고 나서는 누가 아프면 하도 막막해서 숫제 양의사헌테로 가고 만다네.”

"최 주부 아들이 대를 물려서 허는데 진맥은 선대만 못해도 증세를 듣고 약방문 내는 건 거지반 같다고덜 허더만요.”

"그렇겠지. 진맥보담은 약방문 배우기가 쉬웠을 건 뻔헌 이치 아닌가. 좀 올라오게나 김심 차리도록 이를 테니.”

"아니올시다. 휘딱 돌아가려고 요 아래께서 요기 한술 헌걸입쇼.”

"원 사람도 고지식허긴, 보나마나 노환에 보약일 텐데 그렇게 화급을 다툴 게 뭔가. 내 우순 소리 하나 헐까. 아까 자넬 보자 또 삼포에 좋지 않은 일이 생겼나 싶어 가슴이 덜컥 내려앉더니만 외숙이 편찮으시단 소리를 들으니 휴우 한숨이 내쉬어지지 뭔가. 외숙부님 들으시면 섭섭해할 노릇이나 내가 어쩌다 사람보다도 인삼을 귀히 여기게 됐는지 모르겠네.”

"몇 년째 놀란 가슴이라 그러신 게지 아씨겉이 인정 많으신 분이 어드렇게 사람보담 인삼을 귀허게 여기실 수가 있겠시니까?”

곧 갈 것처럼 굴 때와는 달리 주춤주춤 올라오더니 마루 끝에 편안치 못하게 엉덩이를 붙이고 앉았다. 무슨 말을 할 듯 할 듯하면서 약을 묶은 노끈 고리만 만지작거리고 있는 얼굴이 수심에 차 보였다.

"많이 편찮으신가?"

아직도 걱정거리를 인삼보다 사람에게 돌리고픈 아씨였다.

"면목 읎시다. 아씨 또 걱정을 끼쳐드리게 돼서……."

"역시 인삼인 게로구만. 올가을은 무탈허게 넘기길 축수했더니만. 오죽해야 이번 수확기엔 가보고 싶은 걸 다 참고 이러고 있었겠나. 내 눈독이 해로워서 뭔 일이 잘 안 되는가 싶어 삼가볼 작정이었다네."

"이번에야말로 아씨께서 납셔 계셨더라면 아무 일도 읎었을 걸 그랬시다."

"뭔 일인가? 휘딱 대게나. 어차피 알아야 헐 일이믄."

"주인어른이 헛간에다 가마를 걸고 홍삼을 밀조허려다 순사헌테 들켜서 주재소꺼정 붙잡혀갔다 나오셨시다."

"뭐라구, 홍삼을 밀조해? 시방이 어드런 시상이라구."

"올핸 우리께 삼농이 처음으로 어찌나 잘됐던지 홍삼 맨글었으면 싶게 잘생긴 수삼이 많이 났거들랑요."

"그러면 되었지 게서 무슨 욕심을 더 부리셨을꼬. 자네라도 좀 말리지 뭘 했나."

"누구라 이리 될 줄 알았겠시니까. 수매가가 하도 싸서 차라리 불합격을 맞아 백삼을 맹글어 파는 게 이익이라고들 하는 판에 좋은 삼이 많이 났으니 그런 욕심이 날밖에요. 말리기는커녕 출장소로

갈 수삼을 빼돌리는 데는 제 공이 컸는걸입쇼."

"누구 맘대로 그런 짓들을 해, 응? 그게 누구 삼포라고."

"아마 그 어른 삼포만 같아도 그 어른이 그런 위험한 짓을 할 엄두를 내시진 않았을 거구먼요. 해마다 아씨헌테 이익금을 보내기는커녕 품삯이다 비룟값이다 빌어다 쓴 것도 못 갚고 넘어가는 걸 노상 면목 읎어 하시다가 그런 불법으로 큰돈 번 사람도 있단 소릴 들으셨으니 솔깃했을 게 당연한 일입죠."

"그럼 그 어른 말고도 더러 그런 짓 허는 사람들이 있었겠네그려."

"그러문요. 그 어른이 어디 남보다 그런 짓을 엄두낼 분이니까? 허지만서두 붙들려꺼정 가서 욕보신 건 우리께서 그 어른뿐이셨어요."

"그만해두게. 열통 터져 더는 못 듣겠네."

"아씨, 그래도 아실 건 끝꺼정 아셔야죠."

"게서 뭘 더 알라는 겐가."

"그 어른 욕 많이 보셨어요. 노인 어른이 새파란 순사헌테 반말지거리에다 손찌검꺼정 당하신 성싶어요. 말씀은 맞아서 그런 게 아니라 찬 양회 바닥에서 자고 나니 허리가 쑤시더라고 하시지만서두요."

"그럼 주재소에서 그날로 나오신 게 아닌가?"

"사흘 만에 겨우 풀려나셨어요. 그동안 댁내가 온통 난가였지요."

"그럼 왜 그 즉시 나한테 알리지 않고 이제야 알리나. 우리 주인 나으리는 일본 말도 능통허시고 면이나 군에 안면 있는 관리도 적지 않니 있는데 아무려면 그만 일로 노인을 사흘씩이나 고생허시게 했겠나."

"몸으로 때우는 걸로 끝나는 거라면 영영 아씨한테 안 알릴 작정이었습죠."

아씨가 꼬치꼬치 영악해질수록 산식이는 우렁이 속처럼 의뭉스럽게 정작 할 말은 입에 물고 있는 눈치였다.

"그러니까 몸으로 때운 것 말고 또 뭐가 남았단 소리가 아닌가?"

"아씨, 그 어른 병환 걱정은 조금도 안 해주시깁니까요? 너무허십니다요."

"자네가 날 훈계할 셈인가?"

아씨의 목소리가 떨렸다. 산식이, 제까짓 게 훈계를 안 해도 이래서는 안 되는 건데, 하는 생각쯤은 아까부터 하고 있었던 바였다. 체통이 말이 아니었다. 지나친 이악스러움이란 남이 싫어하기 전에 먼저 자신을 정떨어지게 하는 법이다. 체통보다 더 중요한 것의 고갈을 자신 속에 느끼는 것도 못할 노릇이었지만 그 재산이 어떤 재산이라구, 하는 생각은 보다 집요하여 차라리 피할 길 없는 팔자였다. 어머니의 결정적인 파멸을 가져온 돈꿰, 관옥 같은 아이와 함께 공평한 분재分財 외에 따로 덤으로 물려받은 재산은 여직껏 철저하게 생계와는 따로 관리돼왔다. 종상이가 관대하지 않았다면, 재산 문제에 담백하지 않았다면 능히 불화를 일으킬 만한 짓이었다. 관옥 같은 아이에 대한 무턱댄 소유욕은 실패로 돌아갔건만도 그 재산에 대한 독자적인 소유욕은 여전했다. 물욕이라기보다는 정열에 가까웠다. 그렇다고 그 재산에 대한 이재가 뜻대로 되어 불 일어나

듯 했다면 어찌어찌 쓰리라 따로 작정하고 있는 게 있는 것도 아니었다. 그러나 쓸 사람이 따로 있다는 생각은 막연하면서도 확실했다. 아씨는 어쩌면 태남이를 데려다 곁에 두고 그 성장을 지켜보면서도 마음속으론 따로 관옥 같은 아이를 키우고 있었는지도 모른다. 태남이도 시방은 아씨 곁에 없다. 이제 수소문하기도 그쳤지만 때때로 아씨의 꿈에서 관옥 같은 아이와 하나로 혼동되고 있었다. 그녀에겐 지나치게 벅찬 것을 넘겨주고 가신 할아버지 생각이 났다. 그분의 관옥 같은 아이에 대한 불가해한 집착은 혼동이었을까, 노망이었을까, 아니면 참회였을까.

"훈계가 아니오라 사람 나고 돈 났지, 돈 나고 사람 난 건 아니잖시니까."

"미안하네. 내가 너무 짜증을 부렸던가. 자네도 알다시피 삼포 땜에 손재 보는 건 이제 진저리가 나서 그러네. 그래 그 어른 병환이 설마 위중허신 건 아니겠지. 그 연세에 옥고를 치르셨으니 당장 추스르시기야 허겠나."

"몸져누워 계시진 않지만 제 보기엔 몸보담 마암 고생이 더헌 것 겉시다."

"얼마나 돈 들 일이 남았는데."

그 소리가 아씨 입에서 먼저 나오기만을 기다렸다는 듯이 산식이는 반색을 하며 얼른 말했다.

"벌금을 빼앗긴 수삼값의 곱절을 물어야 한다는굽쇼. 돈 쳐들여서 맹글어논 홍삼 밀조장도 그놈들이 하나도 못 쓰게 박살을 냈구요."

"박살을 안 냈으면 또 쓸 셈이었던 것처럼 말하지 말게나. 불붙는 데 키질하기로 작정헌 게 아니라면."

"예 아씨, 잘못했습니다요. 샛골에 쉬 한번 다녀가셨으면 싶은데요."

"자네 생각인가, 외숙부님 전갈인가."

"혼자 끙끙 앓고만 계신 그 어른 심중을 제가 헤아린 겁죠."

아씨는 산식이가 삼포의 일꾼보다는 대갓집 집사나 큰 상점의 서사로 더 잘 어울릴 거라고 얼핏 생각했지만 입 밖에 내진 않았다.

아씨는 다음 날 곧 샛골로 향했다. 첩약은 지어가는 걸 봤으니까 양약국에 들러 막연히 담든 데 좋은 약 달랬더니 밀가루처럼 하얀 가루약을 주는데 값도 헐하고 보기에도 약답지 않은지라 영신환 등 몇 가지 상비약을 더 보태서 샀다. 그래도 부피는 얼마 되지 않아서 낯도 안 나고 비싸기만 하단 생각이 들었다.

손태복 씨는 짐작한 대로 자리보전하고 누워 있었지만 어디가 지딱지딱 아픈 것 같진 않았다. 아씨를 보자 에구구…… 연방 앓는 소리를 하는 데 비해선 신수도 그닥 축가지 않아 그나마 다행이었다.

"고생 많이 허셨죠?"

아씨의 인사말에 손태복 씨는 죽는 시늉만 하고 대신 마나님이 나섰다.

"에구 야, 그 말을 어드렇게 입으루다 하겠는? 그 죽일 놈덜이 즈이덜은 에미 애비도 읎는지 글쎄 일흔이 다 돼가는 노인을 어드렇게 했길래 여기 이 멍든 것 좀 보렴. 내 치가 떨려서……."

이렇게 호들갑을 떨면서 태임이 눈앞에서 명주 이불을 들치고 솜바지까지 내려 보였으나 옆구리엔 벌써 멍든 데 좋다는 치자떡을 해 붙이고 있어서 아무것도 안 보였다. 외숙모의 호들갑이 울컥 아씨의 참을성을 건드렸다. 오늘은 병문안으로 그치려 했던 것과는 달리 불현듯 싫은 소리를 하고 말았다.

"왜 그런 짓을 하셨시니까? 저헌테는 사전에 한마디 의논도 읎이……. 우리덜이 시방 어드런 세상에 살고 있다는 걸 왜 모르시니까?"

손태복 씨가 허리가 멍든 사람답지 않게 벌떡 일어나 앉았다. 손태복 씨보다 마남이 먼저 입에 게거품을 물고 포함을 주었다.

"아니 너, 이제 보니 조카딸이 외삼촌 병문안 온 게 아니구 땅 쥔 행세하러 온 게로구나. 아서라 그러문 못쓴다, 못써. 시방이 어드런 세상인지 널 보문 알지 왜 모르겄냐. 우리덜이라고 아주 등신인 줄 아는?"

"임잔 입 닥치지 못해."

이렇게 마누라 입을 틀어막은 손태복 씨의 목소리에도 여간 노여움이 배어 있는 게 아니었다.

"니 헐 말 다했으면 나도 허고픈 말 좀 해보자. 너허고 이미 의논 안 헌 건 너헌테 해마다 손해 보일 적에도 의논허구 보인 게 아니길래, 이익도 어디 한번 의논 읎이 보게 해서 깜짝 놀라게 해주자는 속셈이었느니라."

허세를 부리느라 손태복 씨의 말투는 한껏 격양되고 비꼬였으나 한 가닥의 참말이 들어 있어서 도리어 태임이 마음을 뭉클하게 했다.

"알았어요 외삼촌. 외삼촌 심정을 제가 왜 모르겠시니까. 그렇지만 누울 자리 보고 다리 뻗으랬다고 시방은 일본놈 세상 아니니까. 왜놈이 어드런 놈덜이니까. 어길 게 따로 있죠."

"그래서? 그래서 우리 국법 어기고 돈 번 건 자랑스럽고, 일본 국법 어긴 건 창피하단 소리냐?"

"외삼촌 그건 또 무슨 말씀이시니까?"

"예전 개성 상인치고 홍삼 밀무역 안 헌 사람 있는 줄 아는? 그때도 하늘 겉은 국법은 그 짓을 엄금했건만 개성 상인들은 청국땅을 제집 마당처럼 누비며 홍삼을 같은 근량의 은과 맞바꾸어 엄청난 이익을 남겼댔어. 바로 느이 할아버지가 그 대표적인 밀매꾼이었다는 건 세상이 다 아는 일이야."

"왜 시방 돌아가신 할아버지는 이 일에 갖다 대시니까?"

"넌 어려서부텀 느이 할아버지는 끔찍이도 우러르더니 시방 이 외삼촌은 또 너무 능멸허는 것 같아 허는 소리다. 말이야 바른 대로 말이지 느이 할아버지는 우리 국법을 어겼고 나는 왜놈 국법을 어겼다. 어쩔래."

"얼씨구, 아주 대단한 독립운동허셨구랴. 허기사 독립운동이란 것도 달걀로 바위치기긴 영감 헌 짓이나 피장파장일 게요."

마나님이 이번엔 영감님 비위를 건드렸다.

"이게 뉘 앞에서 좌충우돌이야. 무식헌 게 어드메서 독립운동 소리는 얻어들어 가지고설라므네……. 쯧쯧 꽈다 붙일 게 따로 있지."

손태복 씨 안색에 어린 독립운동에 대한 외경의 빛은 태임이도 뜻밖이었다. 마나님이 아유 내 정신 좀 보게, 하면서 약탕관을 보러 나간 뒤 손태복 씨는 차근차근 허세 부리지 않고, 그리고 마나님 앞에서보다는 훨씬 비굴하게 통사정을 했다.

"널 또 놀라게 해서 면목 읎다. 증말이지 이럴 작정은 아니었는데. 니 보기엔 이 외삼촌 헌 짓이 허황되고 주책읎어만 보였겠지만 얼마든지 잘될 수도 있는 일이었어야. 먼첨 해먹은 사람덜은 다덜 쏠쏠허게 재미를 봤다니까, 그러니까 나도 엄두를 낸 거구. 그놈의 수매가라는 게 백줴 거저 뺏는 것과 다름읎으니 누가 그 뼛골 빠지는 삼농을 허겠는? 그렇게 헐값으로 수매를 헌 홍삼을 삼정물산이 불하를 맡다가 중국 시장에 파는 값은 다섯 곱절이라고덜도 허구 열 곱절이라고덜도 허니 해마다 헛농사나 짓고 앉았는 삼농가에서 군침이 안 돌게 생겼냐 말이다. 중간상인헌테 앉아서 넘겨도 수매가의 세 곱절은 뉘 돈을 받을지 모른다니……."

"외삼촌 제발 그만허세요. 그건 잘됐을 때 얘기고 우린 시방 잘된 게 아니잖아요. 죽은 아이 나이 세기나 헐 게 아니라 앞으로의 대책을 의논허고 싶어요."

"폐농을 허잔 얘기냐?"

"그 지경까지 됐시니까?"

"나도 이제 지쳐서 그런다. 너한테 자주 손 내밀기도 헐 짓이 아니고."

"손 떼시겠단 말씀이시니까?"

"니가 떼라면 떼야지."

"전 떼시라곤 아직 안 했시다."

"허긴 벌금이다 뭐다 올해도 느네가 생돈 처박을 일만 맨들어놨으니 나자빠질 면목도 읎긴 읎다."

"그렇게 흐리멍텅허시니까 맨날 손해만 보시는 거예요."

"얘는, 나도 장사헐 때는 안 이랬다야. 그땐 참 좋았었지. 나도 대처에서 돈 펑펑 쓰고 처자식 호강도 시킬 만큼 시켰건만서두."

밖에서 거지반 다 졸아가는 약탕관을 지키고 앉았던 마나님이 그 소리를 들었는지 벼락같이 방문을 열어 고개만 안으로 데밀고 악을 썼다.

"아니 영감이 언제 어드메서 날 호강을 시켰다고 시방 그렇게 큰 소리를 치시우 치시길."

"아니 이 시골구석에서 젤 먼첨 하꾸라이 구리무를 치덕치덕 처바르고 댕겼으면 호강이지 게서 더 무슨 호강을 바래?"

손태복 씨도 지지 않고 벽력같은 소리를 질렀다. 마나님이 내가 참아야지 하면서 문을 닫았다.

"외삼촌헌테는 농사가 안 맞는다는 건 저도 진작부터 알고 있었시다."

태임이는 고즈넉이 한숨을 몰아쉬며 생각에 잠겼다. 눈치만 보고 있던 손태복 씨가 무슨 눈치를 챘는지 별안간 안색이 변하면서 물었다.

"너 혹시 폐농을 허지 않고 딴 사람에게 맡겨보려는 건 아니냐?"

"뭐 그러면 안 될 일이라도 있시니까."

"내 체면도 있지. 내 농사처럼 지어온 건 너도 잘 알잖냐?"

"그러니까 외삼촌 탓을 허는 건 아니잖아요. 외삼촌은 이제 삼농사에 정도 떨어지고 뜻도 기력도 읎고, 전 폐농은 생각해본 적도 없고……. 그러니 어쩌겠어요."

"폐농을 안 허고 계속허려면 너 또 돈 많이 든다. 밑 빠진 가마솥에 물 붓기야. 삼정물산 좋은 일만 헐 게 뭐 있는?"

"아직은 들이밀 재력이 남아 있으니까요. 할 때꺼정은 해볼 참이에요. 그러는 새에 무슨 수가 생기겠죠. 요새도 홍삼보담은 백삼에 상품 가치를 높여서 이익을 남기는 상인덜이 더러 있다던데요."

"얘야. 너헌테 들이밀 돈이 아직도 남아 있고 그런 방도꺼정 있는데도 여직껏 고생한 이 외삼촌을 제껴놓고 딴 사람에게 삼포를 맡기겠단 말이냐? 사람이 의리라는 게 있지. 샛골에서 행세하고 산 내 체면도 있고……."

"외삼촌, 손 떼고 싶단 말씀은 외삼촌이 먼첨 하셨지 제가 먼첨 헌 게 아닐시다."

"글쎄 시방 누구라 먼첨이구 나중이구를 따지자는 게 아니잖는?"

손태복 씨가 점점 더 확실하게 비굴해졌다. 약을 짜가지고 들어온 마나님도 한풀이 죽어서 심란하게 가라앉은 소리로 거들었다.

"너 여기를 예사 외갓집으로 알면 못쓴다. 남덜은 암것도 모르고 마치 우리가 대대로 전씨 집 덕만 보고 사는 줄 알지만 속내는 그와는 정반대야. 전씨 집 진구덥만 치고 살아온 우리라는 걸 너도 알 게

다. 우리 괄시해서 너네 득될 거 하나도 읎다."

타이르는 척하면서 숫제 협박을 했다. 등 치고 배 만지는 식의 그런 능수능란함으로 어머니의 부정을 덮고 태남이 출생을 도왔다는 사실이 태임이의 심정을 참담하게 했다. 알맞게 식은 탕약을 어린애 달래듯이 해서 마시게 한 마나님은 미라사탕까지 한 알 쏙 영감님의 입안에 넣어주고 나서 만족한 듯이 눈을 흘겼다.

태임이는 문을 박차고 나가고 싶었다. 외숙 부부의 티격태격은 여봐란듯이 허풍스럽고도 부자연스러웠다. 그녀가 조목조목 따지고 들까 봐 그전에 얼버무리려는 속셈이 빤히 들여다보였다. 태임이는 그들의 그런 능란한 임기응변이 싫었고 삼농사에는 도저히 맞지 않는 사람들이라는 생각을 피할 수 없게 했다. 전에도 그런 걱정이 문득문득 안 들었던 건 아니지만 그들 말짝으로 그들을 괄시할 수 없다는 일종의 자격지심과 적당히 비기려고만 들었었다.

"에구구, 나 좀 눕게 해주구려."

손태복 씨가 오만상을 찡그리며 마나님을 향해 팔을 뻗었다. 마나님은 영감님을 겨드랑 밑으로 안아 곤달걀 다루듯이 조심조심 자리에 눕혔다. 고운 때가 묻기 시작한 베갯잇에 푹 파묻힌 손태복 씨는 계속해서 죽는 시늉을 했지만 입안에서 녹기 시작한 미라사탕의 감미가 편안한 미소가 되어 번지는 걸 태임이는 간과하지 않았다.

"벌금을 자그만치 백 원을 너무 멕였으니 저 양반이 화병이 나시게도 됐지."

마나님이 가벼운 한숨처럼, 구렁이가 담을 넘어가는 것처럼 은근

슬쩍 벌금의 액수를 말하고 나서 앓던 이 빠진 것처럼 개운해지는 모습 또한 눈에 거슬렸다.

"그것도 우리 양주가 이면 체면 읋이 애걸복걸해서 많이 탕감해 줘서 그런 줄이나 알아라 너."

마나님은 토를 달듯이 또 생색을 냈다. 태임이는 속으로 분연히 폐농을 생각했다. 그녀는 조용히 비웃는 듯한 웃음을 띠고 방 안을 휘둘러보았다. 횃대에 벗어 건 비단 저고리에서 늘어진 남색 옷고름, 꼭두서니빛 이불깃에 포개진 외숙의 피둥피둥하면서도 거뭇거뭇 꽃이 핀 양손, 언제 번들번들했더냐 싶게 시커멓게 죽은 윗방 세간살이들의 놋쇠 장식, 아주 떨어져 나갔거나 한쪽 귀가 떨어져 세로로 곤두선 삼층장 서랍의 박쥐 무늬 고리, 경대 앞에 올망졸망 모아놓은 박래품 구리무 통, 한때는 치덕치덕 처발랐을지도 모르나 시방은 비어 있음이 분명한 그 구리무 통이 내뿜는 한물간 게으름에의 향수 등이 처음 보는 것처럼 생생하게 와 닿았다. 농사지을 사람들이 아니었다. 그렇다고 장사꾼도 못 되었다. 오로지 빌붙어 먹고사는 재질밖에 못 타고난 사람들이라는 외가붙이에 대한 경멸감이 치밀었다. 저녁 먹고 하룻밤 묵어가라고 붙드는 걸 뿌리치고 태임이는 분연히 일어났다.

가을이 끝나갈 무렵의 오후는 맑고 차가웠다.

"이왕 봐준 김에 벌금꺼정은 봐줘야지 어드럭허는. 느이 외삼촌 또 한 번 붙들려가 매 맞으면 그때는 증말 못 살아나오신다 너, 두고 보렴."

"일간 산식이를 보내세요."

"알았다. 그래도 화수분은 너밖에 읎어."

그 고장에선 잘 안 되는 걸로 알려진 감나무가 올해는 어쩐 일인지 대풍이었다. 열매는 새알 닷곱만큼도 못 맺는 주제에 가장 귀하듯 잎만 극성스레 퍼져 장독대 볕만 가리니 베어버릴까 보다고 벼르는 소리를 어릴 적에 어머니 손잡고 외가 나들이 왔을 때 들은 생각이 나는 감나무였다. 꽤나 나이 든 감나무가 마지막 기력을 모은 듯 부챗살처럼 뻗은 가지마다 풍성하게 맺은 열매가 하늘을 노을처럼 화려하게 물들이고도 뒤란으로 통하는 사잇문 밖까지 연시를 떨구고 있었다.

"저 구박데기도 뉘 볼 날이 있군요."

그러나 외숙모는 태임이의 뼈 있는 한탄을 알아들은 것 같지 않았다.

"누구라 뉘 보잤나. 제풀에 지 몸의 진을 몽땅 뺐으니 내년엔 새순 돋기도 틀렸다 싶다. 잘됐지 뭐. 쥔 장 떨어지자 나그네 국 마단다고 우리도 이제 지긋지긋하던 참이었으니까."

"한꺼번에 따서 동네 사람들헌테 돌리기도 허구 곶감도 좀 맨들구 허시지 않구요. 저대로 놔두실 거니까?"

"논기 전에 떨어진 거 줏어만 먹고도 집집마다 아새끼들이 똥꾸멍 미었다고 야단법석들인데 무슨 존 소리를 듣자고 노느매기를 또 허냐 허길. 와서 보고도 니 눈엔 우리 집이 그렇게 걱정 읎이 한가해만 보인다던?"

외숙모가 실쭉해서 배웅하기를 그만두고 돌아섰다. 해가 서산으로 곤두박질치듯이 서둘러 기울고 있었다. 앞벌을 향해 달음박질치는 산그림자를 좇아 태임이도 총총히 걸음을 재촉했다. 동구 밖에서 돌아섰다. 산모퉁이만 지나면 마을을 볼 수 없었다. 앞벌보다 한 발 앞서 잿빛 그늘에 싸인 마을에서 풍년 든 감나무 한 그루는 마치 불길에 싸인 집 한 채만 했다. 그 독종이—외숙모는 태남이 혼자서 아비의 임종의 자리를 불태울 적 얘기를 할 때마다 태남이를 그렇게 불렀다—불태운 오막살이도 저렇게 외롭게 화려하게 타올랐을까. 태남이는 집 나간 후 여직껏 바람결에라도 소식 한 번 실어보낸 적이 없었다. 그야말로 독종이었다. 그녀는 몸과 마음이 함께 시려, 모양 내서 걸쳤던 명주 목도리를 풀어서 목에다 칭칭 감고 단단한 고리를 지어서 맸다. 태남이하고 한지붕 밑에 살 때도 살뜰하게 군 적은 거의 없는 반면 혹독하게 대한 적은 한두 번이 아니었다. 동기간이란 걸 드러내놓을 수 없는 관계 때문이기도 했지만 서로 비슷한 조燥하고 냉冷한 성품 탓이기도 했다.

태남이가 집 나간 게 기정사실화되어 더 이상 기다리지도 수소문하지도 않게 되자 느닷없이 입분이가 태남이 아이를 뱄다고 나서서 한바탕 소동을 부린 적이 있었다. 샛골도령한테 몸만 버렸으면 영영 입 다물고 말려고 했는데 그 후 두 달째 몸을 거르니 이 노릇을 어쩌겠느냐 죽이든지 살리든지 상전의 처분만 바란다고 애절하게 읍소를 하는 것이었다. 그때 태임이는 속으로 무턱대고 기뻤다. 할아버지가 심어준 불가해한 꿈, 관옥 같은 아이가 마침내 현실적인 아이로 다가온다고 생각했다. 어처구니없는 집착이요 미련이었지만 어쩔 수가 없었다. 한밑천 떼어서 멀리 내칠 줄 알았는데 뜻밖에 반색을 하며 위해 바치자 입분이는 더럭 겁이 났다. 그녀는 달포도 호의호식을 못 견디고 실토를 하고 말았다. 처음엔 아이가 저절로 떨어진 걸로 꾸미려고 했지만 관옥 같은 아이의 미망에서 깨어나 본래의 냉철함과 경우 바름을 회복한 태임이의 추상같은 추궁에 아퀴가 맞게 꾸며댈 수 있을 만큼 입분이는 간교한 위인이 못 되었다. 아이를 밴 것은 거짓말이었지만 몸을 더럽힌 것만은 사실이라고 끝까지 우기려고 했지만 그것조차 태임이의 능수능란함을 당하지 못했다. 태임이가 혼잣말처럼,

"누구 잘못이든 헌계집이 된 마당에 이탓저탓 헐 게 읎으니, 계집이 먼저 꼬리 쳤다는 누명을 못 면헐 터, 내 네 꼴이 보기 싫어서라도 사람을 놓아 급히 늙고 자식새끼 많은 홀애비를 골라 너를 여의리라."

그 말 한마디에 입분이는 당장 싹싹 빌고 혼자서만 애를 태우다 이루지 못한 서러운 사연을 정직하게 고했다. 그러나 먼저 꼬리를 쳤다는 혐의는 더욱 확실해져 서둘러 서방을 구해 내보냈다. 입분이에겐 정이 들었을 뿐 아니라 긴한 일손이어서 비부쟁이 노릇 할 만한 서방을 구해들여 데리고 있을 만도 했는데 요새 세상의 사람 대접이 아니라는 종상이의 반대도 있었지만 정이 떨어져서 다시는 얼씬도 못 하게 멀리 내보내고 그 후부터는 새로 행랑 식구들을 거느리고 있었다.

잠시 생각에 잠겨 머뭇대는 사이에 산그늘이 앞질러 앞벌로 내닫고, 갈대가 백발을 산발하고 나부끼는 둔덕 밑 물 마른 고랑으로부터 스멀스멀 땅거미가 피어오르기 시작했다. 곧 마을의 저녁 연기와 어우러져 투명한 공기에 먹물을 풀듯이 어둠을 몰고 오리라.

산모롱이를 돌자 마을은 안 보였지만 태임이네 땅은 계속되고 있었다. 멀리 동산이 끝난 둔덕으로부터 논이 있는 벌판을 향해 완만하게 경사진 드넓은 삼포의 갈색 지붕(해가리개)은 방금 갈아엎은 사래 긴 밭고랑처럼 끝 간 데 없이 길고 첩첩했으며, 이미 씨를 뿌렸을 보리밭도 가을걷이가 끝나 참새나 콩대를 묶은 깍짓동이 밭머리에 나동그라져 있는 빈밭도 다 기왕에 삼포였거나 장차 삼포가 될 땅들이었고, 논은 삼포에 딸린 식구를 먹여 살릴 정도밖에 안 됐다. 할아버지 적부터 지내오던 삼포였다. 이성이가 한때 왜놈 도굴꾼과 결탁해서 그 삼포로 한바탕 농간을 부리고 나서 팔아넘긴 적이 있지만 태임이가 다시 사들인 삼포였다. 할아버지가 그녀에게만 따로 물려준 재물을 그렇게 쓰고 나서 속으로 얼마나 흡족하고 떳떳했던가. 이렇게 적막하게 망해버릴 수는 없었다.

삼포에 대한 그녀의 애착은 그녀가 의식하고 있는 것보다 더 집요하고 뿌리 깊었다. 수지가 안 맞는다는 이해타산이나 외가 식구들과 더는 상종하기 싫다는 감정적 반발 정도로 포기할 수 있는 게 아니었다. 대물림의 맹목적 집착이었고 운명처럼 떨쳐버릴 수 없는 정열이었다.

그녀는 어두니고개까지 숨차게 달려와서 다시 한 번 마을 쪽을 돌아다보았다. 산모롱이가 가리지 않더라도 마을이 보일 거리가 아니었다. 그러나 그녀는 뚫어지게 뒤를 돌아보았다. 먼 어둠 속에서 늙은 감나무가, 저주받은 오막살이가 하늘 향해 붉게 타오르는 게 보였다.

산식이가 백 원이 넘는 벌금 고지서를 가지고 서해랑 집으로 나타난 건 그로부터 며칠 안 돼서였다. 벌금 타령하던 외숙모의 아첨기가 태임이 귀에서 채 가시기도 전이었다.

"면목 읎습니다요 아씨."

댓돌 밑에 서서 이렇게 고하는 산식이는 건장하고도 떳떳해 보였다.

"조금도 면목 읎어 보이지 않네그려."

태임이는 윗사람답지 못하게 산식이를 비꼬고 나서 심사가 편할 리 없었다.

"좀 올라오게나. 날씨도 차겁고 의논할 것도 좀 있고 하니……."

"마침 잘됐시다. 저도 긴히 의논드릴 말씀이 있어 일부러 나온 걸입쇼."

"샛골마님이 보내신 게 아니었나?"

"벌금 날짜가 안즉 먼걸입쇼. 적은 돈이 아니니까 미리 갖다드려야 두고두고 마련하실 수 있을 게 아니냐고 제가 성화를 해서 심부름을 좀 앞댕겼습죠."

누덕누덕 기운 거긴 하지만 깨끗한 버선 바닥을 손바닥으로 몇 번이나 쓸어보고 나서 산식이는 가만가만 윗방으로 들어왔다. 행여 몸 냄새나 살비듬 하나라도 떨어질세라 조심스럽게 굴었다. 안방에 좌정한 태임이가 가까이 오라고 턱짓을 했건만 장지문 밖 저만치 수장궤에다 잔뜩 등을 붙이고 꼼짝도 안 했다. 그러나 넙죽넙죽 할 말은 다했다.

"아씨가 샛골로 다녀가시고 나서 삼농사는 영영 작파허시기로 했다는 소문이 짝짜그르르헌데 그게 증말이니까?"

감히 대드는 듯한 말투였다.

"왜, 증말이면 안 되겠나?"

"아씬 적부병 같은 무서운 천재도 겪어보신 어른이시잖시니까. 이번 일은 순전히 사람 잘못인데 사람 잘못은 사람 쓰기에 따라 또 사람 마암먹기에 따라 얼마던지 고쳐나갈 수 있는 거 아닌감요. 아씨가 그만 일로 폐농을 하실라치면 빈대 죽는 거 고습다고 초가삼간 태우는 것과 진배읎는 멍텅구리 짓이구먼요."

"내가 자네의 진국스러움을 남달리 기특하게 여긴다고 해서 말을 그렇게 함부로 허는 게 아닐세. 말의 컷속이 어드렇게 돌아가는 줄이나 알고 해야지."

태임이는 위엄을 갖추고 의당 짚고 넘어가야 할 걸 짚고 넘어갔다. 산식이는 쓰다 달다 말대답 없이 수굿이 싸가지고 온 작은 보따리를 끌렀다. 싸고 싼 보따리 속에선 상자곽이 나왔고 상자곽 속에선 또 한지에 싸고 싼 게 나왔다. 열두 대문 안 별당 아씨의 열두 폭 치마를 벗기고 단속곳을 벗기고 바지를 벗기고 다시 속속곳을 벗기듯이 가만가만 부드럽게 그러나 숨 가쁘게 싸고 싼 걸 한 겹 두 겹

벗기자 마침내 수줍게 두 다리를 꼰 백삼의 흰 살결이 드러났다.
 아니 아주 알몸은 아니었다. 마지막 속적삼을 움켜쥔 여체처럼 상체에다 눈부신 금빛 띠를 두르고 있었다. 산식이가 무릎으로 윗방 문지방까지 내려왔고 태임이 역시 무릎으로 문지방까지 올라갔다. 산식이가 두 손으로 금띠를 두른 백삼을 아씨에게 바쳤다. 금띠에는 고려인삼이라는 상표가 들어 있었다. 태임이는 삼을 생전 처음 보는 것처럼 그것을 앞뒤로 뒤집어보면서 찬탄을 금치 못했다.
 "내 생전에 이렇게 잘생긴 삼은 처음 보네. 고려인삼이라……. 이름은 또 얼마나 좋은가."
 "왜 이름만 좋다 하시니까. 입성은 어드럭허구요?"
 산식이가 회심의 미소를 띠고 말했다.
 "그래 내 생전에 입성 입은 삼 또한 처음이네그려."
 "세상이 개화를 허다 보니 인젠 인삼꺼정 입성이 날개인 세상이 되고 말았습죠."
 "그게 무슨 소린가."
 "아씨께서 시방 이렇게 잘생긴 삼은 생전 처음 본다 하셨지만서두 실은 이게 홍삼 수매에서 불합격 맞은 겁니다요. 그전 겉으면 캐는 품삯이나 쳐서 받을 수 있을까 말까 한 송백삼 아닙니까요. 사람덜이 천시해서 헐값으로 나가던 지시라기를 이렇게 공들여 말려 좋은 입성을 입혀설라므네 들입다 신문이나 잡지책에다 그 신기한 효험을 광고까지 친다지 뭡니까요. 알아들으시겠습니까요, 아씨?"

산식이는 마치 귀 어둔 사람에게 말하듯 언성을 높이고도 미심쩍은지 이렇게 물었다.

"어서 계속허게나. 알아듣는다마다. 광고라는 게 얼마나 좋은 거라는 것도 진작부터 알고 있다네."

"아씨께서 그런 걸 다 어드렇게?"

"아, 광고를 치잖았으면 영신환 좋다는 게 시골구석까지 무슨 수로 퍼졌겠는가."

"그러문입죠. 바로 그겁니다요. 다만 고려인삼 광고가 영신환 광고허구 다른 건 우리나라 방방곡곡뿐 아니라 예전부터 홍삼을 알아주던 중국 일본 등 외국에까지 널리 광고를 허구 직접 주문을 받고 있답니다요. 홍삼 못지않은 신효한 약효를 광고 치는 일방, 이렇게 정성 들여 예쁜 입성을 입히고 몇 겹씩 싸고 더 자세한 광고를 친 상자곽에 담아서 내니 저절로 백삼 지체가 높아질밖에요. 요런 6년근 한 근에 얼마씩에 팔려 나가나를 아시면 아마 아씨께서도 기함을 허실거구만요."

"어디 기함 좀 허게 말해보게나."

태임이가 웃으면서 말했다. 비로소 구체적인 활로가 보이는 듯하여 마음이 절로 활달해졌다.

"삼정물산이 우리덜한테 거저 뺏다시피 해다가 몇 곱절씩 남겨서 해외에 파는 홍삼값을 거의 따라잡는다면 말 다했습죠. 지 생각으로는 우리 삼포뿐 아니라 송도의 모든 삼농인들이 살아남는 길은 앞으로 그 길밖에 읎다고 봅니다요."

"그런 새로운 살 길을 누구라 먼첨 텄다던가?"

"우리에게서 멀지 않은 강릉골의 수만 간 삼포를 가진 공씨 집이랑 너우네 최 부잣집 젊은 당주들이 해외 장사 이력이 많은 송도의 김경호라는 장사꾼과 손잡고 시작했다고 합니다요. 우리처럼 폐농까지 몰려 살아남기 위한 마지막 안간힘으로 해본 게 크게 성공을 헌 것입죠."

"남덜은 그렇게 기사회생들을 허는데 외숙은 어찌 그 지경이 되셨을꼬."

"그야 당연하지 않습니까요. 그 사람덜은 개화된 신식 시류를 탔고 샛골 어른은 백 년이나 뒤진 케케묵은 술수를 쓴 탓 아닌감요."

"자네, 이제 보니 참 똑똑하군."

순전한 칭찬으로 태임이가 그렇게 말한 건 아니었다. 기특하단 생각 반, 상전보다 뭘 너무 많이 알고 있는 아랫사람을 경계하는 마음 반 해서 약간 비꼬는 투였다. 산식이도 그걸 눈치채고 문지방에서 두어 걸음 뒤로 물러나 앉으면서 뒤통수를 긁었다. 태임이는 밀어놓았던 백삼을 다시 한 번 유심히 살펴보면서 말했다.

"허긴 백삼과 홍삼이 그렇게 값 차이가 났던 건 뭔가 잘못된 일이었어. 여기 이만한 백삼만 해도 홍삼 수매에 합격하고도 남을 만한 품질 아닌가. 중국 시장에서 인삼값이 떨어지는 걸 방지한다는 핑계로 수매량을 적게 잡았을 때는 이런 것도 떨어지고, 수매량을 늘려잡는 해는 이보다 못한 것도 합격을 하는 식으로 해마다 들쭉날쭉했으니까. 사람 팔자라면 모를까, 명색이 죽은 목숨 살릴 수도 있는 선약이 품질보담 언제 태어났느냐에 따라 팔자가 달라진다는 건 말도 안 되지."

"그러문입쇼. 즈네들이 불합격 멕였다고 송도인삼의 영험꺼정 어디메 가겠시니까. 생전 약 한 첩 못 써본 소인네들 징험으로는 기가 허해졌을 때 땅속에서 굼벵이가 잘라먹다 남은 수삼 한 토막만 입에 물어도 당장 기운이 샘솟듯 허는걸입쇼."

"수삼의 그런 즉효는 약을 많이 써본 사람덜도 흔히 경험허는 일이라네. 백삼을 아무리 호사를 시켜도 또 아무리 높은 값을 받아도 때 늦은 감은 있을지언정 쬐금도 부당한 이익이 되지는 않을 걸세. 그렇지만 그렇게 되기꺼정은 먼첨 그 생각을 헌 사람들이 들인 공력이 여간 아니었을 걸세. 아무리 우리덜 살길도 그밖에 읎다지만 남이 일껏 닦아놓은 길을 내 길처럼 갈 수야 읎지 않은가. 염치가 있지."

태임이는 싫증도 안 내고 금띠 두른 어여쁜 백삼과 탄탄한 상자곽을 이리저리 살펴보고 어루만지며 말했다.

"그 일이라면 염려허실 거 읎습니다요. 백삼이 고려인삼으로 이름이 나면서 물건이 달려 앞으로는 널리 삼농인을 모집해 조합을 만들어야 물건을 계속 낼 수가 있고 이미 이름이 알려진 상표의 신용도 지킬 수가 있다고들 허니까요."

"조합을?"

"예, 이름만 달르지 송도 상인들이 예로부터 동업자끼리 뭉치고 도웁자고 맨들었던 도가허구 비슷한 거라고 알고 계시면 틀림읎겠구먼요."

"자네는 우리 삼포에 상일꾼인 줄만 알았더니 내가 잘못 안 거 겉네. 한눈을 팔아도 너무 판 거 아닌가? 아니면 젯밥에만 마음이 있었던지……."

"예? 무슨 말씀을 그리 섭섭하게스리……."

"아니고서야 한낱 촌구석의 삼포 일꾼이 해외무역 돌아가는 문리까지 훤히 알고 있는 척헐 수가 있겠는가?"

태임이가 산식이를 빤히 바라보면서 싸늘하게 물었다. 산식이는 죄지은 거 없이 몸둘 바를 몰랐다. 남의 속을 꿰뚫어볼 듯이 담대한 눈길도 여염집 여인 같지 않았지만 소문난 미모가 거울에 부딪혔다가 되돌아온 햇빛처럼 느닷없이 그를 눈부시게 했기 때문이다. 그러나 산식이도 여간내기는 아니었기 때문에 이내 평정을 회복했다.

"아까도 잠깐 말씀드리지 않았남요. 백삼 무역의 길을 맨 먼첨 튼 사람덜 중의 하나가 우리께에서 지적인 강릉골 공씨 집안이라구요. 그 댁 젊은 당주가 소탈해서 일꾼덜허구 자주 어울리는 바람에 저도 더러 그 어른 술을 얻어먹은 적이 있습죠. 당신 삼포에 어려운 일이 생겼을 때는 손수 저 겉은 사람에게까지 의논을 해오시기두 허굽쇼. 실은 개성 삼농인이 예전처럼 번성헐 수 있는 길은 앞으로 백삼을 살리는 길밖에 읎다는 소리를 어른헌테 들은 게 어제오늘의 일이 아니었구먼요. 우리더러 조합에 가입해 서로 손을 잡자는 얘기도 그쪽에서 먼첨 꺼낸 거니까 불감청이언정 고소원 아니니까."

"우리 입장이 시방 자네 문자 쓴 대로인 것만은 사실이네만 참으로 괴이쩍네그려."

태임이의 약간 튀어나온 듯 둥글고 반듯한 이마에서 파르르 정맥이 내비치면서 찬바람이 돌았다.

"무슨 말씀이시온지요?"

"자네가 화상 뭔가. 자네가 화상 뭐길래 그 공간가 뭔가 허는 사람은 외숙이나 나를 제쳐놓고 그런 중대한 의논을 자네허구 허나 허길."

태임이의 야멸찬 능멸에도 산식이는 그닥 노여운 기색 없이 자초지종을 얘기했다.

"옳으신 말씀입니다요. 그 어른 역시 조금도 경우에 어긋나는 일을 헐 분이 아니라서요. 지 겉은 거헌테꺼정 그런 말씀을 허신 건 하도 답답해서 아씨헌테 연통해주길 바라고 허신 말씀이지 저허구 의논이라니 천부당만부당합니다요. 저도 상전댁의 크나큰 일에 주인 행세헐 분수 읎는 놈도 아니구요. 말이 난 김에 여쭙는 겁니다만, 공 씨 어른이 샛골 어른헌테 같이 손잡자고 지성껏 권고허신 적이 여러 번 있었습니다요. 샛골 어른이 꼭 안 될 일만 골라 허실 적마다 충고도 허실만큼 허셨구요. 샛골 어른이 하나도 귀담아듣지 않았을 뿐입죠. 오죽 답답해야 저를 새중간에 넣어서까지 아씨한테 이렇게 연통을 하겠시니까."

"이제야 뭐가 좀 짚이는구먼. 그러니까 그 공 씨란 양반의 부탁을 받고 자네는 심부름을 온 데 불과하단 말이로구먼."

"예, 그렇습니다요. 벌금 고지서랑 겸사겸사지만서두요."

"그 공 씨란 사람 참 걱정도 팔자가 아닌가. 샛골 외숙한테 그런 제안했다는 소리까지는 동업자끼리의 의리로 그럴 법도 허다 싶네만 외숙이 마다했으면 그뿐이지 나헌테까지 알릴 건 또 뭔가. 우리 처지가 그 사람 보기에 구제해줘야 할 것처럼 불쌍해 보였대도 허겁지겁 매달릴 내가 아니려니와 그냥 오지랖이 넓은 사람이라면 더군다나 상종허기에 뜨악허네그려."

실상 태임이는 산식이를 통해 얻어들은 새로운 활로에 속으로 허겁지겁하고 있었다. 그러나 한낱 일꾼 앞에서 그런 내색을 할 수는 없다는 체면 때문에 조금씩 빗나가고 있었다. 태임이보다 먼저 초조해진 산식이가 고개를 곧추세우고 간곡하게 말했다.

"공씨 어른 말씀 아니더라도 이 각박한 왜놈의 세상에서 삼농가도 살아남고 송삼도 살아남는 길은 우리덜끼리 서로 맘도 뭉치고 꾀도 뭉치는 길밖에 읎습니다요. 왜 살 길이 뵈는 걸 마다허구 앉아서 죽으라시니까. 샛골 삼포 저대로 놔두면 저절로 폐농허게 된다는 거 아씨도 아시면서……."

그의 간곡한 연설은 거기서 끝나지 않았다. 태임이가 귀담아듣자 그는 조심스럽게 평소에 생각하고 있던 바를 털어놓기 시작했다. 일꾼들의 수효가 너무 많은 데 비해 늘 일손이 달리는 것처럼 보이는 건 손태복 씨 내외가 잔소리만 할 줄 알았지 삼포 일의 실제에 대해 맹문이이기 때문이라는 것, 마음만 먹으면 얼마든지 주인 눈을 속이고 게으름을 피울 수 있는 대신 품삯에 인색하기 때문에 진국스러운 일꾼은 붙어 있지 않고 게으르고 교활한 일꾼만 남게 된다는 것, 삼포에서 밑지고 남는 데 별로 신경을 안 쓰는 것처럼 구는 손태복 씨의 희떠운 태도가 되레 일꾼들의 일할 의욕을 떨어뜨린다는 것, 일꾼의 수효를 지금의 반절로 줄이고 주인이 나서서 손에 흙 묻히고 땀 흘리기 전엔 여태까지 잘못 길들여진 일꾼들 버릇을 바로잡기 어려울 거라는 것 등은 태임이도 평소에 막연히 생각만 하고 있었지 엄두가 안 나던 것들이어서 더욱 실감나게 들렸다.

 산식이 편에 우선 벌금 낼 돈을 주어 보내고 나서 태임이는 한동안 괜히 안절부절을 못하면서 피륙을 꺼내 마름질을 하려다 밀어놓기도 하고 뒤주 위의 충항아리에 행주질을 하다 말기도 했다. 뭔가 급히 해야 할 것 같은 조바심 때문에 손을 가만두지 못하다가도 급한 건 그런 일이 아니라는 낭패감 때문에 스르르 맥이 빠지곤 했다. 산식이 말을 들을 때는 샛골 삼포의 활로가 환히 보이는 듯하더니만 뭣부터 어떻게 손을 대야 할지는 생각할수록 혼미해질 뿐이었다. 우선 종상이하고 의논해보리라 벼르고 있는데 오늘따라 낮부터 출타한 종상이는 저녁때가 돼도 돌아오지 않았다. 아랫방에서 여란이 글 읽는 소리가 낭랑하게 들렸다. 국어책을 읽는 소리지만 태임이는 하나도 알아들을 수 없는 일본 말이었다. 태임이는 기묘한 소외감에 사로잡혔다. 경우도 내년엔 보통학교에 들어갈 테고 동해랑의 분열이는 서울 가서 보성전문에 다니고 있었다. 전씨가에서 분열이가 처음으로 사각모를 썼다 해서 큰 잔치까지 베풀고 그 영광스러움을 뽐냈지만 그때 태임 심사는 여간 편치 못한 게 아니었다.

분열이 말고도 친정에는 여러 조카들이 있었지만 동해랑의 당주가 된 분열이에 대해선 아직도 맹렬한 적의를 품고 있었다. 분열이에게 자기 자리를 빼앗겼단 생각이 얼마나 얼토당토않은 맹랑한 생각인지 누구보다도 태임이가 잘 알고 있을 터였다
  여식은 손으로 치지를 않고, 따라서 절손된 종가의 가계를 조카 자식 중의 하나로 하여금 잇게 하는 건 관습이나 후손의 도리에 한 치의 어긋남도 없었다. 그럼에도 불구하고 태임이는 거기 승복할 수 없는 생떼 같은 분심을 가지고 있었다. 어언 그녀 나이 마흔줄이었다. 생떼를 쓸 나이가 아니었다. 아무것도 아닌 것에 대한 맹목의 소유욕에 비하면 그동안 거듭된 손재에 대한 미련은 실상 미미했다. 여란이 글 읽는 소리가 한층 드높아졌다. 째지는 듯하다가 갈라지면서 귀에 몹시 거슬렸다. 태임이는 딸이 이르집으려는 게 뭔지 알고 있었다. 모르는 척하려도 갈라진 목소리가 애처로워 아랫방까지 신발을 끌고 나갔다.
  여란이는 어머니가 문 여는 소리를 듣고도 꼼짝 않고 밭은기침을 하더니 한층 목청을 돋웠다. 태남이가 쓰던 방이었다. 태남이가 침울한 얼굴로 『월남망국사』를 읽던 그 자리에서 여란이는 낭랑하게 일본 말 국어책을 읽고 있었다. 단발머리 밑으로 드러난 목은 상큼하고 등은 부드럽고 어깨는 흐르는 듯 나긋했다. 요새로 부쩍 처녀 티가 나는 여란이는 올해 졸업반이었다. 내년에 호수돈여숙에 보내려는 부모말을 듣지 않고 윗 학교는 경성 가서 다니겠다고 고집을 부리고 있었다. 학교 성적이 뛰어난 걸 신통히 여겨 일본 유학까지

보내주마고 입버릇처럼 말하던 종상이었던지라 경성도 안 보내주겠다는 건 여란이에겐 뜻밖의 충격이었나 보다.

그러나 태임이는 딸을 품 안에서 내놓을 날을 먼 훗날이려니만 여기고 함부로 약속과 맹세를 남발한 종상이가 받았을 충격에 보다 공감이 가고 안쓰러워 가만히 보고만 있었다. 그런 엄마의 태도를 아버지와 한편이라고 생각했는지 여란이 태도는 날로 강경해지고 있었다. 젖몽오리가 겨우 은행알만 한 주제에 황소고집이었다. 고집스럽게 움직이지 않는 여란이의 모습 때문에 남폿불이 출렁이는 대로 한쪽 벽으로 크게 일렁이는 그림자가 괴기하게 보였다. 태임이가 방으로 들어서면서 문을 닫자 그림자의 일렁임도 멎었다.

태임이는 여란이 어깨를 잡아 돌아앉히며 부드럽게 웃었다. 여란이는 웃지 않고 똑바로 쳐다보았다. 나이보다 조숙하고 당돌한 얼굴이었다. 마치 손거울 속을 들여다보듯 낯익은 얼굴이었다. 여란이 나이보다 더 오래 전부터 익혀온 듯한 얼굴을 향해 태임이는 나직이 속삭였다.

"아직도 화 안 풀렸는?"

"아버지가 승낙해주실 때까지 안 풀릴 거예요."

"망할 계집애."

"엄마는 누구 편이야."

엄마가 아무리 아버지 편을 들어도 결국 아버지는 너 하나를 당해내지 못하게 되리라고 말하고 싶은 걸 참고 태임이는 딴소리를 둘러댔다.

"호수돈여학교가 왜 싫다는 게냐? 그 4층짜리 돌집만 봐도 엄마는 요새 못 태어난 게 한이 되어 속이 아린데. 그 학교 기숙사엔 황해도, 평안도, 함경도 학생까지 고루 섞였다더라. 그만큼 조선 팔도에 이름이 알려진 학교가 아니겠는? 아버지 말씀 들어라."

"제가 호수돈 가면 기숙사에 못 들어가잖아요. 전 기숙사에 들어가고 싶어요. 분열이 오빠처럼 방학 때면 기차 타고 돌아오고 싶고, 개학하면 기차 타고 떠나고 싶고, 객지에서 사흘에 한 번씩 엄마한테 편지도 쓰고 싶고……."

"시상에…… 겨우 그짓이 허구 싶어 아버지 마음을 그렇게 상해드려? 못된 기집애 같으니라구."

"엄만 그럼 제가 어드런 짓이 허구 싶으면 아버지 마음을 상해드려도 된다고 생각하세요?"

그렇게 당돌하게 따지고 드는 여란이의 눈빛엔 집 떠남의 정작 의미, 수없이 꾸었을 집 밖의 것을 향한 꿈에 대해서까지 말할 수는 없다는 앙큼한 의지 같은 게 들어 있었다.

밤이 이슥해서 돌아온 종상이는 술기운 없이 맹숭맹숭했으나 홍겨워 보였다. 취했을 때처럼 태임이를 집적거리며 실없는 소리를 몇 마디하더니 이내 할 일이 있다며 사랑으로 나가려고 했다.

"급한 일이니까?"

"응, 좀……."

"자식 일보담 더 급한 일이 어디 있시니까?"

"여란이 일 말이오? 애비가 한 번 안 된다면 안 되는 줄 알게 내버려두지 않고 또 오냐오냐 응석을 받아준 게로구려."

"걔가 뭐 어린앤가요? 응석을 부리게."

"어린애가 아니면?"

"어린애 취급을 하니까 집을 떠나고 싶단 생각을 할 수밖에요."

"여란이 년이 그럽디까? 제 입으로 집을 떠나고 싶다고……."

"왜 그렇게 놀라시니까? 그까짓 소리에."

"시집가면 어련히 집을 떠나게 될까 봐 그새를 못 참고……."

"시집가면 떠나는 건 집 떠나는 게 아니죠. 제집 찾아가는 거지. 혼자 있어보고 싶을 나이에요. 그래야 집 좋다는 것도 알게 될 테고요."

"여보 그게 에미가 딸한테 힐 소리요? 계집애를 소학교 졸업시켰으면 됐지 더 시키는 것도 망설여지고 남의 눈치까지 보이는 일인데 제 고장에 헌다한 학교 놔두고 여나문 살밖에 안 된 계집애를 대처로 내보내? 혼자 있고 싶댔다고?"

"난 보통 에미가 아니잖아요."

"보통 에미가 아니면?"

"난 열한 살 때 당신을 처음 봤어요. 그때 생각나시우?"

"꼭 방구리만 했었지."

"그 방구리만 한 계집애가 글쎄 당신을 보자마자 속으로 신랑 삼아야겠다고 작정을 했다니까요. 맹랑하죠?"

"그래서? 여란이 년이 아직 연애를 안 걸어서 걱정이라도 된다는 소리야, 뭐야?"

"나는 여직껏 열한 살 적 결정을 후회한 적이 한 번도 읎었시다. 여란이 열네 살도 뭘 결정하기에 적은 나이는 아니에요."

"여란이에 대해선 나도 다 계획해놓은 게 있다구. 여기서 얌전히 여학교 졸업허구 나면 그때 가서 제 소질 봐서 동경 유학도 보낼 작정인데 그새를 못 참고 모녀가 웬 난리야 난리가."

"어차피 자식은 부모의 계획대로 살지 않게 돼 있어요."

"당신 노상 분열이를 부러워하더니 여란이 년을 부추긴 거 아냐?"

"그럴지도 모르죠. 그 애를 개성역에서 기차 태워 보내고 방학허면 개성역까지 마중 나가 그 애를 기다리고 싶어요. 한참 자랄 나이에요. 부쩍부쩍 키가 커지고 몰라보게 예뻐지겠지요. 그 애는 또 같이 살 때는 못 하던 소리도 편지엔 써 보낼 거예요. 그 애가 무슨 생각을 하며 어드런 꿈을 꾸는지 데리고 있을 때보다 오히려 더 잘 알 수 있을걸요? 우리가 그 애 걱정으로 잠 못 이루는 밤, 그 애도 우리 품이 그리워서 울면서 편지를 쓸걸요, 아마?"

"여보, 난 바빠. 잠꼬대 같은 소리 듣고 있을 새가 읎다구."

"당신은 맨날 바쁘군요. 참, 어디메서 오는 길이죠? 이렇게 늦게."

태임이는 정말 잠에서 깨어난 것처럼 서둘러 맑은 정신을 가다듬으면서 물었다.

"황도중 어른 사랑에 모였댔어."

"누구누구라요?"

"모일 만한 사람덜이⋯⋯."
"그 어른, 요새도 큰사랑에 상투 틀고 탕건 쓰고 도포 입고 같은 상투잡이 서사를 양쪽에 거느리고 앉아서 손바닥으로 버선 바닥을 쓸면서 말 한마디로 억만금을 좌지우지헌답니까?"
"당신, 그 어른을 언제 봤다고 그렇게 헐뜯소?"
"당신한테 들은 소리지 내가 어드렇게 그 어른을 뵈니까?"
"귀한 어른이오. 마지막 도중이지."
"당신이 은행일 꾸밀 때 그 어른의 반대로 틀어지고 말았다고 두고두고 미워하시더니만⋯⋯."
"다 합방 전 일이오. 설사 개성 사람 자본만으로 은행을 일으킬 수 있었다고 해도 합방을 막을 수 읎는 바에야 무슨 소용이오. 조선 팔도가 다 멕힌 마당에 개성 사람 자본이라구 온전했겠소?"
"여기저기서 제각기 그런 식으로 우리 것을 지켰더라면 합방이 안 될 수도 있었지 않겠시니까?"
"맨주먹의 젊은이가 한때 꿔본 꿈을 그렇게까지 과대평가헐 거 읎소. 낯간지럽구려."
"그 고집불통의 구닥다리 상인이 뭣하러 사람을 모은다니까?"
"각골에서도 금싸라기 땅이 온통 그 어른 땅 아니오."
"그래서요?"
"그 땅의 한 귀퉁이를 돈 쓸 일이 있어 내놓았더니 당장 작자가 붙더래. 달래는 값을 한 푼도 안 깎고 살 사람이면 알 만한 사람일 텐데 타관 사람이라고만 하고 통 정체를 드러내지 않아 흥정을 조즘조츰 미루면서 뒤를 캐보았더니 왜놈이더라는군. 그래서 변돈을 얻어 급한 용처를 막으면서도 안 팔았으니 모두 그런 식으로 협조를 해서 왜놈덜이 송도 바닥에서만은 발을 못 붙이게 허자는 말씀이셨어."

"그게 될까요?"

"될 거야. 개성 사람 기질과 맞아떨어지는 일이니까."

"개성 사람 기질이 어드런데요?"

"배타적이고, 자주적이고, 텃세가 세고."

"근데 왜 당신이 바빠요?"

"크나큰 일인데 말로만 되나. 통문도 만들고 조합도 만들고 해서 물샐틈없이 일을 꾸며야지."

"황도중 어른이 그러래요?"

"그 어른 의견인걸."

"참 벨꼴이네요. 너도나도 상회를 만드네 회사를 만드네 해서 주인 노릇도 하고 사장 노릇도 허는데 그 어른은 그 많은 재산을 가지고도 유독 도가의 도중 자격만을 고집하신다더니 이제 와서 조합장이 탐나셨나?"

"말 삼가요. 개인적인 이해관계가 따르지 않는 일에 이탈자 읎이 협조를 이어가려면 정신적인 지주가 있어야 하겠기에 굳이 모시기로 헌 것이지 그 어른이 뭐가 답답해서 보나마나 힘난한 조합의 장이 되고 싶어하겠소."

"그 어른을 존경허는 말투군요?"

"존경허구말구. 5리 돈 받자고 10리 길을 쫓아가는 식으로 재산을 모은 분이오. 그런 분이 좋은 홍정을 마다하고 변돈까지 써야 하는 손해를 보면서도 왜놈이 발붙일 길을 막았다는 건 보통 일이 아니오. 앞으로 좋은 본이 될 테니 두고 보구려."

말을 마치고 사랑으로 나가려는 종상이를 태임이는 문득 만류하고 싶어졌다. 종상이의 안색이 그렇게 싱싱하게 빛나는 걸 보는 게 얼마만인지 몰랐다.

"오늘 밤은 안방에서 주무시면 안 되겠시니까?"

"내가 임자를 그렇게 오래 독수공방시켰던가?"

종상이는 아내가 생전 안 하던 소리를 하는지라 적이 놀라 돌아보았으나 그런 소리에 따름 직한 교태나 갈망이 조금도 느껴지지 않는 아내의 태도에 되레 머쓱해지고 말았다.

"망측하게스리 실없는 소리도 잘하십니다요. 나는 그저 세상 돌아가는 얘기나 들었으면 해서 해본 소리였시다."

"그러면 그렇지 임자가 어디 10년을 독수공방헌들 남편 바짓가랑이 붙들 사람이오."

"편수 빚어놓은 게 있는데 밤참으로 올리리까."

"그래 주겠소? 임자허구 시국 얘기도 허구 발기문도 맨들려면 밤을 새야 헐지도 모르겠으니……."

태임이는 드난꾼들이 깰세라 가만가만 잽싸게 편수를 삶아 알맞게 익은 나박지와 함께 상을 봐왔다. 양지머리를 곤 맑은 장국에 떠 있는 편수가 꽃봉오리처럼 어여쁘고 앙증맞았다.

"임자 음식 솜씨 대 끊길까 봐서두 우리 여란이 어디 서울 보내겠소?"

종상이는 감질나는 듯 장국 국물까지 마시고 빈 반병두리를 내려놓으며 말했다. 그 말투의 쓸쓸함 때문에 태임이는 그가 여란이의 서울 유학을 반 이상 승낙한 것처럼 느꼈다. 여란이 역성을 들 때와는 달리 가슴이 뭉클했다. 문지방 너머에서 귀뚜라미 소리가 구성지고 문풍지가 푸르르 우는 소리와 함께 살얼음 같은 웃풍이 옷깃을 스쳤다. 태임이는 첫추위의 예감에 을씨년스럽게 몸을 웅숭그리며 말했다.

"황도중 어른댁에선 맨입으로 바쁜 사람들을 여직껏 붙들어놓습니까?"

"저녁은 그 댁에서 먹었소."

"샛노랭이집 손님 대접이 오죽했을라구요."

"임자 오늘 참 이상허구려. 오늘 밤참이 유난히 입에 땡긴 건 사실이지만 그걸 꼭 그댁에서 못 얻어먹었기 때문이라고 여기고 싶은 심보는 곱게 봐줄 수가 없구만. 샛노랭이란 소리도 점잖지 못하구."

"그건 내가 지어낸 말이 아닐시다. 황노랭이라구들 허다가 노랭이가 둘 겹쳤으니 샛노랭이가 아니겠느냐는 건 송도 바닥에 파다한 험담인걸요."

"그 어른이 왜 이렇게 인심을 잃으셨을까? 차인이고 서사고 사환이고 그 어른 눈에 들기까지가 어렵지 한번 눈에 들면 아무리 실패를 거듭해도 성공할 때까지 뒷배를 봐주어 그 어른 밑에서 큰 송방이 부지기수건만 그런 구설수에 오르다니. 누가 뭐래도 그 어른이야말로 장조부 어른 이후의 마지막 뼈대 있는 개성 상인일 게요."

종상이가 단호하게 태임이의 입을 막았다. 태임이는 생전의 할아버지가 종상이한테 드러내 보인 극렬하고도 불길한 애증에 대해 생각할 적마다 자신이 종상이와 부부됨의 인연에 불가해한 삶의 은유 같은 것과 함께 종상이의 사람됨에 무한한 신뢰감을 느꼈다. 사람이란 입은 은덕보다는 피해에 대해, 받은 사랑보다는 모멸에 대해 더 오래 더 깊이 기억하고 일생 동안 헤어나지 못하는 법인데 종상이는 전처만 영감한테서 받은 그 지독한 증오와 모멸은 없었던 걸로 하고 말년에 인색하게 보여준 신임과 연민에 대해서만 기억하고 있는 것처럼 보였기 때문이다. 종상이의 전처만 영감에 대한 사후 평가는 늘 후했고 해가 갈수록 사모의 정도 깊어지는 것 같았다.

"밖에서 허시는 일을 아녀자가 일일이 알고 싶어허는 것 같아 좀 민망합니다요만 조합이라는 곳에 대해 알고 싶습니다. 전계塵契의 도가와 어드렇게 다른지요. 합방 후 도가의 신의에 금이 가고 힘도 점점 읊어져 가는데도 황도중 어른만이 그 구식을 고집하시더니만 벨수 읎이 왜식으로 이름이나 고쳐서 옛날 영화를 돌이켜보자는 속셈이라면 한심합니다요."

태임이는 그를 남편으로 택한 게 참 잘한 일이었다는 새삼스러운 감동 때문에 매우 공손하고 진지하게 물었다.

"조합이란 이름이 왜식으로 들린다는 데 대해선 미처 생각을 못했소. 그건 낭중에라도 의논해서 고칠 수도 있으니 과히 걱정 마오.

전계허구는 뜻허는 바가 전혀 다르기에 새로운 이름이 필요했던 것뿐이오. 전계가 같은 영업을 허는 장사꾼끼리의 공동의 이익을 지키기 위해 배타적이고 독점적인 조직이었던 것과는 설립 취지가 근본적으로 다른 것이오. 우선 선전이니 백목전이니 청목전이니 어과전이니 허는 구별 없이 모든 장사꾼과 전주, 지주꺼정 동참하게 헐 작정이오. 이건 시방 생각난 건데 송도 사람이라고 해서 어디 장사해서 먹고사는 사람뿐이오? 학교 선생님도 있고 관청의 관리도 있고 남의 집 드난꾼, 공장의 직공 벨아벨 생업이 다 있으니 널리 그들의 동참도 꾀해야겠소."
"어째 좀 섭섭합니다요."
"뭐가?"
"집안 살림을 생업으로 허는 여편네덜은 사람으로 치지도 않으시나요."
"뭣이 어드래?"
종상이는 별안간 희색이 만면해서 무릎을 쳤다.
"고맙소, 임자 그 말 한마디 잘했소. 혼자서 속으로 이럴까 저럴까 끙끙 앓던 문제가 하나 단박 해결이 되었구려."
"무슨 말씀이신지. 난 그저 엉석 삼아 한마디 헌 것뿐인데······."
"내가 발기문을 쓸 막중한 일을 맡았다고 안 했소. 송도 사람의 정신과 자존심에 호소헐 수 있는 진심에서 우러난 말들이 가슴에서 용솟음을 치는데 그걸 그대로 옮겨쓰려면 언문이라야 될 것 같은데 언문으로 쓰자니 벼슬길은 마다했지만 글 읽기를 숭상해온 거상들의 비위에 거슬릴 것 같고, 진서로 쓰자니 뜻헌 바가 호소력을 잃고 딱딱하게 굳어버릴 것 같아 내키지 않아 고민허던 중이었는데 언문으로 쓰기로 지금 당장 결정을 보았소."

"실없는 말씀 마십시다요. 아녀자덜이 어드렇게 조합원이 됩니까요."

"조합이라는 명칭에 구애되지 말라니까요. 뜻을 모으자는 것이지 이익을 같이허려고 사람덜을 모으는 게 아니니까. 이익보담은 손해를 같이허게 될지도 모르오. 황도중 어른이 먼첨 본을 보인 것처럼 아무리 비싼 값을 쳐준대도 왜놈에겐 땅이나 집을 팔지 않기에 동참하라는 취지니까. 같은 이치로 아무리 싸게 팔아도 왜놈헌테는 물건을 사지 말자고 송도 사람끼리라도 약조를 맺자는 거요. 우리끼리 암만 물샐틈없는 텃세를 부려도 그들이 돈줄을 맘대로 헐 수 있는 금융 조합이 생긴 이상, 송도 사람이 한 사람도 왜놈에겐 땅이나 집을 팔지 않는다고 해도 그들이 한 놈도 이 바닥에 발을 못 붙이는 일은 아마 일어나지 않을 게요. 그러니 그들이 제아무리 못된 간계를 부려 발판을 마련헌다 해도 그 자리에서 초 한 가닥, 석유 한 됫박도 못 팔아먹게 허려면 안사람들꺼정도 마음을 합쳐야 헐 게 아니오. 우리는 결단코 이익 단체를 맨들려는 게 아니라 이해관계와 의리로 뭉쳤던 도중의 울타리를 허물고 잇속보담은 정신을 차리자, 손해를 볼지언정 자존심을 지키자, 개인적인 전에 바탕을 둔 의리보담은 대의를 우선허자는 운동을 일으키려는 게니 남녀노소가 무슨 상관이겠소."

"그럼 송도 사람이라면 다 자격이 있다는 거니까?"

"여부가 있소. 욕심 같아선 송도뿐 아니라 조선 팔도로 이 운동을 확산헐 수 있는 문명의 발기문을 쓰고 싶소."

허공을 응시하면서 그렇게 말하는 종상이의 눈은 남폿불을 받아 외로운 횃불처럼 타오르고 있었다. 그에게 그런 야심과 포부가 있었던가. 양말공장이나 그 밖의 일들이 뜻대로 되어 큰돈을 벌었을 때도, 종들을 자립시켜 내보내 칭송이 자자했을 때도 그는 만족하거나 잘난 척할 줄은 몰랐다. 그건 겸손하고는 다른 거였다. 하나의 일을 성취했을 때 오히려 더 채워지지 않은 욕망의 공동이랄까, 헛짚었다는 낭패감이랄까를 드러내보이던 그였다. 그러던 그가 지금 홍안의 소년처럼 싱싱하고 빛나는 눈동자로 꿈꾸는 게 고작 감동적인 발기문을 쓰는 거라니.

그게 언제더라? 그가 지금처럼 싱싱하게 빛나는 걸 본 것은. 태임이는 아릿한 그리움과 함께 마침내 그때가 언제였다는 걸 생각해냈다.

태임이는 조금 아까 자기가 종상이를 신랑감으로 점찍은 건 열한 살 적이라고 말했지만 그건 여란이 역성을 들기 위한 과장이었고 정말 종상이한테 이성을 느끼고 사모한 건 열다섯 살 적이었다. 그때 종상이는 전처만의 까닭 모를 미움을 사 강릉골에 있는 그의 소실집 머슴으로 쫓겨난 지 몇 년 되는 갓 스물의 청년이었다. 일인 도적 떼들의 마구잡이 인삼 도채가 성행하던 때였지만 조선 사람 복장으로 출몰하는 그들을 잡아 감히 왜놈임을 밝힐 수 있는 기운과 용기가 있는 삼농가는 흔치 않았다. 그저 운수소관, 세상 잘못 만난 원망만 하다 말곤 했다.

 그러나 종상이는 조선 사람 복장을 했으되 발가락을 끈으로 꿴 나막신을 신고 있는 도적의 한 사람을 악착같이 쫓아가 그 나막신 한 짝을 얻을 수가 있었다. 그리고 그 나막신을 증거로 그가 지키던 삼포를 일인이 도채해갔다고 관아에 고발했다. 그러나 관아에선 그가 제시한 증거품을 무시하고 되레 그를 무고죄로 몰아 죽지 않을 만큼 매를 쳐서 내보냈다. 유수는 약은 사람이었다. 정식 고발이 들어오기 전부터 그 사실을 알고 있었지만 우리 조정의 힘이 그만 일로 일본 공관에 항의하기엔 너무도 허약하다는 것 역시 알고 있었기 때문에 중앙 관서에 보고하기보다는 그 따위 고발은 근절시키는 쪽을 택했던 것이다.

 온몸이 장독으로 퉁퉁 부은 종상이를 전처만이 불쌍히 여기는 한편 가상하게 여기는 바도 없지 않아 거두어 행랑채의 한 방을 치우고 간호하는 동안도 그는 자면서는 잠꼬대로, 깨어서는 신음으로, 그 도적놈들은 왜놈들이었다고, 나막신 신은 걸 똑똑히 보았노라고 외치기를 그치지 않았다. 그 외침이 하도 뼈에 사무치는 듯하여 겁도 없이 당돌하게 그 방에 드나들다가 할아버지한테 들킨 게 태임이가 열다섯 살 때였다. 종상이 역시 부성이네 청포전에서 처음 만났을 때의 미소년티는 봉두난발과 무성하게 자란 수염과 사경의 부기 때문에 알아볼 길 없이 변해 있었지만 눈빛만은 어찌나 건강하고 아름답게 빛나던지 태임이는 넋을 빼앗겼고, 그가 진실을 호소하고 있음을 단박에 믿었고, 그를 위해서라면 그 무서운 할아버지도 능히 기만하고 배반할 수 있다고까지 생각했었다.

이제 사십을 넘은 사내가 다시 그런 눈빛을 할 수 있다니. 태임이는 그게 놀랍고 반가운 한편, 어쩌면 그동안엔 한 번도 종상이에게 뜻이 맞는 일이 없었던 게 아닐까 하는 측은한 의구심이 생겼다. 그러나 무엇보다도 두려운 건 자신의 열다섯 살로 여란이의 열다섯 살을 헤아려보려 하는 일이었다. 그 나이는 예사 나이가 아니었다. 몸 안에 작은 불씨를 숨기고 있는 나이였다. 언제 미치광이 같은 불길로 변할지 예측할 수 없는 작은 불씨……

태임이는 걷잡을 수 없이 불안해졌다. 그녀의 불안은 질투일 수도 있었다. 그들에 비해 나는 무언가?라는.

"실은 내가 조합이란 것에 대해 알아보고 싶었던 건 그런 엄청난 게 아니었시다."

태임이는 스스로의 불안을 들키고 싶지 않았으므로 애써 사무적인 말투로 하던 얘기를 계속했다.

"조합도 조합 나름이지, 임자가 조합에 대해 알고 싶어하는 게 도대체 뭔지 나는 도무지 종잡을 수가 읎구만."

"오늘 낮에 샛골에서 산식이가 다녀갔거들랑요."

"벌금은 줘 보냈소?"

태임이가 종상이에게 삼포 일을 의논한 건 벌금에 대해서뿐이었으므로 종상이도 벌금에 대해서만 물었다.

"예, 그러나 벌금보담은 조합 얘기를 허러 온 거였어요."

"산식이 그 사람이 벌써 우리덜이 맨들려는 조합에 대해 알고 있더란 말요? 그럴 리가……."

"조합도 조합 나름이죠. 산식이 따위가 당신네들이 모의허는 그 큰 뜻의 조합을 어드렇게 알겠시니까."

"임자의 말투가 듣기 거북허구려."

"산식이 말로는 홍삼만 가지고는 앞으로 삼농을 유지헐 수 읎는 게 우리뿐이 아니랍니다. 우리는 계속되는 흉작과 돌림병이 우리만 당하는 재난인지라 내년에나 나아질까, 후년에나 나아질까, 농사 잘 되기만을 빌었는데 농사를 잘 짓고도 밑진 사람덜은 벌써부터 홍삼에 불합격 맞은 백삼에서 이익 볼 궁리를 해왔다지 뭡니까. 세상이 어수선할수록 병신 자식 효도 본다는 옛말이 하나도 안 그른 셈입죠."

"듣고 보니 그렇구려. 나도 백삼의 미려한 포장과 그럴듯한 광고에 대해선 이미 보고 들은 바가 있소."

"바로 그겁니다요. 백삼을 공동으로 제작해서 공동의 상표를 붙여서 광고도 공동으로 하면서 해외시장에 낼 수 있는 조합이 생겼는데 우리더러도 거기 가입허라고 권허는 사람이 있나 봐요. 산식이도 우리 삼포처럼 큰 삼포가 안 망하고 살아남는 길은 그 길밖에 읎다고 생각허는 눈치구요."

"산식이는 어드런 사람이오?"

"일꾼이죠, 뭐. 일꾼 중에선 힘으로도 상일꾼이구 사람됨도 젤 진국이에요."

"그동안 손해가 컸나 보구려."
"말도 못해요. 폐농헐 지경꺼정 간 것 같아요."
"왜 진작 좀 나한테 의논을 허잖구."
"당신 내 재산에 대해 아는 척허는 거 싫어허셨잖아요."
"그렇게 보였다면 내 몸사림이 지나쳤나 보오. 배 밭에선 갓끈을 고쳐 매지 않으려는 조심성도 실은 자격지심 아니겠소? 과히 섭섭해 마오. 앞으로는 나도 관심을 가지고 알아보리다. 백삼 무역하는 사람들과 연줄을 대는 일쯤이 뭐 그리 어렵겠소."
"혹시 김경호란 사람 모르시니까? 송도사람이라던데."
"김경호?"
"예, 해외 장사의 이력이 많은 사람이라 허던데요. 큰 삼포주덜이 다덜 그 사람허구 손을 잡고 백삼을 해외로 낸답니다요."
"그러면 대대로 당화거간허던 집 아들 김경호 그 사람이 맞겠는데."
"아는 사람이니까?"
"아다마다."
"친허니까?"
"친허지. 서로 속내를 그만큼 알고 지내는 사이도 흔치 않을걸. 한증 친구거던."
"시방 누구가 우스갯소리 허랬시니까?"
"우스갯소리라니, 벌거벗고 사귄 친구처럼 흉허물 읎는 친구가 어딨겠소? 그 사람 속속들이 탐나게 잘생겼을 뿐 아니라 관암(한증을 하면서 얼마나 오래 견디나 알아보기 위해 수를 세는 것) 부르는 소리는 또 어찌나 우렁차고 듣기 좋은 미성인지. 참, 여자들도 한증헐 때 관암 부르나?"

"몰라요."

"난 한창때는 천 관암까지 부르다가 점점 줄어 요새는 5백 관암 부르기도 죽을 기를 다 써야 허는데, 김경호 그 사람은 나허구 알고 지낸 지 5, 6년 동안을 한결같이 7백 관암이라니까. 그 사람의 7백 관암이 부러운 건, 내가 5백 관암밖에 못 해서가 아니라우. 그 사람은 나처럼 기를 쓰지 않고 천 관암도 넉넉히 할 수 있는데 7백밖에 안 허는 그 느긋한 여유 때문이라면 그 사람이 어드런 사람인지 알 만허잖소."

참다 못해 태임이는 정색하고 언성을 높였다.

"여보, 내가 언제 그 사람허구 한증을 같이헐 만한 사람인가를 알자고 했시니까? 조합을 같이헐 만한 사람인가, 조합이라는 게 실제로 조합원에게 어느 만큼 이익이 되는 건가를 알고 싶어했지."

태임이가 정색하자 종상이는 기다렸다는 듯이 하품을 하며 사랑으로 나갈 채비를 했다. 나가면서 일간 김경호를 한번 한증 밖에서 만나 자세한 내용을 물어보고 나서 좋은 방향으로 결정하자고 말했으나 태임이는 그가 밤새도록 감동적인 발기문을 쓰는 데만 골몰할 생각을 하니 별로 위로가 되지 못했다.

그러나 종상이는 당분간은 아내의 고민을 멀찌감치 관망할 작정을 하고 있었다. 아내가 망해도 된다고까지 생각하고 있진 않았지만 여직껏 그래왔듯이 재산이 개입된 문제에 있어선 그렇게밖에 자신의 자존심과 위신을 지킬 수가 없었다. 그는 아내가 별안간 조합이라는 것에 대해 강한 호기심과 함께 아둔할 정도로 말귀 어둡게 구는 게 농업의 협동 관계와는 사뭇 이질적인 상공업의 협동 관계에 대한 심한 낯가림이라는 걸 알고 있었다. 설사 아내가 쉬 낯가림을 극복하고 그 세계의 켯속을 이해한다고 해도 간접적으로밖에는 그 세계에 참여할 수 없게 돼 있었다. 종상이는 그래서 더욱 정 불가피해질 때까지는 그 문제에 영향력 있는 간여를 안 할 작정이었다.

섣달그믐께였다. 전깃불을 가설한 지 며칠 안 되는 서해랑 집은 언년네까지 데려다 설빔을 짓느라 밤늦게까지 대낮처럼 환했다. 여란이를 경성으로 유학 보내도 좋다는 허락이 떨어진 지 얼마 안 되는지라 설빔뿐 아니라 철철이 갈아입을 옷을 한꺼번에 장만하느라 옷감을 피륙째 들여놓고 부산을 떠는 중이었다. 중문 밖이 수런수런하더니 안마당에서 옥신각신하는 소리가 들렸다.

"나가보게나. 저 사람은 우리허구 한솥밥 먹은 지가 석삼 년이 넘는데도 아직도 아래위 턱도 가릴 사람 안 가릴 사람도 모르고, 덮어놓고 텃세만 부린다니까."

태임이는 마름질하던 손을 멈추면서 언년네에게 말했다. 언년네는 그게 마치 제 칭찬이라도 되는 줄 아는지 안방 같은 궁둥이를 얼씨구 가뿐하게 들어올리며 신이 나서 욕부터 했다.

"아이구 염병을 헐 년, 눈깔을 휘번덕댈 줄만 알았지 도무지 뭘 분간헐 줄 알아야지. 우리 아씨니까 저런 년을 이밥이 배지가 불러 못 처먹게 내버려두지, 이 댁 그늘만 벗어나봐라. 빌어먹을 쪽박도 못 타고난 년이 어디서 세도야 세도가."

 이렇게 한바탕 욕지거리를 하고야 방문을 열고 나가더니만 이내 에그머니나 호들갑스럽게 놀라는 소리가 들렸다. 태임이는 영문도 모르는 채 가슴이 덜컥 내려앉아 열린 문으로 마당을 내다보았다. 댓돌 아래 우뚝 선 기골이 장대한 청년은 태남이었다. 그제서야 언년네는 떨리는 소리로, "아씨 샛골 도련님이 오셨습니다요"라고 고했다. 마루 끝에 걸린 전등불빛이 댓돌 아래 선 태남이의 전신을 대낮처럼 환히 비추고 있었다. 태임이는 까닭 없이 불빛이 너무 밝은 게 민망했다. 3년 만에 돌아온 심정은 좀 더 은은한 불빛을 원할 것 같았다.

 태남이가 말없이 허리를 굽혀 인사를 했다. 무표정한 얼굴이었다. 그가 옆으로 비켜섰다. 비로소 그의 그늘에 가려 있던 여자의 모습이 드러났다. 여자는 두어 발자국 앞으로 태남이와 나란히 서더니 태남이가 한 것처럼 말없이 허리만 굽혔다. 그리고 서글서글한 눈을 들어 태임이를 똑바로 쳐다보았다. 이목구비가 뚜렷하고 표정이 풍부한 얼굴이었다. 먼저 여자의 눈가에 미소가 어렸다. 예쁘지는 않지만 편안하고 기분 좋은 얼굴이었다.

 "올라오게나. 내 정신 좀 보게나, 이 엄동설한에 손님을 마냥 마당에 세워놓다니."

 언년네가 마루 끝에서 으스스 몸을 웅숭그리는 걸 보고서야 태임이는 이렇게 말하면서 방 안의 널린 것들을 주섬주섬 한편으로 밀어놓았다. 두 사람은 어떤 사이일까? 그게 태남이가 왜 집을 나갔으며, 그동안 뭘 하다 뭣 하러 돌아왔는지보다 더 궁금하여 가슴이 두근거렸다. 성큼 방으로 들어온 두 사람은 나란히 큰절을 했다. 태남이는 커다란 가죽 가방을 들고 있었고 여자는 보퉁이를 들고 있었다. 태임이는 그들의 입을 통해 듣기 전에 대강이라도 그들의 관계와 그들의 현재의 형편을 눈치채려고 잔뜩 조바심을 했지만 허사였다. 그들의 외양만 보고는 그들이 현재 궁색한지 풍족한지조차도 알아낼 수가 없었다. 태남이는 검정 양복에 검정 오버를 입고 있었다. 겉옷의 천이 너무 두꺼워 가뜩이나 큰 태남이의 체격이 더욱 우람해 보인다는 것밖에는 그녀의 옷감에 대한 상식으로는 비싼 옷인지 싼 옷인지, 제대로 맞는 옷인지 얻어입은 옷인지조차 분간할 수가 없었다. 개성 바닥에선 한 번도 못 보던 낯선 옷차림이었지만 입은 사람의 터무니없이 당당한 태도 때문에 권위 있는 기관의 제복처럼 보이기도 했다.

그러나 큰절을 위해 벗어놓은 털벙거지는 낡고 궁상스러워 보였으며, 드러난 부수수한 더벅머리와 이마의 거친 주름살은 어쩔 수 없이 순탄치 못한 세월의 풍상을 느끼게 했다. 더욱 종잡을 수 없는 건 여자의 옷차림이었다. 가장 궁금한 시집간 색시인지 처녀인지조차 분간이 안 됐다. 쪽을 쪘나 안 쪘나로 쉽게 알아볼 수 있는 머리 모양을 비녀 없이 아기 주먹만 한 크기로 동그랗게 말아올린 까미머리로 빗고 있으니 알아볼 도리가 없었다. 송도에선 통틀어도 열 손가락 안에 드는 신여성이 그와 비슷한 머리를 하고 있었지만, 그중에는 처녀도 있었지만 시집가 애까지 가진 애어멈도 있었다. 치마도 호수돈여숙 학생처럼 깡충한 검정 통치마를 입고 그 위에 송도에선 아직 입은 여자를 본 일이 없는 두루마기를 입고 있었다. 검정 치마와 거의 검정에 가까운 가지색 두루마기 때문에 초라해 보일 만도 한데 그렇지도 않았다. 다행히 두루마깃감은 부드럽게 윤기가 도는 값비싼 모본단이었고 여자의 태도 역시 거침이 없고 의젓했다.

 그러나 태임이는 여자의 손등이 처참하게 터 있는 걸 놓치지 않았다. 아까부터 얼굴에 비해 몸매가 미련해 보일 정도로 두루뭉술 한 게 두루마기에 솜을 너무 두어 그러려니 했는데 큰절을 하고 나서 엉거주춤 서 있는 모습을 자세히 보니 두루마기 앞섶이 번쩍 들려 보였다. 엉덩이를 뒤로 빼고 있었지만 배가 꽤 불렀다. 여덟 달에서 만삭까지 어림짐작이 가는 배였다.

 "제 집사람입니다."

 태남이가 덤덤하게 말했다.

 "참으로 해괴허구나. 너 내 집을 어떻게 보았길래 오다가다 만난 색시를 감히 내 앞에 끌어들이는?"

 태임이는 짐짓 위엄을 갖추고 꾸짖었으나 속으로는 색시가 흡족하고 대견했다. 사정은 어찌 됐든 몸을 풀러 왔으려니 짐작이 가자 주책없이 입이 벙싯거려지면서 희열을 걷잡을 수가 없었다.

 "오다가다 만나지 않았습니다. 처가 어른들께 청혼하여 어렵사리 허락을 받고 육례를 갖춘걸입쇼."

"네 붙이들헌테는 허락은커녕 연통헐 새도 읎었는?"

"제 붙이들이오?"

태남이는 말끝에 헛헛하게 웃기만 하고 변명 같은 건 하지 않았다. 태임이도 더는 탓하지 않았다. 그들 남매 간에 대해 색싯집에서 어느 만큼 알고 있는지조차 모르고 할 소리가 아니었다.

"시방도 간도에 사십니다만 본디는 송도 분들이십니다."

"그래? 송도 분들이시라면 혹시 우리도 알 만한 댁인지 모르겠구나. 연줄연줄로라도."

"연줄연줄 헐 것 뭐 있겠시니까. 장인어른이 저 한영학원 다닐 때의 진동열 선생님이신걸요."

"진동열 선생님? 오라 그러니까 그게 그렇게 됐구나 옳거니."

태임이는 한영학원에서 양말공장으로, 양말공장에서 태남이의 가출까지를 되짚어 올라가면서 비로소 그간에 있었던 일들을 한가닥에 꿴 것처럼 맥락을 갖추어 이해할 수가 있었다.

"이리 내려앉게. 홀몸도 아닌 것 같은데 먼 길 오느라 욕봤네."

태임이는 더는 위세 부리지 않고 색시의 두 손을 잡아 아랫목으로 끌어당겼다. 첫눈에 마음에 드는 색시가 진동열 선생님 따님이라니 그야말로 금상첨화였다. 부모 동기 복이 남달리 기박하더니만 처복은 있다는 게 그렇게 신통할 수가 없었다. 태임이는 태남이도 아랫목으로 끌어당겨 둘을 나란히 놓고 번갈아 보면서 기쁨을 감추지 못했다. 내 며느리를 보았대도 이렇게까지 당장 이물감이나 거부감이 없을 수가 있을까. 그들의 혼인에 그녀의 존재나 승낙이 전혀 문제되지 않았다는 것도 그닥 섭섭하지 않았다. 그건 무시가 아니라 믿음이었을거야. 그 증거로 그들은 만삭의 몸을 풀러 그 먼 길을 내 곁에 와 있지 않은가. 진통과 새로운 생명을 함께 맡기고 싶은 것 이상의 인간의 인간에 대한 전폭적인 신뢰가 또 있을까.

"그래, 선생님 내외분은 평안허시구?"

"네, 정정허시구 우리 젊은 사람덜보다 더 많은 일을 허구 계십니다."

달래는 다소곳이 웃기만 하는데 태남이가 대신 자랑스럽게 대답했다. 진동열 선생이 간도에서 하고 있는 일이 어떤 일이라는 건 태임이도 대강 짐작은 하고 있었다. 보통 때 같으면 태남이가 그 일에 깊이 관여하고 있다고 생각만 해도 가슴이 울렁거릴 일이나 지금은 달랐다. 아직 정정하다는 부모님 곁을 떠나 그녀 곁으로 몸을 풀러 와있다는 사실이 훨씬 더 가슴 울렁거리는 일이었다.

"나으리가 오늘은 왜 이렇게 늦으실까? 자네 사랑에 좀 나가보고 복순네헌테 휘딱 저녁 지으라 이르게. 원 사람도, 무슨 눈치가 좀 있어야지."

큰 구경난 것처럼 눈을 희번덕대면서 말참견할 기회만 엿보고 있는 언년네 들으라고 한 소리였으나 언년네는 "아씨도 그년 눈치 읎는거 이제야 아셨시니까" 끌끌 혀를 차며 마지못해 밖으로 나갔다.

"말만 허구 또 곤두박질쳐 들어오지 말구 자네가 거들게. 그 눈치 읎는 게 찬밥뎅이나 차려오면 어드럭 허나. 김치도 설김치로 새로 내오고 젓갈도 골고루 내오게나. 찬간에 제육 눌러놓은 것도 있으니 모양 내서 썰게. 맑은장국은 늘 준비돼 있는 거니까 지단이나 띄우구……."

"누님, 호박김치두요."

태남이가 싱긋 웃으며 참견을 했다.

"오냐 오냐, 객지에서 겨우 그게 먹고 싶었드랬는? 호박김치는 뭉근헌 불에 오래 끓여야 제맛이 나는데 어드럭허냐. 먹다 남은 거라도 뎁히랄까?"

"조오습죠. 호박김치는 먹다 남은 거라야 그중 별미라는 걸 모르셨죠?"

꽤 시장한 듯 태남이가 목젖을 그르렁대며 말했다. 왕년에 이골이 난 솜씨라 언년네가 나가자 얼마 안 있어 떡 벌어지게 차린 저녁상이 들어왔다.

"네 색시 먹는 것도 이쁘구나."

두 사람이 겸상하고 먹는 모습을 지켜보다가 태임이가 말했다.

"이 사람이 누님 마음에 든 것 같아 저도 기쁩니다."

"해산달이 언제냐?"

"2월입니다."

달래가 약간 수줍어하면서 대답했다.

"좋은 때네. 해 길어지고 기저귀 잘 마르고……."

그렇게 말하면서 기저귓감 마전할 일, 배내옷 누빌 일, 폭신하고 예쁜 이부자리 꾸밀 일 등이 즐거운 음모처럼 웅성거렸다. 여란이를 경성 보낼 준비는 저리 가라였다. 어떤 아이가 태어날까. 아이를 마중하기 위해 앞으로의 두 달이 임부의 배를 앞질러 터질 듯 풍만하게 부풀어 올랐다. 태임이는 어쩌면 다시 한 번 관옥 같은 아이를 꿈꾸고 있는지도 몰랐다.

거의 술기 없이 초롱초롱한 눈으로 늦게 돌아온 종상이는 태남이보다는 배부른 색시가 도무지 석연치 않은 듯 상견례도 내일로 미루자고 손을 내저으며 꽁무니를 빼다가 색시가 진동열 선생님 따님이라는 태임이의 귀띔에 당장 태도가 돌변했다. 그는 진동열 선생에 대해 태임이보다 더 많이 알고 있을 뿐 아니라 깊이 사모하고 있는 터라 그들의 혼인을 기뻐하고 축복해주기 전에 정말 진동열 선생이 허락한 혼사인가부터 알고 싶어했다.

예라는 대답만으로는 종상이가 흡족해하지 않는 걸 보자 달래는 윗목에 놓아둔 보따리를 끌어당겼다. 그리고 갈아입을 옷가지 갈피에서 엽서만 한 사진을 한 장 꺼내 종상이한테 공손하게 내밀었다. 그들의 결혼사진이었다. 그때도 겨울이었던가. 활옷 입고 연지곤지 찍은 색시와 사모관대한 신랑 사이에서 고개만 내밀고 있는 진동열 선생은 남바위를 쓰고 있었다. 아내가 사진까지 꺼내 그들의 혼인에 하자 없음을 증명하려는 사태를 씁쓸한 얼굴로 방관하던 태남이도 곧 떳떳하고 자랑스럽게 사진 속의 축하객을 일일이 짚어가며 종상이에게 소개하기 시작했다. 그중엔 친척도 있었고 진동열 선생의 동지도 있었지만 이동녕, 이상설 등 이름만 들어도 알 만한 쟁쟁한 민족운동가도 섞여 있었다.

앞줄엔 고만고만한 귀여운 조무래기들이 일렬로 서 있었고 그 설명은 달래가 했다.

"우리 반 아이들이에요. 귀엽죠?"

달래는 그곳 소학교에서 교편을 잡고 있다고 했다.

태임이는 태남이가 장가 하나는 잘 들었다 싶어 입이 함박꽃같이 벌어졌다. 생긴 것만 귀염성스럽고 복 붙게 생긴 게 아니라 뼈대 있는 집안 딸인 것만도 고마운데 속에 든 것도 많은 모양이니 태남이에겐 과분한 색시였다. 그러나 곧 왜 우리 태남이는 어때서 하고 마음을 고쳐먹었다. 손윗시누이도 시누이는 별수 없나 보다. 태남이가 갖은 망나니짓으로 속썩일 때 생각은 눈 녹듯이 사라지고 밤늦도록 시름에 잠겨 『월남망국사』를 읽을 때의 의젓한 모습이며, 양말공장의 기틀을 잡으려고 몸 아낄 줄 모르고 일하던 진국스러운 모습이며, 훤칠한 허우대며 좋은 것들만 생각나서 빼앗기는 줄도 모르게 빼앗긴 게 슬며시 억울해지기 시작했다. 그래서 진동열 선생에 대한 존경심 때문에 그 어른과 사돈된 것만 고마워 어쩔 줄을 모르고 감격해하는 종상이에게 눈짓콧짓으로 열심히 그럴 것 없다는 신호를 보냈으나 눈치챌 종상이가 아니었다. 합병 전후해서 민족운동이나 의병운동하던 지사들이 많이 나가 있는 간도 지방의 현황에 대해 알고 싶은 게 많았던 종상이는 태남이를 독점하고 싶은지 사랑에서 같이 자겠다고 데리고 갔다.

"그럼 올케는 내 차지네."

이렇게 말해놓고 나서 문득 태남이가 제 미천한 출생을 아내에게 어느 정도 털어놓았을까가 궁금해졌다. 차차 알게 되겠지. 당장은 눈치껏 대처하리라 마음먹었다. 방장을 쳐 외풍을 막고 비단금침을 나란히 아랫목에 깔았다.
"옷 벗고 누워, 고단할 텐데."
태임이가 먼저 누우며 말했지만 달래는 요 밑에 손만 넣고 앉아 아득한 얼굴을 했다.
"거긴 몹시 춥다지, 시상에 가엾어라."
그러면서 요 밑에서 달래의 두 손을 끌어당겨 어루만졌다. 자식이나 남편 외에 남에게 그런 애정 표현을 해본 적이 있는 것 같지 않았다. 달래의 튼 손이 멍석 바닥처럼 껄끄럽고 두둑했지만 너무 크지 않은 따뜻한 손이었다.
"우리 개가 고생이나 안 시켰나 몰라."
"그런 일 읎었어요."
"속마음은 착한 아인데 가끔 왈살스럽게 굴 적이 있는 게 개 흠이야. 그럴 땐 올케가 참아야지 어드럭허겄나."
"그런 일도 읎었어요. 증말이어요."
그러면서 비스듬히 비껴앉아서 히사시까미한 머리에서 핀을 뺐다. 빠른 솜씨로 여러 개의 핀을 빼서 방바닥에 놓지 않고 입귀퉁이로 무는 걸 태임이는 신기한 듯 바라보았다. 더는 태임이의 탐색하는 듯한 말투에 대답하기 싫다는 몸짓이 아닐까 싶게 그런 달래의 표정은 데면데면했다. 입에 물었던 한 움큼이나 되는 까만 핀을 조그만 손가방에 털어놓고 나니까 결 좋은 머리칼이 스르르 깃고대

밑으로 흘러내렸다. 그 머리를 한 손으로 뒤에서 움켜쥐더니 어깨로 해서 앞으로 넘기는 달래의 동작은 무심한 듯하면서도 요염했다. 태임이는 졸린 듯 눈을 게슴츠레 뜨고 달래의 일거수일투족을 세심하게 관찰했다. 머리를 푼 채 밖으로 나간 달래는 한참 만에 맨발로 들어왔다. 작고 예쁜 발이었다.

"감기 들면 어드럭허려구. 이 엄동설한에……"

태임이는 일부러 하품을 씹는 소리를 냈다. 신경을 곤두세우고 관찰하고 있음을 숨기고 싶었다.

"하나도 안 춥던걸요. 밤공기가 부드럽기가 꼭 봄바람 같아요."

명랑한 듯하면서도 뭔가를 더듬는 듯 아득한 눈길로 말했다. 살며시 이불깃을 제치며 눕는 달래한테서 향긋한 비누 냄새가 났다.

"잘 왔어. 그쪽 추위가 얼마나 혹독허다는 건 예서도 대강은 들어서 알고 있다네. 겨울엔 밖에서 오줌도 못 눈다면서? 오줌발이 그대로 장대가 되어 땅바닥에 꽂힌다지?"

"그렇게 춥대요? 재미있어요."

달래가 킬킬댔다.

"안 그런가, 그럼?"

"모르겠어요. 밖에서 오줌을 안 눠봐서."

철부지 같기도 하고 여간내기가 아닌 것 같기도 하여 종잡을 수가 없었다. 태임이는 나잇값도 못하고 초조해졌다. 마음에 들고 싶어 안달을 해야 할 사람은 의당 손아랫사람이요 나그네인 달래 쪽이어야 하건만 실상은 그 반대였기 때문이다.

"저희들을 반가워해주셔서 고맙습니다. 싫어하시면 어드럭허나 실은 여간 걱정이 되지 않았댔시다."

전깃불을 끄고 깜깜해진 속에서 달래가 나직하게 속삭였다. 말씨에 사투리까지 되살아나니까 한결 더 내 식구라는 실감이 났다. 두터운 방장을 쳐서 실낱같은 빛도 바람도 스미지 않는 완벽한 어둠이 한 목간통 물에 몸을 담그고 있는 것처럼 편안한 친밀감을 불러일으켰다.

"싫어허다니. 누구라 그런 섭섭한 소리를 꼬드겼을꼬. 보나마나 개가 그랬겠지. 아무나 다 지 녀석 마암처럼 무쭉 자르듯 동기간 정을 자를 수 있을 줄 아남?"

"아닐시다, 형님. 그이 그런 말 헐 사람 아닐시다. 그렇지만 혼인 허기 전에 그이는 자기 출생에 대해 하나도 숨기지 않고 다 털어놓았거던요. 그래서 형님이 떳떳지 못한 수치스러운 동생을 뭐 그리 반기실까 제 좁은 소견으로 그렇게 생각했던 것뿐일시다."

"개가 말을 다 했다니 나도 마음이 놓이는구먼. 실은 내 쪽에서도 자네 내외를 보자 나를 어느 만큼 자네에게 알렸을까 그게 젤 먼첨 궁금했다네. 그걸 확실히 모르고 자넬 대하기가 누구라 뒤꼭지를 꺼드는 것처럼 거북허더니만 이제야 속이 후련하네. 그 무뚝뚝한 녀석이 자네를 얼마나 지성껏 좋아했다를 알 것 같아 가슴이 뭉클해지기두 허구."

"저도 그 소리를 처음 듣고는 어찌나 그 사람이 불쌍하던지 눈물이 막 나던걸요."

"부모님도 그 사실을 알고 계신가?"

"부모님들이 함께 계신 자리에서 털어놓은걸요."

"녀석이 그래도 결기가 대단허군. 그래 그걸 아시구두 부모님이 쾌히 혼인을 승낙허시던가?"

"웬걸요. 이태도 넘게 끌고 나서 겨우 승낙이 떨어졌어요."

"이태도 넘어? 그렇게 오랫동안 우리 개를 점잖은 어른들이 요리조리 시험을 해보고 애간장을 닳게 허고 골탕을 먹이셨다 이 말인가. 일찍부터 개화허신 어른도 벨수 읎구만. 그게 뭐 그리 큰 허물이라구. 반상의 차별도 읎애자는 게 개환데 부모 잘못 만난 잘못밖에 읎는 우리 개를 그리 모질게 능멸허실 수가 있다던가?"

태임이는 자기도 모르게 서슬이 퍼래져서 태남이를 싸고돌았다.

"형님 고정허십시다요. 그이 출생이 떳떳지 못해서 이태씩 끈 게 아닐시다. 이태 아니라 스무 해를 끈다고 떳떳지 못한 출생이 떳떳해질 것도 아닌데 그러실 어른들이 아니올시다. 단지 그이의 사람됨을 믿는 데 그만한 동안은 그 어른한테는 짧으면 짧았지 결코 넉넉한 동안은 아니었시다. 저에 대한 자애가 유별나던 어른들이셨으니까요. 형님께서도 그 점만은 헤아려주셔야 합니다요."

달래의 말투는 간곡하고도 이치에 어긋남이 없어 태임이는 금세 자기가 너무 야젓잖게 굴었다고 뉘우쳤다.

"알겠네. 그래도 우리가 명색이 수사돈 쪽이 아닌가. 그만한 자세도 못하겠나."

이렇게 어물쩡 얼버무리고 나서 다시 물었다.

"그래, 걔가 이태 동안 얻다 어드렇게 공을 들였길래 그 어른들헌테 사람됨을 인정받았는가."

"처음 이태 동안뿐 아니라 여직껏 그이는 저의 아버님 사업에 큰 힘이 돼주고 있습니다요."

"아버님이 어드런 사업을 허시는데."

"농장도 개척하시고 학교도 경영하시구……. 아버님 개인의 사업은 아닙니다만 몇몇 어른들이 힘을 모아서 하기에도 벅찬 일들을 벌여놓고 계십니다요."

"걔는 힘이 장사니까 농사일에는 혼자서도 능히 장정 서너 명 몫은 감당할걸. 하여간 데릴사위 하나는 잘 보셨네."

태임이는 또 불현듯 밸이 꼴려서 비위 긁을 소리를 하고 말았다.

"아닐시다, 형님. 그이는 학교 일에 아버님 오른팔이 돼드리고 있습니다."

"제가 남보다 뭘 훌륭하게 배운 게 있다고. 학교에선 뭘 가르친단 말인가?"

"그쪽의 중학교 이상의 학교는 대개 군사훈련과 민족주의 교육을 겸하고 있거든요. 아버님이 경영하시는 학교도 마찬가지여서 그이는 먼저 생긴 무관학교에서 1년이나 넘어 정식으로 훈련을 받고 와 교관 노릇을 하다가 근래에는 더 중요한 일을 자청해서 하고 있습니다."

"더 중요한 일은 또 뭔가?"

태임이는 처음 듣는 소리에 적이 놀라고 흥분해서 더운 침을 삼키며 물었다. 그러나 한동안 뜸을 들이고 나서 돌아온 대답은 맹랑하다 할밖에 없었다.

"형님도 제가 언제 더 중요한 일이라 했시니까. 덜 중요한 일이라고 했습지요."

정말 여간내기가 아니었다. 정직하게 말할 때는 말투도 차분하고 교양 있더니만 얼렁뚱땅 딴소리를 할 때에는 딴사람처럼 주책바가지 같은 말투가 되었다. 도대체 어떤 얼굴을 하고 그렇게 딴소리를 꾸며 댈 수가 있는지 깜깜해서 봐줄 수가 없는 게 유감이었다. 결코 만만하달 수 없는 태임이었으나 얼결에 속아주는 수밖에 없었다.

"그럼 그 덜 중요한 일은 뭔가?"

"뭔 뭐겠시니까. 오래간만에 말미를 받아 동부인해서 고향도 찾아보고 하나밖에 읎는 누님하고 상면도 하고 그런 거죠. 그동안 제가 얼마나 졸랐다구요. 고향에 한 번만 돌아가게 해달라구요."

"여기 자네 집안네가 많이 살고 계신가?"

"아니오. 워낙 번족하지도 않은 데다 한 분씩 계신 숙부님 고모님 댁은 우리보다 먼저 그쪽으로 옮겨가셨는걸요. 그 다음에 아버님이 오라버니를 데리고 뒤따라가시고 저희 모녀가 맨 나중에 들어갔으니까 보고 싶거나 잠시 의탁할 만한 친척도 읎어요. 이젠 여기가 객지나 다름읎게 되고 말았죠."

달래가 쓸쓸하게 말했다. 보나마나 아득한 눈길을 하고 있으리라.

"그렇담 내가 보고 싶어 그렇게 그 애한테 졸랐단 말인가?"

태임이가 웃음을 머금은 소리로 물었다. 달래도 웃음을 머금은 소리로 대답했다.

"형님도 참 무안도 잘 주십니다. 고향이 어디 사람만 뜻하나요. 용수산도 보고 싶고, 송악산도 보고 싶고, 남성병원 양회담을 돌아서 채화밭길도 걸어보고 싶었습니다. 그런 데가 다 봄에서 여름에 걸쳐서 경치 좋은 데였는데……."

"몸 풀고 나면 이내 그런 좋은 절기가 아닌가."

달래는 대답 대신 조용히 돌아누웠다. 설 쇠고 휘딱 정이월을 넘기면 춘삼월이라는 듯 뒤란 김치 광의 짚 기스락을 흔드는 바람소리의 매운 서슬도 많이 누그러져 있었다.

"남성병원 옆 채화밭길은 사각모허구 신여성들이 산보하며 연애 거는 길이라고 소문난 길인데 자네두 우리 태남이허구 거기서 연애 걸었나?"

"한번은 그이가 호수돈학교 길목에서 저를 지키고 있었던 적이 있었어요. 동무들 보기 챙피하기두 허구 그래서 얼른 앞장서서 데리고 간 데가 채화밭길이었어요. 그렇지만 채화꽃 생각은 안 나요. 가을이었거든요. 끝물 일년감이 어찌나 새빨간지 참 슬펐어요. 채화꽃이 만발할 때 오면 좋겠다고 생각했지만 다시는 못 가보고 말았지요. 그리고 나서 얼마 안 있어 북간도로 떠났으니까요."

"그리고 나서 또 얼마 안 있어 태남이가 자네 뒤를 쫓고?"

"예, 그이가 뒤쫓아올 줄은 정말 몰랐어요. 거기가 어드메라고. 안 믿으시겠지만 전 그이를 꾀지도 않았고 귀띔 같은 것도 안 했어요. 언약한 바도 읎었구요. 그냥 무작정 온 거였어요. 저보다도 즈이 아버님을 더 사모했기 때문에 그럴 수 있었노라고 후에 그러데요. 그런데도 그때 전 그이가 올 걸 미리 알고 기다리고 있었던 것모양 조금도 뜻밖이 아니었어요. 물론 기쁘기도 했구요. 거기가 어드메라구, 거기까지 절 쫓아왔다는 건 목석이라도 동할 만한 일이었지요."

"거기가 그렇게 사람 살 데가 못 되나?"

"아닐시다. 땅이 넓고 기름져서 부지런하게만 굴면 다들 먹고 살 만하고 뜻하는 바, 생각하는 바들이 통하는 동포끼리니 서로 화목허구⋯⋯, 가끔 울컥울컥 송악산 용수산 생각이 나서 그렇지 얼마나 살기 좋은 고장이라구요."

"자네네가 사는 데는 어드메쯤 되는데?"

"어드메라고 가르쳐드린들 거기가 어드메 가서 붙었는지 형님이 짐작이나 하시겠시니까."

달래가 나직하게 한숨을 쉬면서 말했다. 아랫사람으로선 좀 불손한 대꾸였지만 노엽지는 않았다. 달래가 뭔가를 숨기려 하고 있다는 게 마냥 친해지고 싶은 태임이의 마음에 딱딱한 속껍데기처럼 갑자기 와 닿았다. 달래는 다시는 입을 열지 않았다. 뒤척이지도 않았고 자는 척 고른 숨결을 가장하지도 않았다. 깜깜한 어둠 속에 그림자처럼 스며들어버린 게 아닐까 싶을 만큼 달래는 인기척을 내지 않았다.

태남이댁은 시방 태중이고 몸을 풀 편안한 곳을 찾아 내 곁에 와

누워 있다. 태임이는 허황된 생각으로 허전해지려는 마음을 이렇게 달랬다. 내 손으로 태남이의 아들을 받는다. 나는 그 아이의 얼굴을 이 세상에서 처음 볼 테고, 그 아이의 힘찬 심장의 박동과 발버둥을 최초로 느낄 수 있을 것이다. 그 아이는 어떻게 생겼으며 무엇이 될까. 어쩌면 그 아이야말로 할아버지가 꿈꾸던 관옥 같은 아이일지도 모른다. 할아버지가 고대하던 아이가 이제야 오고 있는지도 모른다.

벅찬 희망이 할아버지를 만나자 태임이는 전율했다.

조야하고 반항적이고 생명감 넘치는 핏줄에 대한 동경과 꿈, 아니면 망집은 내력일까 업일까. 일찍이 제 배 아파서 낳은 제 자식에게도 그런 꿈을 걸지는 않았다. 여란이를 낳았을 때는 워낙 늦게 얻은 첫딸이라 아이를 낳을 수 있는 능력의 이상 없음이 증명된 게 기뻤고, 그 다음 경우를 낳았을 때는 대를 이을 아들이라 남의 아내로서 할 도리를 다했다는 좀 허망한 듯한 후련한 느낌이 전부였다.

거의 새벽녘에야 잠이 든 듯했다. 혼곤한 늦잠에서 깨어났을 때 달래가 자던 자리는 비어 있었다. 꿈이었나 싶게 손님이 자고 난 흔적은 남아 있지 않았다. 태임이는 생생한 분노와 걷잡을 수 없는 상실감에 다리를 후들대며 문을 박차고 마루로 뛰어나갔다.

행주치마를 두른 달래가 부엌문 밖 댓돌 위에서 소세하는 태남이 곁에서 시중을 들고 있었다. 보얀 놋대야에선 김이 무럭무럭 나고 베수건을 들고 서 있는 달래의 행주치맛자락이 번쩍 들려 보였다. 치마 앞자락이 들리면 아들이고 뒷자락이 들리면 딸이라는데…….

태임이는 비죽이 웃으면서 방으로 들어와 따끈따끈한 요 밑에 맨발을 넣으며 이렇게 중얼거렸다.

그날부터 태임이는 더욱 부산해졌다. 떡 치랴, 두부 하랴, 엿 고아 강정 만들랴, 설음식 장만도 그 어느 해보다 풍성하게 할 작정이었다. 샛골에다 급히 연통해서 돼지까지 한 마리 잡게 했다. 태남이 내외를 잘 먹이고 싶기도 했지만 태남이댁에게는 뭔가를 과시하고 싶은 허영심도 없지 않았다.

태임이는 스스로 생각해도 그렇고 남 보기에도 그렇게 신기할 수가 없을 정도로 할머니 홍 씨와 어머니인 머릿방 아씨를 반반씩 닮아 있었다. 바느질 솜씨와 음식 솜씨가 뛰어나 그녀의 손끝이 한 번 닿은 것과 안 닿은 것은 모양뿐 아니라 속맛에 있어도 당장 차이가 나는 건 할머니 대물림을 고스란히 했다 할 만했으나, 그런 일들을 마음으로부터 즐기는 건 아니어서 잡을손이 뜨고 마음먹고 할 때도 정작 할 일은 이게 아닌데 싶어 뜨악하니 건성으로 하는 건 어머니 내력이 완연했다. 여북해야 아랫것들이 우리 아씨는 아픈 다리 끌 듯 하는 일도 저러하니 만약 신이 나서 하면 우리가 이 댁에서 소용 닿는 일이 뭐 남아나겠느냐고 뒤에서 혀를 두르며 신기해했다.

그런 태임이었으나 태남이 내외를 맞이하고부터는 딴사람처럼 신바람이 나서 지칠 줄 모르고 음식을 장만하고, 소리 내어 하인들을 나무라고, 사랑에서 장 봐서 들여보낸 걸 일일이 점검하고 타박하고, 대청마루에서 잘잘 끌던 스란치마를 도랑치마로 걷어 올리고 찬간과 광과 부엌을 열불이 나게 드나들면서 손수 할 것과 대강 아는 척이라도 하고 넘어가야 할 것들을 분간해서 지딱지딱 처리했다. 그런 그녀의 돌연한 간섭이 드난꾼들을 주눅 들게 하기는커녕 오히려 신바람을 옮겨준 것처럼 활기 있게 하는 것도 이상했다. 안살림 돌아가는 켯속에 대해선 대범하다 못해 무감각한 종상이가 다 달라진 집안 분위기를 싫지 않게 느끼고 있었다.

떡을 치는 날은 언년 아범과 시간을 맞추느라 날이 저물어서야 떡밥을 쪄야만 했다. 언년 아범 떡 치는 솜씨는 일품이었다. 씩씩하고 기운차면서도 유연했다. 그러나 따로 난 지 오래될 뿐 아니라 막벌이일망정 저대로의 생업을 가진 지난날의 하인을 데려다 부리기는 한지붕 밑에 거느리고 살 때보다는 암만해도 만만치 않았다. 언년 아범 아니라도 떡 칠 장정 하나쯤 구하기가 어려운 처지도 아닌데 굳이 언년 아범과 어렵사리 시간을 맞춘 것도 달래를 의식해서였다. 달래에게 한껏 풍요하고 즐겁고 신바람 나는 설 기분을 내주고 싶었다.

태임이의 어린 시절과 젊은 날을 스치고 지나간 갖가지 다채로운 설 풍경 중에서도 으뜸으로 흥겹고 행복한 추억으로 남아 있는 게 언년 아범이 떡 치는 모습이었다. 이 집 저 집에서 떡 치는 소리가 철썩 철썩 담을 넘어 들려올 무렵에 동해랑 집에서도 마당 한가운데 멍석을 깔고 떡 칠 차비를 했다. 부엌에서 떡밥 찌는 김이 자욱해지면 멍석 위에다 폭이 석 자, 기장이 다섯 자에 두께로 네 치나 되는 큰 떡판과 냉수가 하나 가득 넘실대는 양푼이 놓여지고 머리에 수건을 질끈 동여맨 언년 아범이 떡메를 들고 나타난다. 몇 년을 내려왔는지 몇 대를 내려왔는지 가운데가 밋밋하게 파인 떡판에다 김이 무럭무럭 나는 떡밥을 한 동이씩 날라다 수북하게 쏟아놓고 그 위에다 물에 적신 베 보자기를 덮는 일은 언년네가 한다. 언년 아범은 무거운 떡메에다 양푼의 물을 흠빡 적셔가며 베 보자기 위로 떡밥을 눌러 문지른다. 언년 아범과 구경하는 조무래기들이 함께 신바람이 나는 건 그 다음부터이다. 떡밥이 어지간히 뭉쳐지면 떡메를 번쩍 쳐들었다가 철썩철썩 여러 번 내려쳐야만 야들야들한 떡이 된다. 또 내려칠 때마다 움푹 파인 곳으로 잽싸게 떡밥을 들이밀어 줘야 고루 쳐지게 된다. 양푼의 물에 손을 적셔가며 냉큼냉큼 그 일을 하려면 떡메를 내려치는 사람과 호흡이 잘 맞아야 할 것은 말할 것도 없다.

한창때의 언년 아범은 팔힘이 세고 허리가 유연하고 신명도 있는 편이어서 제 여편네와 손발은 물론 가쁜 숨결과 힘의 장단까지 맞춰가며 몇 말 떡이건 지칠 줄 모르고 떡메를 내리치는 모습은 구경꾼에게까지 명절의 질탕함을 실감하게 했다. 태임이에게도 언년 아범 떡 치는 구경은 비단 설빔이나 금박댕기하고도 안 바꿀 나이 먹는 기쁨, 명절다운 설렘이었다.

그러나 그녀가 세월을 거슬러 그런 지난날의 정취를 오늘에 되살리고 싶었던 건 달래에 대한 환대와 아부가 지나침이요, 어쩌면 스스로도 의식 못 하는 경쟁심에서였는지도 모른다. 그녀는 태남이가 순전히 달래를 사모하는 열정만으로 간도 땅까지 따라갔다고 생각하진 않았다. 진동열 선생의 인격과 뜻하는 바에 대한 숭배와 동참하고픈 열정 또한 이성에 대한 열정 못지않으리라는 짐작은 왠지 그녀에게 쓰라렸다. 그녀가 갖지 못한 것에 대한 열등감은 그녀가 갖고 있는 것을 터무니없이 미화하고 과장하고 싶은 경쟁심을 불러일으켰다. 진동열 선생의 빛나는 인격, 저항하는 정신이 태남이로 하여금 고향을 등지고 고난을 무릅쓰게 했다면 그녀는 풍족한 생활, 맛난 음식, 명절의 운치, 가정의 행복으로 달래를 매혹시키고 싶었다.

 그러나 기대했던 언년 아범 솜씨는 예전 같지 않았다. 지난날의 상전의 부름이라 마지못해 오긴 왔어도 떡메를 잡기엔 너무 늙어 있었다. 악식과 무절제로 조로하여 허리도 굽고, 힘을 쓰기도 전에 숨 먼저 찼다. 그래도 한때 상전이었을 뿐 아니라 여편네는 지금도 드나들며 신세를 지고 있는 댁 아씨의 소원이라니 안간힘을 써서라도 지난날의 재주를 발휘하려 했지만 아무래도 신바람이 날 리 없었다. 마루 끝에 내걸린 대낮 같은 전깃불이 언년 아범이 겪고 있는 힘겨움을 비참하도록 명료하게 드러내줄 뿐이었다. 언년네 또한 기운이 입으로만 몰려 떡판에서 손을 놀려 거드는 일은 언년이에게 미루고 수다를 떠느니 전깃불 타령이었다. 우리도 생전에 전깃불을 켜고 살아볼 날이 있을까 두려워하다가, 있는 사람이야 전깃불 덕에 밤을 낮 삼아 호강을 하겠지만 없는 사람네 전깃불 들어와 봤댔자 밤을 낮 삼아 일만하게 될 게 뻔하니 차라리 잘됐다고 자위하다가 도무지 종잡을 수 없는 수다였다. 그러다가 깜짝 놀라는 시늉을 하면서 떡을 떼어 먹어보고는,

 "이놈의 영감태기는 기운도 장사야. 아무리 기운이 남아돌아도 그렇지, 그 남아도는 기운 지 여편네헌테 좀 쓰면 어디메가 덧나남?

어찌나 미련허게 쳐댔는지 요 매끈매끈 윤기 나는 것 좀 보게나. 뭣들 허는? 어서 방으로 날라다가 떡 만들지 않구?"

이렇게 얼렁뚱땅 영감을 쉬게 하고는 아직 끈적거리는 떡을 밥바리만 크기로 뚝뚝 떼어내는 방으로 들여보내고 부엌에서 새로운 떡밥을 내오게 했다. 떡을 따라 우루루 안으로 들어온 여자들은 어른, 아이, 상전, 드난꾼 가릴 것 없이 목판을 하나씩 차지하고 둘러앉아 조랑이떡을 만들었다. 대개는 어른들이 손에 기름을 발라가며 손가락 굵기로 가늘고 길게 밀어놓으면 계집애들은 그걸 가져다가 날이 무딘 나무칼로 허리를 잘룩하게 눌러주면서 잘라내면 꼭 누에고치 모양의 조랑이떡이 되었다.

가래떡에 비해 손이 많이 가는 대신 나중에 썰 필요가 없이 그대로 떡국을 끓일 수 있는 송도 지방 고유의 떡 만들기였다. 손은 많이 가지만 특별한 솜씨를 요하지 않아 어른 아이가 함께 어우러져 하면서 구수한 이야기꽃을 피울 수 있는 것도 조랑떡 만드는 재미였다.

그러나 태임이는 떡이 매 맞는 정도가 흡족치 못해 떡국이 풀어질 듯싶어 걱정인 데다가 여란이가 달래한테 깊이 매료돼 있음을 발견한 것도 안 보니만 못했다. 어느새 저리도 친해졌을까. 여란이가 달래를 따르고 제 방에서 같이 자기를 간청해서 그렇게 하도록 한 건 달래가 온 다음 날부터였다. 공부 잘하는 소학생으로서 선생님 신분의 신여성에 대한 호기심과 존경은 자연스러웠고 둘이 가깝게 지내면 여러 가지로 여란이한테 이로우면 이로웠지 해될 게 없으려니 했었다. 그러나 붙어 지낸 지 사흘도 안 돼 여란이가 달래를 따르는 눈길은 예사롭지가 않았다. 아주머니나 숙모라고 불러도 될 것을 깍듯이 선생님이라고 부르며 극진하게 굴었고, 졸졸 따라다니면서 찬탄의 눈길을 보내고 있었다. 조랑떡을 만들면서도 나란히 붙어앉아 달래가 밀어놓으면 여란이는 잘라내면서 저희끼리만 수군대고 있었다. 드난꾼들과 그들의 딸년들까지 마음놓고 안방에 퍼질러앉아 섣달 그믐께 하는 얘기란, 시집가고 장가가는 얘기, 바람난 얘기, 소박맞은 얘기, 혼수 얘기 등 남의 소문 중에서도 가장 재미있는 남녀 간 얘기였고 그런 얘기를 적당히 맞장구쳐가며 들어주는 것도 상전의 도리였다. 그러나 두 사람은 제 나라 말을 조선어라고 해서 뒷전으로 제쳐놓고 일본 말을 국어로 숭상하게 하는 교육정책을 분개하고, 학교교육의 궁극적 목표인 덕육이 일본 국민적 성격을 양성하는 데 있음을 비판하는 등 두 사람만의 언어로써 한방 사람들과 겉돌고 있었다.

태임이는 능히 달래의 말상대가 되는 여란이가 대견하면서도 막연하게 불안했다. 며칠 전까지만 해도 학교 공부 중에서도 일본어 실력이 뛰어난 걸 뽐내던 여란이었다. 갑작스러운 경도에 뒤따를 무분별한 열정을 부모 입장에서 일단 경계를 안 할 수가 없었다. 그러나 여란이로서는 갑작스러운 각성으로 터득한 새로운 세상 보는 법은 신선한 충격이었다. 화경을 처음 얻었을 때처럼 매사를 새로운 시각으로 비춰보는 데 열중해서, 그렇고 그런 남의 말은 귓전으로도 들리지가 않았다.

이렇게 태임이에게 태남이 내외의 출현이 반갑기만 한 건 아니었으나 그들의 아기를 받을 수 있다고 생각하면 모든 근심이 사라지고 마음이 임부의 배를 앞질러 터질 듯 부풀었다. 꿈에도 혈통이라는 게 있는 걸까. 육신의 혈통으로는 할아버지와 생판 남남인 아직 태어나지 않은 그 아이에게서 태임이는 섬찟하도록 생생하게 할아버지의 꿈을, 어쩌면 망집을 읽어내곤 했다.

조랑떡국은 태임이가 예상한 대로 끓이기가 무섭게 부옇게 풀어지고 입천장에 눌어붙었으나 대신 편수를 넉넉하게 빚었고 그 밖의 음식들이 고루 맛깔스럽고 화려하게 되어 식구들뿐 아니라 설 손님들을 두루 흡족하게 했다. 태임이는 은근히 태남이 내외에게 자랑스러웠다. 달래는 특히 잘 먹이고 은소반에 받들듯이 위해 바치니 그 험하게 텄던 손등도 분결처럼 고와지고 배도 만삭을 향해 숨 가쁘게 부풀어 올랐다.

태임이는 정월 보름을 넘기자마자 쫀쫀한 무명을 필필이 들여다가 기저귓감 마전하랴, 햇솜 두어 요포대기 꾸미랴, 배내옷 누비랴, 음식 장만할 때보다 더 가쁘고 신바람이 났다. 속포대기는 고운 명주로 싸고 겉포대기는 귀한 일본 비단을 끊어다가 쌌다. 일본 비단은 우리나라 비단처럼 제색 무늬가 아니라 오색이 영롱한 채색 무늬여서 화려하기가 꽃밭을 펼쳐놓은 듯했다.

이런 유난스러운 해산 준비를 달래는 다소곳이 지켜볼 뿐 사양하지는 않았지만 드러내놓고 기꺼워하지도 않았다. 좀 지나칠 만큼 담담해서 섭섭하다가도 젊은 엄마의 부끄러움에서 그러려니 이해가 됐지만 태남이의 무관심은 석연치가 않아 문득문득 마음에 걸리곤 했다. 아무리 사랑에서 종상이하고 같이 기거한다고는 하나 제 계집이 궁금해서라도 하루 한두 번 안채 출입을 할 법한데 어떻게 된 게 꼴도 볼 수가 없었다. 조석상 내갈 때 일부러 따라나가거나 안방에다 상을 봐놓고 불러들여야만 대면을 할 수가 있었다. 그렇게 별러서 만나봤댔자 말 붙이기도 어려울 만큼 울적해 보이기가 일쑤였고 때로는 방심한 듯 멍청했다. 거의 매일 출타했다가 저녁이면 지쳐서 돌아온다기에 혹시 종상이가 무슨 심부름을 시키나 했더니 그것도 아닌 모양이었다. 되레 종상이 쪽에서 그 사람 매일같이 어델 쏘다니다 오나 혹시 안사람을 통해 들은 바 없느냐고 물어왔다. 두 내외 금실이 안 좋은가? 그런 문제라면 달래가 먼저 눈치채고 걱정을 하든 강짜를 하든 해야 할 텐데 태연한 걸 섣불리 귀띔할 수도 없었다.

  그럭저럭 해산 바느질이 끝나고 추수해온 좋은 쌀을 검부락지 하나 없이 키질하고 뉘를 골라내서 해산쌀이라고 따로 몫을 지어놓고, 건어물전에서 특별히 주문한 좋은 미역을 꺾지 않고 축으로 길게 시렁에 얹어놓고 나니 비로소 오늘 밤에 당장 아기가 태어나도 걱정이 없을 것 같았다.

  "형님, 긴히 아뢸 말씀이 있습니다."

  그날 밤 달래가 심히 난처한 기색으로 말문을 열었다.

  "무슨 말인데 그러나?"

  태임이는 윗사람답지 않게 긴장해서 반문했다.

  "형님은 제가 형님댁으로 몸을 풀러 온 줄 알고 계신 것 같아서……"

"그럼 아니란 말인가?"

태임이의 목소리가 격앙하여 떨렸다.

"예, 곧 집으로 돌아가야 합니다요. 친정어머니도 해산 준비를 대충 해놓으셨을 거구요."

"내가 뭘 잘못했나. 뭘 섭섭허게 했길래 이제 와서 딴소린가. 올케 그렇게 안 봤더니 참 몹쓸 사람이로구먼. 사람이 그러는 게 아닐세."

태임이는 자신이 처신을 잃고 있다고 느낄수록 걷잡을 수 없이 분하고 억울했다.

"형님 고정하세요. 딴소리를 하다니요. 제가 언제 여기서 몸을 풀겠다고 했시니까?"

그러고 보니 말로 그런 의사 표시를 한 적이 없는 건 사실인지도 몰랐다. 그렇다고 안 그랬다고 똑 부러지게 말할 수 있을까. 그 유난스러운 해산 준비를 묵묵히 지켜봤으면 충분한 의사 표시이거늘. 태임이보다 훨씬 침착한 달래인지라 태임이의 이런 속마음을 재빨리 간파하고 묻기 전에 대답했다.

"형님이 아기에게 소용될 걸 이것저것 장만하시는 걸 볼 때까지만 해도 좀 과분하다 싶긴 했어도 저희들한테 주어 보내시려고 장만하시는 거니까 될 수 있는 대로 번듯하게 하고 싶으신가 보다고 여겼기 때문에 잠자코 있는 게 도리라고 생각했어요. 그러다가 쌀에 미역까지 들이시는 걸 보고 아차 싶어서 오해 읎도록 말씀드리는 겁니다, 형님."

"그럼세. 이왕 오해 말이 났으니 말인데 자네들 그 배를 허구 이 엄동설한에 내 집에 온 연유가 뭔가. 그거나 좀 바로 대면 안 되겠나. 태남이는 홀연히 집 나간 후 인편으루두 소식 한마디 읎던 무서운 놈이야. 자네를 취할 때 역시 허락은커녕 연통 한마디 읎었으니 그놈이 나를 누이 대접헐 생각은 애저녁에 읎었던 것쯤 아무리 등신이라두 모르겠나? 내가 죽었대두 올 놈이 아냐. 그런 것들이 내 집에 왜 왔나 뭣 허러 왔어?"

갑작스러운 의혹은 공포감과도 흡사했다. 태임이는 떨리는 목소리로 악을 썼다. 성품이 서글서글한 대신 당차지 못한 달래는 태임이의 돌연한 발악에 놀라고 당황하여 순순히 진상을 털어놓았다. 태남이가 간도와 송도를 왕래한 건 처음이 아니라 이번이 네 번째라고 했다.

"저희 아버님이 하시는 독립운동을 위한 인재 양성은 험난하고도 돈이 많이 드는 일이라 뜻있는 송도 상인과도 줄을 대고 있는데 그이는 자청해서 여기서 모아진 금품을 그쪽으로 빼내는 일을 맡아왔답니다. 그런 일엔 항시 위험이 따르게 마련이지만 이번엔 여기서 모아진 액수가 전에 읎던 거액인 데다가 그이를 왜경이 주목하기 시작했다는 정보도 있고 해서 제가 따라온 거랍니다. 만삭의 아내가 친정으로 몸 풀러 가는 걸 데려다 주는 남편처럼 의심할 여지 읎이 평범한 남자도 읎잖시니까. 게다가 형님이 싸주실 배내옷이랑 포대기를 생각해보세요."

"시상에 맙소사. 아직 태어나지도 않은 애기를 그런 무서운 일에 이용을 허려 들다니. 감히 그런 생각을 해낸 게 도대체 누군가. 자넨가 자네 어르신넨가?"

태임이는 덮어놓고 가슴이 떨렸다. 그녀가 정성을 다 바쳐 마중하려던 신성하고 순결한 게 무참하게 모독당한 기분이었다.

"그이가 먼저 생각해내고 전 기꺼이 동의했을 뿐입니다. 저희 부모님도 만류는 안 하셨지만 시방은 누가 그 일을 생각해냈나를 따질 때가 아닙니다. 그 일 자체가 소용 없이 됐으니까요."

"무슨 소린가?"

"거액을 모금해놓았다고 기별까지 해준 양반이 시방 온데간데없답니다."

"저런 일이 있나. 혹시 함정이 아닐까?"

"함정이라면 더군다나 미끼가 있어야지요."

"그도 그렇구먼."

그 문제를 쉽게 납득했다고 해서 그들 내외가 몸 바쳐 하고 있는 일의 진상을 이해한 건 아니었다. 소문으로만 듣던 먼 북쪽 나라에서 이루지 못할 꿈을 꾸는 별난 사람들이 생판 남이 아니라는 충격, 태남이 내외가 선택한 힘난하고 고되게 사는 방법에 대한 애달픔, 관옥 같은 아이를 받아보고 싶은 소망이 무너진 허전함 등으로 태임이는 밤이 깊도록 전전반측 잠을 이루지 못했다.

오밤중의 칠흑 같은 어둠이 겹겹이 껴입은 옷처럼 답답하고 익숙해지면서 태임이는 어둠의 입자들이 소리 없이 소요를 일으키고 있는 걸 감지했다. 그건 아주 섬세한 촉감이면서도 의심할 여지 없이 확실했다. 그녀는 온몸의 감각을 낱낱이 곤두세우고 천천히 몸을 일으켰다. 그리고 고양이처럼 발소리를 죽이고 살금살금 정확하게 그 소요의 진원지를 향해 다가갔다. 대청마루를 건너 머릿방의 문고리를 잡았을 때 그녀는 왠지 죽였던 숨을 크게 토해 냈다. 헉, 하면서 문고리를 잡아당기자 길다란 돈궤에 엎드려 있던 사내가 머리를 들었다. 갑작스러운 바깥바람에 사내의 머리카락과 표정이 흔들리는 걸 어렴풋이 짐작할 수 있을 만큼 태임이의 눈은 어둠에 익어 있었다.

사내가 덜커덕 소리나게 손아귀에 쥐고 비틀던 자물쇠를 놓았다. 사내는 태남이었다.

자물쇠를 비틀려고 얼마나 안간힘을 썼던지 태남이의 숨결이 거칠고 다급했다. 태임이는 두어 걸음 물러서 벽에 기대선 채 그의 숨결이 가라앉기를 기다렸다 물었다.

"뭘 하는? 예서."

"보시다시피."

"불을 켜랴?"

"돈이 필요했습니다. 많은 돈이……"

"알고 있네. 자네 댁헌테 들은 대로라면 자넨 좀 더 떳떳해도 되네."

태임이는 처음으로 태남이한테 해라를 삼가면서 부드럽게 말했다.

"안 됩니다. 그럴 순 읎시다요."

그들은 둘 다 듣기고 싶지 않은 걸 들켰다는, 발견하고 싶지 않은 걸 발견했다는 낭패감과 부끄러움 때문에 극도로 말을 아꼈다.

태임이는 허리춤의 열쇠 꾸러미를 소리 안 나게 더듬거리다가 결연히 방 한가운데 늘어진 전깃불을 켰다. 엉거주춤하고 있던 태남이가 빛과 누나의 시선을 피해 돈궤 위로 엎어지듯이 몸을 꺾었다. 그런 그의 모습이 방 안의 어둠을 몽땅 빨아들인 것처럼 암담해 보였다. 태임이는 차고 있던 열쇠 꾸러미 중에서 돈궤 열쇠를 찾아 곧추세워서 꾸러미째 내밀었다.

"옛다."

"무슨 뜻이니까?"

태남이는 얼굴을 들었으나 차마 손을 못 내밀고 물었다.

"그 안의 것은 다 자네 몫이니 주저 말게."

태남이는 누나의 진의를 살피려는 듯 잠깐 뜸을 들이고 나서 조급하다 못해 자포자기한 몸짓으로 열쇠 꾸러미를 낚아채서 무쇠 주전자처럼 튼실하게 매달린 자물쇠 옆구리에다 철썩 소리나게 꽂았다. 열쇠가 꽂혀본 지 오래된 듯 그 철옹성 같은 자물쇠는 몇 번이나 가래 끓는 소리로 그르렁대고 나서야 열렸다. 한 길이나 되게 장대한 돈궤의 미려한 목질은 매일매일의 애무에 길들여진 듯 얼굴에 비치게 번들대고 있었다. 아씨가 손수 기름걸레를 치고 밤중에도 수시로 쓰다듬는다는 입분이 년의 간사스러운 고자질이 생각나 태남이는 눈살을 찌푸렸다. 아무리 일이 뜻대로 안 됐어도 이렇게까지 막가는 건 아니었는데 싶은 때늦은 후회와 반성도 그의 마음을 무겁게 했다.

"자물쇠를 땄으면 뚜껑을 열어봐야지. 안 그런가?"

태남이의 귀엔 그 소리가 입분이의 간교한 꾐의 연속처럼 들려서 옛다 모르겠다 뚜껑을 들어올렸다. 그건 생각보다 무거웠다. 그러나 궤 안에 전혀 무게를 느낄 수 없는 게 가득 서려 있었다. 얼핏 안개 같기도 하고 먼지의 더미 같기도 한 건 잘 편 풀솜뭉치였다. 태남이는 배신의 예감으로 치를 떨며 그것들을 들추고 헤집었다. 그것들은, 마치 먼지나 안개가 피어오르듯이 힘 안 들이고 태남이의 손길을 따라 뭉게뭉게 피어오르고 궤짝은 그 바닥을 드러냈다. 은덩이 금덩이는커녕 반전짜리 동전 한 닢도 그 안에는 들어 있지 않았다. 하필 풀솜이라니. 완벽한 조롱이었다.

"너무하십니다."

태남이는 풀솜의 무게 없음 때문에 지글지글 남아도는 힘으로 누나의 나긋나긋한 목이나 허리나 어디 한군데를 무참하게 비틀어놓고 싶은 충동을 억제하느라 신음하듯 말했다.

"아네, 자네가 바란 건 그게 아니었다는 걸. 그 속에 금은보화가 들어 있으리라고 일러준 게 누구라는 것도 알고 있다네."

"네에, 어련하시겠습니까. 입분이가 그러더군요."

"그렇담, 우리들의 어머니가 그 무게 때문에 얼마나 비참하게 파멸했나도 들었겠구나."

"우리들의 어머니요?"

갑자기 태남이의 목이 메었다.

"그래, 우리들의 어머니!"

태임이의 목소리도 젖어왔다.

보통의 남매라면 한 어머니의 배를 빌려 태어난 사이라는 건 너무도 익숙한 관습이어서 구태여 의식하거나 상기할 필요도 없는 일이겠지만 그들은 달랐다. 특히 태남이는 그 사실을 의식 안 하고 태임이를 대하고자 노력까지 해야만 했다. 그 사실을 처음 가르쳐주면서 태임이가 그에게 퍼부은 폭언과 경멸은 아직도 그의 의식에 가리처럼 박혀 있었다. 건드리지 않는 게 수였다. 태임이가 처음으로 드러낸 감상적인 육친애와 만감이 서린 회한에 태남이는 가슴이 뛰었지만 곧 표정이나 목소리가 변해선 안 된다고 생각했다. 허겁지겁 감동하고 있는 것처럼 보이고 싶지 않았다. 그는 데면데면하게 말했다.

"저는 우리들의 어머니가 받은 고통보다 제가 그 여자 땜에 받은 수모가 훨씬 더 뼈아프고 억울합니다. 이제 그만 당하고 싶습니다. 우리가 정말 한 어머니 자식이라면 왜 저만 그 여자 때문에 수모를 당해야 합니까? 누님만 당당한 가해자고 저는 마냥 주눅든 피해자여야 합니까?"

태남이는 기지개를 켜듯이 온몸을 펴고 터무니없이 당당하게 대들었다.

"내가 언제 자네를?"

"여우골 폐가에서 제 비천한 출생의 비밀을 처음 털어놓고 나서 누님은 저한테 어드렇게 했시니까. 두엄 데미에다 메다꽂으면서 거기 코를 박고 죽어버리라고 했습지요? 두엄 데미 대신 시방은 이 먼지 더미가 제 몫이라구요? 정말 너무하십니다."

태남이의 분노는 우리들의 어머니라는 말 때문에 조성되려던 육친애적인 감미로운 분위기를 쉽사리 냉각시켰다. 태임이는 전도된 피해 의식에 어쩔 줄을 몰랐다. 우뚝 선 태남이의 장대한 기골이 새삼스럽게 그녀를 압도했다.

　"그건 자네 오핼세. 그 안의 것이 죄다 자네 몫이라 헌 건 그 풀솜 뭉치를 뜻헌 건 아니었네. 내가 무슨 억하심정으루다 자네를 그렇게 고약스럽게 놀려먹겠나. 그동안 내가 생각해낼 수 있는 가장 가벼운 걸루다 그 안을 채워놓은 건 옛날에 어머니가 그 무게 때문에 당한 벌이 하도 억울해서 내 딴엔 앙갚음허는 셈치구 그리 헌 거라네. 자네 몫은 본디부터 그 궤짝 속에 있었던 것이니 화를 풀게나."

　태임이가 간곡하다 못해 비굴할 정도로 변명을 했다. 태남이는 어리둥절했다. 그의 몫이라는 것에 대해선 처음부터 실감이 나지 않았거니와 자신이 존중받고 있다는 느낌은 더욱 생소했다.

　"저는 도둑질을 하다가 들켰을 뿐이올시다. 사람을 불러 법석을 떨고 망신을 주지 않은 은혜는 잊지 않겠시다. 제 처한테 비밀로 해주실 것도 부탁드려도 되겠습죠? 누님, 그 이상 저에게 너그러우실 필요도 읎습니다요."

　그러나 태임이의 대답은 동문서답이었다.

　"그 속에 본디부터 들어 있던 게 뭐였는지 자넨 궁금하지도 않은가? 글쎄, 한 개에 쉰 냥쭝이나 나가는 청국 말굽은이 그들먹했다니까."

　"그래서요?"

태남이가 신경질적으로 다음 말을 재촉했다.

"그렇지만 소문보담은 약소했어. 한때는 그 무게로 방고래가 내려앉은 일이 있다고까지 소문난 돈궤였으니까. 나는 그걸 몽땅 돈으루다 바꿔서 샛골에다 삼포를 수만 간 장만했다네. 논밭도 좀 샀지만 백 석지기나 될까, 삼포에 비하면 아무것도 아니지. 근데 여적지 삼포에선 논밭만큼도 재미를 못 봤다네. 재미가 다 뭔가, 그동안 찔러넣은 돈도 수월찮아. 사람을 잘못 만났는지 세월을 잘못 만났는지 도무지 되는 노릇이 읎어. 자네 볼 낯이 읎구만. 그게 자네 몫이란 게 분명해지니까 더 그래."

태임이는 마치 가로챈 재산에 대해 문초를 당하는 청지기처럼 궁색하게 더듬거리며 태남이의 어깨 너머로 태남이의 커다란 그림자가 꼼짝도 안 하는 걸 바라보았다. 이윽고 그 큰 그림자가 크게 한 번 일렁이면서 태남이가 다분히 경멸조로 말했다.

"그 땅뎅이가 제 몫이라구요? 제가 그 수만 간 땅뎅이 네 귀퉁이에다 말뚝을 박고 새끼줄에다 매서 잡아끄는 꼴이라도 보고 싶으신가요? 몇 마지기 땅뙈기라면 그렇게라도 해보고 싶을 만큼 시방 궁한 건 사실이지만 몇만 간이 아랑곳인가요. 통 큰 누님이 갖고 놀기엔 전 너무 비소하군요."

"아직도 자네는 나를 못 믿는구만. 하긴 나도 그게 자네 몫이라고 마음으로부터 질정을 헌 게 방금 전이니까. 할아버지의 뜻이 이제야 분명해졌어."

"할아버지의 뜻이라뇨?"

"할아버지는 우리덜의 어머니한테 저지른 못할 노릇 때문에 돌아가시는 날까지 괴로워하셨고 자네헌테도 유별난 관심을 보이셨지. 그러다가 이 돈궤와 함께 자네를 나헌테 떠맡기고 돌아가셨어. 나는 자네나 돈궤를 똑같이 나헌테는 힘겨운 짐으로만 여겼지. 자네를 돈궤한테, 돈궤를 자네한테 떠맡기고 내가 놓여날 생각은 미처 못 했다네. 욕심 때문만은 아니었을 거야. 자네 자격을 못 믿어서지. 말이야 바른 대로 말이지 자네가 좀 늦됐어야 말이지. 사람 될 싹수를 보인 게 스무 살이 다 돼서부텀이었으니까. 자네 망나니 노릇 해서 내 속썩인 건 말도 말게나. 내 동기헌테 헐 소린 아니지만 천생 망종이었으니까. 그러나 이젠 확실해졌네. 할아버님께서 자네를 위해 그 돈궤를 예비허셨다는 게. 내가 그걸로다 땅을 사기도 잘헌 일이야. 은뎅이는 한 번 돈으로 바꾸면 그만이지만 땅은 해마다 돈을 낳을 테니까. 그야말로 화수분이지. 두고 보게나. 앞으로 그 땅에서 많은 이익을 올릴 테니. 여태 손해만 본 건, 쓸 데가 마땅치 않아서였을 거야. 그 땅에서 번 돈으로 보람 있는 일에 뒤를 댈 수 있다고 생각하니 벌써부텀 난 신바람이 나네."

정말 태임이 뇌리에서는 시방, 이재의 의욕과 영감이 책장을 빠르게 넘기듯이 팔랑팔랑 넘어가고 있었다. 산식이, 김경호, 백삼조합 등도 그 안에서 뜨악한 낯설음을 벗고 친밀하고 쓸모 있게 다가왔다.

"누님, 제발 그만해두세요."

태임이가 말을 마친 뒤 한참 만에야 태남이는 우울하게 말했다. 생동하는 표정 때문에 아직도 희망적인 말을 계속하고 있는 것처럼 느꼈고, 그는 그게 참을 수가 없었다.

"난 자네가 자랑스럽다네. 할아버님께서는 핏뎅이 적에 벌써 자네의 사람됨을 알아보셨지. 그 아이는 관옥 같더라고 허셨거던. 그 어른이 나헌테 조금이라도 해로운 걸 물려주실 리가 읎다는 게 이제사 확실해졌어."

"누님, 전 시방 도둑질을 허려다 들킨 것뿐일시다."

"당치도 않아. 제 걸 어드렇게 훔치는?"

"누님, 제발 절 위로하려고 들지 마세요. 점점 더 부끄러워질 뿐입니다. 몇 년 만에 돌아와 이런 꼴을 보이다니."

"왜, 자네 꼴이 어드래서? 자네는 중요한 사명을 완수허려고 했을 뿐인데."

"중요한 사명을 욕되게 했을 뿐입니다. 그것만이 확실해요. 내일 떠나겠어요. 실망시켜드려서 죄송합니다."

"실망헌 건 자네뿐이 아냐. 자네 아일 받고 싶었다네. 관옥 같은 아일."

태임이가 그의 손을 잡았다. 솥뚜껑처럼 크고 단단한 손이었다.

"증말 반갑네. 어드런 금의환향보담도 더."

태남이도 뿌리치지 않았지만 같이 있으면서도 서로 고립돼 있는 것 같은 느낌을 좁히진 못했다. 태남이가 갑자기 머리를 쳐들어 그녀를 빤히 바라보면서 다시 한 번 내일 떠날 겁니다,라고 다짐을 했다. 그리고 먼저 머릿방을 나갔다. 태임이는 풀솜뭉치를 대강대강 궤짝 속에 처넣고 뚜껑을 닫았다. 열쇠는 채우지 않았다. 안방으로 가려다 말고 뜰 아랫방 쪽으로 내려갔다. 댓돌엔 달래와 여란이의 신발이 나란히 놓여 있었지만 불 꺼진 방 안에선 아무 소리도 들리지 않았다. 자정이 지난 지 오래인 듯 하현달이 뜰 아래채 추녀 허리에 처연하게 걸려 있었다. 태임이는 달래를 불러서 같이 자고 싶은 걸 단념하고 으스스 속저고리 깃을 여미며 안방으로 들어갔다. 그리고 달래를 부르지 않기를 잘했다 싶었다. 그녀는 머리맡에 수장궤 열쇠를 따고 피륙 밑의 진솔버선 갈피에 손을 넣어 예서 제서 금붙이를 꺼내냈다. 마치 요술을 부리듯이 그녀의 손끝은 한 번도 허탕을 안 치고 번번이 금가락지, 금비녀, 금귀개, 금단추가 딸려 나왔다. 거의 다 할머니 어머니로부터 물려받은 것이지 그녀 스스로 장만한 건 하나도 없었다. 시집올 때도 은가락지 하나 받은 게 없었다. 그때는 종상이가 그런 걸 장만해줄 처지도 못 됐지만 태임이 또한 그 방면에 욕심이 없었기 때문에 그걸 섭섭해하지 않았었다. 아무것도 못 받았다는 걸 염두에 두어보기도 지금이 처음이었다. 아무것도 못 받은 건 참 잘한 일이다 싶었다. 거리낌없이 떳떳하게 태남이에게 줄 수 있으니 말이다. 수북하게 꺼내낸 금붙이 중에서 절반 가량을 덜어내서 더러는 꾸며놓은 아기 포대기 창구멍을 뜯고 솜 안에 넣기도 하고, 더러는 배내옷 갈피, 기저귀 갈피에 쑤셔넣기도 했다. 뜯은 포대기 창구멍을 다시 홈질해서 베개 요와 함께 한 보따리를 만들고, 배내옷 기저귀를 합쳐 또 한 보따리를 싸고 나니 방 안에 썰렁하니 냉기가 돌았다. 그제서야 불을 끄고 다시 자리에 누웠다. 어느덧 창호지가 물빛으로 밝아오고 있었다.

한편 사랑채로 내려온 태남이는 행랑채로 통하는 일각대문 밖 측간에 들렀다가 사랑 툇마루에 걸터앉았다. 반쪽 달을 쳐다보니 그 달이라고 간도의 달과 다를 게 없건만도 마지막 하직이라도 고해야 할 것처럼 마냥 심란해졌다. 그렇게도 용수산과 남성병원 길의 봄가을을 그리워하던 달래를 한겨울에 끌고 왔다가 봄이 채 오기 전에 끌고 간다는 게 얼마나 못할 노릇인가 싶어 가슴이 저렸다. 그러나 아득한 곳에서 첫닭이 우는 소리가 들리자 먼길을 떠나려면 한잠 자두어야지 싶어 하품을 씹으며 방 안으로 들어갔다.

"벌써 일어나려구? 간밤에 한잠도 안 잔 것 같던데."
종상이 또한 잠자리가 편치 못했던지라 찌뿌드드한 표정으로 먼저 일어난 태남이에게 물었다.
"기찻간에서 자죠 뭘."
"기찻간에서?"
"예, 오늘 떠나겠습니다. 그동안 진 신세는 안 잊겠습니다."
"아니, 자네 댁 몸 푸는 것도 안 보고……."
"집에 가서 풀죠 뭐."
"그럼 자네 혼자 떠나겠다는 게 아니잖아?"
"그러문입쇼. 바늘 가는 데 실 가는 건 정헌 이치 아닌감요."
"바늘도 바늘 나름이지 이 사람아. 누나가 얼마나 실망허겠나. 요즘 그 사람 해산구완이 허구 싶어서 얼마나 신바람이 나 하는지 자네도 알잖아."

"알고말굽쇼, 면목 읎습니다."

"허어, 그래도 고집을 부릴 셈이네, 이 사람이. 누나허구 자네는 이 세상에 단둘밖에 읎는 남매야. 달리 누가 있나. 누나가 자네 첫아이 얼굴을 젤 먼저 보고 싶어허는 건 당연해."

종상이는 아내의 헛된 꿈을 진심으로 애달아 하면서 말했다.

"장인 장모도 그 아이를 손수 받아보고 싶어서 기다리실 겝니다."

"이런 못난 사람 같으니라구."

"그냥 그렇단 얘기지 장인 장모를 위해서 돌아가야 한다는 소리는 아닐시다. 돌아가야 헐 날이 벌써 지났거든요. 거기서 제가 맡은 일도 수월찮은데 편하다고 며칠 더 지체해서 여러 사람한테 폐를 끼치게 해서야 쓰겠시니까. 그동안에 누님이랑 매형이 잘해주신 은혜는 잊지 않겠습니다. 앞으로 더 자주 들를지도 모르구요."

종상이는 속으로 괘씸했지만 더는 탓하지도, 붙들지도 않았다. 개성까지 온 볼일은 뭐였으며, 어떻게 됐는지 궁금하지 않은 건 아니었으나 캐묻지 않았다. 남의 일에 그 이상은 알고 싶어하지 않으려는 건 종상이의 몸에 밴 관습이었다. 부부간에도 남남인 부분을 인정하고 존중해주면서 사는 사이에 터득한 이런 버릇 때문에 차가워 보이는 것도 사실이었지만 마음속까지 차가운 건 아니었다.

이불을 개켜 얹은 태남이가 세수하러 나간 사이에 종상이는 노자나 좀 넉넉하게 주어보냈으면 좋으련만 저 고집불통이 받으려나 몰라 속으로 생각하면서 당장 마련해줄 수 있는 액수를 셈해보았다. 집 안에 갖고 있는 돈이 많지는 않았지만 꼭두새벽에 어디에서 변통을 해다 줘야 한다고까지는 생각하지 않았다. 태남이가 흡족해하지 않을까 봐보다는 완강하게 사양할 것 같아 그게 더 걱정이 되었다. 안 받겠다고 고집을 부리면 네 몫 너 찾아가는 거라고 말해야지, 하는 궁리까지 했다. 그는 태남이가 양말공장에서 고생만 들입다 하고 한 푼도 안 찾아가지고 나간 걸 아직도 마음에 접어두고 부채감을 느끼고 있었기 때문에 한껏 넉넉히 해주고 싶었다. 이따가 아내와 의논하면 좀 더 마련할 수 있을지도 모른다는 생각을 하고 있는데 세수하고 들어온 태남이가 먼저 서둘러 안으로 들어갔다.

아침 군불을 때려는지 사랑 마루 밑에서 장작 꺼내가는 소리가 들렸다. 방바닥이 썰렁하게 식어오는 이른 아침이었다. 치부책을 꺼내보려고 문갑 서랍을 뒤지다가 작년 가을부터 초만 잡아놓고 아직도 완결을 못 한 일본상인들을 배척하는 데 협동하자는 조합의 발기문이 눈에 띄자 괜히 가슴이 뭉클했다. 여러 장의 초안은 하나도 완성된 게 없었다. 조합의 결성 자체가 흐지부지될 모양이었다. 그렇게 간곡하고 열성적으로 다같이 힘을 모아 이 고장에만은 일본인이 발을 못 붙이게 하는 운동을 일으켜야 한다고 역설하던 황도중 어른도 요샌 잠잠했다. 발기문 어떻게 됐느냐고 묻는 횟수도 점점 줄고 심드렁해지더니 요샌 묻지도 않았다. 몇몇 뜻 있는 사람이 모여 조합을 만들고 우리는 이런 일을 합네, 발기문을 만들고 하는 게 시들해진 건 이 고장에서 일본인을 배척하자는 운동 자체가 시들해졌기 때문은 아니었다. 끼리끼리 뭉치고 뒤따르라고 목청을 높이고 할 새도 없이 이미 그런 운동은 자생적으로 광범위하게 퍼져 나가고 있었기 때문이다.

명문의 발기문보다는, 아무 게 사는 가난한 과부가 아이를 시켜 1전짜리 초 한 가락을 사오게 했다. 아이는 1전에 초를 두 가락을 사 왔다. 연유를 물은즉 새로 생긴 일본인 가게에서 그렇게 싸게 팔더라고 했다. 칭찬을 들을 줄 안 아이의 기대와는 달리 과부는 아이를 야단쳐서 그 싼 초를 당장 물러다가 조선 사람 상점의 비싼 초를 사오게 했다는 소박한 이야기가 훨씬 더 개성 사람 마음을 사로잡으면서 빠르게 전파됐다. 면면히 이어져 내려온 보수적 배타적 기질에 정의로운 명분이 붙어 있으니까 누가 나서고 앞장서고 할 것도 없었다.

뒷북을 친 푼수로는 대단히 흡족하고 자랑스러운 기분으로 황도중은 그 운동에 구태여 주모자가 필요 없다는 걸 알아차린 모양이다. 나의 발상이 아니었으면 그 운동이 그렇게 신속하게 퍼졌겠느냐는 정도의 생색은 낼 법도 하건만 그러지도 않았다. 황도중은 그런 어른이었다.

왜 그랬을까. 그는 유식하고 그럴듯한 미문을 쓰는 데만 급급했던 초안들을 펼쳐보며 생각했다.

이렇게 시작된 것도 있었다. 未我開城(미아개성)은 麗王故都(여왕고도)요 萬室成市(만실성시)라 民物之盛(민물지성)과 商工之繁(상공지번)이 어쩌구 하는 한문투성이의 문장은 아마 개성전기주식회사의 발기문을 흉내 낸 것일 터였다. 개항 이후 조선의 여러 신흥도시엔 속속 전깃불이 가설되었고 개성보다 일찍 전등이 들어온 도시도 많았지만 일인의 손을 빌리지 않고 순전히 조선 사람 기업인이 발기하고 설립한 전기회사에 의해 전등불빛을 본 건 개성이 처음이자 유일한 예였다. 보수적인 개성 상인들로서는 모험이요 이변이었다.

백여 명의 주주가 참여한 전기회사 설립 발기문만 봐도 구식의 고루한 상혼에서 벗어나 적극적 진보적으로 전환하려는 씩씩한 기상이 잘 나타나 있었다. 처삼촌 전이성이도 주주의 한 사람으로 참여했기 때문에 종상이도 그 발기문을 이성이와 함께 검토하면서 과연 명문이다 부럽게 느낀 대목이 몇 군데 있었다. 그렇다고 그걸 그대로 써먹으려 했다니. 그는 어차피 무용지물이 된 것을 통해 자신의 유치하고 적나라한 허영심을 보는 것 같아 얼굴이 붉혀졌다. 아내의 충고를 받아들여 부녀자들한테도 널리 읽히려고 언문으로 고쳐 쓴 초안도 이건 〈독립신문〉 사설의 영향을 받은 말투로군, 이건 동학의 격문투 그대로가 아닌가 하는 식으로 속이 빤히 들여다보일 뿐 읽는 이를 움직일 힘이 있는 글은 없었다. 널리 읽히고 감동시켰으면 하는 욕심으로 글을 쓸 때 자신이 한때 섭취하고 영향받은 문장의 흉내를 내는 건 자연스러운 일이었건만 새삼스럽게 더듬어 읽으니 알맹이는 없고 객쩍은 허영심만 드러나 보여 못내 얼굴을 붉혔다.

그가 며칠 밤잠을 못 자고 노심초사한 문장이 빛을 못 본 건 참말의 힘에 있어서 과부의 초 한 자루에 훨씬 못 미쳤기 때문이 아닐까. 그는 하염없이 쓸쓸해졌다.

안에 들어갔다 나온 태남이는 이 집에 불쑥 나타날 때와 똑같은 복장을 하고 있었다.

"원, 사람도 급하긴, 해나 퍼지거던 떠나잖구."

"벌써 떠나긴요. 아침은 먹어야죠."

"이거 얼마 안 되지만 노자에 보태쓰게."

종상이는 손때 묻은 비단 쌈지를 쌈지째 태남이의 검정 양복 주머니에 밀어넣으면서 말했다. 태남이의 표정이 어둡게 굳어졌지만 밀어내진 않았다.

"면목 없습니다, 형님."

"자네 몫이야 이 사람아. 진작 떠날 날짜를 말했으면 더 변통했을걸. 나중에 줄 테니 주저 말고 또 들르게, 남은 자네 몫 찾으러 오는 셈 치고."

"누님도 같은 말씀을 하시더군요."

"그 사람헌테도 받았나?"

"예, 집사람을 통해서. 이 은혜 잊지 않겠습니다."

태남이가 꿇어앉아 머리를 조아렸다. 무슨 말을 더 하려는 듯했다. 준다고 넙죽넙죽 받기만 할 태남이가 아니었다. 더군다나 안팎에서 받아챙길 만큼 궁해 보이지도 않는 터수니 무슨 사연이 있긴 있는 모양이었다.

그때였다. 안채에서 짝짝 장작 패는 소리 같은 게 들렸다. 느닷없이 장작을 팰 리도 없었지만 그 울림이 하도 장중하고 비통해서 해묵은 거목이 비명을 지르는 게 아닌가 싶게 가슴이 섬찟했다. 사랑의 두 남자는 안색이 변했다.

"이게 무슨 소린가?"

"글쎄올시다."

"대들보 갈라지는 소리가 아닐까?"

"그럴 리가 있겠시니까?"

종상이가 화들짝 경망스럽게 몸을 일으켜 사랑문을 박차자 태남이도 그 뒤를 따랐다. 안마당에서 언년 아범이 돈궤를 패고 있었다. 섣달 그믐날 떡을 치던 바로 그 자리였다. 높이 쳐든 도끼날이 서슬 푸르고 궤 뚜껑은 이미 몇 가닥의 장작으로 결딴이 나 있고, 몸체는 길고 무력하게 아가리를 벌리고 나자빠져 있었다. 그 돈궤에 얽힌 소문을 모르면 개성 사람도 아니라 할 만큼 오랜 세월 신비하고 음산하고 요요한 소문 속에 숨었던 돈궤가 막상 청천백일하에 드러나니 별것도 아니었다. 도리어 전날 그렇게 무력하고 노쇠해 보이던 언년 아범이 심상치 않은 일을 하고 있다는 자각 때문인지 터무니없이 엄숙해 보였다.

종상이와 태남이는 말없이 숨을 죽였다. 대청마루 위에 홀로 높이 선 태임이는 무표정했다. 태임이가 작살내려는 건 돈궤가 아니라 오랜 음산하고 요요한 소문의 시대인지도 몰랐다. 짝. 마침내 도끼날이 그 장대하고 유들대는 몸체를 찢었다. 지켜보던 두 사내는 사내답지 못하게 오싹 소름이 끼쳤다.

(3권에 계속)

미망 2

초판 1쇄 발행 2012년 1월 22일
초판 8쇄 발행 2024년 3월 11일

지은이	박완서
펴낸이	최동혁
기획위원	권명아·이경호·호원숙·홍기돈
영업본부장	최후신
기획편집	장보금·이현진
마케팅팀	김영훈·김유현·심우정
디자인팀	유지혜·김진희
물류제작	김두홍
영상제작	김예진·박정호
인사경영	조현희·양희조
재무회계	권은미
북디자인	오진경
띠지 사진	조선일보
펴낸곳	(주)세계사컨텐츠그룹
주소	06071 서울시 강남구 도산대로 542 8층 (청담동, 542빌딩)
문의	plan@segyesa.co.kr
홈페이지	www.segyesa.co.kr
출판등록	1988년 12월 7일(제406-2004-003호)
인쇄	예림인쇄
제본	다인바인텍

ⓒ 박완서, 2012, Printed in Seoul, Korea

ISBN 978-89-338-0189-5 (04810)
ISBN 978-89-338-0173-4 (세트)

- 저자와 협의하여 인지를 붙이지 않습니다.
- 책값은 뒤표지에 표시되어 있습니다.
- 이 책 내용의 전부 또는 일부를 재사용하려면 반드시 저작권자와 세계사 컨텐츠 그룹 양측의 서면 동의를 받아야 합니다.